关仁山文集

大雪无乡

关仁山 著

河北出版传媒集团
花山文艺出版社

图书在版编目（CIP）数据

大雪无乡/关仁山著．—石家庄：花山文艺出版社，2017.1（2019.3重印）
（关仁山文集）
ISBN 978-7-5511-3085-1

Ⅰ.①大… Ⅱ.①关… Ⅲ.①中篇小说－小说集－中国－当代②短篇小说－小说集－中国－当代 Ⅳ.①I247.7

中国版本图书馆CIP数据核字（2016）第301917号

丛 书 名：	关仁山文集
书 　 名：	大雪无乡
著 　 者：	关仁山
书名题签：	关仁山
策 　 划：	张采鑫　赵锁学
责任编辑：	刘燕军
特约编辑：	秦国娟
责任校对：	杨丽英
装帧设计：	鸿儒文轩·书心瞬意
美术编辑：	胡彤亮
出版发行：	花山文艺出版社（邮政编码：050061）
	（河北省石家庄市友谊北大街330号）
销售热线：	0311-88643221　010-57572860
传　　真：	0311-88643225　010-57572860
印　　刷：	三河市华东印刷有限公司
经　　销：	新华书店
开　　本：	710×1000　1/16
印　　张：	22.75
字　　数：	330千字
版　　次：	2017年2月第1版
	2019年3月第2次印刷
书　　号：	ISBN 978-7-5511-3085-1
定　　价：	56.00元

（版权所有　翻印必究·印装有误　负责调换）

目 录

大雪无乡	001
九月还乡	044
红雀东南飞	085
风潮如诉	128
太极地	165
闰年灯	193
红旱船	229
裸　岸	266
平原上的舞蹈	305

大雪无乡

　　这年冬天反常。往年冬天，福镇就有下不完的雪。福镇人喜雪，雪天里赶大集，而且结婚的特别多。福镇女镇长陈凤珍记得自己也是雪天里举行婚礼的。今年镇里经济滑坡，也不至于老天爷动怒。可是到了农历大寒，愣是一星雪花没掉。土了光叽的街道除了大集，便显得冷冷清清，更别提那婚礼的热闹了。寒流倒是不断弦儿地来，使镇上有股难闻的气味。

　　冷节气里，一天到晚净是难事儿。陈凤珍从镇政府搬回家里躲清静。镇政府每天都有要账的，还有农民告状的，眼不见为净吧。其实她的家就是父亲的家。她的丈夫和婆家都在县城。傍晚吃过饭，陈凤珍坐在灯下看书。书是丈夫田耕从城里捎来的，关于农村股份制的书。这些天她迷恋股份制，对现今杂乱无序的乡镇经济，股份制也许是个好招子。这阵儿家里也不安静了，天不下雪患病的多起来，满街筒子都是咳嗽声。陈凤珍父亲是镇上开药铺的，小药铺猛地火起来，父亲的炒药锅昼夜亢奋地响着。连经常在外乡卖野药的弟弟陈凤宝也赶回来，加入家庭熬药大会战。父亲一边捣药一边哼着《扁食歌》。她知道这是民间祭礼古代名医扁鹊的歌，父亲哼了几十年了，凤宝和小媳妇阿香边熬药边调笑。阿香并不嫌弃凤宝的瘸腿。这家伙卖野药嘴皮子练得不善，不仅嘴巴拢人，而且在床上缠绵起来也不差。凤宝说，这年头市场疲软，可有两样不软！阿香问啥两样？凤宝笑嘻嘻地说：一是卖淫的，二是咱卖药的。阿香笑着揪凤宝的耳朵问，你个鬼东西咋知道？是不是在外头嫖女人？凤宝讨饶说俺有色心没色胆哩。父亲阴眉沉脸地训斥凤宝，别胡扯淡，混账东西！那些玩意儿与咱卖药能往一块儿扯吗？陈凤珍合上书，弄得哭笑不得，这都哪儿跟哪儿啊？她又听凤宝解释说，爹，俺错了，是不一样。咱卖药有淡季，人家可没淡季。父亲生气地骂，你小子中啥邪气啦？咱祖传立佛丹有淡季吗？一年四季都叫好儿。阿香顺杆爬说，凤宝，你不能长敌人志气灭自己威风！凤宝咧嘴笑。父亲又嘟囔说，荒年饿不死手艺人，快熬药吧！陈凤珍就听不到他们说笑了，只有单调的炒药声。

北风挺硬，风很响地拍打门扇。冷节气并没冻掉凤珍的热情。刚才父亲说的立佛丹启发了她。她知道立佛丹是祖传医治下肢瘫痪的药。眼下镇里好多企业都瘫痪了，医治它的立佛敢于上项目上规模，勇于负债经营，有了政绩也肥了腰包，轮到陈凤珍接手，赶上银行不放贷，治理整顿烂摊子。一年的光景，镇里经济越治越乱，好多企业关门放假了，银行催还贷款和外地索债的不断。眼瞅快年根儿了，县里又要各乡镇报产值。福镇报啥？她愁。那次去县里开会，宗县长夸他们精神文明抓得不错。言外之意是经济上不去，一手硬一手软了。都知道宗县长器重陈凤珍，不仅仅是赏识她，而且因为他们都是一条线上的。宗县长当过团委书记，而陈凤珍被宗县长提名来到福镇之前也是团县委书记。陈凤珍能摸清领导意图，一到福镇就将镇团委书记小吴提为副镇长。这种团结方式确实不错，小吴鞍前马后地围她转呢。陈凤珍继续看那本股份制的书，她好像找到了祖传的立佛丹。

这时院里有车笛响。陈凤珍抬头看见副镇长小吴进屋来，脸冻得通红。小吴说，陈镇长，又出事啦。陈凤珍问出啥事啦？小吴说，那几户承包草场的农民，把咱镇政府给告啦。陈凤珍收起书叹道，这是我意料之中的事。小吴说，宋书记让我通知你出庭，潘老五去珠海要债去啦！都是潘老五惹下的祸，干吗耍你一个人？陈凤珍沉吟半晌无语。她知道镇党委书记宋鹤年是部队转业干部，跟县委组织部李部长是部队战友。他比陈凤珍早到福镇两年，福镇的农工商联合公司总经理潘五兰也是宋书记的人。虽然由陈凤珍挂着公司总管，实际上早已被潘五兰架空，直接由一把手老宋调遣。好事轮不着陈凤珍，被告出庭的孬鼻子事自然跑不了她。潘五兰经理男人起女人名儿，处处晦气，人们都叫他潘老五。潘老五是手眼通天的人物，农民企业家，福镇乡镇企业的创始人。伺候了几任书记镇长了，喜欢他也好，恼他也罢，谁也动不了他。福镇的厂长们都是潘老五一手提拔的，别人很难插手，陈凤珍发号施令也都是通过潘老五进行。小吴又说，潘老五哪是去要债，分明是躲了。陈凤珍咬咬牙说，我去出庭，变不了凤凰还变不了胡家雀吗？没干成光彩事儿还怕丢人？小吴相信陈镇长能对付过去，可心里还在鸣不平。这场民告官的官司完全是潘老五一手惹起的，潘老五听谁的？还不是听一把手宋书记的？她记得镇塑料厂从西德进口一些废塑料，潘老五提议并一手操办。当时陈凤珍和几个副镇长都提醒他，别上外国佬的当，潘老五眼里压根儿就没他们，他只听一把手的，他向来都这样。废塑料运回福镇，一拆集装箱就傻眼了，全是臭味熏天的民用垃圾，往东河坡一卸，捡破烂的就围上来，还翻出不少黄色画报来。陈凤珍让潘老五赶紧派人看管。正是春天的雨季，雨水将垃圾冲散了，污水顺东河流向那片草泊，不久那片春笋般的芦草都枯死了。草场是上了保险的，县保险公司来人查看，是废垃圾里的污水污染的。保险合同没有这一项。草场承包者刘继善等几户农民找潘老五，他们要求索赔。潘老五没好气儿地说，俺这儿有100万的垃圾找谁去赔？除非德国佬赔了俺，俺就赔你们！然后潘老五就去给德国佬拨电话。对方哈喽哈喽叫两声就放了，话务员当即朝潘老五要2000元电话费。哈喽哈喽两千块的话柄就在福镇传开了。陈凤珍要求镇党委对这一事件追究责任。宋书记说咋追究？这十几年经潘老五贷款就有两个亿，谁接手谁来还？陈凤珍哑口无言。潘老五这阵儿真成爷了。退休的公安局副局长老徐给他当保镖，还从镇医院聘请了贴身保健医生。有个头疼脑热的病，银行行长都来看他。那些农民不交村里草场承包费，追着潘老五要钱，拖到了冬天也没个眉目。陈凤珍开始也帮着农民说话，后来听说几户农民中有她三姑家，也就不张嘴了。小吴愤愤不平地说，潘老五穷横凭个啥？还不是能欠债。这阵儿黄世仁都给杨白劳叫爷！陈凤珍苦笑说，别这样说，老潘也想把镇里经济搞上去，碰着这样大气候，加上他素质又差，没办法呀！这些天，县里号召各乡镇搞股份制，可谁也不敢动。我想，咱们带个头，摸一套经验出来。不是说，福镇历来出经验嘛！股份制企业和股份制公司，就能避免进口废垃圾这样的失误，兴许能把乱哄哄的乡镇经济捋顺过来！小吴颇有疑惑地说，咋个股份制？还不是换汤不换药。陈凤珍解释说，各企业吸收股份，搞股份制企业，对于镇总公司，各企业和分公司就是股东。企业和总公司分别成立董事会，大的经济活动要由董事会决定，这样的话，乡镇经济才有可能走向良性循环的轨道。小吴点头说，想法很好，不过，这不等于罢潘老五的权嘛，他不会答应的。陈凤珍说，大势所趋，我们耐心做他的思想工作。小吴说，潘老五反对，宋书记也不会支持的。陈凤珍笑笑说，这是给他一把手脸上添光的事儿，他会转过弯儿来的。在乡镇一把手和二把手是有本质区别的，镇里成绩多大，也得记到老宋的账上。小吴摇头说，那难说，宋书记这人难看透！陈凤珍说，他反对更好，反对咱也干。小吴笑了，心想那样出政绩可能就记陈镇长身上了。经济上不去，搞出一套经验来，她见到宗县长也好有话说。陈凤珍站起身，脸上显出被压抑的兴奋说，这场官司打定啦！镇政府是输是赢，都说明搞股份制的必要性。哪找这材料？小吴，你执笔写写吧！然后她披上军大衣说，小吴，跟我去那几家看看。小吴没吱声就跟陈凤珍走出屋子。凤宝拐着身子朝吴镇长摆手说，吴镇长有空来呀，缺医短药的说话。陈凤珍瞪凤宝一眼说哪有咒人吃药的。凤宝嘻嘻地笑，吴镇长不是刚结婚吗，俺说的是那种药。陈凤珍说瞧你个没正经的。小吴边笑边往外走。陈凤珍骂归骂，她从心里挺服气这个瘸弟弟。凤宝研制了一种民间补药挺畅销，他姐夫田耕来了就朝他要这药。陈凤珍生得高高壮壮的，而田耕是个戴眼镜的瘦弱书生。他跟陈凤珍头一宿见面还行，过两天就支撑不住嘴里老讲股份制，吃上凤宝的药就再也不讲股份制了，天一落黑就朝凤珍身上乱摸，惹得陈凤珍烦他了。自从她调到福镇来，田耕才不大吃这种药了。

小吴开那辆旧212来的，是镇里钢厂淘汰下来的旧车。陈凤珍钻进去感觉四处跑风，冷乎乎的。好在他们要去的草上庄离镇子不远，吸袋烟的工夫就到了。这村的地皮儿陈凤珍踩熟了，她三姑在这村，她从小就跑三姑家玩。草场被污染事件，她也跑来几次，为那几家农民办了点实事。她怕因她出庭，这几家农民心里有负担，就来说说。车路过三姑家门口的时候，陈凤珍扭头望了望，看见三姑院里屋里围了好多人。她怕是出啥事了就让小吴下车看看。小吴看回来说三姑正上香算命呢，好多远道来的农民，屋里盛不下在外头等着。陈凤珍半响无语，叹一声示意小吴快开车。三姑上香算命看病是收钱的，她知道就得管。她在汽车拐弯的时候看到三姑家门楼上插满了灰白的艾叶，三姑管这叫桃符。艾叶在寒风中瑟瑟抖动。她不明白三姑为啥成仙了呢？她不信，可有那么多人信。想起来三姑命够苦的，从小就浑身多病，二十出头就瘫痪在炕头了，东求医西寻药，家都败了也没啥起色。后来又建议她去远村的一个大仙那里看看。三姑说那行吗？三姑夫说有病乱投医看看再说。三姑被马车拉着去了远村的大仙家里，大仙一见她就给三姑跪下了，并学了两声蛤蟆叫。大仙说他是蛤蟆仙，而三姑是狐仙，仙中之王，请她赶紧出道上香，有病自除有祸也自消了。三姑半信半疑回来操持上香。果然如蛤蟆仙所说的，三姑上香能看病看宅看命相，自己的病也好起来，在这块地儿上声名大振。陈凤珍委实弄不明白，也不想去弄明白。三姑托她父亲捎信给她，注意这小人亲近那贵人的，她还能升官的，陈凤珍一概不睬。一个乡下老太太该成组织部长了。不过，近来她还真听到风声，说三姑将草上庄全村老少都算服了，连村支书、村长都找她，卖地建厂等大事都请三姑踏看风水。村委会研究好的决议，愣让三姑的香火给否了。陈凤珍听到又好气又好笑，让父亲给三姑捎信别太张狂了，否则影响太大，别怪她这个当镇长的侄女无情。陈凤珍问小吴说，你信我三姑那套吗？小吴迟疑一下说，这年头的事儿没准儿，啥也不能全信，也不能不信。陈凤珍笑说，小吴啥时也学油啦？小吴板了脸说，不是油，你三姑够神的。就拿镇塑料厂来说吧，当初潘老五选东河岸边的老坟地当厂址，厂长老周也是草上庄的，老周就请你三姑看看风水，你三姑说这地方凶，压着龙头了，建厂准黄。潘老五被老周骂了一顿，还是没挪地方，结果咋样？一开工建房就砸死了人，门口那段路老翻车。厂子建起来就没盈利过，潘老五又从德国进口废塑料，是垃圾不说，又惹出这场官司，厂子一进夏天就关门了。陈凤珍听得心里嗖嗖冒凉气。她说，别说了，听起来怪吓人的。哎，今晚上，咱们见见老周。小吴点头开车，不一会儿就在村民李继善家门口停下来。风大了，铜钱大小的树叶子满地滚动。

　　李继善人缘好，每天晚上家里串门的都是一屋子人。大伙正为官司开庭的事戗戗，见陈凤珍和小吴进来都挺吃惊。李继善的父亲见陈凤珍就说，陈镇长呀，俺们这几户打官司可不是冲你呀！早知是你出庭，俺们就撤诉啦！都是潘老五那杂种给俺逼到这份上啦！陈凤珍朗笑道，没事儿，公司是镇里的，我是镇长出庭是应该的，我就怕你们有顾虑，才来看看。一句话说得李继善一家子挺感动。李继善说，陈镇长没给俺们少操心哪！陈凤珍示意大伙该唠啥唠啥，然后她就盘腿坐在大炕上烤火盆子。老的少的，男的女的，陈凤珍如鱼得水。她说坐在老乡的大炕上心里踏实，上了法庭也有根哩！李继善端来一盘子瓜子，陈凤珍一边嗑瓜子一边逗大伙说实话。好多人有些拘束，同着镇长好像没啥可唠的了，陈凤珍就往股份制上引。她听说这几户农民承包草场的形式是股份制。这回李继善和乡亲们就打开话匣子了。陈凤珍让小吴找塑料厂厂长老周来。老周与李继善是一起光屁股长大的好哥们儿，这阵儿在家歇着，一直为这几户农民幕后出主意。老周怕伤了潘老五，一直不敢在公开场合亮观点。听说陈镇长叫他，犹豫了半天还是硬着头皮来了。陈凤珍问他一些塑料厂的情况。她看出老周有些慌，额头沁出青虚虚的冷汗。老周检讨似的说，都怪俺无能，没把厂子搞好，辜负了陈镇长和潘经理的希望。陈凤珍笑起来说，咱们不是开批斗会，你尽管拿观点，你看厂子还有救吗？老周想了想说，咋没救？荒年饿不死精明汉，只要干，还是有救的，主要是管理……陈凤珍再往下追问，老周就不再说了。她看出他的心思，只要潘老五不乱插杠子就成。陈凤珍说，镇里马上推广股份制，完全科学管理，按经济规律办事。老周脸松活了说，真正是好招子。我们早就盼着改革一下，要是股份制，我和李继善两人承包塑料厂。陈凤珍与小吴对视一眼，两人都笑起来。老周叹道，镇长，我看着那堆机器扔着心疼哩！真打实凿地干吧，不干没出路。小吴笑道，阎王爷不知小鬼难受，你不怕那块地方犯邪气？老周不好意思地说，那不算啥，人正能压邪，再说，求三婶子上香给寻个破法儿，准能镇住。陈凤珍和小吴大笑起来。小吴举手指指点点说，他×的，这日子确实有邪气，是得靠正气拨一拨啦！陈凤珍笑说，瞧，小吴也上仙儿啦！一屋子人都跟着笑。说说笑笑直到深夜风息，陈凤珍和小吴才回到镇上。

涉及潘老五的经济案连法院都很怵头。要不是被告方陈凤珍在法庭上替原告说话，恐怕这案情又羊屙屎似的拖下来。陈凤珍在县城找了宗县长，想尽快将这码啰唆事了断，也把抓股份制的想法都向宗县长说了，宗县长挺支持。法院判定由福镇农工商公司向七户农民赔偿草场损失费40万元。回到镇上，陈凤珍就到处找钱，总公司的账上没钱，镇财政也没钱。偏在这时山西某煤矿来了一拨儿要账的。前半年镇里铁厂和瓷厂用煤都是潘老五从这个煤矿赊来的，粗一搂就有百余万。镇党委书记老宋和陈凤珍好生接待，让煤矿客人吃好玩好。老矿长跟镇领导哭穷。矿上开不起工资啦。这次再要不回钱去，工人们就得把我吃喽。陈凤珍心里挺难过。她看见老矿长拿着速效救心丸，时时就含两粒，她又害怕出事。看来劝是劝不回去了，只有等潘老五从珠海回来。陈凤珍让小吴找来镇铁厂朱厂长，她命令朱厂长把客人陪好，就抽身出来与宋书记商量股份制的事。

宋书记每天都保持一个短暂的午休，无论春夏秋冬都这样。下午3点钟左右，陈凤珍就来到宋书记的办公室等他，宋书记却4点钟才从休息室里出来。他见陈凤珍看报等他，有些不好意思。他仰脸打了个喷嚏，连说感冒了感冒了，感冒脑袋就沉，脑袋一沉就是一个漫长的午睡了。陈凤珍看了看宋书记多皱的脸，感觉他苍老了。五十多岁的人了，已经到了不提拔的年龄，儿子女儿大学毕业都在县城工作。潘老五也派镇里工程队在县城为宋书记盖了栋两层小楼，也有了退路。镇上工作是难，再难也不是自己的事。他不相信这年头还有为工作愁死的。有时他真不理解陈凤珍，她忙得脚后跟打脑勺子,忙半天有啥起色？福镇发展到今天是用钱堆起来的，不是哪个忙出来的。他嘴上的口头禅是，人随势走。陈凤珍在老宋身上的感觉总是发生误差。老家伙的更年期到了，本来应该高兴的事却立马沉了脸。关于搞股份制，陈凤珍又把老宋估计错了。老宋当兵出身，功臣似的脾气嘴还损。他对陈凤珍提出的股份制不以为然，边喝茶水边说，凤珍哪，你的心情我理解。想通过股份制来治理这个烂摊子，把工作抓上去，这是官话；私话呢,搞出个经验捞点政治资本，能往上升一升。这没错，谁年轻都想闯一闯。不过，你们团系统的干部有个通病，干事轰轰烈烈没下文，开始就是结束。陈凤珍脸通地红了，争执说，只要路子对，我会干到底的。老宋摆摆手说，别急，别急，听我说完。我是说，搞股份制，别是秋后的黄瓜栅空架子。目前福镇最大的难题是缺钱，钱，懂吗？陈凤珍心里乱糟糟的静不下来，生气地说，这样胡整，多少钱也会败光的。老宋依旧笑说，别激动，凤珍！我不是反对股份制，只怕费力不讨好。陈凤珍干脆就端出进口废垃圾一事讲股份制的迫切性。她说，股份制就能避免失误，它能逐步使管理科学化，走上良性循环轨道。也许,我们这茬领导不能受益,可后来人会记起我们的。从某种角度说,股份制也是一场革命!老宋说,你说得挺悲壮啊!理儿是这么个理儿,谁都想弄个刀切豆腐两面光,可这是福镇。福镇的狗屁事够你研究一辈子的。陈凤珍不服气地说,哪儿不是在摸着石头过河。老宋呵呵笑道,凤珍,你别误解我。搞股份制我没啥意见,关键是白弄了也搭不了啥!陈凤珍自知说服不了他,默默一想,一张嘴巴两张皮,横竖由你去说,出水才看两脚泥呢。她问宋书记啥时开动员大会?老宋说,等潘经理回来再说。他不回来,我们咋动?陈凤珍没说啥,自知她和老宋在福镇动经济,是丫鬟带钥匙当家做不了主。按常规,潘经理应是在镇党委镇政府领导下进行工作,眼下却啥都倒过来了。没办法,她只有傻呵呵地瞎等了。如果潘老五在南方被女人缠住,看来股份制还得像这西北风白刮腾。她出了宋书记的屋,就到小吴办公室里放怨气。小吴说她头发长见识短,见怪不怪吧。陈凤珍气糊涂了,嘴里也带了脏词儿,这××潘老五走了快半拉月啦!是要账还是旅游?小吴听见这话,忍不住抿着嘴笑,陈镇长急了也敢捅词啊!别急,告诉你,潘老五后天回来。陈凤珍问你咋知道?小吴说,昨天跟文化站的小敏子打麻将,我套出来的,露透社消息忒准哪。陈凤珍知道小敏子是潘老五多年的姘头,人长得一般,挺白嫩的,有股刁骚劲。丈夫过去是军人,复员后让潘老五安排到福镇驻海南办事处了,潘老五喜欢小敏子,也舍得给她花钱。有一年夏天,潘老五给小敏子买来一件高档连衣裙,小敏子穿上又露又透的,人们就叫她露透社了。潘老五的老婆恶声败气地来文化站跟小敏子闹,被潘老五一脚踢回去。老婆怕离婚,就忍气吞声装着没看见。陈凤珍听小吴说出露透社有消息,心里就踏实了,只要潘老五出差与小敏子有热线联系,就说明他在外头没叫别的女人缠住。陈凤珍叹道,唉,山西那要账的还没走哇!她感觉心口有啥东西堵得慌。

捂了好久的雪,终于在黄昏落下来。雪片子好像在天上焐热了,落在陈凤珍的脸上也不觉凉,还有股子日头的气息。她在雪地里愣了半天神,正准备去食堂吃饭,小吴颠来告诉她,正如露透社所说,潘老五一行到家啦,而且还要回了欠债200万。陈凤珍与小吴回到办公室,陈凤珍拿围巾扫去头上的雪说,小吴,你给老潘家打电话,说晚上到镇政府开会。小吴说镇长又犯路线错误,潘老五这会儿能在家？陈凤珍说他不先回家去哪儿？小吴说准在露透社，不信咱俩打赌。陈凤珍摇头说，老潘毕竟还是镇里的招聘干部，他会注意影响的。小吴说你不信我给小敏子家拨电话。随后他拨通了小敏子家的电话，传出小敏子娇滴滴的声音。小吴怕小敏子打诳语，一张嘴就蒙开了，我是吴镇长，潘经理找我有急事，他让我打这个电话。小敏子支吾两句，还是让潘老五接了电话。小吴一听潘老五的声音，怕老家伙翻脸骂他，就赶紧把电话塞给陈凤珍。潘老五听是陈凤珍的声音，心里恼，嘴上还是蛮客气，汇报汇报要债情况，问她现在吃饭没有？陈凤珍逗他说，潘大经理不回来，我们吃啥？吃雪都不下，还得老潘回镇子，镇上就下雪，连老天爷都知道溜须有钱的。潘老五说，别跟你五叔逗，咱们都去福斋楼涮羊肉！就把电话挂了。陈凤珍放下电话说，小吴，果然给你猜着了，往后就叫你吴大仙吧。小吴说，你赌输了，晚上你多喝一杯酒。他们说笑着奔福斋楼去了。

  雪纷纷扬扬下得紧。天黑下来，白雪照得人总想闭眼睛。陈凤珍走在雪地里，远远地看见潘老五的奥迪车驶过来，车里坐着小敏子。在福斋楼门口，她才发现是潘老五自己开的车，潘老五跟小敏子来了。陈凤珍记起，去年在县城开三级干部会，散会那天，招待所里摆满了接人的豪华车，明眼人发现好多厂长经理们车里有女人。小敏子就坐在潘老五车里，人们也都见怪不怪了。不过，陈凤珍发现那些乡镇长挺眼热，却不敢明来，吃行政饭儿的顾虑多一些。这时陈凤珍透过雪花，看见潘老五穿着皮夹克挺着肚子往楼里走，小敏子颠颠地跟着。到楼上雅座坐下来，陈凤珍才发现潘老五这次回来脸呈菜色，人没瘦，后脖颈鼓出一骨碌肉疙瘩，眼神儿还那么亮。好几个女人都说潘老五眼睛带钩儿，陈凤珍倒没觉出来。潘老五张罗着点锅上羊肉，又问陈凤珍喝啥酒。陈凤珍说随便，反正我喝不多。小敏子说，那就喝孔府家酒。潘老五笑说，对对，喝孔府让人想家。小吴暗笑，你想啥家？回到镇上半天了，也没进家门一步。陈凤珍说，把宋书记叫来，他可能喝！潘老五摆摆手说，老宋感冒重了，让他家里焐汗去吧。咱们喝！出门在外，挺想你们的。陈凤珍心想这话应该对着小敏子说。小敏子为潘老五脱下皮袄，抖着油脂麻花的袄袖子说，在外准没少喝，看这油袖子。潘老五哈哈大笑说，不喝酒，这200万能要回来？南蛮子灌我酒，一万块一盅酒，你算吧！老子喝完最后一盅酒，醉眼一看，全没人影儿啦！我以为他们故意丢下我，出了酒店门，才听说那群尿包们全钻桌下哼哼呢。陈凤珍担心道，你后来咋样？潘老五，我带着凤宝配制的解酒药呢。甭说，凤宝的药挺灵，这小子有点鬼头门儿。陈凤珍就咯咯地笑开了。小吴边笑边逗潘老五，潘经理，凤宝的解酒药灵。那个药更灵吧？潘老五见小敏子拿眼瞪他，就支吾倒酒将话题遮过去了。喝了几杯酒，陈凤珍的脸就红扑扑好看了。小敏子喝雪碧，小脸白雪一样，潘老五就喜欢皮肤白的女人，小敏子白脸蛋儿跟陈凤珍一比就更让他怜爱了。陈凤珍不时瞟潘老五，她在盘算咋跟他提股份制的事，还有法院替李继善几户农民追赔款的事。她感觉跟宋书记说话累人，跟潘老五说事就轻松，这家伙头脑简单直来直去，要是喝到兴头儿上，跟他说啥都应承。陈凤珍见潘老五喝欢喜了，举着酒杯吼了两嗓子京剧。他喜欢京剧，没少拿公款往县京剧团里赞助。陈凤珍趁潘老五高兴就把事情说了。潘老五拍着胸脯子说，其实我全知道啦！陈凤珍马上想到宋书记给他通过电话。小吴却说，老潘是不是露透社的消息？小敏子拿拳头捶着小吴肩膀笑骂。潘老五罚了小吴一杯酒，自信地说，吴老弟，不是跟你吹牛，福镇的事都在你老哥手心攥着呢！顺我者昌，逆我者呢，你小子说。小吴笑着说是，心里骂着老杂种。小敏子看陈凤珍脸色不好，就圆场劝酒说，陈镇长，别听他胡吹六侃的，咱俩喝一杯。陈凤珍已经头晕了，强撑着完全是为说事，潘老五拿话点她，点到痛处也火了，她把酒盅往桌上一摔说，老潘，你把话说明白，是不是我和小吴哪点惹着你啦？潘老五愣了愣，扭脸对她说，凤珍，这是哪跟哪啊？你五叔向来高看你，我这大老粗说话没溜儿，你还不知道？甭说别的，就凭凤珍替我出庭这一手儿，我就感激不尽哪！小吴插嘴说，是哩，陈镇长出庭冲谁？还不冲你老潘？这回你可别叫陈镇长坐蜡啦。潘老五顺着小吴的杆儿爬，连说，凤珍哪，我潘老五说话算话，欠那几家的钱，从这200万里出！陈凤珍嘴角渐渐浮了笑影说，是哩，快把这点事解决了吧，我们还有好多事要办呢！潘老五接下话茬说，不就是股份制的事吗，这事五叔也支持你！有人给我报信，说搞股份制是罢我的权，我不听这套！事在人为，权是啥东西？"又"一根"木"头！权得看你咋使啦。镇里企业上人，都是一群土打土闹的家伙，是得来点洋玩意儿，提高提高！人家南方企业，早就股份制啦！股份制能救活福镇，替我把贷款还上，我算是抱着猪头找着庙门儿啦！是不是？你五叔脑筋不老吧？陈凤珍虽然听着别扭，但她心里还是热乎乎的，老潘办事比老宋痛快。她笑笑说，股份制哪有那么神？替福镇还贷款？有一点是肯定的，符合经济发展规律，最终受益的还是福镇。潘老五大咧咧地说，我不是那意思，靠股份制来钱，喝西北风吧！我同意干，关键是也不搭啥！然后就张罗喝酒。陈凤珍从潘老五最后一句话里听出他跟宋书记是通了气的。他们是一个年龄段儿的酒肉朋友，连说话都臭味相投。明摆着，潘老五和宋书记对股份制是应付，她挺知足，他们不跳出来反对就成，小车不倒保管推着走吧。末了，她又跟潘老五喝了两盅，脑袋嗡嗡的吃不下羊肉了。潘老五的大嗓门儿将旁边雅座里的山西客人引了来。他知道老矿长带人来了，想明天再见面，没承想铁厂朱厂长也带他们到这涮羊肉来了。这样见到老矿长一行，潘老五挺尴尬。老矿长和另外三个人端着酒杯过来敬酒。陈凤珍看出客人是一肚子气。老矿长心脏不好，喝的是矿泉水，边喝边埋怨说，老潘，你个挂羊头卖狗肉的家伙，是不是躲我们？潘老五说，老哥，别误会，我今天刚下飞机，晚上又没见你们。老矿长不依不饶，你小子是瞎了眼，还是黑了心？没良心的东西，你去了我们那儿好吃好喝不提，连陪睡的都供你挑！好，现在给我们晾起来啦！良心呢？潘老五恼了脸，没等他反驳，小敏子醋劲儿上来了，她站起身指着潘老五的鼻尖说，闹半天你在外边……话没说完就披上大衣跑下楼。潘老五一直在小敏子面前营造正派形象，被老矿长捅破了。去年小敏子被染上了性病，她整天审潘老五，潘老五说洗澡盆传染的，好说歹说总算蒙过去了，这回真麻烦了。陈凤珍端行政这碗饭，思想属传统型，她过去根本容不下这些，到福镇来见多了，心里腻歪表面还得应付过去。她站起身说，老潘，我去看看小敏子！潘老五心里惦着，嘴上充硬说，别管她，婊子养的，连句玩笑话都吃不住！然后他一挥手喊上酒，我他×以酒表忠心吧！山西客人就都并到这桌来，陈凤珍举杯对山西客人说，老潘刚回镇上，打电话约我商量为你们筹款的事，你们别冤枉老潘啊！老矿长又含了一粒药丸说，得看潘老五喝酒的态度啦！潘老五脱了毛衣，摆开喝倒一片的架势。陈凤珍酒喝得有些飘浮，又看出这群喝酒的人情绪不大对头，就说自己有事起身告辞了。

到晚间，雪已很厚了。陈凤珍看雪里的街景跟白天没啥两样，那些临街的窗户亮着，映得半个街筒子白里透红。雪前的街道脏乱，雪后就十分爽人眼目。她觉得眼前有些恍惚，走路时整个人像踩在雾上，周围啥声音也没有。她在自家门口站了一阵儿。父亲的小药铺子黑着灯，房顶、墙头和附近的草垛蒙着积雪。这阵儿的心情明显跟酒桌是两样的。她厌烦酒桌，桌上虚头巴脑的话说得累心，乡镇工作又离不开酒桌，喝酒就是团结，多好的关系久不喝酒也生分，就会带来瞎猜疑。其实，她与老宋潘老五等人没啥隔膜，就是刚来时总躲他们的酒局，才慢慢被他们视为异己的。形势逼着她也喝白酒了，殊不知嘴馋吃倒泰山，这无边的吃喝风何时能刹住呢？她不知道在将来的股份制运作里还要喝上多少酒呢。想起潘老五酒桌上说的一句话，她就无可奈何地苦笑了，看看自己袄袖子也脏了。雪越下越猛，她就裹紧脖领进屋了。阿香一个人看电视，父亲和弟弟不在家。陈凤珍问爹和弟弟干啥去啦？阿香说他们爷俩去北滩林子里打兔子啦。陈凤珍嗯了一声就倒水喝，暖瓶里空空没开水。阿香正津津有味地看一部都市爱情片，边看边念叨，瞧人家过的日子，瞧人家的爱情多带劲儿。陈凤珍没理她，她早就看出阿香是个好吃懒做的坯子。她模样儿俊，弟弟又残疾，凤珍和父亲只有宠她。陈凤珍红头涨脸地呆坐一会儿，正想烧壶水，看表已到了中央电视台经济半小时节目，里边正播出中国农民奔小康纪实专题，时常涉及股份制，她有空就看，她让阿香拨中央二台，阿香不愿意。陈凤珍心里有气，表面还得哄着她。她说，阿香，你不是喜欢姐姐的花围脖儿吗？就送给你啦。阿香乐着试围脖儿去了。陈凤珍拨到二台看起来。那里讲股份制要有一个强有力的领导班子。她由此联想到福镇的班子，算强还是不强？越想越没劲，甚至有点像喝了涮锅水一样恶心。这时候，父亲和弟弟扛着猎枪回家了。凤宝的枪上挑着四只血淋淋的兔子。父亲拍拍身上的雪，摘下两只兔尾巴耳暖，弯腰操刀挖兔眼。陈凤珍看见父亲脸上的肉棱冻得紫红，就劝他先歇歇。父亲说误了时辰兔眼就废了。凤珍这才想起祖传立佛丹的药丸里有兔眼睛当原料。凤宝斜斜歪歪走到陈凤珍身边说，姐，今晚我们看见红兔子啦。陈凤珍问，咱这块地儿上还有红兔子？别是撞见黄鼠狼了吧？凤宝一口咬定是红兔子。陈凤珍知道祖传药书上说红兔子眼睛做立佛丹最佳。父亲在一旁拿手掂着红乎乎的兔眼睛，深沉的老脸天真无邪地笑了。他说，明晚咱们打红兔子！凤宝咧嘴说，红兔子那么好打吗？比人都精鬼！父亲洗完手，捋着黄白的胡须笑，连狐狸都斗不过好猎手，何况红兔子。陈凤珍心疼父亲说，保重身子骨儿吧，爹！人为财死，鸟为食亡，别为几个钱，连老命都搭上。父亲瞪陈凤珍一眼说，你以为你爹是个老财迷？你爹活了这把年纪，最重义气。俺打红兔子都是为了你糊涂爷呀！陈凤珍问，糊涂爷咋啦？凤宝插言说，糊涂爷下肢瘫痪啦！在敬老院里炕吃炕屙遭尽了罪。陈凤珍哦了一声，明天我去敬老院看看糊涂爷。她知道糊涂爷是她们家的恩人。瓜菜代年月，糊涂爷省下口粮送给她家。凤珍上大学那年家里穷，连件像样的衣裳都买不起，糊涂爷将自己的皮袄卖了，给凤珍添东西。凤宝小时候特别淘，七岁那年爬老树掏老鸹窝摔下来，不是糊涂爷救得及时，小命就难保了。陈凤珍动情说，糊涂爷是好老人哪，给他做立佛丹可千万别收费哩！父亲说那自然，收糊涂爷的钱还叫人吗？凤宝说，糊涂爷是五保户，要是公费咱就收！父亲黑着脸吼，啥费也不能收！陈凤珍同意父亲的观点。睡觉前，陈凤珍还觉头晕，就朝凤宝要解酒的药，凤宝一拐一拐地送药过来，阿香追过来说，凤宝，你看拿错药没有？凤宝细眼一瞧，叫了声妈呀补药。阿香咯咯笑，该死的，不是我心细，叫大姐这宿咋折腾呢？陈凤珍吃下凤宝换过的药，躺在炕上感到十分疲累，不再想股份制，倒真觉得自己骨分肢了。她扯过一条被子，蒙头盖脑睡了。

第二天早上，陈凤珍被父亲扫雪的声音弄醒了。她穿好衣裳，洗了脸，就见小吴挺急地走进屋子。她见小吴脑袋上没雪，才知雪停了，但她看见他脑门有块血痕。不等她询问，小吴就哭丧着脸诉屈。昨晚上陈凤珍走了不久，酒桌上就出事了。潘老五心里窝着股鸟火，三说两说就跟山西客人闹崩了，他口口声声说人家煤质不合格，不减价就不给欠款。山西客人见老矿长犯了病，上来跟他闹，潘老五犯浑一抡酒瓶子，还把人家伤了。小吴上去拉架也挂了彩。陈凤珍吓得腿杆子都打战了，骂道，这个潘老五，成事不足败事有余！客人呢？小吴说人家连夜就走了，陈凤珍问，客人伤得重不重？小吴说是轻伤。陈凤珍又问，老潘咋样，伤了吗？小吴说他没伤，醉得一塌糊涂，我和福斋楼的老板架他回家啦。陈凤珍唉声叹气，埋怨道，就潘老五这素质，还咋搞股份制？小吴劝说，别生气呀陈镇长，照样搞股份制，死马当活马医呗！陈凤珍坐着不吱声，早晨不吃饭也不知道饿，满眼里浑浑雪景。过了片刻，她又问，宋书记知道这事吗？小吴说宋书记感冒重了，在镇医院输液，可能不知道。陈凤珍站起身说，上午咱们先去医院看望宋书记，然后再去找老潘，大同方面得赶紧派人安抚，矛盾激化还会出大乱子的。小吴点头应着，脚跟脚随陈凤珍出了院子。积雪在他们脚下脆脆地吱吱响着。虽然没有日头，陈凤珍依然感觉到雪地上炫目的强光刺眼，眼前明明是白雪，不知怎的一片盲黑了。在镇政府楼道口，陈凤珍碰见了镇党委副书记老王。镇党委共三个副书记，老王是主管工业的，他当过镇基金会主任，每到节骨眼儿上，陈凤珍临时动钱都找他。老王属中间派，既亲和宋书记，也靠近陈镇长，潘老五使唤起他来更灵，老潘从不把老王当副书记看。老王刚从县里开会回来，听说潘老五回来了就去家里看他，然后正准备买东西看宋书记，就碰上了陈凤珍。老王笑起来像尊佛。他笑说，陈镇长，我啥时跟你汇报会议情况？陈凤珍都忘记老王开的啥会了，又不好意思说透，只是点头嗯嗯着。她说，我还有大事跟你商量呢。老王神秘地笑说，是不是搞股份制的事？我在县里听宗县长说了，他还在会上表扬你的闯劲儿呢。陈凤珍脑袋轰地一响，镇上这里八字没一撇呢，宗县长倒给唱出去，这回可是非干不可了。她惊喜地问宗县长还说啥啦？老王就学说一遍。陈凤珍想想说，你单独给老宋讲讲这些，不过别提我个人，懂吗？老王说我会说，然后夸了几句雪景才走了。陈凤珍挺激动，有宗县长做后盾，搞股份制就好办多了。正想着，她看见小敏子背着小提包上班来，她满脸脂粉很浓，眼影乌了大圈，也遮不住红肿的眼皮。她走路扭来扭去恰似扭秧歌。陈凤珍远远喊了小敏子一句。小敏子装成没事人一样过来问候，昨晚镇长没喝多吧？陈凤珍笑说，我没啥，老潘真喝多啦！小敏子怒脸道，从今往后别提那老东西，我不认识他！陈凤珍说，别任性了，凭你这气，就看出你疼他。告诉你，昨晚老潘喝多了酒将山西客人打伤了，这邪气还不是因为你甩手走了？只有你能劝老潘，让他赶紧向山西那头道歉！小敏子说他死不死呀，就扭身上楼去了。陈凤珍愣在那里。她只听人说老潘与小敏子有一腿，但很少研究他们是怎样的维系方式。只能简单理解：她爱财，老潘爱色。从昨晚小敏子的醋劲儿上看，这女子不仅仅是爱财了，就老潘那猪都不啃的南瓜脸，还有啥恋头呢？陈凤珍打开办公室的门，翻出一个网兜，就去小吴办公室。小吴已经买好了两大兜东西等她。陈凤珍扔下网兜，拍着小吴肩膀说，你买就你买吧，这点小便宜我就占了。小吴没听清陈凤珍说啥，就跟她去镇医院看宋书记了。在镇医院的病房里，陈凤珍看见潘老五和老王都在，像是密谈，见了陈凤珍和小吴就转了话题。陈凤珍望着躺在病床上的老宋问了问病情，然后说雪后就不会感冒了。老宋叹一声说，是哩，福镇是大雪的故乡，福镇人喜雪呀！陈凤珍就笑。她扭脸对潘老五说，正要去看你，恰巧你来了，煤矿那头得去人安抚哩，千万别激化矛盾。潘老五悻悻地吼，甭××理他们，我这回还真恼他们啦！一群草寇，打官司我接着！就不给他们钱，煤里掺了他×多少石头？老宋说，老潘，又犯牛脾气，你可是代表镇政府的形象。凤珍说得对呀！明天上午开股份制的会，会后快去山西。潘老五不耐烦地摆着手嚷，好生当你们的官，经济活动我自有主张！陈凤珍心里说，你这一肚子屎，别再惹出祸来了，福镇可禁不住折腾了。

　　开会那天上午，又下雪，鹅毛大雪把福镇装饰一新。雪花一飘，陈凤珍情绪就好。她很早就来到四楼会议室，室内暖风扑面。老宋出了院，他端着茶水杯坐下来，潘老五紧挨着他坐。副书记副镇长们都来了，各厂厂长和各村支书村长们，满腾腾一大屋子人。这次镇党委扩大会由老宋主持。老宋悠着长腔说，今天的会议中心议题是企业股份制改革。陈凤珍对老宋的第一句话就不满意，明明定好的是股份制改革动员会。老宋说，都说咱福镇出经验，这回上级希望咱在这方面弄出点经验来。他话音没落，底下人就窃窃议论，过去经验把福镇坑苦了，还搞经验？陈凤珍心里着实不悦。她插言道，大家别误会，过去福镇的经验是在极左路线下产生的，而股份制是科学的治理经济的手段。老宋笑笑说，那就先让陈镇长读段材料，让大伙明白明白啥叫股份制。陈凤珍打开笔记本就边读边说。底下人听得直瞪眼，妈呀，这招子不错呀。既能阻止个人胡来，又能提高企业自主权和工人积极性。陈凤珍说，镇里办个学习班，详细讲讲股份制。甭看在全县是超前一步，实际是大势所趋，长期受益。厂长们说好的同时都瞟潘老五。潘老五眯着眼皮听会，一言不发。陈凤珍看得出，厂长们讨厌潘老五瞎干预，又怕他。陈凤珍说，老潘说两句，你走南闯北，介绍一下南方乡镇企业股份制咋搞的？潘老五嘿嘿了两声，拿眼瞟宋书记说，今儿个是宋书记主持会，我不喧宾夺主，宋书记先说。宋书记说凤珍不是讲得挺好嘛！陈凤珍听出老宋和潘老五话里有话。她看出来，按潘老五的脾气不放几炮才怪，是老宋事先嘱咐他了，他不表态，给个手下人心里没底。果然给凤珍猜着了，老宋私下还给王副书记任务了。老王从县里信访办公室带回一封揭发信，揭发草上庄陈三妮装神弄鬼骗取钱财的事，县里要求镇里查办。老王知道陈三妮是陈镇长三姑，怕她为难，就在病房交代老宋了。老宋让他开大会时说说。老王知道老宋难为陈凤珍呢，又不好驳老宋，就答应下来，想私下找陈凤珍，结果这两天家里装修房子，一忙就忘记找陈凤珍了。凤珍这头老王更不想惹，他在县里开会听说女副县长要调省妇联当副主任，而陈凤珍是她的最佳替补，往远看，老宋日薄西山了。老王看见老宋给他递眼色，老王故意装没看见，一个劲儿地抽烟，但他猜出老宋心里骂他滑头呢。他心里也骂老宋，这股份制的会提那事合适吗？你们之间争权拉我垫背？他正琢磨着，老宋沉不住气提名点他了。老宋说，趁草上庄支书村长都在，老王你把县里带来的信说说。老王见躲不过去了就说了出来，最后补充说，陈镇长，我是怕你为难才没跟你讲。屋里的目光都集中在陈凤珍身上。陈凤珍面无表情。草上庄支书说，那老太太是给人看病的，哪里是装神弄鬼？老宋十分严厉地说，她是中医还是西医呀？我看你们都中毒不浅！我也听说，你们村委会都听老太太的，你们把党放在哪里？限你们回去三天，责令她停止迷信活动！村支书哆嗦着说，你就是把我这个支书撸了，我也不敢动那老太太。我还想多活两天呢！会场哄地笑开了。老宋很恼火，啪地一拍桌子说，照你这么说，现在就撤你的职！然后扭头对主管精神文明的镇副书记小田说，你去办。小田怯怯地瞟陈凤珍。陈凤珍赶紧说，陈三妮是我三姑，我去办这事。老宋说你办就你办。陈凤珍说，老宋，今天是股份制的会，怕是离题太远了吧？老宋呵呵笑，大家接着说股份制。潘老五听人一说老太太那么神，就私下好奇地打听。人们净唠大仙了，怎么也不能把兴趣引到正题上来。陈凤珍望着鼎沸起来的会议室，气得脸子寡白。眼瞅着快晌午了，陈凤珍站起身，嘴里夹枪带棒地吼，这股份制给我自己搞哪？不搞就算啦！人群静下来了。老宋望着陈凤珍说，沉住气，陈镇长！不搞股份制可是你嘴说的，宗县长怪罪下来你兜着？厂长们嚷道，谁说不搞？这是好事儿，快落实方案吧！陈凤珍斜瞄着宋书记说，咋样，老宋，这是民心所向吧？潘老五笑着圆场说，对，民心所向，民心所向！整个会议潘老五就说了这句话。老宋见潘老五憋不住了，就抢话说了一些计划生育和小康村建设的事。末了他说，股份制改革说干就干吧，下午镇党委领导班子分工包片！他大掌一挥说散会。他连陈凤珍问都不问，说散会就散会了。陈凤珍知道老宋眼里没她，受这种气也惯了，没再补充啥，随散会的人群走在最后。草上庄村支书蔫蔫地跟在她身后说，陈镇长我这事……陈凤珍说，别沉着脸像奔丧的样儿，你还是支书，他说撸就撸啦？村支书点头说那我还干着？不过，你三姑的事可不是村委会捅的。哪个狗×的生事？不怕报应？陈凤珍扭脸熊他，你们村也真不像话，我去让三姑关门歇业！你个大支书怕她啥？村支书想讨好陈凤珍却抹了一鼻子灰，悻悻地躲开了。见到小吴，陈凤珍总想说些啥，又说不上来。有个村里头头请她喝酒，她也推辞了。老宋和潘老五被铁厂朱厂长请走，到福斋楼喝酒去了。老宋没在酒桌陪到底，提前红着脸回来午休。等到下午开会时，陈凤珍发现老宋彻底醒酒了，还是老宋主持会。老宋一时半会儿都不肯放权，跟这样视权如命的人搭伙，关系很难相处，尤其是第二把手难当。陈凤珍体会颇深。老宋开场说，关于搞股份制与上次搞增收节支是一样的，增收节支有开始没结局，但愿这回干彻底一些。是不是，小吴？陈凤珍又来气了。他知道老宋言外之意，团系统出来的干部干工作开始就是结束。小吴不服气地哼了一声。老王笑着打圆场说，宋书记的意思是一竿子插到底。大家谁不想把福镇弄好呢？老宋抢老王的话题说，对，我们是想把福镇的事办好。为了搞好股份制，我们成立一个股份制改革领导小组。我当组长，陈镇长和老潘任副组长，老王任总秘书长，负责组织、联络和宣传等工作，在座的其他同志都是领导小组成员。下面呢，就具体议一议，镇里哪些企业搞股份制。不能一刀切，国家可以搞一国两制，我们福镇来个一镇两制。老潘主管镇企业，你先提提。潘老五抽口烟，十分悠闲地荡着二郎腿说，其实呢，按国外股份制的规矩，当经理和当厂长的，得占公司或工厂的百分之五十以上股，才配当经理厂长。而我们呢？是乡镇企业，集体所有，那就得搞咱中国特色的股份制啦！总公司搞股份制，吸收各厂做股东，更欢迎外资入股。至于各厂嘛，我看可以分批来，第一批搞股份制的企业是钢厂、铁厂、瓷厂、鞋厂、高频焊管厂和塑料厂。目前就塑料厂停工，其他企业虽然效益也不太好，也是麻秆顶猪头强撑着。他瞟瞟宋书记说，咋个包片分工我就不管啦！陈凤珍知道全镇还差一个停产企业玛钢厂就全了，潘老五迟迟不提，是玛钢厂盲目上马财务混乱，而且玛钢厂建厂用的大部分资金全是镇基金会的贷款。潘老五有自己的算盘，玛钢厂搞股份制启动资金难找，弄不好还会惹出意想不到的麻烦，老百姓的活钱在那儿变成了死钱。陈凤珍觉得那里早晚会出事。她说第一批搞股份制的六个厂，那第二批还有啥？不就玛钢厂了吗？老宋说，玛钢厂停产呢。小吴插嘴问，塑料厂也没开工啊！陈凤珍看出潘老五和老王都很紧张。她知道基金会的款都是老王帮着贷过去的，老宋也插手了，鬼才知道幕后有啥勾当。潘老五怕陈凤珍疑心，就爽快地大笑说，这有啥争的，那就连玛钢厂一起搞。不过，陈镇长，玛钢厂可是条大老虎，停产一天只赔一辆夏利，开工一天可就得赔一台桑塔纳啦！到时没钱可得找你这大镇长啦！陈凤珍防不胜防，他们就把球踢过来了，心里骂，好处你们匿啦，亏损找我？想得美。她也不大姑娘要饭磨不开脸了，倔倔地说，当初要是搞股份制，就不会盲目上玛钢厂。这种教训还少吗？老宋说，当初大气候多好，你知道吗？陈凤珍说，我们得往自身上找原因，蒙准了，就说气候好，弄砸了，就埋怨大气候。咱福镇下雪了，不照样有人患感冒吗？老宋脸色难看，忍着。可是治陈凤珍的招子想好了。潘老五吃不住劲了，说，大姑娘不养孩子，是不知肚儿痛哩！老王见会场气氛不对头，就出来劝说，别扯闲篇儿啦，快定分工包厂的事吧。扯到实质问题，会议立时冷了场。老宋抓住了时机，一锤定音说，我看，就按上次搞增收节支那样分吧。陈凤珍脑袋一炸，眼前立时显现塑料厂的烂摊子。潘老五包钢厂、老宋包瓷厂、小吴和小田包鞋厂、老王包玛钢厂、李副书记包高频焊管厂。老宋见陈凤珍发蔫，为自己思谋得妙欣喜。他笑着问陈凤珍，现在看来，就陈镇长和老王压力大，两厂没开工。我看把小吴调出鞋厂，搭配给你们哪一方啊？陈凤珍不高兴地说，老宋，这是干工作，又不是做买卖。老宋又瞅老王。老王说我自己折腾吧。老宋说，陈镇长是女同志，刚开完世妇会，照顾妇女是应该的。小吴去塑料厂，这么定啦！他不等陈凤珍回话就宣布散会了。都走了，会议室就丢下陈凤珍和小吴。小吴嘟囔着骂，狗眼看人低！陈凤珍瞪着两眼不说话。小吴又说，他们存心欺我们！明知塑料厂不行，还让我们一起出丑！陈凤珍想想塑料厂够难的，设备老化，而且没有资金，塑料销路不好，更别想让工人入股了。股份制如果搞不起来，弄个劳民伤财，会给福镇雪上加霜的。她有些犯难，这地方没法干，还是找宗县长调回城里算了。福镇没福了，却是很可怕。一直到吃晚饭，陈凤珍情绪都很低落，直想哭鼻子。

傍晚时大雪停了，停雪的空气有些压抑。陈凤珍心浮气躁地给丈夫田耕拨电话。占线。小吴放放怨气就静心了，过来叫她去玩麻将。陈凤珍回绝了，继续拨婆婆家电话，这才知道婆婆病了，田耕已开车来福镇找老岳父抓药来了。陈凤珍就悄悄回父亲那里等田耕。路上车熄火修车误了时间，田耕到家时都九点多了。田耕在县工商银行当办公室主任，亲自开车。吃罢饭抓完药，田耕赖在陈凤珍住室胡侃。凤宝和阿香知趣地躲出去了，田耕笑嘻嘻地往陈凤珍身边凑。陈凤珍说你不是连夜赶回去吗？田耕还是嘴巴抹蜜套近乎。陈凤珍耳根一热就明白了。她将门插好，上炕就脱衣裳，边脱边说，你快点来吧，动作快点，要不赶回城里就太晚啦！田耕看见她胸前白嫩的肉窝儿说，我不是这意思，我有别的事求你。陈凤珍没好气儿地将脱到一半的衣裳穿上说，这阵儿你们男人不知咋啦，活得都像太监。田耕在夫妻生活上一向被动，久别胜新婚，这回可行了，又没那份心情。他讷讷地说，老太太要死要活的，我哪有干这个的心思？这几天，我们行长让我找你。陈凤珍整理头发问啥事？田耕说，是催还贷款的事。你们福镇潘经理，从我们行里贷走两千万，去年到期还不上，办了延贷手续，今年年底咋也得堵上吧？行长让我找你！陈凤珍沉着脸说，行长咋不找潘老五？田耕说，潘老五蛮横不讲理，才求你的。陈凤珍笑笑说，怕是行长得好处了才理屈。田耕说闹不清。陈凤珍叹息一声说，福镇太复杂，这事你别管！田耕急赤白脸地说，这行长待我好，管也不白管哪！告你说，再不还贷，行长要倒霉啦！陈凤珍冷冷地说，你非要管，就请让行长把延贷表送来。田耕惊叫，咋还办延贷呀？陈凤珍说恐怕这是唯一结局，多快的宝刀到福镇也得卷刃子。田耕说你不答应我，我就不走。陈凤珍说不走就躺下睡，这冰天雪地的我还不放心哪！田耕还不动。陈凤珍探头望了一眼雪夜说，你非走不可吗？田耕站起身说我走啦，我妈找人给咱俩看命相，说我沾不上你啥光。果真说对啦！陈凤珍听他说看相，就想起三姑那里的麻烦事，说又是看相，看相能办大事，我也不当镇长了，跟三姑学学去。亏你是国家干部，也信歪信邪的。田耕提着那包药头也不回地往外走，风裹着雪粉砸脸。陈凤珍看着丈夫瘦弱的身体钻进汽车，心里挺不对劲儿，灵机一动，想陪他回城，看看老婆婆，也好见见宗县长赶紧调回去。她回屋拿出大衣，又用头巾围好脖子钻进汽车。田耕还生她的气，半路上经陈凤珍介绍福镇的现状，田耕就明白了，同时也冒冷汗，为那行长哥们儿捏把汗。他说找宗县长快调回来吧，咱们生个孩子。陈凤珍好久都在男人群里斗心眼儿，几乎忘记是女人了。丈夫一提孩子，又勾起了她原本的女性柔情。她记起了哪本书上的一句话，只有经历难产阵痛的女人才算是真正的女人。由此想到福镇，眼下的福镇就像一位胎位不正的孕妇，面临着难产的洗礼呢。田耕纠正说，你们福镇就像一位到处乱搞的荡妇，又泼又辣。陈凤珍给了田耕一拳头说，该死的，不准你骂福镇，好赖也是我的家乡呢。田耕笑说，你家乡有一样最美。陈凤珍问是啥？田耕让她猜。陈凤珍了想说，福镇在你眼里，准是姑娘最美。不然咋会娶福镇姑娘当老婆呢？田耕撇撇嘴说，自我感觉良好，就你这五大三粗的也叫美，那天下没有嫁不出去的姑娘啦！陈凤珍笑着捶他。田耕笑着说福镇雪最美。陈凤珍挺服气，情不自禁地往外看，层层叠叠的雪梁子像雪雕似的。

一大早儿，陈凤珍给婆婆熬完药，就去县政府找宗县长，路上她想了不少诉屈的话。她相信宗县长会大发雷霆，帮她出气，给她调回来，或是将老宋调走。她在办公室见到宗县长。宗县长本想听她汇报股份制的进展，却听她婆婆妈妈地告状。她理直气壮地说着，就感觉宗县长脸色不对了。宗县长问，说完了没有？陈凤珍说，完啦。宗县长没鼻子没脸地狠训她，你口口声声说，老宋和老潘他们欺负你，让你包塑料厂就是欺负你啦？依我看，反差越大越能显示股份制的力量！你说，老宋他们反对股份制怕丢权，有啥行为证实呢？人家不正是在干吗！我看福镇大有希望，有问题也是你有问题，怕困难，患得患失，你没听有人传言，说咱们团系统的干部干工作开始就是结束。你这可好，没开始就想结束，想调回来，调哪儿？我看放你到幼儿园当老师都不合格！陈凤珍蒙了。她脸上挂不住了，双眼汪了泪。她讷讷地说，宗县长，我不是那意思。宗县长果断地说，啥意思？我不听你说，说好说坏没用，干好干坏才立竿见影！至于过程嘛，自己去折腾！凤珍哪，干工作一着不慎，全盘皆输哇！说完宗县长就被叫去开会了。陈凤珍瞪着两眼呆坐。她无路可退了。可细一品宗县长的话，证实了宗县长对她是寄予厚望的。宗县长批评她越狠，就说明关系越近。如果自己真是无能，就顾及不了关系。她不服输，从小就这性子。她惊叹老宋的手腕高明，明明是欺你走，还让你哑巴吃黄连有苦难言。这就是工作中的艺术，够她好好学一阵子的。她想学，想单枪匹马杀回福镇，真正尝尝大姑娘生孩子的痛滋味，是坑是井都得跳了，别无选择。陈凤珍回到家里，替婆婆熬下最后一锅药就要走。田耕说你不想回城生孩子啦？陈凤珍说想生孩子跟我回福镇。田耕咧嘴埋怨，你疯了吗？陈凤珍冷冷地说，说得对，如果我在这一冬干不出个名堂，你只有在年根儿去领疯老婆啦！说完她去了大街，租了一辆汽车回福镇了。

　　一进福镇的街口，陈凤珍就从车里看见几个人在墙上贴标语。标语写道，大搞股份制经济大翻番。她轻轻笑了。她走到镇政府，听见人们私下议论股份制分工包厂的事，都说陈镇长太吃亏了。陈凤珍笑说没啥关系。她越这样，人们越替她鸣不平，感觉老宋一伙太霸道。陈凤珍的沉默反显出大家气。她一进办公室，小吴就跟过来问她宗县长咋说的，陈凤珍又拿出宗县长的口气批评他。她叮嘱说，一着不慎，全盘皆输！小吴说我听你的。陈凤珍将桌上凌乱的报纸收拾好，坐下来稳稳神说，我们去草上庄，你开车就行啦！小吴问干啥？陈凤珍胸有成竹地，先把我三姑的事办妥，然后再找老周李继善他们谋划谋划，让塑料厂开工。小吴忽然想起什么来说，那天晚上，老周和李继善不是说，搞了股份制，他们能承包吗？陈凤珍惊喜道，对呀，看我都忙忘了。随后她又拨电话给潘老五说，老潘，赔李继善草场损失费啥时给？潘老五说哪儿都缺钱，又来要债啦，让他们先等等吧！陈凤珍唬他说，你再不给，人家法院可就责令你顶财产啦！潘老五说，别逗啦，给法院仨胆子也不敢！张院长刚派人要过大米呢！陈凤珍放下电话叹口气说，这个潘老五，让我咋见李继善的面儿呢？小吴说再想想别的法子吧。陈凤珍让小吴备车去草上庄，硬着头皮也得去了。

上午出日头了，到处都水啦啦地化雪，平原上的残雪晒成浅灰色。陈凤珍望见汽车的泥轱辘甩下两道弯曲的车辙，辙印子扭来扭去，一直拖到草上庄村头才甩掉了。村头有一块洼坑，下雨积水，落雪积雪，她们的汽车到那儿就陷住了，小吴猛打火也不行，围了不少村民看热闹。陈凤珍下车来招呼着人推车，愣是没人上手，还有一位半疯半癫的老头呸呸地说，这些贪官们，上午围着轮子转，中午围着盘子转，下午围着骰子转，晚上围着裙子转。逗得村民笑。陈凤珍瞪那老头一眼，老头还旁若无人地呸呸。这时后边顶上一辆双排座车，下来村里一个支委见是陈镇长，就组织村民推车。汽车驶出老远，陈凤珍还看见那老头站在村口呸呢。扭回头，她看见三姑家的门楼子了，车就停下来，她又看见门楼和墙头上的艾叶了。憔悴的艾叶被化雪濡湿了，耷拉着摆动。陈凤珍看艾叶的时候，姑夫从屋里迎出来。姑夫笑呵呵地将她和小吴带进屋里，说东房里你三姑正上香呢。陈凤珍一进屋就闻到香火味了，她不喜欢这种气味。她这时想起，福镇入冬以来的难闻气味，也许就是这种味道。虽然不爱闻这香味，但陈凤珍是爱三姑的，三姑百病缠身，够可怜的。由于道儿不远，她小时候常带凤宝到三姑家玩，后来她当了镇长，听说三姑成大仙了，就不敢常来了。三姑夫是老实巴交的好庄稼人，几十年为三姑治病，几乎熬干了骨血。如今他苦尽甜来，再也不下地做农活了，每天背着钱兜子坐在家里收钱。陈凤珍看见满屋挂着牌匾，都是受益人送的，写着感激陈大仙妙手回春一类的话。陈凤珍弄不明白，三姑这里为啥比父亲的药铺还火？她问姑夫，姑夫说这里从来都给人带药的。药就是一罐子白水。小吴问这白水能治病？姑夫挺神秘地说，这哪里是白水，是神水哩！大仙将香灰点进来，边点边数唠各种中药名，病人拿走就当药去喝，每两天才能喝一小口，病慢慢就好了。陈凤珍问姑夫，这水是哪弄来的？姑夫用手指指前院里的压水井。陈凤珍笑道，这井水喝了不坏肚子吗？姑夫说是神药咋会坏肚子呢？陈凤珍说我倒要看看三姑咋唬人。姑夫说上香的时候，你三姑认不出你来。陈凤珍挑开门帘进了东屋，三姑果然没认出她来，屋里烟气腾腾，三姑正摇动枯瘦的长臂给人看前程。那人很虔诚地坐在三姑对面，升腾的香火将他和大仙的脸隔开了。那人问大仙道，我要搬家往哪边搬好？大仙说西南方。那人又问婚姻咋样。大仙说香火若分若离还是拧在一起，打打闹闹分不开！那人挺服气，又问啥时间离婚好。大仙说仙人不拆姻缘，凡人自拿主意。陈凤珍听三姑变了腔，很像狐狸的叫声。也怪，香火一灭，三姑就恢复了常态，声音恢复了原样。那人好像是老板，塞给姑夫一张百元的票子走了。三姑认出陈凤珍来，就站起身来打招呼。坐在炕沿等候的人纷纷跟大仙溜须，都嚷嚷先给自己看。三姑看陈凤珍脸色不对，猜出有急事，就跟陈凤珍到西屋来，姑夫也跟过来。三姑问，有事啊凤珍？陈凤珍冷冷地说，别干啦三姑！三姑愣了眼问为啥！这时候三姑夫疑心陈凤珍父亲怕挤了生意捣鬼呢。陈凤珍说，上头不让干的。然后她让小吴将检举上告信念给他们听，姑夫软软地蹲在地上。三姑老脸寡白说，凤珍给说说情呗，你当镇长，三姑还没沾上一点光呢。陈凤珍说，民不举，官不究，认了吧！我帮不上忙。说完硬硬地给三姑一个冷脊背。三姑坐在炕沿儿，掏出长杆烟袋，啵啵地抽。她吐口烟说，凤珍，你三姑做善事呢！给人治病，给人看前程，昨天还给镇上工厂看风水，俺哪儿错啦？陈凤珍愣了。问她谁让你给企业看风水啦？三姑夫说是潘老五请去的。陈凤珍瞠目结舌。小吴好奇地问，你看塑料厂风水咋样？三姑说以前太凶，这阵儿行啦，厂门口的浅水渠挖对啦！陈凤珍想起夏天泄洪，在塑料厂门口挖了条浅水河。小吴高兴，又问玛钢厂咋样。三姑说凶。小吴还要问下去，陈凤珍拿眼神将他逼住了。她竭力排开三姑仙气的干扰，果断地说，不管咋说，这是迷信！关门吧！三姑夫狠狠地说，啥叫迷信？神好退，鬼难送哇！陈凤珍故意不理他，她看见三姑泥胎一样端坐，眼睛很深，很忧郁，三姑夫又拿神仙吓陈凤珍。三姑一抡烟袋锅，扣在老头的腮上说，你算哪路神仙？牛槽里多出驴脸来啦。三姑夫怯怯地退下来。三姑问陈凤珍，俺开这号影响你前程不？陈凤珍无语。小吴说影响可大了，弄得陈镇长不硬气。三姑一字一句说，那就关门！陈凤珍看见三姑双眼流泪了，陈凤珍劝说半天，三姑呆坐流泪不说话，伸手拿红布将身边的神龛盖上了。陈凤珍和小吴走出三姑家，汽车开动时，他们听见哀哀的哭声。陈凤珍脸颊一片火热，眼皮子也湿了。

　　走进李继善家，陈凤珍看看表都响午了。李继善笑说，找老周去村口酒店吃饭。陈凤珍说就在家里吃便饭。李继善说在那里吃啥有啥。陈凤珍说家里有啥吃啥。没听村口老头骂咱是贪官嘛！小吴摇头笑着，这村还他×真有能人，编得挺有意思。李继善说，那是个神经病，别往心里去，说你们二位是贪官，那打死俺也不信！陈凤珍叹息一声，逗小吴说，那老头是不是冲你编的？坦白交代！小吴支吾说，要说轮子盘子骰子我转过，至于晚上的裙子就没有转过啦，我不会跳舞！陈凤珍话里有话地笑道，你别遮盖，这转裙子可不仅仅指跳舞哟！小吴摇头说，那指啥？既没权又没钱，小妞都找不到。都笑着，李继善的孩子将老周叫了来。老周又往酒店拉他们，陈凤珍推辞了。李继善父亲将陈凤珍让上土炕。请客上炕，是平原农村的最高礼节。空心土炕连着锅灶，烧饭烟火，穿过炕底的火道，从墙壁直达屋顶的烟囱冒出去。陈凤珍盘腿坐在炕上，身下到心里都暖烘烘的。不一会儿炕桌就放上来，桌上摆满白菜炖粉条和千层饼。陈凤珍说吃这最好，就不喝酒了，吃饱饭咱们商量塑料厂的事。李继善心里歉歉地说，陈镇长为俺们打官司追赔款，操尽了心，到俺家里吃这个，心里过意不去呀！陈凤珍红了脸说，别提官司啦，到现在也没兑现赔款，我这当镇长的也不好意思哩！李继善说那不怪镇长。小吴说，临来时陈镇长还催潘经理呢！老周问，潘经理咋说？小吴说他总是应着，就是不知拖到啥猴年马月。这家伙，有啥道理好讲啊！这不，又给陈镇长和我挤到塑料厂来啦？陈凤珍止住小吴话头说，不能这样说，现在是困难时期，大伙铆劲儿往前奔，才有希望！老周和李继善忙点头。然后就没人说话，都吃饭。正吃到半截儿上，村支书看见门口的汽车，以为是小吴来了，进来一打听才知道有陈镇长，就派村治保主任到酒店买些酒菜来。村支书先进屋跟陈镇长说话，治保主任端着鱼肉进来。村支书这官是陈镇长给保下的，他见到陈镇长想表示点心意。陈镇长来村里也不打个招呼，村支书埋怨说。陈凤珍已经吃饱饭说，我来村里是解决三姑的事，怕给你们吓着。村支书问咋样？陈凤珍说她关门啦！村支书叹一声，也有人吸凉气。村支书说是不是到村委会歇着？陈凤珍笑说，这热炕我坐舒服了，就在炕头上商量事，土是土了些，可心里踏实呢！然后她就往塑料厂开工的话题上引。老周是潘老五发现提拔的，他借潘老五的光，所捞的全捞到了，在农民企业家称号底下挣了钱。塑料厂亏损关门，厂长个人却是很肥的，而扔下的烂摊子则属于镇里的。这是乡镇企业的一大通病。陈凤珍十分明白这些，唯有她还看中老周，就是发现他对塑料厂有感情，还想干实事。陈凤珍试探着问，老周和老李在上次说个人承包，可行吗？老周摇头说，俺问过潘经理了，个人承包要先注入100万元的风险金。这些钱，我和老李哪去弄？陈凤珍说，搞股份制，厂长和副厂长们个人注入高于工人的股份，而且效益与分红挂钩，可行吗？老周说这样行。陈凤珍说，老周还当厂长，老李当副厂长，原来的副厂长老周看着留。人员先这么定了，关键是看一下塑料的市场。上次搞增收节支，我就看塑料行情不好。老周，现在还行吗？老周说疲软得很呢。陈凤珍沉默不语。小吴说，股份制也好，人员改革也罢，都是形式，形式搭台经济唱戏，塑料市场完蛋，一切努力都白搭，还会背上更大包袱的。屋里人都点头。陈凤珍把脸扭向窗外，她的心思跟屋里不搭界了。她看见了挂在墙头上成串的玉米棒子，也看见遮住阳光的棉花秸垛。她眼睛一亮，扭回头来说，大家是不是往农业上想想，咱乡镇企业两眼光盯着工业，弄不好就背个大包袱，而农业呢？被忽视了，投资少收益大，船小好掉头嘛！小吴说，陈镇长的意思是转产？陈凤珍兴奋地说，对，转产，利用塑料厂的厂房干别的。村支书说，现在粮食加工和棉花加工看好，咱这是三镇交界处，没一个这样有规模的加工厂。俺村里想上，积了些资，还不够哇！陈凤珍说，那就跟镇里合股吧！如果转产，可以变卖塑料厂的机械，然后添些粮食加工的机械。村里投资入股和工人集资入股，就能把加工厂运转起来。老周和李继善都说好。陈凤珍说，从卖塑料厂机械的资金里拨出40万，给这几户赔偿草场损失费。李继善问，那潘老五会干吗？陈凤珍说，我当镇长，这点事还是当得了家的。塑料进口垃圾引发的官司，自然由塑料厂还！李继善看老周情绪不对，忙说，真的还咱40万，我们就往加工厂入股啦！那几户俺去做工作。陈凤珍和老周都笑起来。陈凤珍对老周说，赶紧张罗卖旧机械，购置加工厂的设施，回头写个报告给我，我向镇党委汇报！老周说，俺们下午就去塑料厂！陈凤珍感觉双腿在炕头坐麻了，走下炕来，险些瘫在地上，由小吴搀扶着上了汽车。化雪天，屋里暖风扑面，到了外面，陈凤珍依然感到冬天的寒冷。汽车路过三姑家门口时，陈凤珍看见门口没有车辆，那股难闻的气味消散了。出了村口，陈凤珍心情格外好，就让小吴唱一支歌，小吴就唱了一首《村里有个姑娘叫小芳》。陈凤珍听得正上心，觉得有股热气扑在她额头上，热热的。她在想，啥时候才能把热流带进福镇冬天的梦乡？

陈凤珍和小吴又去塑料厂看了看，回到福镇已是傍晚。陈凤珍说去找潘老五说说想法。小吴想想说，不能让老宋他们太兜底喽，否则又该生事了。陈凤珍想想也对，工作得讲策略，跟他们玩玩袖口里捏指头的把戏。在镇政府门口，她看见弟弟凤宝坐在三轮摩托上等她。她问凤宝有啥事？凤宝说爹叫你晚上回家过扁食节。于是陈凤珍就跟弟弟回家了。她一进家门就看见父亲和阿香包饺子，她洗洗手也上来着手包。扁食节是纪念民间名医扁鹊的，陈凤珍从小就听父亲说扁鹊来福镇行医的故事。有一年寒冬，雪花纷飞，福镇有寒流，不少人得了冻疮，扁鹊得知后来福镇治病，给人们熬祛寒娇耳汤，就是把羊肉、生姜、辣椒与祛寒中药掺在一起做馅包饺子，病人吃下就好了。早些年福镇家过扁食节，这些年只有中医世家过这个节了。陈凤珍知道父亲很看重这个节日，父亲也是福镇的名医。正包着饺子，父亲耸起弓一样的眉毛说，你三姑夫下午来告你状啦，说你把他家营生封啦，骂你胳膊肘往外拧！陈凤珍问父亲，您咋说的？父亲说我没给你姑夫好听的，整日装仙弄鬼的给我们老陈家丢人！陈凤珍知道父亲一身正气，听父亲说的话挺过瘾。父亲一字一句地说道，我跟你姑夫说，缺钱花到我这拿，也别蒙人啦！你姑夫说，你三姑不上香就得病，我说得病也是你挤对的。你姑夫可是个老财迷呢！陈凤珍就笑说，有人告到县里，要不谁有闲心管这破事儿。这时候凤宝说水开了，就往锅里噼里啪啦下饺子。陈凤珍问了问糊涂爷的病情，就去父亲屋里看那些新做的立佛丹。一颗颗圆疙瘩，在灯影里放光，整一案子药丸子，陈凤珍还能辨认出有六颗丸子很特别，猜想准是拿红兔子眼做的，是父亲专门给糊涂爷的。父亲佝偻腰进屋，陈凤珍一问果然是。她知道，这些天父亲和凤宝夜里打兔子，等了多少天才碰上红兔子，父亲将祖传的药书也翻箱倒柜地找出来，昼夜翻弄着，终于做成了这几颗立佛丹。陈凤珍又顺这根筋想远了，想到医治福镇经济的立佛丹，想象都搞了股份制以后是啥局面。父亲插言说，啥局面？这年头人心不古，都变得不像原来的人啦，能好哪儿去？就说潘老五吧，我跟他爹潘老爷子早就熟，从小看潘老五长大的。说良心话，潘老五在十年前创业建厂还是挺好个孩子！这会儿可好，这兔崽子五毒俱全啦！陈凤珍知道父亲得了肺气肿病，听了不对心思的事就生气。她劝说，你别骂人潘老五，人家是咱福镇改革开放的带头人，省劳动模范。父亲呸了一声说，啥带头人？啥模范？这年头敢送礼敢花钱就能买来！我才看不起这号人呢！凤珍哪，你当镇长的可别跟他们同流合污！小心你爹骂你！陈凤珍笑说，您老少操这份闲心吧。潘老五是招您惹您啦？父亲板着老脸说，你还护着他，虽说我是听买药的镇里人传说的，可那无风不起浪！他挥霍公款搞小妍我老头子见不着，可那天夜里找狗的事，我是亲眼所见哩！陈凤珍愣起眼问，找狗的事？父亲说，半月前的夜里，潘老五家的法国狗跑丢啦，潘老五从三个厂子抽出上夜班的工人18名，分头找狗，找不到扣奖金，你说霸道不霸道？陈凤珍笑着问，你咋知道这么详细？父亲说，我和凤宝正在雪夜里打兔子，碰着找狗的工人啦！那工人开始挺横，说见着长毛狗别开枪！我说见着四条腿儿的就开火！那人刚要急，一晃手电认出我来，才客客气气地诉屈。陈凤珍没再说话，坐在灯下发呆，只觉心上郁结了一股寒气。直到她吃上祛寒娇耳饺子，浑身才暖和了。父亲草草吃上一些饺子，说要去敬老院给糊涂爷送饺子。陈凤珍站起身说，我去吧，外面路滑。然后她挎着篮子出了家门。她额头的热汗不用擦，转眼就被北风吹干了。她怕撞见熟人费话，躲躲闪闪地走着，街灯在寒风里不住地闪动。

夜里又下雪，雪不大，可下起来就没完没了，直到第二天上班也没停下来。陈凤珍没理会这场雪有啥不好，而对于潘老五却是富有灾难性的，这将给福镇带来怎样的影响，谁也说不上来。陈凤珍早晨上班后就被宋书记叫到屋里，宋书记告诉她潘老五出事了。昨天夜里被矿上的人掏走啦，那时刚好下雪，那边留下一封信，不还上拖欠煤款120万别想取人。陈凤珍叹一声说，都怪老潘死鸭子嘴巴硬，我早有预感会出事。哎，老潘不是有老徐当保镖吗？宋书记说，他是从小敏子家被掏的，早晨起来，老潘的媳妇就找小敏子打架要人，给小敏子脸抓得流血！老潘媳妇又找我哭啊号的。唉，都乱套啦！这个潘老五啊！陈凤珍没加评论，她怕言多有失，说多了还会被老宋认为她幸灾乐祸，毕竟潘老五是他的心腹。宋书记见陈凤珍不拿意见，脸就沉下来说，你看咋办？是不是得开个紧急会议研究一下？陈凤珍说，还研究啥，拿钱换人呗！宋书记等的就是这句话，他说自己高血压又犯了，医生嘱咐不要出远门。陈凤珍听出老宋的话外音，想让她带人带钱换潘老五，又不好直说，看来老宋也不是啥事都专权的。陈凤珍在心里做好了去山西的准备,可就是不跟老宋明说,急得宋书记在办公室团团转。老宋又分析说,如果我们福镇的主要领导不去,恐怕那头还会不依不饶的。正这节骨眼儿,老王推门进来。老宋就赶紧给老王戴高帽儿鼓动他去山西。老王哭丧着脸说,救老潘是我的分内事,老伙计出事还能看热闹?不过,这几天我家里正装修房子,大小子准备结婚,缺这个少那个,都得我去跑腿儿。老宋刚要再说,老王腰里的 BP 机响了,老王趁机回电话溜了。陈凤珍心细,她听出老王 BP 机响音是均匀的连声,只有自己按动红键才发出的声音。她觉得老王好笑。细一思忖,都说山西好风光,可解决这场纠纷不是观光,是够叫人怵头的,加之潘老五素质差,不时会让你当众出丑丢面子。镇长在当地算个人物,可一离开福镇又算个啥?她想起自己刚来福镇的时候,出差去北京。在北京车站排队买票,人群疯了一样地挤,她简直支撑不住了,同行的镇文教助理小马冲人群嚷道,都别挤啦,这是我们镇长!人群立时哄笑了。一位手提公文包,被挤出人群满地找鞋的人说他是处长,不进北京不知官小哇。当时陈凤珍脸就红了。陈凤珍想去山西遭这个难,不是迫于老宋的压力,而是有了争取潘老五的想法。人在难处拉一把,将会记住一辈子。陈凤珍瞅着老宋那一脸褶子说,我去接老潘吧!宋书记意味深长地笑了。

都说奶大压不死娃,像福镇这样的富镇,前几年凑百八十万块钱,还是小菜一碟。如今凑这 120 万,可难坏了陈凤珍。她看出这步棋了,谁去山西谁找钱。潘老五从珠海要回的 200 万,往企业一分,如泥牛入海不见啥动静,这次往回拽就比登天还难了,费了九牛二虎之力才凑上 80 万。余下的 40 万咋办?陈凤珍愁眉不展的时候,小吴说去露透社看看。没有找到小敏子,小吴又出主意求援潘老五的老婆。小吴猜测潘老五家里至少有 300 万存款。陈凤珍瞪小吴说,他家有钱也不敢拿出来呀,那还不出了虎窝进狼窝呀!正上下为难的时候,小敏子听见风声来找陈凤珍。小敏子脸上的血条子已经浅淡了,但两只眼睛如熊猫似的黑了两个大圆圈。小敏子要求自己跟着去山西,陈凤珍答应了。然后小敏子就说她借了 40 万块钱,是从镇里基金会借的,说镇基金会的余主任是她表兄,跟潘经理关系挺好。陈凤珍连声说好,让小敏子回家准备动身。小吴见小敏子走远了,就大发感慨,瞧人家潘老五多有福气,看来小敏子对他是真心的好！陈凤珍也赞叹说，有这样一位红颜知己，潘老五值啦！看来，余主任也真帮忙，这阵的基金会也够紧的！回来让老潘堵上钱！小吴却与她的看法不同，听说余主任跟小敏子也有一腿呢，不看僧面看佛面嘛！陈凤珍骂小吴，你别瞎说！我倒是怀疑是小敏子自己的钱存到基金会了，余主任才敢借她！小吴沉下心来说，也有这可能，这些年老潘可没少给她钱呢！陈凤珍疑惑地自语，有这么多吗？小吴十分认真地说，这还多？听说北京死的一个贪官，给情人的钱都是上千万的呢！陈凤珍从窗口看见小敏子提着皮箱来了，就赶紧打住话头。她这次去山西做了多种准备，小敏子去了更多一套方案，她是镇长只能讲道理，关键处让小敏子犯浑也许会管用。她让小吴留在镇上，盯紧塑料厂改造转产的事，就在黄昏落雪时分动身了。跟随陈凤珍的除了小敏子，还有镇政府办公室刘主任以及镇农工商总公司的会计小兰。陈凤珍一行劳累都不怕，怕就怕矿上翻小肠，怕他们见了钱仍胡搅蛮缠，因为潘老五酒后伤过人家。这回任人家横挑鼻子竖挑眼，处处给咱小鞋穿吧。谁知一到那里，情形有变。原来，有一天夜里，潘老五依旧不服软儿，口口声声说甭想要款，上次挨了打的矿长助理想出治潘老五的招子，就派人将潘老五装进一条麻袋，放在拉煤的小拖车后斗，在矿区河边颠了一宿。小拖车跑一段，那人就问潘老五一回。傍天亮路过一个沟坎子，车颠得潘老五鬼叫，连说还债还债。对方将潘老五拖出来，潘老五瘫软如泥，裤裆都湿了。送到矿区小诊所一查，潘老五的腰折了，腰椎神经阻断，需要进行大手术。躺在矿诊所的潘老五痛得哼哼呢，见到陈凤珍一行眼泪就下来了。陈凤珍发现潘老五脸白得像骨头。就这样，不给钱也别想取人。陈凤珍说告他们人身伤害，对方说你们还伤过俺们呢。陈凤珍见对方挺硬，则软硬兼施，说就凑来80万块钱。老矿长怕潘老五治病让他们花销，就应承下来，说那40万回头再还。其实，双方心里都明镜儿似的，40万块不会再有人提起了。陈凤珍从当地租了一辆救护车，一行四人护送老潘去北京住院。只能去北京，小医院做不好手术，老潘就下肢瘫痪了。小敏子说好在还剩40万块钱呢。老潘又抓拿不住地说，到北京跟到家一样，我老潘朋友遍天下，没钱也能先住院。小敏子猛然想起北京某医院院长每年都来福镇拉大米，那就住这个医院，还能请个名医来。陈凤珍这样说，只要能治好老潘的病，花多少钱都行！潘老五听着她的话心里热乎乎的，不管是真心还是假意，有这句话还咋着？陈镇长注定不是这条线上的人。小敏子见潘老五还拢着自己那一套，就把陈镇长为营救他操心费力的事说了。老潘知道小敏子跟他没假话，这样一听到真的招架不住了，他不敢看陈凤珍的眼睛。潘老五又说凤珍哪，五叔这回可看清好赖人啦！人在难处见人心哪！过去我受老宋的撺掇欺负过你，给你出了不少难题。谁知你个女人家比咱大老爷们儿心路还宽，会有大出息哩！然后他就伸长脖子骂老宋老王，骂他们王八犊子装人，不见兔子不撒鹰，没良心！陈凤珍劝他说，别生气呀老潘，你多虑啦，我向来都把你当自己人！她越这样说，老潘听着越难受。他依然没撒开手说，咱福镇盼着我潘老五倒运的人很多！听说我这样子，不知有多少人笑呢！其实，幸灾乐祸的该是凤珍你才对，谁知你从不记恨人，只想着福镇的工作。我老潘是个粗人，老秃子做和尚将就材料，再就是走道捡鸡毛凑足了胆子。都拍拍胸脯的四两肉，没我折腾，福镇有现在的规模吗？都有气，端着碗吃肉，放下碗骂娘。凤珍，你不知内情，多少任镇长书记的从我手里发达了，唯有你不黑不贪。往后我拥着你干啦！陈凤珍说，别这样说，你好生养病吧！她感觉手被老潘攥痛了，想抽回又怕老潘多心。潘老五将陈凤珍的手越攥越紧，说，凤珍哪，你有前途，但要明白，现在升官一要靠关系，朝里有人好做官；二要靠钱，有钱能使鬼推磨；末了才轮到这工作政绩，是不？别看这话挺俗气，却跟臭豆腐似的，闻着臭吃着香呢！等我好了，五叔出钱出物，为你打通上头关卡，咋样？陈凤珍苦笑着。小敏子暗暗拧了老潘一把说，都瘫了还不忘放毒！潘老五哎哟了一声，陈凤珍以为他腰痛了，就拥他。潘老五叫出声的时候才将手松开了。其实小敏子又犯醋劲儿了，她知道潘老五说话爱攥女人手，瘫着身子也不改。陈凤珍显然对潘老五的热肠子话反应冷淡，她到福镇来好像就为升官似的？这是她老家，如果拿老百姓的钱去买官，这官做着有啥意思呢？她为潘老五的说法打了个哆嗦。别人也许这么干，我不干，一个女人家官升则升，升不了就当一个好妻子。她真这样想。那天她在报纸上看到一个报道，说某地区一位女副专员贪污行贿进了监狱，她当一个粮店主任时就敢贷款送礼买官，一直买到副专员，做了官再贪污偿还贷款。陈凤珍颇不理解这个女人，好像不升官一辈子就不活了？她不是不想升官，得看咋个升法。入冬以来她在股份制上押了注的，为的啥？

潘老五猜不透陈凤珍在想啥，但看得出她对自己这套不感兴趣，就叹一声说，凤珍，我知道你们瞧不起我，但又拿我没办法，应付应付罢啦，对不？可我跟你一样心情。王八蛋才不想把福镇搞好哇！陈凤珍看见潘老五眼圈又红了，说，别激动，你是福镇的功臣，谁小看你啦？别猜七想八的。小敏子也说他，你这人坏事就坏在这张破嘴上，快留口唾沫暖暖自己的腰窝子吧！潘老五叹一声蔫下来，让小敏子给他点支烟。陈凤珍知道潘老五眼下最怕啥，虽然他没点破。他怕自己站不起来，由此失去福镇江山。小敏子嘴上不说，看出她心里也怕潘老五真的瘫了。陈凤珍忙给他们宽心说，老潘啊，做完手术，养好身子就快回，没你撑着，我可弄不了那摊子！潘老五嘴角渐渐浮了笑影说，别愁，咱不是稀泥软蛋，别看我在北京治病，福镇的事也能遥控！这牛皮不是吹的！小敏子撇撇嘴说，都该归残联管了，还吹呢！陈凤珍笑笑说，我相信老潘有这个能力！趁着潘老五的兴致，陈凤珍跟他说了说塑料厂的打算。潘老五说，你当家，你的意思就是我的意见。陈凤珍心里讨了个底便不再提股份制了，不承想这股份制先将老潘给骨分肢了。到了北京那家医院，陈凤珍紧一阵忙活，就等专家做手术了。

镇里来京一个车队看潘老五，老宋带着各厂厂长们来了，潘老五的老婆也到了。潘老五没给老宋好脸色，又听说老宋将接他班的人都暗暗找好了，心里更来气。老宋将铁厂朱厂长抽调到总公司，在老潘住院期间任代总经理。其实，老宋是让老潘安心养病，谁知老潘却接受不了。潘老五不好明说，嘴上大骂某些人过河拆桥落井下石。老宋以为他骂陈凤珍那边人，也跟着附和。他不知自己走错一步棋，不该让陈凤珍去山西。他想为难她，殊不知把手下干将让出去了，弄个肉包子打狗有去无回了。老宋一走，潘老五就跟陈凤珍咬了半天耳根子。本来，陈凤珍要跟老宋的车一起回福镇，这时接到田耕的电话，说他们薛行长到北京看老潘，她只好等田耕他们。田耕和薛行长一到，陈凤珍才知道，来了一帮行长们。不光是工行，农行建行等行长都到了。他们怕老潘瘫了，怕老潘死了，否则这些贷款找谁去还？陈凤珍看出这帮行长们的心思，表面还得潘大哥长潘大哥短地叫，心里早没这份感情了。薛行长直接问陈凤珍，老潘手术后能好吗？陈凤珍不置可否地笑笑。田耕急赤白脸地说，不管老潘咋样，我们行的贷款由你盯着还上！陈凤珍不表态。她学聪明了，这个时候不管她说啥，传到老潘耳朵里都不好。薛行长叹息说，老潘瘫了，福镇也许能站起来，可我们不行，他完蛋我也完蛋！陈镇长可得帮忙啊！陈凤珍点点头，没说啥。她说啥呢？搞股份制潘老五是碍手碍脚的，可眼下社会风气，没有潘老五这样的人也不行，她脸上现出极度的迷惑。陈凤珍正想跟田耕他们回去，县委办公室打来电话，说县委书记陈东林和宗县长到京看望老潘。潘老五强留陈凤珍，他说等县里领导来了，他将给福镇动大手术！陈凤珍说，你的手术还没做，就想着给别人做手术啦？潘老五说，你不信我老潘？你要是不走，你还会看见地委领导来看我！陈凤珍觉得潘老五的做派像一介武夫，却能勾连社会各界。他说话还真有人买账，这家伙不仅仅是大肚罗汉一肚子屎了，有时这样的人也能成大事。果然这几天就立竿见影了。那天有个北京老板来看潘老五，闲谈的时候知道老板是搞旧设备转卖的，陈凤珍就把塑料厂的事说了，老板有意要。陈凤珍很高兴，就说她先带老板回福镇，等老潘做手术那天再来。潘老五说舍不得你们走，不过别误了正事，走就走吧！临行前，陈凤珍看老潘老婆和小敏子共同厮守不是办法，一山不容二虎，两只母鸡到一起还乱掐架呢，何况这俩人。她就动员小敏子跟她一起回家，也免得县里领导见了影响不好，谁知潘老五就明来了，一个劲儿轰他老婆回去，说我这德行还有啥错误要犯？老婆无奈眼泪汪汪地跟陈凤珍回福镇了。

　　霜前冷，雪后寒。陈凤珍一行赶到福镇时，正巧赶上一场大雪末梢儿，车一进福镇的地墒，雪停了，但冷得厉害。陈凤珍好久没看见福镇的雪了，今天看见雪原，总想下车来走几步。洁白的树挂一闪而过，使她分不清是霜还是雪。陈凤珍这时真想到雪地里搭个雪屋，过几天不食人间烟火的浪漫日子。她欢快地说，等咱福镇渡过眼下难关，就搞一个冰雪节，不比哈尔滨差呢！然后就有冰雪节的场面在她眼前晃了。当她走进镇政府办公室，一大堆难题急待解决的时候，她就再也不想雪景了。先陪着县里精神文明检查团转了半天，她还特别汇报了将大仙关门的情况，陪着人家吃午饭，县电视台的车又开进来了，找陈镇长要赞助，说他们正准备播一部关于股份制的电视剧，要求福镇点播。陈凤珍说好是好，可福镇眼下没钱。说没钱人家还不信，那伙人赖着不走。陈凤珍想了个主意，给他们打了个白条子，让他们先播。那伙人知道陈凤珍办事黄不了就走了。走时，陈凤珍让办公室给他们每人一袋大米。老规矩了，空手回县里不知怎么编派陈凤珍呢。陈凤珍这时才想起，该给县里部门准备年货了。今年她得亲自去送年货，去年她刚到基层不好意思，结果派办公室的送货出了岔头。首先是电力局、计量局没送到，弄得福镇电力不足产品不过关，据说是没找到人，办公室小薄把东西拉家里匿下了。还有一个更大的失误是给宗县长送的一筐河螃蟹。小薄将满筐活螃蟹往宗县长院里一放，说陈镇长的意思，没说啥东西，县长夫人以为是一筐苹果没有动，结果半夜里河蟹拱碎筐盖儿爬出来，爬得满院子都是，还有一大部分爬过墙头，到退休的老县长院里了。老县长得了便宜还骂人腐败。宗县长虽然不好直说，还是旁敲侧击地说陈凤珍年轻啊。陈凤珍的神经总是绷紧的，稍不留神就会出乱子。下午老宋和陈凤珍听取各个厂汇报股份制进展情况。从汇报上看，陈凤珍十分满意，各厂都动起来了，铁厂、瓷厂最好，职工们纷纷取出存款入股，就连停产的塑料厂也通过北京老板变卖了旧设备，新的粮食加工机械已购进，眼瞅着就要开工了。就是玛钢厂没有动静，陈凤珍狠狠地批评包厂的老王，老王终于说了实话，他说潘经理有打算，说不搞股份制。陈凤珍望了老宋一眼，老宋也绷着脸长时间不吭声。陈凤珍感到了包袱的可怕。她说，玛钢厂是颗毒瘤，不，是炸弹，不定哪天就会引爆的。老宋哼了一声不服气，心里后悔没把她分到玛钢厂去。这大气候你能抗得住吗？陈凤珍说，玛钢厂投资太大，不好掉头，只好等资金咬牙上了。她又对老王说，赶紧把资料准备一套，寻求合作伙伴！老王说这招子早试过了，谁愿把鲜花插在牛粪上？陈凤珍认真地说，谁说玛钢厂是牛粪？老宋插言说，陈镇长说得对，就是牛粪，我们自己也不能小看！老王，跟老潘商量一下，把玛钢厂弄活了。老王叹息说，难哪，连老潘都瘫了，玛钢厂还有个活？老宋说，谁说老潘瘫啦？不是还没做手术嘛！就是老潘真瘫了，福镇就不干经济啦？然后他拍拍铁厂朱厂长的肩膀说，老朱也很有能力嘛！现在我宣布，由老朱暂时代理老潘的工作！总公司的事由他处理！随后他一挥手宣布散会。陈凤珍知道老宋怕她安插自己人，就先斩后奏了，一挥手就定了，连跟她商量都不商量。

她心里生气也没办法，在基层就是一把手说了算，谁让自己是二把手呢？要是有了为难着窄的事儿，二把手想逃也逃不脱。十天以后，镇基金会出了乱子，老宋又将基金会余主任支到政府这边了。余主任带来的消息和种种迹象表明，玛钢厂这颗炸弹引爆了。老百姓积极响应股份制，要将存在基金会的钱取出来入股。基金会哪有钱？钱都压在玛钢厂了，有几千万呢。老百姓支不出钱，才知道基金会濒临倒闭了。基金会不比银行，它是民间金融组织，一倒闭就完了。老百姓急了，托门子找关系支钱，山西剩回那40万都支光了，基金会就再也没有一分钱了。支不到钱的储户领到一张白条子。不知谁放风，说基金会倒闭了。老百姓急红了眼，怕自己的血汗钱泡汤，追着余主任要钱，追得余主任东躲西藏满街跑。找不到余主任，老百姓就将余主任家围了，拿他妻子、孩子和七十岁的老娘做人质，不给钱就不让孩子上学。老太太心脏病犯了也不让出屋，眼瞅着快出人命了。陈凤珍愣了愣，沉沉地叹口气说，这场乱子迟早会来，没想到会这么快，而且是搞股份制成为导火索。看来这股份制台好开戏难唱了。她问余主任，老宋咋说？余主任急出满嘴燎泡说，宋书记说他也想想法，让我找政府处理！他说他主要抓党务。陈凤珍心想这号事老宋就不挥那一把手了。她顶着火气说，上玛钢厂是老宋主持的，就让那些储户堵着老宋门口要钱。余主任哆嗦着说，陈镇长，我们全家老小就指着你啦！陈凤珍说，我不是推，老宋他们也太气人了。余主任赶紧附和说，老宋这人奸猾，他说这是由搞股份制引发的乱子，理应找陈镇长！陈凤珍一拍桌子也骂街了，这叫啥他×理儿？走，咱们去找他，是他们盲目上马劳民伤财，还是股份制搞错了？我要拉他到县政府理论。余主任吓白了脸说，别生气陈镇长，你这一闹不是把我卖了吗？陈凤珍气哼哼地到老宋办公室找人。办公室的人说，老宋、老王带着潘老五的老婆去北京了，刚刚开车走。陈凤珍都气糊涂了，她这才想起潘老五明天做手术。她也应该去，这节骨眼儿不去，潘老五又该疑心她了。要去，扔下家里的乱子出了人命咋办？老宋真拿得起放得下，连声招呼不打就走了。她犯难了，望着窗外的积雪愣神。余主任看形势不对，就跪下求她。陈凤珍受不住了，紧着把余主任扶起来，说我无论如何也不会撒手不管的！有啥算啥吧，救人要紧！然后她叫上小吴和镇派出所民警去了余主任家。余主任躲在小吴的车里不敢露头，他看见陈凤珍他们朝人群走去了。雪地是很凉的，屋里盛不下，院里的雪地铺上秫秸上都坐着人。见陈凤珍来了，有人说天皇老子来了不给钱也不走。陈凤珍没理他们，带人径直奔屋里去。余主任母亲搂着儿媳和孙女落泪，见到陈凤珍就哭得上气不接下气了。陈凤珍让小吴和一个民警抬老太太上镇医院，抬几步，门口就呼啦围了人。陈凤珍想跟他们说软话讲道理，可又咋讲呢？存款取钱是天经地义的事，老百姓没错。难道代表镇政府向百姓道歉？向他们说明盲目上马的失误？又不能。那么老百姓就会把镇政府围了，敢在一宿之间抢了玛钢厂。她在这刹那间，把自己豁出去了。她镇静地说，大伙都进屋来，外面冷。放老太太走，我替她留下，咱们商议还款的事。然后她就在老太太坐的地方坐下来。人们见陈凤珍真的坐下，一时愣神，小吴他们就将老太太抬出去了。老太太一走，陈凤珍心里踏实许多。余主任媳妇不认识陈凤珍，只是老宋常来家喝酒，她问老宋咋没来。陈凤珍没好气儿地说，他去北京抓党务工作去啦！提起北京，陈凤珍的心就悬吊吊难受了。潘老五的性子她知道，就说处理这场乱子脱不开身？潘老五注定不高兴。那老宋咋能来？还是你心里没当回事。如果老宋他们再添几句坏话，这些天算白忙乎了。不能输给老宋。这一刻，陈凤珍忽地想起一层关系。潘老五最听小敏子的，而眼下她营救的老太太就是小敏子的大姨，余主任是她表兄，她要趁老宋他们未到京前，给小敏子通电话，就说老宋如何如何，就说自己被老百姓围在她大姨家，然后再让余主任媳妇做个证明，现场气氛说服力强。她一找皮包里的手机，发现小吴拿着呢。在小吴赶回之前，老百姓赶她走她也不走了。半个小时左右，小吴他们赶回来，说将老太太安顿在医院打针呢。陈凤珍拿出手机拨通了北京的电话，她啥都跟小敏子说了，说得小敏子在电话里传出哭腔，末了又让余主任媳妇说了几句。陈凤珍见余主任媳妇哭得不行，就收回手机说，那头还吉凶未卜，就别给他们添堵了。小吴悄悄地跟陈凤珍说，余主任不落忍，想进来换你，陈凤珍说不行，弄不好出人命的，没见老乡们急眼了嘛！然后她就想脱身的办法。她说得想法子找钱来，不然躲过初一也躲不过十五。小吴说，从哪儿弄这么多钱？现印都来不及呢。陈凤珍说少弄点压压大伙心惊。然后她就给银行的丈夫田耕打电话。田耕说，我的镇长夫人哪，那几百万都还不上，还贷款哪！陈凤珍可怜巴巴地说，先弄十万八万的，堵基金会的窟窿。告诉你，我被围困了，跟你们薛行长说，帮这忙，年根儿钱先还你们，这回不帮忙，那几百万就没影儿啦！田耕说，这样说话合适吗？陈凤珍说，叫你咋说就咋说，你敢打折扣，明天就见不着你老婆啦！田耕赌气地说，见不着就见不着，你哪儿还有一点女人味儿呀！我妈说了，你要是不能生孩子就……陈凤珍急着问，就咋着？田耕胆怯了，支吾说，就只当我又多了个哥们儿呗！陈凤珍笑喷了，骂了句缺德的。小吴在旁边也听见了，哧哧笑。陈凤珍问小吴笑啥。小吴说镇长越来越像我的老大哥了。陈凤珍大咧咧地说，爱像啥像啥，这阵儿给我来钱就行！田耕会办好的。然后她让小吴清点屋里屋外储户手中的白条子。清点完了，共有26万。陈凤珍又分别给他们打了一个镇长担保条子。老百姓拿着双白条子听陈凤珍说话。陈凤珍说，我担保，钱跑不了，明天开始，先还大家的百分之十五。储户们挺知足，千恩万谢地撤了。陈凤珍望着老少爷们儿的背影，鼻子竟有些酸。都走光了，她叹道，中国老百姓还是老实啊！小吴心情沉重，没有再说啥。陈凤珍望天，是傍晚，天阴得居然像是后半夜，北风扑打着她的眼睛。

二十多天没有下雪，往年进了年关，瑞雪格外厚实。福镇人喝了腊八粥，隔月的积雪融融化尽，新雪不下来，陈凤珍预感父亲的小药铺又该热闹了。她仿佛看见了空气中移动的病菌，好像又袭来那股难闻的气味儿。不出几天，父亲的药铺子又昼夜响着炒药声。不仅感冒的多，而且还迎接了像潘老五这样瘫痪的病人。潘老五的手术砸了，终究没能站起来。其实在专家会诊时就说没把握，因为潘老五的腰是肌肉与神经同时阻断。潘老五沮丧了几天，后来陈凤珍去北京看望他时说，我家祖传的立佛丹兴许管用呢。潘老五又有了依托，嚷嚷着回福镇治疗，还可以边工作边治腰，他就跟陈凤珍回来了。这时已是年根儿了，潘老五这次住进家里了，其实家里是新盖的二层小楼，装修一新。老婆将土暖气烧得挺旺。平时他很少住家里，尽管小敏子那里条件差些，那感觉那味道不一样。人就是这么个贱东西。潘老五不大情愿，可老婆子挺知足，总算给家里保住个整人。小敏子常到他家里来，老婆虽然脸上不高兴，但也不打架了，她知道老头子瘫着搞不了娱乐活动了。潘老五家里几乎成了他的办公室。他每天坐在轮椅上处理日常工作，工作效率比先前还高了。陈凤珍发现老潘变了个人，过去他啥事都显在脸上，吼在嘴上，现在深沉多了。刚到家的第二天，潘老五就想到各厂转转。老宋劝他歇上一冬再说，潘老五说歇上一冬黄花菜都凉了。老宋听出他话里有话，细咂摸才知道他变了。这个潘老五一瘫，疑心太重，竟连老东旧伙都不相信，难道是让朱厂长代理经理的事？老宋有些慌，反复解释，潘老五也不睬他。老宋说陪他去厂子转转，潘老五冷冷地说，还是让陈镇长陪我去吧，你那儿党务工作那么忙。老宋更加摸不着头脑，自从他瘫了，老宋一直忍让他。后为陈凤珍给小敏子通电话，老宋一行进病房，就让潘老五闹了一通。老宋强装笑脸，心里骂，你个潘老五别跟我装爷，我是福镇一把手，说你是企业家才是企业家，说你是臭狗屎就别想上台面了。陈凤珍也不知小敏子咋跟潘老五捅的词儿，使她痛痛快快出了这口气。让老宋尝尝孤立是啥滋味儿，因为陈凤珍看得出，老王和朱厂长也暗暗往老潘这边靠了。陈凤珍在老王、老朱眼里变得有权了。陈凤珍感觉到了，也开始品尝出工作的乐趣了。潘老五坐在轮椅上，指指点点地看着他一手建起来的工厂，眼眶子抖抖地想落泪。他自顾自地说，这是老子打下的江山，谁他×也别想坐享！别想把老子挤垮！老子还会站起来的！说完，他将南瓜脸埋进大掌里，呜呜地哭起来。陈凤珍知道潘老五难受，就悄悄躲开了。让老家伙哭个够吧，要知道，这是市场经济，并不是会哭的娃有奶吃！陈凤珍想，前些年商战胆子大了是英雄，往后则需要智慧了，可悲的是潘老五还没明白过来。她就想通过股份制改造他，能行吗？陈凤珍也是摸着石头过河心里没底。没底归没底，陈凤珍目前还没找出哪个人物能将这一大摊子统起来。从这理儿推一推，陈凤珍倒是真正盼着潘老五还能重新站起来。潘老五在回家的路上说，要以高薪聘请陈凤珍的父亲当保健医生。陈凤珍回家就找父亲说了，父亲一听就黑了脸骂，我才不跟潘老五贴身呢，有钱就能随心所欲？他买立佛丹，我卖！买我这人，做梦去吧！陈凤珍劝说父亲，也就是吃立佛丹呗，贴身医生也就是他从外边学来的洋叫法。父亲依旧不开脸，别跟我提潘老五，说破天，我是不放酱油烧猪蹄儿——白提！阿香听见风声了，悄悄把凤宝叫过来。凤宝挂着拐杖进屋就说，我给潘老五当医生，只要给钱多。父亲扭脸熊他说，你也别丢这个人！陈凤珍说，爹老脑筋该改改啦，你不去，就叫凤宝去吧，要知道潘老五对福镇经济很重要！凤宝欣欣地笑说，省得我大冬天去外地卖野药啦！陈凤珍心想，凤宝去也好，近来她听人反映，凤宝在城里卖假药。她知道这是阿香的主意，他拿走老爷子的真药卖，回来要如数交钱，卖了假药就归小两口支配了。她怕弟弟出事就说了他几句。凤宝嘻嘻笑着说，这年头的人认假不认真，不吹不骗，屁事别干！你看人家潘总，瘫着也还能呼风唤雨，这回说啥也得沾沾咱残疾人的光啦！陈凤珍笑着说，你去还不知老潘要不要呢。凤宝说，你就给我吹着点，吃了立佛丹，立地又顶天。陈凤珍被逗得咯咯笑。父亲叹一声躲了，冻缩的身子像一根风干的老木。陈凤珍就去跟潘老五商量，说凤宝来了也是用老爷子的立佛丹，潘老五摇着脑袋说，我不是信不过你家的立佛丹，而是觉着凤宝跟我后头跑不合适！陈凤珍笑说，有啥不合适？潘老五说，这不秃子头上长虱子明摆着吗，我瘫着，他瘸着，接客办事，别人还以为是一帮乌合之众黑社会啥的！陈凤珍想笑，见老潘挺认真地说话，强忍着没笑出来。谁知凤宝就在外面听着呢，听到这儿也沉不住气了，挂着拐杖进屋来，嘴巴甜甜地喊五叔，又跟潘老五吹了一通，自己有啥治瘫痪的绝招儿，他说他表里兼治阴阳平衡，刮毒生肌，增筋展骨，中西结合。他直说得潘老五咧着瓢嘴笑了。潘老五便拍拍凤宝的屁股骂，侄小子嘴巴挺溜，你小子可别拿卖野药那套糊弄我呀！凤宝说，七天一疗程，准见效，不成你就辞了我！潘老五说，急病乱投医，谁知道哪块云彩有雨呀！然后就将凤宝留下了。一连几天，人们发现潘老五的轮椅后面多了凤宝。凤宝的待遇升格了，他跟随潘老五出出进进，有时还陪客人上桌喝酒。他随时给潘老五下药，凤宝对这样的环境适应很快，也觉着新奇，平时都不愿回家见阿香了。他对潘老五也很卖力，将父亲为糊涂爷做好的立佛丹偷偷拿过来，每丸加50块钱，让潘老五吃下去。凤宝说这是红兔子眼做的特效药。老婆看着潘老五吃过药眼睛发红，害怕地说别吃坏了。潘老五照着镜子看见自己的红眼，感觉腰眼儿酥麻。凤宝说这感觉就对了，然后他又在药丸里掺上一些西药。潘老五吃过，在七天头儿上竟能在轮椅上一蹿一蹿地蹦高了。消息像雪花一样，在福镇沸沸扬扬地传开了，有人喜有人忧。这样闹腾了十来天，后来听说潘老五又不行了，腰也不酥麻了，更别提蹦高了。潘老五沉着脸质问凤宝为啥？凤宝胡吹了一通，心里也没底了，心里骂，这个潘老五人隔路，病也跟着反常，怕这祖传的立佛丹栽在他身上了。那天镇上来个气功大师，凤宝领来给潘老五发功，开始吹得挺邪，弄得潘老五从轮椅上跌下几回，最后也没啥起色。潘老五心灰意冷了，一边吃着立佛丹，一边偷偷往草上庄大仙那里跑。潘老五瘫后就越发迷信了，总是觉着陈凤珍的三姑挺神，掐算预测治病啥的都对路子。大仙还算出他能站起来，也算出他身边的小人。潘老五问小人是男是女，大仙说是男。潘老五眯眼一想就是老宋。陈凤珍后来听说潘老五坐汽车往县城跑了两趟，八成是要鼓捣老宋调走了。陈凤珍从潘老五嘴里套话，也没套出来，她就不去琢磨，装成一个心里不装事的新媳妇。进了腊月二十三，别的乡镇都蜂出巢似的放假操持过年了，福镇不行，捂了个把月的瑞雪不下，县里领导却是不断地来，考察班子的，视察股份制的。这天老宋通知陈凤珍说，宗县长要来福镇看看股份制开展的情况。陈凤珍愣了愣，宗县长来福镇为啥不跟她直接说呢？她刚刚跟宗县长通了电话的，他不说陈凤珍也猜出有啥事发生了。

这天一早就变天了。不是下雪，刮风。冷风将那股难闻的气味冲掉了。但陈凤珍感觉到，土了光叽的街巷，又有新的病菌潜伏下来。她看到宗县长的汽车开进来，落了一层灰土，车都不像辆车了。老宋、陈凤珍和潘老五等人都在会议室等宗县长。宗县长问了问潘老五的病情，就听老宋的汇报，陈凤珍又补充了一些。宗县长没有对股份制明确表态，就说去各厂看看落实情况。老宋这时候还动心眼儿，说先去陈镇长包的粮食加工厂。潘老五看宗县长发愣，就解释说，就是原塑料厂。宗县长马上明白了，老宋明明知道这个厂是刚转产的老大难，还要第一个让他看，是不是冲陈凤珍来的？陈凤珍看宗县长脸色不对，就笑笑说，听宋书记的，他也没去过加工厂，就一起看看吧！她说这话时给小吴递眼色，小吴悄悄下楼，提前开车布置去了。其实不用咋安排，陈凤珍心里有数。眼下的加工厂可是鸟枪换炮了。老周和李继善他们够能干的，生产一个多月，就扭亏为盈，获利10万。好多农民往里挤，入股的不少。陈凤珍是留了后手的。她总在老宋面前给加工厂哭穷，是想申报减税，先取税前利，等有了后劲，再得税后利。宗县长也不知详情，看陈凤珍挺爽快，就答应先去看加工厂。老宋是看不起粮食加工厂的，认为是土打土闹没啥出息，潘老五也没咋看重这个厂。一路上，他们当着宗县长的面直接拿粮食加工厂开涮取乐。一进工厂，厂容厂貌就很有改观。看过生产线，又看了生产进度表，听取了老周和李继善两个人的汇报，宗县长惊喜地笑了。他看见老宋顿时沉了脸，潘老五坐大轮椅上惊讶了一下，满口称赞，俨然像个大干部。陈凤珍捅他，宗县长还没表态，你倒先做结论啦！然后瞥一眼老宋，老宋闷闷地吸烟。宗县长忽然认出李继善来说，你就是承包草场的吧？从跟镇政府打官司，到搞加工厂，是咋转过弯儿来的？李继善笑笑说，都是陈镇长一手操办的，咱平头百姓跟着干呗！然后他就介绍过程。宗县长微笑着点头说，陈凤珍镇长是不是逼你们太狠啦？跟我告状，我替你们出气。李继善说，哪里呀，感恩不尽哩。宗县长瞟了老宋一眼回头又问，陈镇长干事是不是虎头蛇尾呢？李继善摇头。宗县长又问，那小吴呢？李继善又夸了半天小吴。老宋装作没听见，但内心犯嘀咕，是不是自己平时说团系统干部的话，传到宗县长的耳朵里去了？宗县长扭头问老宋有啥看法。老宋淡淡地说，还可以吧。宗县长当即纠正说，不能说可以，是成功，是突破！从这个厂的变化，我们不仅看出股份制的活力，而且给全县提供了一条方向性的经验，就是乡镇工业与农业的联姻。过去，我们盲目上马了一些工业项目，弄不好背包袱，而把眼光瞄准农业产品加工，是我们过去忽视的！他说到这里又问潘老五，你说呢，老潘？潘老五也变乖了，点头说好的同时，又说自己在北京为塑料厂变卖旧设备时，也想变变路子，不过，没有宗县长站得高看得远。老宋越瞅潘老五越来气。陈凤珍看出潘老五并不超脱，这样了还紧抓挠，他怕退出福镇经济舞台。宗县长把秘书叫到跟前说，回去通知政研室，到这里搞个材料，年后在这儿开现场会！然后宗县长又看了看其他工厂，午饭后准备回县里，临行前单独跟陈凤珍征求意见。陈凤珍很平静，她早已过了领导夸几句就激动的年龄。提起老宋，陈凤珍没有说啥，她猜想宗县长已经心里有数，况且潘老五把她的话早说了。宗县长走时鼓励她明年得挑重担子了，她就明白老宋在福镇站最后一班岗了。陈凤珍就要成为第一把手了，心情却高兴不起来，如果说是潘老五鼓捣走了老宋，她又有啥值得高兴的呢？加工厂的转机能说明股份制在福镇的成功吗？快过年了还不下雪，福镇还能称为大雪之乡吗？她连续问自己几个问题。

第二天福镇农工商总公司召开董事会。会议由董事长兼总经理潘老五主持。这是年前的最后一个会,也是总公司的第一个董事会,研究决策玛钢厂命运。眼下看,玛钢厂是福镇经济的核心难题了。陈凤珍和镇里领导都不参加会议,怕行政干预影响董事会。陈凤珍试图通过这第一次董事会,将这些农民企业家行为方式纳入经济规律。各厂厂长都是董事,陈凤珍怕他们不懂董事的权利,专门召集上来学习。会后她还找到铁厂朱厂长、加工厂厂长老周说了说,让他们依据自己的经验,说出自己意见。不怕错,关键要培育这种意识,福镇就有希望了。厂长们都满口答应,说我们盼着股份制,我们厂入了股,就是要行使权利的。说得挺好,到了会场就霜打了一样蔫下来。会议开始就冷了场,潘老五没敢先表态,瓮声瓮气地启发大伙,他越装深沉,董事们越紧张,不知谁挑头说了句听潘董事长的。老潘说,我提个方案,挺吓人的,不同意见可以反驳嘛!那就是让玛钢厂破产!随后他从市场角度进行分析,又讲了讲啥叫破产。厂长们惊得打寒噤。看来让玛钢厂破产,是潘老五心里酝酿已久的事,他为啥不让老王在厂里搞股份制呢?董事们恍然大悟。余后又是冷场,谁也不拿反对意见,末了潘老五从轮椅上一蹿拍了板。散会后,陈凤珍听说完全过程就目瞪口呆了。门缝扑进来的寒流,刺激得她鼻子发酸。抛开个人成见,这现象本身就够气人的。她生气地叫来老朱和老周。老朱知道陈镇长会生气,进屋就当着陈凤珍骂潘老五。他骂,十个瘫子九个怪,一个不死都是害!挺会赶时候,搬出破产的招子!虽然陈凤珍对于宣布玛钢厂破产也觉突然,但她眼下生的不是这个气。陈凤珍冷冷地问他同意破产吗?老朱说我看玛钢厂还有救儿。陈凤珍吼道,那你为啥不在会上说?老朱哭丧着脸说,我咋说?都没个响屁,让我去伤人?本来老潘因我代理那阵总经理,就瞅我气不顺,再顶撞他这回,非把我撸了不可。陈凤珍气呼呼地说,你保自己怕伤人,就不怕公司受损失?老朱说,又不是我一家,天塌下来大家顶着。陈凤珍倒觉得自己没话了。她沉默片刻,又扭头问老周为啥不行使董事权利。老周和善地笑笑说,咱是重义气的人,人家老潘过去对我有恩,这阵刚瘫了,咱不能落井下石呀!陈凤珍气得苦笑起来,她骂,真是歪锅对歪灶,歪嘴和尚对歪庙,让我咋说你们?你们盼着股份制,你们受过老潘瞎决策之苦,该你们行使董事权了,却豆干饭焖起来了。老朱和老周见陈凤珍真生气了,还要解释。陈凤珍一挥手骂,都滚,不值得为你们操心!她坐在办公室直喘气，一时觉得肺痛，怕是跟父亲一样患肺气肿了吧。这时潘老五打来电话叫她去他家，说有喜事报告。有啥喜事，这一天要账的就来三拨了。按着破产法，破产企业不偿还债权债务。那样，年前保密，年后都知道还不知乱成啥样子呢。陈凤珍心情烦乱，这时候非常想到雪地里走走。可是天不下雪，天上有太阳。傍晚时分福镇落下大雾，小镇便灰得不见别的颜色了。陈凤珍在雾气里去看潘老五。她有些腻歪，但还得去，还得去看这铁腕人物的脸色。恰巧小敏子和她丈夫来看潘老五。她丈夫从海南办事处回家过年了，从南方带来人参酒给潘老五。陈凤珍看着挺憨厚的小伙子，心里直替他难过，小伙子真的不知晓，还是睁一只眼闭一只眼呢？小敏子当着丈夫也敢给潘老五捶背，无拘无束地说笑。陈凤珍觉得潘老五周围转的人形形色色，包括自己，真该够演一台戏的了。也许是为显示自己的威力，潘老五当着小敏子两口子就跟陈凤珍谈工作。他说的喜讯是，老宋调县委信访办公室当主任，陈凤珍提拔为书记。陈凤珍又觉得潘老五天真的样子挺可笑。潘老五又向陈凤珍说起上午的董事会，他很得意地说，董事会开得很成功，大伙一致建议，玛钢厂倒闭！我正跟你商量呢！陈凤珍轻蔑地笑笑，心想往后你乱插杠子，又可以往董事会推了，他总会有理的。陈凤珍说，既然董事会定了，就执行吧！其实她也想不出医治玛钢厂的好办法。明年，明年会是怎样呢？潘老五边喝药边笑说，从这次会议看，我老潘威力不减当年哪！不过，董事们也是够懂事儿的，不跟我老潘对着干！陈凤珍听见他的笑声浑身发冷。她问，你不觉得破产，也是冒险吗？潘老五大声说，是的，毛主席说，无限风光在险峰嘛！冒这次险，福镇也许就有救儿啦！陈凤珍心里祈祷，但愿这次潘老五歪打正着。她问，你有把握？潘老五抓着后脑勺嘿嘿笑，我是让你三姑卜算好了的，你三姑说玛钢厂凶，废了才有救。不信，你回家问凤宝，他陪我去算的！他又笑。陈凤珍心一凉，没啥话可说了，只仰脸呆呆地看雾。

天黑起风时陈凤珍朝家走。她听见零零星星的鞭炮声了。买年货的人们，像走马灯似的来来往往。她已经嗅到浓浓的年味了，到家里却看不出过年的意思。田耕开车来接她回城里过年，他刚来就碰上凤宝和阿香打架。陈凤珍到家时他已将架拉开了。她没问田耕，就看见凤宝噘嘴蹲在地上发呆。阿香把她拉到东屋，哭哭啼啼地说，凤宝这狗东西跟潘老五学坏了，拿来黄色录像看，看过还……

陈凤珍生气地说，别说了恶心不恶心？随后她走到西屋，想狠狠批评弟弟一顿，又不知咋开口，就说明年你别跟潘老五啦。凤宝愣起眼不明白，不是你让我去的吗？陈凤珍说别问为啥，此一时彼一时懂吗？凤宝嘟囔说我不是董事咋会懂？陈凤珍问父亲去哪儿啦？还不操持过年？阿香说，都让凤宝给气跑的！凤宝偷了父亲为糊涂爷做的立佛丹，给潘老五用上了，父亲刚知道，跟凤宝闹了一通，就扛起猎枪，去北滩林子里打红兔子去啦！陈凤珍叹一声，也断不透谁是谁非了。她拉上田耕开车去北滩找父亲，她知道父亲打不到红兔子不会回家，甚至连年也过不安生了。到了车里，他们看见小镇彻底被雾笼罩了。田耕问她那些贷款明年能不能还。陈凤珍怕他和薛行长过不好年，就没把玛钢厂破产的事说破，只是一笑。田耕从她神秘的微笑里得到了答案。汽车拐过镇口，她们看见一家结婚的，门口彩灯闪烁，鼓乐班子吹起喜庆的曲子，给福镇的年根儿添了好多喜气。田耕算了算是双日子，夸了几句今天结婚好。陈凤珍心平气和许多，说碰上结婚的好，如果赶上瑞雪结婚就更好了。田耕说我们结婚不就天降瑞雪嘛。陈凤珍回头看见小镇的灯光了，在雾夜里划着十分优美的弧形。她说，瑞雪兆丰年是老皇历了，福镇是有福的，没有瑞雪下来也会有好年景的。一年更比一年好，是不？田耕说谁不巴望着好哇。陈凤珍将脑袋歪靠在田耕的肩头想，父亲在这无雪的平原上能打着红兔子吗？

九月还乡

九月的平原为啥没有围园的味道？

最后的一架铁桥，兀立在田野，将这里的秋野劈开了。土地的肠胃蠕动着，于这里盘了个死结。铁路改线，铁桥废弃多年，老旧斑驳，有的地方早已歪斜了。也许在雨天里，有什么鸟儿停在上面，欢欢快快啼啭。如果秋阳从周围的青纱帐里升起来，土地和庄稼都是滚烫的，铁桥能投下一片暗影，供那些做活的人们歇凉。没有故事的秋天长长的，晚庄稼还要在秋风里拔一节儿，而光棍汉杨双根却恼恨秋天，他更恼恨的是铁桥下的秋天。杨双根将锅里的剩饭剩菜都吃光了，然后牵着那头老牛到田里，将牛拴在铁桥下的铁架子上，牛悠闲地吃草，他却拽出唢呐摇头晃脑地吹起来。田野很安静，棒子地里除了秋虫，再也没有别的杂响了。还有老牛许久才有的一声吆喝。

三尺远的地方就是棒子地。玉米胡子挑在唢呐嘴儿上。杨双根躺在草地上，愣是将唢呐吹成了哭调，与这风收的年景儿极不协调。他的嘴巴鼓成了紫球，眉头也拧得苦。一边吹一边望桥下的庄稼。其实这并不是秋叶飘落时的田园，而是他家承包的责任田。他和父亲作为售粮大户的荣耀哪里去了？远处能听到唢呐声的人，都以为杨双根饱吹风光，遥遥召唤。

父亲杨大疙瘩坐在田头吸烟。他默默地听着唢呐声，看着青纱帐和远处的日头。只有他知道儿子心里惶惶。双根的唢呐不是吹给年景儿的，而是吹给九月的。四年前，双根心中的九月在桥底下丢失了。后来他才知道，九月和她的姐妹们到城里打工去了。四年前的入秋，九月到棒子地里看他，将她那处女身子献给了双根。在铁桥下的草滩上，九月的血洇湿了秋草。九月说咱们太穷，俺到外头挣些钱回来，俺娘和弟弟就托付给你啦！双根眼见着九月从羊肠子一样的田埂消失了，像梦一样虚幻。后来，地实在种不下去了，杨双根父子也去城里打工。杨大疙瘩明白双根是奔九月去的，可是没有找到九月。第二年村长兆田硬是去城里将他们爷俩拉回村种田。每年仲秋九月，杨大疙瘩都看见儿子躲在桥下吹唢呐。玉米林子比房屋还高，使老人看不见那铁桥。但他看见桥西头秋阳下的脊背。男人女人的腰们朝棉田深深弯下去。四顾茫茫，都是无限耀眼的白棉花呀。他时常看到一些鸟儿从棒子地飞到棉花田那边去。棒子地是杨家的，棉花地也是杨家的。让老人始料不及的是他们竟然雇用了城里人。城里破产企业的工人情愿到乡下打工。那些男女穿得洋里八怪的，又使荒弃的小村活泛起来。杨大疙瘩掐算着，花上几万元购置物料薄膜，一入冬就该搞冬季大棚菜了。他没想到自己老了老了还露一回脸，美得不知是吃几两高粱米的了。这时有两只兔子蹦到老人身边来，瞪着血红的眼睛瞅他。杨大疙瘩就怕看红眼睛。这些天他不断看见红了眼睛的村人。粮价要涨，土地要吃香，已经有不少外出打工的村人回乡。怕是九月里真的闹还乡团了。老人信服这个理儿，农民就是要种好地，贱种才疯跑野奔哩。灯不拨不亮，理不摆不明，天算不如人算呢。老人笑起来的时候，露出一嘴金牙，嘴边的皱纹一动一动。

　　狗×的，鬼眼睛！杨双根忽然不吹唢呐了，两眼定定地盯着桥顶。他感到疲乏和困倦，可桥顶上浮荡着那么多的眼睛。他觉得这是九月那双很大很亮的眼睛。九月在村里那阵儿，时常到桥底下的水塘里洗澡，在桥下换衣裳、梳头和照镜子。娘不让她在桥底照镜子，说会照见鬼眼睛。九月任性偏偏照了，还照出一股狐媚子气。杨双根大概就喜欢她这媚气吧，女人不媚就没啥味道了。他把眼睛合上，就会想起九月的模样来。自从他家成了售粮大户，给他提亲的不断弦儿，他哪个也不理。他等九月。父亲说九月这年头在城里都野成六月花朵了，怕是大风里点灯没啥指望了。杨双根心想九月会回来的，她说挣些钱就回村过日子的。老牛梗着脖子吼了一嗓子。这牛是九月家的。九月的母亲早年就守寡，又得了满身的病，弟弟九强才十四岁，所以九月家的责任田就由双根代种了。卖了粮，父亲都要嘱托双根送些钱给九月娘。每年腊月初八喝过腊八粥，杨双根还要将储存了一年的小麦拿出来，淘洗晒干，送到磨坊碾成面送给九月家。杨双根是村民小组长，别人家的事也要管一管。父亲说精明人都外出了，留你这傻吃酣睡的东西也派上用场。双根就抓着葫芦头得意地笑。杨双根自从当上组长，也干过几件露脸的事。如今的乡村，与过去那种单调缓慢的生活节奏大不一样了。前些年是半年劳作半年闲，秋收过去忙过年。眼下村人忙得脚后跟打脑勺子，再也没有农忙农闲之分。他们除了种地，还得跟市场和城市来往，同村里以外的许多人联系，各种各样的合同和威严的红印章，把他们与整个社会扭结在一起了。杨双根除了跟父亲母亲经营三百二十亩地，还要管小组里的事。农副产品加工不算，他还为开发荒地弄来一些资金。有几家地撂荒，男人外出做小买卖。乡里村里号召治理盐碱地，平整砣地。那些户没资金，又贷不来款。杨双根愁得在田里转悠，后来他看见离地头不远的靶场，已闲置几年不用了，那里有许多废铁桩子及踏板。他将邻村收破烂的王秃子领来，当废铁卖给他，整整变成两万块钱，自己留些机动钱，余下就给那几户治理盐碱地了。有两年了，没有人追问他。只有村里老少爷们的夸奖。开始杨双根心里发毛，后来就心安理得了，废着也是废着，变了钱派上用场也许叫作废物利用，而且是为集体。想到这里，杨双根的目光就盯紧铁桥不动。由那理儿推一推，这废铁桥也是可以废物利用的。他想卖这架铁桥的想法不是一日两日的了。这铁桥能卖吗？即使他敢卖，会有人敢买吗？就这样嘀咕了一年多。他不知道这桥的归属，因为过去这条铁路是从矿里运煤的，村北就是煤矿的九号风井。有人说是矿里的桥，有人说是铁路上的桥，归铁路分局管。你也管他也管，互相一扯皮，就等于三不管了。坐落在杨双根村民小组的地面上，占着他们的地，迟早还要他杨双根操这份心的。顺着这一根筋，他一下就想远了。老天又赏给他一回露脸的机会了。再说杨双根也恨这旧铁桥。这种恨是否与九月出村有关他也说不上来，甚至是朦胧的不明确的。杨双根的眼睛盯着桥顶也盯得有些累了。

　　杨双根站起身，到玉米地里撒尿。宽大油绿的叶片直划到他的脸和膀了。他一下一下地撩开。他系裤子的时候，看见玉米地上空的鸽群，就知道九月的弟弟九强来找他了。他扭脸吼，九强，你小狗×的出来！九强往往与鸽群同时出现。他从地垄里探出小脑袋嘻嘻笑，双根哥，张飞卖秤砣，人硬货也硬！

杨双根知道九强看见了自己裆里的家伙，就骂，小流氓，没生一张好嘴！你说对了，你姐不回来，俺这家伙能软吗？九强不瞅他，嘴里哼着歌子，引来鸽群刮来一阵小旋风，将扬花的玉米梢儿摇得哗哗响。鸽群低伏下来，鸽子嘀嘀嗒嗒地落满铁桥。杨双根瞅着这群白色灰色的鸽子说，俺看肥了这些鸽子，你倒是瘦猴似的，别太上心了，喂不亲的贱货，早晚还不放飞到城里去！九强不吭声，他知道双根是指桑骂槐说他姐呢。他喜欢这个憨厚的未来姐夫，也是常埋怨姐姐，为啥在城里野得收不回心？第一年姐姐九月每隔一月就给他写一封信，信里还加一张纸，是给杨双根的。九月写给双根的信没啥甜蜜话，只说身体好之类的平安话。第二年九月的来信就稀了，只是还不断给家里寄钱来。今年九月就不来信了，从汇款邮戳上看，九月是流动的，九强想给姐姐写封信都不知寄到哪里去。今天姐姐九月突然来信了。信中只有"九月"两个字，字底下画了一只鸽子。九强让母亲看，母亲叹息着摇头。九强知道杨双根进了九月就想姐姐九月。他在村头都听见双根的唢呐声了。知道姐姐在家的时候就爱听他吹唢呐。九强看见自己的老牛朝他拱来，四只蹄子在田埂蹭着直响，嘴里还不停地低吼着。

九强亲昵地拍拍牛，然后扭头对杨双根说，俺姐来信了。杨双根问，有俺的信吗？九强摇头说，没有你的，连俺的都没有两字，八成是她想家里的鸽子了！说着就从兜里摸出那封信给双根看。杨双根接过信纸，看着九月画的鸽子。他知道九月喜欢养鸽子，不仅仅是要拿鸽子换钱。村里有好几家养鸽子的。他忽然笑了，笑得喉结上下滑动。他说，九强，你姐要回家了！然后将九强抱起来抡了一圈。九强愣着眼问，你咋知道？杨双根举着信纸给他看，你瞧，画的这只鸽子往回飞。脑袋朝下的嘛！九强接过信皱紧眉头。杨双根弯腰拾起一块土坷垃，朝铁桥上扔去，鸽子在这不起眼的黄昏飞起来。

黄昏时分天气还是很热的。秋天的傍晚，对杨双根来说，是个顶可怕顶没劲的时辰。今天就不一样了。杨双根牵着牛欣欣地往村里赶，九强骑在牛背上甩着胳膊，鸽群像风筝一样跟随着他们缓缓盘旋。九强唱些歌谣，歌谣伴随秋风在田野里弥散，散到空中去，也散到泥土里。杨双根手里捏着那封信纸，仿佛捏着一只鸽子，也仿佛拢住日月的甜蜜。乡路上，一位背着柴火的老女人五奶奶说，双根，有啥喜事儿这样高兴？杨双根知道自己啥事都显在脸上，笑说，这一年风调雨顺，灶王爷扭秧歌，丰收啦，能不高兴？然后他就将九强从牛背上拽下来，又把伍奶奶背上的柴捆儿放到牛背上去。五奶奶笑呵呵地跟着。五奶奶是烈军属，大儿子是在部队抢险中牺牲的，二儿子又带媳妇孩子到外地打工了，家里就扔下她。她归属杨双根这个第二村民小组。她家的地荒着，后来就由村长做主统一承包给杨双根父子了。村里给老人一些补贴。杨双根隔三岔五就到老人那里，帮着挑水做些杂活儿。杨双根说，五奶奶，缺柴烧就朝俺说。您就在村子里养身子吧！五奶奶说，俺这老胳膊老腿的还能动弹，等动弹不了了，还少了让你操心？杨双根说，村里秋天还乡的不少，您家老二一家有信吗？五奶奶说，要回来，要回来！来信儿了，在外头混也不易哩！像你们爷俩，种地不也种成了状元？杨双根叹道，有些人在城里，是死要面子活受罪呢！五奶奶问，你们九月回乡吗？杨双根不置可否地笑笑。五奶奶说她听见他吹唢呐了，还说九月找这么个婆家算是跌进福窝儿了，还有啥不知足的呢？杨双根听五奶奶这么说，心里没底了。是哩，鸟儿放出笼子，还能收回来吗？即便是收回笼子的鸟，还能在笼里生活吗？又让他想起秋天和女人的所有事情。

只有进了村里，残秋的景象才明显一些。村巷里滚动着最初落下的树叶子。杨双根让九强带着鸽子回家，他牵着牛一直送五奶奶。他看见有的人家关闭几年的大门打开了，院里秋草丛生，歪斜的门楼子掉着泥皮。过去的村里很少见人，剩下的也是老弱病残，眼下偶尔能看到正常健壮的村人。

杨双根分别与他们打招呼。五奶奶叹说，叶落归根，都回来了，村里又要热闹了。杨双根看到的是像鬼子进庄一样的混乱情形。晒被的、扫房的和清除垃圾的人们互相说笑。杨双根来到五奶奶家。院里空空，五奶奶从牛背上拽下柴捆儿就愣了愣，然后坐在老旧的门槛上，倚着门框吧嗒老烟杆，目送着杨双根和牛拐进小北街。杨双根知道五奶奶盼儿子回乡，该回来的会回来，不愿回乡的盼瞎眼睛也白搭的。杨双根掐算着九月里村人能返回七成儿就念阿弥陀佛了。进了家门儿，杨双根将牛送进棚里，让牛独自去槽里喝水。他瞧着牛饮水，心里又想九月了，悄悄拿出九月的信纸来看。村长兆田披着夹袄进院，笑着说，咋着，牛槽里又多出驴脸来了？双根扭头说，大村长有何贵干？兆田村长不笑了，一脸褶子往一块儿聚，然后叹息说，土地吃香，大户心慌，粮价上涨，干部难当啊！杨双根从村长兆田的脸色看，就感到了不妙。村长兆田如今是支书兼村长了，村支书倪志强到外地当包工头去了，不辞而别，也没有任免手续，兆田就兼上村支书了。兆田很胖，说话时嘴张圆了，像被浑水呛晕了的胖头鱼。杨双根将兆田村长领到屋里。他们一落座就听见对屋母亲的咳嗽声。兆田村长问，你娘的病还没好？杨双根叹说，怕是好不了，边说边往墙上挂那只唢呐，唢呐的红绸子卷起来，喇叭嘴又让双根插上一把谷穗。杨贵庄人过去很喜欢吹唢呐。慢慢地，唢呐几乎成为农人的护符。他们认为唢呐是神仙的用物，他们常常将唢呐挂在门首或墙上，再将喇叭洞插满熟透的稻谷。似乎这样就吉祥辟邪了。兆田村长觉着好笑，他眼下真的怀疑这玩意儿能辟邪。在这金秋九月，带给这个农家的邪气还少吗？还乡的农民已经争他们的土地了，还有这个家庭未来的女主人九月在外卖淫，被公安局抓住了，电话打到村委会，让村里去领人。一同被抓住的还有村里孙殿春的闺女孙艳。兆田村长没有声张，虽说这阵儿的城里笑贫不笑娼了，可村里还不行，嚷嚷出去这俩孩子就没脸回乡了。兆田村长很神秘地去了城里，跟公安局说了许多好话回村了。九月和孙艳说过些天回乡，说还有些事办一办，并向兆田村长保证不干这事了，回乡踏踏实实过日子。她们的钱没被公安局完全罚掉，她们身上穿金戴银的，手上都有很多的钱呢。兆田村长说，限你们这两个鬼丫头九月里回家，不然你们就别怪俺不客气了。九月和孙艳满口答应。兆田村长回到村里跟谁也没说，但心里一直挂念着她们。他问杨双根九月回来没有。杨双根愣起眼，你知道她要回来？兆田村长情知说走了嘴，忙改口说，俺是琢磨着，这么多人都回来了，她也该回村吧。杨双根笑说，她来信啦，没说回来，挺能整，还画个鸽子。俺看是回家的意思。兆田村长叹一声，唉，回来就好哇，外头那么好混吗？不管进城还是还乡，这年头，腰包最瘪的还是咱农民。穷些没啥，还处处吃瘪子气，你知道村里小木匠云舟吧？杨双根点头说，知道，他咋啦？兆田村长说，他瘸着回来啦，在城里为人家装修房子，包工头拖欠他一万多工钱，他去找人要，不但没给钱，还被城里人打折一条腿！要是在家种地，也许不会碰上这灾的。杨双根骂了一句城里人，然后问村里都有谁还乡啦。兆田村长掰指叨念说，有文庆、杨双柱、败家子、康乐大伯、振良一家子、宽富一家子、广田一家子、徐大姐……他又说，多啦，有七十多户，也没见他们阔到哪里去。也就人家杨广田在外卖菜发了，回来就争着要地种大棚菜，还说把房子推了盖栋小楼！杨双根喜忧参半没说话，喜的是村里又有人味儿了，忧的是自家这售粮大户怕做到头了。于是两人愣着坐着有一阵没说话，杨双根看见兆田村长的目光落在墙上的锦旗奖状上。这一墙的奖状锦旗都是他和父亲从县里乡里捧回的。什么售粮大王，什么劳动模范，什么小康之家……如果说这是杨家的荣耀，也是杨贵庄的光荣。兆田村长也曾以此为荣，毕竟是他一手扶持起来的。兆田村长面对这扇墙，眨着眼，脖子直了半晌。杨双根只能看见他的侧脸，看见他那只肥肥的大耳朵。

院里老牛闹棚，院门就打开了，杨大疙瘩领着一男两女进来，杨双根知道他们是城里人，都是针织厂的工人。工厂停产放长假到乡下来打工。这三人是领班，男的负责玉米田和稻田灌水。女的负责采摘头茬棉花。都是计件包工，每天都要发一遍工钱。城里人说半月领一次，杨大疙瘩喜欢日日清，一是不留啰唆，二来为城里人发钱是格外痛快的事。杨大疙瘩进屋与兆田村长打个招呼，然后就抱着钱匣子为城里人数钱。交钱的时候，老人还要叮嘱几句农活要领。城里人乖顺地走了。杨大疙瘩背驼得厉害，后脊上拱出一个大肉瘤儿。肉瘤儿容满慈善，也压弯他一世傲气。杨双根几次催父亲将肉瘤做掉，杨大疙瘩舍不得花这个钱，而且田里的活儿逼得他没那份空闲。赶上粮价上涨的好年景儿，老人掐算今年秋收会是满意的。他吃着碗里又看着锅里，还想好好折腾一阵子，没承想，兆田村长一开口就将他噎住了。他真没想到，九月里还乡的村民会抢他的土地了。老人脸暗着，后背的肉瘤哆嗦起来。兆田村长说，没办法，俺也是被逼无奈呀！俺也想了几回啦，跟村支委们碰了头，都没啥好招子，人多嘴杂，耕地越来越少！就说村北那片地吧，贾乡长的小舅子围了地，说要买下给台商搞造纸厂，圈了一年多也没动静，地钱还欠着！杨双根说，那就收回来呗！兆田村长为难地说，贾乡长能依？就是表面依了，从哪儿都能给你一双小鞋穿的。杨大疙瘩说，不管村里地多地少，俺们承包是有合同的，承包期十年。咋着，咱党和政府的政策又变啦？也大腿上号脉没准儿啦？兆田村长说，唉，政策没大变，可下头小九九多哇！你是知道的，当初地荒着，县里乡里逼俺跑城里找人，俺将你们爷俩找回来，是许下愿的。十年不变，十年河东十年河西，俺搂着十年没跑儿，谁承想刚三个年头，土地又吃香了，村里人不用找就自己往回颠！乡里就又开会了，重新承包土地！杨双根骂，这些势利鬼，粮价一涨就种地，不合算就往外跑，俺是想，明年粮价再变，还打白条子，他们难道又弃田而逃？兆田村长说，谁知明年咋样，再胡球折腾，俺也不当这官啦！杨大疙瘩闷闷地吸烟，不吭声。他刚才进村，就看见满街筒子的村人，也闹不清这些人从哪儿冒出来的。完了，这地是保不住了，这些人原来是奔土地回乡的。他闭着眼，眼眶子抖出了老泪。

兆田村长嘴困舌乏懒得说下去了。他呆呆地瞧着杨大疙瘩。他知道老人是厚道的庄稼人，土地都种出花儿来了。就是过去学大寨修梯田那阵儿，老人也当过标兵。老人跟土地亲哪。三年前家家田里荒着，老人还在自家责任田里种上冬小麦。杨双根急着去城里打工找九月，老头不放心这愣头青，才不情愿地离开土地走了。爷俩儿没找到九月，就猥在城里的居民楼旁炸油条卖豆腐脑儿。是兆田村长苦心劝说，才将这爷俩拽回土地上的。他们回乡的春天，正是一场大旱。老人招呼着村里的老弱病残到灶王庙里做了祈雨法会。杨双根跟父亲回乡种地了，他没找到九月，也懒得在城里泡了。再说九月走时有话，她娘和弟弟得靠他照料。对九月，他向来是很顺从的。兆田村长起身要走，杨大疙瘩留他晚上喝酒。兆田村长说，俺还有事的，这群杂种们一来，按倒葫芦浮起瓢。然后又说，你们先收秋，秋后再分地。俺先顶着，你们没听别村的事儿吧？杨双根问别村咋啦？兆田村长鼓起腮帮子骂，咱村还算好呢，别村的两家种田大户上县里告状去啦。回村的人，没收秋就抢地，敢情回家吃白食儿啦！玉米田给撇光了，说还把人也打啦！杨大疙瘩惶惶地说，老和尚打伞无法无天啦？杨双根也慌了神儿，一村里住着，子孙做仇哇！杨大疙瘩摇头晃脑地叹气说，人哪，这从城里浪荡的农民，胆子大得敢翻天的！兆田村长，你可得给俺们做主哇！就跟乡亲们说，俺收了秋就让地。兆田村长满口应着，晃晃悠悠地走了。他走出几步不断回头张望，笑着招一招手。杨大疙瘩觉得村长的笑容里藏着东西，越发不踏实，回到屋里端出钱匣子，拿出红纸裹了钱，递给杨双根说，双根，去给兆田村长送去。杨双根迟疑了一下说，往年不是收了秋才给村长送红包吗？杨大疙瘩虎起脸训他，你懂个鸟儿，今年不是闹还乡团吗？不给村长见点亮儿，谁来保护俺们。杨双根无话可说，接了钱扭身出去了。杨大疙瘩瞅着窗外黑咕隆咚的样子，顿觉胸口痛，就知道心病与疾病结伴儿来了，缓缓蹲到屋地上，老脸蜡黄而虚肿了。

从兆田村长家里出来，杨双根感到傍晚的小村确实有人味儿了。家家户户的炊烟，轻轻飘浮起来。炊烟在夜天里晃晃悠悠的，他的心里也跟着晃荡。不知是谁家的门楼子塌了，几个人在那里清理道路。也不知是谁家放着录音机，里边的一首歌曲使杨双根耳目一新：咱们老百姓今个真高兴！高兴高兴高兴……杨双根站了一会儿，听得血往头上涌，后来一想，心里骂这年头，有啥事能让老百姓这样高兴？然后抬腿就走，大脚踩着了一窝聚群儿的鸡，鸡们咯咯叫着跑掉了，后来一路上碰着黑天还不进窝的鸡们，这鸡婆子跳骚，不是要闹地震吧？直到杨双根进家门了，才让他真正地高兴起来。

九月在屋里为杨大疙瘩捶背。

瞅着九月，杨双根的眼睛就亮了。九月问他自己有变化没有。杨双根嘿嘿笑说，还那样儿。但他看出她身子消瘦，皮肤有些松弛。眉啊眼儿依旧透着媚气。她身子不板，腰肢柔软，在外面待久了，连说话走路的姿势都活泛了，懒懒怠怠的样子很好看。母亲放下灶台上的活儿，过来跟九月说话。她怕九月还要走，便试探着问她今年有多大了。九月说都二十五了。九月说这话时感到十分疲倦，好像已经相当苍老了，像朵还没正式开放的花过早地凋谢了。可她有钱了，有钱和没钱说话口气都不一样。九月看出婆婆的心思，咯咯笑，说她这次回来要跟双根结婚过太平日子了。杨双根想，你在城里的日子就不太平吗？父亲和母亲眉开眼笑的，他们太缺人手，而且盼着抱孙子呢。杨双根知道九月说话算话，这回肯定不是天上扭秧歌空欢喜。这样一来，九月不用捶背，杨大疙瘩的胸口也平顺许多。他将九月支开，独自在灯下鼓捣秋天收支账目。他没有账本，但全部账目都在心里装着呢。他知道，今年米价和棉价都上调不少，按最倒霉的行情，除了全部开销，纯收入仍是很大的，只盼今年政府别再打白条子。前年的白条子还有一半没兑现呢。尽管这样，他还是舍不下这片地。他在地上舍得花血本，化肥和大粪铺了几遍了。当初接手那阵儿，全是盐碱地，地皮冒白面儿，人走上去梆硬的。如今从地里抓把土,就能攥出油水来。他还添了那么多农具,水泵就买了三台。他领导着这个超负荷运转的家庭在地里奔忙,仿佛不是一个家,而像过去的一个生产队。老伴累垮了,有一次吐血晕在田里,杨大疙瘩怕她出闪失,就再也不让她下田了。九月回来了,九月能牢抓实靠地在田里转吗?老人犯嘀咕的时候,九月笑说,听说种地也不少来钱呢!杨双根说,刚才村长来过,咱家的地被他们夺走了!你也是奔地来的?九月瞪他一眼说,傻样的,俺奔谁来的?杨双根嘿嘿笑。杨大疙瘩在饭前又跟九月诉屈,售粮大户的如意算盘越发不如意了。九月问,就这么白白将地让出去?咱又不是稀泥软蛋,往上告,咱有合同的怕啥?杨双根说,村里那么多人都回来了,咱又不忍心,都得有口饭吃吧!杨大疙瘩叹说,再说兆田村长那里也挡不过去啊!听到兆田村长,九月的口气就软下来,眼睛恍恍惚惚总走神儿,后来就将话题转到城里打工上来。

夜里十点钟左右,九月起身回家。杨双根看着九月露出的一截儿雪白的胸脯儿,胸中便涌起一阵潮水,热热的发燥。他留下她住下,九月说东西都在那头,等登了记就正式搬过来。杨双根就以送她为名赖着跟过来了。他们先是到牛棚里看了看老牛,到村西九月家里时,那群鸽子早已进窝,咕咕地叫呢。杨双根听九月夸鸽子就说,是俺判断你回家的,你画的鸽子脑袋往地下栽呢。九月说,这年月傻人也要练奸了!杨双根不服气,你才傻呢!九月咯咯笑,傻人最不愿听别人说傻。不过,傻人心眼儿都好。杨双根搂着九月的腰进屋。九强搬到母亲那屋睡下了,九月闺房都已布置好了。杨双根嗅到满屋子香水味。九月抿紧嘴儿看他,样子顽皮且好看。看了一会儿,九月从皮箱里拿出一堆衣裳,让杨双根站在灯光下试穿。她说你这土老帽儿,俺得着实地给你打扮打扮。杨双根不客气地说,俺如今是村民组长,穿点好的也应该。九月撇嘴说,屁,这破官怕是跟城里扫大街的一个级别!杨双根说,你别拿村长不当干部!在咱的地面上,俺还有权呢!然后吹嘘说卖靶场废铁治盐碱地的事。吓得九月打冷子。九月说,你别逗能,弄砸了会蹲大狱的!杨双根说,咱一颗红心为集体!自己嘛,只拿小头儿。九月说,别当那个组长了,咱们往后开个家庭工厂,挣大钱!杨双根吸冷气,俺的姑奶奶,建厂哪有资金?九月大咧咧地说,俺还没想好上啥项目，资金不愁！杨双根斜着眼看她，哦嚄，几日不见你成财神奶奶了？九月说俺就是财神奶奶，细想太过，忙拿话将其遮盖过去了。杨双根试了一件又一件，都觉得太洋了。九月说他，你别老汉选瓜，越选越花，杨双根扔下衣裳，坐在床头说，俺还花呢，你再不回来，俺都该废啦！说着就动手动脚地摸九月的手和身子。九月这次回家不想马上跟杨双根同床，她想调整调整，可也架不住杨双根的搓揉，情不自禁地偎过来，抱了一阵儿两人就上床脱衣裳。杨双根一年没沾她了，饿虎扑食地凑过来，九月摇头晃脑地叫唤起来，仿佛愉快得要融了。杨双根骂她，叫啥？俺还没挨你呢！马上意识到身上的男人是双根脸立时红了，她睁着眼一把搂紧他，浑身冒了一层热汗。杨双根上去没两下就滚下来了，九月痴痴地瞅着他，鼻尖上渗出一颗颗美丽的汗粒。她想，在外面可没碰着一位这么乖的主儿。杨双根没发现九月的表情，自己却很理亏似的叹息地垂下头。

　　第二天天很早，杨双根被窗外的鸽子吵醒。他发现九强的小脑袋趴在窗台往屋里偷看。杨双根一点也不怒，一边穿衣裳一边朝九强眨眼睛。九强嗖地一下闪开了。这时候孙艳站在屋外喊九月。杨双根捅醒了九月，顺手将那条体型裤扔给她说，孙艳喊你呢。九月揉着眼睛穿衣裳，孙艳提着一包东西就进来了。孙艳说，刚回来就入洞房了？杨双根笑说，赶早不赶晚，省着也是废！你跟小东没搂一宿？孙艳笑说，俺们可没你们神速！说话时九月就起床穿戴好了，这才想起她跟孙艳约定去看兆田村长。杨双根问，你这大包小包的孝敬谁去？孙艳说，俺跟九月姐去看兆田村长！杨双根点头说，也学会溜须了？想分几亩地吧？孙艳和九月对望一眼。杨双根说，看来你们这回真的想在村里扎根儿啦！九月一边照镜子一边说，电视里总说，留在家乡建设家乡！杨双根说，你们在城里美够了，这回唱高调来啦？孙艳说，就是美够了，气死你！气死你！杨双根骂，这刁丫头，回头告诉小东整不疼你！然后大大咧咧地回家牵牛去田里了。九月对着镜子要化妆，孙艳建议她别再像在城里化得那样浓了，浓妆淡抹总相宜嘛！九月就真的化了淡妆，一照镜子，发觉自己淡妆更好看迷人。她们提着东西赶到兆田村长家。兆田村长家正来客人，兆田村长扭动着肥胖的脖子，一会儿跟客人说说话，一会儿扭头看九月和孙艳。他说，你俩平安回家就好，还拿啥东西。九月当着客人在也没把话说透，就说村长为俺俩操了不少心，日后还求村长守着这份秘密呢。然后就咪咪笑，脸蛋变成柔情的月亮。兆田村长竟没发现她俩有一点羞耻的意思。他看见两人穿着漂亮的衣服戴着贵重的金首饰。他头一回看到她俩真的姿色不弱，是副撩人的坯子。他笑笑说，如今你们姐俩也是城里见过世面的啦！回村除了照顾家庭，村里有啥事还得求你们帮助呢！孙艳浅浅一笑，俺们能干啥！九月将话拖过来说，有啥事，你就吩咐！兆田村长笑起来，忙站起身将她们介绍给客人。客人是个三十出头的小老板，贾乡长的舅爷儿，现任金河贸易公司的总经理。那公司是乡供销社的三产。兆田村长说冯总经理可是财神爷呀！咱杨贵庄的好多事，还靠冯总关照哪！九月和孙艳朝冯经理礼貌性地点点头。冯经理自从九月她们进屋，眼睛就不够用了。他咂咂舌尖说，兆田兄，二位小姐光彩照人哪！想不到咱杨贵庄也出美女呢！兆田村长顺杆就爬，笑说，你别闹，当年乾隆爷选妃子，就从俺村选走一位呢！冯经理摇头说，不对，乾隆太晚，我现在怀疑，大名鼎鼎的杨贵妃是不是你们庄出去的？兆田村长笑说，这可就玄啦！九月和孙艳跟着笑。兆田村长见冯经理眼睛放光，就明白了一切，操持着放桌打麻将。冯经理的BP机响了几次，也不去看，只想跟着九月和孙艳打麻将。九月并不喜欢这位小老板，说家里还有活儿要干。孙艳只是听九月的，在城里九月一直是她的主心骨，九月想走她就站起身。兆田村长脸就阴了，冷冷地说，九月，这点面子都不给你叔吗？俺知道你们是搓麻的高手！冯经理说，女士只赢不输，一切由我兜着。兆田村长说，她俩有钱！俺琢磨着，咱村回乡的都算着，也不如你姐俩有钱！九月笑说，别给俺们戴高帽儿啦！兆田村长说，戴高帽儿？不对。瞧她们回家找俺要地的样子，就看出没啥出息啦。你俩咋没要地呢？冯经理说，大村长，小姐们是此地九银三白两啊！兆田村长赔着笑。九月眼见着兆田村长嘴里该把不住门了，就给孙艳递了个眼色，悻悻地坐下来玩麻将。冯经理先从手包里取出大哥大，又掏出百元一张的票子，嘴里骂骂咧咧地说，人生在世，生不带来，死不带去，不玩儿白不玩儿呢！兆田村长瞅着冯经理的那沓票子，心里骂，这杂种，村里的占地费老拖着不还，自己包里总是鼓鼓的。这一刻，他忽然冒出个念头来。玩起来的时候，冯经理总是打情骂俏地逗九月。九月不卑不亢的样子，让兆田村长心里骂她是不解风情的丫头片子。

九月的日子把杨双根挤出好多邪念头，这些念头最初是朦胧的，随着村民的大量还乡，这种念头愈发强烈了。他搂着九月睡觉的时候，梦里不再有九月，原先九月的位置被田里的那架旧铁桥占据了。好似着了啥魔法，左右脱不掉这老桥。那天给村长送红包，他就跟村长说旧铁桥的事，兆田村长说得找矿上，那是煤矿的桥。那天他和村长都喝醉了酒，路过铁桥时，兆田村长醉迷呵眼地骂，这铁桥和废铁道占了咱村不少地，哪天给它拆喽！杨双根架着村长也跟着骂。醒了酒他依然还记着。他围着铁桥掐算，这旧桥会拆下少废钢废铁，准能卖个好价钱。拿这些钱去葫芦滩开荒地，他家就会保住大部分耕地，而且他这小组的人都有地种了。桥是公家的，地也是公家的，最终露脸的还是他杨双根。到那时连九月都不会小看他的。他为自己的计划欣喜。后一想，他怕跟村长讲了都来吃一嘴，都来分一块，就先瞒着他们，等生米煮成熟饭就好了。这年月只要动脑子，来钱的招子多得很哩，他想。父亲说，自古以来天上有玉皇，地下有阎王，都管着咱庄稼人。杨双根却觉得阎王爷好见，小鬼儿难当。所以，他要对自己的行为进行咨询，以免出现意外枝杈。那天他随父亲指挥人将籽棉入仓，抽空就牵着老牛溜了。他总是用老牛做掩护。杨双根去了十里地开外的矿井，听说煤矿分局的办公室就在那里。进了院子，他就将牛拴在矿务局门口的电线杆上，自己去了办公室。人们都很忙，没有人理他，这时他又多了一个心眼。他朝一个老者说，俺是杨贵庄第二村小组组长杨双根。在俺组的地面儿上有你们一架铁桥和一段铁轨。眼下村里在外打工的人都还乡了，人多地少，你们是不是将桥和铁道拆掉，给俺们腾出一块地来？老者闻着他身上的牛粪味，捏着鼻子将他打发到办公室主任的屋里。杨双根又这样说一遍。主任正在写材料，也是爱搭不理的，听完了半晌回忆不起有啥桥。杨双根心中暗喜，心想你们忘了政策法规的才好呢。主任不知给哪屋拨了电话，问了问情况，然后回绝他说，拆桥得花多少钱哪，你知道吗？再说那桥不归我们分局管，是铁路分局的事。杨双根没想到他们一竿子支到铁路分局那儿去了。他愣了愣，赖着继续询问这些情况，这时候楼下的老牛不停地吼起来，惊得门卫上楼嚷嚷谁的牛。杨双根急三火四地下楼牵牛走了。走到路上天就黑了。杨双根腿走得有些累，就骑到牛背上去了。这阵儿就想,明明是矿上的桥,是运煤专线,怎么说就让给铁路局了呢?第二天上午落了一场秋雨,地里没法干活儿,连城里打工的也歇着,九月又被兆田村长叫去打麻将了,杨双根心里鼓鼓涌涌,就披上雨衣去了铁路分局。进铁路分局大楼时,杨双根心里很紧张,他怕铁路分局顺坡下驴赚个铁桥,就狗咬刺猬不知咋张嘴了,支吾半晌,还是照老样子说了。铁路分局很认真,查了查档案,还是矢口否认铁桥归他们管。杨双根心里踏实了,欣欣地下楼想,看来这铁桥非得俺这个组长管了。顶着雨,杨又根又直接回到铁桥那儿看了看,越瞅越像自个儿的财了。怎么拆,卖给谁,他心里还没谱呢。

　　父亲杨大疙瘩很想相信节气对身体的影响。雨下得到处水啦啦的,天气也明显地凉了。他穿着薄棉背心,还叮嘱九月和双根多穿些衣裳。他见九月还穿着连衣裙和体型裤儿,就叫她别忘记穿衣裳。她笑说,爹,古语说春捂秋冻,不生杂病嘛!她说话时对着镜子描了眉,画了眼睛,涂着唇膏,烫过的半长头发在肩头随便一卷。杨大疙瘩瞅着不顺眼。他更喜欢过去的九月。杨双根跟父亲不一样,九月的美貌和丰姿常常使他激动。她在他眼里不仅媚而且洋了。杨双根不止一次听村人议论九月,说想不到一个女人家在外混得好好的,为了双根说回乡就回乡了,赚到钱了气也粗了,模样也俊气了,真不是杨双根那傻小子配得上的。杨双根听见别人夸九月,心里美。他早有金屋藏娇的意思,又怕拢不住九月,就想干点惊人的事儿,到时卖了桥开了荒地,让九月和村人对他刮目相看。下午兆田村长在喇叭里招呼村民组长开会。杨双根看兆田村长的意思是还让他干下去。兆田村长还表扬了他,特别说那次治盐碱地的事。兆田村长让组长们准备重新分地,维护秋收秩序,安置好还乡农民,还要搞好科技兴农。末了他说,咱村这几年外出打工的多,文明村小康村的称号与我们无缘,今冬明春俺们要当上义明村,奋斗两年直奔小康。杨双根心里热乎乎的,脸上像过年一样快活。回到家里他还庆幸自己的机会来了。那架铁桥将会给他带来好运气。这样走着捡鸡毛给他凑了点胆(掸)子。父亲对杨双根的高兴模样不以为然,九月也没理会他的变化。父亲的土地要丢了,心情很坏,默默地杀了几只鸡煮了。母亲说有的鸡还能下蛋呢。九月说不过节杀鸡做啥?父亲沉着老脸像奔丧的样儿,不吭声。问紧了就说今天午饭家人都要吃鸡肉。杨双根懂父亲的心思,他想爹挨饥受饿怕了,因为鸡与饥是同意,吃了鸡就去饥,就不会闹饥荒哩。杨双根说,爹,咱家不同往年啦,咱是售粮大户还怕饥荒?去年收的玉米、大豆、稻谷、小米和高粱,卖了几十万斤,还剩两万四千多斤,厢房盛不下,还搭了粮囤。今年收成还比去年好,怕个啥?几年颗粒不收,也不会饿着咱们!父亲终于绷不住地说,没了地,光有粮顶个屁!遇上连雨发了霉,老鼠都不吃的!杨双根知道父亲难受。其实就剩下的地,养家糊口还是蛮富余的。老人是好强的人,他是怕售粮大王的荣耀丢了,不忍心将自己养肥了的土地让出去。九月劝说,爹,俺正想办法,替咱家多保住些地。父亲杨大疙瘩快快地吸烟。他不相信九月。杨双根又说,爹,俺可真正为自家保住一些地啦!父亲扭脸熊他,少跟俺吹五唤六的,就你那两下子,吃屁都赶不上热乎的。老人说着又生气了,气是气,只叹家庭没权没势吃哑巴亏了。杨双根愕然地仰起了脸,脸木在半空。他欲言又止。他还不愿将铁桥的事说漏了,走漏一点风声,都会招来村里一些见利忘义的人。

　　这时候母亲将煮熟的鸡肉端到桌上来了。都吃鸡肉,无话可说,杨双根大口地吃肉,嘴弄得很响。九月说让他吃饭不要出声,城里人都这样。杨双根说这是啥屁规矩,不出声能吃得香吗?然后他看见父亲费力地吃肉,喉咙也弄得很响。老人跟家里人吃不到一块儿去,鸡块儿常常从牙的豁口处掉下来。窗外的雨没有停,杨双根扭着头看见院里墙头挂着的玉米棒子,还有扎堆挂串的红辣椒,都滴答着水珠儿。红的黄的,好像开疯了的花朵挺好看的。

　　秋天的雨点子画出一条条亮线。

　　午饭后,父亲吸着烟瞅雨。这场秋雨虽然使棉田误了工,可也为晚玉米灌了最后一茬水。这样可以省下一些抽水机的油钱。他手上的钱不多了,算计着天晴之后将摘下的那批籽棉交到乡收棉站去。他去过了,有交棉的了。政策变化的确有了反应,今年棉农领到了现款,等级也高,打白条子的时代真要过去了?瞧瞧,刚刚碰着好年景儿,土地就丫头抱孩子不是自己的了。总也甩不开这档窝心事。眼下唯一能让他遂心的是这个家。九月回乡了,是说九月变得厉害了,日后能挑起门户来,有啥不好?餐桌上暖融融的气氛,又使他对即将丢掉土地的大户,以及这个大户在村里的未来处境,淡了好多。他将九月和儿子叫到屋里来，让他们趁雨天到乡政府登记结婚。等雨过天晴就忙了，他还给九月派了活儿，让九月指挥那些城里人采摘棉花。九月挺满意，她也有机会管管城里人，本身就很神气的事。她又想起自己和孙艳初到城里打工的艰难。她们最初进的也是针织厂。遭城里人的白眼不说，活儿也是最脏最累的。她整日陪着那架破旧的织布机转，她和孙艳吞进的棉纱粉可以织件衣裳了。她腰痛、胸闷、月经不调，脑袋掉头发。她们忍着，谁让咱是乡下人呢？那个色眯眯的白脸厂长认为他她们软弱可欺，凭几双袜子就将她们玩弄了。后来她们听说厂里乡下姐妹，有点姿色的都被厂长玩过，厂里私下传言，不脱裤就解雇，不解雇就脱裤。是这狗×的厂长带她们到舞厅里去，使她们懂得了女人的本钱。多好的挣钱机遇哩！与其说在织布机旁卖力气，还不如在外卖青春。左右不过一个卖字。不然也在厂里被白脸厂长占有，她们主动将厂长解雇了，在城市男人之间游荡。这类营生也难也苦，也冒风险，可那是无本生意立竿见影的。如今她和孙艳都在城里银行存了十八万元，回乡吃利息也够了。后来她见到白脸厂长，白脸厂长说农民进城将城市的安宁搅乱了，农民是万恶之源，随后就列举一些男盗女娼的事例。九月反驳说，你们城里坑害农民的事还少吗？假种子假农药，还有你们城里人吸毒，吸毒才是万恶之源呢！白脸厂长也被噎住了。九月那样说的，实际上她很难分清哪里好哪里坏了。她学会了喝酒吸烟，学会了玩麻将，学会了唱卡拉OK。但她始终告诫自己是个农民。不是吗，在城里时有位大款带她去听音乐会，都是一色美声，莫扎特之类的名字她首次听到。那大款发现九月漂亮的脸蛋上泪水盈盈，以为她被音乐感动了，夸她的素质在提高。谁知九月却抽泣着说，一听这歌曲就使俺想起家里的牛和鸽子。俺家的牛吼和鸽鸣就这调子。大款知道她想家了，立马就倒胃口。九月终于还乡了，每天听见牛吼和鸽鸣，亲切而踏实。只有闲下来的时候，她才感觉乡间也少了什么。当她走进白花花的棉田。在那些城里女工面前发号施令，感觉日子很好，土地也很好。当城里人喊她女庄主时，她感觉很神气，也就生出许多想法。土地不能丢，来日开个大农场，说不定真的当上女场长呢。她与杨双根结婚登记了，杨大疙瘩说收了秋正式举行婚礼，那时也有了钱，好好闹闹，杨双根也同意，他也正忙得烂眼轰蝇子，反正九月已经正式搬过来住了，晚上她能陪他亲热就够了。眼下,杨双根被卖桥一事困扰着。原先他想九月想得梦里胡说八道,果真有九月了,他却不怎么拿女人当宝了。他梦里喊卖桥喽,九月就审他桥是谁家姑娘。杨双根就笑,笑声在嗓子眼里打嗝儿。九月嗔怨说,你跟那打工回来的人比,是土地爷打哈欠!杨双根问咋说?九月说,土气呗!有时俺觉得男人去城里打工,就像参军入伍,锻炼锻炼挺好的!杨双根不服气地说,你别门缝里瞧人,日后你有好戏看哪!九月揣摩着他的话,眼睛很忧郁。

　　秋天的上午,一直到晌午之前,杨双根和九月都在棉田。杨双根将老牛套上一挂车,将没有棉桃的棉秸拔下来,用车拉回村里,留做冬天烤火用,还可以做生炉子的引柴。晌午时,最后一车棉柴,他直接送到五奶奶的院子里。五奶奶的儿子一家还没回乡。老人强挺着坐在门口张望,见到双根就哽哽咽咽哭得好伤心。杨双根说,也许你家二头在外混得好才不愿回的,别太伤心。随后劝几句,就赶车去邻村找收破烂的王秃子。听说杨双根有生意,王秃子小眼睛比脑顶还亮,硬摁着杨双根在他家喝酒。王秃子十分羡慕杨双根总能找到财路。杨双根没有说透,酒足饭饱之后领着王秃子到铁桥那边来了。王秃子牵着那头灰色的毛驴,嘴里不停地哼着没皮没脸的骚歌。杨双根发现他的毛驴上还搭着两个耳筐。杨双根觉得好笑,说,你老兄跟俺捡牛粪蛋呀!这回可是大家伙,两个筐子盛个蛋!王秃子笑说,你们村还有啥值钱玩意儿?除了废锅就烂铲子!他越这样说,杨双根越不点透,心里想等你见到铁桥抱着秃头儿乐去吧。王秃子坐在他的牛上,一只手牵着毛驴。杨双根觉得王秃子挺对路子,也不知从哪儿捡来的铁路服装,脑袋顶着一只铁路大盖帽。他问王秃子家有铁路上的人?王秃子说,这一身衣服是从破烂堆里捡的。他妈的城里人就是富,这么好的衣裳就扔了,杨双根鼓动地说,这些天跟俺跑这桩生意,你就穿这身皮挺好的!王秃子瞪眼骂,你小子别拿咱穷人寻开心。杨双根懒怠样儿地瞅他笑。沿弯曲的田间小路往棒子地走,王秃子一颗心揪紧了,禁不住咕哝起来,你带俺去哪儿,你不是想害俺吧?杨双根说,别自作多情了,害你俺还嫌脏了手呢!然后就拐到铁桥底下了。王秃子两眼贼贼地往桥下寻,没看见有一堆废铁。杨双根笑骂,你狗眼看人低,往上瞅嘛。王秃子说上面是桥哇。杨双根拍拍王秃子的瘦肩说,就是这铁桥,卖给你,你拆掉卖钢铁,咱算计计计谈价吧。王秃子身子架一塌，吸口凉气，妈呀，卖桥？杨双根稳稳地说，这是废桥，矿务局和铁路局都不要啦，由本组长卖掉，然后用这钱开荒地。王秃子搓了搓牌子，说你饶了俺吧，俺可是上有老下有小哇！杨双根愣起眼。王秃子哆嗦着爬上驴，朝杨双根摆摆手，灰溜溜地颠了。杨双根追了几步喊他。王秃子一边拍驴背一边怨气地骂，白他×管你一顿酒。人和驴就掩在青纱帐里了。杨双根也回骂，你他×狗屎上不了台盘，送到嘴边的肥肉都不吃，受穷去吧。骂完了他就笑了，笑得很响亮。

  这个平淡的午后，杨双根独自发了一阵子呆就去棒子地了，爬上牛车伸直了脖子望桥。午后的日头还很威风，晒得桥根儿热烘烘的，雨后的湿地上有地气升上来。他的鼻孔里嗯嗯地喷气，一只脚一下下踹着牛尾巴。老牛甩着尾巴吃草。有鸟儿在桥上鸣叫，细听是草丛里的蝈蝈叫呢。一只只青蛙蹦上了车辕子，有一股尿水甩到他的脑袋上，凉凉的。他拿大手撸一遍脑袋，就借着风将空中飞舞的葵花粉抹上去了。葵花粉很香，还有股子日头的气息。甚至是九月以前身上的香气。这时的九月已没有这香气了，也许是被洋香水味冲掉了吧。那时的他和九月坐在桥下吃玉米饼瓜干馍，亲热劲儿连老牛都眼热，九月头扎红头绳，一件淡蓝色的小背心，遮不住她鼓胀胀的胸脯，他冷不防就伸手摸一下。九月咯咯笑，一点也不恼。眼下，他却觉得九月气息逼人，只有她支配自己的份儿了。他睁开眼，留心察看，周围的庄稼地长出很多眼睛，一同盯着桥，他想铁桥是应该说话的，俺卖掉你愿意吗？铁桥脸总是威威的，对他爱搭不理。他一时觉得挺没劲，脑袋一沉迷糊着了。他终于开始感动到力不从心。老牛用秋草填饱了肚，就长长地吆喝了一声。这声音将那头棉田里摘棉的九月引下来。九月腰里扎着棉兜儿，乌黑的头发揉成老鸹窝了，乱乱的。杨双根被九月揪住耳朵拽上车，伸手就揉她的两个奶子。他发现九月回乡奶子格外大了。九月竭力挣脱他，还骂恶心不恶心。杨双根沮丧地松了手。九月变了，过去九月能在桥下的草滩跟他来。这阵儿的九月很挑剔了，即使在房里也要铺得干干净净。杨双根气得一甩一腔，小样儿的。九月说，你中午不回家吃饭，也不去田里干活儿，跑这荡啥野魂？杨双根寒了脸说，俺做的活儿顶你们干一年的。中午有人请俺吃饭，还能饿着俺？九月忽然地想起啥，说，谁请你？是不是刚才那骑毛驴的秃子？杨双根愣着问，咋，你也认识王秃子？九月生气地说，你跟这拾破烂的能混出啥名堂？你还美呢，刚才爹就是伤在王秃子手里！杨双根越发糊涂了，这都是哪跟哪儿啊？九月说，午后王秃子骑驴从田头过，他骑的是公驴，爹牵的是母驴，公驴见母驴就发情地叫，将王秃子甩到河沟里两头驴就踢打成一团了，糟蹋了一片棉花，爹上去拽母驴才被踢伤的。杨双根问，爹伤得重吗？九月说左腿被踢肿了，有瘀血，俺让人送回村里包扎了。杨双根问王秃子咋样。九月说，王秃子弄了一身泥水，跟鬼似的。杨双根嘿嘿笑，活该，摔得轻！这秃子缺心眼儿。九月也轻轻地笑了，是人家缺心眼还是你缺心眼儿？杨双根说当然是他，随后噤了口，扭脸瞅铁桥。九月说，这铁桥有啥好看的？它还不如这老牛。杨双根倔倔地说，这老皮车疙瘩套有啥好的？九月指着牛肚子说，这牛身上有个骚东西，可供你吹呀！杨双根横起眼睛瞪她。九月就笑，仰脸看秋空干干净净的，一点云彩也没有。

　　每个人在倒霉之前总是巴望着转运。杨大疙瘩在家里养腿的最初几天，悄悄去邻村一位大仙那里卜算了。算算家庭，算算收成，还算算土地能剩多少。大仙望着缭绕的香火打哆嗦，说这几样哪桩也不好，家大业大，灾星结了伴儿来。杨大疙瘩求大仙给寻个破法。大仙让他回去，在没有月亮的夜里，将一块红砖洒上朱砂埋在院中间。杨大疙瘩默默地照说的做了。九月夜里看见两位老人埋砖头，引发她许多神秘的猜想。她照例给父亲灌好热水袋。热水袋是她还乡时给老人买的，眼下真的派上了用场。她用一条灰旧的老布包了，搁在父亲的伤腿上。杨大疙瘩就说舒服多了，然后就听窗外街筒上并不新鲜的骂街声。秋夜冗长而拖沓，以致连村人打架骂街的时间也拉长了。男人骂的声音粗了，女人骂声尖细，扭结在一起还夹了厮打的肉声，全村每个角落都能听到。杨大疙瘩心中诅咒九月的日子，这混账九月，小村像疯了一样。没地的人家不如意，有地的大户也不安，狗咬狗一嘴毛，槽里无草牛拱牛。他更加害怕那红眼睛的还乡人。这些天他家的庄稼连续闹贼了。棒子被掰掉不少。棉花也丢了一些，甚至连棉柴也丢。杨大疙瘩气得找出冬日打兔子的双筒猎枪，拖着病腿在村口放了几枪，还骂了几句。双根母亲会骂人，老人骂起来嘴边冒白沫子。兜着圈子骂，骂谁偷了玉米吃下会头顶生疮，会断子绝孙祖坟冒水。杨双根和九月到街上拽她。别骂了娘。老娘打他们的手,坐在街头伤心地骂起来,她骂说俺家种那些地容易吗?村里看热闹的人围了一层。九月怕两位老人不放心,就让杨双根和九强在秋田里护秋。杨双根背着那杆双筒猎枪巡夜,天亮方倦倦而归。每天上午是杨双根的睡觉时间,杨双根舍不得大睡,抽空去村外联系卖桥的事。几天下来,九月发现双根瘦去一圈,她审他干啥了,杨双根就是不说。说啥,的确没个眉目呢,但他一直希望这块云彩下雨呢。

  这天晚饭后,杨双根背着猎枪刚走,九月就倚着门框暗自垂泪。眼瞅着膀大腰圆的汉子要毁了。她知道双根做事钻死理儿,是啥事折腾着双根呢?她抓拿不准,但有一点是明确的,双根想弄钱开荒地。就他这样儿的能找钱来?贷款是没指望的。有时她想将存入城市银行的钱取出来给双根用,又怕露了馅儿,还怕这愣头青拿钱打了水漂。她正想着,看见兆田村长慢悠悠地进了院子。兆田村长一见九月,就怀有深意地一努嘴儿。她将兆田村长领到父亲的屋里。杨大疙瘩见到村长就诉屈,大村长,你可得给俺做主哇!这叫啥年头,从村里到城里,人们应该更文明。这可好,闹半天培养了一个鸡和贼!兆田村长知道老人是骂城里打工还乡的人。这时他看见九月的脸色难看,就纠正说,你老人家不能都骂着,你家九月不也从城里来的,谁不夸好啊。哇?杨大疙瘩说,那是,俺不是骂自家人!九月这孩子更懂事啦!兆田村长说,俺在喇叭里广播几遍了,谁再偷秋抓住送派出所,还要罚狠呢!杨大疙瘩心疼得直搡肋骨,连说俺家丢了不少庄稼哩!九月说双根和九强每天护秋呢。兆田村长眼睛一亮,护秋好哇,那就让双根挨点累吧。随后他就说晚上登门的来意。他说是来为乡里收划分土地款的。杨大疙瘩愈发一脸哭相了,这划分土地,还收俺们的款?俺地都丢了,还出这钱,又是向大户乱摊派吧?兆田村长说,按目前占有土地的百分比收。你们家得交三千多块钱。杨大疙瘩猛地咳嗽起来,这不是欺负人嘛!瞧瞧,村长咱掏句良心话,俺是劳动模范,啥时耍过赖?要这划分土地款之前,你说收了多少杂费?计划生育费、地头税、教育费、农田设施维修费、村里待客费、铺路费,那些名目繁多的捐款还不算。谁吃得消哇?兆田村长点头,唉,深化农村改革,越改法越多,越改税越多。这问题俺都向上反映过。有几个真正替咱百姓说话?就说那次乡里收铺路费吧,说好各村收上钱就铺石渣路,这不，钱都交一年啦，大路还是土路了。杨大疙瘩作为重点户为铺路捐了两千块钱，他嘟囔说，俺听说乡政府把修路款挪用啦，买汽车啦。没听百姓说吗，当官的一顿一头牛，屁股底下坐栋楼。兆田村长叹道，这年月你就见怪不怪吧，生气就一天也活不下去。俺这夹板子气也早受够啦。杨大疙瘩将老烟袋收起来，又骂，咱可是地道的贫下中农，苦大仇深，毛主席他老人家处处想着咱们。眼下可好，农民阶级都没了，叫俺们村民，村长叫主任，听着咋那么别扭。土地政策变来变去，还有啥主人公责任感啊！兆田村长不耐烦道，你别放怨气啦，上级已经意识到承包田调整太勤，造成农民短期行为，使土地恶性循环，这回重新划分之后，实行口粮田和承包田分离，谁要外出打工，只分给口粮田，回乡也不给承包田啦。像你家再分到的承包田要三十年不变！杨大疙瘩说，口粮田和承包田分开好，不过，谁还信你这三十年不变？俺记得几年前你跟俺说十年不变的，结果咋样？兆田村长板着脸说，你这个老家伙不能像小孩一样翻小肠呀！贾乡长说了，道路是曲折的，前途是光明的。杨大疙瘩撇着嘴说，快别提这贾乡长了，他那宝贝舅父冯经理，去年卖给俺的假农药，可把俺坑苦了！减产四五成呢。九月听父亲说冯经理，就凑过来说，找冯经理索赔。兆田村长说，九月别瞎掺和，你也不是不认识冯经理，庄户人家惹得起他吗？九月说不就是有个乡长姐夫嘛！兆田村长说，贾乡长原先是县委书记的秘书，上头也有人。这年头反正有点背景的，都硬气。杨大疙瘩大骂，冯经理咋硬气，咱惹不起总还躲得起吧？前几天这狗×的又找俺了，说他们金河贸易公司今年也收棉花。不是粮棉油统购统销吗，他这也敢干？兆田村长说，他负责供销社的三产，可以打供销社的幌子呗！你答应了？杨大疙瘩摇头，笑话，交给他算个啥？不交国家，俺这售粮大王是咋当的？况且今年政府也不打白条子了。兆田村长朝九月眨眼睛，九月就说到她屋里坐坐。兆田村长站起身又叮嘱收划分土地费的事。杨大疙瘩刚说完白条子，就想起去年乡里收大豆时给他一整张三千三百元的白条子，他从柜里翻出来，递给兆田村长说，这张白条子就还给乡里，对顶啦。兆田村长愣着看白条子。杨大疙瘩说那零头俺也不要了。兆田村长黑了脸说，这不合适吧，歪锅对歪灶，一码对一码。你这么对俺，那秋后分地，可就三个菩萨烧两炷香，没你的份了。杨大疙瘩一听分地，他就蔫下来，收回白条子，将话也拿了回来。兆田村长说准备准备钱,抬腿要往外走,杨大疙瘩忙说,别瞅俺是大户,其实是秋后的黄瓜棚空架子,双根他们结婚还没钱呢。兆田村长笑说,别跟俺哭穷,你有钱,九月也是财神奶奶呢。九月见兆田村长又该抓拿不住了,赶紧将兆田村长拽到自己屋里。

闻着九月屋里的香水味,兆田村长满脸的阴气就消散了。九月为兆田村长倒水点烟,自从发生那件事以后,九月心里十分感激兆田村长。刚才父亲无意中骂还乡女人做鸡,又是兆田村长给遮过去了。这些天她为双根神不守舍的样子发愁,就想求兆田村长出主意。九月话一出嘴,兆田村长就夸奖双根说,你可别小瞧了双根这孩子,不窝囊,有理想,而且没私心。他跟俺说过想开荒地的事,俺跟他们组长们说,眼下村委会是逮住蛤蟆攥出尿,没钱!谁想开荒,各组想辙去,俺全力支持。九月笑着骂,没钱你支持个啥呢。兆田村长说,这个穷村,又回来这么多张嘴吃饭的,你让俺咋办?俺就是浑身是铁能打几个钉?九月眼睛亮亮地说,想致富的路子呀,古语说无商不富,村里得上企业。再说,开荒地可以贷款嘛!兆田村长上下打量着九月,你说话像吹糖人似的,你借俺俩钱吧。九月怯怯地说,俺在外没剩下钱。那次公安局又罚了那么多。兆田村长嘿嘿笑,别诓你叔俺了,你和孙艳都有钱。他眨了眨眼睛,忽地想起什么来说贷款开荒也是个法子。不过人家信用社也奸了,咱村欠他们的八万块钱还没还呢。他们还贷给咱?要是你和孙艳帮忙,把私款存入乡信用社以存定贷还是有戏的。九月的心咚咚地往喉眼里跳,说俺和孙艳没那么多钱,但又说可以让城里朋友存款。兆田村长说明睁眼露的事儿,你们怕露富俺也理解。一来二去,这些事就敲定了,九月叮嘱村长贷来款多给杨双根第二小组一些。兆田村长应着,又往九月身边凑了凑,九月闪一下身子很慌,移开目光看墙上的唢呐。兆田村长好像有心事,又不知咋开口。屋里一时很安静,屋外棚里老牛喷鼻声都能听到。待了一会儿,兆田村长也将目光投向墙头的唢呐。久久才问九月啥时闹大婚礼。九月说秋后婚礼也不想大闹了。俺和双根旅行结婚。兆田村长笑说,敢情也学城里人的洋玩意儿呢。九月知道兆田村长心思跟这事儿不搭界,怕他动别的心思,就说双根护秋该回来吃夜饭啦。兆田村长见九月拿话点他走,就又闷了一阵儿,憋得额头淌汗了,就十分为难地说,九月呀,俺有事要求你,不,是咱杨贵庄老少爷们求你办一件事。九月讷讷地说，有啥事，只要俺能办的就说。兆田村长的话在舌尖转了一圈儿也没张嘴。九月催他几遍，兆田村长才骂骂咧咧地说，还不是为这破土地。眼下俺掐算着，地忒紧张，简直没法分配。你不知道，冯经理那狗东西占着咱村八百亩地，说是围给台商建厂，围了两年也不给村里钱，俺要地他不给，就想求你帮忙啦。九月愣了愣，眼白翻出个鄙夷说，让俺去找冯经理要地？俺要了他能给？兆田村长说，行，只要你出马准行。那狗×的会给地的，其实那小子没钱建厂，那个台商吃喝他一通，他守着这片地，也跟娘儿们守寡一样难受呢。九月问，既然这样，他为啥还撑着？兆田村长说，这狗东西想再从咱村榨出点油来呗！咱这穷村，可禁不住他折腾啦。九月很气愤，这臭老鼠屎能坏一锅汤的。咱老百姓还是老实啊。不会告他个兔崽子！兆田村长摇头说，这招儿万万使不得。九月呆坐着，一脸的晦气。兆田村长说，俺这长辈人，实在说不出口哇，冯经理那小子看上你啦！九月心里明镜似的，那天在村长家里打麻将，那小子就紧黏糊。兆田村长说，那东西眼够贼，说孙艳长得太面，没你性感，说你有倾城倾国的貌。说你就是咱杨贵庄的杨贵妃。九月一生气，在城里时的脏词就上来了，就他那猪都不啃的地瓜脸，也想跟老娘打洞儿？兆田村长不明白"打洞儿"是啥意思，忙说冯经理不是想打你。九月知道自己走了嘴，脸颊一片火热，说，大叔，俺和孙艳是在城里有过前科，可俺们也不是随便让人作践的人。俺们回村，就是证明。兆田村长慌了，忙说自己不是那意思，大叔从没小看你和孙艳。大叔看得开，谁家锅底没点黑呢？有黑抹掉就是了。九月心里很复杂，瞅了兆田村长一眼，耸动着肩膀哭泣起来。兆田村长慌慌地站起身，说大叔不为难你，你要不愿意咱就哪说哪了。他拔腿就要走，九月止住哭，喊住了他。九月不敢抬头，怕碰上了她跟双根的照片。她喃喃地说，大叔，跟你老说心里话，俺既然回家了，就想当个好媳妇，当个好母亲，俺越发感到好人难当了。俺今天也不怪你，你老为村里奔波委实不易呢。兆田村长很感动，眼眶子抖抖得说不出话。静了一会儿，他才说，冯经理那王八犊子可会装人呢。是他找俺提的条件，俺都成啥人啦，哪像个村支书？都成皮条客了。九月见兆田村长自责个没完，就抬起脸来说，大叔，为了夺回那八百亩地，虽说俺的处女膜恢复手术都做了，还是答应你这回。她多了个心眼，她知道孙艳回乡前花八百块钱做了处女膜恢复手术，她已将处女身子给了双根，就没这个必要了。但她怕村长将来还纠缠，只能这样唬他。兆田村长满脸喜气，你说那个手术多少钱？回头再做一回，花销村委会给你报销。九月说八百块，又说报销不报销没啥，但强调一点，请转告冯经理，俺只跟他睡一回，不拿他一分钱，只要他立马将地让出来。兆田村长高兴不起来了，心里很难受，只想着将来分地时多划给她家一些来报偿了。九月支棱着身子目送村长走了，扭头望天上的月牙儿，心里惦念着双根，更加觉得自己很贱，也很沉重，想着想着眼睛就湿了。转天晚上，兆田村长笑呵呵地来叫九月打麻将，九月就明白是怎么回事了。她让兆田村长先在父亲屋里等着，自己换好衣裳，将过去用剩的避孕套、药水和手纸等杂七杂八的东西塞进小挎包里，末了坐在镜子前化了化妆。以往会男人她都十分认真地化妆的。她不管面对的是怎样的男人，都希望自己以美好的形象出现，因为男人也付出了钱。这一次的付出和获得又是什么呢？九月从镜子里看到自己苍白的脸，还有一双忧郁的大眼睛。脸和眼睛很好看，真实而生动。看着看着，就被水浸湿成一片的黑土地。印在平原上的脸不再苍白，变成红扑扑极鲜活的一张脸，分明是九月的秋风染就。

日子纯美如初。日子混账透顶。

九月离家的晚上，田野很安静。一层雾薄薄地弥漫着。杨双根和九强走累了，就坐在棉田与玉米地相交的田埂上歇息。杨双根仰脸看雾里的月牙儿。九强将马灯放在地头，照亮秋夜一大块地方。九强嚷着要与杨双根下棋。杨双根拿手指在地上画成方框，又摆好土疙瘩说，咱先讲妥喽，你要是输了，就将你家那群鸽子给你姐陪嫁。九强点头说你输了呢？杨双根说给你这管双筒猎枪。九强欣欣地拍手，然后拿玉米叶儿当棋子。半个钟头下来，九强就输了那群鸽子。杨双根懒得再玩下去了。斜靠着棉柴垛打盹儿。他让九强先回家休息，大秋假该结束了，九强得把作业赶写完准备上课。九强走出老远，杨双根还吼着，别忘了明天将鸽群赶过来，你姐就喜欢鸽子，特别喜欢白鸽子。鸽子使他产生对九月的许多联想，诱他进入了甜蜜的梦乡。棉柴垛很暖和，还有股子日头的气息。他感觉这里比铁桥底下睡觉舒服。秋虫鸣叫着，有几只野兔溜着柴垛钻来蹦去。他想睡一觉之后打两只兔子回去给父亲下酒，就迷糊着了。如果不是夜半被尿憋醒,杨双根是不会碰上这个尴尬局面的。他刚解开裤子,就听见柴垛后面有响动,扭头看见两个人影和一辆排子车。杨双根知道是偷棉柴的,就吼了一声,提着双筒猎枪奔过去。两人掉头就跑,杨双根几步就追上去,堵住了偷柴人。月光下他认出是村里小木匠云舟的媳妇田凤兰和女儿小玉。田凤兰见杨双根举着枪,吓得哆嗦着跪下求情。杨双根知道她们是瞧见九强刚回了家才敢来偷棉柴的。田凤兰一把鼻涕一把眼泪地说,云舟和你是同学,看在老同学的分上就饶过俺娘俩吧。云舟在城里学坏了,赌钱,赌光了就去找包工头要工钱,被人打瘸了。俺们回到乡里没有钱买过冬的煤,他又瘫着,俺娘俩就人穷志短啦。杨双根眼里闪着骇光,腮上的肉抽抽地抖了。他上去扶田凤兰和小玉站起来,没说话,就急着转到附近的棒子地里撒尿,他实在憋不住了。田凤兰好像看出什么,让小玉拖着空排子车在路头等,自己整理头发,又拍拍身上的土,追着杨双根进了棒子地。她看见杨双根正系裤带,怯怯地凑过来,一把拖住杨双根说,双根,俺同意跟你来一回,只求你放过俺娘俩。杨双根吓得说不出话来。田凤兰说完就松开杨双根,很麻利地解开裤子,撅着白白的屁股拱他。杨双根马上意识到她误解了,就闷闷地吼,臭娘儿们,快系好裤子,你把俺看成啥人啦。田凤兰乖乖系好裤子听候杨双根发落。杨双根将田凤兰领到棉柴垛,又喊小玉将排子车推过来,他帮着装了满满一车棉柴。杨双根说,拉回家用吧,不够,俺改天送一大车过去。别黑灯瞎火地来啦,一车棉柴丢了脸皮值吗?田凤兰哽咽着,哪个组肯要俺们这累赘?村长让俺们待分配呢。杨双根笑说,就进俺们第二组吧,俺找村长说,往后有啥为难遭窄的就找俺双根。田凤兰母女谢了又谢拉着棉柴走。第二天中午,杨双根又用牛车给她家送去两车棉柴。田凤兰对着瘸子云舟说,你瞧双根,在家种田不也混得挺好吗?咱这外出打工,孩子上学误了,钱也没赚来,倒落这么个灾。说着就啜啜哭起来。杨双根听着心里受用,觉得自己行了真的行了。心想,等俺卖了铁桥开了荒地,你们还会重新认识俺杨双根的。

九月走在街上,分辨不出投向她的各种目光是啥意思。她不愿去猜测,因为她刚干了一件自己都无法解释的事情。当她早上从冯经理的汽车走到村口时,感觉很轻松。她将那张八百亩的土地契约交给兆田村长时,心情就更好起来。

过去在城里拿肉体换钱，时常感到一种罪恶的话，眼下就莫名地消除了这种不安。她要求兆田村长带她去那八在亩土地上看一看。兆田村长带她去了，她走在那片没有播种的土地上，看见了疯长的藤草。还有刚刚枯黄的酸枣树、白虎菜和双喜花。她站在蓬蓬乱草间，不知往哪里下脚。酸枣树里的倒刺紧紧地钩住她的裤角，她慢慢蹲下身来摘掉酸枣藤，却看见一朵还没凋落的双喜花。白白的双喜花哩。九月轻轻将它掐下来捧回家里，插在镜框上。双喜花又小又普通，没几日就干巴了，险些被拾掇屋子的双根娘扔出去。九月就将干花夹在一本书里，一本从城里带回来的书。孙艳过来看九月，她不知道九月姐为啥心气那么平和，脸也灼灼放光了。这是在城里她从没有过的气色，孙艳问她用啥好化妆品啦。九月微笑着不吭声。孙艳问紧了。她说到家乡的田园里走走，就是咱还乡女人最好的化妆品。孙艳茫然不解，别诓人啦九月姐。九月想起一桩事来，就跟孙艳商量将城里存款挪回一部分，存入乡信用社，以存放贷为村里开荒。孙艳笑说，俺越来越发现九月姐像个村长啦。是不是跟双根哥在一起觉悟提高啦？九月骂，死丫头，说痛快话，愿意不愿意？孙艳沉了脸说，听俺爹说，咱乡太穷啦，存的款都支不出来。九月说，信用社不比农业合作基金会，是国家的，你爹说的是基金会。孙艳问那利息咋样？九月笑说，鬼丫头够精的，利息跟城里一样。俺想呀咱那钱存哪儿都是存，不如帮咱村办点实事，在这穷村里过，咱脸上也不光彩哩。咱村里都富了，就不用去城里打工受罪啦。俺们都要结婚了，生了孩子，有出息的，在外上大学做官，没出息呢，也有自己的土地。九月说得孙艳挺伤感。孙艳说，别说啦，九月姐，俺听你的。九月搂着孙艳很开心地笑起来。当天下午，九月和孙艳悄悄去城里移回了十万元存款。办妥存款，九月就告诉兆田村长，说她让城里朋友在咱乡信用社存入十万元，先将存折抵押贷款。兆田村长接过存折看了看，客人署名李宝柱，就哈哈笑起来。他逗九月说，啥时咱村请这个李宝柱喝酒哇？九月噘起嘴巴说，人家不知道是抵押贷款，你要给保密的。兆田村长说好，不跟你逗啦，要是走漏一点风声，你拿俺是问！九月又叮嘱村长一遍，多给杨双根的第二小组拨些贷款。兆田村长满口应着。九月一走，冯经理的伏尔加汽车就堵在兆田村长家门口了。冯经理急三火四地下车，进屋就嚷嚷承包开荒工程。兆田村长不知道冯经理从哪透来的消息，后来一想，他跟贾乡长汇报了，还跟贾乡长夸了一番九月。冯经理笑嘻嘻地说，俺能调来五辆大型抓车，保你满意，保质保量。兆田村长很恼冯经理，又不好闹僵，只是胡乱应付说，没钱开荒，眼下这八个字还没一撇呢。冯经理说，别唬俺啦，信用社的刘主任都告诉俺啦！别不够哥们儿，俺拿下工程，给你高回扣的。兆田村长瞪了冯经理一眼骂，混账，你知道贷款从哪儿来吗？俺拿这昧良心钱，这张老脸真得割下来喂狗吃啦！冯经理被骂愣了，哼了一声，悻悻地走了。兆田村长瞅着冯经理的影子，又嘟囔着骂一句啃骨头的狗。后来一静心，想想杨贵庄在乡里的处境，心里又鼓鼓涌涌不安生了。下午九月和杨双根一起看兆田村长。杨双根听九月说村里有钱开荒了，高兴得扭歪了脸。虽说不是他弄来的钱，可终归能开垦荒地，组里就不会闹地荒，家中的承包田也能保住。这破桥委实不好卖，折腾来折腾去的，仍是空欢喜。这桥怕是远水不解近渴了，但他不死心，日子无尽，慢慢来吧。兆田村长说，咱乡里要在冬天里大搞农田基本建设。各村都闹地荒，乡里号召咱多开荒地。双根哪，你们第二小组得带个好头，把流动锦旗夺到手。杨双根憨笑说，俺会拼一场的，俺早想好了，这蜜月得到北大洼上度过喽。九月瞪他，这傻样儿的。兆田村长就笑。杨双根说，得拿钱哩，这年头可不比"学大寨"那阵儿，旗杆一插就干活儿。开荒地可累人，给打白条子没人干的。九月笑说，没有钱，也许俺们这位缺心眼儿的会傻干。兆田村长说，双根可不缺心眼，小伙子是大智若愚呢。九月也愿听别人夸双根，看着双根不再神神怪怪的，眼里便有了喜欢的人影儿。双根和九月一起走，兆田村长就想起被他骂走的冯经理，忙着把冯经理呼过来，晚上在家里摆了一桌。冯经理喝酒就念叨九月，派人去她家里叫，那人回到村长家说，九月全家都在地里收秋。兆田村长看着天都黑黑的了，叹道，这阵是庄家户最累的季节，这售粮大户本是不好当的。冯经理已经喝糊涂了，就没再追问九月为啥没来。

晚秋的日头还是很毒的，想熬干这平原的河流、庄稼的汁液和种田人的精血。灿烂的日子照花了眼睛，身体和记忆被蒸烤着。昏睡的双根一下子想不起是啥地方，动一下脖子就痛，又动一下，侧过脸搂住女人的身子，他腰又酸了。

杨双根睁眼喝水，才知道在炕头上睡觉。他发现九月睡得很香，他知道九月也累得哗啦了，睡觉的姿势就很丑，两条白白的大腿都扭成了麻花。杨双根望着她露出薄被外的白腿，一点心思都没有。好几天他都没挨她了，她也从不碰他。熬过这累人的秋天，日子就会轻闲起来。

一想到分地和开荒，杨双根觉得自己不会有轻闲之日了。快天亮儿，杨双根觉得九月软软的手在摸他，摸他最值钱的部位，他也没哼一哼动一动。父亲蹶跶蹶跶地走到窗前叫他们下田收秋。其实在这之前，父亲已经像地主周扒皮一样，将鸡笼里的鸡放出来打鸣。九月就是被鸡叫惊醒的。九月将杨双根喊起来，刚洗漱穿戴好，兆田村长就慌慌地喊九月。兆田村长说贷款开荒的事砸了。九月惊直了眼。兆田村长说着就将九月拉到屋外悄声地告诉她，乡信用社真不讲信用，原本说得好好的，可他们将咱新贷的款子顶以前的贷款了。就是说咱村欠他们八万，这回贷的十万，只能支出两万元开荒。这仨瓜俩枣的管啥用？九月明白了，是信用社搞鬼呢。又一想，谁让咱村欠人家钱呢？这不争气的穷村呀，你还有救吗？兆田村长见九月不语，心里更慌乱，他只有向九月讨主意了。九月怕兆田村长破罐子破摔就说去乡里找信用社头头说情，早知这样，城里的存款还不往乡下转呢。九月和兆田村长急匆匆地走了。杨双根隔着墙头听见他们说话了，开荒贷款泡汤了。杨双根很泄气地愣了半天，骂，这年儿，当官不难，发财不难，骗人不难，学坏不难，就咱老百姓干点正事儿难！父亲杨大疙瘩说，九月走了，你还愣着嚼蛆？快下地做活儿。杨双根跟父亲说了实情。杨大疙瘩叹一声，说别指望啥新政策了，丢了地更省心。杨双根瞅着父亲枯树根似的蹲着，知道他说的不是心里话。丢了地，怕是他的魂儿也丢了，地里常有丢魂儿的事。

人到了没指望的时候就异想天开。杨双根将最后一捆豆秧装上牛车，又扭头朝那架铁桥张望了很久。他又不甘心了。人在机遇面前不能装熊了，也许过了这村就没这个店了。他从牛车上跳下来，笨拙拙地爬上铁桥，掏出腰间的皮尺量了一番，然后掐指数数，按上次与王秃子卖废铁价格算，这铁桥得值十四万，开荒够用了。他赶着牛车拐了下道，忽然看见桥头有几个人影晃动，心里就更着急了。他想再找一回王秃子，如果王秃子不干，就让他给介绍一位。

他压根就没指望收破烂的王秃子这块云彩撒尿。傍晚杨双根又去找王秃子。王秃子眨巴着圆眼想了想，说帮他找一位城里收废铁的，成事了就提点劳务费，不成也求杨双根别露他。杨双根骂他咋变得跟老娘儿们似的，就拽着他连夜赶到城里。城东红星轧钢厂厂长的兄弟韩少军开了个公司，专收各种废铁烂钢，为城东红星轧钢厂供货。杨双根由王秃子引荐，认识了韩少军总经理。韩少军穿一身高档服装，小头吹得很亮，说话时大哥大响个不停，接一阵儿电话，问一会儿铁桥。杨双根手里摆弄着韩少军的名片，看见太平洋贸易公司总经理几个字，他就感觉这回事有八成。韩少军听杨双根将铁桥的事说一遍，就又将王秃子叫到僻静处问，你狗×的诓我，这铁桥真归这姓杨的小子管？王秃子说，桥在他们组的地面上，桥占地多年拖欠占地费，就拿废桥顶了！瞅他对铁桥的上心劲儿，他看得比老婆都紧！没错儿。韩少军又说那得有煤矿或铁路的转让信，加盖业务专用章。这样我也他×不放心，即使这阵儿没事儿，将来出啥闪失，不行。王秃子说，杨双根是为集体开荒卖桥，你怕啥？盖章也没问题的。韩老板咋变成老鼠胆儿啦？是不是金屋藏娇啦？韩少军瞪着王秃子骂，别他×瞎叨咕，说正经的，我们公司不做，引荐给东北的一伙倒废铁的朋友。咋样？过两天，我就让他们找你们看货交钱，不过，转让信得有哇，别让我坐蜡。你小子敢骗我，小心你的秃瓢儿。王秃子嘻嘻笑，俺叫你见杨双根了，这可是俺们那片的大老实人哪！他家是售粮大户，肥着呢！王秃子把情况跟杨双根一说就去找旅店了。杨双根半喜半忧，喜的是铁桥找着了婆家，忧的是转让信和业务章到哪儿去盖？矿务局和铁路分局都不承认是自己的桥。到了小旅店里住下，杨双根还为这事发愁。这时王秃子从外面领来个女人，让杨双根痛快地玩玩儿，杨双根头一回见这场面，怯怯地推托说，俺有九月，俺跟九月就要举行婚礼了，不能对不起她。王秃子一边伸手揉着女人的胸脯儿一边说，就你这傻蛋，还为女人守节，还不知你那九月给你戴了几层绿帽子呢。杨双根怒了脸骂，你再他×胡咧咧，揍你个秃驴！九月可不是那样的人。王秃子连连告饶说，好好，你眼不见为净更好！不过，你可记着，从城里打工回去的乡下姑娘，有几个还原装回去？嘿嘿嘿。杨双根骂，你他×狗嘴里吐不出象牙。王秃子说，双根你去门口给俺看着点，俺可不客气啦……杨双根蹲到门口，听着王秃子屋里的响动，对面厕所吹过来的臭气，熏得他脑仁儿痛。后来又凉了，不知不觉就伤风了。杨双根坐在地上睡着了，梦里的他像是在护秋，周围是一片寂静的田野。田野里飞舞着无数妖冶的红蛾子。

　　三天后的一个下午，一场雷阵雨刚过。杨家门口的歪脖柳被雷劈落两股树杈。这歪脖柳是杨家祖传下来的古树。父亲和杨双根望着披散的老树发呆。树杈上筑巢多年的老鸹窝，树杈落下来的时候，还砸碎门楼的几块脊瓦。父亲指挥着家人收拾残局，嘟囔说，怕是咱杨家有妖了，这落地雷是专收妖魔鬼怪的。九月在一旁听得脸都白了。杨双根一边拽树杈一边说，爹，咱家都是本分人，哪有啥妖啊。母亲也说雷劈树杈的事常有的。杨双根发现九月脸色很难看，仰头看见灰老鸹呱呱叫着，围着树冠画出弧线。叫声一直传到村子深处。杨双根说老鸹找不到家了，只好到外地打工去喽。多可怜的老鸹，村人都还乡了，这本是你的家，还得往外奔。杨双根独自乱想一气，就见王秃子的铁路大盖帽从墙头冒出来。王秃子怕杨大疙瘩骂他。就趴墙头上晃帽子。杨双根眼下十分崇拜王秃子，别看他吃喝嫖赌的，办事能力却不差。王秃子挖窟窿打洞从矿务局三产弄来了盖业务章的转让信，信是空白的，委托内容是杨双根添上去的。矿务局三产的一位副经理是王秃子的表兄，王秃子叮嘱杨双根说，俺可是一手托两家，那头章不是白盖的，得交人家公司一万元手续费。杨双根爽快地答应了。王秃子说他没告诉表兄桥的事。杨双根理直气壮了，告诉他们也白搭，他们不承认有这座桥。这桥是俺们小组的，也是俺杨贵庄的，盖那戳子是给客人看的，省得狗咬狗一嘴毛。杨双根知道王秃子是蹬鼻子上脸的主儿，他是真想吃一嘴了，吃就吃吧，反正这全是无本生意，最终占了便宜的还是杨贵庄人。杨双根看见墙外的秃头就欢喜，放下手中的树杈，带着满脸的兴致跑出去。王秃子告诉他太平洋贸易公司的韩总经理的客人到啦。杨双根问人呢？王秃子笑骂，你小子一努嘴儿，俺就跑断腿儿。这群东北老客在俺家避雨，中午搭了一顿饭，还让俺老婆陪他们玩麻将。都是一群色鬼，俺老婆的屁股蛋都让王八蛋掐肿啦。杨双根听着好笑，王秃子的老婆丑得恼心，还有掐她的？他听出王秃子是诓钱。杨双根说，只要拍板成交，亏不了你的。王秃子说俺老婆直接带客人去铁桥了。杨双根眼一亮，他们带钱没有？王秃子怀有深意地一努嘴儿说，带啦，你说能不带钱吗？杨双根回屋带上皮尺和写满数据的小本子，就牵着牛去铁桥了。

雨水洗过的铁桥很好看，浮在上面的灰尘和蛛网被大雨冲掉了。躲雨的鸟们被来人吓飞了。杨双根站在桥上望天，天上竟有一弯彩虹。看远处的小村，小得像一段驼黄色的绳头。也许就是这段不起眼的绳头支撑着他，使他有了底气，很严肃地跟这群人讨价还价。客人当中领头的是个大胡子。他也拿出名片给杨双根看。杨双根发现大胡子的头衔实在，是辽宁的一家金属公司。他觉得这回是抱着猪头找到庙门了。大胡子围桥绕了三圈儿，大掌不停地揉着那几根毛说，如果我方负责拆桥，只能是十一万，不能再多啦。杨双根要价十四万是有理由的。他那小本子都算烂了。王秃子又凑上来，一手托两家，拿出十二万五千元的折中价儿，双方闷了一会儿就拍了板。然后在王秃子的驴背上签合同。大胡子从皮包里摸出红戳子盖上去。杨双根哆嗦着签了字，又扭头朝那驼黄色的绳头张望。望见那棵被雷击伤的老树，也望见轻轻浮动的炊烟了。他心里说，杨贵庄哩，俺这一番苦心终于有了报偿。爹哩九月哩，你们压根儿就不了解杨双根。想着想着鼻头就酸了。大胡子观察着杨双根的表情，怎么也看不懂他的心思。他先交给杨双根三万五千元现款做预付款，说四天后拆完桥交余款，并请求杨双根盯着拆桥作业。杨双根见王秃子凑过来吃蹭饭儿，就拿出一万五千元钱给他，说那一万是他表兄盖章的手续费。王秃子躲在桥下的草丛里数钱，杨双根让他打条子。王秃子说咱俩谁跟谁，还用得着这个？杨双根冷了脸说，这都是公款，都弄完啦，俺要如数交给兆田村长。王秃子撇嘴说，你这傻蛋不留点？杨双根说那就看村长怎么奖赏啦。啥事都说破，这情分就浅了薄了。王秃子说，俺一上学就赶上学雷锋，今儿个才知道雷锋还活着，你让俺学学你吧。然后就讥笑。杨双根骂。王秃子说，有你小子后悔那天。你知道兆田村长吗，他是人窝子里滚出来的人精，钱交他，他敢胡吃海糟光的。杨双根倔倔地说，俺们村长不比你们村长，他会拿这钱开荒种地的。为了开荒，也够难为他和九月的了。王秃子附和说，也许吧，你们村穷。一般穷地方都出好干部。杨双根硬逼王秃子打了条子。王秃子声明说这可不是交公粮的白条子。杨双根骂，美得你屁眼朝天。随后就冲着晚秋的田野笑起来。一连几天，杨双根都很快活，他在拆桥工地晃，心叹大胡子雇的这拨人够能干的，电割机的火花昼夜闪跳，很像荒野里溅落的星子。来往的行人称赞说，还是上级领导体恤咱们农民，知道咱地少了，急着赶着给咱腾地方呢。杨双根听着从心底往外舒服，心里说没俺杨双根奔波，拆这桥不知要拖到猴年马月呢。随后他看见一群看热闹孩子，孩子们像兔子似的蹦来蹦去，还欣欣地拍手唱歌谣，乡巴佬看花轿，傻姑爷得不着……

烦恼来得不够顺理成章。杨双根在拆桥的最后两天顶不住了，父亲和九月以为他在桥头凑热闹，拉他回家装车送棉花。杨双根将王秃子派到拆装工地，自己跟家人庆丰收来了。杨家的棉花收成好，风调雨顺，掐尖打杈及时，而且没有碰上假农药。父亲母亲笑着脸让九月唱支歌，一会儿又让杨双根吹阵子唢呐。杨双根没想到九月的歌唱得那么好，问她在城里打工是不是整天唱歌。九月说城里人都爱唱流行歌曲。杨双根说那歌软棉花似的，趴着屙屎没劲的。然后就鼓起腮帮子吹唢呐。他努力回想往年丰收吹唢呐的情形，但那些内容总是模糊不清。今年有九月陪伴，他可以完完全全地陶醉过去。他眯眼吹着，鼻头下一条清水鼻涕，一闪一闪亮着。唢呐声招引来那么多看热闹的村人。他们不是来听唢呐的，他们是望着那一排排的棉车愣神儿。九月数了数，整有八辆装满籽棉的马车。车是雇来的，棉花是自己的，将来哗哗响的票子也是自己的。村人的眼更红了，红得滴血的眼睛曾经被城市的风吹拂。杨大疙瘩坐在头车上，笑着朝路边的乡亲们作揖，作着作着就觉得不对劲儿了。村人的眼睛堆起仇恨。使杨大疙瘩想起一句古语，一家饱暖千家恨呢。想想本是杨家最后的风光，就蔫下来，觉得胸部阵阵发紧。九月是押的中间那套棉车。她望着长长的棉车队朝乡收棉站进发，觉得做大户是很过瘾的。当她望见那赤裸的原野，充满湿润甘甜的胸腔漾着波浪。她在想一个问题。那笔"以存放贷"的开荒款终究没能拿下来。兆田村长说只要将工程活儿给了冯经理，款就会下来，兴许是这狗东西做手脚了。九月的口封得死死的，宁可鸡飞蛋打也不给冯经理低头。她跟他低过一次头，她只跟男人低一回头，开始就是结束，这是九月的性格。兆田村长说看不透九月这孩子，再也看不透了。九月悠在棉垛上，天也跟着晃悠，如果拿自己银行里的脏钱开荒，还能叫它处女地吗？这样的土地能打苗吗？收获的棉花还是这样洁白吗？这些问题使九月几乎泪下，甚至觉得有些不可思议了。

杨双根押着最后一辆棉车。他与车把式轻松地说笑。丰收是乐事，他不理解父亲和九月为啥是这副样子。人无须看多深多远，只管眼皮底下的日子吧。快到乡收棉站的时候，他的心思跟这儿也不搭界了。桥！他能从这桥上走过去吗？他想是板上钉钉的事。交完棉花，他要给村人一个惊喜，然后跟兆田村长一起设计开荒方案。九月，你做梦也算计不到俺双根吧？爹哩，种田大户还是咱杨家的。可是脑顶上低低的云朵，压得他喘不上气来。头顶这方天，活像一块破尿布，说不定是啥时辰就会憋一场骚雨。

交棉途中，杨大疙瘩发现冯经理手下人拦车，让交到冯经理的第二收棉点上去。杨大疙瘩一听就知道冯经理打着公家的幌子赚自己的钱。全乡人都知道那是冯经理个人承包的公司。杨大疙瘩停住车，见九月和杨双根都奔过来，跟他们一商量，就合了老人的心意。他们一致拒绝将棉花交到第二收棉点上去。于是棉车队又缓缓地行进了。到了乡第一收棉点，杨大疙瘩看见棉车一字长蛇阵渐渐松散。他跟棉农们打招呼。有些棉车掉头往外走，杨大疙瘩问是不是又打白条子？一个棉农说，今年倒是现钱，可他们把价压得太低。这上好的籽棉，竟给压成三级！杨大疙瘩下车摸摸那人的棉花，骂道，这么好的棉花交三级？真他×黑呀！从互补组到初级社，从生产队到包田到户，也没这么压价的。他瞅瞅自己的棉花也发慌了。杨大疙瘩又问掉头去哪儿交棉，那人说第二收棉点比这个高一些，九月脑子快，她说怕是冯经理从中作梗了。杨大疙瘩骂这还有没有王法啦？粮棉油统购统销为啥还要设第二收棉点儿？那人说第二收棉点也是供销社的。杨大疙瘩愤然道，也是挂羊头卖狗肉。他让九月和杨双根守着棉车，他穿过热闹的人群，到一里地外的第二收棉点转了转。这里的棉价比第一收棉点虽然好一些，仍不遂他心愿。他看见有些棉农托关系递条子塞红包，找验质员溜须，拿自己热面孔亲人家冷屁股，他很难受。另外他发现这里交棉的没有大户，都是零碎的小车小包，后来碰上了东刘庄的售粮大王吕建国。吕建国说他的棉花在乡里压低价，一生气星夜悄悄交到乡外去了，又说哪儿的风气都不正，总归比咱乡里强。哎，往年打白条子没这么压级，该见着钱了，又都他×刁难咱！杨大疙瘩呆了半晌，叹说，那样会少受损失，可就当不上售粮大王啦。吕建国丧气地说，这年头，你还想名利双收？哪有刀切豆腐两面光的？杨大疙瘩说，年初粮棉油规划会上，咱可都是向乡政府表了决心，做了保证的。吕建国骂，你跟政府做保证，谁给你做保证？就说承包土地的事儿，村里打工的一还乡，原来的计划就全乱了。杨大疙瘩问，你们村也重新承包吗？吕建国说，村干部没明着跟俺说，看样子也使坏招子挤对俺，提高承包费让你自己种不下去，乖乖地将土地交出来。杨大疙瘩心想，看来难受的种田大户不只俺一家。他不想跟吕建国学，也不想将棉花送到第二收棉点，只盼着这里的验质员公正些。即使自家受些损失，也还得瘦狗屙屎强挺着。人生在世啥金贵？人活名儿鸟活声儿。这个售棉大王的称号还想当下去。他将意见跟杨双根和九月说了说，一家人就守着棉车等，中午了，他们与车把式们一同吃的盒饭，等到下午五点钟，才排到他们这里。杨大疙瘩率先抓着一团籽棉当着验质员撕碎，围观的人都夸绒长好。验质员却毫不思索地写下三级。杨大疙瘩脸都白了恨不得给验质员磕头了，这是地道的一级棉啊。哪怕你给二级俺也认了。验质员说你别老汉卖瓜自卖自夸啦。杨双根和九月上来说理，验质员说你们想吃人啊！再闹就算你们干扰公务罪蹲局子。杨大疙瘩骂，你是瞎了眼，还是瞎了心？俺们种田的容易吗？验质员和保安人员都上来说，你们不易也不能坑国家呀！杨双根和九月上去评理，被杨疙瘩拦住了。杨大疙瘩脸相很苦，蹲在地上吸烟，愈发一脸苦相地说，俺一家勤勤恳恳种地，老老实实做人，到头来成了坑害国家的人啦！他将手里的验质单撕碎，站起身牵着马车往回走。验质员说第二收棉点儿也不赖啊。九月从这话里证实冯经理在这里安插自己人了。杨双根问父亲，难道咱就去求冯经理？杨大疙瘩倔倔地说，咱不坑国家啦，咱不当狗屁大王了。咱去四元乡交棉。杨双根说那里保准不欺负人吗？俺听吕建国说那里公道。九月说，对，宁可交外乡也不跟姓冯的低头。杨大疙瘩带领棉车队在黄昏时分出发。走到黄沽村北的小饭店，杨大疙瘩招呼所有人吃饭，自己在暗处守着棉车。他吃气都吃饱了，也不想吃饭，从饭店拿了一瓶二锅头独自喝着。几口就干了一瓶酒，眼睛蒙眬起来。他喝酒不醉，醉了也不吐不倒。等人们都从饭店出来，他就爬上棉车想眯一会儿，他让杨双根多留神儿路上动静。他听说乡里棉花外流，从各村儿脱离了不少干部，沿乡里各路口设卡，堵截去外乡交棉。　听吕建国说夜里出乡没问题。谁知他眼皮还没合上，前面的路就被人堵上了，几个胳膊戴袖套的家伙晃着手电嚷，停车停车。杨大疙瘩心头一紧，迷迷瞪瞪地溜下棉车。几个人过来说不能到外乡交棉，乡政府有明文规定。杨大疙瘩雷公似的一脸怒容，咱乡里太黑啦，这都是被逼的。那几个人不理他，快说回村，还要罚款的。还有人认识杨大疙瘩，说你这售粮大王的觉悟呢？杨大疙瘩用烟熏酒腌的粗哑嗓门说，你们让俺过去，别往死路上逼俺。那些人挺横，说你甭想过去。杨大疙瘩觉得一兜儿气冲头，脸古怪地扭皱着，蹲在地上抱头哭了，呜呜的，像个老妇人。杨双根和九月劝他，老人抡了抡胳膊，掏出打火机，点着了第一车棉花，嘴里骂俺的棉花是后娘养的，俺烧光总可以吧？他又要烧第二车，被众人抱住了。车把式忙将马引开，人们七手八脚地扑火。火苗子在夜里格外显眼。截车的人呆住了。九月在家的温顺劲儿全然消失，凶得像一只母老虎，骂杨大疙瘩老糊涂啦，就是烧，也要拉到乡政府门口去烧。她指挥着车往回赶。七车棉花和那辆烧焦的马车行进在乡路上。一路上都默默的，谁也没说话。棉车堵住乡政府门口的时候，已经是夜里九点多了。贾乡长不敢露头，派乡政府办公室齐主任来劝说。九月不依杨大疙瘩大更不依。九月嚷着要见贾乡长，是他的舅爷家逼到这份儿上的。贾乡长刚刚从县里回来，不摸头脑，听说是杨贵庄售粮大户杨大疙瘩一家闹事，就打电话将兆田村长叫来。兆田村长也劝不回去，引来好多人围观。九月说有人看见贾乡长回来啦，躲着不见人。他再不出来，俺就带车去县政府门口闹。咱老百姓还有活路吗？这些话传到楼上去，贾乡长坐不住了，将杨大疙瘩一家和兆田村长叫进办公室。贾乡长前前后后听九月一说，当下就将供销社主任和冯经理叫来，当场没鼻子没脸地骂一顿，谁叫你们设两个收棉点的？谁叫你们压价压级？供销社主任上楼时顺便抓一把棉花，在灯下看了看，说这棉花够一级的，这验质员胡来，回头俺撤了他。冯经理刚进来时嘴巴硬，一见是九月，就蔫下来，悄悄捅九月，早知是你家的棉花就不会有这场了，你咋不直接找俺？九月没理他，贾乡长真的急了眼，咱们乡的棉花被挤到四远乡去，咱乡完不成收棉任务，县里怪罪下来，谁担得起这个责任？再说，老百姓辛辛苦苦种的棉花容易吗？他说着责令供销社主任收棉，而且赔偿那烧掉了的一车棉花。杨大疙瘩听着很解气，瞪了冯经理一眼才下楼招呼送棉花，杨双根也跟下来。贾乡长留兆田村长和九月多谈一会儿。他刚才从九月的怨气里看出点什么。他们谈了半天村里的事情。冯经理见杨双根父子走了,就赖在楼梯口等九月。九月和兆田村长下楼时,冯经理凑上来说拿汽车送他俩回村里。九月故意拿手指兆田村长,兆田村长对冯经理说,你姐夫可是挺赏识九月的,说俺太老实挺不起门来,想提拔九月做村长呢。冯经理问,那你老就退位啦?兆田村长说,俺当支书,日后你小子在九月面前要自重啊。冯经理凑在九月身后笑说,九月,你咋老躲着俺?俺可是真心对你好哇。俺没别的指望,你拿俺当你一个朋友总行吧?九月没说话,脸冷得像块冰坨子,怕是拿心都暖不过来。

  趁着早晨的弥天大雾,杨双根骑着自行车去田野里看铁桥。哪里还有铁桥?铁桥被拆掉了,两段土坎子中间是凹坑。坑沿儿只有零零散散的碎铁渣儿。一些无处藏身的鸟儿在那里乱飞。杨双根愣了愣,埋怨大胡子不打声招呼就吹灯拔蜡走了,拖欠的九万块钱还没给呢。杨双根气不打一处来,直接骑车去邻村找王秃子。王秃子大白天还偎在被窝儿里,屋里酒气熏天。王秃子见到杨双根就诉苦,大胡子他们真他×损,在工地上,往死里灌俺酒,喝得俺跟死狗似的,睁眼就不见人啦,铁架子都拉走啦。不是俺老婆去工地找俺,俺就没命啦,回家就吐血。杨双根恨恨地说,大胡子也太不够意思啦,咱们去找他。王秃子说先给沈阳拨电话,俺猜想他们也不会把废铁运回东北,很可能就地卖给关内的轧钢厂。说着他就按大胡子的名片拨了电话。金属回收公司的人说没有大胡子这个人。杨双根一听就慌了,当下腿一软,莫不是一个骗局?王秃子也骂韩少军给介绍这么一位不托底的买主。第二天,杨双根和王秃子去县城找韩少军。韩少军将他们俩骂回来了,韩少军说俺这做媒人的还管生孩子?俺后来就没见过大胡子。杨双根也不知这幕后的勾当,哀求韩少军给找找大胡子。韩少军说,听王秃子说你老婆九月长得不错,弄来陪俺一宿就帮这个忙。杨双根恨不得将韩少军的脸蛋子扇歪了,气呼呼地回了村。杨双根没心思进家,独自坐在铁桥遗址上发呆,看看桥下的大坑,像个深潭一样吓人。他又看看手里的盖有红戳子的合同书,就觉得心底一阵痛。他双手抱头,胡乱地揪扯着自己的头发哭了。

  哭了一会儿,杨双根觉得窝囊,就骂自己快省几滴猫尿吧。他擦着眼睛,泪珠被揉碎了，转眼也被很凉的秋风吹干了。他想人不能就这么完蛋，他想去乡派出所报案，用法律追回铁或是追回款。只能这样了。杨双根把想法跟王秃子一说，王秃子就反对说，这是麻秆打狼两害怕，吃了哑巴亏算啦。你一报案，万一追问铁桥的产权咋办？杨双根很硬气地说，矿务局和铁路分局都说没这桥，产权就是俺杨贵庄的。王秃子撇嘴说，就算是杨贵庄的，你小子是庄里啥人？是村长还是支书？杨双根说俺带兆田村长一起报案。王秃子说他简直蠢到家了。杨双根见王秃子阻拦，一时竟疑心他跟大胡子合伙糊弄自己。杨双根就更生气了，回村直奔兆田村长家里，见兆田村长不在，就揣着合同书只身去乡政府派出所报案了。乡派出所的人不摸底，值班人员看了杨双根的合同，并把详情记下来，说追查看看，一有消息就去村里通知你。杨双根说了好多感谢话就回村了。到了家里，杨双根想将那两万元钱和收条送到兆田村长那里去，都找出来了，又迟迟疑疑藏下了。他还指望乡派出所能找到大胡子那伙人，找回欠款。他的心里霎时就宽敞起来。

  交完公粮就快入冬了。受冷气影响，一夜之间落了场大雪，随即裹上了冬装，雪后的第一个上午，杨大疙瘩与村人一起聚到村委会门前开会。贾乡长来时，检查一下重新承包土地的事，又宣布九月给兆田村长当助理。没明说但也是干村长的事。杨大疙瘩没有看到高兴，他发现儿子杨双根这沉着脸。这个小家庭各有各的心事。杨大疙瘩知道九月的升迁并不能使杨家留住土地，甚至地会更少。他知道九月和兆田村长操持开荒，但这是远水不解近渴的。春天订下的大棚塑料已经送货上门。杨大疙瘩只留下极少部分，然后就说尽好话将人家央告走了。随后他就走到田野上去了。雪停之后，天空仍然很晦暗，他没法说清楚这个初冬，田野上的人慢慢多起来。他们议论着哪块地好哪块地坏，脑袋里却是想象来年秋收的景象了。人们没有发现有一个老人久久徘徊在原野，迎风哭泣。似乎土地上发生的事在老人的脸上都显露出来。在那天的乡政府表彰会上，政府依然奖给杨大疙瘩售粮大王的锦旗，杨大疙瘩没有去开会，锦旗是九月领回来的。眼下这个家庭最活跃的就是九月了，与满面春风的九月相比，杨双根明显地委顿下去，整日唉声叹气像是丢了魂。杨大疙瘩猜想儿子的魂儿是丢在田野里的。他们家里供着菩萨，他和老伴儿面朝着龛里那个面孔慈祥的观世音，缓缓跪下去，祈祷菩萨保佑他们的儿子。杨大疙瘩想到重新承包土地之后，将儿子的喜事办了。这个家庭是该拿喜气冲冲积了很久的晦气了。分地的前两天，杨大疙瘩将兆田村长和几个村支委请到家里吃饭喝酒。喝酒的时候，匣子播放一着歌，叫《九月九的酒》。杨大疙瘩说今儿的酒本该是九月九来喝的，只是收秋太忙啦。杨双根心事很重地说，这九月九的酒怕也是假酒，这年月连眼泪都假了，何况这酒？兆田村长呵呵笑。九月边端菜边哼唱：思乡的人儿漂流在外头……兆田村长骂，眼下打都打不走啦，真有意思哩。然后他苦笑着举杯说，都回来也好哇，咱就喝了这杯九月九的酒！全桌人都笑了。

喝完酒的傍晚，杨大疙瘩一下子病了两天，发高烧。到重新承包土地那天，杨大疙瘩强撑着去田里抓阄儿。他从来不曾像现在这样深刻地意识到，他硬硬朗朗出现的重要性。

尽管是一个晴日，地上还残存着积雪，踩上去咯吱咯吱响着。好多饥饿的麻雀在雪野里觅食。西北风扬着晶莹的雪粉，砸得杨大疙瘩总想闭眼睛。杨双根默默地跟着父亲。父子俩几乎同时发现自己家承包过的土地慢慢膨胀，被冻酥，像棉团一样蓬松地胀开。人们红着眼盯着这些土地。没有谁挨门吆喝，村人便很兴奋地拥到田野里来。杨大疙瘩觉得像土改合作化或是三中全会以后的大包干儿。人们脸上的喜气依然不减当年。与这气氛格格不入的是杨大疙瘩垂头丧气的样子，俨然像被分了田地的地主。杨双根开始为第二小组张罗抓阄儿。他悄悄地走到父亲跟前说，爹，没人斗争你，高兴点儿吧，这地谁种不是种呢？杨大疙瘩狠狠地瞪了他一眼，直到兆田村长和九月都凑过来跟他打招呼，他的老脸才松活一些。他蹲在雪地里，吧嗒吧嗒地吸烟。一群孩子在人群里钻来钻去，拍着小手唱歌谣。杨大疙瘩几乎不认识这些孩子，孩子们大多是城里生的，模样很洋气。他们随父母还乡了，还拿城里人眼光唱童谣，乡巴佬看花轿，傻姑爷得……杨大疙瘩歪着脑袋瞅他们。杨大疙瘩感到被嘲弄了，扭头臭嘴地骂，婊子养的，不准你们糟蹋庄稼人！孩子们被老人的凶样吓跑了。杨大疙瘩泥塑木雕似的不动，烟锅早已熄了，可烟袋杆仍在嘴里叼着。杨双根走过来，有些焦急地说，爹快去抓阄儿哇，不然好地就没啦！杨大疙瘩还是没理他。杨双根说你不抓，俺可要下手啦。杨大疙瘩扭头凶儿子，你别给俺抓，剩下啥是啥！

杨双根茫然地盯着父亲。这时候,在城里卖菜发财的杨广田笑呵呵地走过来说,老叔哇,俺抓着原来承包的那块地了,真是天凑地巧的。这块地几年不荒,比先时还肥了,感谢老叔的料理呀!杨大疙瘩嗯嗯着点头。杨广田见杨大疙瘩绷着脸,就说俺在城里学会了管理大棚菜技术,你老有用得着俺的就叫一声。然后哼着歌子走了。杨大疙瘩心腔一热。他觉得杨广田还算有良心,还知道是俺将他的地养肥啦。是哩,几年来他往地里使了多少底粪呢,总算换回一句热肠子话。

西北风越刮越紧了。杨大疙瘩的老脸被冻得挤成一团。他看见九月了,九月举着小牌嚷着村人的名字。她长大了,长成挑梁拿事的能人了。她的脸蛋被风吹得红扑扑的,脖子上的红围巾被风一掀一掀,像一只在田野里扑棱着的大鸟。她支使着杨双根干这干那,杨双根只有被使唤的分了。杨双根瞅着父亲的样子很难受,也在自责,自责自己没能把铁桥卖成,没有为杨家赢来土地。看来追桥钱也没啥指望了。一切就像没有发生过一样。他在寻找适当时机,将剩下那点事跟兆田村长说清。杨大疙瘩不动声色地瞅着村人来来往往,杨家剩下的承包地有结果了,有好有坏。杨大疙瘩听着儿子数叨那些地。还有九月娘家的地,以及五奶奶的地,仍由杨大疙瘩承包。杨大疙瘩闭上眼睛就能想到那几块地的方位和模样,因为那里还留着他和双根的气味儿,他的影子。捂了耳朵还能听到他留在地里的吆喝声,尽管这些地少得可怜。

过了一会儿,杨大疙瘩听到人群里有女人的哭泣声。他被女人哭声弄得浑身发紧。杨双根告诉父亲,说那是小木匠云舟的媳妇田凤兰在哭,她抓阄抓到一块很远很差的地。杨大疙瘩问是不是被城里人打瘸的那个云舟?杨双根说是,他说他们挺可怜的。爹,咱们帮帮她吧。杨大疙瘩嗨了一声,蹶跶蹶跶地走去了。他对田凤兰说,云舟媳妇,莫哭鼻子啦。俺咋好意思雪上加霜呢。杨大疙瘩瞅了一眼双根那组的,要不让双根也帮你种田。田凤兰泪流满面了,喃喃地说,还是咱乡下人情厚哩!俺代表云舟给您老磕头啦。说着就缓缓跪在雪地上了。

人都散尽了,雪野被人群踩黑了。杨大疙瘩还独自蹲在田野里。只有几只觅食的麻雀陪着他。杨大疙瘩竟忆着很早的往事,新中国成立后搞土改分田地时他和父亲分了地。那是他还是个孩子。他看见老地主蹲在土地上吸烟,还不时抓一把地上的活土。眼下他忽然明白老地主为啥最后一个离开田野。这茫茫一片都曾是杨家的田野。从今天开始，或许到有生之年，再也看不到昔日的景象了。就像没生过娃的女人做不得娘一样，他这售粮大王算是做到头了。杨大疙瘩忽然觉得脸上烫烫的，一摸，才知道有泪水流下来。

烈风扑打着杨大疙瘩昏花的眼睛。

婚礼就要到日子了。杨双根和九月婚礼的前一天，杨贵庄又落了一场雪。一切都操办好了，只欠这场瑞雪。这天早上，九强将那群陪嫁姐姐的鸽子引过来。门口的残树枝上落满了白鸽子，分不清是鸽子还是雪。杨双根被鸽子的啼啭叫醒了，一睁眼，发现九月一双眼睛痴痴地看他。杨双根笑问，你不认识俺啦？九月将脸贴过来，很伤感地说，双根，俺做了一夜噩梦，梦里你背着行李外出打工啦，一去就再也没回来。杨双根憨笑说，俺这破组长有啥好，又窝囊，你见俺不回来就再找一家呗。九月紧紧地抱住杨双根，将自己的胸脯贴在杨双根胸脯上，讷讷地说，俺不能没有你哩。杨双根笑说，梦打心里头想，刚分了地，你自然梦着俺上城打工。九月的慌乱给杨双根带来桃红色的遐想。他趴到九月的身上去，九月这一次是渐渐入境的，做得很真实。她那好看的鼻眼挤弄着，声音像夜鸟儿轻唱。杨双根仿佛觉得自己牵着那头老牛走在田野里。九月的脸渐渐化在平原里了。他牵着老牛走，越走越远，待回首最后看一眼小村时，小村竟被一团亮色的云遮蔽，像一段驼黄色的绳头。

吃过早饭，兆田村长到杨双根家里贺喜。贺过喜就跟九月商量开荒的事。九月将那笔存款直接提出来开荒。兆田村长感动得说不出话来。杨双根听说九月从城里引了一笔资金过来，从心眼儿里佩服。杨双根知道自己掺和不进去，就抄起笤帚扫院子里的积雪。扫完自家门前的，又扫大街上的雪。鸽子们在他头顶上旋飞，时常能听到鸽哨。一群孩子在村巷里堆雪菩萨，雪地上留下他们奔跑的足印。杨双根站在雪菩萨前，歪着脑袋瞧着，发现菩萨很和善，很慈祥。这个时候，杨双根和孩子们一同扭头看村口，那里缓缓开来一辆警车。红灯警车没有鸣笛，到杨双根跟前就停下了。车门打开，走下一位很威严的警察，问杨双根，村长家在哪儿？杨双根说现在村长正在俺家，然后憨厚地笑笑，就领着警察往他家走，杨双根边走边笑问，俺村有犯法的啦？警察点头走着。杨双根还骂了一句，俺村还有这样的家伙？看来从城里回来的人学坏啦。说说笑笑就进了院子。兆田村长迎出来问了问，警察出示逮捕证说，你们村有个叫杨双根的人吗？兆田村长愣起眼问，有哇，给你们引路的就是。杨双根脑袋嗡地一响，就有冷冷的铁铐铐住他的手腕。杨双根伸着脖子喊，俺咋啦？俺没犯法哩！卖铁桥是为公家开荒，俺还被骗了呢。兆田村长说，你们抓错人啦，俺这个村谁犯法俺都信，就是双根犯法俺不信，有事好商量，放下人。警察并不理睬兆田村长，七手八脚地将杨双根推上了警车。杨双根舞着双手喊，九月救救俺哩。五奶奶看见这一切就瘫在雪地里，说，俺村就双根这么一个好人哪。随后她就将刚刚堆好的雪菩萨抓碎了。

　　九月奔跑着追到村外，汽车就沿着村路消失了。她狂奔的时候，也滑出了许许多多哀戚的面容。唯有那一片原野跟着她游动、起伏，眨眼的工夫就牢牢地定在那里了。她的身子慢慢软向大地，喉咙里挤出一阵短促的呜咽，这冤家，别人都还乡啦，你为啥走啦？然后就朝那个遥远的地方好一阵张望。

　　纷纷的雪，又在飘。

　　落雪的平原竟有了田园的味道。

红雀东南飞

海滩上没有固定的雀巢。涨潮的时候浑浊的海水抹平海雀觅食的泥滩,群雀就快捷地划出十分紊乱的线条子钻进碧天里去。这样的画面总是那样不胜凄凉。坐在老河口的泥岗子上,我和翎子默默地谁也不说话。金凤最后一次离开我们是早晨七点,锚地的看船佬敲响最后一声铜锣,金凤就在一片喜庆的鞭炮声里钻进了迎亲的彩车。我和翎子为金凤送行,当时我已没有足够的理智挡住满脸的泪水,彩车在我们的泪眼里颤动着消失,铅灰的天空就像压着一片密不透风的老滩。透过薄雾我看到了河口西侧泥岗子上的祠堂。这是雪莲湾唯一留下来的我们米家的祠堂。在日头没有出来的时候遥望祠堂,显得朦胧而神秘,灰色瓦脊像招魂的帆影或谣曲,黄白的纸门紧紧关着,锁住我们家族灰飞烟灭的历史。米家祠堂里有东西,父亲这样说。多少年之后我始终弄不明白,祠堂里有什么东西。祠堂是空的,我曾去过。

翎子面朝东南方沉思着。

祠堂在我们的西北方。海滩阴沉的光线压迫着我的目光。祠堂下一条废弃的土道上,一条黄狗叼着骨头十分悠闲地逛荡。船上的渔人正在挂网,眨眼间老船就吐着黑烟颠离老河口,远远地只能瞧见他们沾着污泥的帽子。我是扭着脖子观望的,压根儿就忽略了翎子的存在,直到翎子自顾自吟诵那首诗,我才回过头来,与她并排坐视我们久久神往的东南方。县城和省城都在东南方。我们身后背景的海滩十分沉重与浩瀚。我忆起来了,翎子吟诵的诗名叫《彩色的鸟,在哪里飞翔?》。我抬起头看翎子,无法看到她的整个脸相,只见她头发被海风吹得像堆烂渔网,鼻梁上的小雀斑间含了泪珠儿。我也情不自禁地跟她吟诵这首诗。在乡中校园里,我、翎子和金凤是最好的朋友,我们在同一村庄里长大,上学又在同一班,连我们穿的裙子都是金凤姐统一制作的,裙摆处绣上红雀十分惹眼。我们一起读汪国真的诗看琼瑶、岑凯伦的小说,我们谈人生理想,发誓一定上大学进城市,绝不在乡村草草率率地嫁人。谁知我们高考落榜了,我和翎子进了自费生分数段,家里没钱或是不愿出钱也就断了指望。我们仨仍不死心,刚出校门那阵子再次发誓,我们复课重考大学,谁先退缩了就惩罚谁,没有谁能阻挡或剥夺我们所做的一切。半月之后,我们复课的希望都破灭了,原因十分复杂,而且我们三人各有各的难处,所有誓言的意义都荡然无存,化作了风尘。在一个月黑风高的夜里,我们姐妹三个喝了酒在夜滩上站了整整一宿,我们拥在一起抱头哭了。翎子说我们活得这样窝囊还不如跳进海里算了。在翎子眼里最浪漫的解脱方式莫过于跳海了,醉醺醺的金凤点头认可,我们在海边探出脑袋,几乎都从幽蓝的海水里看到各自的面容和影子。在关键时刻我率先醒酒了,卵形圆镜般的水面映着我们三个水月般的脸蛋,我被我自己姣好的面容感动了,学校老师和村里人都说我是我们三人中最漂亮的。我的青春,我的美丽,我的命运不是大海所能承接的,我是活给知识的,活给城市的,东南方的诱惑力是巨大的。我用从没有过的那么大力气将翎子和金凤拽回来,纠缠扭打在一起。我们不能死!我声嘶力竭地喊,狠狠地打了她们两巴掌。一种头晕目眩的争打一直持续到拂晓时分。天亮了,我们都醒酒了,没再制造苍白的誓言。我们默默地走在阴郁凄怆的海滩上,我们常常会望见赶早潮的渔人十分强劲地吆喝着挂网。我们谁也没说话,很狼狈地各自回家了。后来的一些日子,我和翎子常常见面,金凤总是躲着我们。我们找金凤时她总是放不下手中织网的梭子,总是少言寡语。她的脸有些怪,我们不知道她的心思,发现她比先前黑了许多。腊月定亲,开春儿就结婚了。丈夫是十里铺一位开小拖车的农民。四间新房一个大院,没小姑子,婆婆公公年岁不大。我说金凤姐这辈子就完啦!翎子叹口气说,哪家姑娘日子不是这般过?围着灶台转,生儿育女,伺候老人,守妇道尽义务,给子女盖房子说媳妇找婆家,累死拉倒!说着就苦笑。我烦得捂起耳朵叫,别说啦!翎子说不说也这样,心比天高命比纸薄呢。

我生气地摇着翎子的肩膀说，你也没骨气了吗？不许你贱口轻舌地取笑咱庄户姑娘！翎子脸色晦暗地说，我哪有权利笑别人，我说的是自己。不说啦，留口唾沫暖暖自己心窝儿吧！闷了一阵子，我皱着眉头将乌黑的头发梢咬在嘴里调整思绪。夜里想出千条道，白天照旧原路行。我与翎子后来达成了共识，人穷志短，得赚钱，有钱就能上大学闯都市。村舍的炊烟在我们的视线里积成蘑菇状，几只红雀快捷地从蘑菇烟里钻出来，又盲目地加入海鸥的队伍钻进云彩里去了。

我们坐的泥岗子一直有风。

出于对姑娘家赚钱的沉重和代价，我和翎子久久不说话。大概翎子心里盘算家里虾酱坊的活计吧。没话的时候我又不由自主地眺望远处的祠堂，它以一种很威严的姿势伫立了很多年。我从小就惧怕它又轻视它，这种现象使我对我们家族有了浓厚兴趣而深深迷恋不已，这种情感越深就越激发我远离家族。祠堂能诠释我的命运，我有这种感觉。祠堂下的土道杂草丛生扭来扭去，在突兀的锚地徜徉着甩过一个均匀的湾儿。在这个湾儿的土路上，瘸子老季坐着轮椅注视我们已经很久了。老季的亮脑袋在早晨的雾气里闪着一片青光，那张方脸犹如一尊冷硬的石刻，两撮络腮胡翻卷在耳鬓下透出几分粗野。老季是孤儿，从小性格就怪僻，生产队那阵儿他独驾孤船闯海躲着船队走，大风天赶上乱航，两条水牛般健壮的腿就给撞坏了。听父亲说，老季跟我大姐是小学同学，他追过我大姐米芳，大姐看不上他，一直到老季瘸了才摆脱了他的纠缠。老季不到四十并不老，村人都叫他老季。前几年老季只是拄着双拐走路，后来得了一场大病双拐就支撑不住了，借钱买了轮椅车。为了维持生计老季在村口租了三间瓦房，每间搞一摊儿，卖书租书、象棋军棋和台球。我们回村的时候闲着没事，就到老季那里借书看，还学会了下象棋围棋什么的。男同学们借金庸、梁羽生的武侠书，在一片血淋淋的厮杀中，村里青年人得到了极大享受。我去借书老季从不收钱。我和翎子跟老季还学会了下围棋。真该谢谢他，村里若是没有了老季先生，那漫漫长夜又该去怎么打发呢？后来我们这些高考"漏儿"都成了老季书屋的常客。老季越发深沉了，他很少跟我说话，我看书或是下棋，他总是在不远处冷冷地瞧着我，一张泥塑木雕般的脸淡淡地映着阳光，脸上有一棱肌肉在扑扑弹跳着。我的目光与老季的目光相撞的时候，我有些不舒服或是害怕。老季的眼睛火辣辣地亮，我读不懂他的眼睛，与他对视的情形是很吓人的。这或许是一种征兆。广受村里青年人推崇和瞩目的老季走进我的生活纯属偶然。

　　翎子，那不是老季吗？日光升起来的时候我对翎子说。翎子扭头看见了坐在轮椅上看海的老季，说，老季做啥呢？我说老季看我们来的。翎子说无聊，太无聊了。我远远地瞧见他抬手抹了抹眼睛，卖书生涯给了他一双迎风落泪眼，日头不高好像压在老季宽厚的脊背上，逆着日光看老季正巧叠合在我家祠堂的背景上。老季扭过脸来了，不动声色地看着我们，嘴里不停地打着口哨，翎子说，秀子，老季这号人都活得劲劲儿的，咱跑这儿发啥愁？翎子的一句话真将我的心说宽了。坎坷难熬的日子将老季冶炼得这般老成。日子熬人，日子也炼人呢。我想，读书好读书高，书读死了也就没有用了。老季也读了好多书呢。忽然，我看见老季的轮椅朝我们这边走来，他饶有兴味地笑了笑，这时候我方觉得老季没啥好怕的，拿他调剂调剂日子吧。翎子脸上现出很复杂的意味说，老季朝你笑呢，老季喜欢你，真的！我迭了声反驳，死丫头，屁话，我才不要他喜欢呢！那样我比金凤姐混得还惨！我是这样说说，但内心的阴郁之气没有了，就朗朗笑起来。翎子也跟着笑，朝老季摆摆手。老季轮椅车已经摇到我们脚下的河堤了，他清晰无比地暴露在我们的视线里。翎子说，老季哥，大清早的跑这儿荡啥野魂？

　　我来看看你们。老季说。

　　翎子说，说清楚，是看我们还是看秀子？

　　我横了翎子一眼，别瞎白话！

　　老季说，这会儿还闹心吧？

　　我们看日出，谁说闹心？我说。

　　别辩解，越描越黑！金凤可惜呀！

　　翎子说，你快别提金凤啦。

　　是啊，再说，你俩差不多又要哭啦！老季说。

　　黑馍泡白菜，各取心头爱，金凤有金凤的道理。我故意挺起精神来说，拿话噎他。当时老季脸色就沉下来，他心里如何我不知道。老季跟翎子和金凤说笑很随便,唯独跟我话稀还脸生。老季意味深长地看了我一眼。他看我的时候脖子和上身一齐扭动,拿手指不断擤鼻子,许久他说,秀子翎子你们听着,你们是咱村有文化的人,人生关键处只有几步,可得挺住,城里和乡下活法就是不一样。丹麦思想家克尔凯郭尔说,人是精神。凡是精神都要忍受痛苦或被嘲弄。精神就是自我,自我需要超越! 咱渔村不是你们精神驻足的地埝啊! 快回学校去,复课考大学,我是个粗人,当老大哥的愿意帮助你们! 老季说完就抬脸看苍黄的天,仿佛看见了我们看不见的东西,翎子静静地呆坐着听直了眼,直怕老季不说话了。我听着心里没有反应,这话够叫人上火的。老季假门假势地独坐在轮椅上装成哲人垂首冥想,或是抱着叔本华、尼采和克尔凯郭尔的两本书死记硬背,逮住不懂的人就来几句唬人,特别是唬小姑娘,搜刮一些佩服他的目光和蜜语,来弥补身体和精神的残缺。老季的思路没啥不对头的,可我却十分反感,我不吃这个,找错了对象。老季太可怜了,老季又太可恶了,他先前对我不这样。我把他看成豆腐渣堆在那里,睬也不睬,拽起翎子的手,起身甩手就走。老季以一副涎皮赖脸的样子看我们。翎子挣着身子不好意思地红了脸,说,你个米秀子,听老季大哥把话说完,老季大哥真有学问。我撒了翎子的手头也不回地走下泥岗子。老季哥别介意,秀子又犯倔啦! 翎子说着朝老季苦笑一下,颠儿颠儿地追我而来。老季沉下脸,有怨气,还是很亲切地喊了句,二位小姐,抽空到我那儿下围棋呀! 然后就像羔羊一样笑。老季瘫了之后笑声越发女人气了。我感觉到海滩的泥腥气在空气中纠缠不休,走上河堤的时候,看见了我家院里的那株石榴树,心里一热,树上有好多红雀筑巢呢。翎子跟在我身后像位多嘴多舌的妇人叨叨,秀子姐,老季心眼儿不错,你别伤他的心! 我说我没说他心眼儿坏吧! 翎子说,老季会帮我们的,至少能帮你! 我说,轮到一个瘸子帮我,还不如死了好受! 翎子脸颊红了,气得嘴唇打抖,说,秀子姐,少摆臭架子,你本事大咋没考上正规大学? 你高你能,读过多少书? 不就琼瑶、岑凯伦、玄小佛那几本嘛! 老师说严格讲这不叫好书,好书是《红楼梦》,是《围城》! 我收住脚步怔住了。我发现翎子第一回跟我急,急得可爱。日光贴在她圆圆的脸蛋上,红亮亮的像燃烧起来。翎子的话如铁锚戳着了我的痛处,我内心清高,委实没有清高的资本,我痛恨自己的无能和浅薄,但我自信我能崇高起来。我爱面子,腿软心跳,嘴皮子永远是硬的,我寒了脸骂翎子,你少来教训我,你看着瘸子好,就嫁给他得啦!翎子气得久久说不出话来,说了句我恨你,就哭着扭身跑了。我呆呆地站在村巷一间老屋的山墙下,心情坏透了。阳光照在我半面脸上,脸颊一半是热的一半是凉的。村巷愈加空寂,几只麻雀在地上觅食。四月的小村,我同落日一样孤独。

春季捕捞期结束后的最初几天,我悄悄躲在屋里读完了《红楼梦》,厚厚的三本书,是从老季那里借来的。父亲见我不出屋,吃饭又少,脸蛋又白又瘦的,以为我跟家人怄气呢,就说,咱们家族从来与书无缘,怎么偏偏来你这么一个爱书如命的丫头。你能读到高中就不赖啦,该识举就识举,你两个姐姐读完小学,还不照样挑家过日子嘛!我看你是读书读懒了身子。父亲的话在我耳里飘进飘出。自从两年前母亲病逝之后,父亲从没有跟我动过肝火。父亲的心火压得很深,将那张干皱的长脸灼黑了,脸如刻了粗糙螺纹的树根。父亲是个地道的瘦汉,个子高,显得苍老,早早谢顶,稀稀的一绺头发抹在额顶上。父亲跟我说话的时候认真地翻弄着地上湿漉漉的渔具,不时地摇头晃脑、唉声叹气的。我知道父亲的舢板船很长时间没捕到鱼了。年景儿不好,村里企业亏损市场疲软,连海里的鱼虾蟹也跟着捉弄人。其实严格意义上讲,父亲不是一个地道的渔民。他年轻时就很少出海,他是跟爷爷大叔在醉蟹铺里滚大的,父亲说,吃醉蟹是我们家族创造的。翻开我们米氏家谱的血脉卷就有这样的记载,乾隆八年是秋,蟹乱村灭,房倒屋塌,匪蟹没顶,米家老祖携族人逃难,误入蛮荒地带,水尽粮绝,濒临灭族。是夜四更天,斜风裹来一场细雨,匪蟹爬来,其声嗡嗡成韵,四野阵阵鲜气。族人大惊。老祖食欲引逗而出,望着眼前铺出的青蟹,吼了句,拿酒来。族人抬来成化年间出窑的黑釉大酒瓮。老祖别出心裁将螃蟹装进酒瓮,拿老酒浸透泡熟,族人就很鲜美地吃起来。醉蟹拯救了我们的家族,使我们米家人丁兴旺,支脉广布。吃醉蟹是我们家族的传统,雪莲湾人都吃起来,现在还通过外贸部门出口到海外。父亲说,以我们家族为核心的醉蟹节流传好多年头了。前些年过节,都由我们家族德高望重的七爷将螃蟹倒进酒瓮里,浸泡七天七夜,然后由七爷将醉蟹装进无数小瓦罐里,零零散散地埋进村头的土堡。过节的时候,村里男女老少拿锹在土堡里挖罐子,谁挖到谁吃,村人管找醉蟹叫找福，讨的是来年的好运气。由于醉蟹节的特殊意义，就在老河口西侧的泥岗子上筑造了我们米家祠堂。祠堂背靠老河口劈出来的没有规则的土崖，前面是奔放的大海，它的两侧是平缓狭长的海滩。父亲说，当初建祠堂是风水先生相中的，祠堂是我们家族的骄傲，也是村人虔诚的依托。百年祠堂被人膜拜和祭祀而衍成古老礼仪，于是它存在的意义伴随时光早已让文化将它从实物中异化出来，记录和昭示着我们家族的荣光。后来我们米家就衰落了，醉蟹节没了，就连父亲经营多年的醉蟹铺也给卖掉了。父亲很痛苦，我理解父亲，他是为母亲治病才被迫卖了醉蟹铺的。从此，我们米家祠堂也被闲置冷落了。父亲委实不解吃醉蟹的强悍家族怎么说败就败了呢？而且我们家族出现的明显特征是阴盛阳衰。在我爷爷的辈儿上是兄弟五个，我爷爷是老大。如今只有四爷健在，叔伯辈我父亲排老九，以我父亲为首的都是窝囊人。我的同辈男性也没啥出息，唯有我的大姐在村委会当会计，二姐嫁作渔人妇，因超生二胎跑我东北三姨家躲着坐月子，弄得我大姐在村委会腰杆不硬，这牵挂父亲的心，以至父亲时常呆傻了似的朝东北方张望。因为我爷爷只我父亲这单支，又排行老大，而且历年的醉蟹节都由我爷支撑，祠堂就落我们这支所有了。隔几年就得维修，又不繁衍金钱，没有族人来争祠堂了。起初父亲指望大姐能帮他将醉蟹铺赎回来，结果老人家指望落空了。大姐夫与人合股买了船没挣啥大钱，大姐手里钱如流水，可那是村里集体的钱。大姐的日子并不宽裕，二姐生孩子罚款还没交上就更指不上。我家没哥哥弟弟，父亲唯一的、最后一线希望就落在我身上了。醉蟹铺是 18000 元卖掉的，这会儿收回来得翻番了。我高考分数段进了省外贸学院的自费段，如果能拿出卖掉醉蟹铺的那个钱数，我这会儿早坐在了省城的大学课堂。我去哪儿找那么多钱？父亲为母亲治病能忍痛卖掉醉蟹铺，为我上大学他会舍得吗？不会，绝对不会。我不明白父亲为什么如此反对我们上学厌恶我们看书。如果仅仅因为我们家族历史的"寒食日"，那父亲就太不应该了。分数段下来不久，大姐曾操持着在家族和亲戚中间为我上大学集资，父亲知道后脸色十分难看，没鼻子没脸地将大姐骂了一顿。18000 元就能改变我的命运，钱可真是好东西哩，我在心里埋怨父亲，又很可怜他心疼他。父亲身上的肉几乎瘦干了，那件几乎褪成灰黑颜色的青布夹袄常年懒散地披在父亲身上，脸上蒙了一层厚厚的油烟和尘土。父亲也知道自己不行了。父亲收拾完水涝涝的渔具就弯腰咳嗽起来,我赶忙上去给父亲捶背。父亲不咳了,稳了心说,秀子,爹跟你商量个事儿。我知道父亲没好事情跟我商量,但他的心病不讲出来,就会引发出一串更坏的病来。我点头说,我听着哩。父亲的眼皮索索抖着说,咱富不串邻,贫不串亲,你姐说的集资上学的事别怪爹!我说,我压根儿就没指望能成,您又想着这事啦!父亲好像没听我回话,接着唠叨,那样一来,不成丢人,成了,也全都没脸面了。我烦了,没好气儿地回嘴说,您就别提这事儿啦好不好?父亲继续缓慢迟钝地说,秀子,这阵儿你心里难受,爹知道,等稳稳心,就跟爹做活吧。咱还开醉蟹铺,你娘教你做醉蟹的法子还记得吗?我心里不爱听,嘴上只好说,记得。提起娘来我的眼前就晃动着娘的面容。娘在我们家族做的醉蟹是最好吃的。母亲做醉蟹的程序跟爷爷的不一样,她先往大缸里撒上螃蟹,随后倒进米酒,掺上少许盐粒、海带和大蒜等作料。我最爱吃母亲做的醉蟹。父亲拖着很沉重的鼻音说,秀子,踏踏实实跟爹做醉蟹吧!你听见啦?我的心情陡然变糟了,噘着嘴巴不说话。父亲吼了句,没耳性,你爹跟你说话呢!我大声说,我不做醉蟹!父亲竖起眉毛吼,你是金枝玉叶,怕闪了腰?我倔倔地犟,人家在心里起了咒吗,我要复课,我要上大学!父亲说,大学勾住你的痒痒肉啦。你是那里的虫吗?再给你一年,我看也是瞎子点灯白费蜡。再说啦,上了大学又咋样?知识越多越背时!我竖起眼睛盯着父亲说,爹,求你就给我一年!父亲摇头,等到啥年头?莫黄了大麦老了秧,连婆家都找不到啦!我摇着父亲的肩头说,嫁不出去更好,留在家里陪老爹!父亲的脸松活了,叹道,唉,真拿你没办法,念书念邪啦,等咱家赎回醉蟹铺,有了钱就依你!我显出雀跃欢欣的样子喊,爹,我可总记着你许下的大愿。父亲眉梢挂忧,说,这年头钱越发不好赚啦!没有钱,可别怪你爹打诳语!我正想挣钱的路子呢,我这几天琢磨呀,过了今年的寒食日,就将咱家的祠堂改成醉蟹铺子!咱爷俩挣了钱咋说咋有理呀。我听着父亲的大实话,心里虚得沉下去就没了底儿。父亲的一竿子又支远了,明眼人都晓得,父亲身上已榨不出多少油了。我强迫自己朝父亲笑笑,淡淡一股苦涩浸漫到我的心头。父亲十分疲惫地从我房间走出去,春日的柳絮飘得正紧,透过父亲背影看纷扬飞舞的柳絮使眼前一切变得生疏而枯竭了。

我看不清明天。

吃罢晚饭夜晚就沉了下来，我本想找本书看，翎子到家找我来了。翎子那次被我气哭之后，没几天就与我和好如初了。她心眼儿好耳根软，时常遇事找我拿主意，在学校时就离不开我。翎子说老季找我有事。我说老季是我啥人说调我就调我？一边待着去！翎子眼神儿似乎没个着落，软声软语，秀子姐，我再也不会因老季跟你吵啦！不值得！反正话儿我带到啦。说完翎子跟风一样刮出去。我的心扑扑跳荡了，蒙着头追出来，搂住翎子的脖子，上赶着套着近乎说，臭翎子也牛啦！说着我拿双手胳肢她的腋窝，翎子往肚里咽着气笑起来。翎子也反过身来拿双手胳肢我，我俩就拥成一团笑疯了。天上月亮很好，月光拱过黑泥老屋残破的暗影，洒在我们的脸上肩上，我们制造的欢乐一定会引发月亮多种善意的猜想。父亲沉闷地咳了两声，喊，秀子，去叫你大姐大姐夫过来！你也别去疯跑，回头我有事情说。我响脆脆地"哎"了声。翎子知趣地吐了吐舌头说，我先走了，老季可是真找你呢！翎子嫩闪闪的腰肢一晃就没了踪影。不一会儿我就将大姐和姐夫叫来了，姐夫见了我就长吁短叹，一味地哭穷。我知道姐夫是啥意思。还是姐们儿比外姓人亲近，大姐见了我就拉着我的手嘘寒问暖。老季说我跟大姐年轻时长得一模一样。那时的大姐有一条又黑又长的大辫子，出门便亮了一条街，总是扯着男人馋馋的目光。眼下她都是两个孩子的妈了，依然有姿有色的，只是眼角的皱纹很显眼了。我闻了一阵腥气扑脸而来，一问，才知大姐刚从海滩补网回来。她在做会计的业余时间补网无非是想挣些零花钱。大姐看了一眼坐在炕头吸烟的父亲，就把我拉到堂屋说，秀子，大姐跟你说个事儿。眼下你也没法去复课，大姐给你找个工做吧。我说，爹让我跟他做醉蟹呢。大姐极神秘地说，做醉蟹有啥出息，我给你找的工作还有机会进城呢！村里好多姑娘巴结还巴结不上呢。你的朋友翎子他娘，求人说情都没说来呢。我好奇地瞪圆了眼睛问，啥工作？大姐说，村里的服装厂你知道吧？厂长张士臣你知道吧？张士臣想找个条件好的女秘书，月工资800块，他相中了你，上赶着求我的。我心头猝然一激灵说，钱倒不少，姐，可我不干。大姐问，为啥？我抿紧嘴巴说，我听说张士臣是个情种，一见好看姑娘，便走火入魔。春花不就让他整出孩子了吗？春花的事还没了，又寻新目标啦，我才没那么贱呢。大姐说，春花的事怨不得别人，是她自己作践自己。你就不一样啦，张士臣在村委会尊重我，你是我妹妹，俗话说打狗还要看主人呢。我冷下脸来直愣愣地看着大姐，说，你面子那么大？大姐剜了我一眼说，就是，别放过这机会！我说，屁机会，机会使人变成鬼！大姐不高兴地说，你咋这样不明事理？张厂长说啦，你跟他干一阵儿，他就在县城设办事处，叫你进城呢。我拧转身子说，这样进城，我情愿待在家里，我可不是穿金挂银的命。大姐生气地说，我知道你一门心思想上大学，现在上不了，总不能一棵树上吊死！秀子，实际点吧，别梦里变蝴蝶想入非非啦！大姐乌溜溜的眼睛仿佛要穿透我。我躲开姐姐的目光说，姐，我不稀罕张士臣这个人，别提他啦！大姐火气很大，说，你呀，真是死狗扶不上墙！我不爱听了，拿手指着大姐恼怒的脸说，你才是死狗呢！大姐说，嗔着啦？至于吗？我以后再也不管你的事啦！不识抬举！我双手捂着耳朵，尖声尖气地吼道，我的事不要你们管！不要你们管！大姐也火辣辣地吼，你闹啥？有理啦？然后甩手进屋去了。我浑身的气涌到眼睛里，直杵杵地挺在堂屋，看啥都灰灰的。夜风荡进堂屋将灶口的草灰吹起来，呛得我一阵咳嗽。我头痛欲裂，两手狠狠掐住太阳穴，强令自己打起精神。我在自己的世界游荡太久了，没有谁能改变我。一切得靠自己，我要做的事肯定能做成。我想，自己给自己打气，然后对我遐想的东南方做短暂而专注地眺望。

秀子，你进来！父亲说。

我进屋倚着门框站着。

父亲弓腰盘坐的身影很模糊，他的脸像在锅里卤过的虾一样泛着酱紫色，眼眶里总是糊着白白的眼屎。父亲多皱的脸很平淡，也没有表情，却在平淡中镇住了我们。父亲"吭吭"地咳了两声才说，还有七天，就是咱米家的寒食日，今晚上咱们把祠堂拾掇拾掇。你们听见啦？大姐夫鳖一样蹲在地上吸闷烟，不吭声。我偷眼打量一下呼呼喘气的大姐，说，寒食日是咱整个米氏家族的事！为啥四爷那头不来人，年年都是我们家出人出力？没道理啊！

混账，良心就是道理！父亲教训我说。

大姐说，别惹爹生气，走吧。

我没再说啥，随大溜儿去了。

在我眼里，夜里的祠堂像一个廉价的古董。
我的日子活在盼望里。

春天的雨水冲洗村里村外的万物，使老季小屋的墙壁渐渐发白变灰，最终显示出泥墙的原有本色，散发出青涩的泥土气味。我坐在老季书屋门口能望见老河口东一撮西一爿的老船，河滩上深深的泥岬里汪着水，好像藏着想不透的故事，令我神往。老季坐在轮椅上也陪我朝老河口张望。不知为啥，老季今天换了新衣裳，板板棱棱，像相亲似的，他半个身子探出门口，不一会儿崭新的蓝上衣就被雨水打湿了。我收回目光，将老季的轮椅推到屋里说，老季哥，没见外面下雨吗？老季感激地望我一眼，没言语，掏出一支烟来吸。他吸烟很深，两腮内缩，丝丝缕缕吸进丹田去。翎子不在场我不敢看老季的眼睛。我来书屋大半天了，除了看老河口落雨，就是听邻室打台球的噼啪声。我不知道老季找我有啥事，我来了他又迟迟不开口，我疑心四周都是坑，稍不留心就掉进去。社会为啥给我们这些单纯的女孩子挖出那么多的坑呢？唯有沙沙的落雨声。慢慢我就不理会他了，十分悠闲地翻弄书架里的书。吸完这支烟，老季脸上豪气顿生，挺挺腰，表明他有一件事情在心里运筹好了。老季说，秀子，你过来。我捧着一本《女友》缓缓走至老季跟前，心里想老季千万别强制向我搬弄哲人的思想。老季说，秀子，我想吃你亲手做的醉蟹，能满足我的要求吗？我舒口气说，那现成。我眼不拙看得出来，他叫我来绝不仅仅是吃醉蟹。他笑一下，一副极卑贱的苦笑。他朝我跟前凑了凑，冷不防一把抓住了我的手，《女友》哗啦一声掉地上了。老季真是乱了性子，他的手劲真大，像手铐死死地扣住了我的左手腕子。老季，你要干啥？我当下就慌了，小胳膊血管暴胀，不住地哆嗦起来。老季的这手比搬弄哲人思想更可怕更腻味人。我脸变得煞白地说，放开我，再不放手，我可喊人啦！老季畏畏缩缩地说，秀子，别误解我，我都这样儿的人啦，还对你有啥非分之想吗？秀子，我是求你答应我一件事。我噢了一声，脸色依然沉着说，说吧，只要我能做的就成。说话时我翻然一转身将手抽了回来。老季又尖声尖气地笑了,这孩子真逗。然后他不情愿地欠欠身说,秀子,我这个老大哥求你回学校复课吧!你老这样没着没落的,非误了前程不可!他喷着很浓的鼻息,浑身透一股沤馊气。我哑然失笑了,去复课好像不是你该求我的事。老季愣了一下,从怀里摸出一个纸包来说,这是一万块钱,是我这里挣的,送给你,当作助学金吧!我的身子僵了样地呆住。这种颇为惊喜的尴尬局面,对我来说是始料未及的。我连连推托着支吾道,不,我不要这钱,谢谢你了,老季大哥!老季瞪得大大的眼睛闪出骇光,唯恐我眨眼之间从他眼前跑掉。他欠着身子又抓我的手,我退却着躲开了。我倒背着手笔管条直地站在他眼前说,这是你的血汗钱,我不能拿。老季坦诚地说,秀子,你怀疑我的诚意吗?你担心我在你身上有所图吗?老实告诉你,这笔钱是我留着想捐给希望工程的,给了秀子妹妹,正对路子。我觉得……我使劲摇着肩上的脑袋,眼窝潮潮的想落泪,老季的大脸在我的视线里晶晶莹莹地颤动。我说,老季大哥,你的情义我领,钱还是你自己留着吧。老季哥将纸包托在左手掌上,怏怏地垂着脑袋自语,人就是贱东西,想要这钱的我不给,我想给的人家又不拿。随后他就望着书架愣神。我强迫自己笑得好一些,说,老季哥,你赚点钱不易哩,留着用吧,别老想着捐这个给那个的,怪可惜的。老季沉默不语,呼出的热气暖化着潮湿阴凉的小书屋。静伫良久,我甚至能听到老季怦怦心跳的声音。我待不安稳了,总是胡想一气。老季的牙齿嗑得咝咝响,说,秀子,好妹妹,听哥这一回,算我借你的,等你大学毕业挣了钱再还我。我淡淡地说,别提这事啦,别把我逼出病来!再逼我,我就再也不登你这门槛儿啦!老季叹一声彻底怯场了,蔫蔫儿收起钱来,好些天拿定的主意让没头风给撞乱了。他说,秀子呀,你野得让人抓拿不住。疲惫的慵懒使他重新合上眼皮,泛起了新的呆想。我立马拿话堵他,老季呀老季,你变得让人猜不透啦,真的猜不透啦!老季只管蹙眉不言语。趁老季犯呆的空儿,我真想悄悄溜掉算了,可是两腿就是不听使唤,不管咋说,烦人的老季今日添了某种魅力,给我平淡的日子注入了一种盲目、无所适从的兴奋。我直把话问到老季脸上,老季大哥,开书屋挺来钱吗?老季说,单卖单租赚项不大,我这里是中转站,兼营批发,海上来的书我过过手,往海上去的书我也过手!我笑说,老季哥的能耐大啦,真看不出来呢。老季这时倒牛气了,说,蛇有蛇道鼠有鼠路,这年头干啥都赚钱。老季的眼睛亮起来,搞书、做书商的学问大着哩,而且超凡脱俗,职业高雅。我知道老季在引我上套儿呢。我的好奇心真被强烈地引逗起来,说,老季大哥,我能搞书吗?老季露出一脸的欢喜说,能,而且我保你尽快赚到钱!就屈屈才,先跟我干吧,等将来翅膀硬了,你再独挑一摊儿。咋样?我说,我哪儿是做买卖的料儿,试试呗。老季说,我绝不亏待你,不出仨月你就会走进教室,腰里揣着票子上学是啥感觉?老季神采飞扬,带着深厚的情分。我就是太直,凡是深厚的情分说破就浅了薄了。我说,我希望我们合作不带任何情分,我要靠自己的能力!你答应我才来。老季连连点头。他很快乐,是多少钱也买不来的那种快乐。老季摆摆手说,秀子,快去跟你爹说说,明早就上班,月工资800,业务有提成!我一脸灿烂地笑了,冒雨跑回家去。

  在春季阴郁而冗长的雨天,父亲常常是靠着被垛打瞌睡。脑袋一啄一啄地碰着了手里攥着的烟袋杆子,斜斜挂出一线老涎来了。我推门站在父亲面前的时候,父亲还在嘟囔着说梦话,父亲说,不是人过的日子,上边咋不下来新精神儿呢?父亲时常将自己的无能说成是上边没下来新精神。父亲老了。我故意将脸蛋贴近父亲耳朵喊,爹,上边下来新精神啦!父亲立马就清醒过来,瞪着我骂,鬼丫头,净干没溜儿的事,然后抹抹嘴角继续叼起老烟袋。我说,爹,我找着工作啦!我能挣钱啦!父亲坐起来说,啥工作?我说,到老季那里搞书。父亲当下就火了,说,又发蠢气哩,书能挣钱?你别让瘸子给涮喽!父亲一通煞风景的话,使我心里发寒。书能赚钱我不怀疑,我拒绝大姐去给张士臣当秘书,却投奔了村人看不起的瘸子,人们将咋样看待我呢?在老季那里我将扮演一个什么角色呢?正犹豫间,大姐撑着雨伞甩着大脚片子进屋来了。父亲说,叫你大姐说说,秀子要跟瘸子老季做事。我圆着场说,是老季请我去的,他资助我上学,我不应,才说起这档事的。我想,一天到晚抱着书傻吃酣睡的,不如去挣钱。大姐半响不语,脸色十分难看。父亲又说了我两句,大姐终于开口了,你们都说完了没有?秀子越来越不懂事啦。你要跟老季搅和,你不怕,我们跟你丢不起人!老季是个啥东西?我觉着大姐话里夹枪带棒的不受听,说,你说啥东西?说惨了不就是个有残疾的书贩子嘛!我知道老季年轻时追过你,你看不上他就罢了,说话别带个人成见!父亲和大姐从反面激我,我偏偏不是人云亦云的性子,如此一来我的犹豫倒被挤对跑了。大姐气哼哼地说,秀子,今天张士臣厂长又来找我,让我问你最后一遍,你不干翎子可就去啦。翎子多有心计,多有头脑,使暗劲儿呢。哪像你,硬是穿新鞋往屎堆上踩,损了名誉,坏了前程!张士臣也有毛病,可人家是正牌农民企业家!干得好,张厂长能亏待咱家吗?爹你说是不是?父亲显然受了大姐的迷惑,板了脸说,你大姐还能给你亏吃?去服装厂干,不去就跟我做醉蟹,就是不准跟瘸子打连连!不然就把你锁在屋里看闲书!我浑身生出一阵可怕的战栗,不甘示弱地犟开了,我死也不去服装厂给那家伙当秘书,屁秘书,他是找小妍。没听村人说啥,服装厂女工有把柄,不脱裤就解雇!父亲呷呷嘴不悦地说,这样的地方,我们可不去!大姐气得浑身抖了,吼,秀子,你疯啦?我说我没疯,疯了倒好啦!我们的争吵声从屋里往远处移动,好久好久才消失。大姐被我气得不行。我仍是不依不饶地说,大姐,我劝你别给张士臣拉皮条,他给了你多少好处?大姐噎噎地哭了,扭头就走,边走边嘟囔,连伞都没带,晃晃着跑进雨幕里。父亲瞪我一眼骂,咋能对你大姐这样?快,给她送伞去!我僵着一动不动。父亲"唉"了一声,下炕抓起油纸伞,摇摇摆摆地追出去了。我心内浸出一股说不清的怪味儿,如同复杂感伤的春雨使我心乱如麻而久久不能自拔。我打了个哈欠。

雨中空寂的院落使人昏昏欲睡。

我悄悄坐在屋檐下看书,一个姿势读到天黑。傍晚时雨天苍凉的意味更加浓郁,空中飘动着淡淡的岚气与黑泥滩的颜色融合了。这时院里有音乐的声音,细听,是毛宁唱的《涛声依旧》。一些书,一点音乐,再加上少许湿润的空气清凉的雨丝,我便有了写一首诗的冲动。我迅疾拿起油笔,在课本的间隙里写了第一句:雨中黄昏如此可疑,翻书的声音如此美丽……我写不下去了,没词了。这时候我想到了翎子,两三天没见到她了,我要找翎子共同完成这首诗。我擎着雨伞朝村西的翎子家走。一个平庸无奈的黄昏,由于心中美妙的诗,使我心绪辽阔起来,那种苍凉感在我此时的眼里逝去了。我看村巷看海滩看帆影也换了味道,等将来我闯进都市了,我也要写文章歌唱赞美它。家乡原本是美丽的,正因为它太美丽了我要执拗地离开它。我觉得它美丽得没有机会,书里说过不要在没有机会的地方待得过久,也不要与不给你机会的人长期共事。老季会不断地给我机会吗?想着想着就到翎子的家了。我猜想翎子在雨天里也在看书呢。翎子的娘是后娘,后娘使她使得太狠,翎子不愿在家待,有空就去老季那里看书下棋。远远地,我听见她家院里传来嘭嘭的声音,好像船厂工人在铆船钉。站在院门口,我可劲喊了两句,翎子,翎子——哎——我在虾酱坊呢。翎子的声音十分微弱而疲惫,我径直奔虾酱坊去了。翎子后娘探出脑袋问,秀子,找我们翎子干啥?我兴奋地说,我来灵感了,与翎子合写一首诗,肯定会很棒的。翎子后娘顿时雷公似的一脸怒容,说,啥湿啥干的,吃饱撑的。翎子在做活,别去勾她痒痒肉啦!我横了翎子后娘一眼,没搭理她,急急地推开了虾酱坊的门。一股说不出的沤馊腥臊味呛得令人窒息,屋内全是清一色的大缸,翎子摇动着吊线的木棍击打着刚放进缸里的虾头,她浑身大汗淋漓,素花小褂都精湿了,煞白煞白的脸扭曲得变了形。见我进来,翎子吃力地扶着缸沿儿站起来,不好意思地说,秀子姐。我第一次走进翎子家的虾酱坊,就这一回,那种难堪的画面就永远钉进我的记忆里了。我撩起遮在翎子半面脸的几绺凌乱湿润的头发,难受地说,翎子,你就整天在这儿干活?翎子的眼窝红了。苦命的妹子!我紧紧抱住翎子哆嗦的身子哭了。诗,这里哪有诗啊!翎子好像有些心焦,故意笑脸劝我,秀子姐,你说过的,挣钱就得吃苦的,我认命啦!我使劲摇着她的肩膀问,那他们呢?!你娘你爹你哥呢?翎子说,他们在屋里玩纸牌,我又不会玩儿,干点儿是点儿。我甩一长腔喊,你窝囊,你熊,你不会看书吗?你这样软弱日后人家会骑你脖子屙屎屙尿啦!翎子觉得日子委屈,又哭起来,柔弱的双肩一耸一耸的。过了一会儿,翎子抬起头来忽地想起什么似的说,秀子姐,我不会在虾酱坊做太久了,我找到工作啦!我猛然想起大姐说的话,暗暗抽了口冷气问,是不是给张士臣当秘书?翎子惊讶了,问,我正要找你说呢,闹半天你早知道啦!你说我去吗?我沉吟良久说,你让我说真话还是假话?翎子说当然是要真话。我直截了当地说,张士臣也找过我,我没应。我也不同意你去,他是哪号人你还不知道吗?翎子说,干一阵先看,寻件事情做,就能离开这鬼地方。我说,那不是挪出狼窝又入虎口嘛!翎子笑笑说,秀子姐,有那么厉害吗?我见过张厂长了,他人不错,挺同情我的处境。我说那不是同情是怜悯。翎子说，怜悯就怜悯吧。

怜悯是蜂，它酿蜜，也蜇人。我说。

翎子说，你也像老季啦。

我恳求说，咱们一起跟老季干吧。

不，老季喜欢的是你！翎子摇头。

张士臣给了你个甜枣吃是不？

任你去说。

虫蛀了的枣子格外甜。

或许就是希望。翎子固执起来。

翎子，你连我的话都不听了吗？

求求你，别较真儿啦！

我们话赶话儿又闹个不痛快。

翎子泪眼哀哀地望着我。

天空雨丝如线，我们一无所有。

生活将我们写首小诗的心境都收回了。

滚吧，苍天老日！滚吧，诗！

这里的红雀真多啊。我说。

我注意到落在老滩上觅食的红雀长得像粉团儿似的，觅食的样子呈一种少女的娇姿媚态，嘴和脚趾是一种红蓼花染过的颜色。老季摇着轮椅挪过来，伸手抠出一块黑土准备砸向雀群。望着老季，我说，别惊动它们。老季说，红雀飞起来的样子才好看。我反驳说，不对，它们空着肚子能飞好吗？老季天真无邪地笑了。

我将嘴里嚼烂的鱼片不时抛向雀群，红雀抢食的样子十分可笑。红雀的身影如星星点点的火粒，蹿上我的眼帘，红红的眉毛遮盖着眼睛。老季怪模怪样地瞅着我。我说，我是个贪玩儿的孩子。老季说，你大姐像你这么大时玩兴更大。我说，我姐说你们小时候合伙偷过书。老季眯缝着眼说，那是学校搬家，我偷了本《苦菜花》，你姐偷了本《牛虻》，我们换着看。唉！你姐当初跟你一样天真活泼，现在……完了。我以为老季会因为我说我姐几句轻佻的恭维话，没承想他会说我姐变得媚俗啦。我也有同感但我却十分反感老季背地里说三道四。我说，我大姐咋完了？我不爱听！老季忙改口，别生气，是我说着说着就离谱了。尽管你大姐跟我闹僵了，但我深深地理解她，她是被生活的负担活活压趴的。如果她走进城市会是另外一个样子。老季的锐气被我挫下去了，他愣眼望着远海，肩头上颤动着一团灰黄的光泽。远处不断颠来拢滩的渔船，荡来湿漉漉的噗嗒声，逆着阳光看海像条银白色链条哗哗抖动。过了一会儿，老季忽然朝远处的渔船摇手喊了几嗓子，哎，在这儿哪——

红雀受了惊扰，呼啦一下子胡乱地飞上天空。我仰脸盯着红雀，像夜天里弹出一片密密的星星，迷离得如打碎的梦。我寻着便惊喜地发现有两只弱小的红雀迅速离群，朝东南方向飞去了。我久久地注视着那两只红雀，红雀带着我的心思遥遥飞远。老季说，秀子，别浪漫啦，快卸书吧。我扭转头看见一艘旧船咣唧唧一阵痉挛停下来。一个光着脊梁的渔人甩出一条长长的翘板，翘板颤颤地搭在船舷上。光脊梁渔人说，老季，共二十包。老季看了我一眼说，秀子上去见见数。渔人吸溜一声鼻子说，老季，信不过我吗？老季说，亲哥们儿明算账！渔人像头倦驴似的坐在船帮吸烟，瞟了我一眼，阴阳怪气地说，哦老季，你小子只认女人不要哥们儿啦？老季说，少跟我贫，原先你他×净坑我，这回进书都由秀子管！渔人寒了脸说，你从哪儿聘来这么俊的小妞儿？还没咋着耳根子就他×软啦？我再也听不下去了，扭脸说，少放屁，再说我扯烂你的嘴！渔人掐灭手里的烟头说，哪来的野雀叫得这么难听？地皮儿还没踩熟呢，就教训老子来啦？老季恼怒地坐直了，大声说，二怀，你还想跟我老季吃这碗饭，就他×乖乖卸货，找不痛快就给我滚蛋！渔人说，老季，你要这么说，我从今往后不伺候你啦！你觉你是香饽饽？此处不养爷自有养爷处。老季说，你承认是我养你就成，有了这句话，啥都好商量。渔人笑说，得了得了，给你棒槌就纫针，是你沾了我的光，谁会相信瘸子能养人？我听不下去了，急三火四地登上翘板，跳到渔人跟前说，你嘴巴干净点！渔人腮帮子鼓成个紫球，说，臭丫头，想动劲儿吗？老季急了，鸭子似的伸长脖子喊，二怀，你他×敢动秀子一个指头，所欠你运费一笔勾销！我说到做到！渔人愣了愣，腰板往下一塌说，驴寻驴，虾寻虾，一路货色。我一向吃着闲饭不管闲事，拿着老季的工钱，自然要维护老季的利益，我按老季的意思将包装好的书刊数了数，一一将缺本少页的杂志挑出来。我给老季一个数。老季说，二怀，每回你都骗我，这回你玩儿不转啦！快卸货！渔人赖着不动故意拿老季一把。我撸撸袄袖子说，别求他，我自己来。老季心里不落忍说，秀子，你干不了这个活儿，我再雇人吧。渔人翻翻眼皮说，雇人我可等不起，多耗一小时加钱100块！我说，你别乘人之危落井下石！半个钟点，我准卸完它。我说话的时候，黄昏的落霞使我的影子蜷缩在自己脚下。我肩扛一捆手提一包地往船下搬书，老季干着急，不停地摇动着轮椅，吱呀声急促且仓皇。我干活儿的时候，红雀似乎飞得无力了，慢悠悠絮样恋着天空。书真沉啊，上学的时候感觉天下最沉重的莫过于书了。渔人躺在船板上，跷起二郎腿，如被风摇动的橹把儿，哼起没皮没脸的骚歌。我故意不睬那家伙，拼命地扛书。走到翘板上时，我头晕眼花，浑身骨节儿咯吱咯吱的声响都能听到。老季心疼地看着我，两只胳膊像瘟鸡一样乱摇。他说，秀子，别弄啦，歇歇，不值当跟那杂种置气！我跌跌撞撞走上翘板十分机械地干着，岸影像梦中的景儿飞闪着向后去，红雀不知都飞到哪里去了。我像失控的小船，发疯前行。渔人软分地嘲笑说，小妞真能干，老季有福气。老季骂，婊子养的，无耻之徒！我听不见他们说话，一阵轰隆隆的声音炸耳。最后一包书我的手已举不动了，我就用瘦精巴骨的肩去顶，一点一点挪上肩头，走上翘板就挺不住了，几乎是骨碌碌滚下来的。我从泥滩上爬起来，手仍拽着那捆书，双腿没有投降，十分清醒地以一种仇恨的状态站着。老季摇车过来问，跌坏了没有？我在天旋地转中摇头。老季看看手表说，二怀，你个杂种，半个钟头没超吧？渔人弓着腰，木木地看老季说，给我结账！老季从怀里摸出一个信袋，从中抽出三张票后甩给渔人说，三千七百块，你想拿我一把，断了自己财路！往后咱们鱼走水鸟飞天两清啦！渔人点过钱，大声武气地说，瘸子，除了我没人伺候你，没几日你会矮了身来求爷的！老季骂，别做那个梦啦！噗嗒嗒的机器响了，老船喷着浓烟沿河道走了。我扶着垛大喘，灌了满口腥腥的海风，恶心，垂着脑袋一声一声像干呕，没呕出，浑身鼓鼓涌涌地难受，冷汗就下来了。老季为我捶背，愈发一脸哭相了，对不起，刚来就叫你跟我遭罪。我长长嘘口气，稳稳心说，没事儿的，我娘从小就说我是小姐身子丫鬟命！老季仔仔细细看我一遍，说，秀子，你现在的样子比平时还好看，像《红楼梦》里的林妹妹。我剜他一眼说，别逗了。但心里觉得挺宽慰。老季朝我眨眨眼，现出一种半痴半癫的样子。我见天快黑了，就催老季，这书咋弄回书屋呢？老季说，黑了天再说。我愣起眼问，为啥？老季说不为啥，我们倒腾书全在晚上。我索性坐在书堆上看落日。春末夏初黄昏分外长，日头很迟缓地磨蹭下去，在远海上滚了滚才不见的。远处传来圆润清凉的拢滩号子声,时急时缓。书堆上废纸飘起来，像白蝙蝠在头顶盘旋。我浑身软散如泥地斜靠着书垛，似睡非睡，似醒非醒。当我睁开眼睛发现老季不见了。四周苍灰，看不真切，偶尔听到鸟叫又看不到鸟,这个时候我就想金凤和翎子了。我掐算金凤结婚有两个月了,她在忙啥呢？在婆家的日子过得顺心吗？说不定这会儿肚里怀了小崽儿了。

我情不自禁地朝十里铺方向瞅，竟是与城里一致的东南方，我为瞬间的玄想妙得激动不已，闹半天倒是金凤率先于我们往东南方走了。那么，翎子呢？翎子刚上班那天到家里找我，我关死了门不见她。她的影子在我窗前晃来晃去好一阵子，她以为我不在家就蔫蔫儿地走了。她刚一去村里就有风雨闲话了。她真行，心理承受力够强的，这会儿八成野成六月花朵了。散了，我们姐妹再也拢不到一起来了。想当初我们在学校里怀着对城市的美好遐想设计的道路多么可笑，我竭力躲闪着那个记忆，眼窝里潮潮的想落泪。星星闪出来，很幽秘高远，难揣度呢，就像我们姐妹的命运。星光里我看着漫天飞舞着妖冶的红蛾子，倾听鬼蟹拱泥打挺儿的噗噗声。我饿了，肚里也有了这种声音。我埋怨老季将我一人扔在这里，他是不是跟织网的女人侃思想去了？

该死的老季！我心里骂。

马灯的光亮白耀耀地移来。

我喊，老季，你死哪儿去啦？

两个小伙子笑说，秀子，老季在酒店等你哩。

这书咋办？我问。

老季叫我们哥俩拉回去。

我说，啥为凭据？

这丫头，对老季挺忠心哩。

近了，我认识这两条汉子，就站起来，朝他们摆摆手，快捷地朝河堤走去。我进了两家脏了吧唧的酒店也没找到老季，心里捂着怨气，就去岳海酒楼最后一试，我知道岳海酒楼是雪莲湾最高档的饭店。老季在外面好摆谱儿，平时自己吃饭弄点方便面凑合，来了客人就要摆阔，他怕别人瞧不起他。果然给我猜透了，远远地我就看见老季坐在酒楼一楼的彩灯下透过玻璃朝我摆手。我进了酒楼，老季朝女老板大掌一挥说，老板点菜！我心里很不美气，坐在老季对面很别扭，就说，老季，有客人来吗？老季制造一些笑意铺在脸上说，你就是客！今天你受累啦，老哥犒劳你还不应该吗？老板娘笑说，老季真有福气，搭了这么个好伙计。我没说话，感觉四周朝我投来异样的目光。又有人朝老季打招呼，老季鸟枪换炮啦！老季，艳福不浅哪！老季见我不高兴，就扭脸熊他们，秀子在我这帮几天忙，还要考大学呢！都闭上你们的臭嘴！人们呵呵地笑了。老季的话使我心头热乎乎的，满足了我虚幻的心。老板娘拿着菜单走过来笑道，秀子姑娘长得压根儿就不像乡下人，老季你留不住，早晚得飞！老季不能自持，欢喜得忘形，说，这就对喽！秀子要是不远走高飞就对不起我老季！秀子是不？我怯怯地含着怨尤不说话。老板娘朝老季眯眯眼说，你别小鬼吹气儿啦！老季就笑，自由散漫得荒唐。人们朝我这里指指戳戳，议论得有声有色。老季叫我点菜我拒绝了，老季点了一应海货，鸡蛋面条鱼是我最爱吃的，老季怎么知道？菜很快就上齐了，开吃之前老季盼着能在灯光里看见我的笑容。我有些心焦，终究没笑的模样，拿起筷子默默地吃起来。老季边吃边戚戚促促地说，秀子，这两天见到翎子了吗？我喝着饮料摇摇头。老季洋洋洒洒地说，唉，对于整个人生来说，真正和最后的失败是屈服。命运就好比一头黄牛，永远被信念的绳索拴住鼻孔……我喉咙一堵就咳嗽起来，连声说，求求你，别说啦！让我吃饭还是吃思想？老季不好意思地笑笑，不说话了。这样静静的多好，喝一口饮料，我感觉凉爽极了，煞一溜糊涂呢。由于我正对门口坐着，听见门口嗡嗡的声音便下意识地抬起头，刚进门的人群里出现了翎子。翎子桃红色慌乱的身影一闪就消失了。我脱口而出，翎子来啦。老季说你看错人了吧？我说我看错天看错地也绝不会看错翎子哩。老季说，让老板娘把她叫过来，当了厂长助理也别忘了老同学呀！我说，别去叫她，她看见我啦，好像故意躲我们。老季咔嚓咔嚓嚼着大蒜说，不会，就说我给她留着她要的书呢。他正说着老板娘过来了，老季说把翎子叫过来。老板娘很快就将翎子领来了。秀子姐，老季哥！翎子倦慵慵地站在我们面前。我发现翎子化妆了，脸蛋施了很厚的脂粉，淡眉也描粗了，眼圈乌黑。虽然妆着重了，仍能使人感觉她的漂亮秀丽。她穿着鲜亮得打眼的红裙子，可可依人标标致致的样子。我站起身来说，哦，翎子真漂亮！老季说翎子坐，秀子夸了我就不重复啦！翎子很规矩地坐在我身边不自然地笑着，说，就你们俩人吗？我无暇回应，因为我这才发觉翎子脖颈上有了一些变化。金项链的光亮刺疼了我的眼睛。我不由得惊讶地叫了声，妈呀，前前后后才几天，你就穿金挂银啦！说完之后我就后悔了。

  翎子摸摸脖子说，你说这项链吧？

  我赶紧打岔说，咱说点别的吧。

  翎子解释说，这是厂里发给我的，厂长说公关用。

  发的？职工都有份吗？我问。

  公关部和厂长助理才有。翎子说。

  老季说，翎子算跌进福窝儿里啦。

  翎子说，别寒碜我啦，是秀子姐不喜欢去的地方，才轮上我呢！

  我说，别这样说，我福浅怕架不住呢。

  翎子沉了脸说，秀子姐，你别刻薄妹子行不？

  我久久地瞧着翎子，发现她脸上鼻梁上密实俏皮的小雀斑都被胭脂盖住了。我最喜欢她的小雀斑哩。我终究看出陌生来。翎子被我看毛了，拉起我的手说，秀子姐，我为你选了一件藕荷色的衣裳，是我们厂生产的，过几天送给你！

  我说，你穿吧，我没用场呢。

  老季说，秀子，姐们儿情义就得收下。

  翎子说，秀子姐，我没忘了考学。

  那就看你自己啦。我说。

  秀子姐，整天喝酒，我的胃喝坏了。翎子说。

  我说，嘴长在你身上，不喝！

厂长说，喝酒就是工作。翎子说。

我刚要说话，雅间过来一人说厂长叫翎子呢。

翎子站起身，笑笑，走了。

老季说，翎子悠着点儿，别犯错误！

你别忘了取书。我说。

翎子脆声声地应了，钻进雅间。

雅间的门为我虚掩着，截住了我对翎子深情地凝望。翎子知不知道我心里在落泪？

妹妹，一本书可不可以救你？

也许，该救的恰恰是我自己。

父亲推门的声音惊动了几只正在书垛里啃书的老鼠。这些老鼠总是在傍天黑时偷偷钻进书垛，我放进的灭鼠药几乎颗粒没动，书却被啃坏了不少。我往城里发了两封电报催促一个叫赖汉之的书商尽快把货提走。老季见赖汉之还没露面儿就急匆匆摇车去乡邮局打电话去了。父亲推门进来我以为是老季回来了，扭脸看见父亲端着老烟袋站在我面前，就说，爹，您坐哩！父亲弓着腰，腰间系着一个酒瓶子。他没说话，晃着瘦瘦巴巴的腰身在书屋里转了转，脸色铁青。我站在父亲身后惴惴地问，有事吗？爹！父亲挺挺直立，目光很倔地射向我，终于说，秀子，这玩意儿真能来钱？我松了口气，捂嘴咪咪笑，爹，这比打鱼挣钱。不过这活儿赖汉子干不了好汉子不愿干。父亲老脸阴住说，你也学得油嘴滑舌啦？不像话！我就知道守着老季啥都学就是不学好！我噘着嘴巴说，爹，我咋又得罪您啦？父亲张开没牙露风的瘪嘴说，不是爹为难你，这几日我做了好多噩梦，我就想起你这儿，我总觉得与书打交道玄乎！咱祖上的教训你都忘了吗？父亲深凹的鹰一样的老眼里就有了一束骇光，我猛然想起我们家族的"寒食日"还有三天就到了。我记得每年的"寒食日"前夕，父亲都害起心病来，像得了夜游症似的，天天晚上在海边和村头转悠。在漆黑的夜里，父亲独自提着马灯到海边祠堂，为祖先点上一炷香火，默默祈祷家门的兴旺。父亲委实理不清人世的玄奥，米家都是正直勤劳的本分人，咋就没有发达之日呢？没有指望的时候，父亲就坐在祠堂门口十分痴迷地朝村路上张望，他估摸自己那颗跳不了几年的心，也能望出一条振兴家族的路来。今年父亲没有张望，时常跑风水先生家里串门子，想讨个吉利问个路子。风水先生说，时下你家会出一个吃笔墨饭的，米家往后得指望这人。父亲说你别挤对我了，心上窝着一股气走了。父亲跟我讲这些时是为了教训我的，骂我不识时务太任性了。我没再跟父亲吵，父亲眼见着别人家进钱自己心焦，气得他不断喘着的废气都排不出来了，全郁结在肺部。我心疼父亲，我扶父亲慢慢坐下来，父亲一落座发现屁股底下是书，赶紧挪开，闷闷地蹲在地上吸烟。烟雾在他身旁盘盘绕绕，他的身影模糊了，模糊得像裹了层厚厚的雾幔。

我说，爹，跟四爷说说，往后这寒食日就取消了吧。

呸！亏你说得出口！父亲恼着脸说。

我说，是寒食日把我们家族毁啦！

逆子，你就情愿做逆子吗？

别生气，爹！您想想，没文化能成事吗？

没读书，你爹照样做醉蟹！

还倔呢，醉蟹铺都做丢啦。

父亲沉沉一叹，不言语了。

翻阅我们米氏家族家谱有关"寒食日"的记载使我不寒而栗。米洪章老祖满目辛酸而忧虑的面容是我梦想多年的一次现实，家族的荣耀和灭顶之灾的全部过程都与他有关。洪章老祖少年天资聪颖，才识过人，寒窗苦读，三次进京考状元都名落孙山。后来他把希望寄予儿孙身上，倾家荡产供儿孙读书，终于在光绪八年，洪章老祖之子米企和考中状元。米家一跃而列入本县的名门望族。米企和就是我的老老太爷。父亲说那时村上族人为此荣耀无比，连知县大人都要登门拜望洪章老祖，并送一块抹金牌匾"学问世家"。第三年的春末夏初，族人本想状元郎能接洪章老祖进京城享福，谁知招来满族大祸。皇上以米企和"广结朋党，谋求变法，推翻朝廷"为名问斩。米企和被斩首不久，族人就接到圣旨了，落个满门抄斩。族人老小围着洪章老祖哭得昏天黑地。慌乱中，洪章老祖侥幸发现孙子青儿去滦州姨家未归，就拿刀砍下手指在一张草纸上写了一封血书，保住根脉，永不读书。我的老太爷米青儿在滦州接到村人送来的血书时，族人老小全已押上法场归西了。他怀揣血书逃到燕山深处不久，清王朝就被推翻了。老太爷米青儿携着那位黄瘦的山村女人重返故园的时候，米家宅院已破败不堪了。老太爷米青儿考证了族人走向法场的那一天之后，就立下了家族的"寒食日"，这一天族人断绝烟火，到祠堂里悼拜先人。"寒食日"传到父亲这辈儿还挺严肃庄重的，到我们这辈儿就不那么严格了。我经常发现四爷那边的叔伯兄妹们偷着吃东西，还将"寒食日"当成话柄找乐子。我压根儿就反对"寒食日"，但是由于对洪章老祖的敬仰和对父亲的孝心，每个"寒食日"我都自觉地不吃东西。我疑惑不解的是空着肚子不读书能振兴米氏家族吗？父亲骂我眼薄看不起族人。族人不读书连男孩都很少念到高中。我想如果洪章老祖的血书不存在或是换个内容，我们米氏家族绝不是现在的样子。父亲，您该从前世昏昏沉沉的懊恼中苏醒过来，好好想想往后的事吧，书中自有颜如玉，书中自有黄金屋，古语您不信吗？父亲泥塑木雕般地呆坐着。他的心思跟这书屋不搭界，眼却早花了。

爹，您饿了吧？我说。

父亲挪挪身子没说话。

我看见他腰间晃荡的空瓶子。

万般都是命，这是天数。父亲说。

我说，爹，是不是没钱打酒啦？

都他妈是势利鬼，赊都不给赊！

我果然猜着了，笑笑说，爹，我给您打酒去。

还是我老闺女好。父亲说。

我摘下父亲腰间的空瓶子，风儿似的跑出去了，将大字不识的父亲扔在书屋里。小卖铺离书屋不远，我很快就将老白干酒打回来，一推门发现老季回来了，正比比画画地跟父亲说话。屋里浓浓的烟雾给人书垛着火的感觉。没想到老季正跟父亲夸我。老季说，秀子有志气哩！秀本人也聪明，千万不能让她窝在村里。这年头的事只要玩儿命去做就没有做不成的。父亲闷闷地坐着，一杆烟明明灭灭地烧下去。我将酒瓶子往桌上一蹾，瞪了老季一眼说，别跟我爹侃你的思想啦,这腻味就给我一人算啦。老季嘿嘿地笑了两声。父亲吐出一口烟对老季说,要不秀子愿意跟你干呢,闹半天我才明白你鼓动她上学呢。老季说,你老人家别往歪里想,上学终究不是啥坏事嘛!父亲阴眉沉脸地说,老季你别给我帮倒忙啦,姑娘家上了大学又咋着?就秀子这性子在外面混事,还不够我操心的呢!命有一升别求一斗啦!老季坐直了身子说,老叔,你老别管了,得看秀子的!她要复课就让她去吧。父亲摇头说,哪还有钱供她上学?老季说,如果秀子自己挣了钱,你老会答应吗?父亲嚅动着嘴巴说,她个丫头子能挣钱?老季平添了一些豪气说,没问题,在我这儿干俩月,她就没问题啦!她想多待我都不留!我幽幽地站着,十分感激地望着老季说,六月补习一个月,七月就上考场啦!是这样吧,老季哥?老季连连点头,我仿佛走进像秋天一样富有色彩的梦幻里去了。父亲叹一声站起身来说,别做梦啦!转了身,踩着碎步,凄凄而去。爹走出门口,老季才想起啥事来,拍拍脑门子说,我有件事想求你爹做的,一扯起你考学的事就忘光了。我问啥事?老季说,刚才给城里书商赖汉之打通了电话,他来取书。赖汉之说夜里还要去海上拉一批书。你知道的,二怀那杂种拿我一把,这运书的事我想让你爹做,钱不少给,不知你爹赏不赏脸?我想想说,别追他啦,过会儿我回家说服我爹。他看不起书可看得起钱呀!老季摆出一副嬉皮笑脸的赖模样说,那就看你的本事啦!然后他伸了一个劲道十足的懒腰。老季心安理得的样子使我有些不悦,这个癞家伙我给你差使不算还要陪上老爹。老季说,老赖那家伙总是踩着钟点来,你去买两盒饭,准备装车,夜里我跟你爹一起出海。我说,你也出海身体吃得消吗?老季说,我给你爹接上头,非我不行,苦点累点也躲不过。我怔了怔没再说啥,去老河口的小酒店买了两盒饭端回来。老季吃饭时的姿势很丑,嘴巴老是啧啧咂响,白米饭粒沾得鼻头都是,因为他边吃边不断擤鼻子。我指指他鼻子说,瞧你这狼虎劲儿。老季拿大掌在脸上撸了一把。这时候旁边那间阅览室陆陆续续有人来了,老季说,秀子快回去求你爹备船吧,咱尽量肥水不外流。我来气儿了,冷冷地说,你这时倒牛气了,我还拿不准说来说不来呢。说完我沉着脸扭身走了。我又从酒店里买了一块刚煮熟的猪头肉,拿纸包好带回去给父亲下酒。走在漆黑的村巷里,感觉有红雀在我头顶上飞翔,不时画出一道道亮线。尽管有夜风低低地吹着，我感觉到夏初的燥热了。院里一片驳杂，我进院抬头率先看见灯影里的白纸门，门楣和门板都糊上跟祠堂门一样的粉莲纸。父亲说祖上传下来的规矩，过"寒食日"要提前糊上白草纸。看见白白的家门，我心里像压着沉沉的东西堵得慌。我竭力不看这些，径直奔父亲的屋里去了。父亲盘腿坐在八仙桌前就着花生米喝闷酒呢。那是大姐送来的花生豆都放皮了，父亲在我不回家吃饭的时候从不动灶，一盘花生豆半瓶散白酒就凑合过去了。父亲见我将一包热热的猪头肉放在桌上，老脸泛着红红的酒晕说，还是老闺女哩。然后就撕一块肉，鼓嘴大嚼而笑。灯影里父亲猪肝色的老脸沁出油汗来，索性敞开衣襟，露出黑扎扎的毛胸。我抓起炕上的一把芭蕉扇子给父亲扇风，说，爹，我给你找个挣钱的活儿成不？父亲眯起眼，晃晃瘦削的肩胛说，船比鱼都多，还挣个鸟钱！我笑说，不是打鱼，是拿船到海那边运点货。父亲瞪起眼问，啥货？我说是书，夜里走明早上就能回！父亲哼一声说，我不去，运书来回还不够柴油钱呢！我说能挣一千块呢。父亲摇摇头说，别听老季瞎白话，他涮你行涮你老爹来还毛嫩呢！我说老季可讲信用呢。父亲骂，十个瘸子九个怪，一个不死都是害！我犟不过父亲，心里急，就有一兜火气撞头，尖声叫道，爹你好固执好废物！整天五迷三道酒缸里泡着，怨天怨地，我看就怨你自己！船闲着也是闲着，到手的钱都不挣，我再也不理你啦！说完我一扭身就要走。你给我站住！父亲吼了句。他吃肉吃得高兴了，本想胡乱应个景儿，没承想我真的火了，就软下来满口央告说，倒是你有理啦，宁可我自己落不是，也去啦！不过不是看瘸子老季，是看我老闺女。我笑了，又给父亲满了一盅酒，心绪好转起来。父亲又呷了一口酒问，秀子，几时出海？别太晚枯潮来了不走船。我说老季说十点左右，我们还得等书商老赖装书呢。父亲拧屁股下炕扑啦扑啦肥大裤管说，我还是去船上边等边喝吧。我说那更好，就一跳一跳地跑出家门。这时候月亮出来了，月亮像条昏头昏脑的娃娃鱼在云彩里游动。我抬脸望着月盘子，感觉月亮的背面一定很冷。快到书屋时我碰到墙角一个编织得粗糙的蜘蛛网，细密的网丝黏在我的面颊上痒兮兮的。我拿手胡噜着脸颊进了书屋，发现老季正趴在桌上写日记。自从老季搞书屋以来一直写日记，他是我们小村唯一写日记的人。我发觉书桌上又多了一本余秋雨著的《文化苦旅》。我悄悄走到老季身后，轻轻将摘落下来的蜘蛛网抹在老季的后背上。老季十分专注地写着，光茬儿脑袋上流下汗水，写不下去的时候他就花费时间边吸烟边虔敬地默想。我既好奇又木讷地看着他如何往笔记本上搬弄思想。我的目光移到本上，十分欣喜地读到这样一段话：

> 我是一棵孤立的残树，独自地自我封闭着，自我挣扎着，指向天空，却不曾投下一些阴影，只有红雀在我的枝上筑巢。

老季实在想不出词来，就又从抽屉里翻出一本毛了边的书来抄了两句，然后回头默念一遍，双眼微微一闭，随之呼出一口气，现出俗人读不懂的高雅享受的乐趣。在老季身边站久了，我时常闻到一股说不出来的怪味，很可能由于他常年坐在轮椅上沤出骚疹子的味道。我受不住了，就转过身来说，不得了啊不得了，老季哥有这么好的文才呢。老季哆嗦了一下，忙用纸将那本毛了边的书盖上，笑呵呵地说，中国字真是奥妙无穷，拼拼凑凑就来思想。人不能没思想哩。我想我不忍心戳破你的花招儿就是了，抄别人的东西那叫本事？同时我又为老季的治学精神感动了，连说，你真好学，你就是咱雪莲湾的张海迪哩！老季乖乖露怯地说，咱能跟人家比吗？我就笑起来。我觉得老季将人生悟得挺透，会悟，等于会活。我夸得老季又乱了性子，津津有味地给我念他的日记。我赶紧转了话题，老季哥，书商老赖取书来了吗？老季说，你回家的空儿那家伙就将书拉走了。我说，听你将老赖说得挺神，真想见识见识。老季说下回再说，那家伙俗不可耐，没啥文化。就胆子大，这年头胆子大的都发啦！那家伙活得滋润，看不出哪天他能倒运。我说，你别咒人家，要不有人说同行是冤家呢！老季笑了，你看你哥是小肚鸡肠的人吗？我忍不住抿着嘴笑。老季又说，不过人心难测，不算人人家就把你算了。就说老赖吧，表面跟我哥们儿哥们儿的，可他背地与二怀坑我！全当别人是傻子！那头是我的关系户，将二怀换成你爹是对的。我始终理不清老季进书发书的线索及因果关系，我也不想费那个神，还留点脑筋复习功课呢。老季急问，秀子，你爹答应了吗？我说我爹在船上等你呢，不过他可是冲我才干的，你可别难为他。老季气色平和地说，放心吧，你爹就是我爹。我心中着实不悦，说，少套近乎，你姓季我姓米！老季不自在地笑说，玩笑，别往歪里想！我不依不饶，说，我看你毛病都添全啦。老季没理会我的话，悄悄将桌上的笔记本收起来说，秀子，晚上你多盯一会儿，阅览室和台球厅的门要锁好。明天早上找三栓他们卸书，然后给你三天假，你家该过寒食日了，前两天多吃点东西，没事的时候复习复习功课，千万别再看杂书啦！啊？我听着心里挺舒服。啥时候老季也多了心思多了情分。老季说我走了，然后就摇着轮椅朝海滩去了，摇动轮椅的声音懒散而拖沓。我站在书屋门口目送着老季，老季在暗处又回头看了我一眼。一只狗围着老季的轮椅溜来溜去没有声息，我眼见着老季的轮椅摇上河岸那条狗才蔫蔫儿颠开了。黑不溜秋的河岸犹如一群卧倒的老牛远远地弓起了脊背，挑着无数三角旗的桅杆遥遥指向夜天，小旗哗哗的抖动声老远就能听到。我默默祝愿老季和我的父亲远途平安。其实，我知道渔人从不把遥远看成遥远。

就在我家寒食日的这天早晨，被钱惑得红了眼的父亲躲在屋里空着肚子数钱。我透过门缝儿看见父亲数钱的姿势很滑稽。父亲一条腿挨地一条腿搭在炕沿儿，躬着身，戴着缠着胶布的老花镜，一张一张地数钱。日子苦焦，这样轻轻松松赚来一千块钱的事父亲头回碰着。昨天早上书一卸完，老季就将百元面额的票子给了父亲，父亲抖抖地接过钱来竟一时呆了眼。他原本是想哄我，哪承想来了钱财，得黑天白日在海里逛荡多少天才卖回这个价钱呢？父亲让我将钱换成十元一张的票子，我不懂父亲的心思，只好将钱换了。父亲捏着厚厚的钱，悄声对我说，有活就去叫我，照这样来几回，赎回咱的醉蟹铺就有望啦！父亲欢喜了我也高兴，但有怨气，父亲心里只有他的醉蟹铺，而从没问过我考大学的事。尽管几十年弄醉蟹的日子给父亲累出好几种病，他仍旧要一门心思搞醉蟹。数完钱父亲呆坐着抽烟，抬脸望着母亲的遗像，不由得抬起袖衫擦擦眼睛。他就这么恪守着心事，熬着，缩了又缩的老脸好像浓缩了满世界的辛酸和愁怨。我边系袄扣子边推门进去，望着父亲的脸说，爹，啥时去祠堂？父亲说，听你四爷招呼。我又说，爹，如果光为米青儿老太爷设下永不读书的遗训，我情愿去吃饭！为这个挨饿饿死都活该。要是敬仰怀念米企和老老太爷的治学精神和祭悼家族不幸，我饿死无憾！父亲耸起弓一样的眉毛说，不管你为啥，就是不能吃饭！你二姐一家逃外就另当别论。我支棱着身子，举着酸乏的手臂梳理着头发，屋里只有我梳头的声音。太阳的光亮照进屋来，白兮兮的晃眼，我长长的黑瀑似的头发在阳光里气息生动。对着镜子，我终于在太阳光里看见了自己的笑容，两颊上隐隐现出一双酒窝，两排整齐细长的白牙一闪一闪。老季说我书念多了，身子不板腰肢柔软，连脸也俊气了。我说那叫气质，读书和文盲气质就是不一样嘛！我觉得跟书打交道的老季完全从渔人群里分化出来了，尽管有些假门假势。太阳挑起一竿子高了，悬在高处的窗格子上晃荡，这时间四爷也没过来，倒是跑来四爷的孙子小全。小全说四爷的脑血栓又犯了去不了祠堂，四爷让我父亲召集族人。父亲苦黄的脸上平平静静，对我说，秀子，你先去祠堂收拾收拾，我去召集人，过后就到。父亲披着那件几乎褪成灰黑颜色的青布袄出去了。父亲刚到门口，就有邻居的五婶子堵住了父亲。父亲问五婶子有啥事？五婶子笑模悠悠地说，我是给秀子提亲来了。我听见就烦了，觉得五婶的笑里裹着一个鬼洞洞的阴谋。回村几个月提亲的一拨一拨地来，我全撅回去了。我疑心提亲是对我能力的一种巨大羞辱。我站在堂屋冷冷地看着五婶，五婶缠人的目光在我身上反复游移，父亲对媒婆十分尊尚，说，五婶子谢谢啦！今日是俺家寒食日不兴提亲，改日你再来吧。五婶子夸了我几句就随父亲出了院子，我望着他们陷入一种哀伤。难道我命妥协了，左右脱不出老村了吗？后来我自己安慰自己，别灰心，你还会成功的。提亲多了不算啥，一家女还百家问呢。我参着手掰算掰算日子，眼下是五月中旬，一进六月门儿无论如何也要去学校突击一个月，成败在此一举。堂屋房梁上的红家雀又迭了声吵闹，欢畅而洒脱。我不愿看见红雀饱食终日偎在房梁上度日，我要看红雀飞翔的雄姿。我抓起红围巾哗哗地朝房顶张扬，红雀啾啾叫着旋儿旋儿地飞出老屋，十分快捷地钻进蓝天里去。我极畅快地尖叫了一声，许多东西都随红雀一起消失了。

我推开白纸门走进祠堂的准确时间是上午十点。祠堂里空无一人，灰色老墙仿佛摸一把就要掉土，供桌上摆着老祖留下来的龙母泥胎。香炉里三炷香已燃到梗子上了，祠堂内烟雾腾腾倒真有几分仙气呢。香烟逐渐将室内的沤腐气冲掉了，只有地上两摊粪便让人看了恶心。我赶紧拿一破木板将这两块腻味扔出去，被土堡下退潮的海水卷走了。我回到祠堂感觉它比古旧的家谱更加原始，飞跃时光的过程，我仿佛重温了一遍家族故事。我不知道自己是倾诉、索取还是在把玩一个旧日的梦，这对我的明天是凶兆还是祥兆？没别的，我十分虔诚地点燃三炷香火替代燃尽的香，暗暗祷告，先人保佑我考上大学闯天下。我慢慢将心静下来。谁知父亲一去渺然，快中午了，我也没见父亲带族人来，我算不准这里头的深浅，顶着烈日，踏着涛声，我默默地离开了祠堂，悄然躲回家里看书去了。日错午的时候我饿得发慌，就咽咽唾沫，将两腿搭在被垛上脑袋冲下看书，这样胃就好受些了，看着看着我就睡着了，睡得安恬。下午四点钟父亲回家推门的声音惊动了我。父亲见我睡姿就说，又出啥洋相呢？饿坏了吧？我问父亲，你们去祠堂了吗？父亲叹一声说，唉，人都不要脸了，好像是我求他们呢，下午两点多钟才凑些人去祠堂意思意思！唉，都是忘本的家伙！我踢蹬着两腿咯咯笑起来，我猜着了，真好玩儿，明年啊再过寒食日，就请族人白吃白喝，准好找人的。父亲窝着一肚子火正难受，刹那间就冷若冰霜地说，你别瞎饬饬！然后就蹶跶蹶跶走回自己屋里，传出十分陈旧的咳嗽声。我百事不想继续看书，一直看到天黑掌灯时分。

天擦黑儿，饥肠辘辘的我想溜出去买些东西吃。我刚一合上历史书，就听见老季的棋友百成倚着门口叫我。我跳下炕见百成慌慌张张的样子，就知道出啥事了。百成是结巴，说话十分吃力，秀……秀……子，老……老季住……住院啦！文……文化站还找……他有……有事，你快……快去吧。我系好袄扣子，抿抿散乱的长发，坐上百成的摩托车就朝书屋去了。那天老季出海运书回来，我就觉得老季脸黄得厉害，下眼睑浮肿发暗，散着海腥味儿的身子有气无力。父亲说老季身子骨儿太虚了在船上晕得直吐。我问过老季身体行不行，老季苦撑着身子说没问题。他太爱面子，死要面子活受罪呢。我想，同时又心疼老季。百成告诉我老季今天起得特别早，说是等省市县文化系统领导检查书屋。百成说叫秀子来顶摊儿多好，老季满口拒绝了，他说我在家利用寒食日复习功课不能太分心。老季边与百成下棋边等领导。百成说老季一天没吃饭，傍天黑就晕倒了，百成招呼几个打台球的年轻人将老季送乡医院去了。对于老季一天不吃饭的消息我十分敏感。我家寒食日老季为啥跟着"寒食"呢？老季身体垮下来怕是由于绝食引起的。老季呀老季，你真让我猜不透了，再也猜不透了，只有你笔记本里的"思想"们才有能力去道破真情吧。我要见老季，我恨不能马上飞到医院去。

灯影将书屋映得高深辉煌。

我和百成相继走进书屋。书屋的阵势使我的心扑扑跳荡起来。屋里和阅览室都坐满了人，肩扛摄像机的摄影师在阅览室为正在读书的渔人拍摄。村长拉着我的手介绍给乡文化站站长，又由文化站长将我一一介绍给文化系统的头头脑脑。我的脸颊烧得发红，明显着有些怯场，支支吾吾说不出像样儿的话来，要是老季在场跟他们捅几句思想肯定很精彩。我袖手站着不敢落座，乖顺地接受领导询问。末了，由省文化厅的郭副厅长亲手交给我一块烫金的牌匾"优秀书屋"。我接过牌匾的这一刻真的激动了，照相机的白光快捷地闪动。临走的时候，郭副厅长紧紧握着我的手说，感谢你们为渔村的精神文明建设做出的积极贡献，继续努力办好书社，多进些爱国主义方面的书和渔民所需的科技书，代我问候季同志。我频频地点着头，心想，如果老季赶上这场面就太好了，一切荣誉理所当然归老季独享，我是什么角色呢？我心虚得渗出满脸的汗粒儿。我见人们走着去岳海酒家了，便感觉实在饿了，从书堆里翻出一盒康师傅方便面，泡了水，不管不顾就狼吞虎咽地吃起来。站在那里翻书的百成看我直笑。吃完方便面，百成催问我走不走，我坐在书垛上煞有介事地自语，得给老季带点东西。百成说水果罐头麦乳精啥的我都替你买好绑在车上啦。我闷了一会儿，就凑在灯影里拿剪刀将一张红油纸裁得标标致致，随后我叠扎了一只红纸鹤，灯影里的红纸鹤是一副翩然欲飞的样子。叠扎纸鹤的方法是我跟娘学的，娘说红纸鹤是吉祥物去病免灾福佑平安的。我将红纸鹤装进信袋里，坐在百成的摩托车上，竟有了奔驰飞翔的快意。

刚刚输完液的老季靠着被垛写日记。我和百成进来，老季就急急将日记本收起来呵呵笑着。他的面色渐渐润了紫红。我坐在老季床头，嗔怨道，你个家伙说病就病说好就好，别吓我们成不成？老季依旧懒模怠样地笑着说，没事儿的，老毛病又犯啦。我看出老季轻松的笑里藏着沉重，他的老病是坐骨神经扯落中枢神经的病，头回犯起来就将硬汉老季从拐杖搬到轮椅上了。我目光慵慵没心思笑，我说，老季哥，多养些日子吧，啥有命要紧？老季咳了咳说，言重了，好人无长寿，我老季要祸害一千年哪！他又大咧咧地笑了。我没再说啥，脸木在半空。百成瞅我一眼朝老季摆摆手知趣地走开了。望着老季我心里涌起异样的复杂的情感，我从兜里掏出信袋，拿出叠扎的红纸鹤说，老季哥，这是我给你叠的。老季眼睛亮起来，双手接过红纸鹤，愉快温暖得要命，眼窝潮潮的了，久久才说了句，谢谢你老妹子，我知道它的含义哩。我红了脸补了一句，它仅仅能去病免灾。老季摆摆手说，别解释，说破了就寡味儿了。他将纸鹤移到眼底来，饶有兴味地瞧着，努力把红纸鹤看懂，看人世情义和悲欢。护士进来送药才将老季惊动，他小心翼翼将红纸鹤放进贴身的衣兜里。老季问我晚上领导检查的情况，我说不是文化市场查书的，是给你送匾来的，领导表扬你哩。老季清醒过来，像塌过架的男人醒了血性，满意地扭歪了脸，变了声腔地自语，我老季这废人也成有用之人了？没想到，没想到哇！他扬扬手大声武气地喊，百成打瓶酒来！我说干啥？老季说，今晚咱们好生庆贺一番，我高兴啊！百成进了病房。我阻拦说，不成，病人不能喝酒。老季说，那就听秀子的！我老妹子说啥是啥。等老季稳了心，就十分详细地问我复习功课的情况和寒食日上的事。老季想了想说，秀子，百成这阵子虾池里没活儿，他多帮我弄弄书，后半月你就半天复习半天上班吧。我的眼睛总是躲闪他凶悍的目光，充满感激地说，我不落忍呢。老季抓住我的手说，老妹子你太不了解我啦，再说客套话，就是看不起我老季！然后他就沉默了，喉管里咕咚咕咚的响声我都听得到。我深情地看着他，手没动，我想他会从我的眼睛里领悟到一份情意的。老季忽然转了话题说，你最近见到翎子了吗？我不知道他是啥意思，只觉得老季的脸有些怪。我说，有日子没见到她啦。老季十分痛苦地摇摇头说，唉，翎子啊翎子！我的头皮一阵麻胀，忙问，翎子她怎么啦？老季独自像背书一样说，世态炎凉，人心不古，涉世未深哪！我急着问，你别兜圈子了，翎子到底咋啦？老季见我张皇失措的样子，立马收回话头说，没……没咋，我只是担心她呀！秀子，你别想着翎子，踏实复习，你答应我不管翎子咋样，你都要去拼搏！我点头说，我会的，不过翎子她……老季说，我只是瞎想，她的事我咋会知道呢？我心里悚然生出疑惑。

夜很黑，曲里拐弯的乡道依然能看得清楚。我和百成疾驶在海岸旁的乡道上，看见平阔的海滩在灰白里透出沉静的褐黑色，小蟹在拱泥，海鸥在安歇，红雀也钻舢板底下去了。就在这个时候，我亮开嗓门儿唱了一首《小芳》，要让黑沉沉的旷野知道，我还醒着。快到村口时赶上电影散场，村巷行人多起来，我有心思看行人，却没有心思想自己……

老季出院后我就由上午班改到下午。午时摇进虾苗孵化场的老季黄昏时都没回来。这时节捕捞旺期忙得差不多了，只有虾苗孵化场是忙碌的，老季等了几天都没见人取书来，他抱着那捆《虾苗孵化十要》的书送去了。我发现老季出院后情绪不好，话稀，脸上总是呆板的样子。黄昏到来的时候，天空就积了些云朵，湿湿的阴气聚在书屋顶端长久不肯消散，使苍灰的村巷有了一种古远的味道。到傍天黑儿，老天彻底阴实了，气流沉闷燥热，我就再也懒得看书了，浑身黏黏的不舒服。正来例假的我就怕阴天，阴天时候浑身软懒酸痛，翎子和金凤都不这样，我疑心自己有啥病的。雨点子是在打雷之前到来的，很快雨就下大了，书屋前的过道被躲雨的村人踩成了稀泥。我担心老季了，心想老季可别挨浇跌碰的。我正找雨伞准备接他，就听屋外门口哧溜打滑的声响。我推开门就看见水涝涝的老季跌在泥水里了。我紧着上去拉拽老季坐在轮椅上，一推，轮椅坏了推不动，我吃力地背起死沉的老季，摇摇晃晃地进了书屋。我将老季放在书垛上，回头将轮椅拖进来，听见扑通一声，老季一屁股蹲在地上了。我又来扶老季，老季咧咧嘴往后挣着身子说，是我故意挪下来的，要不将书洇湿了就坏啦。我拿毛巾擦老季脸上的泥水，感觉自身也洇湿了。我埋怨他说，送书用得着你吗？净帮倒忙。老季嘟囔，百成不知干啥去了，你要复习，自然我是闲人。我望着狼狈的老季叹口气说，换衣服吧！我将干衣服送给他，就躲在书垛后边整理书。我将老季屁股洇湿的几本书仔细摊平摆妥，借着灯光我发现这些薄本书印刷质量极差，标题也极腻味人，什么《艳窟神功》《曼娜罗曼史》《偷情季节》等等。我十分反感地翻弄几页发觉里面净是性描写，我合上书页顿觉耳热心跳了。这些书的署名是香港夏飞。我十分气愤地将这些湿书拢到一起，抱到刚换完衣服的老季跟前一摔说，你看看，你原来挣黑钱呢！我看错了你，还优秀书屋呢，屁！老季被我骂糊涂了，系袄扣的手停在半空说，咋啦？又脸酸嘴硬翻脸就不认人啦？我重复说，你贩黄书！老季抓起几本一看，脸上肌肉突突地跳了，骂道，×他奶奶，准是老赖干的。我问他，你真不知道？老季说，我老季多挣多花少挣少花，从没干过违背良心的事！你是知道的，我住院时候让老赖直接找你爹拉书。我想起来了，那天老赖与我父亲来书屋卸书，临走老赖叮嘱我这些书不要拆包，直接全部运城里，能把过去积压书都搭出去呢。我说，咋办哩？老季更是不肯屈尊俯就，说，给他狗×的捅出去！我慌了，软声说，那我们说得清吗？你与老赖一直是合作伙伴儿。老季的目光委顿空洞，久久说不出话来。我沉不住气了，你哑巴啦？到底咋办呢？老季自顾自说，得尽快处理掉，不然我苦苦经营的形象就他×完啦！你快去给老赖打电话，就说这批书限他今晚拉走，这笔款我分文不取！不然我就自行处理啦！我依然不满意，说，那么多黄书流向社会，你想过后果吗？你洁身自好，就不管别人了吗？老季说，别再出幺蛾子啦，就按我说的做！我一甩手说，我不管！老季脸色严厉了，秀子，别任性了！你是我的雇员，让你咋做就咋做！天塌了由我顶着！我就是不服软地说，你没权利逼我做犯法的事！吃不了你这碗饭我辞职！老季呆坐着，一脸晦气，慢慢地他眼圈红了，摇着跌坏了的破轮椅，苍蝇似的围着我转来转去。老季几乎是用哀求的口气说，秀子妹妹，我老季求你啦！我没别的法子，将书毁了，我挣的钱全搭进去都不够哇！交出去，不整我们就审查你两三个月，我受得了吗？你受得了吗？只要你上大学走了，我啥也不怕啦！我垂下酸乏的手臂，脑里叠映着高考的日子。我再也不能失去这个季节，管他黄书黑书呢，我没说话，抓了把雨伞，晃晃着跑进黑暗的雨幕里。我本来身子不适，又在泥泞里奔跑了一程，回到书屋已是瘫软如泥了。在村委会我给老赖打通了电话，事情比我们想象的还要糟。老赖说根本无法取书，也不知是哪儿走漏了风声，市文化局出版科和工商局正派人查他呢。他说明天有可能对我们的"优秀书屋"进行突然袭击，晚上千万将黄书转移藏妥，等过风头就有钱赚了。老季眯眼在轮椅上坐着，腮帮上有一棱肉噗噗弹跳着。我的心怦怦直跳，一绺头发在我嘴里咬断了。老季摇动起轮椅在屋内呀呀移动，如热锅蚂蚁。他忽然骂了一句，老赖，我×你妈！我说，骂街有屁用，想招子呀！我说话声音呛人跟吵架似的。老季只顾吭哧吭哧挠头皮，两眼贼贼地巡视着四周，说，要么将书藏在我家小棚子里？我说，你家和我家都不安全！老季说，藏外面又有雨淋。在幻象里寻求生存的招子图的就是那个不可知的理想。在这提心吊胆濒临绝望的一瞬间，我脑里闪现了我家那破败的祠堂。我说出之后，老季说也不一定万无一失。我说，现在没有安全岛，听天由命！后来的事实证明我选择对了，我一直为自己偶然的妙想沾沾自喜。夜里雨势小下来，我召集百成和几位小伙子分别将书用塑料袋包起来，悄悄运进我家祠堂。最后锁门的时候，我又为祖先上了三炷香火祈求老祖显灵保佑我们。后半夜回到家里，我连湿漉漉的衣服都脱不下来，脑袋痛得厉害，低头看见湿漉漉的两个裤腿被殷红的血水浸透了，看见血当下就昏倒了，是早晨来的那拨儿搜查黄书的人将我惊醒。我换好衣服之后，羞答答地站在堂屋接受他们的审问。我啥也听不进去，眼前装着我们罪过的祠堂压得我气喘吁吁。日子咋把我推到这步田地？

我啥也没说，我要上大学。

书商老赖取书的那个夜晚，我和老季在饭馆里喝醉了酒。老赖酒量真大，满杯满瓶地喝白酒一下子将我们灌醉了。老季也是一斤开外，边喝边荤素夹杂地唱野歌，唱得我心里一动一动地不好意思。老赖的大哥大频繁地响，响得老季烦了，一抡胳膊从酒桌上扫下去了。老赖讪皮讪脸地笑，这痨东西真喝多啦！我劝老季别喝了，老季悠长了声腔说，我没多。我知道他心里积着怨恨。老赖从手提包里掏出一沓钞票递给老季说，老哥，这些钱算是这回合作的酬劳！一万五千块，秀子给他点点，好哥们儿勤算账！老季拿起钱在眼睛跟前晃了一圈儿，喉咙里发出噢呵噢呵的怪声。老季将钱往桌面一摔，吼，你他×小看我老季啦！老赖惊讶了，问，你嫌少？老季又吼，我不拿这鬼钱！都归你，喝，喝酒！老季颤颤抖抖端起白瓷海碗与老赖一碰，老赖笑脸劝说，你不拿钱，兄弟不喝这酒啦！老季憋了口气，晃晃脑袋说，你他×不喝，我也不喝！但有一句话，你给我记着，往后你小子再倒腾这鬼书，我废了你跟我做伴儿！老季说着，将酒碗啪地扣在自己的脑袋上，碗碎五片，酒水混合血水顺着面孔流下来，流到脖根处，老季依然瞪大眼睛挺着，一副无所顾忌的样子。我和老赖惊得不敢喘气。我放下筷子扑过去喊，老季你——老赖说，老哥别这样啊。老季说，你听见我的话啦？然后就将一线血酒舔进嘴里呷巴着说，记住，你老哥横竖一身，你老哥从不负天下人！老赖哆嗦着站起来，收起钱说，他喝多了，快送回去包扎包扎！然后扭身要走。我双手叉腰堵住老赖，说，赖经理，钱还是留下好！他不要我要！我们付出了，就该拿这钱！老赖扔下钱，悻悻而去。我推着老季回到书屋，发现老季的脑袋被血水泡得脱了形走了相，蓬头鬼一样狰狞。我一边拿温水擦着他的脑袋一边哭出了声说，你哩，往后再别喝酒了。劝归劝，我一个少女的心内漾动着一种情感，我敬佩老季的骨气！那些腿脚正常的男子汉们敢这么做吗？

我怀着激动的心情迎来了酷热的六月。日子太快了，有些让人抓拿不住。我在六月一日的早晨就去书屋与老季告别。老季很早就起来等我呢，我看见办公桌上摆着红纸包，是我最后一个月的工资。老季今日心情挺好，脸上的阴郁之气没有了，整个脸相变得柔和生动了，只有脑顶上的疤痕还没褪色。老季递给我一千元红包之后，笑笑说，说走就走啦，心里挺不是滋味儿的。他笑着眼里的泪花花就扑闪开了。我鼻子也酸了，尽量不看他的眼睛说，再见啦，老季哥！等我高考完了就来看你！我说着脸颊一片火热，眼皮儿湿了。老季将脸久久埋在大掌里，没话了。我受不了了，扭转身说，老季哥，多保重，我走啦！老季说，你等等！然后从日记本里摸出一张存折给我，秀子，这是我为你存上的两万块钱，你的奖金，拿走吧！我怔怔地呆愣着。我知道这个存款里有老赖弄黄书的钱，问，是不是那笔钱？我在老季醒酒之后就将一万五千元给他了。老季摇头说，那是一万五，这是两万！两码事，干净的钱！我想了想说，你给我这么高的奖金？是别人你会给吗？老季被问愣了，不动声色地瞅着我。过了许久，他说，你要不拿，我先替你存着，户头是你米秀子，我支不出来的！对于别人我是挺抠儿的，因为你不一样！我问，为啥？老季说，因为你叫米秀子！我笑了，说，爹说过外财不富穷人命，该我的少一分不行，不该我得的得到是祸！这一千块工资够我复课用的了。我转了身，朝老季摆摆手。老季笑着嘟囔，这个丫头片子！我终于在太阳光里看到了老季的笑容。我带着书屋的气息走了。走在村巷里，我搜寻着天上的红雀，只有我们雪莲湾才有的红雀。日光温暖而饱满地涌进我的每一个汗毛孔，陡增了劲势。我不看村人的脸，别人的理解与否定，别人的赞赏和挖苦，都无碍于我。父亲推着自行车走，后车架上捆着我的铺盖卷和脸盆牙缸牙刷什么的。我跟在父亲身后，默默地走，出了村口听不见大海涛声了，我才将行李背在身上，坐在后车架上。父亲骑车时瘦高的身子一弯一弯地画弧，肩头颠动着刺眼的光泽。我想唱歌，父亲说不准唱。我不明白在一个这么美好的时刻为啥独独不准我歌唱。

我高考回村不久，在服装厂门口见到了翎子。我们都变了，我变得呆气了，翎子变得时髦了，但是我们相见依然是亲亲热热的。翎子身穿质地很好的白色连衣裙在我眼前就像一团虚幻的白影。由于是三伏天气，连大海都被热天蒸得鼓鼓涌涌哈欠连天。我们在傍晚时分边说边笑来到老河口，就觉得海风在耳边呼啸，浑身爽气许多。河口水流得慢了，在苍黄的落霞余晖里显得清瘦凝重。我们赤脚踩在暄软的泥滩里感到异常舒服。日头随着潮水退去老远，光亮浅弱起来。我们走累了，不由得找了块泥岗子坐下来。红雀又露面了，嘀嘀嗒嗒落满老滩觅食。红雀褐色脚杆浅浅地插进泥里，小爪子用力扒着冒泡的水窝儿盲目地啄着小虾。由于雀群的提示，我环顾四周，竟有趣地发现我和翎子又坐在了原来的泥岗子上。我们各自转了一圈又回来了，一种淡淡的失落感缭绕在我的心间。我记得好久没看到落日了，高考前的每天时光都是那么紧迫。翎子问我考得咋样？我说马马虎虎吧。你呢？翎子不知怎么就带着自嘲的意味笑起来，我根本没报考，啥都忘了，就多个酒量。秀子姐，我多句嘴你别不爱听，我们的最终目标不是进城工作生活吗？告诉你，我过几天就进城工作啦！这不比上大学更直接吗？听说好多大学生都找不到称心工作呢。我呆呆地望着翎子，觉得翎子可怜，也很幸福。我说，那得先祝贺你哩。翎子得意地笑着，我还要告诉你一个秘密，我进城后就结婚。她说话时从皮挎包里掏出精致漂亮的白色化妆盒不停地描眉涂口红。我好奇地瞪大眼睛问，你有心上人啦？咋早不告诉我？翎子说，你认识的，就我们厂长。我简直不敢相信自己的耳朵，讷讷地说，张士臣？你，你成了第三者？翎子拿手拽着自己编的那种很流行的排骨辫，咯咯笑起来说，你别说得那么难听，啥第三者第四者的，反正他真心爱我，我也喜欢他，他在城里为我买了房，房产在我名下，给他前妻20万算协议离婚。你个书呆子，傻姐姐，是张士臣上赶着追的我。翎子说话声优美动听像唱歌似的，可我觉得她那么陌生。我说，张士臣比你大20多岁呀，你想过以后的日子吗？翎子说，你还老观念呢，如今城里姑娘傍大款，专找岁数大的，40多岁男人有种成熟美，有钱有事业，又知道疼人！我像听翎子背天书一样委实失去与她谈话的兴趣。前前后后才几个月的事，新生活将单纯老实的翎子冶炼成这般模样，日子太可怕了。我说翎子别跟我开玩笑。翎子拧眉拧眼地说，秀子姐，这都是真的。等你大学毕业，分到县城，我们又可以常见面啦，是不？我无言以对，怔怔地看着翎子，越看心里越难受，一种很复杂的滋味自心底浸漫开来。我也变了，要是前些日子我会劈头盖脸骂她一顿。现在不会了，各人有各人的活法，谁也别强求谁。这个时候，我心里难受，鼻子酸酸的要哭，为了挺住，我忽地想起金凤出嫁那天翎子吟诵的诗——《彩色的鸟，在哪里飞翔？》。

我说，翎子还记得那首诗吗？翎子不屑地摇头说，我再也不记得那酸了吧唧的歪诗啦！想想当初多么可笑。我说，当初可笑？她说可笑，就一头扑在我怀里笑了。我抱着翎子陪她最后笑一回，笑着笑着我的眼泪就扑簌簌掉下来了。我们的笑声惊扰了觅食的红雀，红雀在黄昏时归巢了，翅膀扇动的呱嗒声分外地响，与村头暖融融的炊烟淡淡的饭香交融在一起。我凝望雀群，瞧见了远处卧在泥岗子上我家的祠堂，祠堂恰巧遮掩了不甘寂寞的落日。

翎子站起身说，秀子姐，我们走吧。

我说我要去我家祠堂看看，好久没去了。

翎子说，那我先走啦！

你走吧。我说。

结婚时给我当伴娘啊？

翎子喊一声就消失在河堤上了。

当伴娘？我能当伴娘吗？我自嘲地想。

我拿钥匙打开祠堂的门，发现里边堆着好些书，细瞧还是那些乌七八糟的东西。我知道这阵子老季身体不好不进书了，父亲没了来钱的活儿受不了，与老赖就勾搭上了。父亲为了赎回醉蟹铺子啥也不忧了，他没文化，越没文化的人胆子越大，父亲眼里的书就像一筐筐白花花的鱼。他不管鱼的质量。我劝父亲不要跟老赖来往，谁知在我考试那段时间父亲瞒过老季跟老赖扯上了。我恨父亲。从前的好多规矩都不管用了，这世界说乱就乱，究竟什么地方出了毛病？父亲想过没有这样干下去非惹出大祸不可。我怕得一身冷汗都湿漉漉了，万一败露，我不仅搭进父亲，就连我和老季都跟着一勺烩了。怎么办？怎么办？我用怯懦而恍惚的眼神寻找着，魂儿都搅散了。我慌里慌张锁好白纸门，惴惴不安地退出祠堂，想去找老季讨个主意。我急急忙忙走下羊肠小道，在土坡底下猛抬头，竟看见老季坐在轮椅上看海。老季没有发现我，他专注而痴迷地看海。老季胡子拉碴的脸枯皱着，梭子形伤疤横在额头，眼骨窝像两口深潭。他病了，身体好一阵歹一阵，他说他有生以来第一次这么疲乏，只想坐着不动，永远面对着这片海湾。我站在不远处望着老季，心里默默祝愿老季身体尽快好起来。考完试一回村，老季还让我回书屋来。老季不批发书了，只是守摊儿进钱不易了，我没去，只是去看书帮他洗洗衣服。老季的日子比先前是大不一样了。天快黑得看不清人了，老季扭过身来发现我，就喊了句，秀子，你咋在这儿？我走过去说，我和翎子来这儿说话儿。老季叹息一声，说，翎子这丫头脂粉气太重，姿色有余而贤淑不足，她也就没啥发展啦！我故意说，翎子要结婚啦，要进城生活啦！老季淡淡地说，我知道，那次我住院就听医生说张士臣带翎子刮过宫，怕影响你复习才没跟你说。我无奈地笑笑，说了也没啥，我不在乎别人了，我再也不会从别人的故事里流下自己的泪水。老季擤擤鼻子说，我们秀子成熟啦！我从老季的脸上看见那边祠堂投过来的暗影，就又想起那件窝心的事，说，老季哥，我爹跟老赖又倒黄书呢，就放在祠堂里！我真怕，你说咋办哩？老季叹息一声怅怅地朝祠堂好一阵张望，眉心处胀出一块肉疙瘩。我沉不住气了，催问，咋办？我又说服不了爹！老季还是没说话，脸上平平静静的，掉转轮椅说，天不早啦，我们回去吧。我知道老季被病拿得没气力了，就不再逼他，默默地推着他回了书屋。

就在这天夜半，我家祠堂出事了。后半夜我睡实了，看船佬敲着铜锣来叫我父亲，说我家祠堂着火了。父亲叫醒我，让我叫着大姐大姐夫带着水桶去海边。我和大姐大姐夫赶到祠堂的时候，祠堂的火烧得正烈，已经没得救了。房顶轰然倒塌下来，火舌舔着夜空越烧越旺，焦化的檩条嗞嗞地流着油点子，加上海风促燃，灰黑的纸灰片子被吹到半空中，漫天弥散。救火的村人袖手愣着，映红一片花嗒嗒的脸。父亲双腿一软，身架一塌，跌坐在泥岗子上抽抽噎噎地哭了，我的书哇！父亲知道他的这个营生算是干到头了。我替父亲难过，但心里却异常轻松。让我疑惑的是这火是怎么着起的呢？傍天亮了，大姐将瘫软的父亲架走了。我望着焦黑如炭的废墟，有许多东西俱到眼底来。我守护现场等待乡治安助理来。我在泥岗坡转悠着寻找人为痕迹。我在小道上发现拖痕和少许血迹，往下移，竟然在泥坎子上发现一个红纸鹤。我心怦然大动，拾起红纸鹤，就啥都明白了。我急忙将红纸鹤装起来，拿脚将拖痕和血迹抹掉了。乡治安助理没查出啥来，我父亲和老赖又不敢死追，大火事件就不了了之了。我见到老季的时候，又是在乡医院的病床上，我怕他有啥想法就没捅透这一层，只是在内心里深深地感激他。我亲手为老季做了两只醉蟹送到医院里，老季高兴地吃起来。也不知是我的智商不高还是命运在故意捉弄我，高考分数下来了，我的考分虽然比去年涨了50分，可分数段儿也长了，我又进了省高校自费生分数段。县招生办的老师说，进省外贸学院是可以的，每年6000元，三年下来得18000元。我又走回了原路。也不知这情况是怎么传到老季耳朵里的，我那天去医院看老季，老季见面就笑呵呵地说，祝贺你，省外贸学院的大学生。我自愧地红了脸，喃喃说，怕是天上扭秧歌空欢喜呢。老季慢慢从身上摸出笔记本，抖出那个存折，久久地看着我的脸说，秀子，存折拿走吧，这回你无法拒绝我了。我问，因为我急需钱？老季摇摇头说，不，这是我赔偿你家祠堂的损失费，2万块。我接过存折，拿手指狠狠地刮了他的鼻子说，狐狸终于露出了尾巴！这钱我收下啦！老季精瘦的脸上泛着笑意，说，你做梦也猜不到吧？我从兜里摸出那个沾了泥的红纸鹤，说，它早告诉我了。老季愣了愣，欲夺红纸鹤。我笑说，它太埋汰了，再给你做了新纸鹤。老季硬是从我手中夺过纸鹤放进笔记本说，我就喜欢这个。我紧紧抓住老季的手，哽咽着说，老季哥，这回我真的走远啦，愿这红纸鹤陪伴你，祝福你身体好起来。老季眼眶子一抖，落下泪来说，秀子，闯世界去吧，祝福你！我真眼热啊，我眼热正常人，更喜欢你们有知识的人。有文化的人就是有福的！老季说着就将手攥紧了，又说，秀子，这怕是我们最后一面啦！我不行啦，有感觉。我再也抑制不住满脸的泪水，扑到他的怀里，啜啜地说，你会好的！老天有眼呢，你是大好人……老季搂紧了我说，我有个请求，你能答应吗？我含泪点头。老季说，秀子，你把我当成你们家里人就知足了。你知道，我一直将自己当成你们米家人。你知道，年轻时我恋过你姐，我一生中最美好的时光就在那时，后来我见到了你，你跟当时的你姐太像了，我简直分不开。你姐媚俗了，我愿你不再重复你姐的路。我每见到你，就想起过去的美好，我愿你飞，愿你幸福！你别误解我，千万别误解我！我将留下遗嘱，我死后遗产留给你，你无论在哪儿，都请你回来一趟，给我买个最好的骨灰盒，一装，送我回大海……我听不下去了，耸动着肩膀大声哭起来。我明了一切，明白了老季为啥对我好为啥过寒食日。哭归哭，话说到这份上够感人的，我当时觉得老季病得没那么严重，我问过医生，医生也拿不准，说这是特殊病例。我多次请求老季转院治疗，老季都死活不允，他人面冷得像冰坨子，拿心拿血都暖不过来。

八月中旬，老季确实不行了，经常昏迷，鼻头都烂了，胡子脱落殆尽，下身烂得一块一块掉皮，面皮渐渐松垮，暴起一层褐色灰屑。起灰了！我说。我急忙去喊医生，在过道里就听老季叫了一声，我回头赶来，看见老季肚子猛地向上一挺就不行了。我双耳轰鸣，喉咙哽咽，泪水不知何时就涌盖了满面。百成赶来抱着老季的脖子哭得瘆人，他说咱哥俩儿还差一盘棋哪！我看见老季苍白的面容十分安详。送葬的那天，村里来了好多人，特别是那些常下棋打台球和爱看书的渔人站满了一街筒子。人们都落泪了，都说老季命苦，老季人缘不错哩。我将老季的骨灰盒捧回书屋，让父亲开船送归大海。百成死活不依，抱着骨灰哭了一通，然后就在书屋他们下棋的地方坐下来，摆好棋盘，旁边放一瓶老酒和一盘花生豆，点燃了几张土黄色的火纸。百成喝着酒摆弄棋子，说，走棋呀老季哥！然后就洒了祭地酒，将一个棋子扔进火堆。又说一句，走棋呀老季哥！就又洒一盅酒，往火堆里扔一个棋子。我看不下去了，急忙把脸扭向一边。正是黄昏涨潮的时候，远海的日头正摇摇西坠，落日投向老河道上竟是一溜白光，使那弯弯的河道看起来像块长长的孝布。出海的渔船正在拢滩，船上渔人听说老季死了，都情不自禁地将白帆落至一半，鸣笛给老季表示一下哀悼。一船响了，好多船都跟着来，一时间就有沉闷悲凉的笛声在海湾上空悠悠不绝。

  一晃儿我就开学了。临走前父亲逼我交出老季存到我名下的三万块钱。书屋由百成接过来我没说啥。所有遗产就是这三万存款，原本是四万多，老季住院花去一万多。父亲整日丢了魂儿似的在海边溜达，望着海水都像是浮动着一包包的书，父亲的精神垮了，啥活儿也干不下去了，醉蟹铺的事也不再提了，终日坐在老船上瞄着远海愣神。对于父亲的变化，我心里十分难过，是我害了他还是书害了他？活活是一笔糊涂账呢。我没有把钱交给父亲。我说是老季的钱谁也不能动。父亲说，你那么伺候他就该归你，媳妇该咋样？我无言以对。眼下我就要走进省城的学堂了，心情却怎么也高兴不起来。昨晚翎子和几位同学们欢送我，我就是闷闷不乐的样子。得到了，却啥味道也没有了。细细想来，老季的钱沉甸甸地压心，我怎么花老季的钱呢？夜里做梦的时候老季远远地朝我笑呢。第二天早上，老赖开车过来找我要钱，说老季活着的时候还欠他书款。我问多少，老赖说有三万。我料想他准是知道了。老赖还说他一直怀疑是老季烧了他的书，从这理儿上推一推也该将钱还他。因为这场过节儿，父亲跟老赖闹僵了，两人争吵得十分激烈。我像看演皮影戏似的瞧着他们，没有说话，悄悄去了乡政府找到文教助理。我将三万元存款捐给了希望工程，落款署名是老季。我替老季签名时，乡文化助理说，你写大名。我摇摇头说，我不知道他大名，叫老季叫惯了。乡文教助理说，这么大数额捐资能选上县政协委员，叫他自己来。我说，他死了。在场的人们都愣住了。从乡政府回到家里，日头升到房顶了，房顶的红雀渐渐稠密起来，满眼一片碎红。我进屋见老赖还没走，理也不理他背起行李和大书包就往外走，说，爹，送我去汽车站。父亲嗯了一声站起来，眼里终于潮湿起来。老赖说，跟我们车去县城火车站吧，那里有发省城的车。我说跟你车就跟你车。我上了老赖经常拉书的那辆双排汽车，告别了故乡小村。拐下河堤的一刹那间，我瞥见了白蘑菇似的小书屋屋顶，心腔一热，眼泪就下来了。快到县城的时候，天都黑下来，老赖忽然停住车，以泡妞时的贼态和甜言蜜语说，秀子姑娘，把存折给我吧！我们以后还合作嘛！我看不清他的脸，淡淡地说，给你！然后就将乡文教助理开的收据递给老赖。老赖接过一看就变了脸,说,你下车!我背起行李毫不犹豫地下了车。走到汽车如流的公路上,我发觉自己有一种从没有过的轻松。夜色渐渐浓稠起来,夜风将我的长发高高地吹扬起来。不远处,城市的灯影涂抹出浓浓的韵味,城市的噪声又在夜光的搅拌中浮起,五花八门的商店、饭店、发廊都十分清晰地走到我眼前来了。

我双唇颤动,可城市听不见我倾诉。

其实市中心离我还很遥远,眼下走的是郊区。可是我是从雪莲湾来的,渔人从不把遥远,看成遥远……

风潮如诉

一

灰不哧咧的海雾，大团大团游移。

整个雪莲湾一下子就被雾帘子盖住了。人和船的影子在苍灰的天穹下显得阴沉暗淡。黏答答的腥风湿湿地堵人。喷溅到高处的浪沫子乱乱地抖落到船板上来了。福林驾着那条破旧的双桅机帆船在黄昏的海面上逛逛荡荡地飘着，熬得船上的几条汉子歪歪斜斜地打盹儿。福林手搬舵轮，将黑刺猬似的大脑袋探出来，嘴里"咯吱咯吱"地嚼着干鱼片，嘟嘟囔囔地吼一句："狗×的，这日神爷也钻娘儿们被窝啦！"他将觑成一线的目光探到远处，看见大片大片泥黑色的海滩像一张弄皱了的疙疙瘩瘩硕大无朋淌满泪水的老脸。没有日头，一连阴了好些天。远远地，他看见蚊一样小的河水、小船、房舍和酒店杂七杂八的景景物物影影绰绰地蒙在雾气里，闷闷的，躁躁的，黏腥的爪子抓来抓去老长时间也扯不去那一层一层的雾帘子。

"嗨嗨嗨……"福林抖抖地吼了一通，四四方方的大脸由铁青转成紫红，宽宽的额头和蒜头样的大鼻子蒙了一层厚厚的油烟和灰尘，蒙蒙的光亮显得干涩。他胸脯子像船板一样宽厚，很壮很野。他的嘴巴里发出很香很响的咂巴声。他的吼声炸醒了迷迷糊糊的汉子们，他们闹闹嚷嚷有滋有味地甩起毛边扑克算命。光着葫芦头的小个子小池子嚷得最凶。他们在找乐子。

"开机,福林!"船主老包头喊。舵楼子"突突"地蹿起一股子黑烟。跟娘儿们放屁似的风早就鼓不动帆了,福林早想开机又不敢。老包头怕费油,狗×的算计得鬼精透了,使唤起伙计们贼狠贼狠。福林狠狠地瞪了老包头一眼,心里骂:呸!鬼过了头就是牲口。老包头坐在毛扎扎的网堆上吸烟。瘪塌塌的身子虾似的勾着,如一块风干的老木。长脸干皱皱的,呈着菜色。他若是搂着钱匣子数票子的时候,小眼放光,眉毛和鼻子缩在一起就像一块干柿饼。他一脑袋搂钱的招子。精得他活到51岁还没能留下传宗接代的香火。他不能留下自己的种儿,结了两回婚还是那德行。前个老婆病死了,他就一门心思赚钱,买了条大船,开了捕捞证,又在滩上承包个虾苗孵化场。一人包两摊儿,钱财滚滚而来。他到底有多少钱谁也不知道。他的钱从来不存银行,怕露富。就是怪,人有了钱就风光体面了。他从人贩子手里悄悄买来了南方柳州识文断字如花似玉的大姑娘珍子。老东西艳福不浅呢!他的兄弟老庆武孩子一窝,就将小三石锁过继给了他。老婆年轻水灵,儿子也有了,大把票子花不完,人世就是这般说不来的奇妙。他再也不忧以外的事了。他整日好烟好酒,隔三岔五吃着男宝药。出海回来还能跟珍子强强壮壮地来一回,他也就知足了。混到这份儿上还图啥呢?遇到憋屈事儿,他随时还能在雇来的伙计身上撒气。满船的伙计,他想骂谁就骂谁,就跟骂儿子一样随便。湿渍渍的老帆呱嗒呱嗒地响了,老包头扭扭头就臭口臭嘴地骂开了:

"小池子,×你个老娘,还不落帆!"

小池子激灵一下子,扔下扑克牌,颠儿颠儿地凑到双桅下,解开绳头。两只大帆噗嗒噗嗒掉下来,像两块白皮膏药贴在船板上。老包头得意地笑一声,沾沾自喜自己的威势。福林是条闯海的好汉子,雪莲湾都难找的,老包头唯独跟他很少发脾气。老包头心里明镜儿似的,福林是葫芦岛人,因贩私盐蹲了两年大狱,去年出了大狱就投奔了他。他体会着福林把名声看得太重,太爱面子,他回家承受不住村人的嘲弄和耻笑,就跟他混日子。但他更晓得这家伙心劲儿盛,桅杆顶上插旗杆尖上拔尖儿的性子,不定哪一天他翅膀硬了,有了钱买了船,就不会跟老包头闯海了。老包头得笼络他,对他特殊地优待。当初就讲好的,除了每月的工钱，在海上跟伙计们吃；到了岸上，他随船主一起吃，抽空还得帮珍子弄弄虾苗孵化池子。老包头给福林的活儿排得满满的，恨不得从骨子里榨出油来。真是精过了头就是傻蛋了，老包头算计来算计去，就忽略了一个致命伤，珍子跟福林年龄相仿，一来二去两个人亲亲热热地有说有笑，冷不丁打翻了老包头搂在怀里的醋罐子。老包头对珍子好一顿教训，管得她服服帖帖了方喘上一口气。他拿福林没办法，恨他气他又舍不得解雇他。那可是他的一棵摇钱树。这小子就像海神爷的孙子，海潮海流子虾群蟹群鱼群走向都在他眼里。疯疯癫癫的大风里，他硬是敢张罗着撒网，网网有货。孵化虾苗他还有一套，大龙虾种不好养活，温度稍有差头虾种就死掉了。那虾种可是从烟台高价买来的。偏偏福林会料理虾种，他在大狱里除了背盐还养过虾。杂种，这世界在他手里也太容易啦，啥号人都能混碗饭吃！老包头不服气，其实嘴上不服气心里也得服。老包头的一杆长烟袋探进暗处，烟袋锅一红一黑，喷香喷香。他在这条船上就是土皇帝，打屁逆风香十里。他闷着头，伙计们荤素夹杂的笑话他一概不睬。他就想珍子了。那小样儿的她看着顺眼想着舒坦抱着肉头有斤有两有滋有味。想着想着，他周身难受地躁动了，抬眼望望黑乎乎的天景儿，叹一声"唉，快到家啦！"他的眼里布满绿莹莹的色点子，如暗夜老鼠的眼光。

　　福林听见了老包头美滋滋的一叹，就知道老鬼这会儿想回家干啥。他厌恶老包头，恨不得把他扔海里喂王八，因为这会儿他也想珍子呢。几年里他几乎没见过真正的女人，大狱里都是清一色的和尚，他出狱后接触最多的就是珍子了。珍子脸蛋嫩嫩的，眼睛亮亮的，奶子硕硕的，腰肢柳柳的，嗓子香甜甜的，隔老远就能醉倒一溜儿男子汉。他觉得珍子不该是老包头的女人，一船的汉子哪个不比那老鬼强？特别是当他瞧见珍子对老包头还蛮不错的样子，他心里就酸。酸就酸点吧，能酸起来说明自己还是个男人。他总爱干活时偷偷瞧珍子，远远的她就像一团火烧得他心往外蹦。她的目光与他火辣辣的目光一碰，撞出火花来烤红了她的脸。她从不表明什么，默默地给他缝缝洗洗，没人的时候，她与他说说笑笑忘记他曾是个犯人，她的眼睛一忽闪一忽闪的。他赖模赖样地问她为啥嫁个糟老头子。她久久不语，眼忽地就湿了。他忙岔开话头儿说珍子你远天远地的想家了吧？她就哭了。他心里难受，忽然冒出一句违犯监规的话来，你干脆跟老东西离了回家吧。她说她不敢。他没话了。她说她喜欢这个鬼地方。福林听不出个深浅来，瘟头瘟脑地暗骂她见钱眼开。当她跟他说她长日很难打发下去简直过够了活腻了的时候，他方明白她的心思。他惊喜地捅破这层纸说你喜欢俺吗？珍子看他一眼点点头，红红的脖子宛如花茎。狗×的，等俺赚足了钱用八抬大轿把你抬进俺们葫芦岛。于是他们俩的美日子活在盼望里。珍子在他眼里终日罩着清凌凌的仙气，举手投足都能撩起他的渴望。珍子的倩影每时每刻都灿烂着他在海上枯燥苦乏的日子。日子真好。

"点灯点灯，到家啦！"老包头喊。

福林斜了老包头一眼，一脸的轻蔑："呸！老球毛，你等吧！你搂的娘儿们迟迟早早是俺屋里的！"舵轮被他大掌攥得嘎嘎山响。老船缩头缩脑一拱一拱地进了老河口，拢岸的船铺铺排排已有好长一溜儿了。阴阴的天空无星无月，老天彻底甩了黄昏，进了暗夜。一盏蟹灯晃晃荡荡地挑在双桅船的桅尖上，船影人影就勾勾弯弯地晃了，与岸上闪闪跳跳的渔火映了一湾的火爆。岸上人山人海闹闹嚷嚷，纷纷被拢岸渔船的鲜腥诱下来，将老包头的船围得严严实实，讨价还价的鱼贩子们穿着大水靴咕咚咕咚踩上船来。老包头将烟袋往腰里一别，双手叉腰神神气气地站在船头叫着："都下去，都下去！谁让你们上船的？真是哈巴狗咬月亮不知天高！"他舞着干瘦的长胳膊，将鱼贩子们轰下船去。他手里有硬货，鱼贩子得求他，他这会儿是爷了。他不慌不忙地跳下船，晃着瘦瘦丁丁的麻秆身子到别的船上探听海货的价码去了。谁不巴望能早点回家？出海快俩月了，船上的伙计们见老包头不再冲福林骂骂咧咧，停不住嘴："这老鬼，八成是找娘儿们搅骚肉去了吧？"福林喷出嘴里的嚼成碎渣的干鱼骨："呸！老东西才不会呢！鲜货不卖个好价钱，他才不回家呢！"有个汉子骂："狗×的，还不得折腾到半夜？"小池子笑咧咧道："咋，想娘儿们啦？别急，春夜长，够你折腾的！别涝炕，把嫂子漂走！嘻嘻嘻！"那汉子拿大掌狠劲拍了一下小池子的葫芦头。汉子们就咧嘴笑了。福林心里烦，骂道："瞎饿饿啥？快把仓里蟹筐鱼筐抬出来，别见了娘儿们腿软！"伙计们没人敢回嘴，蔫蔫儿地干活去了。他们知道满船的汉子都有家室，唯独福林横竖一身，光棍汉子心里苦。福林没精打采地站在船头朝岸上的大坎张望，大脸膛焦灼地扭皱着。一个奇奇怪怪的想法忽然间在他的心里明灭，海啸来了，大坎被冲开一个巨大的豁口，豁口里滚滚荡荡的海水打旋儿号叫疯疯癫癫莽莽撞撞，一切生灵都被滚滚荡荡的海潮吞没席卷而去。唯独他福林去豁口横身一站，站成一堵大坎。疯疯癫癫的海潮在他坚强的肚腹前撞得昏头昏脑呜呜咽咽哭成许多碎片。他相信不管多大的豁口他都能堵住。于是他顿觉鼻孔热辣辣地堵得慌，一抠，挖出一团硬巴巴的黑泥。这时候他能嗅到身上温湿的汗臭味。他长出一口气，很想吼上一嗓子。他又拿眼在滩上的人群里搜刮着。他的目光碰到老河口岸上小酒店门口亮处，灰暗的瞳仁亮了一下。"嘿！"他慌口慌心地哼一声，跳下船来，扑扑跌跌地踩着稀汤薄水的黑泥滩，朝老河口走了。老包头蹶跶蹶跶地爬上老船的时候，伙计们都将一筐一筐的海货搬到船板上来了。老包头一手搂着钱匣子，一手比画着跟鱼贩子讨价。他的眼睛一眨不眨，嘴巴张得好大，似要把对方活活吞掉。终于成交了，他就伸着脖子嘶着嗓子唤："福林，过秤！"没人吱声，汉子们袖手愣着。"福林，福林！"老包头又喊得张狂了。

二

福林看见珍子了。远远地，他瞧见珍子领着过继儿子石锁站在酒店门口的灯影里朝船上望呢。珍子体态丰盈，臀部也变得好看，被海风染就的红扑扑极鲜嫩的一张脸，在灯光下显得圣洁纯净而生动。福林送给他的那条红纱巾松散地围着她的脖子，被风一掀一掀的，像一只在她肩头上扑棱着的大鸟。她在雪莲湾没有一个亲人，海滩上如此热闹，她又如此孤独。多日里孵化场里没事做，她每天除了做饭就是给石锁那小狗×的辅导功课。海风一刮，老包头和福林出远海走了，她就更觉孤单。表面看她平静得跟秋水一般，其实心里装着红纱巾那样大的一团火呢！她诚心诚意地熬日子，就是等福林的。这个汉子注定走不出她的心了，就像惑了本性，昏昏然入了邪门。要不是福林，她就答应娘派人将她接回去，回故乡。故乡的汉子多着哩，为啥偏偏舍不得福林？女人就是这么个贱东西。她会等到啥年月？老包头有钱有势会轻易放过她吗？明天的日子没有征兆，只有活在盼望里，她在老河口盼了好多天了。

"珍子——"福林喊了一句。

"福林——"珍子眼睛亮了，骨头酥软软，心里怦怦的没了节律。福林感到她的甜甜软软的声音不是出自喉咙，而是打心底里蹦出来的。看见珍子，福林的心咚咚咚咚跳了，阔阔的肩膀子在暗中一抽一抽地抖。珍子往石锁手里塞了一块钱让他买糖豆支开了。珍子说："你可回来啦，我每天都来看你的船！"福林笑模笑样地说："唉，咋能说俺的船，应该说是老包头的船！俺穷，可俺有换金换银的力气，俺也会有船的！"他的脸色由红转青。珍子躲躲闪闪地将福林拉到酒店后身的暗处，亲昵地说："傻样的，别嚷嚷，让人瞧见咋办？那老东西的醋劲大着呢！"福林攥紧拳头摇着身子，浑身骨节嘎嘎直响："哼，老不死的，早晚俺跟他亮相！俺怕他啥？大不了卷铺盖走人！你是俺的人！"珍子埋下眼，脸蛋子晦暗下来："俺可受够啦！俺宁愿陪着一个犯人过流浪日子，也不愿跟他老棺材瓢子享福！"福林沉闷的心窝里发酵出一种异样的感觉，俺一个蹲过大狱没人搭理万人唾弃的人，能得到一个女人的痴心也就够有福气的。他想，眼眶子就湿湿地亮起来，真纯的东西从他眼底溢出。他一把抱紧了珍子的身子，大掌迷醉地在她身上摩揉着，周身的血液呼噜噜涌至喉部，咽不下吐不出，面孔脱了常色。珍子柔婉的肩膀一耸一耸地抖了，哽咽着说："福林哥，我真不愿离开你哩……"福林说："那，等这次工钱发下来，咱就跟老东西摊牌，免得藏藏掖掖担惊受怕的！往后俺永远对你好！"他的心劲儿一下子鼓了起来，笃笃定定旁若无人了。她的手抖抖地揉着他的胸脯子，似乎是将一颗破碎的心全揉进去。沉吟一会儿，珍子喃喃地说："我……怕……怕咱斗不过……老东西！他兄弟……是村长，上上下下……都有人呢！"她嘴里像含着橄榄般口齿不清了。福林两眼红起来，喉咙里传出锐锐的一吼："怕？怕啥？他狗×的坑得你还不够吗？这是共产党的天下，谁坑人咱就告谁！路是通的，海是公的，咱啥也不怕！"珍子看着他脸上豪气顿生，她也就壮了胆儿，肚里有一番大的作为已经运筹好了，她感到男人像山一样可靠了。她明天的巢就要筑在这架大山上，她没啥好怕的。强悍的男人就是女人生活的靠背。

"婶娘，婶娘……"石锁喊珍子了。

福林一把推开珍子："小狗×的喊你呢，老家伙也该叫俺啦！去吧！"珍子细软的小手恋恋不舍地从他大掌里抽出。福林扑进河堤的人群里。天和地被雾爪子搅浑了,一会儿黏住,一会儿撕开,睁眼上下净是个黑。福林穿行在闹闹嚷嚷的人群里,再回头望岸上的珍子。女人站在蓝虚虚的灯影里像一团朦胧的白影。他来到船边时,看见船上的人都已散尽。只有小池子拾掇船板和老包头留在船上。老包头虾着身蹲在桅灯底下搂着钱匣子一张一张数票子。数完了钱,老包头扭脸看见了爬上船的福林,眼眶子抖抖地戗出火气:"狗×的,死哪儿去啦?"福林没理他,跟这老家伙没啥道理好讲,为了珍子他忍了。"小池子你回家,让他收拾!"老包头猴似的下船,抱着钱匣子喜颠颠地走了。小池子说:"福林哥,咱俩干!"福林说:"回去吧,这点活!"他看见小池子也走了,就冲老包头逝去的背影骂了一声:"×你娘!"他猜定老包头回家先干啥,他不跟珍子干完那事,不会让珍子做饭的。福林收网进舱,又拿水冲洗了船板,一切都收拾得利利落落,他才抹抹脑门子上的汗珠子,坐在舱盖上吸烟。东一撮西一片的老船,懒散得显出长途漂泊后的倦怠,在暗夜里模糊得难看。滩上人匆匆散尽,老河口黑得像口大锅,也黑得福林心里发慌发冷。他就想珍子,想刚才见面的情景,浑身就又一点一点热起来,心里也很美气了。他斜躺下身子,仰面细瞧挑在桅杆上的蟹灯。灯光闪闪幽幽,很深很鬼的样子。灰色晶亮的虫子飞得优美,撞得灯罩子叮当作响。他摘下嘴里的烟头,又欠身呆呆地凝望着黑泥滩上深深浅浅的脚窝儿,好像藏着许多猜不透的故事,令人神往。日子虽苦虽累,总比他在大狱里强,冷也好热也好活个自在就是好。灯影在雾里洇开来,在他脸盘子上涂抹了一层浅橙色的晕。他忽然噘起嘴巴打起口哨来,清脆的口哨荡来荡去的,给死寂寂的空海口添了一些活气。他不知过了多长时间,口哨变成一串时高时低的鼾声。他睡着了。雾气浓得简直化不开了,臭烘烘的汗息和潮的涩腥味儿热热地堵人,呛得他的喉咙呵呵呵地咕噜一阵子,就清醒了。"他×的!"他胡噜胡噜脑袋,瞪起酱麻色的眼睛,朝模模糊糊的夜海凝视了很久。懒得坐下去,他就四下黑地里张望,侧了耳朵听一会儿,憋口气转身朝船舱里钻。他出海拢滩都住在舱里。舱里很乱,丝网、拖兜、竹罩等渔具散散乱乱地堆在那里。他斜躺在油脂麻花的破被垛上,肚里就咕咕叫唤了。老杂毛,准是按着珍子干那事呢,要不早该叫石锁给他送饭来了。他想,眼里就蹿火苗子。他在心里反反复复地骂着老东西，就听见舱顶响起脚步声，接下就听扑的一声响，舱门开了。率先拥进桅灯光扇里是一双精精巧巧女人的脚，女人苗条娟秀的身子也一点一点移下来，舱底陡地粉亮了。是珍子。福林满脸惊喜地弹起身子迎上去。

"福林，你饿坏了吧？"珍子说。

"珍子，老东西为啥舍得派你来啦？"福林问。

珍子脸红了说来啥儿了。福林嘿嘿笑了："俺就料到，老东西吃了两个月的男宝就不会轻易放你出来！唉，也够难为他的！"珍子咯咯笑了。她慢慢将篮子放在桌上，取出一大碗白米饭和一碗粉条炖肉，外加一块猪耳朵。她说："快吃吧！"福林确实饿了，蹲下身子，狼吞虎咽地吃起来。珍子提醒他："不喝酒啦？这么好的猪耳朵。"福林油嘴张张合合，热热的肉块子在嘴里打滚儿，奔向喉头，嘴里"吱溜"的滚烫声十分清晰。他嚷嚷道："不喝酒，先吃肉。"他红脸膛上呈现了一种原始的亢奋。晶亮的白米饭糊了他一嘴，嘴巴老是啧啧咂响。珍子就爱看他吃饭时候憨头憨脑的样子："你呀，跟哪辈子没吃过似的，别撑破肚皮呢！"福林没说话只顾吃，像个饿鬼哑客。珍子在舱里坐久了，就嗅到福林身上荡出来的汗馊气和涩腥味。她就站起来说："俺去饭店给你打桶热水来，你好生洗洗，浑身该馊啦！"福林看见女人十分体贴的举动，撩起热辣辣的情感，他不无得意地望她一眼。珍子屁股一撅钻出舱子。福林美气地乐了，他一生的乐事都满满地装在舱子里，装进这个春情缱绻的夜晚。真正是一人一个运道，憨人也有憨福气，世上万物都是阴阳相合，生生不息地流转。该转运了，他想。在这个破破烂烂的小舱子里，他连连做好梦，梦见自己发大财，有钱有势，很风光地带珍子回葫芦岛举办火爆热闹的大婚礼。珍子提一桶热水回到舱里来的时候，福林已经吃饱喝足了。吃过了饭，他又补了半斤酒。他就喜欢这样。福林噼里啪啦甩下衣服，仅剩一条从监狱里带出来的灰裤衩子。福林粗壮圆滚的身板子在灯影里勃勃地涌动着纵纵横横的肉棱子。他一弯一弯地往身上撩水，身子骨就咯咯吱吱一阵轻响。珍子十分娴静地坐着看他，像有欲望在他那些粗大的脉管里汩汩泛滥了。她从他身上感到男人的力量，看出未来日子的丰美滋润。福林喊："珍子，给俺搓背。"珍子支吾说："我听见响动了，怕是来人啦！"福林胡噜着水涝涝的脑袋，大大咧咧一副无所谓的神态："怕啥？老东西来了咱就跟他亮相！"珍子慌了神儿："老鬼不会来，我怕是别人瞧见，不好！"福林火了："来，叫你来你就来！"珍子怯怯地听了一下动静，就拿一块香胰子在他后背上来来回回抹一阵子。福林就咔哧咔哧挠头皮，满意地咧开瓢似的大嘴巴。果然给珍子说着了，舱板响着细碎且急促的脚步声，接下舱门就被拍响了。珍子心提起来，凑到舱口贼贼地巡视着。"婶娘，婶娘……"石锁拍着舱门叫唤着呢。珍子放下心来，开了舱门抱他进来。"你个狗娃蛋，你跑来添啥乱！"福林用巴掌狠劲拍一下石锁的脑壳骂道。石锁咧咧嘴说："是俺爹叫我来的！"珍子问："你来干啥？"石锁摇头晃脑地说："俺爹说让俺看看你们干啥，回去告诉他。"珍子脸红了。福林骂着："这老东西！醋葫芦总拽着呢！"珍子问石锁："你爹干啥呢？"石锁说："俺爹……大白鹅来家里找他，俺爹就让俺出来找你的！"珍子啥都明白了，她知道大白鹅几次找老包头要去孵化场做工，他老也不答应，这回怕是行了。福林说："没错儿，这会儿两个人准是干上啦！"珍子骂着就要往外走："这老色鬼，回去跟他算账！"福林一把拉住珍子："哎，老东西捅漏了天，关你屁事儿，让他们胡折腾去好啦！"他的黑眼珠子灵活地转了转，俯下身来对石锁说："你回去，在堂屋喊大白鹅挂破鞋！"石锁摇头："俺不敢！"福林说："大白鹅欺负你爹，你得帮你爹，你得帮你爹呀！你喊了，叔叔给你做海螺号玩！"石锁又问道："你不骗俺？"福林说："俺不骗你。"石锁猴似的爬出舱子蹦蹦跳跳地跑了。珍子拿手指亲昵地戳了一下福林的脑门子："鬼的你！"福林嘲弄般得意地笑了。他们很开心地边聊边洗澡。福林的话也甜软了，均是许诺。春夜里一股奇妙的热气钻进舱里来了，他们共同呼吸着，就有一种东西在他们身上乱窜乱拱，拱到哪里哪里就舒坦得要命。珍子觉得自己中春天的邪了。春风染了满舱的鲜活，叫人笑催人野。福林仔仔细细看她一遍，发现她比先前更漂亮秀丽了，鹅卵脸绯红，就像两块太阳落在脸蛋上。他抱住她，紧紧地，口碰口胸贴胸拥在一起倒在床上撒欢儿，欢喜得忘了形。他们都几乎抓拿不住自己了，特别是福林不住地拿大掌降得女人像羔羊。醉人的春夜会使无忧无虑的光棍汉子扑向女人时犹如不愿回头的枪弹，啥也不能成其障碍了……

三

　　满打满算，老船拢滩已有半月了。福林每天起来就去虾苗孵化场干活，清池子换水的苦活累活他全揽下。他是疼珍子，那老东西使唤起珍子照旧狠歹歹的。跟福林一起干活，苦扎苦累珍子也快活。很早很早，他们就双双到孵化场了。有一天早上，福林和珍子恩恩爱爱厮守一起的样子给新上班的大白鹅瞧见了。珍子有些慌。福林却满不在乎，他不怕谁从没提防过人，更不怕别人背地里说三道四。他就是要信马由缰无忧无虑无法无天地活着，谁还敢把他开除地球吗？他本来就不算啥顾及脸面的大人物。大白鹅不敢跟福林斗嘴儿，就在老包头那里串门的时候，大白鹅阴阳怪气地给珍子话听，恨得珍子咬牙根儿，埋怨福林那夜不让她回家捉奸，她忍着。她整天都愿泡在孵化场，忙忙碌碌的，将心吊在舌尖上盼着明天的好日子。福林就揣着女人家的厚望东按葫芦西按瓢地忙。孵化场的事弄妥了，老包头就带福林去烟台运虾种。那天早上雾开了，海风刮得畅。白秋秋的老帆升起来的时候，老包头朝滩上送行的珍子和石锁挥手告别。"快回吧，回吧！啥时又多了情分呢！"老包头喊着。福林故意摆出淡淡漠漠的样子，其实他心里明镜似的，珍子在为他送行。珍子恋恋地挥着手。福林朝他笑一下，就钻进了舵楼。珍子眼圈一红一红地汪了泪，眼泪在眼眶里滚着，不淌下来，福林的身影就在她的泪眼里晶晶莹莹地颤动。老包头十分敏感地发现女人眼里有了泪，以为是被他感动的，于是他鼻子一酸，也感动起来，鼻音瓮瓮地喊："快回吧娘两个，俺没几天就回来的。"他一直疑惑自己是不是又添了男人的魅力。老船当啷啷一阵痉挛，喷着黑烟颠离老河口，将女人扔下，将那条好长好深的老河口扔下，任其蜿蜒，任其吼唱。等到珍子和石锁小到看不见的程度，老包头方蹲在船头吸烟。天照旧阴着，呜呜溅溅的涛声，娘儿们哭似的，忧伤且悠荡，断断续续远远近近地叠着。福林叹一声，朝海里啐一口痰，骂："狗×的，招灾呢！"

　　老包头迷信得很，他就怕船家胡诌白咧一些不吉利的话。他扭头骂福林：

"兔崽子嘴巴痒了塞裆里，不准你说这不吉利的混账话！"他骂着也心虚了，灭了烟袋，摸出一块砖大小的半导体收音机打开贴在耳根一板一眼地找天气预报。福林没理老包头，一手操舵一边吸着自卷的旱烟，神情十分悠闲。一路顺风顺水的，老船平平安安到了烟台。福林测灾的咒语不灵了，老包头训他几句，又换回了船家的全部自信。论闯海，福林的确不服他。老包头身体不好，早年是看大队部的，有时写些标语喊喊喇叭，分船单干了，他才闯海的。装了龙虾种，老船就马不停蹄地朝回赶。老包头精透的小算盘早打好了，他不会让福林闲一会儿。老船悠悠荡荡地驶出胶州湾的时候，福林觉得海真的不对劲儿了。平平缓缓的海面忽地涌起一片黄雾。漫漫泛泛的黄烟遮得海天惨淡丑陋，像患下黄疸病似的。老包头说："狗×的，小黄龙又造孽啦！"福林知道黄龙吐黄雾后就卷黄龙潮的。碰上黄龙潮，渔船都纷纷拢到不远处的盐岛躲一躲。福林说："当家的，是不是到盐岛上避避？"老包头生气地瞪福林一眼："你他×给俺闭嘴！不敢在黄雾里行船，就甭他×吃海上饭！瞄眼黄屁就怕啦？"他有些粗暴了。福林气得胸脯子一抽一抽的，骂道："俺他×为你着想，船是你的,这关俺卵事儿哟？"老包头不服他："俺就驾船,俺不是傻子！"福林"呸"了一声没再回嘴。福林是闯黄龙潮的好手。他知道黄龙潮在海面上涌起的浪头并不很大，它的淫威来自海底，一股一股纵横交错没有规律的海流子吞掉渔船击断帆桅。它在渔人眼里一直是谜一样的灾难。天暗了，海浊了。冷飕飕的贼风钻来蹿去的，密密麻麻的海鸟如同被贼风击碎了的墨云惶惶地掠过海面，朝不远处的盐岛飞去。海底的轰鸣之声可闻，如铆船钉的声音一声一声从大海的腹中传来，搅乱了行船的规律。老船就在疯疯嚣叫的浪头上胡抖了。老包头脸色发青，也有一种不祥之感。他想拢岛又不甘心，正犹豫间，福林面对大海放开嗓疯笑，笑出威武强悍来了。老包头觉得福林在嘲笑他。不能在福林手里栽了，往后就更管不住他了，是祸是险也得闯过去。福林又激他："喂,咋样东家？心比天高，命比纸薄呢！服软儿吧？"老包头咬着牙帮子说："呸，牛的你！你别扬蹦，不给俺闯过去，俺就不给你开支！"福林说："掉海里喂王八就别怪俺啦！落帆！"老包头摇摇晃晃移到双桅一落帆。他望一眼海流子区，吓得嘬舌头打冷子，心里念叨着菩萨保佑。福林愣了一下神儿，沉下心来闯海流子了。

大海在老包头眼里纯纯粹粹变成一个神秘的精灵，脚下的老船像个没有灵性的棺椁吃水很浅地跳荡着，翻卷着。黄雾和海流子死死围困着他们，苍穹沉重地压在老船上。老包头慌了，当下腿一软。"狗×的，你快回舱里！会甩下去的！"福林咆哮似的吼。老包头眼前只有哗哗奔涌的水帘子，根本看不见舱门子。船板滑溜溜的，他小心翼翼地抓着船帮，侧着身子，一步挨一步地朝舱楼子挪去。"哗"一个大浪，老船嘎嘎裂响着跌进波谷里。"福林，福林，救命啊——"老包头喊一声滚进海里。福林惊颤了一下，钻出舵楼子，寻着老包头喊声张望。他愣了一下神，环顾四周没有船，脑壳"嗖"地打了一个闪。淹死老鬼恰好给俺腾地方，珍子就可以光明正大地跟俺成家了。活该，老鬼，你总有算计不到的地方。他幸灾乐祸地想，船身一扭，他抱紧了桅杆。老包头舞着胳膊，黑脑袋"咕嘟"一下子探出水面，没喊出一声，就又被一排大浪盖下去了。福林震颤了一下，忽然觉得无数浪头子像藏在暗处的脸面向他发出嘲弄和蔑视的讽笑。俺福林夺你老婆也要夺得光明正大，这等夺法简直是卑鄙小人。"狗×的，俺救你。"福林喊一声，就像个灵巧的泥鳅扎行在滚滚滔滔的海里。大海就像疯了似的摇舞，福林的身子被海水撕扯得歪歪扭扭。他的耳鼓灌满了嗞嗞的闹响。海藻的霉涩味儿涌进他的鼻腔和肺部，火辣辣发痛。海流子像无数银色链条哗哗啦啦抽打着他的身体，火赤燎痛。他的两条胳膊东一甩西一抓地刮拉着老包头。"狗×的太贪心啦，钱赚得还不够吗？水浸的鬼，该招海神报应啦！"福林心里骂着。流动的水汽掀出恐怖的声音，贼凉的海水在他周围颤颤涌涌。他伸手触摸到一片麻麻瘩瘩的海藻，狠命一扯，碰到温乎乎蠕动的东西。是老包头，他被海藻缠住了，还在一蹬一蹬无力地挣扎，嘴里咕嘟嘟地灌着海水，脖子伸得长长的。老包头也毕竟是个渔人，有点水力，否则这阵儿早死翘了的。福林拼命撕拽着老包头身上的海藻，胳膊被海藻划破的一道一道的血口子让海水杀得惊惊颤颤。他十分吃力地托起老包头的身子往老船方向游。老包头的脑袋在海面上探了一下，又无力地耷拉下来，喉咙呼噜呼噜撕搅着一声音。老船被狂浪颠出老远。几只海鸥在他们头顶凄惶地叫着，天空仍旧一派浊黄。福林也探出头长出一口气，拽着老包头游动，海风将他粗重的喘息一同吹向远处。福林连拉带拽地将当里当啷的老包头拖上船板，又麻溜地塞进舱子。舱里水渍渍的，老包头跌得鼻青脸肿，撩开死青的眼皮看福林一眼，就一歪头，吐出一摊腌腌臜臜的臭水和没能消化完的食物。舱里臭得熏人。福林闪闪跌跌地扑进暗处耸出一大截的舵楼子。老船一颠一颠地驶向盐岛。黄雾绕来缠去，浪头子互相挤压，打着漩儿，狂跳着，越来越急，大漩涡套着小漩涡。福林知道船在漩涡形的浪头上行进，最要紧的是要看风势浪势，万万不能让船打横儿，船一打横儿，一浪盖住就翻的。福林既勇敢又乖巧地顺风朝盐岛划出斜线。船拢到盐岛凹岬里的时候，福林水涝涝的身子像摊烂泥扑在舵把上喘息，喃喃道："可他×累稀啦！"歇了一阵子，他歪着脑袋看盐岛奇形怪状的盐垛，疙疙瘩瘩晶晶亮亮晃人眼睛。这是先人留下的海盐，早已风化得铁板一块不能用了。盐岛一片浑蒙，风吹在盐垛上溅起一道道白烟。风头子经盐垛遮遮拦拦之后，吹到船上软多了。但是船身依旧像驴打蹄一跳一跳的。福林将舵把一推，磕磕碰碰地回舱里，见老包头仍旧癞蛤蟆似的躺在舱底板上，老脸如同刻了粗糙螺纹的树根，干黄干黄的。福林袖着手嘿嘿地笑了。老包头知道福林嘲弄他，一生气喉咙就痒了，连连咳起来，咳嗽的声音十分难听，痰音咝咝作响，最后一声几乎是声嘶力竭了；"你……狗×的！"福林不气不恼，笑道："别傲，大海不尿你！差点包脚布做孝帽一步登天啦！"老包头闷着嘴不出声。"俺知道你的心思哩！其实你最疼这船，又不肯在俺面前低头！你狗眼看人低！"福林说。老包头二目圆睁："你……"他的行径被雇工窥透了，不免惶惶，两腿像发瘟的鸡一样乱蹬。福林见他活活没了咒念，就摆出一副高高昂昂的样子气他。老包头直杵杵地傻挺着，骂道："没大没小啦？俺是船主，你给俺做饭去！"福林歪着头，一脸的轻蔑："早饭是俺做的，这顿该轮到你啦！"老包头急赤白脸地瞪福林骂道："反啦？你个没有改造好的家伙！"福林胸膛里的火苗子一蹿一蹿的，叫道："咱也是人啊！酒不醉心醉，活一天也得活出个人样儿来！"老包头第一回碰上福林这样撅他，口口声声一句话："你胡来，俺扣除你的工钱！"福林摆出随随便便满不在乎的样儿，没深没浅地说："你还蒙在鼓里哪！你个不会打鸣儿的老公鸡！连你的老婆都是俺的人，工钱不给俺，怕是珍子不答应吧？"老包头的心尖子被戳痛了，虾着身子跳起来，歪歪斜斜扑向福林吼道："你个没点灯门下的东西，珍子是俺的女人，你敢动她一指头，俺跟你没完！"福林抡起大掌狠狠拍在老包头的天灵盖上,"扑"一声,老包头软瘫下来。福林吼:"告诉你,咱们该打开窗子说亮话啦!回去,咱就鱼走水鸟飞天两清啦!你敢刁难珍子俺就……"老包头吓得连连退缩着:"你想怎么样?"福林说:"珍子跟你离婚,俺带她走!"老包头绝望地舞着双手,连连叫着:"不,不,不……"他嚅动着嘴巴,又仰头呵啰呵啰弄出哭声,两行老泪下来了。福林怪模怪样地瞧他一眼,很开心。老包头的身子往上一欠一欠,就跪在福林脚下哀求:"大兄弟,俺多给你开工钱,俺给你盖所房子,只要你放过珍子。俺老朽了,讨个女人不易哩!"福林的脑袋像触电似的麻胀起来,定定心,他闷雷似的吼一句:"俺答应过珍子,俺得对得起她!谁也不能阻挡俺们的好日子!你说不动俺,狗×的眼泪不值钱!"说完扭身走出舱子。他走路时脚片子咚咚落地很重,透出一股狠气。老包头怕啥有啥,战战兢兢的日子也拢不住了,就躲在舱里娘儿们似的哀哀地哭一场,声音很低很凄,十分难听。福林立在呼啦呼啦抖动的老帆底下,感到自己顶天立地高大无比了,目光一截一截探到远处,更加坚定和不可逆转了。他倔倔地冲着大海吼了一句:"狗×的,日后有好戏看哪!"

四

　　他们在盐岛窝了一夜。第二天早上黄雾退去,老天依旧不开脸。老包头听天气预报两天以后有风暴潮就逼福林马上开船抢在风暴潮到来之前赶回去。福林没再顶嘴,十分乖顺地驾船离开盐岛。他想珍子了,也便归心似箭。开船之前,福林咕嘟咕嘟仰脖灌了一通酒。他在舱楼子里耐不住通身酒热醺炙,敞开衣襟,两片衣襟一掀一掀,亮着油渍渍的胸沟儿。老包头皱着眉头子吸闷烟,烟袋吸得吧嗒有声。他的脑袋像个空坛子,老脸上凝着一如既往的怨愤和万事操劳的忧郁。他不时瞟一眼舵楼里福林一晃一摆的脑袋,就想出个损招子将那脑壳敲碎。在海上,他还得依靠福林,一个一个念头生出又一个一个灭去。老包头自顾自说:"奶奶的,忍啦!"
　　福林不急不躁稳稳当当地驾船。两条酸乏的手臂摆弄出一些细微软软的声响,嘴里哼哼着野歌,火辣辣的眼睛里透出一股悠远的神往。日子久了,他与老包头尿不到一壶里，就干脆带上珍子撂挑子，宁早别晚，夜长梦多。一想女人，再长的海路也短了。老船荡至黄昏时，他们已远远地看见海岸线了。起风了，很野很硬的风头子擂得大海竟在颤抖中了，大浪翻着花样涌向海堤。犬牙交错扑扑蹿蹿的浪头子，咬瘪了海面上的万物。簌簌嗡嗡的声音从远处荡来。帆和船的影子很模糊了，风暴潮的气息在黄昏海面上幽幽行走，火海狂躁不安地骚动了。神秘的"簌簌"声很快变成焦干哑闷的雷声，沉沉地滚来滚去。福林嗅到了一股浓郁的风暴潮的气息，贼风又将他粗重的喘息声吹向大海。他探出脑袋看见天空里各种海鸟飞得狂。他手臂一抡，在空中割出一串冷飕飕的声音："狗×的，风暴潮来啦！"

老包头早就被眼前的景儿吓呆。他惧怕风暴潮，可它像是专门跟他作对似的提前扑来。他怕福林慌，半天不愿承认这个可怕的现实，见福林一语道破，他才惊惊骇骇地骂天了："真他娘倒霉，早不来晚不来，偏偏……气象预报有屁准，纯粹是大腿上号脉！"福林没理老包头，但刚才悠闲的神态渐渐变得严峻起来，噗的一声喷出嘴里的烟头。老包头喊："福林，能拢滩吗？"福林骂道："这屁话管蛋用？前不着岸后不挨岛的，只有闯狗×的！"老包头慌手慌脚地朝舵楼子挪来。风暴潮就是海啸，雪莲湾几年少有。春天的雪莲湾最容易逼来风暴潮。眨眼的工夫，海天就浑蒙一片了，"哗哗"的每一个大浪，拍在船舷上，总要激起几丈高的水柱。海面好像整片团团陷落下去，深深的，黑黑的，极像一个恐怖的潭。满天大大小小的浪沫子朝老船落下，纷纷如雨。老包头浑身被浇个精湿，他哆哆嗦嗦甩着两条短腿，朝舱子里钻。福林朝他吼："落帆，快落帆！"船颠进死路了，栽进漩涡了，就像水底有一股巨大的吸力，似要将船生生拽进去。船身打横了，帆只起反作用了。老包头听见福林吼了，试试探探不敢钻出舱子，害怕跟闯黄龙潮似的甩进海里。福林火了，骂一句："老鬼！"就滚出舵楼子，跟跟跄跄奔向双桅。被海水浸湿的绳子滑溜溜的，解不开，老帆怎么也落不下来。福林喊："快扔斧头来！"老包头扔过太平斧。福林操过太平斧，"唰"地抡起来，老帆"噗嗒嗒"地掉下来了。帆一落，老船的处境好多了，福林松口气，哈腰跑回舵楼子。他驾船闯出一个漩涡，竭力将船体顺过来。老船在疯癫的海里跌跌宕宕呻吟着跳荡。水帘子从四面八方砸来，使福林不论把眼睛往哪看都会感到水妖朝他狞笑。连福林也不知道，老船是怎么糊里糊涂地卷到老河口东侧的拦潮坝底下的。他探着水涝的脑袋，忽然被"轰"的一声巨响惊呆了。他看见了,拦潮坝被贼爆爆的浪头子撕开一个很大的豁口，海水哇哇吼唱着钻出豁口，直泻而下。他还瞧见豁口两头在"扑啦啦"地塌落破碎，轰轰隆隆的声响惊心动魄，哪怕十里外都能听到。福林的心提到了嗓子眼儿。他知道豁口再塌下去，再堵就不那么容易了。那样下去，海水就会洗劫一切。河口东侧的十几个村庄、碱厂、几千亩虾池子就会变成汪洋。他心窝里憋出冷汗来了。他的脑袋里打了个闪，就吼了一句："奶奶的闯球的！"

老包头蹶趄蹶趄地钻出舱门。他听见福林吼了。他急头横脑地叫道："福林，停船！狗×的，逞能也不看个火候！"福林轻蔑地看一眼神色惶恐的老包头，骂道："×你娘，这会儿害怕了还是人吗？"老包头又吼："你狗×的跳下去堵口子啊！"

"呸！你能堵住？"福林骂。

"哪，咱去喊人吧！"老包头说。

"来不及啦！"

"那也不能冲！俺的船……"

"狗×的，啥时候了还船船的？"

"你别胡整！"

"除非砍下俺脑壳给你垫屁股！"

"你狗×的脊梁生反骨啦？"

福林铆足了劲儿瞪着一双血眼闯坝了。老包头知道他的性子，就哭哭啼啼地说软话儿："福林，俺求求你，不为你我着想，也该想想珍子吧？"福林心尖抖了一下，骂道："临阵躲逃，还他×的有脸见珍子？你怕死抱上轮胎逃吧，没人强求你！"老包头像断了骨的伞又瘪又蔫了，他慌慌张张地抱紧圆鼓鼓的轮胎，咕咕噜噜滚下船去了。老船箭一般向豁口冲去了。

"孬种！"福林轻蔑地骂着。他死盯住豁口，大掌左左右右调动着舵把儿。老船断断续续地发出碎响。福林的牙帮子咬得咯咯响，眉头处胀出一个肉疙瘩。他脑里一片空茫，全身心凝在豁口处。他啥也看不见了,唯有黑洞洞的豁口。"砰"

一声沉闷的巨响，老船不偏不倚地卡在豁口上了。一排一排的浪头子拍击着歪歪转转的老船，黑黑耸出一截的舵楼子被一柱大浪击成木片片。福林耷拉脑袋，血糊糊的胸脯子抵在舵把上。好长时间，他才被浪头拍醒了。他艰难地挪动身子，就瞧见了船两头继续崩坍的海堤，心头一紧。他想喊，却喊不出来，舞着双手搏击着浪头。又过了一刻钟，海堤上涌来了黑压压抢险的人群。由于福林为抢险争取了时间，老船两头的流泥很快被堵上了。人们拖起血糊糊的福林，喊"你小子真是个好样的！"福林撩开紫青的眼皮，呼噜着喉咙说："去去找找……老包头！"人们晃着闪闪跳跳的马灯寻来寻去好长时间，才在泥坝下找到了老包头。老包头一头扎在泥坎子下，随着浪头一掀一掀的。被人们七手八脚地拽上来，才发现他已经死了。

海，依旧狂得没边儿。

五

三天之后，县委办公室收到一份灾情报告：雪莲湾突遭海啸袭击，老河口两侧堤坝冲毁，盐场被淹，经济损失近 50 万元，村庄、碱厂和虾池基本无损……福林成了雪莲湾抗灾的英雄。他一下子出名了，电视台、报纸记者纷纷来采访他。他是个好典型，特别是从大狱里出来的人就更有意义了。那天，福林和珍子操办完老包头的丧礼，就被劳改队劳教科秦科长叫去了。秦科长在劳改队办公室接见了福林。秦科长快近 60 岁的人了，生就一副憨态，赤红赤红的罗汉脸。黑眉下一双细长眼睛闪闪发亮，透出庄重、精明和世故。秦科长原是五支队队长，福林劳改时就在他手下，他对福林蛮好的，让福林当犯人组长。福林驾船堵豁口子的壮举让他格外激动了好几天。

"福林，真有你的！全总队都知道你是俺培养的！可给俺们争了口气！"秦科长拉着福林的手亲亲热热，福林闷闷怔怔地坐着，憨头憨脑地摇头："靠，俺没干啥，不就堵个豁子嘛！这不算啥，碰着了，搁谁谁都会那么做的！"

"苍天有眼，偏偏是你碰上啦！"

"俺又咋啦？"

"意义就大不一样喽！"

秦科长递过一支烟来，说："从今天开始，你福林转运啦！"

福林懵里懵懂地望着秦科长。他还不明白秦科长说的转运是啥意思。但他想起爹常跟他说的话来："你狗×的积了德蓄了善，老天爷不瞎眼，不定啥时辰你就会时来运转发财发人出人头地。"爹望子成龙心切，可俺对不起爹。他想。

"福林，总队准备给你记功！"秦科长说。

福林搔着头皮说："咳，那玩意儿管吗用？"

"住嘴，老毛病又犯了不是？"秦科长板了脸。

福林自知说走了嘴，惶惶站起身，呈立正姿势，像在大狱里一样朝秦科长深深鞠一躬："俺错啦，请您批评。"秦科长眼神里噙着一种慑人的威严，笑笑说："你呀，日后说话做事得掂得出轻重！否则还会栽跟头的！坐下吧……"福林点点头，复又坐下来。秦科长嘴巴掂量着字说："福林哪，总队要树你一个典型，然后还要重用你！从明天起，你要配合劳教科搞一个你接受改造，出狱后勤劳创业，特别是有关这次壮举的思想汇报讲演稿！然后，由你到劳改系统各个支队宣讲，回来另有重用！人往高处走，水往低处流，你小子要是放过这次好机会，日后哭都哭不来呢！"福林僵在那里痴痴不动，细咂细品秦科长的话。"你呀，黑瞎子撞井，熊到底儿啦！说话呀！"秦科长急了，福林支支吾吾地说："秦科长，俺愿意进步！可俺这号人笨嘴拙舌的，怕是……"秦科长亲昵地拍福林的脑袋："怕啥？瓦罐里冒土气！干吧，俺还能给你亏吃？要知道，这么一折腾，你小子的身份地位都换个样儿啦！"福林咧嘴笑了。秦科长拿手揪住福林的耳朵问："福林，踩着乌龟出头，越逼越糟，来句痛快的，干不干？"福林霍地站起身来说："狗×的,两横加一竖，干！"秦科长笑了。福林又问："哎，秦科长，你说日后重用俺，是干啥哩？"秦科长神秘地一笑："这还是个秘密呀……嘿嘿……"福林不再细追，心心思思地走了，但他仿佛终于看到了另外一方天地。

劳改队离老河口仅有五里地。福林搭运盐船回去。他走到河堤的时候，天就黑了。风暴潮退去后，老天就开了脸。他仰看天空黑得干净，四周的景物也很鲜亮。福林心情很好，他双手叉腰在老河口的大堤上默默站了一会儿。暝色悄然四合，海滩苍苍，航道如漠野。不知怎的，老包头的影子在他脑里闪来闪去的。"奶奶的，想那老鬼干啥？"他咕噜了一下喉咙，就欣欣地走下河坡。他竭力用珍子的影子挤掉老包头的鬼影。他哼着歌子，扑扑跌跌到珍子那里来了，他想把好消息告之珍子，也让她高兴高兴。远远地，他就听见珍子屋里晃动着三个人影，而且传出女人狼狼虎虎的咒骂声。福林愣住了。

"大白鹅跟俺说啦！你个浪货，他大伯活着时候，你就偷汉子！"

"你个老母鸡也想叨人？"珍子回嘴。

福林马上听出是石锁妈花轱辘的声音。狗×的花轱辘仰仗着男人庆武是村长，在村里骂起人来又臭又损。她高高大大肥肥胖胖的，抖着一身馊肉，身子扭来扭去，大而圆的腚在裤里满满当当地柔韧着。她晃着大掌叫道："俺大伯留下的家当，都得由石锁继承！"

"俺也有一份儿的，你别张狂！"

"你个贱货，独吞了俺大伯的钱财！你血口喷人，俺大伯是响当当的万元户，全村谁不知道？"花轱辘又骂开了。

"那老鬼，从没跟俺交底儿！"

"你放屁！你个白眼狼戴草帽变不了人儿！"

福林脑袋"轰"地一响，一兜火气在胸里窝着。他隔着窗子看着花轱辘张狂的样子，恨不得扑上去给她两耳刮子。他胸脯子抖了，手握成拳头嘎嘎响了。花轱辘又骂："不交钱，俺就让你们日子过不安稳！"

珍子一肚子委屈，哭了。

"哭啥？屈了你啦？"

"屈啦，就是屈啦！"

花轱辘撇撇嘴巴，说："哼，屈你啦？俺还给你们留面子呢！"

珍子讷讷问："俺们没做过黑心事！"

花轱辘鬼声鬼气地说："小婶，你放明白点。你爱福林，福林也爱你。可有人看见，福林在闯豁口子的时候，故意把俺大伯推下水淹死的！他为了娶你去杀人，屁英雄，杀人犯！俺要告上去，不判他个死刑也弄个无期！你就眼睁睁看他二进宫吧！你就再也得不到他啦！民不举，官不究，只要你们把俺大伯留的钱交出来，福林还当他的英雄，你呢，尽管去做英雄太太……"

珍子捂耳摇头，失张失志地叫："不，不，不……福林不是那样的人！"

福林再也听不下去了。他一阵恶血撞头，想哭想骂想杀人。他疯子一般扑进屋里，黑旋风似的抓住花轱辘的头发，凶猛地恶摇着，像要把她掐折、捏碎："你狗×的说，俺杀人了吗？是老包头自己跳下去的，你再他×胡诌一句，俺灭你全家！"他眼睛红得要滴血了。

花轱辘吓白了脸，身子狂抖不止。

"福林，福林，你不能……"珍子摇着福林。

福林松了手。"俺要告你！"花轱辘披头散发像个夜鬼，拽上吓呆的石锁，灰溜溜地逃了。

福林颓然跌坐在椅子上。他闷着嘴，喉管里咕噜咕噜响着。他很懊恼，老包头死了，本来他可以无忧无虑地娶珍子成家了，谁知又生出意外枝杈。"奶奶的！"他愤愤地咕哝了一句。珍子仰起泪珠点缀的脸，怯着眼神儿说："福林，你别生气，她是啥人你还不知道吗？让她嚼舌头去吧！咱别理她！"福林大声武气地说："狗×的，她坑俺们！"珍子说："你带俺回葫芦岛吧，俺恨不得马上离开这鬼地方！"福林想了想，说："这儿还有一些遗留问题，得处理喽！小池子他们的工钱，你得马上用老船的保险补偿款发给他们！老包头死了，账不能死！咱不能亏待了那帮哥们儿！"珍子点点头。福林又说："珍子，花轱辘是冲钱来的！俺也觉得怪，狗×的老包头把钱放哪儿啦？银行查过了吗？"珍子说："查过了，花轱辘也查了几回了，说没有！"福林叹息一声问："你好好想想。他常在啥地方放东西？那老鬼怕露富，又怕存款让你知道，很有可能装在坛子里埋起来。"珍子说："那老鬼把俺糊弄到这个份儿上！"她一脸悲凄。福林慢慢将心静住，脸色也一点一点润回常色，说："珍子，跟你说，你一定要把钱找到，塞住那泼妇的嘴！要知道，她男人是村长！谣言能杀人呢！"珍子噘起了嘴巴道："你害怕了？"福林不急不躁地说："俺怕过啥？俺是想，俺们就是回葫芦岛，他们也会把谣言造到岛上去！俩地方还没出一个乡呢！俺本来是有前科的，日后有啥脸面见爹娘？再说啦，俺想告诉你个好消息，总队秦科长找过俺啦，让俺当典型，到各队讲讲，回来有重用呢。奶奶的，该转运了！夫贵妻荣，等俺地位变了，谁也不敢小看咱！她花牯辘张狂凭的啥？还不是狗仗人势？俺也要干大事，谁也别想再欺负俺！俺这么做，也是为了你哩！"珍子知道他热心肠，肚里没有多少曲里拐弯的东西。她甜甜软软地说："俺知道你的心思呢！俺巴望你进步！"她的声音极圆润，暖酥酥地往他心里钻。福林心里熨帖了许多，一把将珍子揽在怀里，眼睛里漾着一层迷醉。珍子眼眶里忽地湿了："俺在这儿可就你一个亲人哩！你可不能诓俺。"福林陶醉在某种美好的遐想里，喃喃地说："还要扒出俺福林的心来看吗？俺离不开你，为了你，为了俺们明天的好日子，俺忍辱负重也得混出个人模狗样来！"珍子抿紧嘴巴，样子顽皮且好看。福林说："珍子，你等着俺！"珍子心绪辽阔起来了，她知道他的一切包括他的意志都那么不可抗拒。福林心满意足地望着女人，觉得朝朝暮暮巴望的东西，就像秋果一样挂在树枝上了，伸手随便一摘就实实到手了。然而，不知怎的，他的手重重地抬不起来，怕是还得熬些日子。珍子摘开福林的胳膊，从柜子里拽出一个包裹，展开，一件叠得整整齐齐的蓝色夹克衫，递给福林："往后得穿得像个样子，你在雪莲湾也算个人物哩！"

六

　　福林对镜子里自己的形象还算满意。一身崭新的穿戴，剪理得妥帖的头发也鲜亮了，夹克衫的兜里还别一管钢笔。比原先渔花子打扮强多了，既风光又体面。他来来去去跟随秦科长到全省劳改分队跑了月把光景。走到哪儿都受到热情招待。人们都高看他一眼，与过去仰人鼻息过日子的感觉大不一样了。每当福林面对讲台下一排排的犯人，心里就有些异样，有一种居高临下的自豪感。很厚的人脸一层一层叠着，像动画片里的木偶。他们不说话，只用噼噼啪啪的掌声恭维他。即使他瞪着两眼撒谎，他们也当神敬他。他们都希望风暴潮多来几回，将来也能赏给他们每人一个豁口呢！福林地地道道地品到了做人上人的滋味儿，心里开始弥漫一种复杂的情感了。他说不清那是什么，只是十分自信地觉得自己行了，真的行了。他自己给自己鼓气，他想，他奶奶的老天赏赐给人的机会并不多,碰着了就不能放过去。宣讲的效果十分好,方方面面都很满意。

宣讲完了，秦科长把福林带进总队长的办公室。那里坐着总队和乡里的头头脑脑。在这个烟气腾腾又极庄严的气氛里，双方领导解开了秦科长留给福林的谜。他们让福林去西海湾的犯人村里当村长。这是一个由劳改释放犯自愿组成的新的特殊村子，是司法部门寄予厚望的试点。村长和村民都是犯人。行政上由乡和劳改队共管。一切都是新的，无章可循，所以村长的人选极为重要。村长的官儿虽然不大，但对福林来说也够可以的了。官不是马上就当的，福林是牵头负责人，试用一段考验。福林知道领导们是向着自己，客气几句就答应了。

秦科长又把福林领进自己的办公室说："福林，你是俺推荐上去的，日后犯人村的具体工作也由我代管！别的话，俺啥也不说啦！就嘱咐你一点，你要禁得住考验！不能让俺和信任的领导坐蜡！懂吗？"福林憨头憨脑地点头答应。秦科长拿很复杂的目光在福林脸上纠缠好久，又说："福林，人这一辈子好运不常有，有了就别放过去！我担心一样，现在对你已有说法了。我相信你，了解你，可并不是哪位领导都这样。你一定要好自为之，千万千万！"他的脸相极平淡，表情也平平淡淡，却在平淡中镇住了福林。福林心尖颤了一下子，呐呐问："秦科长，你说对俺有说法指的啥？"秦科长说你自己琢磨吧，就走了。福林心里如"哗"地撒了把扎人的蒺藜。他脑袋"轰"地一响，就想起珍子了。是不是花轱辘那套说辞神神鬼鬼地张扬出来了呢？狗×的，他骂，再也放不下心来，隐隐地生出一股惧怕。他怔了一会儿，就风风火火地走出劳改总队大楼。天色灰乌乌的，就要黑了脸相。福林搭上运盐船回到老河口时，天景儿就焦黑如炭了。他糊里糊涂地登上了拦潮大坝。大坝黑蟒似的弯弯曲曲往暗处钻去，湿润的海风吹来吹去，坝下荡着十分狂烈的潮音。不远处有模糊的帆影和跳跳闪闪的渔火，嗨唷嗨唷拢滩的号子相撞又跌落海里。一群落在坝上的海鸟被福林"咚咚"的脚步声惊扰，纷乱地拍打着翅膀钻进夜空。福林忽然有种去看一看"豁口"的想法，就朝那边走去了。远远地福林忽然瞧见他闯豁口的地方晃动着两高一矮的人影。三个人鼓捣着什么，就跪在堤坝上了。一蓬火纸被点燃，火苗子一明一暗地往上蹿，映得大堤恍恍惚惚。女人家嘤嘤嗡嗡的哭泣夹杂唠唠叨叨的数落就像一架木制纺车不停地摇动。福林紧走几步，近一些他才看清是珍子、花轱辘和石锁在为老包头烧火纸呢。冥冥暮色悄然笼罩着十里长堤,女人的哭声使福林浑身起鸡皮疙瘩。福林猛然想起他们是为老包头过"七天"呢。雪莲湾的人死了七天都要家人烧火纸哭一番。福林觉得花轱辘哭相挺好笑,就不动声色地躲在暗处瞧着。珍子的脸被火映红,脸上没挤出一滴泪,只是装装样子。花轱辘却哭得豪情满怀:"他大伯呀你死得好冤呀!你的钱呀都啊啊啊叫那不要脸的勾搭野汉子呀呀呀吃了独食啊啊啊你哩去了阎罗殿待在阴曹地府里也要追他们的魂啊啊啊……"尽管她故意咬字吐词含混不清,福林还是听出来了。骚货,还在为钱咬仗呢!他心里骂。石锁跪在堤上觉得挺好玩,没哭,而戏耍似的拿一树棍在火纸堆里拨拨挑挑。花轱辘狠狠拍了一下他的天灵盖骂道:"没心肝的,哭哇!哭你爹,你爹他……"石锁哇的一声被拍哭了。珍子知道花轱辘是骂给她听的,她就把哭声弄响一些。过了一会儿,火纸烧光了,留下一片寂黑。他们三个都站起来下了大堤走了。福林看见见珍子的身影一点一点远去,他总想喊她,几次努力,又都缩回去了。福林瓮一样蹲在大堤上朝珍子他们走过的小路张望了很久。他在心里等待她又在行动上抗拒她。他不晓得是啥玩意儿在作祟,莫名生出惧怕来。老包头在的时候他啥也没怕过,他死了反倒怕起来。他想把握自己,把握爱情,又把握不住了。人世原来就是一个永远猜不透的谜,猜透了也就寡味了。他摆出一副半痴半癫的样子在"豁口"的地方来回溜达。豁口改变了他的地位和命运。有了地位,人立时就变得体面了。日子就是这般熬人,许多事,不喜欢,反感,违心,怕,还得应付下去,多年媳妇熬成婆。他心里又觉得挺宽慰。秦科长好,珍子好,甚至连整日黑森森的豁口子也是好的了。过了好长时间,福林站起身走了,他的脚步声在亘古不变的大海滩扑扑地响着。他来到自己住的小泥铺时,老河口的船已铺铺排排地挤满了。自从老包头死后老船被毁,他就住在蹲锚眼儿用的小泥铺里。他的被褥都在豁口里泡潟了,现在用的都是珍子新做的。福林撞开泥铺的门,一头栽进黑洞洞的屋子里,没去点蟹灯,而是斜着身子躺在被垛上想事情。他忘记了很多不该忘记的事情,又忆起了许多不该想起的事情。他不知道自己走到人生哪一站了。他独自躺着,一支一支抽闷烟,脑子里有个十分清醒的声音敲击着:"福林,你狗×的发财发人的机会来啦!出人头地,反败为胜!珍子,俺福林要让你体面,日后再也不会在狗×的花轱辘面前低三下四!"他想。明天日子的美好灿烂着，令他战战兢兢。福林创业的壮举也便从这小泥屋开始。他起了身，他要告诉珍子他明天就去犯人村安营扎寨。忽然，他听见外面喊喊喳喳的关于他的议论，他站住了，心又提到喉结处。

"这泥铺谁住呢？"

"福林那狗×的！"

"俺可听说那小子早就跟老包头家有勾搭！"

"可不，你看没几天就该结婚喽！"

"老包头真会腾地方呀！"

"腾地方？你懂个蛋！"

"咋着？"

"哼，福林那小子一箭双雕啦！"

"你是说……"

"快别说啦，咱跟着瞎掺和啥？"

"福林不是那样的人吧？"

"哼，劳改队出来的家伙有啥准儿！"

福林不断听到糟蹋自己的话，很恼怒，身子抖抖的，一瞬间心里有恶物泛起。他想冲出去将那些胡诌嘴的家伙纷纷打趴在地。可一想起秦科长的嘱咐，又很泄气地塌了身架儿。小不忍则乱大谋呢。他想，又慢慢将心静住。既然人们嘴里像塞了干屎橛子又臭又硬，着急是没有用的，得想招儿呢。他想了想，就大摇大摆地走出了泥铺子，横在了满嘴扯闲篇的渔人面前。渔人见泥铺黑着以为没人的，谁知冷不丁钻出了福林，都吓哆嗦了。福林笑模笑样地说："老少爷们刚拢船啊？"人们唏嘘着点头："忙啥呢，福林？"福林说："嗨，拾掇拾掇走人啦！树倒猢狲散嘛！"人们问："去哪儿？"福林说："去犯人村接受改造！老包头和珍子那骚货算是把俺坑苦啦！"大伙都愣了。跟着就有人问："到底咋啦？"福林叹一声道："俺弄了个天上扭秧歌空欢喜！老包头那老鬼为了让俺给他卖命，用珍子逗俺诱俺。珍子那娘儿们也够狠的，连工钱都不给俺！天下最毒不过妇人心哩！"人们十二分地窘迫，愣着问："这都是真的？"福林眨眨眼说："那还有假？听了那些乌七八糟的混账话俺急都不急，气都不生。

那都没影儿的，唉，个人知道个人吧！"人们吸溜着鼻子半信半疑地走了。福林头一回撒谎说违心话，脸上发烧，仿佛是掉进一眼古井里气闷心慌。他再扭头望一眼被自己骗过的村人的背影，很得意地乐了。他变得狡猾了，学会了掩饰自己。空气中浮动着一种咸腥的沤馊味儿。雾落下来了，落得很慢，但是他鼠灰色的衣服很快被海雾打湿了。他又想珍子了，想起女人身上的万般好处，心便乱了。他又仿佛看见了她搂定了日月的甜美。可眼前的一切又都被雾隔去了，如一世那般久远。在夜深人静的时候，福林偷偷转到珍子的窗前，怅怅地、眷眷地凝视着她晃来晃去的倩影，很沉地叹了口气……

守候了很久，他才回去睡了。

七

第二天早上，福林背上简简单单的行李卷儿登上了运盐船。他没跟珍子搭上话，就不辞而别了。他怕珍子掩饰不住，就干脆让她先糊涂着好了，等他站稳脚跟，就堂堂皇皇气气派派接她走，让她惊讶让她笑。福林到了劳改总队，由秦科长领着去乡里报到之后，就与秦科长去西海滩的犯人村了。

西海滩是雪莲湾最荒凉的一片洼地塌子，一片滩涂连着一片苇泊。几年前一些从劳改队出来的刑满释放犯不愿回家，偷偷摸摸委在这里混日子。渐渐地，人越聚越多，他们开发滩涂，养鱼养虾，造船，出海，晒盐……形成规模了。乡政府派人赶不走他们，干脆顺坡下驴，与劳改队共建犯人村。原来的村长不是犯人，上级搞试点，急需一个蹲过大狱的人当村长。福林歪打正着，糊里糊涂地走马上任了。秦科长张张罗罗召集了村民跟福林见面，望着村民，福林很潇洒地讲了一通。村民当着秦科长的面没敢闹屁，秦科长一走，那群歪腔葫芦邪路种就把福林围了。大海滩上的空气立时变得紧张了。福林早有思想准备，虽然他与他们不是同一劳改支队出来的，但犯人的鬼脾性他是清楚的。他们仇恨人，尤其是他们的头儿。福林摆出一副满不在乎嬉皮笑脸力大无穷的赖样子看着他们。人们闹闹喳喳吼开了："你狗×的只会堵豁口子，堵了大坝又堵娘儿们的，有啥本事当俺们的头儿？"福林忍着没动声色。又有个光葫芦头晃动着嘎嘎作响的拳头叫:"你小子降住俺的拳头,俺日后给你当孙子都行,降不住,就卷铺盖滚人!"村民们闹闹嚷嚷地哄着:"对,大头说得好!"福林顿觉身子在哄闹声里丢了分量。他有些懊恼,吼了声:"狗×的,俺让你清醒清醒。"他的声音很重,在大海滩上粗野沉闷地滚动,他伸出一只脚,避开"葫芦头"的拳头,轻轻一勾,就将"葫芦头"勾倒了,四仰八叉地跌在海滩的黑泥里。人们哄地笑了。"不算完!不算完!""葫芦头"爬起来胡噜胡噜身上的泥水叫着朝福林逼来。福林拽下夹克衫扔在船舷上迎去。"葫芦头"哼哼着,鼻子一抽一抽,把腰杀得很低,黑炭棒一样的手臂弄出嘎巴嘎巴的脆响,闷闷的一声钝吼,风一般朝福林撞去了。福林一闪没躲开,两坨肉撞出肉质的暗响,两个人就一同滚倒在滩上了。他俩扭打成一团,骨碌碌在滩上滚来滚去的。福林的脑袋被泥水糊住,怪怪异异的像个泥鬼。"葫芦头,加油!"村民们喊。"葫芦头"很冷静,脸红脖子粗地拧住福林的胳膊,腾出一个拳头捣着福林的脑袋,边捣边骂:"狗×的,怕了吧?犯人村的头不是好当的!"福林顿觉头昏眼花,脑壳嗡嗡响,痛出儿滴酸泪来了。"葫芦头"就势骑到福林身上去了,吸溜着鼻子,大拳头舞得狠虎。福林憋足一口气,吼了声:"狗×的,该让你败败火啦!"说着一蹬大腿,就将"葫芦头"顶起来。"葫芦头""嗷嗷"叫着扑蹬着四肢重重地摔在不远处的蛤蜊皮子堆上。福林一弹腿跳了起来,嘿嘿地笑了:"刚才,俺是让着你呢。""葫芦头"惶惶的,像头倦驴似的叫唤了一声:"狗×的,俺不服你!"他挣扎着爬起来。福林说:"不服好说,咱们从头来。"他胡噜了几下泥泥水水的脑袋,摇摇晃晃奔过去,又一勾腿将"葫芦头"扳倒。他又弯腰抄起"葫芦头"的一条短腿掀一下,"葫芦头"就一弯一弯地在空中画弧。末了,"葫芦头"几乎被掀成一团软泥瘫在那里喘息。福林问:"好汉,服不服?""葫芦头"呼噜着喉咙说:"狗×的,俺服啦!俺认你当头儿。"福林就喜兴得扭歪了脸相,晃着拳头嚷道:"哪个还不服?"这时围观的人群里挤出几条虎虎生生的汉子齐声说:"俺们不服!"福林闷雷似的吼一声:"吃人饭不屙人屎的混犊子,不服的一块儿上,俺奉陪到底!"几个汉子见福林张狂,就呼啦啦围住福林。福林咽了干涩的唾沫,吸进一口长气,就有一股蛮力拱出来,在他骨子里胡乱钻动。涌上来的几条汉子都像太平斧砍桅杆似的被福林击倒,躺在地上哇哇叫唤。"狗×的,是条汉子!"村民们叫道。"葫芦头"爬起来,拉住福林的胳膊:"走,俺们给你造屋!"福林捋了一下他的葫芦头笑了:"你叫啥?哪个支队出来的?""葫芦头"笑道:"俺叫赵大全,五支队的。"福林说:"往后咱们猛劲儿干,奔前程,不能让别人看笑话!"村民们齐声应着。大海滩第一回欢声雷动了。福林十分自信了,他心里搁不住地念叨着:"是骡子是马拉出来遛遛,出水才看两脚泥呢!"果然给福林说着了,出海、养虾、晒盐宗宗件件的活路,福林样样拿得起,而且一竿子插个漂亮。村民们服了,就像当时老包头船上的伙计们一样都高看他一眼。在犯人村,他地地道道站稳了脚跟,就看领导咋看了。上边的任命书一下来,他就盖房子娶亲,闲下来的时候,福林就想珍子了。她在干啥呢?老包头的钱罐子找到了吗?她睡了会梦见俺吗?醒着,会想着俺吗?他一想起珍子,就觉得苦乏的日子真好。隔三岔五就有人问他:"福林,听说你有相好的啦?"福林惊跳起来,瞪眼叫道:"没有,没有!谁说的?谁说的?"他愤怒得像蒙受了奇耻大辱。问话的村人说:"听说是个挺漂亮的南方娘儿们呢!叫珍子……"福林的脸顿时黑下来,像跟谁拼命似的说:"都是造谣,珍子是老包头玩剩下的货,俺能拾他的破烂货?"问话人惺惺惴惴的,连连摇头,"哦,原来是这样的!那就当俺没说……"福林抓住问话人的手说;"在村里你要再听人胡咧咧,就给俺平平这个谣!俺要当村长,当村长,懂吗?"问话人连连点头,那人走了,福林就找个没人的地方蹲一会儿,平顺一下鼓鼓涌涌的心。"珍子,你原谅俺吧,都是为了明天咱们的好日子,俺才遭这个难的!"福林默默地很伤感。他想哭,觉得窝囊,还是忍住了。他很费力地站起来,觉得脑袋空得慌。他拖着一条沉沉的影子走回了犯人村……

八

福林和"葫芦头"住在村委会。每天晚上,他俩喝酒时就胡吹海侃地瞎扯一通解闷子。"葫芦头"有讲古论今的好口才。福林聊着脚气就犯了,大咧咧地跷起二郎腿,哧啦哧啦地拿手指搓脚趾缝里的黑泥,泥片片从脚趾缝里唰唰落下。"葫芦头",看着福林的样子就好笑,他就想起每天夜里听见福林喊"珍子"的梦话。他精鬼地问福林:"哎,俺问你个事儿。"福林满不在乎的样子:"有啥事儿?""葫芦头"的眼睛灵活地转了转说:"你天天夜里喊一个人的名字。"福林心头猝然一激灵:"狗×的,俺喊谁啦?""葫芦头"说:"你喊珍子啦。"福林语无伦次,惶惶地说:"不,不,这可不能!""葫芦头"仿佛看出他的心思,就说:"你不承认也就罢了,俺给你提个亲吧!"福林觉得一切都跟梦里一样,有一搭无一搭地说:"你提谁,谁能看上咱?""葫芦头"颠儿颠儿地凑过来,说:"你混到这份儿上,也够棒的!俺妹妹心灵手巧模样好,就给你当媳妇,咋样?"福林慌得连连摆手。"葫芦头"乐了。天黑不久,他们就睡了。福林夜里做了一串一串的噩梦——不知怎的,轰隆隆海潮将大坝冲出一个豁口。豁口子没有人去堵,一浪高过一浪的海水哇哇吼叫着冲下来,卷走了房屋,卷走了船帆,也卷走了珍子。珍子在黑漩涡里沉沉浮浮。她没有哀号,没有凄怆,在没顶的一刹那间探了一下头,留下对人世无尽的依恋。福林字正腔圆失魂落魄地吼着:"珍子,你不能死啊!"喊声撕碎了小屋的宁静,福林喊叫的同时,"砰"一声滚到地上,两只手抓挠着自己的胸窝,喉咙里撕搅着高烧时才有的晕晕乎乎的呻吟:"珍子,珍子……"葫芦头被喊醒了,福林也被自己喊醒了。福林像头倦驴似的爬起来,极不自然地咧嘴笑笑,笑得很难看:"俺真没用,又做梦啦!""葫芦头"故意哄他:"没事儿,睡吧,俺啥也没听见!"他说着又倒头大睡了。福林像是提防什么似的回想梦里的事,再也不敢睡了,发酵出的是惧怕、痛苦和无休无止的忧伤。他迷迷瞪瞪地仰望天上的星星,就想起牛郎织女的故事来了。他不禁为他和珍子的事伤感。他问心无愧还竟然提心吊胆吞吞吐吐自惭形秽窝窝囊囊地过日子,他委实理不清人世的玄奥。"奶奶的,竟要这般活!"他睡不着,干脆钻出屋子,独自走在暗夜里。他真有点抓拿不住自己了,他感到有一副重轭,沉重地扣在他的肩上了,使他觉得很累很累。他不知不觉走到海滩上来了。春天,闹灾的春天就要逝去了。福林走在海滩上已经感到初夏的温热了。湿漉漉的海风扑打着他的眼睛。他走到一座小泥屋前站定了,小泥屋就像堆灰不溜秋的蛤蜊皮子,风声在屋檐下呼哨。他无聊地嘬嘬牙花子,很沮丧地坐在屋檐下一块满是节疤的木墩上。他脸色发青,木然地结了一层灰气。他愣是呆傻了似的靠着墙根儿默默无语地朝老河口的方向张望了很久很久……

有一天小池子来找福林。福林正在虾池里干活。问："小池子，有事？"小池子说："是她派俺来找你的！"福林心里一哆嗦，就上来把小池子拽到一个僻静处。小池子急赤白脸地说："福林，你个没良心的负心汉！出来这多天，也不回去看看珍子。她好苦哇！"福林说："你懂得个屁，俺不回去自有理由。"小池子噘起嘴巴说："啥理由？还不是当官看不起她啦！开弓不放箭，诓人！"福林拍了一下小池子的脑袋，骂道："狗×的，回去，偷偷告诉珍子，等着俺，那纸批文下来，俺不娶她就是小姨子养的！"小池子说："等啥？这会儿把她接来就行啦！免得花轱辘给她气受！"福林气呼呼地说："这会儿接她，就他奶奶的鸡飞蛋打！花轱辘告到乡里啦！全雪莲湾人都在议论这件事！俺跳进黄河洗不清呀！"小池子说："你做亏心事啦？"福林说："生就的眉毛长就的相，横竖一个大老爷们能干杀人吞财的事？"小池子说："那你怕啥？"福林说："怕在犯人村站不住脚，怕丢了这张脸面！人要脸树要皮呀。"小池子说："哼，人要脸误人，你要多想想珍子，她是个好女人。爱上你，是你狗×的福气！"

"俺早想好啦。"

"你真是疯啦。"

"没有。"

"疯啦！"

"狗×的！"

"你变啦！"

"咋变啦？！"

"变得不是过去闯海的好汉福林啦！"

"去你的！"

小池子被福林骂走了。福林心里难受，欲说不能，就觉心火上攻。一提珍子，他就觉得自己一下子被劈成了两个人。他长嘘一口气，胸中涌起很深的落寞和空凉。有些日子，福林眼神虚虚的，整日无精打采的。他这路汉子素来是穿大鞋放响屁，怎的做起蝇营狗苟的事来了？他强悍的样子像被什么东西吸去精气，只剩下空空的壳和抖抖的魂。他几次努力将昔日的亢奋和热情重新营造起来，终不能够。那天，秦科长和乡里的司法助理来村里指导工作，秦科长看出福林有些异样，就拿目光仔仔细细地研究他的脸，似乎在寻找什么。福林有些慌，被看得心里阵阵发空。秦科长问："福林，是不是身体不舒服？"福林摇摇头。"是有啥心理负担？有啥想法就讲出来，闷在肚里会生病的！"福林的目光与秦科长的目光碰了一下，又陡地滑开了。他能说啥呢？说要娶珍子？那不是给秦科长添乱吗？那时谁愿意坐这根大蜡？秦科长说："领导们对你的工作十分满意！别因花轱辘告你，就想不开！你的正直，你的坦荡，领导心里有数！"福林诚惶诚恐地说："谢谢领导！"

他心里有了一些沉重的快意。劳心伤神的日子总算没白熬。等上上下下对他福林都了解了，即使娶了珍子也会好的。他想，重重的一块心病，随着一天一天熬日月，就坠坠地压心，活活糟蹋了一条硬汉。"狗×的，老包头！你死了还不让俺们安生！"福林心里骂，他竟把一切又推到老包头身上了。他陪着秦科长他们到盐场考察工作，在村口竟碰上了珍子。远远地，他就看见她了。珍子，珍子啊，她怎么来啦？福林的心乱了，走路的脚步极为仓皇。他仅瞟一眼珍子就记住她的样子了。她怎么变得这般狼狈？她的头发凌乱，惨白的脸瘦瘦的呈着菜色。她好像哭过，弄糟的眼影和熊猫一样黑了两个大圆圈，纤弱的腰肢一摇一摆地朝福林走来。珍子远远地喊："福林，福林——"福林朝珍子使眼色装没听见。秦科长也认识珍子，就收住脚捅福林："哎，老包头家的喊你哪！"福林小声骂："骚货，不理他！"他说话时，珍子已喘喘地堵在福林前面了。珍子不马上说话，而是一眼一眼地看福林。福林脸色变青了，出窍的游魂就被这不和谐的沉默驱到别的地方去了。珍子终于委屈地哭了，扑向福林："福林，俺等不了啦！俺好想你哟！俺们没做亏心事，不怕鬼叫门！俺不稀罕什么村长了，俺只要你！"秦科长在一旁愣住了。福林见秦科长脸上表情了，像是失去什么似的狂躁起来："你滚，你个骚货！老鬼活着的时候你勾搭俺。他死了，你还缠磨俺！俺……"他轻轻一抡，就将珍子推倒了。珍子像被雷击一样呆了片刻，就跌倒在地，咕咕噜噜滚出老远。她"嗷"地叫了一声。福林晃了几晃，险些栽倒，额头冒起汗球子。秦科长说："福林，你怎能这样？"他就奔过去扶起珍子说："老包头家，你不要自讨没趣啦，不要影响福林的进步！你和花轱辘成天跟他过不去，又何必呢？回去吧！"站在一边的司法助理说:"你再胡搅蛮缠,俺给你捆起来!"珍子嘴角的血像小红蛇一样爬出来,她疯了似的骂:"福林,你不是人!"然后眼一黑,轰轰然旋转着搅乱倾斜的一片蓝天很沉重地扑倒下来。福林派两个村民将珍子送走之后,就躲进屋里野兽般地哭了。他好久好久没有这样哭过了。夜里等"葫芦头"睡熟了,他便悄悄爬起来,骑上一辆摩托去了老河口。他蹲在珍子的窗根下,弓着脊背赎罪似的背那苍穹。他不敢进去,他知道有个姑娘跟珍子做伴儿,他怕见人,怕露马脚。他心里念叨着眼就亮了,仿佛半生半世的荣光俱到眼底来了。他沉入一个久久不醒的老梦里去了。他像头瘟头瘟脑的老牛,游游荡荡一夜,天亮方倦倦而归。

九

日子久了,山也会塌的。半月之后,正式任命福林为犯人村村长的一纸批文终于下来了。小小犯人村都沸腾了。村民们喜欢福林。福林得到喜讯时,正在盐场里干活。他欢欢乐乐地朝村委会跑去了,他要亲眼看一看批文,瞅一眼心里就能落个踏实。福林抓住批文反反复复看了很多遍,竟"嗬嗬"地发出不知是哭还是笑的怪声。"狗×的,花轱辘,俺×你娘!俺也是村长啦,珍子跟你也肩高肩平啦!哈哈哈……"福林吼着,浑身筋骨胀胀的,自己都能听见骨节膨胀的嘎巴声。他拽起一瓶子酒,仰脖咕噜咕噜灌了一阵儿,脸上就放出红通通的豪光来了。他把"葫芦头"叫来,大模大样地说:"去,操持给俺盖房子吧!俺要结婚啦!""葫芦头"笑了嘴,精精明明地说:"俺知道你跟谁结婚。"福林笑道:"知道更好,没必要再藏藏掖掖的啦!""葫芦头"笑着溜了。村里的一切安排妥当,福林去劳改队找秦科长了。秦科长说:"好好干吧!犯人村有好前景哩!"福林说:"秦科长,俺有件事跟你说说。"秦科长说:"说嘛,干吗吞吞吐吐的?"福林又吭哧吭哧挠头皮了,闷了半天才说:"俺请你喝喜酒!"秦科长瞪大一双眼:"你要结婚啦?"

"嗯,结婚!"

"新娘是谁呀?"

"珍子。"

"啊？老包头家？"秦科长火了，"你是跟领导摆迷魂阵咋的？告诉你，你真要跟珍子结婚，花轱辘的咒语可就应验啦！领导还会重新审查你的！"福林一本正经地说："俺没做亏心事，都是花轱辘胡诌的！"秦科长说："俺知道，俺信任你！可俺顶不过社会舆论哪！"福林心一下子凉了，胸口窝里像有一团东西死死压着："那，你说咋办？"秦科长说："天下女人多的是，凭你福林在雪莲湾搞不到对象？"福林连连摇头："不，不，俺不能没有珍子，俺答应过她的！求求您，给俺做主吧！"福林"扑通"一声给秦科长跪下了。秦科长惶惶惑惑地扶起福林："好吧，俺给你兜着，不过这件事先跟头头沟通一下。"福林说："求求您啦，成全俺们吧！"秦科长点点头。福林乐了。福林走出劳改队大楼，天已经黑了，他走在河堤上心情好极了。他将觑成一线的目光探出去，眼前是纯粹的黛蓝。他在雾气里走着，胸膛里涌出一种思恋的焦躁，浑身热血沸腾了。他想极坦荡极快活地吼一嗓子渔歌子。他张了几张嘴巴却吼不出词来，憋得眼里涌出泪来。他定定神儿，不由自主地吼了一通"噢嘿噢嘿"拢船号子。老河颤抖了，他的吼声就像一个涌动着顽强生命力的怪物发出的悠长恢宏的钝吼，传得远远的。他走着，好像看见珍子的笑脸了，她哧哧笑，脸蛋成柔柔情情的月亮。他试想着当把喜讯告诉她时她高兴的样子，她也不会抱怨他了。谁说啥事都是天撮地合的？不，事在人为。俺福林也会使心眼也会算计人了。不算计能立足吗？他想，很得意地笑了。又快到那个"黑豁口"了，福林脑里闪了一下闯滩的情景。四野一片灰黑，他嗅到了一股很浓郁的海腥气。风又将海腥气和他粗重的喘息声一同吹向旷野。他在苍灰的天地间走得消消停停，并不显得孤独。有珍子给他做伴呢。有心爱的女人相伴走多长的夜路也不会累。他嘬起嘴巴，又快乐地吹起口哨来，悠悠扬扬的口哨声在飘动的小风中如一根一根游丝飘荡。老河口也好似宽阔了许多，水声一甩一甩，在两岸翻卷着。福林一路走得风快，不多时辰就看见老河口了。老河口上浮着大大小小的蟹灯，明明暗暗闪闪跳跳一片红火。他又看见跟珍子约会的小酒铺了，不由得心里一热。福林脚步快捷起来，不长时间就怀揣着厚望站在珍子的屋前了。他很沉静地站着喊道：

"珍子，珍子——"

屋里黄乎乎的灯影有些虚幻。没人吱声，又叫了老半天也没见珍子出来，他心一沉。再喊，蹦出石锁来。福林问石锁："你婶娘呢？"石锁歪歪一头扑进福林怀里，"哇"一声哭了。福林浑身打了个哆嗦，使劲地摇着石锁："咋啦？她咋啦？"石锁抽抽噎噎地说："婶娘？她跳海啦！"福林当下腿一软，立时塌了身架，深黑的眼眶子一抖，稠稠淌下泪来。他蒙了片刻，就像一头怪兽，嘶吼着，跌跌撞撞地奔向海堤……

夜深的时候，小池子将福林拖回来。

小池子悲悲怆怆地向他诉说一切……

那天珍子从犯人村回来，就病了。福林哪里知道她怀孕了，她肚里有了福林的根脉，不几天她就流产了。小池子招呼着将她抬到乡医院的时候人都昏死过去了。医生将她抢救过来，她嘴角垂下一滴血，像吊着一滴残忍的记忆，她只是清醒地说了一句话："俺的天神哩！村里村外谁都骂俺，戳俺脊梁骨。俺不怕，可俺没承想，那么多作践俺的话，竟是打福林嘴里传出来的！万般都是命哟……"然后，她就狠狠哭出一摊泪水。泪流干了，她再也不吃不喝不说话了。一个飘着小雨的暗夜，珍子偷偷溜出医院，悄然登上了拦潮大坝。她就在福林堵住的"豁口"处站住了。她抬起苍白的脸，愣怔怔地凝望着给福林带来荣光又给她带来灾难的豁口子，眼底生出恨来。她爱这个世界却恨这个豁口，此刻支撑她心灵大坝的支柱断裂、崩塌了。她忽然像泼妇一样跌坐下来，身子慢慢蜷下去，喉咙口挤出一串短促的呜咽。她忽然拿双手疯了一般挖着泥土，一下、两下、三下……直到十个手指露出血糊糊的骨头来，大坝依然不可一世地屹立着，像一条黑蟒。"豁口"再也不会在她面前出现。她绝望了。她一闭眼，滚下了大坝，融入大海。她被捞海带的渔人救了，再次将她送回医院。遗憾的是，她的情感、她的血肉、她的爱恋以及她的体温都葬进"豁口"里了，捞上来的，再也不是敢爱敢恨美丽迷人的少妇珍子。她被"豁口"吸去了精气，仅留下一个空空的壳儿。她坐在医院的床上，脸色苍白，目光呆滞，浑身浮在空洞轻泛的世界里，她的意志、她的女人的一切，皆失了斤两。她像个坐化的尼僧。

"珍子……"

福林"扑通"一声跪在她面前。

她一声不响地冷冷看他一眼。

"珍子,俺是福林,接你来啦!"

她的心思好像跟这里不搭界,脸上没有任何表情。医生对她说:"你看哪,谁来啦?"珍子忽然举动古怪地抱起脑袋,疯疯癫癫地喃喃着:"俺要福林,俺要孩子……俺要福林,俺要孩子……"

"珍子,俺就是福林!"

"不,你不是福林,你是鬼!"

"俺是福林!"

"你是鬼!"

福林扑过去,紧紧地抱住珍子,哭了。

"鬼,鬼,鬼……"珍子一把推开他。福林虎虎壮壮的身子竟然很轻地被推开,慢慢蜷蹲下去。完了完了啥都完了。他将满是泪水的脸埋在阔大的巴掌里,埋在往事的记忆里。昔日的一切美好,都被"豁口"葬掉了。他忽然抱起脑袋狂狂地叫着,直挺挺地仰望苍天。渐渐地裂开的豁口里有一束鲜花开开败败,败败开开。"珍子……"福林凄厉的长鸣将这辉煌的景致拖延了很久,很久。福林以后再也没有见到过这种景象……

之后,福林病倒七天。

十

海又是闹灾的样子。老天阴沉沉的,爽人的光亮黏糊糊地滑进看不清爽的地方去了。福林抬起酸乏的手臂抹了一下脑门的汗珠子,身体就一点一点发软。他眼一黑,身子晃了几晃。"奶奶的!"他骂自己。"葫芦头"凑上来将他扶到一旁坐下。筑坝的工地上又热热闹闹了。"村长,你指挥吧,俺们保证赶在风暴到来之前干完!""葫芦头"说。福林慌口慌心地点点头。人不能这么简简单单地完蛋,尽管活着不易,俺已经没有退路了,俺一定要治好珍子的病。她会好起来的,他想。几天折腾,福林又在秦科长的劝说下回村了。天气预报说这几天来风暴潮,西海滩急需筑坝了,犯人村的财产不能泡汤。亮泽缩去,大海滩黑得麻眼了。风车轮子吱呀吱呀叫，潮水也哗哗啦啦浅唱不止。高高耸起的拦潮大坝吃水不浅。眼见着大坝立起来了，福林松了口气。他有点心灰意懒。

"大哥，回村休息吧！""葫芦头"说。

"完活了？"福林问。

"完工啦，没事啦，就剩打桩！"

福林呆呆地站起来。他在坝顶上响起空洞沉闷打桩声音的时候，心里就空落落难受了。渔火燃起来了，满天都闪闪耀耀地颤动了。光亮将福林身影缩成棒似的一截儿，如扔在地上的一条不成形的麻袋。又下雾了。福林和"葫芦头"朝村里走着，雾越来越浓，夜天沉沉茫茫的，不时响起雷声。雷声不很响亮，却是滚动的，一阵复一阵，久久不息。福林狠狠地朝暗处吐出一口痰：

"狗×的，风暴不会过夜啦！"

果然给福林说着了，他对灾难的预感总是很准的。夜半，福林和"葫芦头"正睡着，就听见几声脆生生的响雷，跟着就起贼风了。闪电刺得福林睁不开眼睛，懵里懵懂地吼一句："发天啦！快起来。"他穿着大裤衩子一蹦一蹦地跳到外屋，拧开扩音器向全村报警："都他娘起来，发天啦！"喊完，福林就拽酒瓶子咕嘟咕嘟灌一阵儿。喝完就与"葫芦头"跑出来了。天黑得怕人，风贼硬贼硬，卷起村巷里的杂七杂八在空中扬着。惊惊惶惶的鸥鸟叫着像没头苍蝇似的在夜空里钻来钻去。破破碎碎的声音响起一世界。福林仿佛成了村民们的主心骨儿，他们在惊慌的奔跑中不由自主地向福林靠拢，他们簇拥着福林呼啦啦潮水似的往新筑起的拦潮大坝奔去。福林站在一坨肉赘似的泥岬上，指挥着人们装草袋子。福林望一眼疯狂嚣叫的浪头子，不由得打了一个寒噤，像是屁股缝长草，有些慌，目光也就浊了。他顿觉脑袋瓜一阵酥麻。"狗×的，真没用！"他十分泄气地骂着自己。大浪掀出重浊的闹响，在十足的癫狂里嘲弄着他的狼狈。他自己也不知道昔日一条有肝有胆有气度的海汉子见到大浪会发虚。他又从"葫芦头"腰里拽过酒瓶子，灌一阵儿壮壮胆儿。风愈加大了，浪头子像房子那么高。水里分明像有股巨大的魔力狂暴地大施淫威。高高低低的浪头如无数攻城的武士朝拦潮大坝扑来了。福林听见了嘎嘎的木桩的断裂声，他惊骇得张大了嘴巴。"哗"一浪，就有苦涩的海水灌进他的喉咙，阵阵满含咸腥的浪沫子溅到他的头上。他彷徨四顾，吼了一声："上，狗×的！不能出豁子！"

人们纷纷将草袋子扛上坝顶。

狂风又将他们一个一个卷下来。福林心乱了，大坝降着全村人的福分。他再也不愿看见黑豁口了。他死盯着大坝，大坝在狂浪里一拱一拱地摇了。"狗×的，备船！"他吼。村人们哼哼哧哧将一条老船从泥岬后面的浅泓里推出来。在福林的印象里，大坝出了豁子，最好拿船堵。"轰"一声响，大坝的一截儿不可逆转地崩塌了。声音很响，如旱天雷在大海滩上沉沉闷闷地滚动，铺天盖地滚至远远的。之后，上蹿下跳的海水就龇牙咧嘴地冲下来了。人们束手无策地呆愣在那里。福林腿一软，心一颤，强作镇定地吼了句："狗×的，俺去闯坝！来人，推船！"说着，他跳到船上，钻进舵楼里了。"葫芦头"也跳上去："大哥，俺给你扯帆！"福林吼："×你娘，给俺下去！""葫芦头"倔倔地不应声，双手抱紧了摇摇摆摆的松桅。老船打着斜线冲进浪里，颤着碎响，一颠一颠地朝豁口子冲去了。久违了，福林又看见豁口了。他的目光咬着豁口，握舵把的手像得了鸡爪疯一样胡抖了。往事如烟般散去又如潮涌来。他心乱如麻，莫名地生出一股惧怕来。豁口如一张虎口嘲弄着他。他驾船的精气被什么吸走了，脑袋一阵阵麻胀，再看啥东西都是黑洞洞一片了。他感到从没有像今天这样脆弱，无所依附，鬼在跟他摆迷魂阵呢。老船就要挨近豁口子了。"大哥……""葫芦头"一手拽帆一边狂吼。由于福林心虚，风暴潮的惯性力，将老船变成没有灵性的棺椁，头重脚轻，东倒西歪。"轰"一声响，老船在没有接近豁口处撞坝，船被击碎，木板、绳头和帆片漫天弥散。"葫芦头"和福林都被甩进大浪里了。福林身子被豁口一侧迅猛的水流卷进了豁口里，他的脑袋一探一探，很快就被凶凶的浪头子卷走了。不知为啥，豁口子这回愣没堵住。福林可是堵豁子的英雄啊！他被卷走了。

海水吼唱着卷来了。好猛好猛。

就在海浪头卷上十里长滩的时候，人们纷纷爬上最高的泥岗子上避难。他们眼巴巴地望着疯狂嚣叫的海浪头心里发怵，就心酸，就叹息，就落泪了。

黎明到来的时刻，风潮退去了。

太阳像朵花，开在海里头。

麻麻瘩瘩的空海滩上,一个面孔惨白披头散发的女人,摇摇晃晃地在海滩上奔跑。她穿着鲜亮得打眼的红裢子,像一朵开野了的红蓼花,可可依人,纯美无比。她迎着大海笑着,跑着,笑得很狂,跑得很野。她身后,有一个光葫芦头的渔娃追着她哭喊:

"婶娘,婶娘——"

太极地

今年春脖儿短,立春过去没几天就暖和起来。春日里雨水多得屋檐吊线线,一直到邱满子家的泥窑重新点火,天景儿才晴得豁亮了,但是村巷里和海滩上仍弥漫着一层白气。

邱满子躺在床上睡回笼觉的样子,让胖丫好一阵窃笑。她倚在门口最先看见的是邱满子浑圆健壮的脖子,红红的睡出细汗,胖丫的胖脸上就红红地泛起了好看的霞色。胖丫亲昵地喊一声,日头照腚啦,起呀!邱满子翻翻身,又不动了。胖丫走过去,粉团似的脸蛋贴近他,拿手揪住邱满子的耳朵,就彻底将他拽醒了。邱满子揉揉干涩的眼窝,便看见胖丫围着红溜溜的头巾朝他笑。她的衣扣没系全,两只鼓绷绷的奶子顶住了他的胸脯,就像两只狮子狗活脱脱往外拱。邱满子朝她圆滚滚的屁股拧一把,这傻样的,又想哥哥啦?胖丫噘起嘴巴说,俺想人家人家不想俺,见了镇上的洋妹子就迈不动步!邱满子不喜欢胖丫野里野气的模样,便岔开话头说,你咋知道俺回家啦?胖丫坐下来拿手指漫不经心地捋着头发,俺爹说你家点窑火,你能不来吗?你个喂不亲的狼,回来也不去看看俺,官不大,架子不小!邱满子就越发没了谈话的兴致。他们是由父母口头定了亲的。邱满子由泥窑工摇身一变成了乡政府的招聘干部,虽说乡报道员不算啥官位,但整日在乡政府晃来晃去大小也算个人物。特别是他撰写的关于乡里引进外资的报道在市委党报发表后,引起不小的反响,邱满子觉得自己行了,能把雪莲湾这么大的一个村镇大事小情诉诸笔端,就知足了。这原是一双烧窑的手。起初他觉得胖丫还行,尽管她走路时能将地面夯得微微颤动,敢跟爷们儿家在海滩上摔跤，但心眼还是蛮好的。他知道胖丫从心底里喜欢自己，邱满子写稿时戴的那副金丝眼镜就是她织网挣钱给他买的。现在邱满子写稿时一直戴着这副眼镜，可他对胖丫的感情却渐渐地淡了。但立马将胖丫甩了，邱满子又没这个勇气，胖丫的父亲邱洪生是村支书，邱满子被乡里招聘是邱洪生一手推出去的，而且邱满子与邱支书确实关系不错，爷俩儿到一块儿有说有笑，喝上两壶酒就没大没小地抱成一团摔跤。他怕别人骂他忘恩负义，心里左右为难寻不来个万全之策，羊屙屎似的拖着，日子就像昏迷过去了一样。胖丫眼里有了喜欢的人影，话就没完没了，她又说，俺爹叫俺捎口信呢。邱满子问，啥事？他老又馋酒了吧？胖丫瞪他一眼，哼，他馋酒也不会求你！邱满子笑说，他拉俺喝酒可以动公款，懂吗？胖丫恼了，骂他，少你×装大尾巴狼，没良心的，你照照镜子哪儿像吃笔墨饭的官人？邱满子见她气，心里就格外快活，趴在炕沿笑得像吃奶。

　　邱满子说，俺要去海边泥窑啦。

　　俺也跟你去！胖丫说，俺爹过会儿也去。

　　邱满子问，你骑车子来了吗？

　　胖丫说，没有，你驮着俺。

　　俺驮不动，贼沉的。

　　那俺驮你！胖丫说着，生出许多甜蜜。

　　邱满子穿好衣服，洗了脸；背着手大模大样地走到门口，推出自行车递给胖丫。胖丫接过车抬腿骑上去，邱满子就毫不客气地坐到后车架上。胖丫突然感到他的身子很轻，像团棉花。出了村巷路颠起来，邱满子发现海滩一片驳杂，泥路上的蛤蜊皮子铺出一派气势浑然的灰青。雨后的潮气慢慢淡了，他能看见老河口东侧太极地上父亲的泥窑了，泥窑像座土堡挺在那里，有点像日本鬼子的炮楼。

　　邱满子让胖丫在离泥窑不远的太极地停下来，愣神儿似的望着太极地吸烟。邱满子知道邱家祖上并不是烧窑的，父亲跟他说过，邱家老祖是从山东枣庄那边挪过来的。到了雪莲湾后曾有一支在朝廷做大官，官至直隶副总督办，门庭显赫。那官人回家祭祖发现太极地上的祖坟离海太近而且几近破旧，就在西河铺跑马圈了一片良田重修茔地。迁坟关系着一族人的命运,所以声势浩大。开墓穴时挖出一条浅地河,是在棺木底下,抬出棺材之后,坟窟窿里就冒黑水,黑水恣肆横流跑得满滩都是,太极地的黑泥也就与别处不同了。不过几年,邱家就败了。邱家先人请来风水先生踏看,说这老坟地是头等风水宝地必定代代出官的。族人后悔着又想将坟地迁回来,风水先生说没用了,唯一有个破法就是在浅地河喷口处建一座泥窑,将邪气镇住。泥窑建起来,邱家便成了泥匠世家,烧泥壶、泥碗、泥盘子卖,谋了生路也有了名声,可就是代代不出官了。到了邱满子这辈儿,父亲请风水先生看了,说又该出官了,便卖泥壶供邱满子上到高中毕业,没考上大学,父亲的心劲就灰了,泥窑也懒得烧,弄条破船在海上捕鱼。邱满子读书读懒了身子,还是近视眼,跟父亲的橹柄摇不到一块儿去。父亲气蒙了说,不争气的东西去烧窑吧!邱满子说烧窑就烧窑。其实邱满子烧窑也是废人,整日抱着几本小说坐在窑口翻得哗哗乱响,泥壶烧散了都懒得管。父亲想给邱满子说个媳妇,有人管兴许好起来,就托邻居三婶将胖丫保了媒。日子烦得无望,孤独的邱满子不太情愿地接受了胖丫。胖丫还没过门儿,就将瘫痪多年的邱满子娘伺候得十分周到。老娘弥留之际还嘱咐邱满子不准欺负胖丫,邱满子满口答应着,娘放心,出不了大格儿的。他知道,娘没迈过45岁的坎儿就撒手走了,完全是由于生他时难产落下的病根儿。"文化大革命"开始那年,烧窑的父亲和爷爷都去围海造田,阴雨天里泥窑顶口没盖东西,雨水一泡就会塌的,怀着邱满子将近临产的娘冒雨去给泥窑苫塑料,走到太极地就不行了,跌在泥水里血水就涌了一地。邱满子命硬,生在祖坟太极地附近,不知是凶是吉。太极地是神秘莫测的地方,表面看来它是渤海湾沙岸与泥岸的衔接处,那衔接线却是柔和而弯曲的,明眼人都能看出这是黑白分明的太极图形。渐渐地,村人就叫这地方太极地。邱满子望着他的太极地,太极地在他眼里就像一面镜子,镜子里自己的面孔奇特无比。看久了,这方土地竟显得陌生了。

泥窑那头吆喝着祭窑神了,邱满子才醒过神儿来。他与胖丫脚跟脚来到泥窑前,看着父亲和雇来的河南窑工往泥坡搬泥。泥是墨绿色的,升腾着泥腥气。太极地与海亲吻的地方的泥都是墨绿色的。父亲在两天前就用毛驴将这种泥驮回窑地。邱满子不愿爹再烧窑了,一个整日跟臭泥打交道的家族会有啥出息呢?父亲教训他说好生做你乡里的事,遇事掂得出轻重,熬个一官半职的爹才高兴,烧窑的事你甭管!其实父亲也知道烧窑越发没大赚头了,但也不会亏本。让父亲上心的是镇住邪气,以福佑邱满子官场顺溜出人头地。

三根香火已经燃到梗子上了,窑火还没正式点着。邱满子看着急,就弯腰往灶口里鼓风,灶膛里的炭火一明一灭,疏疏地冒着黑烟。他说,这些天雨水不断,木头太湿。父亲说你懂个屁,要的就是焐着黑烟冲冲邪气。父亲将那张被海水撞皱的脸探进灶口吸进一口烟来细咂细品,鼓鼓嘴巴才吐到空中去。

老亲家又出啥花招了呢?弄得乌烟瘴气的,跟鬼子进庄放信号似的。村支书邱洪生笑悠悠地走过来。胖丫凑上去说,爹,大伯说这是驱邪呢!

哪来那么多邪?邱支书笑着吸烟。邱满子朝邱支书一点头算是打了招呼。

邱支书说,满子啊,俺有事找你。

邱满子跟着邱支书走到窑根儿下,窑口喷出的黑烟弄得人昏昏沉沉。邱满子说你老有啥事啊?

邱支书说,评小康村的事!

咱村没引进外资,自然评不上。邱满子说。

都他×土政策,县里瞎定!

邱满子说,你看乡里范书记蹲点儿的刘庄有的指标没咱村完成得好,可人家萝卜小长在了辈儿上,有了跟德商合资的仪器厂,知名度就上来了。范书记带村干部去海外溜达两回啦。

邱支书不服,呸,都是你给他们胡吹的。

那还不是范书记叫写的。邱满子嘟囔着。

邱支书说,咱村还是何乡长蹲点儿的地方呢,你就不该写篇文章吹吹?俺可听说过些天乡里组织各村支书去国外考察,没外资的村子不让去!你说这不是又逼人搞形式主义嘛!孩子,你也写写咱村吧!

胖丫凑过来听动静。邱满子为难地挠头皮,咱不能写假报道,出了事咋办?

邱支书说,咳!哪有那么多真的,有多少假合资你知道吗?登记领照然后把外资打进来,验完资美元又抽回去啦!干赚个优惠条件,再坐上一辆特批好车！够精吧？

邱满子想想也有理儿，没再反驳。

你在乡里见多识广，也给咱村领个外商来。真的假的都行，只要宣传出去，假的也真啦！然后咱就是小康村，你叔俺也可以出国转转啦！邱支书笑了，他不放声笑，只在嗓子眼儿里憋着打嗝儿。

你得承认，咱村在乡里是后进村。邱满子说。

那俺也不服欺世盗名的先进村。范书记大权独揽，何乡长走背时，弄得咱村跟着吃瘪子。邱支书说着，当下就黑了脸。邱支书又说，你见多识广，给咱想想变小康的招子。

邱满子为难了，引外资不是吹糖人儿！

胖丫拿两瓣圆屁股顶顶邱满子，瞧你那窝囊样儿，让你弄就弄，啥不是人弄出来的？邱支书瞪了胖丫一眼说，瞎㕵㕵啥？没你的事儿。

邱满子擤着鼻子站在泥窑下的土坡上，他身后的太极地显出少有的空旷与浩瀚。浓烟在他眼前盘盘绕绕，慢慢散淡了。泥窑口传来窑工吧唧吧唧甩泥的声音。邱满子望着太极地，感觉有种说不清的东西在他眼里缓慢而惊诧地流动着。他像是得到了某种暗示，说，三叔，俺有个想法。邱支书急着问，啥路子，快说说看。邱满子说，俺在报纸上见过国外泥岸的海滩开泥疗，有这说法，三叔出国就有借口啦！邱支书笑了，哦，就咱那臭泥谁来？邱满子也笑，你先弄个假外资，当上小康村，出国转转再说嘛！邱支书笑烂了脸，使劲拍拍邱满子的肩膀说，到底是文化人，脑瓜骨活！就这样，随便拉个外商给他们看看！胖丫说，多能出国啦给俺带金耳环吧！邱支书没理她，邱满子的新招数使他乐不可支。邱支书说，回头俺跟何乡长说说，让你回村帮助抓小康村建设，弄出点眉目再回乡里。邱满子正有些神情恍惚，觉得自己刚才说了梦话，便说，乡长让来俺就来。他看见邱支书把一颗脑袋伸过来，亮脑门上的青筋勃勃地涌动着。

邱支书说，中午俺请你涮羊肉。

邱满子说，你别客气，俺得回乡里。

莫急，咱得谋划谋划呢。

咱村里集体又空，免了吧。

没啥钱，也不能没了喝酒钱呢！

邱支书眼巴眼盼得意地笑着。

　　邱满子吃饱喝足回到乡政府大院，已经是下午四点多钟了。县里要来人联查计划生育，乡政府礼堂布置展览，邱满子没进宿舍就让范书记打发去小礼堂刷糨糊。雪莲湾乡是沿海地区，经济发达，计划生育却老拖后腿，县里每年开春儿都要突击检查，邱满子自然得跟踪报道。他每天就住在乡政府大院，晚上接电话。值班的头头聚在一起打麻将，散了伙，才叫上邱满子陪他们喝酒啃烧鸡。早上起来他还要打水扫地，这些邱满子都不怕，让他头痛的是乡政府人际关系的错综复杂。范书记和何乡长两个人明和暗不和，弄得底下人左右为难。范书记土生土长，根基很厚，50多岁了说话办事依然十分果断，用他的话说，俺当一天书记就得说一天算。何乡长才不到40岁，是部队转业来的，做事务实为人严谨。邱支书跟何乡长好，邱满子知道他能留在乡政府是邱支书和何乡长使的劲儿，而邱满子还没走进这个大院就已将范书记得罪了。乡政府招聘干部报名的人很多，末了筛选了九位候选人，邱满子就在其中。最后定人那天乡政府领导请这九个人吃饭，邱满子戴上了胖丫为他买的眼镜，戴上眼镜的邱满子显得格外神气，频频向领导敬酒。他本来不胜酒力，喝几口就晕，不知怎的敬了一圈酒竟把最主要的范书记落下了。范书记瘦小老相，他还以为是守门老头。范书记偏偏很当回事儿，觉得邱满子傲气。后来邱支书找何乡长，又频频往范书记家送海货，邱满子才被勉强收留。邱支书劝范书记说，满子那孩子眼睛不好使。范书记说他戴着眼镜呢，要是没眼镜俺也不怪他。邱满子听了这话，除了看书写稿就不再戴眼镜了，邱满子不愿别人说他目中无人，走官道忌讳这些。

　　邱满子帮着妇女主任布置完展室，天就快黑了。何乡长叫邱满子到他办公室去一趟。邱满子从宿舍探头没看见范书记，才放心落胆地去了。何乡长见了邱满子直截了当地说，刚才你们村邱支书来了电话，要求你回村帮助工作，我想不能叫帮助工作，你就代我去蹲点儿，把你们村变小康！邱满子笑笑说，俺能干啥呢？何乡长说，你们村其实底子不弱，就是企业没规模，缺少外资，你就配合村委会抓抓外向型经济,往外奔吧!邱满子支吾说,俺刚熬到乡里,怎好又回去?何乡长摇摇手说,你在村里干出点名堂来,乡领导会重用你的!你要知道,你们村对我很重要!邱满子只得答应下来。他懂乡长的心思,乡镇干部走马灯似的换来换去,有点政绩才有盼头。将他推出来,搞好了,何乡长自然有功劳,弄不好,也是他邱满子的无能。当领导都会这一手,邱满子认了,他甚至料定这一切都是何乡长与邱支书暗地谋划好的,情知拗不过,唯有顺坡下驴往前走了。

晚上范书记和何乡长回家了,乡团支书小郑召集几位乡政府的年轻人在宿舍聚会喝酒,为邱满子送行。老虎不在猴子称王,一伙年轻人搅得乡政府大院像鬼子进庄。喝得红头涨脸的邱满子对小郑说,老弟,你帮俺个忙!小郑晃着半瓶子邱阳老窖,说,你他×将酒喝了,干啥都成!邱满子满嘴喷着酒气说,你大包大揽的,知道是啥事哟?小郑说你们村那点屁事呗!邱满子说,帮俺找个关系,引个外商来!你外头不是有同学吗?小郑说那得碰着机会。邱满子说不能拖,半月就得出结果!小郑说领个外商来好办,不准成不成!邱满子说,成不成,只要来个外商就没你事儿啦!小郑笑了,那现成!我同学在县招待办公室,说这几天就来个日本客商考察县针织厂。邱满子嘿嘿笑着说,拉那日本客商来俺村转转!不过,没有别国的商人吗?小郑拍拍他说,还挑哪,就这还没影呢!邱满子说,俺没啥,俺村不是在抗日时有个惨案嘛!邱支书又是抗日英雄的后代。小郑说这会儿没人记这个仇啦!邱满子说,俺村就他×怪,还有几家老头儿抵制日货呢!小郑说没法说明白,这是他×一本糊涂账!谁让咱穷呢!邱满子说日商就日商,有个说头就行!他的兴奋全写在了润了酒晕的脸上。小郑说弄成了得给我提成!邱满子说可得快点,又该评小康村啦!小郑明白了什么,你小子帮你老岳父唱戏呢!邱满子举起酒杯,不提那个,喝酒!几个小伙子跟着起哄,喝!跟胖丫结婚别忘了请我们喝喜酒!邱满子听了这话心里便浸出一股怪味。

邱满子回到村里就感觉到自己真得好好干一场了。村里落后,他在外面混世也不光彩。而且他的处境也很不妙,范书记把他看成何乡长的人,而何乡长的蹲点村要是工作上不去,他就又把何乡长得罪了。两边不是人,恐怕还得泥里翻跟头继续烧窑了。邱满子与邱支书合计半天，首先成立了海光工商联公司，又将村委会班子调整了一番。邱支书发现邱满子还真有一套，而且就要成为自家的姑爷，对邱满子就更加信任，也从手中分出些权利给他。邱满子的心思就野了。

日本商人说来就来。日商小林先生起初对农村不感兴趣，后来小郑的同学劝说道，只是转转，而且有可能开展泥疗，小林先生就答应下来，时间定在春天的一个上午，由村里派人去接。这活儿自然落在了邱满子的身上。

这个春天的上午雨水不断。邱满子陪小林先生在村里考察时觉得天空罩着巨大的长脚草蜘蛛网。何乡长也赶来了，邱支书忙忙颠颠乐得不行，乡团支书小郑像看大戏似的觉着好笑，唯有邱满子变得冷静，暗地里提醒小郑千万别跟何乡长把话说漏了。小林先生是假洋鬼子，本是北京人，中国名儿叫王勇，后来去了日本成了日商代理。那日邱满子跟邱支书说来日商，邱支书满脸的不高兴。邱满子又说其实是中国人他的脸才算晴了。邱满子晓得邱支书的爹邱老爷子一直抵制日货，骂小日本鬼子骂得狠着呢。说起来那是1943年的往事。驻扎在雪莲湾的日军都知道这块地埝出美女，一个杀气腾腾的黄昏，清乡的日本鬼子就奔着花姑娘来了。村里有模样的女人脸上抹了黑，纷纷登船去海上躲避。当时的邱支书手执红缨枪是抗日小民兵，站在太极地邱满子家的土窑上点火放烟报消息。邱支书的姐姐邱美容没来得及跑，被三个日本鬼子堵在了墙角。邱美容穿着紧身粗布花袄，后边瞅去极美，她走投无路猛一回头，三个日本鬼子当时就吓瘫在地上。邱美容满脸麻子，嘴角斜吊，一只眼睛烂了流脓。三个鬼子里有一个田夫小队长心脏不好，当时就吓死过去。后来村人看见田夫的尸体断定是吓破了苦胆。另外两个鬼子狼狈逃窜回了据点炮楼子。这事在雪莲湾传开，既可笑又解恨。不几日，日伪军回来报仇，将邱美容吊在树上示众，叫狼狗抓咬邱美容的脸，活活折腾死了这位抗日女英雄。这还不算完，日本鬼子将没能逃掉的五十多位村里老少，赶到了神秘莫测的太极地，一把火活活烧死。尽管这件惨案是由邱美容引起的，村人依然敬佩这个家族。邱美容痉挛着血糊糊的身子快断气时还最后喊了一句打倒日本帝国主义呢。抗战胜利后，人们在太极地上立了一块碑石。随着日月流逝，人们对这些淡了，有时对邱支书不满就愤愤地骂一句，然后就笑得前仰后合。邱满子知道这一层，当着邱支书就骂几句日本人。骂归骂，日商小林先生来到太极地视察泥疗场地时，依然由邱满子为他打伞遮雨。小林先生望着太极地久久不语。太极地的样子很模糊，潮音和鸥鸟的叫声也轻微地梦一般地模糊着。何乡长十分认真地向小林先生介绍这里的投资环境和优惠政策。小林先生依旧没有表情。邱满子有些沉不住气了，问道，你看这块地搞泥疗好吗？邱支书跟着说，这里水电设施齐全，周围的芦荡打雁也能吸引旅游者。小林先生还是没话，作高深的思考状。邱满子心里骂了一句狗×的玩深沉呢。小林先生嗅到一股很浓郁的泥腥气了，那是霉潮的气息在早春的季节里幽幽行走。好开阔啊，好地方。小林先生终于拿日文嘟囔了一句，然后掏出手帕擤擤鼻孔。邱满子没有听懂，故意附和说，何乡长，小林先生对这地方十分满意。何乡长与邱支书对望一眼笑起来。太极地的泥滩由于雨水浸泡软得很，何乡长说别走啦，于是就不走了。小林先生心中正巴不得呢。小林先生掉头时，邱满子怅怅打量着他的背影，嗅到他身上腻人的香水味，目光是失望的，心里也来气。你个骗吃骗喝的假洋鬼子，不就有几个臭钱吗，别以为别人都是傻蛋，俺不忍心揭穿你就是了。小林先生扭头望见邱满子家冒烟的泥窑，抬手指了指。邱支书马上明白了，就带一行人朝泥窑跟前走。邱支书边走边说，这是邱满子家的泥窑，有年头了，他家烧的泥壶泥盘子在这一带很有名呢。邱满子见小林先生眼没亮，心里骂这家伙八成耳朵里塞驴毛了。邱支书又介绍了一番，他看出小林先生对泥疗兴趣不大，兴许歪打正着从泥窑上成了呢。小林先生抬脚甩着泥巴在泥窑前站定了。雨小多了，几只鹚鹰在泥窑顶上鹤立着。邱满子将泥窑旁边草铺里刚出窑的泥壶拎出来给小林先生看。小林先生接过来，仔细端详，终于说了一句，很好，这是什么物质烧成的呢？邱满子踢了踢堆在窑前的绿泥说，就拿它烧成的。小林先生竖起眼睛，来兴趣了。他弯腰抓了一团绿泥，放在鼻前嗅了嗅，一张冰冷的小白脸有了笑模样。他将那团泥悄悄裹在手帕里装起来，然后拿手指弹弹精致的泥壶，发出悦耳的空音儿。没人理会小林先生，邱满子瞅着升到空中的黑烟，喉结上下滑动着。不远处传来毛驴咳咳的叫声，邱满子扭脸看见父亲牵着毛驴驮泥回来了，两个盛满绿泥的麻袋搭在驴背上，如两块模糊的白膏药贴在苍灰的空中。父亲佝偻着水蛇腰引着毛驴走，脚下的稀泥被踏得噗噗直响。邱满子望着父亲心腔一热，鼻子就酸了。

小林先生又来兴致了。邱满子帮父亲卸完泥袋，小林先生就说坐驴去深泥滩看看一定是有味道的。邱满子沉着脸，心里骂这杂种拿俺们穷人寻开心呢。邱支书拿手指捅捅他后腰，小声说，忍着点，人家这阵儿是爷，巴结都来不及呢。邱满子满脸强撑起笑来说，小林先生想骑驴走一趟吗？小林点头笑着，笑得温和，嘴角和眼角都弯着。邱满子将毛驴牵过来，换上父亲穿过的水靴将小林先生扶上驴去。毛驴很老实，小林先生骑上毛驴欢喜地望海。父亲说俺带客人去吧。邱满子没理父亲，看看苍灰的天，又看看空旷的太极地，吆喝一声驴，就摇摇摆摆朝深滩里走了。小林先生嘴里打着口哨，邱满子扭头看一眼站在泥窖下的众人，人们神情很木讷。邱满子觉得心里有什么东西揪着难受。忍吧，三十六拜都拜了，不就差这一哆嗦了吗？他想。

麻麻细雨洒了一天。

冬天偎在家里歇着，进了四五月就出门走动，雪莲湾人的习惯。乡政府组织的去东南亚和美国的考察参观团四月底就出发。邱支书和邱满子将村里与日商合资开发泥疗的意向书报到乡里，何乡长主张算上他们，范书记说意向不是合同书，等落实了才能算有了合资。邱支书和邱满子白忙活一场，眼巴巴看着人家去海外风光潇洒。邱满子倒并没有怎么难过，他为此撰写了一篇报道发在市委党报，赚了 35 元的稿费呢。市委有个领导还夸奖他们有思路，深化农村改革就要解放思想。这话由何乡长传过来，邱支书和邱满子又痛痛快快地喝了一回酒。醉醺醺的邱满子问邱支书，你出国第一件想干的事是啥？邱支书喷着酒气说，别提出国啦，听着就闹心！邱满子笑说，俺是打比方，说嘛！咱爷俩儿又不是外人。邱支书酒后吐了真言，支吾说，俺出国第一件事就是想桑拿浴一回，听说那玩意儿舒坦哩！逮着洋妞再来回真的，咱也他×没白活……邱满子笑得一嘴的饭都喷出来。第二天邱支书醒了酒忆起了昨夜的酒话，迭了声朝邱满子解释说，昨晚三叔喝多了喝多了，你三叔操持出国考察完全是想解放思想发展经济嘛！邱满子昨晚觉得三叔挺可爱，这么一解释他倒有些看他不起。

便正了脸说三叔昨晚也是这么说的。

蛇有蛇道鼠有鼠路。就在乡里出国考察团走后的第十天，邱满子从县里回来为邱支书圆了出国梦。县里有家个体公司专门组织出国参观团，收费标准高一些。邱满子一说，邱支书就打熬不住了，皱着眉头笑说，咱去，这机会不能放过去！邱满子说，村里有这笔花销吗？邱支书一梗脖子说，咱网厂提留一笔钱！那样子好像不出国明天不活了。邱满子说，你做主吧，俺该做的都做了。邱支书说，这叫啥话？你也去，村主任老毕也去！然后他高壮的身子就快活地哆嗦起来，邱满子犯着犹豫还是跟着笑了。

说走就走，出国机票转到手里才用了七天。临行前，邱支书悄悄找到算命先生卜了一卦，看看这次乘飞机有啥闪失没有。算命先生折腾了一阵子说是大顺。邱支书、邱满子和毕主任的东南亚几国之行果然挺顺的，开了眼界又交了许多朋友，邱支书想干的事也干成了，钱大把地耗去，回来反正都能报销的。但干这些事时邱支书全是背着邱满子的。毕竟他是他家未来的姑爷，不能把孩子带坏了。其实邱支书干了什么邱满子心里明镜儿似的，就连村里的老相好齐家寡妇那点勾当他也全知晓。人嘛，谁家锅底没点黑呢。邱满子看得开。

邱满子回来只为胖丫买了条香港街头处理的真丝纱巾。胖丫喜欢得不行，抱住邱满子的脖子又是亲又是啃。邱满子不由得浑身酥痒，亲昵地拍拍胖丫的屁股说，大腚肉乎能生崽儿呢。胖丫咬住他的脖颈说你真坏，咬得邱满子咧着嘴喊姑奶奶。胖丫松了口与邱满子抱成一团在床上滚，那条真丝纱巾不知不觉间掉到地上了。邱满子平时腻歪胖丫，把她拢到怀里，又觉得是个宝儿了，两腿打战失了章程，慌慌张张脱掉衣裳趴在胖丫白白的身上鼓捣起来，弄得胖丫摇头晃脑地叫唤……完事后胖丫有些担心，你个家伙痛快啦，俺肚里有了咋办？邱满子只管红着脸喘气不言语，问紧了，就说，放心吧，乡政府管拉结婚证的和管生娃指标的，都是俺哥们儿。胖丫心中便泛起美意，含着羞乐了，弄得邱满子不知是喜是忧。与胖丫结婚的事他从没认真想过。如果他提了干或是转了非，那胖丫就彻底没戏了。

第二天上午邱支书召集村委会，让邱满子给支委们传达海外参观考察经验，特别是要讲一讲新加坡东海岸旅游区泥疗情况。邱满子回来后就写了一份汇报材料，准备向乡政府汇报。现在他一开口先说自己原本不愿出这次国。邱支书和毕主任连忙打断他说，你这笔杆子不去，俺们回来说个啥？邱满子笑笑说，俺在乡里工作组，理应将机会让给其他支委，好在路子蹚开了，日后大伙轮着转转，解放解放思想，收获不少啊！然后他就很世故地笑了，支委们跟着笑。邱支书愣了愣，心里骂这小子得便宜卖乖呢。他知道支委和群众对他们这次公款出国意见纷纷，邱满子当众卖好儿，日后的不是全落他身上了。想想邱满子与女儿胖丫的关系，邱支书又没气了，同时感叹这小子官道上准有前途。邱满子见邱支书脸色不好，就补了几句，本来这次活动安排了半个月，邱支书急着回来引外资上企业，当然也为节省开支，俺们就提前四天回来了。邱支书脸一热心里就顺畅了。邱满子圆着场说完就进入正题，总结参观学习经验。这个材料是邱满子从《半月谈》里抄来的，十几天海外观光，除了吃就是玩儿的哪有空闲想这些。邱满子的一席话和汇报材料使支委们服了气，但对邱支书依然有股暗劲儿。有个支委问邱支书说，你说外国哪儿好？邱支书兴致很浓地说，就是城市和农村分不出来，咱社会主义新农村也要城市化嘛……邱满子打断邱支书的话头说，你别放毒啊，得长咱自己的志气。邱支书就赶忙把话扯了回来。散会时大伙鼓掌，各拍各的心事。

　　几天来邱满子跟着县民政局领导在村里搞"五户一保"的试点。闲下来的时候，他心里有种不祥的预感。果然给他料着了，乡政府出国考察团一回来，村里就有人将邱支书出国挥霍公款的事告到范书记那里，而且牵扯到了请日商的内幕。范书记当天晚上就召开乡党委会研究处理这个问题。会上何乡长说，小康村可以出国考察，谁也没掏自己腰包，落后村更该出去走走，不见外面世界咋引来外资呢？我们应该审查一下乡党委的土政策合不合理。范书记说，他们的出国渠道不正常。更主要的是假引外资，找借口出国旅游，欺骗领导，不处理是说不过去的。何乡长又说，上次小林先生来我也去了，怎能说作假呢？范书记真正的心劲儿本是对何乡长来的，出国考察期间他们两个人就因谁住套间闹了意见，便说，何乡长护着自己的点儿，心情可以理解嘛，不过，你听小郑说说吧。团支书小郑脸腾地红了，支吾着说了引资的情况，把邱满子也装了进去。何乡长马上意识到小郑要抱范书记这条粗腿了。以前小郑在范书记与何乡长之间游荡，这回还是被范书记拉过去了。小郑说话时目光躲躲闪闪不敢看何乡长。何乡长怔住，心里埋怨邱满子太冒失没头脑。下次乡里换届，副乡长的候选人就只有邱满子和小郑，派邱满子回去抓小康村建设，就是给他捞资本的机会，没想到这小子不争气倒惹了一身麻烦。

　　由于何乡长顶着，对邱满子和邱支书的处理决定最终没有形成。但看势头，邱满子在乡政府怕是留不住了。第二天早上，何乡长骑车去村里找到邱满子和邱支书狠狠地训了一顿。邱满子脸白了，身架发软。邱支书呆愣着，眼前像盯着一样怪物，愣一会儿又不服气地嚷嚷，俺们没啥错！何乡长心口上窝着火说，你还犟啥？屈了你了？多想想满子吧。邱支书就蔫下来，忙将不是往自己身上揽了些。他要保邱满子，不能把孩子的政治前途白白断送了。邱满子觉得小郑落井下石太不够哥们儿了，一兜火气冲头，狠狠地骂了两句。邱支书堵噎他说，骂街管屁用，沉住气！何乡长说，老范是冲我来的，只要满子主动找他谈谈心认个错儿，留在乡里还是有希望的。他也需要吹鼓手哇！邱满子倔倔地一抖手，俺才不找他呢！邱支书瞪他一眼说，你听何乡长把话说完。何乡长说，满子，你把责任往我和邱支书身上推，关键时骂我们几句也无妨，老范认这手儿。留着青山在，不怕没柴烧！邱满子顿觉有火球样的东西堵在喉口，眼睛忽地湿了，抓住何乡长的手说，你的心意俺领了，可俺不能当势利小人！大不了俺他×回家烧窑！邱支书说，你又犯牛脾气，到范书记那儿随便编点啥都行，总能把荒唐事圆满了。听话，啊？邱满子没说话，眼神儿似乎没个着落。尽管乡政府大院遍地都是坑，稍不留心就掉进去，他还是不愿离开。想着父亲的嘱咐，熬个一官半职才对得起祖宗，祖先的眼睛盯着你呢！这时的邱满子脑袋就轰轰地响了，哇地暴叫一声，风一样刮出去，到村委会值班室给小郑挂了电话，没鼻子没脸地给了他几句。小郑那边连说你听我解释，他兀自将电话挂了。

　　邱满子没精打采地朝自家宅院走，许多人的脸都像灯盏一样晃晃悠悠地悬在眼前。他鞋也没脱，就躺在炕上跷腿望着天棚走神儿。他全然不知自己失误在哪里，他只想这样躺着不动，永远面对着自家的房顶。几只鸟在房顶觅食，周围一片寂静。他一会儿想找范书记，一会儿又不想去，就这样折腾到掌灯时分，父亲从泥窑回来的时候，跟来了乡党委办公室孙主任。孙主任告诉邱满子说范书记要找他谈话。他领孙主任在老河口海鲜酒家吃了饭，就一同去了乡政府。邱满子知道范书记主动找他事情就不妙了，他想有啥算啥吧，总不能丢了人格。走进范书记的宿舍，见范书记正在灯下喝酒，一包油光光的猪蹄和一盘五香花生米。范书记见邱满子进来，眼皮没抬，依旧拿着猪蹄啃得津津有味，鼻音很重地说，小邱来啦，坐吧。邱满子坐在范书记对面，有些怯场。范书记拽下毛巾正要擦手，门开了，食堂老师傅端来一盘面条鱼炒鸡蛋。邱满子知道范书记支使下人不当回事儿，比何乡长能摆谱儿呢。范书记语气平和地说，小邱哇，你写的出国学习材料我看过啦，挺有水平嘛！其实，乡里这个考察团应该带上你，开了眼界才有好文章，下笔才有神哩！邱满子用怯懦恍惚的眼神看着范书记，不知如何搭话。范书记又说道，小邱哇，你和小郑都年轻，大有前途啊，我们都老啦！今天叫你来，是因为我这人爱才，不愿看你犯错误！其实呢，你这小伙子是个实干家，就是没让邱老邪和何乡长他们用好！范书记一向管邱支书叫邱老邪。范书记又说，何乡长也不知咋想的，邱老邪是你岳父，爷儿俩搅在一起干工作能好吗？引资那件事，我知道是何乡长搞的！他眼看着自己的试点变不成小康村，心里急呀！可咋急也不能弄虚作假，我们党这方面教训还少吗？邱满子没想到范书记一天到晚傻吃酣睡的样子拢人倒是有一套。他不敢听下去了，袖口里捏指头的把戏他不会做。范书记说，小邱哇，何乡长对你不错我知道，但是干工作不能感情用事。明天，县委组织部考察班子要搞个座谈，单独找到你的时候，你就把引外资的事说说，你最有说服力，最有发言权嘛！邱满子心跳加速，壮着胆争执说，引资是俺干的，与何乡长无关！范书记不高兴地说，你还护着他！邱满子说这是真的。范书记沉眉阴脸地说，你真年轻，遇事掂不出轻重！邱满子本想按何乡长的点拨给何乡长添几句违心话，这一刻他却将这个念头掐灭了。他痛苦地站起身，范书记抬起脸说，小邱哇，回去好好想想！然后又腾出双手啃猪蹄，喷喷咂咂如同伤风擤鼻子。

邱满子轻轻走进自己宿舍坐着。小郑宿舍里打牌的说笑声顺窗子溜进来。春日的夜风面条鱼似的在他脸上拂来拂去。疲惫无奈的春夜，万物都悄悄地生存。邱满子趴在自己写报道的办公桌上轻轻地哭了。但他马上就坐直身子，在镜子里盯住自己的脸说，没出息，省几滴猫尿吧！然后站起身，将几本书装进书包，推上车子走出乡政府大院。拐出道口他停住了，扭头朝乡政府大院好一阵张望，眼泪就下来了。再进这院恐怕是最后一次取行李了。

邱满子骑着自行车摇来晃去的，不知不觉竟骑到太极地上来了。泥岗子多了些，地势竟有些苍茫沙丘的气象。他在暗夜里看见土堡模样的泥窑，心腔就热了，顺着泥窑的浓烟往上瞅，天像是在斑驳脱落。往下看，看见马灯挑在窑口，光亮晕化了似的融去，父亲正坐在窑口吸烟。邱满子朝父亲走去。老人终于没能镇住邪气，世间事常常不可诠释，就像这片奇妙的太极地。邱满子望着父亲的背影，默默地站着。毛驴的长嘶将这父子的沉默又拖延了很久。邱满子望着脏兮兮辱眼的窑口说，爹，明儿俺也来烧窑吧！父亲泥塑木雕般地不动，两只枯手机械地往灶口添树枝。邱满子又说，爹，该回家歇啦！父亲还是没有说话。邱满子蹲在父亲身后，又说了句，爹，俺咋办哩？爹还是没说话。父亲的背影将他的意志逼住。他默默地站起身，歪歪斜斜地朝太极地的深处走去。生他养他的太极地会告诉他什么吗？倒春寒的夜气无声地流动，太极地在黛蓝色的夜里宽余地睡着。天光愈暗，太极地的黑白线愈加明晰。那熟悉的看不清的白气又升起来了，清虚超拔又欲念横溢。邱满子抓起一把黑泥揉搓着，仿佛听到一种浮出地表的声音，呼唤"孩子，孩子"的声音。他感动了，眼中的泪盈盈欲滴，这一刻他忽地有了主意。

他的目光刀一样朝远处砍去。

这当口儿他想搂着胖丫美美地睡一觉。

杂种，这世界谁都能混碗饭吃！他想。

父亲的窑火正旺，他朝村庄走去。

一时不知该怎么收场的危机，被邱满子的几句话搪塞过去了。早上醒来，胖丫到海滩织网去了，邱满子感到从未有过的平静，昨天的惊骇竟一点也记不得了。他到了乡政府，组织部领导找他考察何乡长，邱满子当着范书记的面儿就说了说引资的内幕。范书记笑了，邱满子又能在乡政府留下来了。他觉得对不住何乡长，见了何乡长心里就歉歉的不是滋味儿。何乡长倒笑呵呵地对他依然如故。何乡长说满子你应该回村里去接着干一场。邱满子想对何乡长说尽天下好话，可他一句话也想不起来，只默默地点点头走了。

邱支书挨个处分仍旧掌管全村事务。邱满子说咱爷俩儿不能就这么栽喽，不干出点名堂来真正对不住何乡长啦！邱支书咬咬牙说，俺挖地三尺也要将写匿名信的家伙揪出来！邱满子摇摇头说，小家子气，这场戏唱过就过了。你赚了出国赚了舒坦，还不够吗？当务之急是干出点名堂来，变后进村为先进村，兴许能为何乡长扳回一局！日后群众心里服气就没人背后捅刀子。邱支书想想也对，就问，你说咋干？邱满子说，还是引外资，上企业！邱支书咧咧嘴说，你别跟俺三吹六哨的，站着说话不腰疼！邱满子急得红了眼，这回得动真格儿的，俺想解铃还须系铃人，哪跌倒哪爬起来！俺去北京找那个小林先生！即便他那儿没戏，也让他帮咱介绍几个外商！邱满子扭头看黑坦坦的海滩，疯狂地放纵着想象。父亲说过春末夏初的季节干事十有八成，邱满子的心劲儿恰好与这季节合拍。

春末一个多雾的早晨，邱满子背上两套父亲精心烧制的泥壶，搭乘一辆个体中巴去了北京。他按照小林先生名片的地址找到了亚运村A座公寓，一打听才知道小林因房租涨价刚搬走了。邱满子心凉半截儿，无精打采地在北京街头逛荡。走累了他就坐在立交桥边摆弄小林先生的名片，看见上面的呼机号，他眼一亮，忙跑进电话亭。很快就呼到小林先生了。小林刚从日本回来，说开泥疗的事那头大老板没通过。邱满子不甘心，赶着说，别的就没法合作了吗？小林先生在电话里忽地想到了什么，忙说，老实说我对你们村很感兴趣，我拿来你那里太极地上的一块泥，当时觉得很像深海矿物泥，就想带回来化验，可事情杂乱就耽误了。邱满子不知道深海矿物泥有啥用，但还是问，你是不是说，如果俺们太极地是这种泥就有合作的可能啦？小林先生说，如果是这样，就太有可能啦！这种泥俗称黑金，是金贵的美容珍品！邱满子想象黑泥涂在脸上会有多恶心，一边迭了声催小林先生抓紧化验。小林先生说还怕是找不到了呢。邱满子说明早咱通电话，没有俺回家再取一块来。小林先生有些感动了，说晚上请他吃饭。邱满子满口谢绝，街上小摊儿吃了饭，就钻进小旅店睡了一夜。第二天小林先生说那块泥果然找不到了。邱满子二话没说放下电话就上火车赶回了雪莲湾，带上泥二进京都。化验结果出来，果然是深海矿物泥。连专家都惊奇，太极地不是深海之泥为何含深海矿物质呢？邱满子开心地笑了，又觉得这一笑没笑好，嘴角有种拉不开扯不动的感觉。小林先生也欢喜不尽，忙向日本总部大老板田夫雄成汇报，化验材料也电传过去。总部当下拍板投资开发雪莲湾太极地矿物泥。小林先生与邱满子合计了一下，又找专定评估，设备投资是不大的，一条净化处理线和一艘小型挖泥船就行。小林先生却没跟邱满子兜底儿，把投资困难说得挺大，为的是最后签协议时占大股。邱满子不懂企业不懂股份，他的任务就是变尽法子使劲儿将外商拉进村。村里有了外资就会奔小康，奔了小康他便有了政绩，有了政绩就能升官。道理就这么简单，邱满子想。

日本人办事效率之高是邱满子和邱支书始料不及的。第一次考察谈判人员就来了六个，两位地道日本人，四位北京分公司的中方雇员。管企业的马副县长来了，范书记和何乡长也都来陪着。县里乡里头头们说几句官话表示支持，陪吃陪喝，谈判桌上的实质问题就全落在邱满子和邱支书身上。邱满子怕日后落埋怨，也想溜边走。他说，三叔，俺是乡里派的工作组，把鬼子引进庄就由你们对付啦！邱支书说，你小子打一枪就撤，俺可收拾不了日本人！俺一见日本人就来气！邱满子板了脸说，告诉你，小不忍则乱大谋，气走了日商，俺再也不管村里的事啦！邱支书心里没底拉着邱满子找何乡长。何乡长只是笑，邱满子当着副县长的面儿说了说有人攻击假引资，夸了几句何乡长，弄得范书记脸色不好。马副县长表态说，我就讨厌那些光说不干背后挑刺的领导！这次由泥疗引起的矿物泥合资企业是很有前途的！不仅仅是吸引了外资，更重要的是为全县提供了宝贵经验，深化农村改革就应挖掘本地资源优势！回头向全县推广嘛！说完拍拍何乡长肩膀，也拍拍邱满子的肩膀。邱满子心里平衡一些，总算替何乡长挽回了面子。

下午谈判，邱满子想躲却没能躲开，代表村里跟日商周旋。小林先生将股份分成压得很低，三七分成占股，日方七中方三。村里出厂地出资源出水电设施，日方出设备包销售。工人从当地招聘，双方出管理人员，日方暂时派小林先生代管，中方由邱支书任总经理。企业定名为蓝渤美容用品有限公司，合同有效期八年。签了协议书，一行人由何乡长、邱支书和邱满子陪着住进县城外宾楼，吃喝一顿，又去歌厅卡拉OK一把。邱满子不会唱歌也不会跳舞，傻呆呆地坐着喝饮料。邱支书却搂着陪酒的在舞池里瞎蹭。邱满子心里埋怨邱支书瘦狗屙硬屎强挺着。何乡长凑过来对他说，小邱去学着跳吧，日后考察干部也算一个优越条件呢。邱满子的心松活了，另一曲开始时何乡长给他拉过一位陪舞舞女，他就怯怯地下到舞池里去了。他闻到了舞女身上的香气，很暗的灯影里他竟能看见她脸上有密密的小雀斑。小姐问邱满子是干啥的。邱满子说你看俺像干啥的？俺像书生？小姐摇头。邱满子又说，俺像老板？小姐还是摇头。舞曲尽了时小姐笑着说，你像干部！邱满子哆嗦了一下，心里十分得意。他走到洗手间，对着镜子审视自己的形象，竟也多了几分自信。

日子美好如初。

日商将一套韩国淘汰下来的旧机器运到太极地时，太极地上土建工程几乎完工了。邱支书就着在太极地旁边空地放电影的空当，将与日商合资的事情跟村民们讲了。村人觉着拿泥美容就荒唐可笑，别说三七分成，就是一九分成也是白捡的，不就是泥吗？雪莲湾太极地最不穷的就是泥了。村民鼓掌赞许村委会干部的眼光和魄力。邱支书气气派派地在人群里穿行，从众人的眼光里搜刮着久久渴望的东西，招摇得很。不久前他的处分撤销了，春风得意，夜里往齐家寡妇那里也去得勤了。邱满子没有讲话，但他从村人的冷漠里感到某种潜伏的骚动。他觉得这世界说乱就会乱，人都变得不像原来的人了。

邱满子的预感很快就应验了。开工前的第一场风波是由太极地惨案的石碑引起的。小小纪念碑本来几乎被村人遗忘了，那天小林先生视察工地看见那石碑，也没细瞅，就下令将把它挪到老河口的河堤上。消息也不知是怎么传开的，村里的几位惨案亲属就气呼呼地找邱支书。邱支书是抗日女英雄的弟弟，自然要站在这边说话，他觉着日商财大气粗忘乎所以，简直是拿他不当回事儿。他找到小林先生质问，为什么要把石碑搬走？小林先生解释说，石碑那块地要建车库。邱支书涨成一张猴腚脸说，车库挪地方也不能挪石碑！小林先生问为什么？邱支书说，因为你是日商！小林又蒙着问，日商怎么了？邱支书说，那是一块什么碑，你狗×的知道不？他拽着小林先生就去河堤上看碑。小林先生蹲下身细瞅一会儿，说，我当时不知道。邱支书说，群众有意见呢，对企业也不利，快挪回去吧！小林先生瞅瞅石碑又望望太极地，悚悚地生出惧怕来，他想自己不能软，这些农民胆子大得能翻天，第一次较量就软了，日后他们会得寸进尺。小林先生硬硬地说，既然搬了就不能再搬回去！宁可关了也不能让步！邱支书火了，三说两说就与小林先生大吵起来。在工地上刷油漆的胖丫瞧见了，急急将工棚里下棋的邱满子叫来。邱满子心里急得很，飞快地跑去老河口。黄昏的老河口被雾搅得模糊了，像裹了层厚厚的老帆布。邱满子先听到的是邱支书的吼叫声，这声音像是在他脑壳上扎了一道铁箍。他问清了底细，心里就来气，劝劝小林先生，然后将邱支书拉到河坡的泥坝后面说，三叔，你又发扬抗日传统了吧？日商怎么说得罪就得罪呢？你因一块石碑将外资搅黄了，俺就再也不管啦！邱支书嘟囔说，他妈的假洋鬼子狗眼看人低，俺不说啥，老百姓也看不过眼哪！邱满子说，你老简直蠢到家啦！搞经济可不是斗气儿！邱支书不服气，搞合资得相互尊重，俺就情愿做奴才吗？邱满子摆摆手说，咱不争论，你静下心来想想，想通了给小林先生把话拿回来，忍一忍，不丢人哩！邱支书闷闷地不再言语。可那边的胖丫又双手叉腰地跟小林先生闹了起来。胖丫急三火四地将邱满子拉来是想给父亲请帮手的，没承想邱满子倒将父亲熊了一顿。她不敢跟邱满子闹，满肚的怨气只好往小林身上泄了。她扭着屁股，一蹿一蹿地蹦起来，唾沫星子飞溅，引了工地上许多人围观。小林先生脸色寡白，气得浑身抖抖的。邱满子听见吵闹忙赶过来，看着眼前泼妇样的胖丫，心一下凉了。这就是自己未来的妻子吗？六月，该诅咒的六月黄昏，叫人说什么呢？他喝住胖丫，默默呆愣了一会儿，然后，邱满子当着众人说，胖丫，你过来。胖丫看邱满子眼神斜斜的，透出很怪的亮光，心里发虚，悻悻地挪过来。邱满子很平静地站在胖丫身边说，你骂小林先生不对，人家是客，去道个歉！他这时看见，胖丫的头发被风吹成老鸹窝了。

　　胖丫扭身说，俺不去！

　　去！邱满子恶狠狠地说。

　　胖丫害怕了，慢慢挪着身子，挪几步，看看邱满子，又往小林先生跟前挪几步，再看看脸色阴沉的父亲。邱支书软了，示意她过去。冷静下来的邱支书也觉得小林先生是很重要的。胖丫挪过去，讷讷道，小林先生，俺对不住啦！说完就哭着摇摆着跑了。

邱满子说，小林先生，日后咱是一锅水里舀瓢子，免不了磕碰，大度点，往前看吧！

小林先生尴尬地笑笑说，没什么。

邱满子很沉地叹了口气。

在太极地沙地与泥地交接的地方，几只受惊的海鸟湿漉漉地腾空而起，落在电线杆上聒噪。邱满子注视着太极地，背向着父亲的泥窑。父亲这会儿无法看到他的脸，只能看到他修长的背影。窑火熊熊，暖着冷秋天气。一晃就是秋天，秋日太极地的颜色变得格外深重。邱满子眼里的太极地已经完全变了过去的模样，高大的厂房和泥龙般的生产线就像一张恼怒的人脸。他站在那里几乎闻不到一丝昔日打鼻子的鲜气。矿物泥销路之好是村人没有料到的，有了效益，邱满子才让邱支书将情况报上去，后进村眨眼之间就小康了。小康村挂匾那天村里着实热闹了一番。邱满子又写了一篇报道，在报纸电台发了出去。县里和外地来参观取经的人很多。问到他们有何经验，邱满子说主要是开发新的资源优势。邱支书不以为然，他说主要是眼睛向外，多出国走走。参观的人如获至宝，回去就张罗着出国考察。邱满子瞪邱支书一眼说，又出幺蛾子，害人不浅呢！邱支书拖着很重的鼻音说，等矿物泥厂年初分红，咱他×再去美国转转！邱满子见邱支书又把持不住自己了，提醒他说，还提出国呢！差点把你撸喽！邱支书嘿嘿笑道，你小子细想想，没有出国这引子，咱能搞合资矿物泥吗？咱能摇身变小康吗？邱满子沉下心想想一步一步的折腾，鼻子就酸了，他说，咱这是一脚踢屁上啦！三叔，水能载舟也能覆舟，还是夹着尾巴做人吧！邱支书龇着一对马牙说，你小子少教训俺！没多远，俺就是你老丈人啦！咋样，快跟胖丫结婚吧！邱满子不置可否地看着邱支书。现在他想甩掉胖丫的心思愈发强烈，可想想该回乡政府了，又怕影响不好。胖丫到底是没过门的黄花闺女，让他给睡了，怎么也不好说。胖丫不是衣服说脱就脱说穿就穿上的。

这天闲下来的时候，邱满子默默地来到父亲的泥窑。父亲也在五次三番地催他与胖丫结婚，他就是不应承。他孤零零地站到天黑，父亲喊他回家他也没表情，末了说俺心里乱，就替你看窑吧！父亲叹一声，歪歪斜斜地牵驴走了。天黑得纯粹了，邱满子就钻进泥铺子里看书，沾了开发矿物泥的光，这里也有了电灯。书翻到一半，他就听见肚里咕咕叫了。这时又听见咚咚的脚步声响过来，邱满子一猜就是胖丫，故意拿书盖住脸，斜靠着被垛装睡觉。胖丫进屋来大声武气地喊他两句，把盖在他脸上的书掀掉，坐在他身边喘粗气。邱满子没好气地骂，你他×愣头巴脑的，就没个温柔劲儿。胖丫噘着嘴巴赌气说，海里泡着去找温柔。说着就将篮子上的红头巾扯开，掏出一包猪头肉、一盆白菜炒肉和两个馒头，邱满子心里就没气了。胖丫头发乱乱的，蓝头巾也歪到后脑勺上去，横眼说他，快吃吧，对你咋好也白搭，男人都是喂不亲的狼！邱满子确实饿了，狼吞虎咽地吃起来，吃了几口，忽然看见胖丫胳膊上的血，问她咋弄的？胖丫说刚才黑灯瞎火地跌了，碰上滩上锚头扎的。邱满子心热了，放下碗拽过她的胳膊掏出手帕给她包扎好。胖丫从没见过他对自己这样好过，竟啜啜地哭起来。女人一哭，邱满子借着灯影看去，又觉得是个宝儿了，瞅冷子亲吻她一下。

邱满子对胖丫边体验边遗忘。

落霜的秋日分外地长，日头很迟缓地磨蹭出来，而后像灯笼似的悬着。邱满子就在一个秋日接到了回乡政府的通知。走前他去了太极地的矿物泥厂，见了邱支书，也见了小林先生。小林先生设宴为邱满子饯行，邱支书作陪。邱满子急着回去，因为他得知范书记有病住了院，得买些东西探望一下。又想着邱支书与小林先生自从石碑事件之后闹僵了，给他们说和说和对以后合作有利。权衡一下，他还是留下来了。酒桌上邱满子没让邱支书多喝，怕他舌头贱好话说臭了，邱满子与小林先生却喝得醉醺醺。小林先生握着邱满子的手说，我们是冲你才来这儿合资的！邱满子连说，别冲俺冲邱支书！邱支书哼了一声，心里骂你他×冲钱来的！想想签了八年合同，邱支书心里就发寒，这八年抗战的日子委实不好过。他每时每刻都想将日本人赶走，独吞矿物泥厂这块肥肉，反正小康村已经当上了。邱满子猜出邱支书心里想啥，知道他红眼病犯了，与村人一样烧红了眼。日本人拿太极地的泥大把大把地换钱，村里分得的太少。没出三个月村人就嚷嚷着重新划分股份，狗×的日本人的钱也赚得太容易了！风声溜进了邱满子耳朵里，他跟邱支书说，不管群众咋闹，你得把根留住。邱支书那双眼睛却眨动着让人不可捉摸。喝完酒,邱满子一手抓住邱支书的手,一手拉着小林先生的手激动地说,精诚合作,精诚合作啊!说完就红头涨脸地骑车去了乡政府。

刚过晌午的乡政府大院空荡荡的,地上只印着稀稀落落的树影。邱满子好久没进这个大院了,今天推车走着,心里踏实又舒坦,仿佛是这里的主人。他心情特别好,就哼哼唧唧唱起来。小郑刚好正晾晒着棉被,看见邱满子就打招呼说,回来啦!这一阵子邱满子在乡里挺红,而小郑没什么长进,小郑从心底里不快活,但表面上对邱满子还是套近乎。小郑笑笑说,满子,过来杀一盘!邱满子也笑说,好哇,多日不见,还好吧?小郑拿巴掌拍打着棉被说,人走时运马走膘,你小子真有福气!邱满子说,俺一天到晚傻吃酣睡的,福从何来哟?小郑抱着被凑过来说,其实呀,你与日商合资,最早是我牵的线,也不给我提成!邱满子脸一下子阴住,说,谁让你顶不住一片天呢!自找的!小郑仍旧笑嘻嘻地说,八成都让邱老邪吃回扣了吧?分你多少?邱满子的脸说变就变,你少嚷嚷这个,俺可没得啥提成!小郑说,得了就得了,没人跟你借!谁不知引资幕后的勾当多着呢!邱满子啪一声支好车子说,你他×再胡咧咧,跟你没完!小郑抱着被扭头就走,一边说别生气,逗你呢!就钻进宿舍里去了。邱满子气得青了脸,腿关节走飕飕地痛,后来进屋一想,跟小郑生气不值得,便斜靠在被垛上眯眼睡着了。眯了一会儿,却被门外女人的说笑声惊醒,探头挑开窗帘往外看,是小郑含情脉脉地送一位姑娘。姑娘长相一般,可皮肤挺白的,一看就知是城里人。姑娘钻进一辆桑塔纳轿车走了,小郑扭身回来,脸上有掩饰不住的喜悦。邱满子觉得所有的姑娘都比胖丫好,唯独这个姑娘不咋样。小郑的对象在他眼里怎么会好呢?邱满子转回身,开始拾掇屋子,桌上落满尘土而且还弥散着一股怪味。正忙乎着,邱满子脑子轰地一震。他想起了范书记,就扔下抹布急忙跑去办公室问清了住院地点和房号,关上门,推车去了乡政府对门的小卖部,买了罐头、麦乳精和杂七杂八的水果,满满的一大包放在自行车上,径直就去了乡医院。范书记得的是肺结核,会传染的,乡里领导和各企业经理厂长们来时都把东西放外屋。范书记的老婆就在外屋值班。范书记很自觉,轻易不放人进来,邱满子来了却破了例。范书记刚输完液眯眼静躺,听见邱满子的声音就说,让小邱进屋来。邱满子轻轻进了病房,亲热地喊了声范书记好些了吗?范书记耷拉着眼笑笑说,小邱来啦,我真高兴啊!范书记老伴说,老范爱才,总念叨你写得好,是咱乡里的秀才。邱满子说,范书记有啥事只管盼咐。范书记问他,村里矿物泥厂怎么样?邱满子说效益挺好。范书记说,我接到了村里有人写来的反映信,说矿物泥厂股份分配不合理,告你和邱支书出卖集体利益!邱满子一颗心被揪得紧紧的,沉吟一会儿说,范书记,说实的,现在看来俺村得的是少啦,有些亏。可当初并没人说亏,谁知道这臭泥能卖钱呢?弄成了,谁都想吃一嘴,那样工作就没法干啦!范书记呵呵地笑了,瞧你,又沉不住气啦!乡党委会给你们撑腰的!邱满子心里丢不开,嘟囔道,范书记俺担心村里要出事!村民对日商情绪很大呢!范书记说,我们搞改革,不能像孩子一样翻小肠,整个国家都在摸索,何况我们?我心里有数,你的工作是很有成绩的,还要在基层好好锻炼。邱满子听范书记的口气还要把他打发到哪个村里,就急着说,范书记,俺想在乡政府锻炼!跟老百姓直接打交道真难,左不是右不是,烦死啦!范书记截断他的话说,不能这样讲,老百姓是水,我们是鱼,鱼儿离不开水!这种说法好像过时了,但我们乡政府也要转变职能,多为下边提供服务!邱满子对这话不感兴趣,只惦记着下个月的换届选举,使着劲儿往内情里透,问道,乡里下步的宣传重点是啥哩?范书记说,马上进入乡镇级换届选举啦!要配合县人大做好宣传!让老百姓知道啥叫民主与权利!记住啦?邱满子点点头。沉默了一会儿,范书记开始喝水吃药,邱满子说了几句好好养病的话就起身告辞。范书记脸皮皱着吃完药,又说,小邱唯,好好干吧,往后是你们年轻人的天下!这次换届乡党委将重点举荐你呀!邱满子终于从范书记嘴里讨了底,心里有说不出的踏实和宽慰。这是从何乡长的对头嘴里说出来的,何乡长那里就更没问题了。回到乡政府他又找了何乡长通了气,然后就劲头十足地投入全乡的报道工作。

一些日子里,邱满子的心被喜悦涨得满满的。想着自己要当副乡长了,就要由招聘干部转为正式国家干部,变农业户口为非农业户口,一生中有啥事还比这事重要呢?如果说还有一样大事的话,就是家庭问题了。转非之后,胖丫怎么办呢?他的思绪一程一程走进秋的深处。

选举结果出来了，邱满子瞠目结舌。政绩平庸的小郑很神秘地杀了出来，当选为副乡长，邱满子落选了。邱满子当下就傻了，浑身软软的不相信眼前这一切。他躲进宿舍狠狠地哭了一场。他猜想准是范书记跟他玩袖口里捏指头的把戏呢。这老家伙毒哇！邱满子晚上没有吃饭，泥塑木雕般地呆坐着。选举结束后范书记找他谈过心，说的啥话他全记不得了。何乡长十分失望和气愤，劝他想开些，可邱满子弄不明白小郑在乡里的群众基础有这么好吗？好多人来劝他，越劝邱满子越觉得委屈。邱支书和胖丫来乡政府看他，他好像认不得他们了。生活挤对出一些非分的念头，他真想投靠日本人了。小林先生很欣赏他，几次劝他加盟过来。他当官的心太盛，从没考虑过。邱支书劝他说，这年头的事千万别较真儿，你知道小郑是啥来头吗？小郑对象的舅舅是县组织部孙部长，懂吗？选举是做了工作的，俺也是代表，还不懂这些？咱认命吧，认命吧！邱满子啥都明白了，一句话也没说，觉得脸上烫烫的，一摸才知有泪水在流。邱支书又说，要不就回村里干吧，俺退位，你当支书吧！邱满子还是没说话。

这时，邱满子的父亲跪在泥窑旁正一遍一遍地诅咒上苍：老天爷，你有眼吗？你眼瞎了吗？你不晓得俺儿处世的艰难吗？窑火渐渐委顿下去了。父亲望着窑火委实断不透哪里来的邪气。

邱支书和胖丫回村了，邱满子觉得内心无法收拾，就关在宿舍里练书法，谁也不想见。那天傍晚父亲来了。父亲说回家散散心吧，然后拉住邱满子的胳膊，父亲的手劲很大，像一只手铐卡紧了他的手腕子，拉着他就往外走。路上，父亲再也没有跟他说上一句话。回到家草草吃些饭，父亲就去泥窑了。邱满子走到大衣柜的镜子前，拽起一瓶子白酒咕咚咕咚喝起来。眼巴眼盼的日子就这鬼样子？他将空酒瓶摔在地上炸成碎片。胖丫什么时候进来的他全然不知。胖丫将地上的玻璃片收拾好，坐在邱满子身边说，你又喝酒啦！喝成这样。邱满子一把将她搂进怀里，狠狠地撕揉着，嘴里喃喃道，你他×的是谁？胖丫说，俺是胖丫，你喝多啦！胖丫没说完就叫了一声，肩头让他抓出血条子。邱满子抓她一把问一句，你说你舅舅是谁？胖丫一咧嘴说，俺舅舅叫王有，早死啦！邱满子又抓胖丫一把说，你爹是谁？是啥官？胖丫没再答，眼泪就落下来了。胖丫坐在那里流泪，不说话，嘴巴闭得紧紧的。后来邱满子眼一直，连打几个酒嗝，酒气和冤气一起喷了出来。胖丫替他收拾干净，邱满子多少清醒一些，将胖丫揽在怀里，又是亲又是啃，嘴里连说这样挺好！然后将胖丫狠狠地压在了身下。

太极地的太极图案被矿物泥厂涂改得面目全非。邱满子注意到太极地上所有的房屋看上去都是歪斜的，所有的人都像影子一样。从他在这里出生到现在像一个梦，从操持矿物泥厂到今天也像一场梦。这些梦是由许多人共同完成的。邱满子走在太极地上，感到了人世的奇妙。入冬时何乡长终没整过范书记被调走了，邱满子几次要去日商公司，都被何乡长劝住了。何乡长说别因为我走你就走，范书记还是比较欣赏你的，我走后你兴许就有出头之日了。邱满子和邱支书在为何乡长饯行的酒桌上都喝多了，三个人抱一起又哭又笑到深夜。冬天县委党校搞青年干部培训，范书记就让邱满子去了，还说了好多鼓励的话。去党校之前邱满子又回到了太极地。太极地在他眼前越发像个谜了。他望着远处的泥涂，胖丫就悄悄走过来了。胖丫走到邱满子眼前说，俺送你去县城吧！邱满子搂着她的肩说，万般都是命，俺他×这辈子就该着有你这么个影子。胖丫听着上心，就朗笑起来。

腊月底，正是忙年的关口儿，村里出事了。

矿物泥厂被迫停产，同时激起了一场民变。传到邱满子耳朵里时事情已到了十分严重的地步。起初事情并不大，并且牵扯到了胖丫。跟胖丫十分要好的蓉蓉在包装车间做工，蓉蓉是好打扮的新媳妇，在城里文了眼线修了眼眉，但脸上皮肤粗糙，想弄点包装好的矿物泥回家做美容。下班后没人了，她偷偷装了几袋，又让胖丫帮她多装些。她们出车间门的时候，被日方经理助理大岛启和发现了。大岛是地道的日本人，抓管理比假洋鬼子小林先生要严格。好多小工受不了走了，留下来的对大岛恨得不行。大岛先生从胖丫和蓉蓉身上翻出了矿物泥，说每人要罚款100元。蓉蓉吓得哆嗦，胖丫却满不在乎。她原先对小林先生还窝着一股气没撒，这次又撞上了大岛，当下就闹起来。胖丫骂街不解气，知道大岛听不懂，就拿出雪莲湾泼妇打架常用的招数，勾起头牤牛一样朝大岛身上撞去，同时伸出手抓挠大岛的脸。大岛躲不及就与胖丫抱在一起。蓉蓉怕胖丫吃亏，就上去拽大岛。大岛无意中一抡胳膊，就将蓉蓉碰倒在地，脑袋撞上了铁门的一角，顿时血流一地。她刚怀了孕，送到医院包扎好脑袋，孩子就流产了。日本商人殴打中国女工！传到村里乡里和县里的话就是这样的。蓉蓉的本家和婆家是村里大户，而且蓉蓉的老太爷是被日本鬼子烧死在太极地里的。两个家族就炸了，没去找邱支书，前呼后拥几十口子人气势汹汹去矿物泥厂找大岛算账。小林先生见势不妙，赶快将大岛转移，然后就找邱支书商量对策。邱支书早就盼着出点事儿呢，当面糊弄几句小林，背地里还为两家人出主意。他知道自己人早已掌握了生产矿物泥的技术和销路，日本人滚蛋才好呢。两家人受了邱支书的支使，堵在厂门口静坐，要求交出大岛。小林先生怕停产，忙去医院看望了蓉蓉，又连夜与蓉蓉的父亲谈判，开口就问要多少钱？蓉蓉的父亲喝一声不要你们日本人的臭钱！小林先生没辙了，只好去派出所报了案，请求公断。乡派出所的人一来，就被邱支书叫去大喝了一顿，而且当事人胖丫按照父亲授意一口咬定大岛打人。事情就僵住了。村里许多对日本人有气的也跟着瞎起哄，将矿物泥厂搅得像抗日战场。邱支书在村里放出口风说，日本人见好就收吧，卷铺盖滚吧！小林先生在县城还有针织厂，跟主抓工业的副县长混得很熟，眼看着不行了，就将此事捅到县里。县里领导很重视，认为这关系今后全县的声誉，马副县长、外经办主任当即来到乡政府。何乡长走后乡长还空着缺儿，处理此事的重任就落在了范书记身上了。前两天范书记曾派主抓乡镇企业的副乡长小郑前去处理。小郑到了村里哼哈不动，两说三说就给顶了回来。没办法，只有范书记亲自出马去平息这场民变。但范书记的权力加上政治思想工作在机关大院畅行无阻，面对着老百姓则手足无措了。劝说不灵，抓走这几十口人又没道理。马副县长来到静坐的老百姓中间苦口婆心地讲干了唾沫也无济于事。范书记没了面子，没鼻子没脸地训斥邱支书，你这村支书是干啥吃的？你不想干说话！邱支书眼瞅着祸及自身了，忙去说和。却不知闹到这份上他也失控了，连自己闺女胖丫都不听使唤。到底是范书记有统抓全盘的能力，在最关键时刻忽地想到了在党校学习的邱满子。范书记对小郑副乡长说，快去城里把邱满子接来，这小子兴许有办法！小郑心里充满妒意地说，他一个乡报道员有啥办法？范书记急赤白脸地说，啰唆啥？叫你去就去！

邱满子听小郑副乡长前前后后一说，呆愣了很久不说话。他知道早晚会有这一天的，蓉蓉的事只是一个导火索罢了。邱支书这个抗日英雄的兄弟不生是非就不是他了，邱满子想。

邱满子回到村里天都黑了。冬日年根儿的村夜很燥，冻酥了的太极地在邱满子脚下脆脆地响着。矿物泥厂没了机器声，只有扭头时他才能看见父亲的泥窑，在暗夜里像一件古董。走到厂区的那头，邱满子远远地就瞧见小林先生孤独地站在那里凝望着太极地。他猜想太极地在小林先生眼里肯定是神秘而可怕的，小林先生此刻肯定没有那天骑毛驴逛景儿的感觉了。邱满子没去惊动小林先生，扭转身款款朝厂房走去。到了办公楼前边，邱满子看见许多人来回走动。小郑跑过来急着说，下了车你去哪儿啦？马副县长和范书记等急啦！邱满子没理睬他，直接去了办公室。楼道穿堂里，邱满子看见两个家族的几十口人拥挤着坐着。邱支书率先截住邱满子说，满子，这回你胳膊肘可别往外扭啦！坚持最后一下，日本人就滚啦，咱就不用八年抗战啦！咱村就彻底富喽——邱满子没好气地说，你头脑蠢得可笑，当初都有合同的，况且上级会不管吗？赶紧撤兵，恢复生产！邱支书脸沉下来说，你个汉奸，有本事你整，俺是没招儿！邱满子哼一声，去办公室单独与范书记谈了一会儿，出来就问邱支书胖丫在哪。邱支书说胖丫在医院伺候蓉蓉呢。谁也猜不透邱满子要干什么，只见他钻进汽车去了乡医院。在病房里邱满子安慰了蓉蓉几句，就把胖丫叫到外面。胖丫好久没见到邱满子，娇模娇样劲儿又上来了，刚往他肩头一依，就被邱满子狠狠地抓住。邱满子表情平静地盯着胖丫，盯得胖丫心里发毛。他在平静中镇住了女人。他问，你如实跟俺说，大岛先生打蓉蓉了吗？你他×跟俺撒谎，从今往后就地分手！胖丫支支吾吾说，没有打是碰倒的。爹说这回可不能轻饶了日本人！

邱满子说，跟俺走！叫蓉蓉也去！

去哪儿？胖丫问。

到矿物泥厂！

俺不去。

×个蛋的，跟我去！

邱满子拽着胖丫回到病房。

邱满子对蓉蓉说，外面的事你知道吗？蓉蓉委屈地哭了，俺知道，俺不愿意他们闹，这样一来，俺日后出去咋见人？邱满子央告说，你知道吗，县里乡里领导都惊动啦！这不算啥，你想村里好不容易有个合资企业，停产一天损失多大？更主要是闹不出啥名堂来，再说还有合同呢！蓉蓉喃喃说，满子哥，你说咋办哩？邱满子说，最好是你和胖丫跟俺去厂里，说出实情，劝家里人回去！蓉蓉又耸着肩膀哭起来，那，俺的孩子就白死了吗？胖丫拥着蓉蓉没好气地说，说啥都没用啦，谁让你偷泥呢！俺早就跟你说矿物泥是唬人的，涂在脸上就是个黑，屁事不顶哩！自作自受，走吧！

邱满子将蓉蓉和胖丫押犯人似的押到厂办公室楼道里，让两个人一个一个地说。还没说完话，静坐的族人就泄了劲，蔫头耷脑成拨儿地往外走。

邱支书脸上难看地变着颜色。

范书记紧紧抓住邱满子的手说，小邱真行啊。

胖丫插嘴说，说行也不提官儿！

范书记笑了，这丫头嘴真刁！

邱满子说去叫小林先生吧，这还不算完！

小林先生笑得十分好看，拉着邱满子的手激动地说，我猜想就得请你出山啦！邱满子还是那句话，咱是一锅水里舀瓢子，免不了磕碰，大度点，往前看吧！刚才你一个人在太极地上发愁了吧？小林先生十分潇洒地脱下皮大衣说，愁啥？其实我才没往心里去呢！我站在那儿在设计，如何扩大生产，到时你家那泥窑恐怕就得拆喽！小林先生很有风度地朗笑起来，得意自己的话说得正是时候。

邱满子没笑，暗骂，唯利是图的杂种！

第二年开春儿，邱满子被提拔为副乡长。这时节，父亲的泥窑被拆掉了。

太极地完全变了模样，令邱满子惶恐不安。

邱满子一回回地问自己：

你想看怎样的太极地呢？

闰年灯

闰年的冬天，村里富户杨二寡妇要挑头搞一个光宗耀祖的雪灯会。

入冬以来的第一场大雪使这个日子提前了九天。大雪封盖了整个雪莲湾，村舍、河堤和老船被皑皑白雪捂严了，像无声耸起的盐垛。落雪的村庄分外孤独，街里和滩上行人极少，几只机灵的野兔溜着船缝儿钻来蹿去。

疲惫无奈的冬日由于大雪的出现显得格外生动，胜过那些春天的风景。白静的雪天里又由于雪灯节的到来使村人喜出望外。赚钱累人的年头也该弄个活动乐乐，做灯的大师单五爷这样想。单五爷起初不知道是杨二寡妇挑头，他摸清底细的时间是在一个狂雪纷飞的上午。其实，单五爷已经拿槐条子弯折成一个八棱八角的八福灯。原本是五福灯，希图八字发，他就私做主张改了，周围的红纸画成一圈相套的古钱。杨二寡妇主办雪灯会的情况是他从四儿子单四儿嘴里得知的。当时单五爷在做灯消闲的空儿，眯眼吸烟，瞟见房檐上挂着的黄鼠狼毛落了雪，就摘下来做了耳暖。单五爷瘦长的刀条脸戴上两只毛茸茸的耳暖就像一个长耳驴头。他望着八福灯，愉悦着心意，嘴里念叨着发发发，皱皱的老脸却像一本玄妙的谜书。单四儿懒觉儿醒来，到堂屋看见爹的表情和灯很不以为然，说，人要富，蛇盘兔，你瞧杨二寡妇家扎制的茔地灯、蟠桃灯、属相灯，那叫火爆！您这灯怕是人家瞧不上眼呢！单五爷惊奇地坐直了，盯着单四儿的脸问，俺的灯是祖传手艺，管杨二寡妇那娘儿们屁事儿？单四儿一语道破真情，雪灯节是人家弄的，她看中谁家灯就买下来，才能往街上挂！哼，哪承想杨二寡妇这时倒牛气啦！单五爷脸皮抽搐，不说话，不看儿子也不看灯了，看苍白的天景儿,仿佛从迷迷落落里瞅见了别人瞅不见的东西。杨二寡妇简直狂得不像样子!老人收回目光,瞪圆了酸麻的眼睛,水水的。海上生涯给了他一双迎风落泪眼。单五爷吞了口酒,热辣辣的一直烧到心底,吼了句,这还了得?反啦!地富反坏又兴风作浪啦!她杨二寡妇是啥人?她是海霸的后人,咱家的仇人!单五爷说话时两只黄鼠狼耳暖颤索索地响起来。单四儿不服气地说,你说的都对理儿,可就是蠢得可笑哩!如今杨二寡妇是农民企业家!有钱的人为啥不牛?咱是啥?草民百姓,咱祖上都是灯匠,就到您这辈儿当过一回贫协主任。单五爷看见门缝里飘进雪花来了,一股凉气拱到天灵盖儿上,骂儿子忘本。单四儿说他×的忘本就忘本,这个穷本又有啥好留恋的?俺要是忘了赚钱,您老就得去外边啃雪团子了。混账!单五爷又骂。单四儿嘿嘿地笑起来,煞有介事地说,您老别怄气,俺也不跟您废嘴儿啦!斗半天也不来一分钱!说着,双手插进袄袖,哼哼唧唧地出了门。就你想赚钱?你爹就不想?哼!单五爷怅怅地打量着儿子的背影融进雪天里,目光是失望的,心情坏透了,脸木在半空。

往后的日月就没好光景了吗?单五爷想。

黑了天看窗外的雪,黑黑的,像无数蝙蝠在夜天里盘旋。单五爷独自喝了几口闷酒,浑身就暖和起来,提着八福灯晃晃悠悠地走出家门。海边的冬夜本来就凉,下雪天,气温便寒寒的,使六神无主的老人哆嗦行进。单五爷心事太重。自古以来海边的灯匠世家都是很发达的,他断不透自己这辈儿为啥火不起来。老伴隔三岔五就数落他,嫁到你们单家就势单力薄,没个好指望。三个分家单过的儿子就像跳滩的花喜鹊,成了家就忘了爹娘,时不时送气过来。这会儿看来四杂种还算不赖,梗着脖子放两句臭话,倒是蛮疼爹娘的。让单五爷吃不准的是四杂种平时总往杨二寡妇那里跑,连说话都向着人家,祖上的仇都让他忘光了。四杂种乱了性子,老人没少说他,可他没耳性,天生没骨气。单五爷心里巴望的雪灯会,要是让杨二寡妇挑头,他是断断不答应的。杨二寡妇在现今年头寻了一条荣身之路,阔了抖了,就该躲在一处欢喜去,又跳出来胡折腾,有她的好儿吗?村里老少爷们儿会答应吗?俺单五爷会答应吗?村支书老喜旺会答应吗?唉,妇道人家嫩啊,遇事掂不出轻重。单五爷想。

八福灯昏黄的光亮,照亮村头海滩的一大片地方,将单五爷的身影涂在雪地上好长。白雪满天飞，砸得他睁不开眼睛。漫卷而过的寒风吹来了旷野里的重要风景，雪封海的日子使渔人与大平原上的农民没啥两样。冻海与陆地交融了，恰似冬天与春天的交融，又似昨天与明天的衔接。单五爷走过的海滩上甩下一溜儿深深浅浅的脚窝儿，一点一点抹开，点缀着雪野。几只海鸟在雪窝儿旁蹦跳。灯被风摇动，颤颤抖抖的，继而大摆，分明醉了。八福灯在单五爷眼前摇荡一片纯粹的荣光，灯亮在老人脸上贴了光，红亮红亮的。走上一坡雪坨子，单五爷瞧见几个打海狗的汉子。

五爷，五福灯又做出来啦？有个扛叉的汉子说。

单五爷"哦哦"两声，看着雪地里的人。

瞧这篾扎纸糊的灯，够气派！又有人搭腔儿。

单五爷见有人夸他的灯，脸相就松活了许多，说，这不是五福灯，是八福灯，瞧你那球眼！然后就笑起来。

哦，八福灯，看来五爷闰年要发财喽！

单五爷说，积了德蓄了善，雪灯会里老天爷都瞧得见，不定啥时辰就会时来运转发财发人哩！老人强撑着说，牙花子缝里仍不免溜凉风。

杨二寡妇的雪灯会你也捧场吗？

捧她×个蛋！俺这就找村支书去！单五爷一生气脑袋就蒙，说话时两只黄鼠狼耳暖都挓挲开来。

别气，人家这阵是仙，巴结都来不及呢！

你们怕那满脸苍蝇屎的娘儿们？她算哪一路仙？

财神仙，那娘儿们有钱。

她的骚钱咱不稀罕！

还是五爷有骨气。

好灯匠都这样。

五爷，割一块海狗肉去？

不啦不啦，得串门子。

单五爷连连摆手，八福灯一颤一悠。

雪真大啊，瑞雪兆丰年啊。

闰年雪不吉利,都这么传。

那闰年的雪灯呢?打海狗人问。

单五爷一跳溜,下了雪坨子。

七天的大雪把地下暄了,一片的白软。大雪使老河口的木桥渐渐发白,变虚,木桥的两头卧着白天孩子们堆成的雪人。河堤的树挑着白亮的树挂,经硬风一吹,发出亮生生的碎音。单四儿眼里雪夜艺术化了的原始风景一文不值,可他能兴味十足地站在老河口木桥旁,是为了听小翠的心跳。小翠是山里人,鹅卵脸被冻红,就像两片花瓣贴在脸蛋上。单四儿偷眼瞧见雪地映现出她的一副耸奶和浑圆的屁股,喉结处就热了。小翠从小喜欢故乡大山深处的雪景,海滩的雪天,她更喜欢。她是村支书老喜旺家雇来的用人,她对外人讲是支书家的亲戚,只有明眼人才看出小翠在支书家的难处。小翠这个嫩骨朵,这阵儿明显憔悴了,她想回家不干了,但想赚钱,加上村支书夫人保媒又跟单四儿定了亲。单四儿憨憨的,粗手粗脚,冬日闲着,捕捞期一到就与人搭伙租船走了,风里浪里,挣个力气钱。他没啥大的想头,将来有了钱自家买条船,挑盖一下老房子,孩子老婆热炕头,和和美美过小日子。可是,他越发感到钱不是那么好赚的,跟小孩尿似的,说来一股就来一股儿,委实解不过渴来。单四儿望着纷纷扬扬的雪片子想,这没完没了千层雪是一张一张的钱票该多好。人穷志短的鬼话,单四儿越发坚信不疑了。小翠见单四儿站在雪地里发呆,他眼神儿似乎没个着落,小翠问他,你哪儿不舒坦吗?单四儿说,俺在数钱。小翠捂紧被风掀起的花头巾,惊讶了,数啥钱?哪有钱?单四儿很正经地说,雪片就是钱,没看俺眼都数绿了吗?小翠说,别老钱钱的,俺真怕你收不回心啦!单四儿又说了一通煞风景的话,说得小翠打冷子。然后,两人就淡下来了。单四儿瞅着迷迷落雪,两眼瞅累了,望不来自己的财,心也就灰了,自顾自嘟囔道,小翠,俺家穷底子,一没本事二没本钱,不知啥时候才能阔气一回,怕是往后让你跟俺吃苦呢。小翠说,俺福浅怕架不住,阔到哪步算阔?能安安生生过日子就成。单四儿很感动,说,你心地真好!话是该这样说,可你想想,腰里揣着钱票子是啥感觉,你知道吗?小翠噘了嘴巴说,烦人,赏雪景的,你再说一个钱字,俺永远不理你了。单四儿讨饶道，成，今日俺再提钱字，就是龟儿子！小翠笑一笑，笑得很真实。单四儿冲着雪地笑得响亮，笑是硬撑出来的，但他身边树杈的雪挂震得唰唰掉雪粉。

冬夜的老河口清冷、冗长、深远。

村口有几家挂出自己做的灯笼来，星星点点，给村夜捅出许多漏洞。雪地被灯光映得五颜六色，到野滩上转转倒也不赖。单四儿和小翠拥在一起，就像远处碰在一起的鸳鸯灯。单四儿在雪夜里看不清小翠的模样，只感觉她的鼻翼一扇一扇喷着香气。单四儿搂紧了她，双手将她的花头巾胡噜掉了，悄然滑落在雪地上。小翠有些出不来气，脖颈处凉了，方知花头巾掉了，挣开他，弯腰拾起来。这时候，木桥的那一头，已有了响动。单四儿扭头瞧见一挂茔地灯晃晃地上了木桥，吱吱地响过来。

操持十几天啦，茔地灯做成这德行，成心惹你二姑生气！女人说话声。

二姑，俺们费老鼻子劲儿啦！挑灯走在女人一边的小伙子说着，掸去女人肩上的雪。

俺喜欢单家灯！女人说。

单四儿知道是杨二寡妇来了。挑灯的小伙子是杨二寡妇公司里的员工。他躲在暗处，听说单家灯，心里就忽悠一下子。

小伙子说，怕是单老爷子不肯给咱做灯，特别是茔地灯。

杨二寡妇说，就叫单四儿做！别看单四儿那小子吊儿郎当的，手艺不比他爹差！

中，明儿俺就找单四儿。

暗处的单四儿乐得不得了。

小翠暗暗拧他一把，没成色！

杨二寡妇说，小满，离灯会还有几天？

小伙子说，七天。

七天能拿下来吗？

黑天白日连轴儿转呗。

杨二寡妇和小伙子说着话下了桥。单四儿有点沉不住气了，直想跳出来揽活儿，被小翠撅住了。单四儿忽然觉得自己很了不起，能被杨二寡妇看中，他就知足了。这娘儿们眼眶高得很，村支书老喜旺都不在她眼里呢。单四儿望着杨二寡妇的背影陷入一种盲目无所适从的快乐。杨二寡妇走在雪地里就像一把移动的风骚的花伞。杨二寡妇叫龙妮，那是当姑娘时的名字，如今已是徐娘半老，两个眼角的皱纹已经很明显了，但姿色仍不弱，风韵犹存。她是雪莲湾海霸的后人。新中国成立后，她爹被政府处决了，她才下嫁给渔人杨二，杨二福浅，压根儿就没沾女人一点光，"文革"那阵儿女人挨批斗扫大街，杨二也陪着，那时人民公社发放救济粮的名单上没有他们，这会儿日子好过了，杨二又患了癌，撒手西去。村里算命先生说杨二寡妇命硬，不是凡人，大福大贵在晚年。时来运转，杨二寡妇果真抖起来了，自家光景说好就好了。她发家于五年前的一场油荒。那年柴油紧张得不行，好多机帆船都不敢出远海了，船全靠帆在近海里遛弯儿。乡村头头也急得没招子，杨二寡妇瞅准了，就通过石油部门的一个亲戚将柴油搞来了，她更精鬼的是油到了家也不卖，而是拿海货换，那样船上的鲜货全抓在杨二寡妇手里了，顺坡下驴地搞了个"金丰"海产品经销公司，杨二寡妇当了经理，儿子杨磊当副经理，闺女杨倩当财会，眨眼工夫，家庭公司就火起来了，后来盖了小楼，买了车，买了船，钱财滚滚而来。连杨二寡妇自己也想不到能将雪莲湾这么大的村镇放在手里玩儿了。乡间人好造刻薄话，说杨二寡妇跟管油的孙主任有一腿，风声传过来，杨二寡妇双手叉腰站在老河口狠狠骂了一通。骂完了，杨二寡妇就忘了，遍地是钱的黑海岸疯狂地放纵着女人的想象。钱点拨得她迷津顿开，变尽了法子使暗劲儿。多少年了，杨二寡妇是戴着地富反坏的帽子挺过来的，是在村人压迫和嘲讽中成长的。小村和大海像怪物一样横在她眼前，躲都躲不过，脊梁上仿佛沉重地压着东西。她恍然悟出身上的东西和无形的帽子是"钱"给她搬掉的，钱真是好东西，村人的笑面拥着她虚假的尊严。过去的日子仿佛不是她的，好像她刚刚回到日子里来。她生意上的交换，不单单是货币和物资的流转，也没有人情的交换，更多的是仇恨式的征服，她觉得对村人的仇视和不满是她自己的专利，不容任何人分享。每当杨二寡妇心烦意乱的时候，她都要站在自家楼顶上默默地朝小村瞭望一阵子，一种微妙的情感就被强烈地引逗起来。看看身边没有儿女，那碎钉一样的唾沫星子在喷射中裹挟着一句男人惯用的骂人话，×你妈！然后杨二寡妇的情绪就好起来。慢慢地，杨二寡妇的这三字妙药也就传了出来。

×你妈！单四儿冲着雪地吐了一口浓痰。不知是学杨二寡妇，还是欢喜时刻的发泄。小翠说这话不受听，单四儿没理会，盯着小翠的脸淡淡地映着白光，然后冷不丁捧住小翠粉团似的脸蛋儿亲了一口。小翠正了正歪在一边的花头巾说，走，去乡里看灯吧。单四儿说，不看灯，跟俺学做灯吧。听见没，杨二寡妇就认咱单家灯！这牛×不是吹的。谁眼儿热也他×白搭！小翠笑了，你就过嘴瘾吧，跟杨二寡妇打交道有你好儿吗？单四儿哆嗦着肩膀，咕咕地笑道，这会儿是她×的求俺！俺成香饽饽啦，不夯她一下子就对不住俺爷。小翠说，你爷死得惨哩！俺听说啦。单四儿骂一句，脸色难看起来，逐生一肚子火。小翠觉得这当口儿不该激他，就软了声劝他，过去的事过去了。单四儿说，俺不骂了，腰里没钱，连骂句街都他奶奶的没底气！然后就又埋怨日子没滋没味儿。雪还是下得呼呼的，风似乎吹得无力了，雪夜就变得暖和起来。单四儿跺跺脚上的雪，呱嗒呱嗒的声音分外地响。小翠拉着单四儿的手，朝村口跑去了。村口的老树上，挂着一盏扁圆橙黄的灶火灯。单四儿和小翠跑了一阵，就口吞着雪粉喘息，白白的哈气暖化着天。小翠歪着脑袋，拿手指那灶火灯说，别跑了，挺远呢。单四儿说，不远，一泡尿就滋到了。小翠激他，你先跑，俺跟着。单四儿故意吓她，你真以为是灶火灯啊，细瞅，那不是悬赏的人头吗？许是灶王爷的脑袋！俺爹说海霸时常将血糊糊的人头挂在桅杆上。小翠故意捂住耳朵说，不听不听！说话时她已满身簌簌发抖了。单四儿拉起小翠手又跑，小翠忍不住猛猛地咳嗽起来。

奔跑中，他们体味到一种奔驰的快意。

灶王灯影已无从追寻。

如果单四儿没在木桥上巧遇杨二寡妇，就很可能携小翠过桥与单五爷遭遇。单五爷满腹心事地走过那架年代久远的白色木桥的时间是夜里九点，雪下得正紧。单五爷手提的八福灯在风雪里连连打转儿，五短身子也跟着摇摇摆摆的，看上去他的身子显得十分虚弱了，嘴里呼出白白的哈气，就像一辆废旧的汽车排出的废气。单五爷走路时不再跟别人搭话，心里只想见了村支书老喜旺怎么说说杨二寡妇的张狂，共同谋个治那娘儿们的招子。尽管单五爷默默地走，村人远远地就能认出他手里的灯。啧啧，单家灯就是棒！那准是单五爷来啦。于是人们就围上去打招呼，单五爷点头嗯嗯着。过去闹雪灯会，单五爷是吃百家饭的，灯会前的一个月光景，他就被东家扯西家拽的，一条老河，将小村劈开，单五爷住河西，去河东人家做灯，总是要在木桥头歇脚的，孤独的小桥总是伴着单五爷的到来而热闹起来。单老灯匠在桥头传艺哩！村巷里传开了，大人小孩就呼啦啦围上来问这问那，有的抱来高粱秸、芦苇或是柳树条子，请单五爷扎灯。单五爷十分得意，常常把简单的扎制方法讲得神乎其神，好像他的灯能扭转乾坤似的。单五爷说，大清朝光绪八年，李鸿章兴洋务在煤河口修铁路造龙车，通车大典就是用的俺单家灯。滦州府上的祁老爷祖上大祭，茔地灯整整摆了十里地，都是俺单家灯！单五爷边念叨边扎灯。硬硬的槐条子做灯骨，在五爷青筋突跳的大掌里软成面条，弯弯折折，钻来钻去，眨眼工夫就成形了，荷花灯、鲤鱼灯、蟠桃灯、十字灯、长寿灯。灯座放一海碗，插一根洋蜡，裱糊一层彩纸，就完活了。孩子们着急，划火就点灯，单五爷拿大掌亲昵地拍一下孩子的天灵盖儿，呵呵笑道，狗娃蛋，别急，天不黑，点了，不长个儿哩！孩子答应着点头，孩子家长就摁住孩子的葫芦头给单五爷跪下磕头，单五爷捻着胡须笑。每年的雪灯会上风光的都是单家，隔了这几年，世道变了，单五爷几次鼓动村支书也没鼓捣起来。闰年的雪灯会没承想让杨二寡妇挑了头，她成了雪灯会的主宰。让单五爷气不平的是村里人屁也不放跟着搅骚灯，村人愈发没骨气了，愈发没成色了。村里被杨二寡妇带邪了，怕镇不回了，村里的正气没几日就会被妖魔吸尽了。单五爷想，瞪得铃铛大的老眼里闪出骇光，腮上的肉抽抽地抖了。

　　×他个奶奶！单五爷骂。

　　图个便当，单五爷绕过井楼子抄近道奔村支书老喜旺家去的。上坡的时候，老人先将灯放在高处，自己笨拙拙地爬上去，来到村支书家后门口，单五爷站定，稳稳心，吭吭地咳几声，喉咙口呼噜呼噜响。天一冷，老人的喘气就不那么顺畅了。单五爷也不敲门，从铺了厚雪的柴火垛里抽出一根树杈子，将八福灯挑起，高高地举过墙头，晃了几晃。老喜旺家里正请渔政处大老张和税务局的梁局长吃饭，酒正喝在兴头上，闹闹哄哄。率先发现八福灯的是卧在院里啃骨头的大黑狗，大黑狗汪汪叫了两声，算是对单五爷的回应。狗叫了好长时间，村支书媳妇才出来开门，见是单五爷脸就沉下来，说，老单头来啦，小翠不在家，被你儿子叫走了。单五爷很懊恼，嘟囔一句，俺找小翠干啥？俺找喜旺有话说。村支书媳妇说，喜旺在陪客，你改日再来吧。单五爷倔倔地说，俺就今日跟他说！支书媳妇嗓门亮起来，吵得楼上的支书喜旺探出头来说，是单五爷来啦，快请上来喝几盅。村支书媳妇见男人态度好，就不情愿地放单五爷进来，但单五爷身上荡出的老烟叶子味使她揉了半天鼻子。她嗖嗖地上楼，硬是将男人生拉下来，恰好将单五爷堵在楼下。稀客哩，老哥！老喜旺递上一支红塔山烟，单五爷摆摆手，打腰间摸出短粗油亮的烟斗。老喜旺红光满面的，后脖颈鼓出一骨碌肉疙瘩，脖和脑袋一般粗，脑顶有块秃斑，明晃晃的像生了第三只眼。村人骂老喜旺是势利鬼，脑顶开天窗了。单五爷不爱听，拿辩论的口气说，村支书不好当，为公为民才得罪人，就会有人造口孽！别的不说，就凭老喜旺他爹老水令的壮举，还有啥说的呢？单五爷是打心眼儿里敬重这个家族的。打日本鬼子那阵儿，日本人要在雪莲湾制造无人区，挨村挨户地杀。有一天深夜，日本鬼子和伪军几百号人将村东街村西街围住了，老喜旺他爹老水令，扶老携幼将村人集中在老河口的帆船上。老水令知道就剩这条河道没封住，但是鬼子放了水雷。老水令说，眼下就是排雷，不然，全船人都会炸飞。鬼子已往村里移了，老水令自告奋勇当了敢死队的一员。五条光着脊梁的海汉子在老水令的指挥下划着小舢板往雷区里冲。挨近黑黑的雷区，老水令发瘆地短吼了一声，一竿子将那四条汉子扫下舢板，独自朝雷区撞去了，轰的一声响，老水令就没了。排雷的汉子仅从爆炸后的水面上拾来老水令一件炸烂的蒜疙瘩背心。老水令的坟里埋的就是这件背心。全村人脱险了。没有老水令哪有这阵的村人？单五爷想。村人很少有人记着老水令了，有的只是对老喜旺富起来眼红，猜七想八料定老喜旺以权谋私。庄户人家就这毛病，像单五爷这般穷的，瞧不起；像杨二寡妇和老喜旺这般富的，恨又气。这似乎没道理，单五爷觉得良心就是道理。单五爷晓得老水令喜欢单家灯，每年清明节的夜里，老人总是偷偷在老水令坟头上挂一盏茔地灯。独立寒灯，使老喜旺心里热乎乎的。灯不能白挂的，老喜旺打发孩子们给单五爷送上一包烟或一包点心什么的，单五爷不收，又都送回老水令的坟头当供品。单五爷知道老喜旺不是过去的老喜旺了，老喜旺利用职权在村里大小企业入空股拿红利，有了钱借出去放高利贷，儿子小舅子那么一帮人欺男霸女的，群众意见纷纷。单五爷不知是真是假，如果是这样，多少就有点过去海霸的味道了。单五爷受不住了，就隔三岔五递过话去劝劝。老喜旺知道单五爷的好意，便不说啥，心里也是不快活。老喜旺从渔船大车熬到今天村主任兼支书的位子，也是费了一番心计的，不算计能立足吗？他的赢人之处是会使用权力，从来没有看错过人。县里乡里的头头脑脑和各个与渔村有关系的单位，老喜旺都吃透了。他偏偏忽略了一个人，一个名声不好的娘儿们——杨二寡妇。村里村外那么多厂长经理都是老喜旺一手培养出来的，唯有杨二寡妇不是。她是在老喜旺看不起她的时候，一夜之间自己杀出来的。她溜过了村支书这双慧眼，也溜过了单五爷的照妖灯。这娘儿们咋就成势了呢？杨二寡妇几乎成了小村的核心。老喜旺受不了了，也曾想制服她或是笼住她，然而杨二寡妇偏偏不尿他这壶，这使老喜旺不那么踏实了，不那么理直气壮了，他的权力明显地受到威胁。杨二寡妇已经给老喜旺上眼药了，老喜旺被杨二寡妇搅得心口又痛了，要是前些年，老喜旺早就将杨二寡妇整蔫了。这会儿规矩多了，权力弱了，急不得也恼不得。老喜旺眼里出气儿，没等单五爷张口，就说，老哥，俺知道你来找俺干啥。雪灯会的事儿，对不？单五爷将八福灯放安妥，恼成一张猴腚脸说，你个家伙真神，村里的大事小情儿都在你啤酒肚里装着哩！杨二寡妇要搞雪灯会，这不给你难堪吗？障眼法，她是祭祖，是拿灯会压人！这瞒不了俺，变戏法的还瞒得了敲锣的？老喜旺抹着油嘴呵呵笑了，老哥，别急，上楼说吧，桌上喝几盅暖暖身子。单五爷摆手，不啦，俺狗屎上不了台盘。老喜旺说，咋能这么说，你老是赫赫有名的灯匠师啊。单五爷叹一声，灯匠师管屁用？还不是让杨二寡妇给涮啦？老喜旺显见得有了激动，说，这阵儿村里妖气太盛。单五爷紧跟上话去，大兄弟，你是村里的官，你得管呢，俺七老八十的没啥咒念啦！老喜旺见单五爷可怜兮兮的样子，心里就发酸。唯这个时候，泡酒肉里的老喜旺才感觉自己曾经是个穷人。村里大会小会他都说，大伙摽劲儿一块儿奔前程，俺一心一意带领村民共同致富。几年过去，细瞅瞅村里真正富起来的都是哪号人？贼滚油滑的、出大狱的、海霸的后人和村里当官的。究竟是啥地方出了毛病？老喜旺不敢往下想了，讪讪地说，老哥，俺管，俺真想管，可又咋个管法呢？搞雪灯会又没犯法，村规也没这一条。单五爷阴了脸，整个人是一副委顿病态的样子。村支书媳妇走到楼口跟老喜旺咬耳朵，开导开导老爷子，回家去得了。单五爷活了这把年纪，耳朵却不背，支书媳妇的话全听见了，霍地站起来，提灯就往外走，嘴里嘟囔着，甭开导，俺就走，算俺瞎了眼！老喜旺瞪眼将媳妇推了上去，又走几步慌乱地拉住单五爷，老哥，别跟妇道人一般见识，来，咱们想想对策。单五爷硬硬地给老喜旺一个冷脊背，说，当真？老喜旺说，老哥，治治杨二寡妇是俺思谋好久的事。单五爷将半推开的门掩上，扭回身，雪片子和冷风就吹不进来了。

　　单五爷说，俺老脸皮再求求你。

　　老哥，说这话就远啦！老喜旺说。

　　随后，他们脸对脸坐下来。

　　单五爷满脸的皱纹牵拉成一副苦相。

　　依俺看，咱村早早晚晚跌在娘儿们手里！

　　老喜旺说，要么这雪灯会由村里搞？

　　村里搞，才名正言顺。

　　这笔经费是村委会出，还是各家摊派？老喜旺现出一副深谋远虑的样子。

　　单五爷说，这俺不管！

　　你老就管往外拿好灯吧！

　　咱也能挺起腰杆体体面面乐一回。

　　老喜旺笑了，腮帮子笑成两半个紫球。

　　单五爷感动得两洞眼窝发湿了。

　　听说，杨二寡妇弄了好多茔地灯？

　　单五爷说，可不！俺咋气呢！杨二寡妇她爹当过汉奸，她爷是横行雪莲湾的蓝灯匪，杀人如麻！这回杨二寡妇要在坟地上摆几溜儿蓝了吧唧的茔地灯，给谁看！莫不是想翻了天？

　　老喜旺说，老哥，你说谁家祖上该祭奠？

当然是老水令大叔！咱村的功臣哩。

老喜旺拍拍脑门子说，俺倒有个想法。俺出钱，由老哥挑头，也破例拿茔地灯祭祖，给世人瞧瞧，也告慰先人。唉，是该让村人明白一下子了，不然，老是站错队伍。

单五爷心里透亮了，连说，给老水令大叔做茔地灯，俺单家包下，你出料，俺白干都情愿。俺咂摸，村上有良心的人，都会主动将灯送上茔地的。老人说着，老脸像块螺皮放光了。

咱打着灯笼拉呱——明讲！这么定啦！老喜旺说。显然他意外地惊喜了。

俺就怕你让俺水里捞月白搭劲儿！单五爷提着八福灯出了屋，笑起来喉结上下滑动。老喜旺夸几句五福灯，单五爷说你老脑筋了眼罩不中用啦，俺这是五更天下海赶个潮流，叫八福灯，嘿嘿嘿嘿。老喜旺将单五爷送出老远才关了门。单五爷甩开雪灯会这档子窝心事，心绪好起来，如同泡在烈酒里的感觉，嘴里哼着老辈儿的灯谣。夜深了，雪不怎么下了，瞅瞅天，还是黑咕隆咚的老样子，地上的浮雪却显得硬实了，往雪皮儿上一踩，脆响脆响。单五爷走在雪地上，看见桥西街遥遥有些灯，一粒一粒跳。正往远里看，不小心与街筒子中间竖起的雪人撞了个满怀，八福灯被挤得脱了相，单五爷脚一跳，实实地跌倒了。这时暗处的柴垛里传来咕咕的笑声，咯咯咯，小翠，这雪人就是你，有人跟你亲吻哩！单五爷耳朵好使，立马就听出儿子单四儿的声音，火气就蹿上来，想骂一句，又想当着小翠不好，一股鸟火就窝下了，他爬起来，扑拉扑拉身上的雪，大气没出，蹶跶蹶跶地走了，心里骂，这四杂种，回家跟你算账，见了女人都野得收不回心啦！吱吱咕咕的声音一响，单四儿摘开小翠的胳膊，才探脑袋，看见八福灯，吓得打了个冷战，缩头缩脑地蹲下来，用力咬住嘴唇。小翠问他咋啦，单四儿颠颤着棉帽子的两个耳苫，摇摇头，冷不防抱住小翠的脑袋狠狠地啃了一口，算是对小翠的报复。小翠叫了一声，藏在柴火垛里避雪的一群乌鸦焦躁不安地飞起来，在苍灰的雪天里画出几条紊乱的线条子。乌鸦的叫声是单调而凄冷的。

乌鸦噪雪啊！单四儿说。

第二天很早单五爷和单四儿爷俩就起来了，老伴迷惑不解地问单五爷到底犯啥魔怔，单五爷没说话，又转脸问儿子，单四儿只是朝灯笼比画一下子，就颠儿颠儿地溜出来了。雪地里柔曼地漾动着虚缈的薄雾，单四儿知道那是老滩透过厚雪呼出暖和的瑞气。村里几乎没人走动，这个时辰是睡懒觉的。野地的林子里有野兔的小蹄轻巧地敲打冻酥的雪地，咔咔的声音十分好听。单四儿走进槐树林，解开腰里的麻绳，拿斧头砍槐条子。无风的早晨，海边也很凉，单四儿脸上冒出的汗不用擦转眼就干了。冬日里晨脖儿短，单四儿刚砍了一捆，天就亮起来，村头就热热闹闹了。单四儿坐在林子里吸了一支烟，听到村头小桥那边神秘悠长的吆喝，就知道有了新情况，紧溜儿打包，背上槐条子，极熟练地往村里走，脚下咂咂地响着。走着走着，他看见飘逸在村子上空的炊烟越来越浓，诱人的饭香直吊他的胃口。想着小翠，再看这画面，他觉得人世真有活头了。单四儿背着槐条子走在雪野里，像一个温和的大刺猬在爬行。快走近木桥的时候，发现桥头围了一群人看什么东西，一条高高壮壮的大黄狗，在人群里钻来钻去。单四儿认出那是杨二寡妇家的狗。黄狗的四个爪子深深踩进积雪中，很凶地吐着长长的舌头，尾巴扫着积雪。奶奶的，狗仗人势！单四儿骂一句。他看见一回夜里狗战，杨二寡妇的这条黄狗拔了尖儿，咬得群狗乱跑，连老喜旺家大黑狗也狼狈地逃了。大黄狗屁股蹲在雪地里，拿十分怪拙的目光看着背槐条子走过来的单四儿。单四儿说，狗眼看人低！他嘟嚷着挤进人群，看见老泥墙上贴着一张招贤榜。崭新的大红纸蹿进单四儿的眼帘子，上面写着，杨家主办雪灯会，广招贤才，独家制作大量灯盏。各家入会灯盏另算。尤其欢迎灯匠世家高手加盟助阵，工钱优厚。最后的落款是：金丰海产品经销公司。单四儿心里明镜儿似的，招贤榜是冲他来的。杨二寡妇够毒的，她不会上赶着求他，她想以一纸告示钓他上钩。单四儿左顾右看寻杨二寡妇家的人，没人，唯有这条大黄狗晃来晃去的。狗×的，杨二寡妇没把村人当人看。火气上了头的单四儿，想想寒酸的日子，情知拗不过就静下来。反正偎冬也是闲着，赚她杨二寡妇点钱，屈点就屈点，杨二寡妇的钱不骚呢。他又猛把散开的外衣裹紧了，来镇压自己的乱心。围观的人冲单四儿喊，上啊，单四儿，捞钱的机会来啦！单四儿方又鼓起兴来，大声说，×他个奶奶，俺做灯收钱，单家灯认钱不认人，俺当然干！村人眼热得快冒出火来了，破槐条子扎巴扎巴就换钱，合算，合算！单四儿是一副欣然默许的样子，心里仍不是滋味。村人扎了窝子，这叫人窝子里抢食吃，单四儿酒醉心明不再说啥，背起槐条子，一摇一摆地朝家里走了。

单五爷也背了同样的槐条子进了家，单四儿娘脸上现出极度的迷惑。她问单五爷、老头子，这么多槐条子烤火盆用？单五爷吧嗒着烟头，嘴角浮了笑影说，做灯用！雪灯会就该到喽！老喜旺说啦，这回村里也挑头搞雪灯会，跟杨二寡妇对着干，也长一回咱贫下中农的志气！单四儿娘哦了声，好事哩，看把你这老棺材瓢子乐的！单四儿小眼睛眯着问，村里的雪灯会在哪天？单五爷说，与杨二寡妇同一天！单四儿又问，村里给钱不？单五爷说，村委会一道令，不给钱都得去！单四儿摇着脑袋说，没劲，没劲！单五爷气得又吼了，你就认钱，咱渔人劳顿一年寻个乐子，不比钱金贵？单四儿又眉眼活泛着轻狂了，哼，乐子在钱里寻，那才真他×叫乐子！谁给俺买条船，让俺一天哭三遍都干！单五爷怒了，吼得喉结都颤了，你个杂种，成心气俺，整日钱钱的，有本事给俺挣俩回来。别跟你爹使性子，你爹身上没二两油了，你爹跟钱没仇！单四儿说，俺就拿单家灯，准能换来钱！单五爷骂，呸，牛的你，换吧，换不来你别进这个家！省得俺再为你说媳妇盖房子奔命。单四儿眼珠灵活地转了转，爹，你真不管俺拿灯赚钱？单五爷撇撇嘴，就你那做灯手艺，赚屁吃都赶不上热乎的！单四儿手拿一块发面饼子，卷巴一根大葱，抹了一疙瘩豆酱，咬着嚼着，哼哼唧唧地出去了。单四儿奔杨二寡妇家的小楼去的，走到杨二寡妇家的墙根儿，他腹中胀胀的，看看没人，掏出一线尿来，给杨二寡妇的后墙根儿雪坨子打了个黑洞。单四儿嘟囔着，你拿狗招贤，俺也给你个见面礼！说着就狐狐鬼鬼地乐了。单四儿正系裤子，忽听院里传来杨二寡妇骂人的声音，你这拱墙的猪，跳墙的狗，跳槽的驴，喂不亲！单四儿浑身打了个哆嗦，以为是骂他的，听着听着，听出勾当来了，是杨二寡妇大动肝火骂下人呢。单四儿大大咧咧地转到正门口，见门大敞四开，就大模大样地进去了，故意拿高腔喊，二婶子，在屋里吗？杨二寡妇在楼下的客厅里打电话，显然是隔着电话骂大街。单四儿不等人让，一屁股坐在软皮沙发上，从茶几上抽出一支石林烟就吸。杨二寡妇又在重嘴烂舌地骂人，荤的素的都上，骂得单四儿耳热心跳了，单四儿心里骂这娘儿们又骑人脖子上拉屎拉尿了，嘴上却说，二婶子，悠着点，不知俺还没结婚嘛！杨二寡妇放下电话脸子气得煞白，半晌，才眯眯一斜眼，瞅见单四儿竟是一脸妩媚，说，四儿，今儿咋有空看婶子来啦？单四儿支吾道，二婶子这儿有仙气，也来借借光呢！杨二寡妇笑了，四儿也学乖了，这世道就是练人呢。她笑的时候，眼角和嘴角的皱纹有些显眼，四十六的女人，保养得好，并不给人老的感觉。杨二寡妇的头发梳得油光，脑后的圆髻拿金丝银线网罩住了，再配上裁制得体的时装，透出老来俏的味道。她的眼睛不大，但眼神气韵逼人，村人从她的眼神上就可看出她的心劲儿来。杨二寡妇又说，四儿，公司里出了点麻烦，一会儿俺去处理，说实话，你到婶子这来串门儿，还是有事？单四儿在路上胆子挺壮，果真见了杨二寡妇，他却两腿打战没了章程。这娘儿们心里藏奸逼他出口，够厉害的。杨二寡妇见单四儿闷着头，心里便骂，这小子骑葫芦过河充大蛋呢。她故意往正题上引，说，四儿，你来的路上遇见俺家大黄狗了吗？单四儿到底是修炼不够，顺口说，看见啦，在桥头上呢！杨二寡妇浪声浪气地笑起来，这么说，你是俺家大黄招聘来的，报名做灯是不？单四儿不住地眨眼。杨二寡妇的话直问到他脸上，他就实说了，俺来打听打听，是啥价码？杨二寡妇渐渐气色平和了，说，关于做灯的价码，是这么定的，大号五福灯、鲤鱼灯、属相灯、蟠桃灯包料包工100块，茔地灯，全包50块一盏。茔地灯要做100盏，俺投资一万块！茔地灯他们做了20多盏，俺瞧不上眼，毁啦，重来！雪灯会日期不变，还有十来天，你看能拿下来吗？单四儿不敢轻易答应，心里掂算着，他知道杨二寡妇难伺候，脸酸心硬一时恼了六亲不认，况且她与单家有仇怨。过了一会儿，单四儿说，俺能拿下来！杨二寡妇问，就你单枪匹马地干？单四儿说，俺再找帮手！杨二寡妇说，俺就要单家灯！单四儿说，帮手也是从单家找，俺爹不干，有俺哥哥嫂子们呢！杨二寡妇说，还有一样条件，做灯地点由俺出，必须像俺公司职员一样，到俺们公司做灯！单四儿说这不成问题，背着抱着一般沉！杨二寡妇说就这么定啦，不能出闪失！单四儿沉了脸说，单家人做灯不含糊！做不成，从此往后砸了单家灯！杨二寡妇站起来，与单四儿一同出了院子，杨二寡妇钻进双排座汽车里走了，单四儿还站在雪地里发呆。他思谋这活儿咋抢出来，不能栽在杨二寡妇手里，单家灯的根性就是信义，不管对谁。爹总是这样告诫他。他抬眼望天，灰蒙蒙的没有晴的意思。想想要赚钱了，单四儿心里就喜，狗刨似的躁了，土布棉鞋刨着地上的雪，甩出一片雪雾。他边跑边用冻木了的手揪下冻出来的鼻涕，甩到杨二寡妇家泛着亮光的雪墙上。

这几天单五爷躲在破旧的厢房里做灯。照祖传的规矩，他先用石灰水涂了厢房满地，一股青涩辛辣的石灰水气味弥散开来，八福灯挂着照亮儿，老伴换了几根洋蜡了。几盏大号的鲤鱼灯、蟠桃灯和祥瑞灯的灯骨都做出来了，彩纸裱糊上去就有模有样了。几条狗在厢房门口闲适地游逛。溜房檐儿的麻雀啾啾叫着。单五爷坐在昏暗的厢房里鼓鼓捣捣做灯，他又做了五盏大号灯，算自家上灯会的，加上八福灯共六盏。祥瑞灯做得十分精致，边边角角还打了木线，它是去灾祸的，仿佛如此一来，纵使家族有祸也将无祸了，没福也有了福了。单五爷坐得身子冰凉，青筋鼓跳的双手机械地忙活着，老伴过来为他拿水滤青麻团，然后用纺车摇拧成麻绳子。他拿麻绳系柳条子和芦苇秆。先时，单五爷是好走动的人，做起灯来，老人再也不想动弹了。有时老人对着灯笑笑，灌上一口酒，落落寡合，一天到晚孤零零的却像是走了很远很远的路。那天早上又落雪了，雪花将老人和灯的影子弄得虚虚幻幻，老人开始做茔地灯了，是为雪莲湾的英雄老水令大叔做的，连打带踢也忙活不开，老人就叫醒单四儿当帮手。单四儿睡得死，他几天不着家了，回到家里吃口饭就走，啥也不说冷眼窃笑。老人发现儿子蔫不唧的一副睡不醒的样子，他怀疑儿子去了赌场或是跟小翠一起胡整。他觉得单四儿啥事都不上心，恐怕啥球事也干不成的。要说做灯，单五爷没话说，哥儿四个就算是单四儿灵透，他从小跟爹做灯，小脑袋摇成拨浪鼓，小手忙得飞飞，活儿细细的，灯一出手就带精气神儿。单五爷觉得儿子越大越完了，毛病不上几年都添全了。他狠狠心，一巴掌将单四儿拍醒了。单四儿疼得咧咧嘴，爹，下手轻点，给俺打个好歹，活儿就干不出来啦！单五爷问他，啥活儿？啥活儿也不比咱家做灯要紧！单四儿迷迷糊糊中有些腻烦了，说，你那灯能来几个钱？俺那茔地灯一个就赚……单五爷愣了一下，忽地想起啥，一把揪起单四儿的耳朵，问，你个兔崽子，原来你在偷偷做灯，难怪俺闻你满身石灰水味呢！说，给谁家做灯？单四儿彻底清醒了，摇头说，俺没做灯！单五爷说，没跑儿，你给杨二寡妇家做灯。刚才你说的茔地灯，除了杨二寡妇，没人做！单四儿责怨自己说漏了嘴，没法子只好认了。单五爷的火气蹿到天灵盖了，抄起门后的闩门杠，就朝单四儿打来，单四儿穿着花裤衩子满炕躲闪，连连告饶，爹，爹！闩门杠一扫就有一声肉质的暗响，单四儿的肩膀红肿了，他急手抓住闩门杠，就将单五爷拽倒了，然后爷俩就抱打成一团，在铺着苇席的火炕上骨碌碌滚动。每滚一下，单五爷的腿就朝上弹一下，不一会儿，单五爷手脚就不听使唤了，像中风的病人，老脸也怪怪异异地扭歪了，嘴里直淌哈喇子。单四儿娘颠脚进来时，单四儿方跳下炕跑了。老伴儿将单五爷拥着坐起来靠在被垛上，拿手揉着单五爷的胸口，问，有啥事爷俩过不去？单五爷直杵杵地傻挺了一会儿，倔倔地骂，四杂种给杨二寡妇做茔地灯呢！气死俺啦！单四儿娘顿时也塌了身架，愣了很久，很沉地对着单五爷叹了口气。

龟儿真精啦，骗人一愣一愣的！单五爷骂。

老伴劝说，儿大不由娘哩，没法子。

没法子？俺打折他的腿！单五爷说。

老伴切着牙齿骂着杨二寡妇。

有一块黑黑的云团从单五爷的头顶抹过去，天空就亮堂了一些。河道溜来的风裹着雪粒子扑打在单五爷的脸上。单五爷泥塑般地坐在木桥桥头的石台上，耷拉着眼，脊背抽动着，鼻腔里喷着锵锵的声音。那根闩门杠子紧紧地抓在老人的手上。来来往往的村人跟单五爷搭话，老人也不应声，桥头有个瞎老太太抱来槐条子请单五爷做灯，单五爷说没空就打发走了。人们发现白雪映青了的这张瘪脸，显得十分难看，觉得老人的目光犹如两口深潭，深得没有底儿。此刻单五爷的心沉进历史里去了，历史的仇结，老人心里一直丢不开。

沉下去，风打屁股透心凉。

村里有把年纪的人都还记得，单家祖先曾经是朝廷里做宫灯的灯师。光绪六年清东陵大祭的时候，单家先人跟随文武百官到东陵祭祀。老佛爷慈禧见皇陵的灯盏破旧不堪，就下旨将单家先人留在皇陵做灯，从此之后，单家先人由灯师沦为守陵人。先人整日带着看陵狗手撒纸钱在阔大的陵区里逛荡，一本由单家先人自己撰写的《千种灯方》揣在自己身上，书中比较详细地记述了宫灯和民间花灯的制作方法以及悬挂摆放规矩。单家先人与雪莲湾的缘分是由于单家后人诞生在陵区。皇规戒律，守陵人如果在陵区生了孩子，母子都要处死。那是中午，单灯师的夫人挺着怀了孕的肚子，颠着三寸小脚去陵区寻找单大灯师。过了石牌坊，进了大红门，就觉得自己肚子痛得厉害，挺不住软软地跌倒在神路上，滚了几滚，伴着一声响亮的婴孩的啼哭，血水就流上了神道。单家先人吓坏了，赶紧将母子藏在马兰峪的村宅里，过了月子，就偷偷外逃了。他们逃往雪莲湾完全是因为那道雨后彩虹。夫人说俺们往哪逃？单灯师指了指雨后天幕上又弯又长的彩虹说，顺着彩虹走，走到那一头就是咱的家。赶到雪莲湾彩虹早就消失了，但是单家先人总是感觉这儿就是彩虹的南端。从此荒凉的海滩便有了灯影，有了欢喜不尽的雪灯会。用暗黄草纸续誊下来的《千种灯方》伴随单家家谱留了下来。单五爷读到《千种灯方》时是他九岁那年。那年乡间因赈济灾荒而中断了雪灯会，单五爷没有做灯，却从三叔嘴里得知了父亲的死与灯有关，仇家便是杨二寡妇的爷爷蓝灯匪首龙膘。民国年间，蓝灯匪就在雪莲湾造孽了。几条灰不溜秋的破船上竖着几杆老帆，桅杆上挑着印有骷髅图案的蓝灯笼，蓝灯笼的模样发圆，就像染缸里浸泡过的人头，船上就是杀人不眨眼的匪人。越船劫货，欺男霸女，村人看见蓝灯笼心里就发怵。匪首龙膘的深宅大院里挂了满满的蓝灯笼。单五爷的父亲单天人被龙膘抓到深宅里做长工。龙膘喜欢单家灯，对单天人就极为看中，深宅里和匪船上的蓝灯笼就让单天人制作，单天人不做，就被吊到匪船的桅杆上，匪徒们拿蓝灯里的火苗子烧烤他，火舌舔在单天人光光的脊梁上，嗞嗞地流油，海风里就荡开人肉的焦煳味儿。单天人昏死过去，吊在桅杆上的模样像枯死的老树。龙膘让人放下单天人，兜头淋了一桶海水，单天人就慢慢苏醒过来，率先拥入他眼帘的是忽忽涌涌的蓝雾，那是蓝灯笼映的。龙膘托挲着络腮胡子笑得十分狰狞。单天人挣扎着跪起来，喷出满口血说，龙匪，单家可杀不可辱！宫灯花灯俺都做，就是不会做匪灯！龙膘说，蓝灯会吃遍雪莲湾，连胶州湾的马爷都敬俺三分，你不做灯，蓝灯自会有人做，可是与蓝灯会作对的人不会有好果子吃的！单天人仰天狂笑，单家让你知道，你龙膘也有做不到的事，就够啦！你栽啦，哈哈哈哈！龙膘挥手朝单天人一劈，单天人的身子就慢慢软下去了。拉回去关在地牢里折磨他，冬日的大雪天里，龙膘将祖坟摆满茔地灯，将五花大绑的单天人拖到龙家坟地，摁跪在那里，罚单天人看灯。夜来风雪，一点一点将冻僵的单天人灯师埋了。第二天早上，龙膘的几个狗腿子将冻成冰柱儿的单天人装进麻袋，扔进冰窟里了。单天人的神秘失踪，单家人并不知道，以为还在龙膘宅里做工。来年春风一刮，海开了，捞海菜的渔人无意将单天人的尸首打捞上来，单家就炸了窝。仇种下了，新中国成立那年，身为贫协主任的单五爷捉住了龙膘的后人龙满子，就是杨二寡妇的父亲，龙满子是政府处决的，执行者是单五爷带一伙人干的。关于处决龙满子的方式众说不一，有的说是拿刀砍的，有说拿枪崩的，也有人说是点了天灯。单五爷心里明白嘴上一直没说。杨二寡妇及龙家后人都猜疑是用了最后一种十分残忍的形式。表面看来，或恩或怨或功或罪一笔旧账总算是了了，可是单五爷心里丢不开。尽管眼前的日子比先前是大不一样了，可是老去的故事每时都在翻新呢。单五爷想。

风凉了，单五爷觉得冷了，紧了紧系在腰间黑腻腻的布条子，老人的咳嗽声哑哑的，已很陈旧了。村支书老喜旺路过小桥的时候，发现了挺坐在桥头的单五爷，远远地就说，老哥，冰天雪地的跑这儿念啥咒？灯做完了吗？单五爷见是老喜旺来了，慢慢压住心气说，你别贱口轻舌地取笑俺，气死俺哩！杨二寡妇真他妈毒，勾得俺那四杂种丢了魂儿。老喜旺呵呵笑说，四儿给杨二寡妇家做灯呢，俺知道。单五爷哀叹一声，唉，种下苍耳收蒺藜，轮到人家整俺啦！非要克剥死俺老汉不可！老喜旺说，老哥，别气，凭你的手艺，雪灯会上就会给杨二寡妇点颜色瞧啦！别怪四儿，他毕竟是孩子呢。单五爷说，老喜旺，你是村里的干部，说句话将四儿整回来！老喜旺笑了，说，四儿是活人，又不是夹尾巴鸟儿吓唬吓唬就飞！单五爷说，你不管俺管，不管他，俺这张老脸还咋搁在世上，不如剁下来丢给狗吃！老喜旺脸色难看了些，说，你老这么闹，灯还能做完吗？咱村上挑头的雪灯会不就砸了吗？单五爷心里急，却瘦狗屙硬屎强挺着。老喜旺说，快回吧，老哥，回头俺叫小翠找四儿，俺给他找个挣钱的活计，四儿一门心思挣钱，也没啥不对的。单五爷的心才松爽起来，他的笑突然冻在嘴角，收不回放不开。老喜旺将单五爷从桥头拥起来，单五爷仰脸看着河套里的厚雪，嘴开始翕动着，做灯，做灯哩。老人被寒气箍住的腿抖得站立不稳，他听见了自己胸腔里粗重的喘息，他一点一点踩着村人糟蹋过的雪地回家去了。老喜旺眼睛涩涩地盯了老人一会儿，扭身走了，村委会的高音喇叭广播雪灯会的声音叫得很亢奋。单五爷走得笨拙而仓促，闩门杠不时地敲打着雪地，忽然觉得自己的举动有些对不住英雄老水令，忙收住脚，嘎巴嘎巴扭了脖颈，冲老喜旺喊了几嗓子，声音很破碎，像大笸篮落下来的声响。

喜旺，俺昨夜有梦哩。

老喜旺问，啥梦啊？

梦见你爹缺钱呢。

俺是共产党人不信歪不信邪！

茔地灯多糊些纸钱吧。

老喜旺愣了片刻，悟到一点东西。

单五爷动情了，老水令大叔在那边要钱呢！

老喜旺心里发寒，也难过起来。

单五爷神神道道地走进村巷里。

呔，这老爷子！老喜旺戚戚地想。

漫天纷飞的大雪在停歇了一天之后又在黄昏飘起来，雪花将村巷里的脚窝抹得不露一丝痕迹，村巷里没有人，偶尔有狗跑动。老喜旺站在楼上瞅着雪景儿和暮霭中拂动的炊烟，他在等小翠去叫单四儿来。两个时辰过去了，连小翠都被拐在那里没回来。老喜旺猜想准是小翠帮单四儿忙活上了，他知道一些底细，单四儿将大哥二哥的孩子们都叫去做灯了，整个一队单家军为杨二寡妇忙活。杨二寡妇这招够损的，耍弄的是一群毛嫩的孩子啊，这不是拿铁锚往单五爷心尖子上戳吗？老喜旺委实看不过眼。杨二寡妇的雪灯会也总是让他老喜旺胡想一气，想得很多，也很怪。想起父亲老水令，想起蓝灯匪，念头转来转去拐到死角的时候，就想跟杨二寡妇较量一番。人炼人，这灯也炼人呢。想起焦化厂占地的事，老喜旺就舒畅起来，但他脸上透出一种惊愕和说不清的沉郁。

他心里拿算好了，焦化厂的厂址就选在村东林子左侧的荒地上，恰好捎上龙家坟地，雪灯会过后赶冻儿就得迁坟，明年杨二寡妇的雪灯会一换地方，就啥都寡味儿了，即使杨二寡妇不干也得矮了身来求他了。杨二寡妇也有算计不到的地方。玻璃窗上冰花图案被白雪映得很亮，花花的光景罩在村支书老喜旺身上。老喜旺拿即将吸完的烟根儿在冰窗上胡乱地画着，后来他发现自己竟把杨二寡妇几个字涂写在冻玻璃上，手有些抖了。

  小翠和单四儿双双进入老喜旺的视野，天完全黑了。小翠的红头巾在雪夜里热烈抖动。这时候老喜旺听到小翠喊姑夫，声音像梦里一样受听。小翠看见老喜旺脸色不好看，上了楼就理亏地垂下头，蔫蔫地帮支书媳妇做活去了。下午小翠赶到杨二寡妇公司新搭的临时灯坊，单四儿正被活儿追得屁滚尿流。单四儿坐在砖垛上，拿水将槐条子浸透，然后就让小翠将湿湿的槐条子放在火盆上烘烤，火候儿一到，单四儿就将槐条子弯折成灯骨，打下手的侄儿侄女们就用青麻绳扎好。一条龙的流水作业，眼见着灯骨堆积如山了。纸是浅蓝色的，剪花和纸钱是土黄色的。杨二寡妇要蓝灯，单四儿就做蓝灯。他不管蓝灯匪有啥说头，他说客户满意代办托运都成。小翠的脸被火盆儿映得一片虹彩，噘了嘴说，四哥，你真抓劳工！俺姑夫叫你立马去一趟。单四儿说，老喜旺找俺有啥事儿？小翠说，去了你就知道啦，你爹找过俺姑夫！单四儿说，俺爹老糊涂啦，一门心思迷信你姑夫，依俺看，杨二寡妇不是东西，老喜旺也不是好枣儿！小翠沉了脸，手里槐条子被炭火烧断了，她说，你别忘了他还是村支书，村里红白喜事大事小事都由姑夫做主的。单四儿又说，过去你姑夫一手遮天，市场经济里头好些事他就玩儿不转。他拿杨二寡妇就愣没辙，他也操持雪灯会不是真心的，是杨二寡妇逼的！小翠说你说着说着就离谱了，你咋向着仇家说话？单四儿话里夹枪带棒不受听，说，老喜旺是涮俺爹呢，他巧使人，让俺爹给他家做茔地灯，不拿一分工钱。杨二寡妇出了钱的，俺挣的是钱，不管谁是英雄谁是匪，从这理儿推一推，你姑夫压榨俺爹呢！当然，杨二寡妇也在压迫俺！小翠情知他说的有些理儿，也来拿话堵噎他说，别犟啦，你中了灯的邪啦！单四儿暗笑，说，你肚里装不下二两肉。小翠不说话了，不动声色地瞅他，瞅得单四儿心里毛毛的。两个人便淡下来做活，黑了天他们才脚跟脚到老喜旺家里来了。老喜旺趁他没稳下心来之前，就扔了烟头，一张阴沉的脸在烟雾里变换着难看的颜色。单四儿满不在乎的样子，越发使老喜旺恼怒起来。老喜旺说，四儿，蓝灯都做完了吗？钱都进兜了吗？单四儿坐在沙发上，笑笑说，蓝灯还差40个灯骨，余下就褙蓝纸啦！至于钱嘛，量她杨二寡妇也不敢赖账，老叔你就放心。老喜旺气得咽喉凝噎，说，俺放心，俺放个屁心！奴才，你个五尺汉子就情愿做奴才吗？你可是气坏你爹啦！单四儿说，俺爹就那把年纪了，信歪走邪的也就那样啦，可老叔你是村支书，一碗水得端平哩，她杨二寡妇也是合法个体户，大大的良民，俺受雇于她，就是奴才吗？老叔你骂俺混蛋饭桶都中，就不能抬举俺是奴才，俺想给谁当奴才都巴结不上呢！奴才是俺这号人当的吗？老喜旺愣住片刻，嘴唇抖起来说，四儿，好你个单四儿，原先是个没嘴葫芦，不会说不会道儿，今儿个也会刺儿人啦！真是士别三日当刮目相看哪！不过，老叔不怪你，都是中了杨二寡妇的奸计啦。单四儿轻蔑地说，不，老叔错啦，做蓝灯，在俺眼里跟做红灯绿灯是一样的，俺不尿她杨二寡妇，俺揽的是活儿，挣的是钱，钱是好东西，老叔不也是忙忙颠颠地捞钱吗？你老这棵大树摇摇就掉钱，可俺平头百姓靠啥？俺也得活哩！老喜旺气得脑袋嗡嗡的，说，你咋说的话？为挣钱就豁出脸皮去了吗？单四儿嘻嘻地笑了，老叔，脑袋还在脖子上长着呢，脸皮还在脑袋上贴着呢！老喜旺加重了语气说，老叔不许你油腔滑调的样子，劝你是为你们单家好，不看着小翠的关系，不看着跟你爹的交情，俺真不愿操这苦萝卜心！你是灯匠世家的后人，人都高看一眼呢。你执迷不悟硬穿新鞋往狗屎上踩，坏了名声，又断了前程，哭都哭不来呢！单四儿说，俺哭啥？依俺看，这年头没啥俺都哭得来，就是没钱哭不来。老喜旺说，老叔不是怕你挣钱，老叔问你除了给杨二寡妇做灯就挣不来钱吗？单四儿说，这一封海，偎冬的日子挣钱路子还真难找，打着灯笼都找不来呢！老喜旺抬头直把话问到单四儿的脸上，说，老叔给你找个挣钱的路子咋样？把杨二寡妇的灯停喽！单四儿搓了搓鼻子，好像鼻子在发痒，探了头问，啥路子？这得看挣多少，值不值？老喜旺的脸色就有了些松动说，你先给俺家做茔地灯，扶助你爹做好灯，雪灯会后给你老水令爷爷守茔地灯，你老水令爷爷是英雄，这样你又体面又能来钱。明年开春儿，俺多给你船上拨些低价柴油，就啥都有啦！单四儿说挺好，你得说给多少，立马批条子。老喜旺眨了眨眼说，给你500斤，咋样？单四儿眯眼算了算说，少，不能再多啦？老喜旺摇摇头说，这就够可以的啦，你小子别不识抬举！单四儿说划不来，杨二寡妇的灯俺能挣5千多块，你出得比这多，就给你做！咱也学学市场调节哩！嘿嘿……老喜旺沉着脸，有怨气，他猛觉得自己手中的权力越发不好使了。气归气，他能将这钻进钱眼儿的小子开除地球吗？人随势走吧，老喜旺想。他左想右想也寻不来一个万全之策。村支书媳妇和小翠端出热气腾腾的煮饺子催他们吃饭。老喜旺不甘心败在杨二寡妇和平时最不起眼儿的单四儿手里，权力不灵了，就得往上搬钱了。老喜旺有钱，可他怕露富呢，注定戴了帽翅儿的人不悠着点就会栽的。他思谋了很久，咬咬牙，狠了狠心说，四儿，你过来！单四儿颠儿颠儿凑过来洗耳恭听。老喜旺痛苦地扭皱着脸说，给老叔保密，别跟外人讲，老叔将你给杨二寡妇做的茔地灯买过来，反正还没裱糊蓝纸呢！老叔私下给你钱，她多少俺多少。单四儿说，你老想得对，不过她多少你多少，俺就犯不着这么折腾。老喜旺说，每个灯多加10块钱。单四儿说，这就成交啦！杨二寡妇没交俺一分钱呢，买卖是俺的自由，她生气也白搭！治治那臭娘儿们！单四儿就连荤带素地骂开了。老喜旺怕他瞎饬饬，就骂他一句，闭上你的臭球嘴！老叔说正事呢，村里邪气太盛，得镇一镇啦！单四儿说，老叔英明，这钱花得值得！老喜旺顿时有了舒畅的感觉，拖着很重的鼻音说，老叔抓经济还抓不过来呢，哪有心思操持雪灯会？这纯属她杨二寡妇逼的，不是跟她斗富，老叔想啦，俺家老坟地跟杨二寡妇家的不远，就隔那么一条浅河套，雪灯会上人家茔地灯火辉煌，你老水令爷爷的坟地黑咕隆咚，村人咋看？你爹说得好，村里就不能正不压邪！老喜旺说着不由得下意识地眼窝潮了，嘴上不说心里受用，有了钱，他也想当甩手东家，也有祭祖的欲望了。这几年他的威信直线下降，搞得他越发恐慌了，越恐慌就越怕失去权力。他要借雪灯会祭祖茔的灯擦亮村人的眼睛，重新回忆回忆就快忘光了的老水令，借死人的余晖树树他的威信。单四儿十分得意地收回目光，眨眨酸麻的眼，说，老叔，俺不跟外人讲，你别对俺爹讲就成，到时走漏了风声，俺老爹就得骂俺个狗血喷头，到那时俺也就六亲不认啦。老喜旺没听单四儿说的是啥，眯了眼想象茔地灯的景儿，陷入一种盲目而无所适从的快乐境地。

老喜旺的脸相比一盏老灯还要苍老。

老叔,俺走啦。单四儿站起身。

小翠说,在这儿吃饺子吧。

单四儿说,俺立马回杨二寡妇灯坊!

四儿,老叔说的话都记住啦?老喜旺说。

记住啦,老叔!

你小子要胡来,老叔整不死你!

俺明白,老叔,其实俺是老实人。

蔫人出豹子!

你老嘴真刁。

滚吧,投机分子。

投机分子,这话说得真好!

单四儿走在雪地里想。

这个夜晚的雪时落时停,村巷里到处闪烁着莹莹白光。单四儿顾不上注意雪是落是停,风扫雪地的声音在他听来像哈出的气一样虚幻。走到杨二寡妇家门口时,单四儿看见不远处卧着一条狗,他认出是杨二寡妇家的大黄狗。狗不动声色地看着他,眼神里似乎带着嘲笑的意味儿。单四儿站住了,他站在门口的雪地里像一棵秃树。这些天杨二寡妇家的地皮儿踩熟了,连大黄狗都将单四儿当自家人看待,见他狗没咬,呜呜地喷着响鼻。二婶子在屋吗?单四儿在门口喊上了。没有应声,单四儿瞧见楼下堂屋悬着几盏灯笼,像一张张人脸模模糊糊,忽扁忽圆,忽长忽短,风雪将院里的灯光弄得七零八碎。单四儿可怜巴巴无着无落地站着,心里盘算着,如何跟杨二寡妇摊牌。要么杨二寡妇给他的灯抬抬价儿,要么睁一只眼闭一只眼天上放风筝随他去。他也学会算计人了,这并不说明他见识短。其实,这会儿的杨二寡妇也在算计单四儿呢。她躲在楼上客厅里边吸烟边看电视。电视里的风景晃悠悠的,她的心也悠闲地晃荡着。女儿杨倩上楼来说单四儿叫呢。杨二寡妇说,让他叫吧,有大黄陪着他呢。单四儿又可劲儿地吼了一嗓子。杨二寡妇饶有兴味地笑着,这小子嗓门真野,叫驴似的。倩倩，去下楼告诉他，就说俺不在家去查看坟地了，让他去坟地找俺。杨倩怯场了，支吾说，娘咋能这样呢？杨二寡妇说，娘今儿有点不舒服，一天到晚都胸闷。女儿杨倩说，拿药给你吃。杨二寡妇撇撇嘴说，甭拿药，遛遛单四儿就是娘最好的药！杨倩不高兴地退出去了。单四儿等得不耐烦了，抬腿就想往里闯。刚一迈步，大黄狗没叫没咬就蹿起来，前爪直抵单四儿的咽喉。单四儿吓得哆嗦了，就又蔫蔫儿地退了回来，大黄狗也十分乖巧地缩了回去。单四儿十分可怜地笑笑，笑是苦挣出来的。人的苦处每每是不相知的，伺候人的营生，必须得遭得起大罪。他十分尴尬地看着狗，觉得这狗跟杨二寡妇一样不可捉摸了，连眼前雪夜里黑影幢幢的小楼也变得恐怖和神秘。杨倩走出来跟单四儿说了话之后，单四儿偏偏当真晃晃悠悠朝村外老滩上去了。他像晕头驴一样，跌跌撞撞地走进雪野里。过了雪层很厚的河道，风头子就硬了，雪粒子呼啦啦砸得他喘不上气来。他勉强睁开眼缝儿，用力往龙家坟地望，只见地上催出一片大大小小的雪坨子，雪坨子一窝一窝地移动，仿佛四面都是坟头，一重一重的坟头，他马上感到了沉重和压迫。他缩着头寻人寻灯，除了雪就是坟，没有杨二寡妇半点影子，他马上意识到自己受到捉弄了，心里骂了句，脑袋就蒙，一蒙，他就失去章程了，像是遇了鬼打墙，沿龙家坟地绕来绕去，如同误入迷魂阵。阴风越发浓了，坟地里的风声是很吓人的，单四儿鬼追似的奔跑起来，浑身乍冷乍热，顿时有了百蛇缠身的恐怖。他也不知自己是怎么跑到桥头来的，身一软，一屁股跌坐在雪地上。他遥遥听见几声狗叫，声音挺熟的，那是村支书老喜旺家大黑狗叫呢，仿佛又看见了老喜旺，心里生了根才不那么害怕了，爬起来扑拉扑拉身上的雪，又稳住神走路了。拐了一个街口，单四儿就听砰一声枪响，心里猛打一个哆嗦，唰啦唰啦的脚步响得急促仓皇。单四儿循着声音走去，见是村支书老喜旺院里乱哄哄像闹土匪。老喜旺的声音跳到墙外来了，哪个杂种，杀了俺的狗！村支书媳妇骂骂咧咧地推开门，查找墙头下边丢下的脚印。单四儿听出有事儿了，怕背了黑锅，抹身拐进一个胡同，溜了。怕是哪个没在冰海上打到海狗的家伙拿老喜旺家的大黑狗练枪呢，也许是跟老喜旺做了仇家的人干的。老喜旺仇家越发多了，单四儿想。

又转到杨二寡妇家门口。

单四儿又看到了看家护院的大黄狗。大黄狗卧在门口猖猖地蠕动，单四儿心里巴望再听一声痛快的枪响。走近些，他就闻到了狗身上的一股气味。他想着等过了雪灯会，他也拿枪来爬上墙头给大黄狗一枪，这一定是很痛快的事情。不过，人大多数时候是在做着不痛快的事情，不痛快的事儿真他×多哩。他想，就昂头又喊了一嗓子，二婶子哟，送灯来啦！他故意将灯字说得含混不清，听起来是个"终"的声音。这一回杨二寡妇很及时地回应了一声，快来，四儿。杨倩下楼开了门，将单四儿领上楼去。单四儿看见杨二寡妇坐在沙发上吸烟，表情很快活。单四儿沾满雪粉的鞋没脱，狼狼虎虎地就踩到地毯上来了，问，二婶子这么欢喜，准是又发财啦！杨二寡妇声调和姿态透出一股傲气，说，四儿，二婶发财都麻木啦，欢喜不起来，是俺家大黄满街筒子逃窜，真叫人开心！这句话戳到单四儿痛处了，抬眼与杨二寡妇的目光碰了一下，说，二婶子，你开心就成，要是你老心口堵着，有啥三长两短，俺可就完喽！杨二寡妇说，也倒是，除了婶子，没人认你们单家灯！单四儿嘿嘿地笑了，那二婶子可就说错啦，今晚俺找你，就是想告诉你，又杀出一家做茔地灯的，还偏认俺单家灯！杨二寡妇涂了很厚化妆品的脸皮抽动了一下，但依然很镇静地问，是谁哩？单四儿说，二婶子猜猜呗，杨二寡妇说，除了老喜旺不会有别人。单四儿一拍腿叫道，二婶子好眼力，跟你老直说了吧，老喜旺要全盘买下俺做的茔地灯骨，弄到他那里做彩环茔地灯，每盏灯比二婶子多20块钱。俺给人做灯就认钱，俺爹抓名，俺抓钱，谁钱多俺就给谁！市场调节嘛！

杨二寡妇怒了，你敲俺竹杠？

说哪儿去啦？俺是撤兵！

杨二寡妇咳了几声，又胸闷了。

二婶子，俺就听你一句话。

告诉老喜旺，俺每盏灯再加十块！

嘿，婶子够气派！俺再问老喜旺叔去！

单四儿抓起了电话。

杨二寡妇说，俺会永远压他一个点儿！

成，俺算找对庙门儿啦！

滚吧，你个跳槽的驴！

跳槽的驴，这话说得真棒。

单四儿走在雪地里想。

农历十一月二十的雪莲湾大集，使杨二寡妇和村里的雪灯会如期举行，赶集归来的村人在黄昏的时候将那憋了好长时间的灯谣唱出来。天一煞黑儿，单五爷和单四儿就将灯盏挂了出来。村委会的喇叭吼得没完没了，震得街筒子乱颤。村委会要集中各家灯盏到桥东。那么，桥西就是杨二寡妇独挑的雪灯会了。按这块地埝的古老风俗，家家户户都要挂灯出来，借灯除邪，借灯照福，讨的是往后的运气，特别是茔地灯，说头更多了，家族的兴旺全靠茔地灯托着呢。茔地灯一做就做一片，孤孤零零几盏灯是对先人不孝，所以村里做茔地灯的只有杨二寡妇和老喜旺家了。单五爷只为老喜旺做了精美的茔地灯，自家却做不起，灯匠世家的坟地只能灯无一盏。单五爷心里难过，却也不敢高攀，自家手头拮据，只有替人家守茔地灯的份了。不过，单五爷做的六盏灯在东街的蛤蜊皮子堆上一挂，就已经十分惹眼了。单四儿帮着单五爷将灯挂妥之后，就蔫溜儿找小翠去了。他从杨二寡妇的茔地灯里挣到钱了。老喜旺末了还是败了，他没能跟杨二寡妇斗富，但他心里的劲儿却越发强烈了。焦化厂占地的事他找乡长说了几次了，不治杨二寡妇一下子，恐怕他的心口痛一时半会儿好不了。眼下的雪灯会，他又做了十分精细的准备。他设想着，村人呼啦啦将灯挂在东街，让杨二寡妇尝尝在西街独挑孤灯的滋味是啥样子。单五爷有村支书老喜旺做后盾，心里既踏实又美气。老人坐在那盏八福灯底下吸着短而粗的烟斗，看着提灯奔走的村人，几乎褪成黑灰颜色的青布棉袄，斜斜地披着，老脸像一盏老灯悬在那里。老人嘴里哼出的灯谣在孩童嘴里做了童谣唱。喤——喤——喤——村委会守喇叭的赵大爷一边敲锣一边喊，点——灯——喽——然后他就指挥着各家各户挂灯。赵大爷猛然发觉桥东街的灯稀稀拉拉，有的已挂好的灯笼被主人摘走，飘飘忽忽的灯影流过小木桥，朝桥西街移去。赵大爷手里的锣也不敲了，朝桥西方向张望了许久。单五爷也觉得不对劲了，弓一样的眉毛凝出疑问，老赵头，这是咋回事哩？赵大爷叹一声，八成是杨二寡妇出啥幺蛾子啦！单五爷寒了脸，气得沸儿沸儿的。眼巴眼盼的雪灯会就这鬼样子？单五爷生闷气的时候，他身边的灯笼几乎都撤光了。赵大爷说到那边看看，许是老喜旺又改章程啦。单五爷倔倔地说，他敢，给他仁胆子，村里的雪灯会可是俺跟他撺掇起来的。赵大爷踏着雪走了，单五爷也坐不下去了，豁出脸子跟他去了。但没走上木桥，单五爷就看见西街密密实实的灯笼十分火爆，星星灯、荷花灯、蟠桃灯、属相灯、灶王灯应有尽有，挂了满街筒子。单五爷看傻了眼，好多年没见的灯这回都见了。他不知是村人晕了头还是杨二寡妇施了啥魔法，连最讲究的八仙过海灯和猴栖金山灯也被天王玉柱托出来了。他不知道这是谁家的灯，但的确给渔村平平常常的雪夜增了色。单老灯匠，快把你的灯盏拿过来助阵吧！有人跟单五爷说。单五爷恼成一张猴腚脸说，俺才不跟杨二寡妇搅骚肉呢！那人笑呵呵地说单老爷子还记仇呢，然后就抱着孩子赏灯去了。村巷里的喊声粗粝、亢奋、悠长。赵大爷拎着面饼大的铜锣凑到单五爷跟前说，老哥，有钱能使鬼推磨哩，原来是杨二寡妇出了血本，在西街挂一盏灯当场就奖50块钱，她还花钱请了皮影班子，一会儿就在桥头唱上啦！单五爷木呆呆地愣着，不吭声，浑身像灌了铅般沉重。他的周遭儿是墙一样的人脸，被灯一照，猴腚似的红着。世道变啦，过去杨二寡妇这号人就是有一座金山，却换不来一顿热饭。单五爷自顾自地说，一张冷灰色的老脸空空静静的。眼前一片花嗒嗒的灯，一片模模糊糊的脸。忽然，单五爷看见杨二寡妇神神气气地过来了，便赶紧扭了头，缓缓往东街走。杨二寡妇悠闲地走在人群里赏灯，身后拥着一群人，大黄狗摇着尾巴钻来钻去。灯影里的杨二寡妇，眉眼儿不显老，标标致致的模样，气韵逼人，只有细心人方能瞧见她的下眼睑赤红发暗。她的眼真神，隔了老远就瞧见走路的单五爷。她便紧走了几步，声音很甜地喊了一声单五爷。单五爷装没听见，哼一声，快快地走了，走路时把雪地夯得微微颤动了。杨二寡妇见单五爷灰溜溜的样子，从心里往外舒服。眼皮子前边的事她总也记不住，脚后跟踩烂的事偏偏很当回事的。单家人她是很关注的，她也弄不明白自己的快乐与单家的兴衰联系那么紧密。单老爷子走了，不长时间，杨二寡妇就在人群里碰见赏灯的单四儿和小翠了。四儿，也给婶子捧场来啦！杨二寡妇说。

单四儿说，真火啊，二婶子。

俺正要问你呢。

二婶子有啥指示？

你们单家灯咋没挂过来？

那是俺爹的事儿。

你爹的挂过来，俺加倍付台子钱！

二婶子又拿钱打水漂儿呢。

少废话，成不成？

单四儿说，俺去说说看。

杨二寡妇笑说，明晚茔地灯，你守灯吧！

啥价儿？单四儿问。

守灯费五百块。

少！

你说。

少说两千块！

夺人哪！

这跟做灯不一样。

为啥？

守你龙家坟不是杨家坟！

照直说吧。

俺要精神损失费。

真敢捅词儿呢。

人心是秤。

由你由你。

你个鬼变的！

单四儿心里骂了句。

单五爷被桥西街雪灯会的阵势搞得很伤感，默然不语。他竭力不看那灯，他把别人的灯看成豆腐渣，看成粪筐子悬在街上。他觉得这世界说乱就乱，人都变得媚俗了。他的眼睛坏了，看哪儿都是毛病。难道是俺错了？天错地错单家灯怎会错呢？要么是老喜旺跟俺玩儿起袖口里捏指头的把戏？单五爷嘀咕开了。他边走边寻着村支书老喜旺，他要问个明白。俺这把年纪还给涮了，早知出现这般尴尬局面，单五爷就不会挂灯出来了。老人的步子走得温温吞吞，内心无法梳理，眼睛发迷了，天旋旋地转转，木桥、老树和灯笼倒过去了，人流倒着流动，雪地在天幕上悬着。颠倒着看小村雪灯会倒是挺有意思的。他找不着老喜旺，不知不觉溜出人群，到村口小卖部赊了一瓶老白干酒，咕嘟咕嘟就喝了起来。喝了酒，他腋下便涌出一柱汗来。走上东街村巷时，远远地就瞧见他那六盏灯笼悬在蛤蜊皮子堆上。一条街就剩这一处灯了，没有人影，几盏孤灯无奈而凄然地眨着眼睛。单五爷慢慢地爬上蛤蜊皮子堆，守着孤灯喝闷酒，老脸便有了红红的酒晕。他两眼昏花，眼睛的确不中用了。房顶和树丫上的积雪被风吹落了，落在灯盏上，落在单五爷的脸上肩上。他抹了抹脸上的落雪，抹了，脸上水水的像落了泪。老喜旺悄悄走过来，看见单五爷枯树根似的蹲着，看见灯影里老人湿湿的脸，真的以为他哭了，心里就慌了。他愣了好久，热热地喊了声，老哥，你老真让俺好找哇，刚才去哪儿啦？单五爷抬头见了老喜旺是一副迷迷瞪瞪的样子，啥也没说，又耷拉着眼皮喝酒。老喜旺凑上来说，老哥，也给俺来一口，驱驱寒气。单五爷不理他，愁纹一道一道地网在他苍老的脸上，只有抬手喝酒的时候才能看出他是个活人。人心无望，连骨子里都沉，此时的老喜旺也不是滋味，见单五爷这个样子，心里就鼓鼓涌涌更不安了。老喜旺说，老哥，想开些，不就是个灯会嘛！村里没那么多钱，才让杨二寡妇钻了空子！你老看着，日后俺有招儿治这个娘儿们的。当初俺就想了，没钱，这集体活动不好搞啦！单五爷听着心里就不咋怨老喜旺了，过去老喜旺一沉脸，这疙瘩准阴天，这会儿市场经济他就不灵了。混账日子挤对出五花八门的邪念头，单五爷心里多少原谅了村人，原谅了挖窟窿打洞找钱的四儿子。黑馍泡白菜，各取心头爱，独挑孤灯也没啥不好，单五爷自己为自己过灯会。单五爷想。老灯匠越不说话，老喜旺心底越慌，他问，老哥，要不就将灯挂到西街去？单五爷瞪了血红的眼，去得杨二寡妇那骚钱？除杀了俺！老喜旺说，不去就不去，天气这般冷，要么你老就先回家歇着。单五爷脖子直直的，眨巴着眼说，俺就在这儿，俺哪儿也不去！老喜旺苦苦一叹。单五爷说说气话，睁了眼再看空空的街巷，提不起一点神儿来。他全然不知往日雪灯会的激情丢在了哪里，那逝去的美妙日子不会再来了。于是，这雪灯会存在的意义，早已让金钱把它从民俗中异化出来，昭示着村庄昔日流逝的时光。老人不得不承认自己被挤到节日外边了。老喜旺缓缓站起身来，脑袋发胀，呼吸沉重，稳了稳神儿，才默默地走下蛤蜊皮子堆。×他个奶奶，咱也长一回志气！不信她杨二寡妇本事大得能翻天！老喜旺嘟囔了一句，踩着雪窝儿走了。单五爷瞄了他一眼，觉得他很古怪。村支书古怪的举动引发了单五爷许多神秘的猜想。老喜旺走了一会儿，单五爷就听见桥头歪脖子老树挂的陈年老钟给敲响了。这古钟造于光绪年间，是小村变迁的见证人。这些年村里装了喇叭，古钟就闲挂着成为小村一景，村委会规定，不发生海啸一类的大事情，钟是万万敲不得的，敲了，就意味着出大事了。雪夜的村巷，灯扎了窝子，人也扎了窝子，古钟沉闷粗粝的声响像落了炸弹，在人窝子里炸了。密密的人头齐刷刷扭向桥头，远远近近射来惊奇的目光。愣了片刻，人们就呼呼拥拥往桥头挤了。老喜旺从旁边电线杆上摘下一盏灯笼，高高地擎在手上，看着黑压压聚来的村民，脸色十分庄严。村人不知出了啥事，全都眼巴巴地望着老喜旺，有的连大气都不敢喘了。老喜旺知道村民不咋怕他，是怵这钟声的。他手托着灯笼，灯光将他的面孔映红。他红头涨脸的样子，显得有了威严。等人聚得差不多了，老喜旺一本正经狠声狠气地说，都听着，村委会早就发下通知，全村人在桥东街举办雪灯会，咋不知不觉转到西街了呢？村委会的统一规划都不听了？日后村里啥都无规矩啦？从这个钟点开始，所有的灯全移到东街去！支委和党团员带头。老喜旺话没说完，人群就哄了。七嘴八舌说啥的都有，有一点是一致的，这个挂灯事件远远不够敲钟的分量。有人气愤地吼，东街西街不一样吗？东街不有单老爷子顶着吗？你不就是给单老爷子找个伴吗？让单四儿找个灯笼陪着不就结啦？俺挂定啦，不挪！夜半挪灯，十有九空！唉，都这个时辰了，挪啥灯！打铁烤煳×子，也不看个火候！有人干脆明挑儿，你老喜旺对杨二寡妇有个人成见！老喜旺没承想引来炸弹没完没了地轰他了，混乱中，他听出也有向着他的。有人说树挪死，人挪活，灯挪阔，挪吧！你来他往混混乱乱的舌战将雪灯会推向高潮。杨二寡妇站在不远处冷冷地瞧着，一张快活的脸淡淡地映着蓝灯笼的晕光。

钟声响过之后，单五爷心头一紧，呆呆地朝桥头方向张望了很久。他心里明镜似的，是老喜旺干的，老人心腔一热，眼窝真的汪了泪，他很快用粗麻的手背将两滴泪抹碎了。静伫良久，他辨出遥遥荡来的吆喝声和争吵声，不多时便有零零星星挑灯的村人走过来。看见呆傻的单五爷就说，单灯匠，老喜旺对你不薄呢，敲钟给你拉伴儿呢。这老爷子大冷天苦撑个啥呢？呀，六盏灯往西街一挂，就是三百块哪！单五爷听了就恶煞煞地绷起老脸。天黑，谁也看不清谁的脸。单五爷支棱着身子，抠抠搜搜从青布棉袄兜里摸出铁钩子，将六盏灯一个一个摘下来，挤到一处逆风的地方。这时老人的脸猛然间像黄表纸一样黄了，他的眼睛却是红红的，牙齿咬着嘴唇，硌出了血。他一只枯瘦的手弯曲着颤抖着伸进八福灯里，拔出一根洋蜡，往灯纸一歪，八福灯就燃烧起来。迎了风口，那五盏灯也轰地着了。阵风卷来，火舌蹿动，舔灼黑黑的天穹，飘起的纸灰，一片一片漫天弥散。单五爷泥胎似的站立不动，连棉袄袖爬着火苗子都不知道了。

狗×的，今日就是今日啦！单五爷想。

古钟又响了。灯笼开始移动。

桥东街终于踢踢踏踏地热闹起来。

白得圣洁的雪野经历一场狗战之后显得无奈和肮脏。雪灯会的第二天，是本月第一个有日头的日子。单四儿背着猎枪打了一天兔子，他发现老爹在焚烧灯盏之后却破例精神起来。黄昏时分，没颜少色的日头蔫溜之后，单四儿看见狗战后的海滩雪地上散落着许多令人心悸的殷红。很快，单四儿就看见杨二寡妇的大黄狗从老河套里颠过来，它的前头是杨二寡妇和龙家后人，他们摆完茔地灯回村去了。单四儿看见大黄狗遥望着西天时叫时停，叫声失常而急躁，狗的视线里出现了某种令人不安的现象。日头沉下去的地方是紫黑色的，天又阴了，模模糊糊老帆颜色的天幕铺下晕晕的怪光，使白亮的大冰海漾动着说不清的东西。单四儿觉得这天景儿够怪的，拎着兔子很猥琐地回了家，眼神儿似乎没个着落。进家门，看见老爹蹲在灶台边吸着烟斗。单五爷烧了灯以后身子骨没垮，但他顿时苍老了，话稀，脸上怏怏地愁。他显然无法应付眼前的事了，雪灯会变得那么遥远，不再属于他了，连老喜旺都败在杨二寡妇手里，杨二寡妇毒哇。夜里老喜旺来家里看他，待到很晚才走，望着憨头憨脑的老喜旺就有老水令的影子晃在眼前，他躲闪着那个记忆，却躲不开。单四儿对爹昨晚烧灯的举动十分不满，他说烧的那是钱呢。他扶着老爹回家的时候，心疼得长了满嘴燎泡，他说父亲蠢简直蠢到家了。可也有人递过话来，说单五爷是条汉子。单四儿撇开钱不提想想爹烧灯的场面也是挺过瘾的。人无须看多深多远，宽宽展展过眼前的日子吧。单四儿劝老爹。单五爷不理他，他拿儿子没辙了。单四儿将两只兔子往堂屋地上一扔，溅起一片草灰。他这时看见父亲的脸干瘪而细长了，就像过去穷人的钱褡。单四儿觉得父亲可怜，就来句宽心话，爹，让娘熏了兔子给您下酒。单五爷看了儿子一眼没搭腔，他心里正盘算着夜里为老喜旺家坟地看茔地灯的事。他不愿让单四儿知道，也不让村人知道，做给他心目中的英雄老水令，其实是安慰自己的。娘望着父亲的样子一言不发，是满脸的辛酸和忧虑。单五爷为老喜旺守茔地灯，老喜旺心里高兴，过去守灯是很讲究的。谁做灯谁守灯，若是单家灯匠亲自上了坟地，那就是茔地家族的荣耀了。如果夜里丢了灯或是毁了灯，守灯人要挨罚的，罚守灯人在雪地里给坟头跪上三天三夜。单四儿心粗，他看见娘将油渍渍的老羊皮袄找出来放在灶台上，也没往守灯上想。因为他这会儿正做贼心虚呢，他为杨二寡妇守茔地灯更怕爹娘知道又生意外枝杈。爷俩这阵儿是麻秆打狼两害怕呢。单四儿在天黑的时候吃完了饭，穿上绿色棉大衣，怀揣一瓶散白酒，悄悄溜出家门。娘看见他的影儿喊，四儿，又干啥去？单四儿也不停下来，甩回一长腔，俺找小翠去。一提小翠爹娘就不说啥了，他们巴望着单四儿快完婚，弄个老儿子娶媳妇大事完毕。单四儿跑了几步又返回来，将那杆老旧的猎枪背上了。他不慌不忙地踩着积雪走，由于白天晴了，雪化了一些，傍晚冷风一刮又冻实了，走在路上滑溜溜的。单四儿撑着平稳，在桥头还是跳腾一下，急忙拿枪支住了，就像一个三条腿的怪物。这时躲在暗处的小翠就咯咯笑了，单四儿说，光知道笑，还不快过来扶俺一把。小翠一阵风似的跑过来，单四儿就势抱住小翠刚搽了香粉和防冻油的脸蛋亲了一口。小翠将单四儿拉到桥头古钟底下，掏出防冻油，抹在手心里，然后张开两扇巴掌捂住单四儿的脸,揉搓起来。好舒服,单四儿说。小翠拿巴掌轻轻扇了他一下,讨厌!街筒子传来脚步声,单四儿说去找杨二寡妇先要一半订金,然后拉着小翠的手走了。街道两旁仍有零零散散的灯笼悬在空中。月儿刚一露头,就被阴云埋了,雾就落下来,雪莲湾从没有过这样稠糊糊的雾,使单四儿的眼前像稀粥一样糊涂了。到了杨二寡妇家,单四儿索了一千元订金,等灯守妥了,杨二寡妇再付另一半。单四儿佩服杨二寡妇小葱拌豆腐一清二白的性子。黄昏的时候,杨二寡妇已经带领家人去老坟地祭了祖,夜里就只有灯匠守灯了。杨二寡妇十分眼薄,看不起单家人,可是单家灯和单家守灯人对她来讲又是多么重要。这天晚上,杨二寡妇破例喝了酒,笑翻了,她觉着自己真真尝到生活的好滋味儿了。单四儿压根就没审视杨二寡妇的表情,他把替仇家守灯看成在锚眼儿看船一样轻松。杨二寡妇说,四儿,由俺家大黄跟你去坟地,它是你的帮手呢。单四儿摆出一副淡淡漠漠的样子说,行啊,大黄去跟二婶子去是一样的。听了这话,杨二寡妇有些恼火,还是忍住了,想想单四儿守茔地灯的窝囊样,便有了莫名的兴奋。她挥挥手,走吧!然后就将那双很刁的烂圈眼睛闭上了。

雪夜漆黑而浑白。

大黄狗乖顺地走在前面,狗腿强健有力,异常灵捷。单四儿和小翠说说笑笑地走在后面。单四儿眼前有些恍惚,四周的一切沉沉浮浮。望着前头的大黄狗,单四儿恨得咬牙根儿,顺手从肩头摘下猎枪,不动声色地瞄准大黄狗的脑袋。小翠摁下他的猎枪说,别犯傻啦,打死它,一冬的灯笼都白做啦!单四儿呵呵地笑了,说,俺不放枪。然后猎枪依然呈瞄准姿势端着,端着枪眯着一只眼走,眼前的大黄狗幻化成杨二寡妇的脑袋,继而又变回黄狗,狗脑破裂,血和脑浆咕嘟咕嘟流在雪地里。单四儿眼里出现这样画面的时候,心里就格外舒服,端着枪走了很长一截路。小翠说,你累不累,跟个孩子似的出洋相。单四儿摆出鬼子进庄的姿势,一直端枪瞄准到了龙家坟地,才把枪放下。单四儿操持着将白天运来的几捆秫秸铺在雪地上,这就是一宿歇脚的床了。铺完秫秸他就拿秫秸当引柴,点燃了一堆树杈子。树杈子沾了雪很潮,冒起一股浓重的黑烟子。单四儿跪在雪地上吹了底火,沾了满脸的灰尘。火苗子渐渐大了,烤在雪地上蒸出的热气湿漉漉的，但它既能照亮也能祛寒。这时候，单四儿和小翠分别拿秫秸火一点一点将散落在坟地里的蓝灯笼点着了。这时坟地就暖和了，景致也极特别，蓝幽幽的灯笼铺铺排排，映得坟地像是布满星星的天景儿。小翠忘记了是在坟地守灯，欢快地叫起来，真好看，真好玩儿！单四儿以前守过灯，从没有像今夜守蓝灯这样惊讶。他瞪大眼睛看灯，努力把灯看懂，看庄严凄美的灯盏变换流转，陈年老事俱到眼前来了。他的脸肃肃的，像位老人蹲在秫秸堆上垂首冥想。起风了，天穹猛然灰暗许多，接着就有星星点点的雪花飘落下来，雪花抱团儿凝成颗粒状的小冷子，将单四儿砸得醒了血性。他忽然觉得自己太过分了，就哼起没皮没脸的骚歌来搅乱刚才不正常的气氛，野歌哼得小翠脸一红一赤的。单四儿里里外外又硬起来了。大黄狗在蓝灯群里钻来钻去。夜半时候，他们听见村头传来赵大爷敲铜锣的声音，夜越黑得深，锣声越敲的神秘。坟地的雪野一派灰蓝。不多时辰，单四儿就觉出天气的异样。海湾雪夜的天气说变就变的，他看见从海边的方向卷来糊糊涂涂的雪带，风声响得厉害，一扇高高的雪墙盖来了。最敏感的大黄狗朝雪带哭号般叫着，比黄昏时看见大黄狗的样子更凶。单四儿眼前是白白的雪柱。小翠不知道出了啥事，身子怯怯地倒在了单四儿怀里。

　　坏了，雪晕。单四儿说。

　　雪晕在雪莲湾的冬天时有发生。它是海啸在冬日里的变种儿，强台风席卷大冰海上的积雪，催出一道道雪墙，横扫十里长滩。单四儿扭头呆呆地看，率先拥来的是一股龙卷风，摆在茔地上的蓝灯笼，被风吹得骨碌碌滚动起来，有的立马就着了，有的滚出老远依旧惨然地亮着。雪墙铺天盖地压来的时候，单四儿瞧见大黄狗嗷嗷嘶鸣着钻进看不清爽的地方。单四儿看见小翠吓得脸子寡白，那团火堆被雪坨子盖灭之后，他就看不清小翠的脸了。小翠说，灯。单四儿一手抓枪一手拉起小翠就蹽，撤，谁管球灯！他的手像手铐，死死地扣住了小翠的手腕子，他的手血管暴胀，小翠的手不住地哆嗦。狗×的，这是天意！单四儿说。他们没跑出多远，雪墙就稀里哗啦朝他们压来了，一道白白的雪坎子，遮住了大地上的万物。单四儿吃力地拱出雪坎子就将小翠拽了出来，在下一道雪墙扑来之前，他拽着小翠往前扑了一程，身后刨出一片雪雾，很快就被另一道雪墙压住半截身子。他们一摇一摆地拧出来,又往回跑,雪越来越厚,他们跑动的速度越来越慢。过了河套,爬越河堤,风头子就软多了,雪墙也矮矬了,他们累稀了,扑扑跌跌,末了几乎是一点一点爬回村里的。

到处是层层叠叠的雪梁子。

单四儿和小翠撞开家门时,发现娘拿毛巾捂住嘴巴望着窗外哭泣,哀哀戚戚的声音十分难听,见单四儿回来了就说,快去救你爹哩!单四儿问,俺爹不在家?娘说,你爹去给老水令守茔地灯去啦!单四儿听了身架一塌,裤裆就湿了。他青着脸,连句话也没顾上说,拉着小翠就扑进了雪雾里。他和小翠径直奔老喜旺家里去了。他们拿脚踹门,老喜旺也正被雪晕闹醒,听见单四儿野野的一声喊,就屁滚尿流地穿好衣裳,慌慌张张地奔出来。走吧!单四儿就甩出这两个字,老喜旺和小翠就急火火地跟上去了。风弱了些,雪晕时吓人的情形有增无减,白色的雪墙与海天相接,凌乱的雪地上呈扇面交叉,行走十分艰难,趔趔趄趄的。风的啸吟沉沉浑浑,单四儿的泼野吼就显得很弱了。翻了一道雪梁子,又爬上一道雪坎子,眼见着老喜旺家坟地了,也没见单五爷的影子,一片浑浑的孝白,纷纷扬扬的雪粉如一盏扑灭的孤灯在单四儿眼前飘逸。爹——爹——单四儿绝望地跪在雪梁子上,双手挖着积雪,老喜旺和小翠也跟着挖,谁也不说话,疯狂地拿手刨雪,斜线流动的雪梁子上一时就立一柱雪白。单四儿嘴里溜进雪团子,鼻音齉齉地说,老喜旺大叔,俺跟你掰扯掰扯。

老喜旺扒着雪说,说吧。

俺爹要是活不过来啦……

别往坏里想,孩子!

往后你就是俺家仇人,成吗?

老喜旺愣起眼,不大明白。

单四儿脸上就有泪纵横了。

天景白亮起来,雪梁子与天空的界线愈发明晰了。雪一层一层,线条柔缓起伏,如异常优美的沙丘。寒气无声地游动、渗漏,眨眼之间雪梁子就像雪雕一样牢牢地筑在那里了。

红旱船

一

　　日子顺顺溜溜过去，熬疲了人，磨倦了神儿，春日来了好些天，喜梅子也没觉出来。这天她不经意地瞧见后院石碾旁的那株石榴树了，泥黑色麻麻瘩瘩的枝杈上泛了绿芽芽，她心下便朦朦胧胧生出那个只有春天才有的鲜活念想来。这个念想很顽固很热烈，如一条一条十分精致的彩旱船在芸芸众生间舞来舞去。她巴望着日子快抖出点波澜来，乏味的日子，简直不值得去过，委实活受罪。

　　喜梅子心里藏着那个很沉重的快意，捷步来到雪莲湾老菱河入海口的时候，夜色便随着老帆湿漉漉噗嗒嗒地掉下来了。海风刮得畅，黏黏软软漫漫懒懒的海妈子扑脸儿地折腾，老河口的颜色就叠着鱼鳞状的皱褶一层一层黯然。斜风反反复复揉烦了海流子，一会儿泼天野啸，一会儿汩汩低吟。一线很强的灰光泛起来，喜梅子一闪一闪的黑眼睛被刺痛了，余后就有一艘一艘机帆船、蛤蜊船、铁壳船和小舢板闹嚷嚷不断弦儿地颠进河道。河岸上挤挤密密黑芝麻般的人群被船上荡起的鲜腥诱下河坡，远远近近激起嗡嗡嘤嘤的闹响，于鲜活声里充盈交易的欢畅，透爽爽醒人神儿。喜梅子急切切地张望好一阵，终于寻到了男人八贵的那艘老旧的单桅蛤蟆船。一盏桅灯在船上晃荡。

　　"八贵，德行样的。"她喊。

嗨唷嗨唷的拉船号子跌落河里，也吞掉了喜梅的呼叫。她索性急急忙忙朝老船奔去，远远地瞧见男人膘乎乎壮凛凛的身子在桅灯影里晃来晃去，屁股一撅一撅地收网。蒙蒙的光亮涂在他的青葫芦头上，尽管脑壳上沾满油烟和灰尘，依旧放出通红的豪光来。喜梅子的眼睛盯住男人身穿的由她纤手织就的酱色毛衣上，毛衣织小了，紧箍箍的有点斜，显得别扭和滑稽。男人出海的日子里，她忙完酒店的生意，静下心来就很有意思地想那件毛衣，男人的影子却很淡很虚了。走得近些，喜梅子脚下就呱唧呱唧泥水响，脚心凉津津的，她也满不在乎。当她隐隐看见男人毛衣上乱蓬蓬的沾满污泥海草，乌一块白一块的，她的脸色便很沉很幽地撂下来。从那一天起她就觉得毛衣不是织给渔人的，她的男人偏偏是渔人。她双眼空茫，柔婉的双肩也在暗中一抽一抽地抖了，她自己也弄不明白今天是怎么了。男人麻溜溜地将网揉成圆圆一团，扔在船板上，便坐下来吸烟，悠闲地吐着烟圈儿，吹吹嘘嘘与凑过来讨价儿的鱼贩子胡诌。

"这位大哥，货呢？"是个女贩子。

八贵说："面条鱼，满籽蟹。"

女贩子跳上船，瞪眼撅腚扒拉两筐货，叹道："俺的天神哩，多好的面条鱼。大哥算是撞上财神啦！"

八贵懒懒地斜躺下来，一条腿跷在船舷上，颤颤的如一柄橹把。女贩子显然相中了货，浑身马上软了，蹲下身子，拿女人的气息撩他："大哥，给个价，面条鱼俺包啦！"

八贵把烟头喷水里，轻轻一线红，"哧！"如灭一颗流星，大模大样地说："走吧，俺的价儿贼高，大妹子你包不起！"说着晃晃手指头。

"20块一斤？"女贩子愣一下。

"不，200块。"八贵板紧脸。

"想头顶插扇子，出风头哇？"

"你不要，算俺老虎吃蚊子白张嘴！"八贵眯着眼说。他的海货是留给喜梅子酒店的，不想卖又想斗嘴儿，他觉得渔人望着自己舍了性命捞来的海货跟不劳而获的人斗嘴找乐子也真他×的是种享受。女贩子嘻嘻地笑了：

"别诓妹子啦，大哥，天不早啦！"

八贵拍拍屁股爬起来："你不要，俺走啦！"

喜梅子隐在人群里看男人演戏似的呆立着，既生气又好奇。女贩子火了，耍了泼劲："天底下有你这号人吗？包脚布做孝帽一杠子上天，想赚棺材本儿是不？"

八贵憨笑："别火啊，买卖不成仁义在嘛。"

"屁，白眼狼戴草帽变不了人儿！"

"驴×的，你嘴巴干净点。"八贵显然耐性不足。女贩子更是泼天野骂了："你个驴养的马×的，你个挨千刀挨万剐喂鲨鱼的土鳖虫！"八贵胸脯子一抽一抽呼呼喘浊气。

喜梅子吃不住劲了，羞辱的怨艾一浪一浪在肚里翻，涌到眼底就生出泪。她男人八贵骂骂咧咧舞着大巴掌朝女贩子扑去。几个围观的渔人呼啦啦拦住了八贵。"好男不跟女斗嘛！"渔人劝八贵。八贵望着被人拽走的女贩子，昂头很有气势地啐了一口怒道："呸！骚鳖！"然后就怪怪异异地扭歪脸笑。喜梅子直杵杵地傻挺着，来时的那缕快意消失了，仿佛沉重地背着啥包袱。八贵抖了抖肉囊囊的胸脯子，好像什么也没有发生过一样。他弯腰颤索索把网推进舱里锁好，便矮身走至筐前，青筋突跳的大手抠紧筐沿儿，身板子嘎嘣嘎嘣一阵轻响，右臂一横一滑，身子一扭一耸，沉甸甸的渔筐抛上了肩。姿态充满壮美，唯有筐子里哗哗啦啦的稀汤薄水损伤了极好的画面。他走到船头，又扭回头冲一个年轻渔人喊："四喜，给哥哥看着那筐螃蟹。"四喜应声没落，他便甩着大脚片子，哼哧哼哧踩上了湿渍渍的河滩。他与喜梅子擦肩而过，喜梅子没吱声儿，扑面而来的一股沤馊腥臊味儿使她恶心，"呃呃"地一阵呕，吐一口黄黄黏液才清爽一些。她定定心，碎步挪上船，融在灰白的灯影里。"八贵嫂子，你来啦？八成想贵哥了吧？"四喜叫道。喜梅子不愿听"八贵嫂"三个字，愠怒道："四喜，以后不准再这样叫俺，俺是俺，他是他。"四喜不阴不阳地笑："咋，看不起俺贵哥？嫁鸡随鸡，嫁狗随狗，嫁给老船海上走！"喜梅子瞪他一眼："瞧你那副熊样儿！"说着弯腰一点一点拽起沉沉的蟹筐，螃蟹蠕动的沙沙声立时染了一船的活气。四喜搭手扶喜梅子下船，伸手拧了一把她圆滚滚的屁股："嘿嘿，去跟贵哥炕头嚼舌头去吧！"喜梅子骂："挨刀的，没成色的货！"骂着竟咯咯笑了，猴急猴急地湮在暗夜里。身后的桅灯陆陆续续灭了……

八贵喝完酒四仰八叉一个"大"字写在炕上，百事不想，怪模怪样地瞅着女人笑，死乞白赖地拉喜梅子。隔着灯光看女人，恍恍然，似乎有些异样。她红扑扑的脸圣洁纯净，黑亮妥帖的黑发在头顶挽了个丹凤朝阳，翡翠色紧身袄将腰肢绷得纤纤巧巧，气息生动。娶了喜梅子，八贵十分得意。女人不仅漂亮能干，而且是雪莲湾响当当的"艺花"。她生自舞旱船世家。雪莲湾花会从很早年月便衍下风俗，尤其以旱船著称。旱船是花会的一种形式，每年的节日这里都有吹吹打打热热闹闹的旱船赛。一个一个俊俏俏的女人坐在彩绸扎成船形的一蓬莲花上，翩翩起舞，手里彩绸舞来摇去，后边跟一个一个手擎船桨的艄公摇橹，旁边三三两两龇牙咧嘴的阔公子钻来钻去朝旱船女滑稽地飞眉斗眼儿，逗得观众指指戳戳哈哈大笑。渔人的日子是酒伴着愁脸闯过来的，劳顿是劳顿些，可将鱼虾捐出，即可财大气粗，舞起旱船来也就滋润活泛。旱船会也便如巧媳扮新囡生生不息了。雪莲湾旱船会有它独特之处，祖上传下的规矩，旱船女和艄公成对，或为合法夫妻，或为旱船女的心上人。世上万物皆分阴阳，阴阳相合，嘤嘤成韵，天地流转。当年喜梅娘和她爹舞一条绿旱船着实风光了一阵子。喜梅娘老了，爹也把命丢海里，娘不再舞船，却成了名师。村里生就木木呆呆忸忸怩怩的姑娘媳妇，经她点化，一个一个舞起旱船来便灵活美气了。喜梅子10岁就跟娘学舞旱船，技艺高超，连娘也远远不及了。喜梅舞旱船舞出了名，连小酒店也沾了光，不到10张桌面的小饭店整日红火火的。来来往往的汉子们钻进酒店，丑公子般在她身边蹭来蹭去的。偶尔也来些干干净净的"文化人"。望着"文化人"斯斯文文的样子，喜梅子心底泛起一股股抑制不住的渴望。她不识字、爹娘不识字，祖坟上也没有那样好的气脉，眼下日子富足了，她就巴望丈夫能成个"文化人"。她做梦都想这事，再也没有比这更让她激动的事了。俺一定要让男人成个"文化人"，她想。

八贵醉眼里的喜梅子比先前又漂亮秀丽了许多。渔人有烈酒有票子有好女人，还图啥呢？喜梅子心情抑郁，很不清爽，生气地挣脱男人，从柜里拎出一只碎蓝花布包，娴静地坐在灯下摆出要穿针引线的样子。"八贵，你就情愿当一辈子渔花子吗?"过了许久她说。八贵几乎是香香甜甜地睡去了,鼾声缓缓挤出来。喜梅子很沉地叹息一声,抖开一面红绸布,拿剪刀唰唰裁去豁边,零零碎碎的布条子呈各种形状,纷纷飘落,沾在她胸脯和腿上,然后就认认真真一线一线地缝着。她在做那条红旱船。满打满算离旱船会的日子也就不到半个月了。她和八贵舞了多年的红旱船。旱船的颜色由每对夫妻自定,她不知怎的,她就喜爱绿红两种色调。娘和爹的那条绿旱船没有了,娘给她扎了这条红旱船。红软软的绸布,每年都要摘下来洗干净,再一针一针缝上。她做得很细心,大半夜了也不觉困乏,仿佛是将她一颗红红的心也缝在旱船上了。这一刻,她便被一种无可名状的幸福陶醉。凉凉的夜气盘盘绕绕地在喜梅子身边游走,对面屋荡来的女儿的啼哭,在静夜里格外响,引出娘苍老的含混不清的渔歌子,嘤嘤嗡嗡如一架纺车摇出来的声音。娘的歌子极古老,似由一个一个单调的音符串起的,传了一辈又一辈。喜梅子展展身子,依旧缝着。大炕上的男人睡出了细汗,翻翻身子,又冒起汗馊腥臊气。"水,喜梅,水……"他晕晕乎乎呻吟着。喜梅瞟见男人干裂的厚嘴唇上爆开一层白皮,就站起身,端来一瓢凉白开水,手捏男人耳朵拽醒他:"没出息的,灌吧!"八贵翻一下眼珠子,哼一声,咕咚咕咚喝下去,很沉地嘘口气。

"你还不睡?"他说。

"俺在缝旱船。"她答。

八贵复又沉沉地睡去。

二

五月的雪莲湾是一个没法说清楚的季节。喜梅子掰着手指头算计的那个喜庆的日子说来就来了。这日的天蓝蓝的,风柔柔的,天气是无法挑剔的。喜梅子喊娘也来看船会,娘皱巴巴的老脸浓缩着复杂的内容,摇摇头。喜梅子说娘你不去那俺们去了,而后就拉着八贵喜颠颠地去了。她们赶到老河口东侧十里长滩的时候,那里已是人山人海了。蛤蜊皮子颜色的海滩铺着欢喜无尽的光泽,老河口、老船、古树、房舍、河汊等景景物物,都鲜亮了。鼓乐队、旱船队、艄公队一排一排，花花绿绿齐齐整整。旱船会的词儿也换成"雪莲湾渔民艺术节"，招来各级的头头脑脑、记者、商人等身份各异的人，说明再也不是渔人的自娱自乐了。乡长手擎的长角海螺号鸣嘟嘟响彻之后，锣鼓吹吹打打鲜鲜亮亮炸开，一拨一拨的旱船女踩着大秧歌的鼓点，仙女下凡般地晃出来。忽悠悠一片白，忽悠悠一片红，忽悠悠一片绿，忽悠悠一片蓝，染了一湾的火爆，摇得大海滩都耀耀熠熠颠动了。

喜梅子脸红红的充满了喜气，红晕衍至脖根儿，嫩如花茎。她很尽兴地舞着红旱船，缀几星蝴蝶斑的鼻尖渗出许多细小晶亮的汗珠儿。八贵也神神气气地舞桨，没了拘束和遮盖，自由自在大模大样与女人配合默契。起初，她们这抹红埋在花海里，不显山不露水的。等过了一段时间，这一对便在观众眼里燃起一蓬艳火来。喜梅子人模样好舞姿也优美，腰肢灵活地一扭一扭，脚尖蜻蜓点水般乖巧弹跳，白藕般胳膊呈弧状，东一甩西一摆。她艳红小嘴巴熟蛤蜊般张开一些，唇纹明晰，如两瓣肥硕热烈的鱼舌，仿佛有无尽的魅力都沉埋在那里了。她扯去了人们的视线，惹一溜儿观众咂舌赞叹。

"绝啦，这才叫炉火纯青啊！"

"这娘儿们全盖啦！"

"和她娘当年一个样儿。"

"嘿嘿，她那傻爷们儿差劲儿。"

"咋个熊法儿？"

"懒驴子上磨瞎绕腾。"

"嘿嘿……哈哈。"

人们的议论飘进喜梅子耳朵里的时候，也让八贵听见了。他不气不恼，咧开瓢儿似的大嘴，嘎嘎笑，歪歪扭扭如舞醉棍。喜梅子依旧喜盈盈的，只是拿孤傲的目光压着旁人的目光。红旱船燃烧得越发旺了，灼得她浑身水涝涝的，两眼发黑。男人的葫芦头变得小小的，摇来晃去地蛮像回事。八贵也觉得自己与喜梅子是天撮地合的一对儿，没啥不般配的。他自信红旱船永远像个"情结"，维系着他们从头走到尾。不知啥时候鼓乐改调了，换上一曲古老的《步步紧》。急雨似的梅花十六点儿，催得旱船女和艄公子身贴身，脚擦脚，快速叠碎步，前走走，后退退，左三步右三步，踢踢踏踏，洋洋洒洒，旱船伴着曲点舞，乐不尽花不尽，旱船会地地道道走向高潮。喜梅子身子拧得活，步子也灵。八贵瞪眼鼓腮，头四下晃，肚里凝一口真气，一步压一步追着喜梅子舞得急，头上汗珠子一颗一颗甩落。小两口似舞以醉地踩着"梅花点"，惹一群人里三层外三层地围住他们。用两艘对扣在一起的旧船搭起的看台上，挤着踮脚的各路客人，看喜梅子和八贵舞船。人骑人的墙太高了，有的小孩竟然猴儿似的爬上桅杆手搭凉棚朝那边看。客人们看不清爽，只能瞧见喜梅子被红旱船映红的秀发一甩一甩的，像情人告别的红头巾。还有八贵的后脑壳在日光里白亮亮的，如一个抛来抛去圆圆的冬瓜。一个身着西装、白白净净瘦高瘦高的客人问乡长那对舞船的是谁。乡长说是八贵两口子。客人在小本子上记记画画一阵子，嘴里发出很响很脆的咂巴声。

白秋秋的日头爬上正头顶时，旱船会散了。喜梅子和八贵被一群领导、记者围了，凌凌乱乱地说了好些话，才挣脱出来。喜梅子很得意，又跟乡长在老船根儿下咬了一阵耳朵。八贵抱着红旱船醋味很足地使劲儿干咳，喜梅子才急匆匆地走过来，瞪男人一眼，接过红旱船，与八贵默默地走上河堤。日光很强烈，一杆一杆粗阔，晃起斑斑点点的燥气，灼得人恍惚软懒。喜梅子双腿有点软颤，但她心里珍藏的那个很沉重很神圣的念想又顽强地钻出来了，竟使她忽略了男人身上涌起的汗馊味儿。她终于说："贵，俺有当紧事跟你说。"

八贵像头倦驴，吸溜一声鼻子。

"俺跟你说话呢！"

"谁又没堵你嘴！"

"嘻嘻……"她先乐了。

八贵扭头："靠，啥好事儿？"

"俺跟乡长说定给你找了美差呢！"

"啥美差能轮到俺头上？"

"滩沟村小学缺个老师。"

"俺是那块料吗？"

"你是高中生，有指望熬个吃皇粮！"

"俺能吃皇粮？"

"就看你的啦！"

八贵脸一沉，道："别××干海滩撒网，瞎张罗啦！"

"咋，你怕去不成？"

"没那金刚钻儿，别揽瓷器活儿。"

喜梅子火了："土鳖虫，不争气！"

"不争气？俺八贵不是孬种！"

"那你……"喜梅子斜他一眼。

"老师这个孩子王能挣几个钱？"

"咱有几万了，不缺钱！再说，俺也能养活你！"

八贵撇撇嘴："让娘儿们家养活，还叫男子汉吗？"

喜梅子呼哧呼哧喘了："八贵，俺送你当'文化人'是抬举你，你倒狗咬月亮不知天高！"

八贵剜她一眼，道："你螃蟹吐沫儿，白搭劲儿！"

"你到底干不干？"

八贵说不干不干。

喜梅子收住脚，气抖抖将红旱船往脚下一戳，脸上现出倦慵慵的失望样儿，很复杂的泪十分泄气地圈在眼窝里。八贵摇摇晃晃的身影变得很薄很丑，日光在河堤上被他踩成无数碎片。他蹶跶蹶跶走出老远，喜梅子也没再喊他说话，关上心扉，一切欲望留待热血慢慢融解。日影里的红旱船晒得黑黝黝的，贮满了她的愁绪。

三

喜梅子心里单一的积痛有些麻木，麻木久了，便趋于平静。家庭能平静终归是好的。潮涨潮落，日子平稳过。八贵出海拢滩，回家里就觉出女人的异样。喜梅子的沉静，让他悚悚生出些恐惧来了，像他这路汉子，就怕这种无依无托的憋屈。过这种没滋没味的日子，还不如掉进海里稀里糊涂懵里懵懂死掉算了，八贵想。一晃儿就是夏天了。八贵再次出远海回来,单桅老蛤蟆船彻底颠垮了,浪里闯滩折了龙骨,不大修怕是不行了。渔人没了硬实的船,就像断线的风筝一样空落落的。修船的日子里,八贵心里很躁地渴望有一方另外的天地了,但他惶惶地不说出口,豆干饭焖着。喜梅子直愣愣地捅破这层纸。女人忽然像条红早船,把男人的天空织成红早船模样的怪圈儿,任他怎么挣脱也走不出去的。八贵就是受了那怪圈的蛊惑,不大情愿而又服服帖帖地钻进里面去了。八贵终于说俺愿做老师试试。喜梅子先乐了,把肩头矮下来,香喷喷的头搁在八贵宽厚的肩上,竟嘤嘤地哭了。她的哭声如夜莺轻唱。

八贵知道她为啥哭。

喜梅子说:"俺早料到有这么一天。"

"你这么自信?"八贵问。

"万般都是天意。"

八贵憨实地笑。

"人哪,为啥一棵树上吊死呢?"

"为啥你不去干?"

"你比俺强!"

八贵的身子往上一欠一欠,觉得自己猛然高大许多。夫贵妻荣嘛,他是女人的指望。他幸福而踌躇满志地闭上眼,似要把未来日子详详细细排摆排摆。喜梅子就去找乡长了。乡长爱抽鬼子烟爱喝茅台酒。她舍得花钱带来许多。乡长说滩沟小学的空额填上了。喜梅子心尖抖了一下说:"乡长,你就再想点别的法儿吧!"乡长挠着头皮说得找县教委的头儿商量。于是喜梅子又逼乡长领她去了县城教委主任家。半个月之后的一个早晨,乡长派乡文教助理将八贵任大麦铺小学教师的一纸批文送来。"俺的天神哩,孩儿他爹终于从一个渔花子成了文化人啦!这年月只要你认真去做事,就没有做不成的事!"喜梅子想。

八贵拿到批文癔症症痴呆呆好一阵子,睁圆一双眼睛切切地朝老河口张望,他啥话也没跟喜梅子说,便独自去了船厂。他终于从凌凌乱乱的白茬船堆里寻到了自己的那艘单桅大肚蛤蟆船。船已修好,还没刷桐油,白森森的茬口在日影里闪闪烁烁的,有些空幻缥缈,新鲜的木头香味儿在船的上空悠悠不绝。

八贵使劲嗅着这种香气,缓缓蹲下身,吧嗒吧嗒地吸烟。他的耳畔又响起悠远凝重的轰轰潺潺重重叠叠的潮音。听不到这种绝妙的声响,他很难顺畅地过日子。他手抖抖地抚摸着平平滑滑的船板,心里积满委屈,一时竟湿了眼眶儿。

"贵哥,贵哥,你是咋啦?"

四喜屁颠屁颠地凑过来。

八贵狠歹歹地望着四喜说:"四喜,你驴×的过来!"

"啥事?贵哥?"四喜过来蹲在他身边。

八贵的头痛得像个空坛子,心事很重地对四喜说:"从今日起,俺这条船由你用吧!"

"你又买新船啦?"

"不,俺当老师啦!"

"孩子王有啥当头?"

"俺们那口子喜欢。"

四喜拍手拍腿地咒:"你那娘儿们真是疯啦!"

"没有。"八贵说,"疯了倒好……"

"这年头赚钱的是大爷,别的都是孙子!"四喜很世故地骂。八贵粗粗的喘声像伏天里拱墙的猪。四喜又说:"这事就拍板啦?"八贵终于苦着脸说:"拍啦!是罪也得受。娘儿们家也是盼咱好,说不定还能混个人模狗样出来呢!"四喜说:"你心里苦,她知道吗?"八贵说:"知道不知道还不是一回事儿!"四喜叹一声又说:"贵哥,你变得越来越不是你啦!"八贵骂:"屁话!"依旧瓮一样蹲着。几粒鸟屎淅淅沥沥掉在八贵头上肩上,他没去擦。四喜沉吟一会儿说:"贵哥,你高高兴兴去吧!话又说回来,当一辈子渔花子,赚多少钱也是下三烂!也许,喜梅嫂是对的。"八贵没吱声,颤索索站起来,扭身便走。四喜说:"贵哥,这船。"八贵嘴里像含着橄榄般口齿不清地回一句:"你看着办吧。"四喜连着喊:"俺给你租钱,你啥时回来都成。"八贵大大咧咧摇摇晃晃地走了。走上老河堤时,他还扭头朝他的船张望,满脸的眷恋,咬肌一闪一闪的,眉心处胀出肉疙瘩。

八贵像个没魂儿的螃蟹,逛逛荡荡到天黑才回了家。小酒店里瓦亮瓦亮的，一堆一堆的渔人叽叽嘎嘎地喝酒。他从偏门闪身绕过去，看见喜梅子端来酒、菜和饺子。喜梅子喜眉喜眼地说："吃饺子吧，茴香海贝馅的饺子。"八贵佯装文化人城府很深的样子说话，呷酒，吃饺子。喜梅子却十分喜欢男人假门假道的模样，她觉得男人开始脱俗了。屋里燥热，几杯酒下肚，八贵就大汗小汗地淌了，那股总也散不尽的沤馊腥臊气又将喜梅子呛得好一阵呕。她说："他爹，你出海累，俺店里忙，好久没在一起好好睡觉啦！你喝完酒，在后院水缸边好生洗个澡儿，俺们早早儿睡。"八贵咪咪笑了，心下蓦地生出男人阳壮壮的念想。他吃喝完了，就磨磨蹭蹭出了屋，在后院石榴树下酣畅淋漓地撒了一线长尿，而后便噼里啪啦脱去短裤和背心，摸摸索索爬上老树下的石碾。石碾是残破的，经一天日晒，热嘟嘟痒乎乎的。八贵躺上去，望着满天醒着的星儿，舒舒服服地念叨着只有自己才明白的话，不知不觉地迷迷糊糊合了眼皮。海边大如苍蝇的蚊虫唤醒他，给他赤条条的身上留下密密麻麻绛紫色的肉包当纪念，他顿觉浑身奇痒无比，诈尸般跳起来，一蹦一蹦兔子似的蹽到房檐下，抱来一捆干干爽爽的辣蓼草，点燃，烟一大块地方，驱了蚊虫又能照亮儿。八贵用脑壳大的葫芦瓢从缸里舀出清水来，"哗"地扣在头上，然后张开大巴掌，在身上揉揉搓搓，泥球沙沙落。辣蓼草脆脆地嘎吱着，如闪闪跳跳的渔火，将他健壮的骨架涂一层暗红的油彩。他再扣一瓢水的时候，忽然觉得有一条凉凉的滑腻腻的东西从他后脊沟里滑落，"叭叽"摔在石碾上，一闪，便没了踪影。八贵愣怔的时候，喜梅子拿围裙"呼嗒"着浓烟挪过来。她让八贵趴在石碾上，拿毛巾抹上肥皂，狠巴巴给他搓背，揉得他骨节一阵轻响，背肉上鼓出一道一道红，如熟透的红柿子。八贵"呀呀"喊姑奶奶求饶，她依旧不理他的茬儿，她要彻底除去他的汗馊腥臊气。喜梅子边搓边说："贵，明儿你就是喝墨水的文化人啦！"

"嗯……"八贵说。

"记住，树长一张皮，人争一口气，好好干！"
"嗯。"

"记住，别像抱着猪头找不到庙门儿的主儿似的，神气点。说话办事就得有点那个样子，别让人拿土儿！"喜梅子眼睛盯着他的后脑勺说。

"嗯。"

"多带些钱,大方点,别让人骂小气鬼!"

"嗯。"

"多长心眼儿,多看书,将来考师范吃皇粮!"

"嗯。"

"家里啥也不用你惦着。"

"嗯。"

辣蓼草一会儿就燃尽了,嗡嗡嘤嘤的蚊虫一团一团将他们卷进屋去……

四

来来去去月把光景,八贵就不再天天跑家了。其实大麦铺村离家也只有八里地。开始上班时校长让八贵管些后勤,随后教体育,而后就正正规规地接班了。他是四年级班主任。这是北边十个村子的联办小学,一个班就有50多号人。每次回家来,喜梅子总爱听八贵吹吹嘘嘘地讲学校里杂七杂八的故事。她笑成小虾,眼底生出无限温情。她觉得自己男人还是挺精到挺有前程的。她一点一点发现丈夫真的变了,很粗很硬的头发也留下来,如抹了凡士林油般亮,紫红的脸膛捂白了些,人也瘦得恰到好处。一入秋,西装一套一套地更换,良友烟一直顶着,说话也变得咬文嚼字了,言语间躲躲闪闪,很含蓄很幽默。他说业余学函授课程,得好多好多钱。喜梅子干脆把几份大额折子甩给他,让他自己掂掇着花吧。她酒店生意忙,顾不上照顾他,他一个爷们儿家在外混碗笔墨饭,也够难为他了。秋天的日子里,喜梅子精神好极了,店里店外家里家外的事都压在她的肩上,不停歇地忙乎也不觉出累。她肚里装着一个红旱船般大的希望。她朝朝暮暮巴望的东西,就像秋果挂在树枝上,伸手一摘便实实到手了。她不愿采摘,她最理想的秋果不是这一个,还在遥远的天边晃荡,能走进像秋果一样富有色彩的梦幻里去就够了。酒店里雇来的伙计们背地里喊喊喳喳地议论:"瞧,老板娘都风光成仙啦!"喜梅子终于找到了女人生活的靠背,仿佛一下子搂定了日月的甜美,不管别人说啥,她都赏回一个很沉实的笑。

晚秋的一个黄昏，喜梅娘独坐在后院的石碾上纳鞋底儿。灰灰的摇动的炊烟，在她佝偻蜷缩的身子四周盘盘绕绕，在她心头晃出无数虚幻。黄腾腾的烟雾里有枯叶坠落的响声和啥东西蠕爬的沙沙声音，她麻木的神经被那熟悉的"沙沙"声撩得一阵哆嗦。她惴惴地抬头循着声音的来处，蓦地瞧见粗粗糙糙的老树枝上蠕爬着一条红蛇。蛇头血红血红，一卷一卷地画圆圈儿，就溜下树干，钻进树根里去了。喜梅娘浑身猛一麻胀，干瘪瘪的身架软塌在石碾上。瞬间，她甩了鞋底，爬到石碾一侧的缸沿处，惶惶地寻着什么。没有寻到缸底的红蛇，手一软，骨碌碌滚到树根下，疯了似的抠扒红蛇钻走的地埝，喉咙里搅着一种老猫叫春般的哀呼："红蛇，俺们的红蛇，回来吧，回来吧……"她跪着，手机械地扒着树根，凄凄叫着。喜梅子将酒店的事安排妥当，就去屋里奶孩子。她隐隐听见娘的嘶喊，抱着孩子，颠着奶子，奔到后院："娘，您是咋啦？神神怪怪的！"喜梅娘的声气和脸相，比即将逝去的黄昏还灰暗，悲戚戚地说："梅子，不好啦，不知哪个造了孽，犯了神条，招灾引祸呀！"喜梅子仍旧一脸疑惑："娘，到底咋啦？"喜梅娘抖抖道："红蛇，红蛇又钻地里啦！"喜梅子也惊颤了一下，脸苍白许多，定定心说："娘，八贵已经不出海啦，就别供那红蛇，别信歪信邪啦！"喜梅娘理也不理女儿，依旧霍霍地扒着土。喜梅子无可奈何地望着娘苦苦的身影，想了半天才料定是八贵那夜里洗澡，不慎才将红蛇弄出水缸来的。她实在理不清红蛇在雪莲湾世代人心目中的玄奥，但她知道对于人过七十古来稀的老娘来说不是一件小事。她可以不信，可娘不能轻轻松松放红蛇走的。娘几十年来总是向她凄凄地讲述那个可怕的黄昏。

雪莲湾人是信红蛇的，就像舞旱船一样悠久，谁也不能把红蛇从渔人生活里挑出来。红蛇被他们供成实实在在的海神。传说这里古时叫鲲鹏国。鲲鹏国里蜿蜒着一条曲曲弯弯的红沙带，沙带上生满大大小小的红海蛇。鲲鹏这种凶恶的怪鸟，蔑视红蛇，常常把红蛇踩在脚下或充当饰物，衍成沿海鸟图腾氏族意识。怪鸟淫威，海涂灾祸不断。一日里成千上万的红蛇死死缠死鲲鹏鸟，然后红蛇腾云驾雾，兴雷布雨，吉兆呈祥。古人关于龙的臆想也便源于此。渔人为寻个吉人天相，供奉红蛇。红蛇能镇妖除邪，保佑海上漂泊的渔人平平安安。红蛇好像善解人意，不咬人，无毒，成年累月蜷缩在水缸底下默默度日。喜梅娘信奉红蛇是有理由的，她惧怕红蛇盘在老树上画圈儿也是有充分依据的。那也是一个秋日的黄昏，她同样坐在石碾上为喜梅爹纳鞋底儿，她被同样的"沙沙"声扯起视线，惶惶地瞧见红如血滴的蛇头，极神秘地朝她画了一个圆圈，便"嗖嗖"钻进树根里去了。她多少年也没弄明白红蛇是怎么从水缸里爬出来的。她跪在树根下整整扒了三天三夜，终于把红蛇找回来。可就在那夜里的一个吞天吞地的大潮里，牛般强壮的男人被大海吞噬了性命。"多亏喜梅娘心诚，捧回了红蛇，要不还不知又出啥灾呢！"村里人这样说。男人去了，喜梅子便是娘心里的绿旱船。从这以后，喜梅娘好像换了一个人，红红火火的旱船会上再也没了她光彩艳丽的倩影了。这一年喜梅子开始跟娘学舞旱船，她用的是娘留给她的绿旱船，那一年她10岁。红蛇的故事从那时就紧紧缠磨着她。其实红蛇对于她并不那么重要，她是心疼娘。"大慈大悲的红蛇，救苦救难的红蛇，神神怪怪的红蛇，快回来吧，为啥在这个弱女人的风烛残年还让她受苦受磨受劫受熬煎？"喜梅子心里热切呼喊着，怀里孩子也"哇"地哭了。

喜梅娘着魔入咒般地扒着树根。天说黑就黑了，喜梅子慌口慌心地找了个卜卦先生来劝娘。卜卦先生说老太太怕是鬼魂附了体了，必须如何如何。于是喜梅子按卜卦先生吩咐将一坛子新酿的米酒散散落落地洒在院前院后，又连夜在石碾上烧了几刀黄表纸。卜卦先生喃喃念着一串符咒："蛇，坐地神，东风躲躲西风歇歇……"他一遍一遍念，喜梅娘仍旧老样子。卜卦先生说慢慢来，招回了魂，也就没得一点事了，而后叹息着走了。不一会儿，轰轰隆隆的旱天雷滚来滚去，闪电"噼啪"炸开，天景像烧着了一样。喜梅子熄了烧纸的堆子，硬是把娘拖回屋里。然后来势很猛的大雨点子噼噼啪啪砸下来，屋前屋后充斥瘆人的闹响，新鲜的米酒气息被雨水冲洗掉了……

喜梅子躺在屋里一夜没睡。她一闭眼就有一盘红蛇，在石榴树上盘着，如一颗早落的红松果在树上卧着。俄顷，红蛇就消失了，幻化成很大很大的红旱船。她被娘牵着手，在海滩扑扑跌跌地走。天永远像个红旱船，娘俩孤孤单单的身影裹在船里，耐着性子走，怎么也走不到尽头。渐渐地，红旱船变成绿旱船，喜梅子被绿旱船牵到了童年那个绿蒙蒙的世界里去了。

她原来是喜欢绿旱船的。

"梅子，你愿意舞旱船吗？"娘问。

"愿意愿意。"喜梅子拍手叫。她虽然仅10岁，身架蛮高的，瘪瘦些，营养不良，整个一个小柴火丫头。娘放下手里织渔网的梭子，打墙摘下那条蒙了灰尘的绿旱船。娘轻轻弹去一绺一绺绿绸缎上的灰尘，然后来到后院。娘先舞一阵子，喜梅子再将宽松绵软的绿旱船固定在细腰上，学着娘的样子舞。摇臂，挪步，拧腰，一环一节都由娘手把手教。她望着叠印在地上淡淡交错陌生的影子，既好奇又木讷。娘将绿旱船固定在酸愁的眼眶里，把舞旱船的关关节节点点滴滴说个透彻。喜梅子每日像白天落地的绿蝙蝠在后院扑腾，不些日子，她便能扭得很像样子了。娘笑眯眯坐在碾盘上看喜梅子舞旱船，慨叹良久，秀眼一垂，淙淙淌下泪来。喜梅子茫然地问娘："娘，俺舞得好吗？"娘挥手抹去泪花花轻轻一点头："好，俺的梅子真聪明。"喜梅子天真地甩着长腔说："俺长大舞旱船，在旱船会上拿第一。"娘的眼睛里透出一股悠远的神往，盯着绿旱船好久好久不说话。喜梅子读不懂娘的心事，只能从娘的一声一声长叹里，品悟出日月的艰辛和悠长。娘说："梅子，舞旱船女人的命苦哩。"喜梅子平添一些豪气："娘，俺不怕苦。"娘的声气和脸相依旧很灰暗，周身笼着浓浓的仙气。娘的表情如同埋入黄昏的石榴树让喜梅子感到莫名其妙的忧伤。娘久久才说："梅子，你还小，还不懂人间世理。"喜梅子怔怔地看着娘。第二年雪莲湾旱船会到了，村里姐妹们拉喜梅娘舞旱船，娘死活不舞，推出喜梅子。喜梅子噘着嘴巴说："俺不害臊，就是没有小艄公。"娘说："你在学校里挑一个你喜欢的男孩子，还不容易吗？"喜梅子眼一亮，马上想起同班的小蛤头。她喜欢小蛤头，皆因小蛤头全班学习最棒。她自认机灵，课堂门门不爽手，小蛤头常帮她。很快，喜梅子把小蛤头领进家里，由娘手把手教他舞船桨。小蛤头与喜梅子同岁，精瘦精瘦，小脸蛋黑里透红，一双黑亮亮的笑眼弯弯的，一株小高粱似的，亲热人恬静人。喜梅娘俩都喜欢他，连他一把一把抹鼻涕的毛病也觉得挺好玩。喜梅子与小蛤头一起写作业，一起舞旱船，一起光着脚丫吧唧吧唧地在海滩上抠小蟹。那个旱船会上，喜梅子和小蛤头水灵灵热爆爆地舞着绿旱船，引得观众前前后后挤匝匝围过来，一片喝彩声悠悠不绝。娘挤在人群里朝她们一阵深长凝望，偷偷哭了。喜梅子和小蛤头一炮打响，学校里搞啥活动也端出他们的节目，春节花会进城，也带上他们。喜梅子少年的所有向往和幸福都装进绿旱船里了。小蛤头也如这绿旱船，像条小马驹一样在喜梅子的生活里尥起尥落。她与小蛤头的心咬在一起了。

然而好景不长，那个黑沉沉的暗夜，小蛤头的黑红脸相转为纸白色，蹬腿死去了。他是死在去医院途中，到医院才诊出他是吃了腐烂变质的蛤蜊肉中毒而亡的。喜梅子的心碎了，如掉进一个盛满泪水的深谷里悲伤至极。她再也无心上学，如点了穴位似的呆滞，两眼空茫地盯着绿旱船，盯久了，就神神怪怪地独自舞着，忽哭忽笑，疯疯癫癫，口里反复喃喃着："小蛤头，舞船来，舞船来……"任娘咋劝也劝不住。夜里，喜梅子竟摇摇摆摆跌跌撞撞地跑出去，像个天不收地不留的鬼魂。她看见小蛤头摇着绿旱船走了，夜空全是无边无际的绿影，无数幽幽的绿色幽灵飘飘游走，摇曳，闪跳。她呼唤着"小蛤头"跌倒，又爬起，后来跌卧的时间越来越长。娘在后面追她，她跌倒一回，娘的心就揪紧一次。娘火急火燎地拽回喜梅子，拿绳子把她拴在屋里。喜梅子依然冲绿旱船傻愣。"毁啦，俺的梅子不能这么毁啦！天神哩！"娘惶惶叨叨着，眼前又闪着红蛇头画的圆圈儿。娘一想起那个折磨纠缠她的"圆圈"，心里就打一个结，解也解不开。娘一日一日为喜梅子喊魂，呼叫得舌尖长满疮，呲呲啦啦痛。娘的目光与喜梅子的目光碰了一下，便滑开了。娘就寻着那目光一点一点探到挂在泥墙上的绿旱船上，定住了。第二天早上，日头还没长满实，屋里仅泛着弱浅的光亮，喜梅与娘几乎同时醒来，但她们都很惊讶了。

绿旱船丢失了。丢啦！那般突然。

喜梅急眼问娘："俺的绿旱船呢？"

娘也很吃惊："怪啦，一宿，咋就丢啦？"

喜梅子跳起："俺要绿旱船。"

娘将喜梅子紧紧揽在怀里，哽咽道："梅子，丢就丢，娘再给你做新的。"

喜梅子一头扎在娘怀里，狠狠哭出一摊绿渍渍的泪水。她好些天没这样哭过了。隔不几日，娘将一条绒绒的红旱船挂在了老墙上。喜梅子看也不看红旱船，她不喜欢，散不去磨不灭的苦痛，又很强地燃起了她的思恋的焦躁。她失去了小蛤头的帮助，再也不愿走进学校，娘就让她学着织渔网。后来一些日子，娘舞着红旱船给喜梅子看。喜梅子冷冷地瞟着红旱船，拿淡漠的目光玩弄着红殷殷的晕光。她的喉咙动了动，费力地咽着唾沫。日子久了，红旱船晃在她眼前，腿脚和手臂便一阵一阵麻痒。那天娘不在家，喜梅子竟悄悄舞起红旱船。她的身子依然轻盈秀美，双脚顺着旱船会的节奏一下一下弹跳着，心绪终于慢慢辽阔起来。"红旱船也蛮好的，过去自己真傻真傻。"她想。这个很长的夜里，喜梅子做了无数个梦，不知为啥，小蛤头不在梦中，绿旱船也不在梦里。她忽然觉得前头只有一条红旱船像个昏头昏脑的月亮在高远的云彩里一涌一涌地游……

"红旱船，红旱船，红旱船。俺永远的红旱船哩！"她心里念叨着天就亮了，一切又明明白白回到眼前，但她一直弄不清绿旱船为啥顷刻之间就没了。

五

噗嗒嗒的风箱声又响了。喜梅子望一眼熟睡的女儿，便利利索索爬起来。小酒店已开始营业了。她捷步闯进娘屋里，娘不在。这时候有一种嚓嚓嚓嚓老鼠磨牙的声响爬进她的耳鼓。她迅疾来到后院，看见娘枯着一头白发，哆哆嗦嗦地抠石榴树下的泥土。树影不知不觉地移着，娘躬着身子，投映在地上的影子很弱很丑。她灰色的肩头凝着早霞的光亮，又圆又白的头顶，雪花似的颠动着什么。娘枯瘦的手一下一下剜着雨水浸过的湿土，味道很足的地气疏疏地升起来，绕到娘的头上去，渐渐化在日光中了。

"娘，娘哎。"喜梅子轻声叫着，一股无名的燥热从心底拱出来。娘像是变了一个人，任女儿的呼叫在耳朵里飘进飘出，也没回一声。喜梅子看见的是一张老皱的走火入魔的脸，脸上汗豆淡白，一粒一粒含在皱沟里，在日光下闪闪烁烁的。喜梅子愣愣地站着，望着娘专注痴迷的样子，沮丧地叹口气，怅怅地走了。日头爬高一些，喜梅子喊娘吃饭，娘也不动，她只好让酒店女服务员给娘端去饭菜。娘神情木然地坐在石碾旁吃了饭，回头又重复那个令人费解而愚钝的动作。"人有千般好，总会有一样不好。"喜梅子气鼓鼓地嘟囔着，心里愉快的季节给破坏了，净干些东按葫芦西按瓢的事，是娘圣人喝盐卤，明白人办糊涂事，还是家里真的要有灾祸降临？八贵，你个×样的，还不快回来一趟。她又想，心便攥紧了。不几日，八贵没精打采地回来了。喜梅子说："红蛇钻进石榴树根里了。"八贵有一搭无一搭闷怔怔地呆坐着。"俺跟你说话呢！"喜梅子心里更加慌得紧。八贵没抬眼皮说："咋跑的？"喜梅子说："你还问俺，俺正要问你呀！那夜里你洗澡……"八贵浑身抖了一下："哦，许是……"他想起那个滑腻腻的东西。喜梅子叹一声："唉，俺倒没啥，害得娘伤神费力。"八贵说："明儿俺拿镐刨刨，能找就找，不能找到就算球啦！再狗×的买条红蛇来，不就结啦？"说着，懒懒躺在炕上。喜梅子说："怕是娘不干，动锹动镐犯天条，再换一条怕娘也能认出来。那条蛇，可是俺家祖传的。"八贵洋洋洒洒道："那俺没辙喽！船上放风筝，由它去吧！"喜梅子望着八贵的脸有些怪，问："贵，你今儿个不对劲儿，每回到家来总是掰扯学校里的事，你身体不舒服吗？"八贵苦着倭瓜脸，定定地瞧喜梅子，久久才说："喜梅，俺……俺……不想干啦！"喜梅子心里乱了，直想哭："咋，你犯错误啦？"八贵摇头。"学校的人挤对你？"喜梅又问。八贵又摇摇头。喜梅子眼瞪圆了，拿不容反驳的口吻说："你要生邪，俺跟你没完！"八贵嘟嘟囔囔地说："俺向来就是逮住渔船当鞋穿的主儿，穿大鞋，放响屁，过瘾！可学校那破地方，一人八个心眼儿，蝇营狗苟地折寿！"喜梅子厉声吼了："你个没出息的货，大头鱼背鞍子，一点一点熬呗！慢慢也就习惯啦！"八贵又说："得六年民办教龄才准许考师范呢！"喜梅子又狠狠地叫："六年就六年，俺不图你别的！"八贵窘迫地垂着头。喜梅子说："明儿你给俺回去，别让俺天上舞旱船空欢喜！"八贵吸溜了一声鼻子，心里憋着什么东西。他想着女人身上的万般好处，心乱着。生活里的一切像是被雾隔去了，如一世般久远。他又回去了。只能回去！

八贵这一走竟好些日子不回来。入冬了，棉衣棉被也是让人捎去的。喜梅子依然忙。娘依旧神神鬼鬼地在老树下折腾着，树根四周凹着大坑，裸着七缠八钻的树根，红蛇依然没有影子。年根儿的一个飘雪的夜里，八贵回家了。他像喝了烈酒似的摇晃着进了房，身上脸上的雪花没去扫，壮凛凛的身架塌了，膝头一软，跪下了："喜梅，完啦！"

喜梅子骇然吸口凉气："这是咋啦？"

八贵泥软泥软地瘫在灯影里，隐隐得如一头瘟头瘟脑腌腌臢臢的猪，再也没了教师的体面和风光。他含含糊糊地说是耍赌输了钱。喜梅子心颤了，抖抖地像要倒下去。她没问输多少钱，钱不比这档事本身重要。八贵反倒沉不住气了，绝望的声音一截一截挤出来："5万，那两个存折儿都光啦！喜梅，俺不是人，对不住你和孩子。"喜梅子方寸也乱了，脸上挂着紫青的悔悟，像落了一层霜。是悔当初送男人去学校？还是悔不该把"折子"全甩给他？八贵最怕女人的沉默，他的稠血呼噜噜涌到喉头，咽不下吐不出，憋出廉价的泪珠来："俺在学校里待得憋屈，就让马大棒拉去赌啦！俺就是开开心，谁知一玩儿就他×搂不住啦！"喜梅子黑溜溜的眼睛似要将男人穿透："你，你还觍脸子显摆呢？这回，你可是六粒骰子掷五点，出色啦！"然后她走到男人跟前，将散了架的男人拽起来。八贵的目光是胆怯的，回避的，躲躲闪闪的。喜梅子心里那根柱子强支撑着，说："你知道，俺最容不得撒谎的人，只有你八贵才能把俺糊弄到这个份儿上。"圈在她眼里的泪，终于噗嗒嗒掉下来。八贵也流泪了，嘴巴掂量着字说："俺不是人，是畜生，没脸活着啦！俺死前啥都掏给你吧，你的小酒店，俺也押上，输啦。"喜梅子心尖一哆嗦，问："你……输给谁啦？"八贵说："马大棒。"喜梅子瘫坐下来，剧烈的震颤传导至四肢，又一股脑儿流到汗涔涔的脚心里。娘颤颤地走出屋子，戳在堂屋听见了他们的对话，就有热嘟嘟的一股尿水洇湿了裤裆，囤着的袄袖滑了下去。她不祥的预感还是应验了。

"俺真的不想活啦！"八贵狠狠地吐出一口气，脸相便平静了，浑如鱼目的眼睛绝望地盯着喜梅子的脸。喜梅子久久不语，缓缓地把觑成一线的目光从黑暗的角落里扯回，仔细研究起八贵的脸，似乎在寻找什么，看得八贵心里阵阵发空。"俺不是卟唬你，俺再也没脸沾在这个家里了。孩子大了，别跟她提俺这个没出息的爹！"八贵眼神虚虚的，鼻根处涌出一股辛辣的酸水。喜梅子不再看八贵，目光移至挂在墙上的红旱船上。淡淡红绸浴在冬夜的灯影里，莹莹地闪跳着饥饿的光泽，但红绸上的纹纹路路依然全看得清楚。她眼里猛然蹿动着胭脂红色的火凤凰。全是红颜色。

屋里一时很静很静。

窗外的雪疯下，冷风尖尖地呼啸，屋里的炉火耀着跌宕起伏的晕光，火凤凰般燥人。喜梅子眼里的红旱船还是忠厚牢靠的，让她委实不解。她时时念想的不可知的将来，的的确确有个说不清看不见的东西在等她。她看看八贵，看看炕上熟睡的女儿，反复看着，脸相松爽一些说："八贵，俺有哪点对不住你吗？"八贵摇头："是俺作孽，对不住你。"喜梅子呆愣愣望着八贵："输了5万，加上酒店，还有别的地方没有擦屁股吗？"八贵说就这些还不够呛嘛。喜梅子问："就为钱你才去死吗？"八贵哀哀叹着："俺没脸见人。"喜梅子苦笑了，说："你还有救，这时候了，竟然还想脸面。"八贵垂头不语。喜梅子说："你走吧，走吧……"八贵猝然抬头："去哪儿？"喜梅子说："还是那条道儿，把失了的脸面赚回来！"八贵愕然地瞪圆了眼："这……能……成……吗？"喜梅子说："给你带上钱，去东北佳木斯俺姨那儿，学两年吧。俺姨能办……"八贵的脸很湿嘴很干，迟迟疑疑地点点头。这个时候，只有点头，眼前刚强的女人才彻底属于他。他迭了声表白："俺日后痛改前非。"

"钱，俺还能再赚。"喜梅子说。

"唉，钱，那么好挣吗？"八贵叹道。

"路到天边又有路。"喜梅子总是这样想。

八贵眯眯眼说："俺跟你一起赚了钱，再去行不？"

喜梅子脸顽石般死板僵硬，道："你这个歪腔葫芦邪路种儿，这时候还不懂俺的心吗？"

八贵缩缩地说："算俺白说。"

喜梅子再也不想说话，而后俩人就默默坐着，天便一点一点亮了。风雪鼓鼓涌涌唰唰啦啦没个停歇。炉火渐渐熄灭，屋里清冷清冷。八贵说去跟四喜说句话，就蔫蔫地走了。男人脚下响脆脆的踏雪声彻底消失的时候，喜梅子忽觉一阵透心凉，她身子如得了鸡爪疯一样抖抖地蜷下去。她用双手捂住苍白的脸，喉咙里挤出一串短促的呜咽。风溜进来，搭在灰墙上的红旱船被风一掀一掀的，活像一只受了伤扑棱着的大鸟……

六

熬过正月，八贵得走了。

八贵脚上两只硕大的棉乌拉在雪地上急速地踩动，刮刮啦啦响。雪蛇缕缕钻动，斜风被泊在滩上的船遮遮拦拦后，窝囊多了。八贵在那艘大肚蛤蟆船前收住脚。积雪很厚，老船很幽。冻酥了的老船哗嗦哗嗦地呻吟着，仿佛压在八贵的宽胸脯上，沉沉的，好像要坠到海里去。想想即将背井离乡苦熬长日的艰难，眼下能无忧无虑沉到海里倒是极好极好的。八贵想着，心里又云彩里翻跟头没着没落了。海滩一片空寂，偶尔有一团麻雀唏嘘着。他久久呆望着一对一对亲亲热热的麻雀，心里不由得生出对喜梅子的怨艾。他觉得现今的磨难是女人之祸。

"驴×的，偏偏这辈子碰上你！"

八贵嘴里喷着白腾腾的哈气，喉咙里火辣辣热爆爆地咕噜着，款款走上蛤蟆船。他弓着驼背坐在船板上，在船板雪层上没来由地画着圈圈儿。圈圈儿好似喜梅画成，逼他乖乖钻进去，画地为牢，他不愿搅在其中，冷冷地看着，再不肯跳进去一步。"喜梅，你吃苦受累的，图个啥哩？人有万般好，就没结天缘。万般都是命，半点不由人！"八贵想。他长长嘘口气，胸中涌起很沉的落寞与空凉。冷气贴着船板干巴巴地游走，撩起团团雪粉，砸在八贵的脸上一惊一乍的。他眯起眼定坐着，恍惚如一座雪雕。人真怪，一合眼，喜梅子便舞着红旱船影影绰绰地晃悠。女人身上的万般好处俱涌来，透着浓烈的醉人气息，连老船也变得无棱无角地柔顺，大海也变了味道，滑去了刚才的嗔怨。"八贵，你个孤儿，有这样好的娘儿们跟了你，是你驴×的福气！"他咒着，蓦地睁开眼，怔了一下。

喜梅子在船下不远处站着。

"喜梅，你……"八贵慌慌地站起身。

喜梅子正拿一双冬雪般沉静的眼光研究着男人，红格子围巾裹着她极鲜活红润的一张脸，在雪景里十分生动，映照得八贵缩小至无形。八贵蔫头耷脑地走下船时，喜梅子说："你晚走两天吧，咱去城里舞旱船，马上就得去的。"

"俺舞不起来。"八贵说。

"屈了你啦？"

"屁话，俺有啥屈的。"

"见不得人啦？"

八贵哼哧不语。

"穷人乍富，挺腰腆肚。"

八贵说："舞来舞去，又有啥用？"

"咋没用？醒神挺人儿！"

八贵说："灯草拐杖，借不着力。"

"你呀！这回舞船是县农业银行点的。乡长说银行非要咱俩去不可！银行拿花会宣传储蓄。"喜梅子眼睛灵活地转了转，"说不定，俺养虾的时候，还能贷咱一些款子呢！"

"想得倒美！"

"试试呗！"

"那行吗？"

"少跟俺犟，你一个爷们儿家遇点难，连舞船的勇气都没啦，去了佳木斯也学不来啥能水！"喜梅子恼怒了。

八贵咬咬牙："俺去！"

喜梅子乐了。仿佛昔日看不见的一切，又全裸进她的眼里。日后一切辉煌的设想都要从这次红旱船进城开始，从这认认真真地舞出第一步，再走向艰难的遥远。初十那天的天气不算很好，天阴着脸，不时洒着细小雪花。喜梅子和八贵与村里 20 对舞旱船夫妇坐银行的面包车去的。下车时雪就大了，纷纷扬扬一片孝白。那位白白净净瘦高瘦高的银行办公室邝主任满脸失望地问领队喜梅子："孙喜梅同志，你看这天还能舞吗？"他自从那次"雪莲湾渔民艺术节"里记下喜梅子的名字就这么称呼她。喜梅子爽快地说："雪天俺们是没舞过船，可俺们入乡随俗，就听邝主任一声令下啦！"邝主任说："操持到这份儿上，俺们当然希望风雪不误,就怕你们吃不消哇!"喜梅子马上就有一番热肠子话从嘴里呛出:"邝主任,俺们农民硬实,跌跤、挨冻、挨挤,都不在话下。"邝主任感动了:"好好,真是太感谢啦!"他说完就吩咐人将印有"到农行储蓄"字样的红底黄字绸带发给每一对夫妇。喜梅子喜盈盈地背上红带子,就去拉痴呆呆的八贵:"嗳,傻样儿,背带子呀!"八贵脸色铜黑,鼻孔翕张,说:"背个这玩意儿,耍猴儿似的,不丢人呀!"喜梅子瞪他一眼,三下五下就把红绸带套在八贵的脖子上,狠狠说:"今儿个你没有发言权,让你咋就咋!"八贵勉勉强强套上,心下的一抹不悦中和了那点对抗,便反而有些戏谑的快意。嘭嘭哐哐的锣鼓响了,花花绿绿的旱船一条一条从银行院里舞出来,在旺白旺白的雪地里分外扎眼。不长时间,城里主街上便拥拥塞塞挤满了人。旱船队湮在人群里,织成龙形,前不见头后不见尾,闪闪跳跳浩浩荡荡,鱼贯而移。喜梅子和八贵排在最前面,红旱船在雪地上舞着,如滚来滚去的大火球。喜梅子情绪极好,脸红红的,眼亮亮的,肥硕晶莹的汗粒使额头生光,身上的每个物件都活起来,雪照烂漫。她忽然觉得她不是赌徒的媳妇,她不是穷光蛋,她俨然是拥有全世界财富的女大亨。她的气势令村里知底的人十分佩服。八贵呢,则相形见绌了。他有气无力地舞桨,身子懒慢地一动一扭,如一条饿瘪的小虫畏缩胆怯地在人群里穿来穿去。他不敢看众人,更不敢看喜梅子的眼睛。"精神点儿,别跟霜打的秧子似的!"女人开始向他发出严厉的警告了。八贵含含糊糊地应一声,挺挺胸,做出铆劲儿的样子。但他的脊背上像是有一团沉重的东西死死压着,压着,让女人满意的形象终究没能营造起来。喜梅子不再看八贵,昂头舞着,竭力掩饰男人的存在,但终究不能忽略。男人总还是形影不离地陪伴她,就像一个美梦后面拖着的一个看不清爽的阴影……

中午,雪停了。

邝主任带着喜梅子去仓库里领犒劳品。邝主任说:"孙喜梅同志,今天演得很成功!俺们行长也赞不绝口哇!"喜梅子仍在生男人的气:"俺演得不好,不如上次。"邝主任连说:"很好很好。往后俺想跟你们定个君子协定,行里有啥活动,就请你们。"喜梅子十分欣赏邝主任有涵养的谈吐。她说:"俺乐意为你服务。"邝主任忙说:"不是为俺一个人,是为行里。"喜梅子脸红如旱船。

喜梅子便不多说话了。邝主任很热情："往后俺们就是朋友，常来常往吧！"喜梅子好像有一串一串的话，犹犹豫豫很久掏不出来。邝主任送她出门口的时候，喜梅子终于说："邝主任，俺有事儿求你，可又……"邝主任笑笑说："别客气，尽管说吧。"喜梅子喃喃着："俺想养虾，难处不少呢！"

"啥难处哇？"

"闺女穿娘鞋。"

"咋讲？"

"钱紧呗！"

"你想贷款？"

"嗯。"

"贷多少？"

"三万。"

"俺跟行长商量商量。"

"别作难，邝主任。"

喜梅子心里又藏下这个希望回村了。她胸膛里有什么东西燃烧，炽炽烈烈了。第二天，她接到了东北佳木斯老姨的来信。老姨是那里县办师范的头头，给八贵办好了自费半读手续。看来八贵得走了。该做的喜梅都做了。他该走了，一切都是天造地设的事。八贵无法改变喜梅子桅杆顶上插旗杆尖上拔尖的性子，又怕失去她，他只有履行虚幻而美丽的壮别。夜里雪又漫天飞扬，把那一夜没有熄灯的小屋冻成一团。到翌晨，住了雪，天还不很亮时，八贵带着行李就要上路了。他和喜梅子来到后院，远远看见娘蹲在白皑皑的树根下鼓鼓捣捣抠红蛇。娘自从八贵败家后更为痴木，除了起早贪黑地抠红蛇，仿佛再也没有别的事了。她枯小的身子淹在白雪里，晃着微弱的白光。八贵和喜梅子同时刹住脚，愣怔怔地呆望着她。娘不为世间一切困扰，依旧不扭头，专注痴情，连眼珠子也不转动了。雪片在她冻成红萝卜的手里，碎了，散了，铺排出嚓沙嚓沙的声响，传到极遥远极陌生的地方。"俺，对不住她老人家。"八贵哑了声说，眼骨窝里爬出湿漉漉的东西。喜梅子很镇静，说："你走吧，见了老姨，就说娘很好。"八贵点点头，就很沉地叹口气，拧转身子走出院子。喜梅子款款跟在后面，冷冷的街上就晃着两个人影。街上塑着一个很高很大的雪菩萨，静静地看着他们。"菩萨保佑你，俺把心吊在舌尖上盼你。"喜梅子切切地说，"就等你换个模样回来，当老师，吃皇粮！"八贵又点头。这些话极像女人唱出的绵长而虚幻的谣曲，反复将他揉得熨帖了。

烈风吹打着八贵的眼睛。

七

天暖和了，喜梅子就包下了西海滩防潮坝后面的一片虾池，成为地地道道的养虾女。清虾池、灌水、跑贷款，活儿像陀螺一样追人，她就得苦挣苦扎地转着。男人是她的念想。男人总算是走了，还回了两封很短的信。走就好，人走了，没有希望便有了希望，走就是希望。希望凝成一口气，顶日月艰难。活是很难的，日月像摇船得一桨一桨拱；赚钱也就更难，得吃大苦。苦就苦吧，钱难赚屎难吃，世上的钱原来就不那么好挣的，她想。

这些日子，娘依旧抠她的红蛇。帮不上喜梅子，她怨娘恨娘了，渐渐忽略了娘的存在。酒店易主，一个叫大芳的小工看喜梅子可怜就留下来给她看孩子照顾疯癫了的老太太。喜梅子白日忙着往城里跑贷款，几次折腾，邝主任还算够意思，贷她两万多。她订了虾苗买了饵料，每天夜里回家奶完孩子，就装上小本子，去乡里夜校听专家讲授养虾知识。回家已是子夜，就囫囵着身子躺一会儿，天不亮，五更鸡荡开锐锐一声尖叫，她便去虾池子干活了。早晨海滩涂上的雾很浓，紫莹莹的，大团大团地游移。喜梅子扛着大锹歪歪斜斜晃在雾里，黛青色上衣被海雾打湿。她一步一步走着。天一点一点变亮，她能瞅见自己呼出的哈气融进雾里。灰不溜秋的海堤如一排卧倒的骆驼远远地弓起了脊背。她的虾池就在海堤下。她站定，甩了湿漉漉的上衣，穿一件红秋衣，霍霍地在虾池里面甩泥。大锹在她手里舞着，臭烘烘水渍渍的黑泥被一团一块地掀到矮堤上。早醒的鸥鸟看了悚惶，一群一群嘀嘀嗒嗒落下又呱呱惊叫着飞走了。天彻底亮了，霞色在她红扑扑的脸上贴了光，红亮亮的，日光在她舞动的大锹下破破碎碎弥弥合合，哗啦啦声音溅起一世界。

"喜梅子，早啊。"

"早，您也整池子呀！"

喜梅边干活边与人搭讪。

"八贵那东西也是烟袋杆子，黑了心，这活儿咋能叫娘儿们家干呢？"

"他不在家，俺能成。"

"呃，听说你家八贵考上师范啦？"

"嗯哪。"喜梅子响脆脆地答。

"八贵那驴×的算是有福气！"

人们赞叹之余又有点惋惜，这朵花没插对地方。娘儿们家给八贵多少，也是杂烩汤里的豆腐，白搭。喜梅子不这样想，男人还是蛮勤快蛮忠厚的，上次进赌场也是别人拉下水的。他憨头憨脑，却也有个泥腿劲儿，能成气候哩。喜梅子被一束一束错觉的光环惬意地裹着，身上的筋筋脉脉也蓄满力气，大锹起起落落，泥水哇啦哇啦流。最底层的泥水更稀，腥臭气更浓，就像八贵出海回来身上的那味儿。她恶心了，气短了，趔趄了几下，甩了锹，躬身吐了一摊黏液，再抬头的时候，眼里就冒金星子，就要倒下去，倒下去了，她硬硬挺着，挤一口唾沫含在嘴里，将奔涌的呕声完全堵回肚里去，一点儿也不能让旁人听到。后来，她吐血了。

喜梅子没有被拖倒，留住了日月的辉煌。忙忙颠颠的日子一晃儿就溜到了秋天。放暑假的时候，八贵憨憨气气地回来了，人瘦了，黑了，说话做事也有了些板眼。他说学业忙，没住上几天就走了，怀揣着女人的厚望走了。喜梅子又多了一重自信。遗憾的是男人在她眼里竟是一根交错不清的树杈子，连一个难忘的背影也没留下来。男人在她眼里是不该这个样子的，怎么就莫名其妙地模糊了呢？她不敢细想，不敢。艰难的日子只有活在盼望里，不成熟的果实别拧，拧下了，成熟的机会便永远失去。她想着，满脸内容地盯着一蓬太阳光，目光一截一截探出极远。

男人这回走后，四喜便来得勤了。每回来四喜都学着八贵大大咧咧的样子甩给喜梅子很多很多钱："嫂子，把船租收好。"

喜梅子数数钱，惊讶了："五千，这么多？"

四喜拍拍胸脯:"俺这阵子赚得多!"

"啧啧,你真能干!"

"贵哥比俺还能干!"

"咋,想他啦?"

四喜扮个鬼脸:"你不想他吗?"

"小子,你又欠捶啦!"

四喜嘻嘻笑:"嫂子,兄弟不是说你,贵哥远天野地抽筋儿,你就不疼他吗?"

"俺不疼他?谁撑着这个家?"

四喜一脸正经道:"贵哥不愿干的事,就别逼他啦!"

"滚,少出馊主意!"

"快让他回来吧!"

"回来干啥?土拨鼠似的海里钻?"

"哼,有人想钻还钻不来呢!这年头只出你这么个傻瓜,只捡芝麻不抓西瓜!"四喜说。

"轻骨头!"

"不管你咋骂,贵哥心里苦哇!"

"俺清闲啊?谁也没吃白食!"

"那是你自己找罪受,何苦呢?"

"挨刀的,死了不苦!"

"唉,你早晚逼贵哥吊死在那棵树上!"

"再胡诌,俺扇你!"

四喜缩缩闭了嘴。

喜梅子倒不依不饶地说:"四喜,你赚你的钱,八贵上他的学,人各有志,你千万别去信勾他的痒痒肉儿啦!"

四喜垂头一叹:"唉,种下苍耳收蒺藜,都是命!"

"你说啥?"

"俺说命。"

四喜走了，喜梅子身子软了一下。他每来一回，她的身子就软一次。那天黄昏，喜梅子往虾池子送饵料，路上碰见大芝娘。大芝娘也是与她娘齐名的旱船女，对喜梅子娘俩着实不服气。她见喜梅子就亮开嗓门说："听说你们八贵成仙了啊！"喜梅子故意气她："成仙，岂止成仙，俺们八贵还要吃皇粮呢！"大芝娘于泼辣中透出尖酸："吃的皇粮本呀，怕是拿母鸡下蛋换的！咯咯咯……"喜梅子斜她一眼说："你，你眼气啦？"大芝娘故意往她心尖子上戳："可有人看见你家八贵先生又出海打鱼呢！"喜梅子怒了："你放屁，俺八贵在吃笔墨饭儿！"大芝娘一扭一扭地"咯咯"笑着："吃笔墨饭？怕是吃屁也赶不上个热乎的！"她一笑一拧地走了。喜梅子狠狠地啐了她一口："呸，骚货！"然后怏怏地走了。天黑回家的时候，在老河口不小心摔了一跤，她很利落地爬起来，扑拉扑拉身上的土屑，又往回赶。到家的灯下，她才发觉自己戴了多年的翡翠手镯碎了。那是娘在她与八贵结婚时给她的，是她的护身符，碎了，还剩半边卡在她的手腕上。碎了，她不知为什么就碎了。娘扒了一天的红蛇，晚上蜷缩双腿，愣愣地望着女儿，像个守护神。喜梅子说："娘，手镯碎了。"

　　娘依然怅怅地望着女儿。那意思像是在说，红蛇没了，手镯自然会碎的。

　　之后，喜梅子哭了。

八

　　那株古老的石榴树下，日日蹒跚着喜梅娘疲惫、残弱而又永不止歇的身影，喜梅子则每天围着虾池子转。虾荒时节到了，过去的虾荒蟹乱被人看成灾荒预兆，现在却换了一层含义，虾荒时节是大虾生长的最后关口，家家都要反反复复往虾池里扔饵料。虾荒到，累断腰。这时节，苍茫阔大的滩涂上，挤挤密密地拥满了背筐提篓的姑娘媳妇和爷们儿汉子，他们在捡卤虫和蓝蛤，为大虾准备最后一顿丰盛的晚餐。每天早上，天还黑乎乎的，喜梅子就背着柳条筐，手提一盏明晃晃的虾灯，扑甩着大脚片子，咚咚咚咚踩响海滩。

　　泥滩、村舍和船桅罩在晨雾里，腥风撒下星星点点的露珠儿，湿漉漉咸滋滋的。喜梅子手里的那盏灯晃荡着，如豆的火光，一闪一闪，如磷火，照亮了秋夜的一大片地方。她用手将散落在额前的几缕秀发向后一甩，酸愁就被甩脑后了。不长时间，她走上了海涂。黑乎乎的泥滩一片连一片，瞧不见一棵树，抓不到一丝草。一块一块浅泓，像草原里的"淖儿"，汪着蓝幽幽的海水。这是盐池子，水浅浅的，水皮儿上卧一层翡翠鸟、水鸭和海鸥。鸟翅是绿的，鸭嘴是红的，海鸥是白色的，远远看去，如铺满荷叶，开遍睡莲的彩旱船。大虾的天然饵料卤虫就生在盐池里。喜梅子每天早上都来这里捡卤虫。卤虫像小乌虾，麻灰灰的，密密麻麻地钻在盐水里。她是捉卤虫能手，一个早上就能攒下几日的饵料。她做得很累很苦，白嫩的手掌裂开一道一道很深的口子，像爬满了蚯蚓。盐水涩涩地杀进血口里，钻心地痛呢。不，这算不上啥，比起男人在学校里背书还省劲儿哩！文化人不易当，别看养得细皮白肉，悠悠闲闲，要考试了，迷哩魔啦地折腾，吃不好睡不安生，折寿呢！不比咱庄稼人，头一挨枕，就沉沉地念"呼噜文"。她想。

喜梅子看着天还很暗，就将虾灯拿一根树杈挑起来，甩掉鞋子，吧唧吧唧踩进盐池。橙黄的灯光，如一粒闪闪跳跳的星子，引一群飞蛾和蚊虫围它狂欢、献媚。盐沟淙淙流水，忽浓忽淡的蓝雾，卤虫蠕动的沙沙声，使空旷的滩涂变成一个童话世界。不大工夫，卤虫就将筐子塞得满满实实。沁凉的露水，潮湿的地气，森冷的海风，合成特有的秋寒。喜梅不怕冷，她直起身子，甩掉沾在手上的泥沙和盐渣儿，打腰间摸出一条素花毛巾，擦抹着脸上汗水，然后抱着筐子挪上一个黑乎乎的泥岗子。天还早，喜梅子还想再捞一筐。当即，她双膝跪在沙泥上，拿手扒拉着，抠出一块一块的泥片子，手指渗出了血，她还是着魔般扒着。终于，她抠出一个黑洞洞的泥坑子，坑口老树根一样粗，含着鲜味儿的潮乎乎的地气扑进她的喉咙口，又升到她心上静静卷绕萦回。她忘情地吮吸一口，像是歇息似的喘上一口气，然后躬着身，噼里啪啦就将一筐卤虫倒进坑子里，又挺直身子走向另一个"大汪子"。捉满筐的卤虫，就转悠回坑子，将两筐卤虫背回自家的虾池旁的窝棚里。

喜梅子捧着虾灯独坐在窝棚门口的木墩上，静静地朝虾池一阵张望。蓝幽幽的水面上浮着几丝嫩绿的海草，一只一只大虾吐出一片大大小小的泡泡儿，如无数喁喁的嘴,朝她殷勤地倾诉着什么。每每听到这醉人的扑扑声,喜梅子心头就阵阵发痒。卤虫,瓷瓷实实两筐够用两天的。这会儿还缺蓝蛤。"三蛤四卤"的喂养方法是她从夜校里听来的。该去逮蓝蛤了。捉蓝蛤可不像捞卤虫容易。无论是海滩上还是泥礁底下,必有海水终日哗哗流过,蓝蛤同人一样精,是认活水的。弯腰撅腚在海水里摸,累得腰酸腿痛,也抠不上多少。所有的虾农都知晓,渤海湾雾抬岛上有取不尽的蓝蛤。不过,那是个凶地方,姑娘媳妇没人敢去,唯有几个海汉子敢从那鬼地方钻来晃去。

喜梅子忽然想去那地方试试了,她啥都想试一试。她放下虾灯,她的手掌烤得生出一层白盐。她急忙从兜里掏出一盒蜜油,一点一点涂在手背上,交叉摩揉着,又低头在手背上呵呵气儿,最后又小心翼翼地装进兜里。她的手很重,刚才抠了一大块油,里边很少很少了。少就少,即便没了油,她也会把蛤蜊盒带在身上。这是男人,一个"文化人"给她买来的,这对于她是十分重要的。她站起身,看看灰灰的天儿,默默朝雾抬岛方向急匆匆赶了去。

日头子爬起来,快快的,很长时间扯不去揉皱了的灰蒙蒙的雾帘子。雾抬岛还裹在雾里,她的上方,隐隐浮着一条淡淡的藕荷色的长带子。雾抬岛不是啥真正的岛,而是一片洼地塌子。洼地上耸几排火石,如一道一道金灿灿的天然屏障。这是雪莲湾唯一有石的地方。这里是肉锤儿似的凸出去的一块,又斜对着老河口,整日白浪滔滔,烟雾缭绕,远远望去,就像浓雾抬着的小岛。人们就叫"雾抬岛"。干潮的时候,这还汪有齐腰深的海水,水面上和石缝里浮着杂七杂八的藻类,鱼虾上来觅食,浅水里就生长许多蓝蛤,一抓一把。可怕的是这里常有吞人的大鱼出没,涨潮也没规律。发天的时候,轰轰嚣叫的海水溜着豁口朝洼地上喷吐,况且老河口与狼牙嘴之间的海沟与它相通,潮水灌满这块洼地,才朝北滚的。这儿淹死过几个人,怪瘆人的。喜梅子高挽着裤腿儿,赤脚在海滩上赶,泥软的水滩在她脚下吱吱叫着,她脚掌发痒。潮水泛着白沫子嘶嘶朝岸上淹着,浪头子扑在脚跟上,一卷一卷的水花,溅她一身,凉津津的。泥滩越来越难走,乌黑的烂泥掺和着石碴儿和碎蛤皮子,又黏又滑又扎脚。她干脆轻跑起来,虾灯在筐子里哗喳哗喳响。她脚一点地,刚挨泥皮儿就过去了,不挨扎又快捷,不长时间,就到雾抬岛了。

海水浑浊，浪头不大，一块一块暗红火石如一头一头硕大的龟，蛰伏在水里，一动不动，偌大的水塌子呈着虚伪的静。喜梅子很得意，她把虾灯放在礁石上，背着筐子跳进凉冰冰的海水里。水扎凉啊，与别处是"格路"，能冰透皮肤，进而扎进肉里骨里。海水漫过大腿的时候，她把牙咬得咯咯响，弯腰伸手在火石缝里抠蓝蛤。蓝蛤真多，一划拉就是一把。她一捧一捧往筐子里甩，兴奋极了。蓝蛤属于贝类，小指甲盖般大。她捡了多半筐的时候有些吃不住劲儿了，她慢慢失去活力，手指头麻木了，黑眼珠里的火花也黯然失色。蓝蓝的海水、暗红的火石和雪白的蓝蛤都凝成模糊一团。

她有些沮丧了。

喜梅子吃力地挺起身，重重地叹口气，将冻木的手指含在嘴里呵气儿，也不顶事。她索性爬上礁石，从上衣口袋里摸出火柴，再次点着了虾灯。不是照亮儿，是当火盆用。她双手紧紧捂着灯罩子，好半天，手指一节一节复苏了。这时，她的双腿又不听使唤了，如灌了铅般沉重。灯里的火苗太微弱了，她多想钻到日头底下晒暖儿啊。她又怨艾起来，人就是邪性，没足没够，吃着东盼着西。天大白大亮了，海也醒了。阴森、恐怖、喧嚣的雾抬岛上，开始浮上斑斑点点的红霞，但雾仍没散尽。喜梅子望着半筐鲜活的蓝蛤，心里喜滋滋的。但她还不肯就这么回去，远远地来了，又逢上干潮，不将筐子装得贼满就回去，不是她的性格。于是，她活动活动手脚，"扑通"一声，又跳进水里。她的脚还没立稳当，觉得腿肚子就遭了火辣辣的一击，像有一块烧红的烙铁烙在腿上一样，扯心撕肺的痛。她"呀"了一声叫，浑身一阵痉挛，拼命往岸上爬。爬呀爬……她爬上岸来时，就发现左腿肚子被戳了一个不大不小的窟窿，殷红的血浆，咕嘟嘟涌出来。她赶紧从上衣扯下一块布条儿，一圈一圈缠在腿肚子上。她惶惶朝水里张望，淡红的海水里，裸露一条带有梅花点子的鱼背。她听说这里的大鱼能自由上滩下水，能一口吞了人。她有些后怕。

痛和冷两个恶魔侵扰着喜梅子，她再也不能待在这里了。她必须在涨潮前走出雾抬岛。她吃力地背上筐子，勒紧绑在腿上的布带子，斜斜地蹚过去。她为自己吃惊，她也弄不清自己是怎么涉过那片水塌子的，也许是伤口还麻木着。当她摇摇晃晃站定泥岸时，却当下腿一软，眼一黑，一屁股跌坐下来，咸涩的海水再次渗进伤口，剧烈的疼痛，使她难以忍受。她一动不动地蜷缩在一片泥坨上，腹部狠狠压住大腿，闭紧眼，牙帮咬得吱吱脆响，柔婉的额头生出豆粒大的汗珠子，一滴一滴砸进泥坨里。

泥坨上印了一摊血和一摊汗。海滩很静，海水和滩涂被阳光涂成赤铜色。蛤蜊、蛏子和鬼蟹在洼地里噼啪有声地吸气，一只一只蟛蜞和跳潮鱼，在水面突突跳着，窥探着沙滩上可怜的喜梅子，也同时警告她大潮就要来了。喜梅子想起男人和红旱船，就有一股力量从心底拱出，在她骨子里胡乱钻动。她挣扎着，奇迹般地站了起来，背上筐子，倔倔地搅动着红溜溜的日光走了。走很远一截儿，她扑地跌倒，再爬起，又跌倒，爬起……

大潮呜呜溅溅追来了。

喜梅子躺在家的炕头上，浑身无力。她就用歪瓜裂枣的字给八贵写了一封长信。恰巧四喜送船租来，就说："四喜，替俺给他发封信。"

"想他了不是？"四喜说。

"你又来啦。"喜梅子一脸的沉静。

"瞧你这样子，家里没爷们儿家咋成？"

"没他臭鸡蛋，照样做槽子糕！"

"别耍光棍儿啦，虾池的活儿就交俺吧！"

"你？"

"信不过？"

"好吧。"

九

一片清静。只有雨，细细飞洒，如大虾蠕动般沙沙响，撩得喜梅子再也躺不住了。她轻轻下炕，搜出一把雨伞，晃到门口时，"嘭"地撑开一蓬伞花，她纤巧的倩影顶着那蓬幽幽的花融进秋天的雨雾里。她走在海滩上就像一只绵羊小心地一脚一脚地移。养伤的几日里，她连连做着好梦，一回一回梦见男人拿了毕业证回家的风光，一回一回梦见自己发了大财，连喘气都比别人粗。清风细雨，簌簌响，围成一片，鼓荡着她酿成长久的渴想，她掐手算着，男人还有一天就会接到她的信了。她知道信走七天。雨丝凉凉的，潇潇洒洒来，染了她一脸的风尘，泛着俗人读不懂的悲喜。她走进秋天的梦境里去了。雨停了，海滩发出一阵远古的呓语，如梦似幻。鲜阳在远远的桅尖上斜斜地挑着，帆影就勾勾弯弯地晃了。喜梅子望一眼红彤彤的日头，再看脚下黏答答的泥滩，龌龊得叫人发腻，连气流也变得黏答答了。她来到虾池旁的时候，瞧见满池的虾都醒着，扑扑探头，吞着浮在水面上黄丝丝的饵料。望着散成油花状的饵料，她猜想是四喜夜里撒的。夜雨里撒饵料，是最科学的，书上说的，喜梅子心里赞叹着，款款朝水闸旁边的草棚子走去。

灰乌乌的茅草窝棚，如一只大龟卧在堤上。一层油毡被夜风吹落，一半搭在檐上，一半吻着湿地。喜梅子心一紧，急急奔去。远远地，她就听见从窝棚里荡出的呼噜呼噜很响很沉的鼾声，鼾声一截一截往极远极陌生的地方延伸。不知怎的，喜梅子对这鼾声那么熟悉，像是男人嘴里兴之所来哼着的那支渔歌子，点燃她的热情又使她失去分量，她紧走几步，站在窝棚下，轻轻盖好油毡，蹑脚进了棚子。她发现四喜侧着身子睡着，浑身被雨水打湿，水涝涝的没了人样。喜梅子心里一热，伸手摇着他："四喜，醒醒，别淋病喽。"他依旧睡着，他嘴中喷出的气息，温温痒痒，像面条鱼在她手背上爬来爬去。

"四喜，醒醒咧——"

"呼噜呼噜……"

"四喜，日头照腚啦！"

"呼呼噜噜……"

"四喜……"

喜梅子蓦地看见他那只像卤过的虾似的泛着酱色的粗手，紧紧攥着一封展开的信。信皱巴巴洇了水渍，一块一块，像是泪水濡过。她疾手抓起信，映入眼睛的是她的歪歪扭扭的笔迹："亲爱的贵……"喜梅子的脑壳轰然一炸，像一只狂躁的母狗，扳过男人黑瘦黑瘦流一线哈喇子的脸。是八贵。怎么会是他？

"天杀的，这辈子为啥偏偏碰上你？"

喜梅子脑壳如炸开的桐油果，身子一软，轰轰然旋转着搅乱倾斜的一瓦窝顶很沉重地扑倒下来。八贵醒了，被眼前的景儿吓得慌口慌心，"扑通"跪地，抱起思恋的那一团绵软，哭了："喜梅，喜梅……"

八贵哭得很惨。

十

喜梅子一连几日不吃不喝，哭得昏昏沉沉。她被男人骗了，八贵这次回来压根儿就没走，他跟四喜出海了，偷偷住在船上。她像抽走了身上的所有精血，再也爬不起来了。她的一双红肿无光的眼睛，呆望着沉默的红旱船，多少个日日夜夜的美好变得很轻很贱了。她多想挽住昔日那美好，可终不能够，不能。八贵白日忙虾池的活儿，夜里守着她，一嘟噜一串忏悔请她原谅的话，很轻地在她耳朵里飘进飘出，像一排生生灭灭的水泡儿。

"喜梅子，想开些。"

"一家人安安生生的，还求啥呢？"

"命有八升，别求一斗啦！"

"冷也好热也好，活着就是好。"

"别太精鬼啦！"

喜梅子听着人们极柔极润的劝告，有暖酥酥的东西往脑后钻，就是不入心，呆愣的目光死死落在墙上的红旱船上，那目光像是咬住了什么。她觉得胸窝里热辣辣堵得慌，一捶，忽然听见红旱船的呻吟声。红旱船能出声了，就像一只受了伤的红鸟，扑棱扑棱，挣扎着哀鸣。红鸟恰如她固执地坚守着的玫瑰色虚幻的慰藉。红鸟不动了，日日夜夜的悲苦和辛酸俱到眼底来。她眼眶子一抖，就有两行晶亮晶亮的泪珠子爬出。不知啥时候，娘颤抖抖地挪进屋来，晃出老态。娘干瘦干瘦，脸黄得难看，如一朵被风吹落了的干菊花。娘的老旧的阴丹士林蓝布大襟袄，被溜进的风撬起，如一面蓝旱船忽闪忽闪。喜梅子的目光与娘的目光一碰，就滑开了，定定落在蓝大襟袄上，似乎在寻找什么，而终究觉出陌生来。

"梅子。"娘终于说话了。

喜梅子心一喜:"哎,娘。"

娘像正常人似的坐下来。

"娘,你老熬过来啦?"

"嗯。"娘嘴角瘪了又瘪。

"看红蛇把你老折腾的。"

娘的目光忽又浊了。

喜梅子异样地望着娘。

"日子久了,海也会枯的。"娘说着就一阵干咳,"娘盼你成气候,干成事,会有出头日子的!"

喜梅子拿眼在娘的身上搜刮一遍。

娘的表情恍若隔世,一身枯丑,坚毅却是留在骨头里的。她眼圈子红红的,一把一把老泪长淌不止:"梅子,娘不行啦,走前只想告诉你一件事。"

"娘,啥事儿?"

"你还记得咱家的绿旱船吗?"

喜梅子点点头。

"你知道绿旱船咋就没了吗?"

喜梅子摇摇头。

"那夜里,俺烧了它。"

喜梅子满脸的内容和空洞。

娘就蹶跶蹶跶走了。

喜梅子深情地唤一声:"娘——"她再也说不下去了。

收虾的季节到了。喜梅子自从跟娘说了话,精神就奇迹般地好起来。她跟八贵苦扎苦累将肥鲜鲜的大虾交售到外贸收购站,换回七万元的票子。他们比先前更富有了。八贵怀里揣着票子,风光成熊了,狂癫癫地喊:"老师,嘿嘿,文化人儿,嘿嘿,去他×的吧!"喜梅子听见了八贵的狂叫,如五雷轰顶,抖抖的,静下脸瞅八贵。她的脸相惨白,但表情平平。每一次她都以平淡中的力量镇住男人，这回不灵验了，八贵如灌了烈酒的笨熊，摇摇摆摆叫道："去，去他×的！"喜梅子的心一点一点下沉，慢慢走到男人跟前，不说话，也不看他。八贵不懂她的心思，有些害怕了。喜梅子挥手一巴掌将八贵推倒在地上，就一巴掌。男人瘫在地上，将脑壳缩到肩胛里去了，好久好久抬不起头。

夜里，八贵就走了。

她不知道这冤家去了啥地方。

走，还是希望吗？他，还会回来吗？

她不知道。她都不敢猜一下了。

后来不长日子，喜梅娘死了。老太太就硬挺挺地死在了那株石榴树下，喜梅子发现她的时候，她的身子僵虾一样勾在那里，眼睛墨线一样叠合在一起，脸上的老皱也舒展开了，挂着很富态很满足很安详的笑。喜梅子不懂娘死后为啥这般模样，收尸的时候，她猝然发觉娘的右手紧紧地攥着一条红蛇。红蛇，红蛇，这神神鬼鬼的家伙又怎么钻出来了呢？红蛇显然是被娘攥死的，红舌花茎一样吐出，身子直了，干硬干硬了。喜梅子用了力掰娘手里的蛇，怎么也掰不开，就干脆一同下葬了。娘死后，喜梅子看着空荡荡的后院，老树下总是蹒跚着娘疲惫、孱弱又永不止歇的身影，她有些怕了，就又将男人输去的小酒店买了回来。开了酒店，心里还是老样子。那日她听说乡文化站要招人了，而且能转长期合同工。她心里的念想又活脱脱往外钻了，她去报了名。乡长说原本要考试的，既然喜梅子来了，巴不得的，免啦！喜梅子执意不干："考，俺考上才来。"临考试的前一天夜里，有人看见喜梅子携着红旱船去了林子里的墓地。

夜很沉很幽，涛声很响很重。轰轰隆隆的声音如旱天雷在大海滩上沉甸甸地滚动，铺天盖地滚至远远的。喜梅子就裹在这种声音里，默立在爹娘的坟头旁。她一把火点燃了红旱船，由于是一面陡坡，红旱船燃烧着，如一个做工精细的花圈，弹跳着滚动。火苗子伸伸缩缩，就像红鸟托擎一双白亮的翅膀，隐在夜里自由自在地远去了，远远地哼哼嗡嗡，淡了，怎么也飞不到眼前来。葬掉了，一段日子的美好都被壮丽地葬掉了。她忽然跪下去，将被火光映红的脸埋在手掌里,埋在往事的记忆里,啜啜地哭起来……喜梅子离开墓庐,独自走上老河口的时候,那遥远的沉闷的声音仍悠悠不绝。她爽气许多,就在这个时候,她忽然想唱一支娘唱过的渔歌子,让黑沉沉的雪莲湾知道,她还醒着。唯有醒着,方能打进另外一方天地。第二天,文化站考试的时候,人们蓦然发现喜梅子舞出一条蓝旱船。蓝格莹莹的旱船搅动了一瓦蓝天。

裸岸

一个春天的上午，裴校长跑到村口的发屋报喜说，麦兰子，电台里正播出你奶奶讲的故事呢。麦兰子放下手里的吹风机，扭身去街筒子里找奶奶。这时的日光不再温和，火辣辣地泼下来，使麦兰子感觉街上像铺满白面粉似的。麦兰子够活泼的，见人就说匣子里正播俺奶奶讲故事呢。村人就笑，七奶奶真是个老故事篓子，脑子还那么好，嘴皮子还那么溜，然后就回家听匣子去了。麦兰子知道奶奶是民间故事家，奶奶肚里的故事，七天七夜也说不完。前些天县城三套集成办公室来了人，给七奶奶的故事录了音，还说要集印成书呢。七奶奶愁苦的老脸平展了，人没醉话却醉了，几乎将所有故事都道出来了。录音之后，七奶奶长了满嘴燎泡，就一直没故事可讲了，跟村里那些老人搭伙儿，蹲在老墙根儿下晒太阳。隔老远，麦兰子就看见七奶奶嘴叼那杆长烟袋，眯眼看日光下的街景儿，枯白头顶着一片光泽，一群老人围着七奶奶闲聊。麦兰子知道奶奶的威信，她总是人群里的核心。这时有一只花蝴蝶飞来，落在七奶奶头上不动了。麦兰子悄悄挪过去想抓那蝴蝶，一伸手，花蝴蝶就飞散了。七奶奶扭脸瞧见麦兰子，说你这鬼丫头干啥来啦？麦兰子说，花蝴蝶落谁头上，准就走红运的。七奶奶笑说，俺这把老骨头，还能红到哪里去？然后她抬眼发现上午和黄昏没啥两样。麦兰子说，咋个不能走运，告诉你呀，这会儿电台正播你讲的故事呢。七奶奶问是真的咋的？麦兰子说是刚才裴校长通知的，小学校里正组织孩子们收听呢。七奶奶脸笑成干菊花，拄着拐杖站起来说，兰子，走，回家听匣子去。晒暖的老人们都各回各家听匣子去了。麦兰子扶着七奶奶进了家,打开收音机,正讲到一个大铁锅的革命斗争故事。麦兰子觉得收音机里奶奶变了腔,但还是很亲切的。尽管大铁锅的故事她听得耳里生茧了,她还是愿意听的,雪莲湾关于大铁锅的说法挺有意思,麦兰子愿意再仔细听一听。但她和奶奶都没有想到,田副乡长专程从乡政府赶来,奔大铁锅来的,将七奶奶的所有计划都打乱了。

本是两桩不搭界的事,被各级领导们勾连在一起了。田副乡长进村就直接找吕支书,尽管他知道村长麦连生是七奶奶的儿子,但他还是找了吕支书。因为他知道吕支书年轻气盛玩儿得硬,村里大事小情都由他一人做主,麦村长只是个配搭儿。田副乡长跟吕支书说,你们村露脸的日子到啦!吕支书眼亮了,那得靠田副乡长提携。田副乡长说了说县委宣传部肖部长的重要指示。县委肖部长听了七奶奶讲的故事,对其中大铁锅的故事十分感兴趣,把大锅挖出来,配合全县爱国主义教育,抓个典型,现身说法,电视台还来录像呢!吕支书嘴上说好,心里也犯嘀咕。村长麦连生老实厚道不伤人,在村里本来威信就好,那样一鼓捣,他明显会压过自己了,而自己在村里口碑越发糟了。田副乡长看出吕支书心里想啥,就劝说,吕老弟,别看是往麦村长脸上贴金,其实你也脸上有光,弄好了,咱们都会受益。你知道,我孩子老婆一直在县城,弄好了我可以通过肖部长调回去,我一走,你看副乡长的位子就空一个,乡里一直想提拔你,你是知道的。吕支书脸就松活了,大声说,照你这么说,俺得两横加一竖干啦。田副乡长笑说,这就是机会,谁抓不住谁他×是傻蛋!遇事儿不要总盯着别人得了啥,要先算算自己合适不合适。吕支书就拧开大喇叭将麦村长和其他支委们喊到村委会。村长麦连生听说要将他家埋了多年的大铁锅挖出来,脸上犯愁,牙花子嗫得哧哧响。他说别的好说,怕俺娘不答应啊!老太太的脾气你们不知道。田副乡长说,七奶奶是民间故事家,通情达理,开导开导会配合的。再说,这本来是光宗耀祖的事儿嘛!麦村长说话是这么说,一凿真儿就离谱啦!田副乡长想了想,见吕支书出去撒尿了,就压低了声音劝麦村长,你还犯傻呢,这事操办妥了,我调回城里,吕支书提个副乡长,村里的大权不就握你手里啦?吕支书在村里越发没人缘啦,他太贪,他也愿挪个窝儿啦,夜长梦多呀。麦村长脸上有了表情,扭脸问,有这么厉害吗?别跟俺打诳语。田副乡长说，没人诓你，日后你瞧得着。麦村长的夹板子气早受够了，他做梦都想当村支书。他说，吕支书年轻有为，是该提副乡长啦！别的乡镇，一直从村支书位子上提拔的，咱乡也该这么做了。俺该做啥？田副乡长说，当务之急，挖铁锅，多推吕支书！懂吗？麦村长满口答应，仔细想想还真对路子，又说，小田，俺娘那儿咱俩一块儿去说。田副乡长侧着脸笑了。

　　麦村长和田副乡长到麦家老宅时已是响午了。七奶奶不在家。七奶奶去哪儿了呢？麦村长说俺娘就愿住老宅，他就让女儿麦兰子跟奶奶在老宅做伴儿。田副乡长说再找找。这时村委会喇叭响了，吕支书招呼他们回去喝酒。麦村长说今年春汛有满籽螃蟹，喝完酒再壮壮胆儿跟老太太说。然后他们就走了。他们没料到，从村口麦兰子发屋走过时，七奶奶就在里边听匣子呢。七奶奶听匣子里自己讲故事，麦兰子也想听，她怕孩子误了活儿，就跟麦兰子到发屋里来了。日错午时，麦兰子跟七奶奶说，咱不回家做饭啦，俺从饭店端两盒饭来。七奶奶摇头，瘪着嘴巴说，那多浪费，俺回去做吧。麦兰子咯咯笑说，奶奶真是的，冲这电匣子讲故事，咱不该庆贺庆贺？七奶奶笑，这鬼丫头。麦兰子说给奶奶拢拢头发，再焗点油。七奶奶死活不应，那是你们年轻人的事儿，奶奶可不想老来俏，让人背地戳脊骨。客人走了，她们正说笑着，外面有嗡嗡的摩托响。七奶奶这时听匣子里说，今天的故事就讲到这里，明天请继续收听。她关了匣子。麦兰子说别关，故事后边总跟着好歌。七奶奶又打开了，果然有歌，是那首麦兰子爱听的《纤夫的爱》。七奶奶嘟囔着说，这年头嘴头都是爱，连良心都有假冒伪劣产品，爱还真得了？你说俺们年轻那阵儿，你爷跟俺没说一个爱字，心跟心就跟铁疙瘩一样。你爷被日本鬼子杀了之后，俺才十八岁，多少男人围俺转哪，俺心里只有你爷，带着你爹挺到今天！麦兰子噘着嘴巴说，时代不同了，爱也不一样。您哪，老脑筋。七奶奶说，兰子，奶奶不准你乱爱！麦兰子哼了一声。七奶奶说这话是有所指的。麦兰子二十出头，已出落成水灵灵的大姑娘了，村里村外打她主意的人不少，她怕她心里没根，任谁扔个甜枣就跟着走。自从她高中毕业回村开发屋，人就野成六月花朵了。时常有男孩子找她，有时半夜三更敲窗户，弄得七奶奶为她提着心。麦兰子几乎成了七奶奶的一块心病。老人想来想去，问题还出在发屋上，孩子不是坏孩子，可干发屋这营生早晚把孩子带邪了。七奶奶跟儿子麦村长说,别让孩子干这个啦!没听有人说城里发廊吗,美发是假,卖身是真!尽管麦兰子到不了那份上,可也不受听啊。麦村长支吾说,让她干啥呢?村里企业她又怕累。七奶奶说,俺看让她去小学教书不赖,既稳当又体面。麦村长就找了裴校长,裴校长喜欢麦兰子,就是学校满额没有指标,找了几次乡文教助理也没管事。麦兰子赌气,还就认准了小学校,她说让俺当老师才撤了发屋。七奶奶一筹莫展,她总想跟学校套个近乎。她知道儿子这个村长当得窝囊,是丫头带钥匙,当家做不了主。七奶奶总想替孙女忙活忙活。她又说,兰子,咱不干这营生啦,奶奶豁出这老脸给你跑跑,当老师去!麦兰子没吭声,笑。七奶奶看出麦兰子怀疑她的能力。其实她从小就挑梁拿事了,她总是家人的核心,年岁大了,这种威严有增无减。她在村里辈分最长,她在三年前拄着枣木拐杖,叩开每家每户的门,召集族人集资续家谱。由于她这引子,有一时雪莲湾全乡刮起了续家谱的热潮。去年夏天,省民间故事家协会在山海关老龙头搞民间故事大赛,七奶奶以一篇《狮子船吐元宝》故事,赢得比赛第一名,捧回来一块金匾。七奶奶是雪莲湾的名人呢。遗憾的是,这块地垴不咋讲名人效应。办正经事儿,净认官认钱的,七奶奶这点不糊涂。

  春日的正午拖沓冗长。麦兰子说去对面饭店取盒饭,七奶奶就眯眼静等。麦兰子端着盒饭过来,递给七奶奶,她就被一个醉醺醺的小伙子拽回去了。饭店里那桌喝酒的全认识麦兰子,嚷嚷着麦兰子一块儿喝,麦兰子拗不过,就乖乖跟过去了。七奶奶遂生一肚子气,独自吃饭,一盒烧茄子,一盒米饭,七奶奶吃着挺可口。吃罢饭,七奶奶就朝对面饭店张望。天气开始转热,她盼着来场小雨凉快一下。好长时间海边没下雨了。想着想着,七奶奶就觉困神儿扑脸地折腾,靠着美容椅睡着了。一个等潮儿的女鱼贩子进来,歪头看看七奶奶,自语说,这村老太太开发廊吗?七奶奶睡觉清醒,眼不好使耳朵不背,马上醒来说,烫发的?俺给你去叫人。说着就拧着小脚去对面饭店找来了麦兰子。七奶奶今年整七十岁,是村里最后一位裹了小脚的女人。七奶奶是裹的白薯脚。七奶奶跟不上麦兰子的步儿,但她看见麦兰子喝得红头涨脸,连白藕似的脖颈都红了,七奶奶就生气,枣木拐杖敲打着地面说,你个大姑娘家,陪他们喝啥酒?越发没规矩啦!你没听匣子里说,这阵儿正抓三陪呢!麦兰子笑喷了口说,奶奶，你别瞎捅词儿，你知道啥叫三陪？那桌里都是俺同学。七奶奶说你个鬼丫头还有理啦？这会儿不跟你犟，快给客人烫头发。麦兰子进了发屋就忙活起来，七奶奶坐在一边又打开了电匣子。匣子里正讲在全县中小学生中进行爱国主义教育的事。麦兰子不爱听，说快关掉，心烦。七奶奶气还没消，说，就不关，俺爱听，你们都忘本啦！麦兰子乖乖露怯，默不作声地干活儿。七奶奶本想端着匣子回老宅去，又放心不下麦兰子，就强打精神儿挺着，移开目光看远远的天。这时候，摸麦兰子喝酒的那群小伙子说笑着奔发屋来了。其中一个长头发的家伙，进屋来说麦兰子重利轻友，红头涨脸地伸胳膊摸麦兰子的脖子，麦兰子一挥手推开他。他就没皮没脸哼骚歌，伸手在麦兰子身上抠抠摸摸，喷着酒气笑，兰子，嫁俺当老婆吧。麦兰子扭头冲别人喊，他醉了，快拉他走开。七奶奶看不过眼了，站起身，举起枣木拐杖，狠狠打在男人的胳膊上，骂，兔崽子，收起你的狗爪子吧！那小伙子要跟七奶奶闹，麦兰子放下发乳瓶说，你敢乱来，她是俺奶奶！那几个小伙子忙进屋来，七手八脚将醉鬼拉出去了。麦兰子边干活儿边骂一句，这帮没成色的东西！七奶奶拄着拐杖立在门口，像一尊门神。老人没再骂街，心里在想，麦兰子的发屋无论如何也不能开下去了，然后就顺着这根筋一下子想远了。麦兰子说，奶奶坐下歇呀，跟他们生气不值得。七奶奶没动，样子变得阴郁而苍老了。

　　天黑掌灯时分，七奶奶和麦兰子进家，被麦村长和田副乡长撞见了。麦村长说，娘去哪儿啦？让俺和田副乡长好找。七奶奶忙给田副乡长递烟倒茶。麦兰子对父亲说，俺和奶奶在发屋听匣子呢。麦村长训麦兰子说匣子有啥好听的？麦兰子在灯下嘻嘻笑个不停，说匣子里播奶奶讲的故事呢。田副乡长赶紧插言说，播啦？肖部长让电台播的，有大铁锅那段吗？麦兰子说，当然有哇！啥故事，这是俺家真事儿。田副乡长说是真的，假冒的我还不来抓典型呢。说着他与麦村长递眼色。七奶奶看见这阵势就猜出有事儿，她不愿兜圈子，直截了当地说，田副乡长找俺有事吗？田副乡长笑笑说，先给七奶奶道个喜，然后就直说吧。就说了说肖部长和乡党委的意见，末了由麦村长说说村委会的意思。七奶奶听说又要挖铁锅了，就烦心，心里翻出一堆陈年旧事来。

　　麦家是雪莲湾的铁匠世家。圆鼎是铁匠业的护符。圆鼎说白了就是铁锅。

传说鼎是由黄帝始创的,开始用它煮熟食物,后来加以附会,成为旌表勋绩的礼器。而对于铁匠家族,人丁兴旺时就叫鼎族了,做个大铁锅镇邪,作为家族的护符。七奶奶挺信这个说法。七奶奶的大铁锅是造于乾隆年间,祖宗传下来的。传到七爷这辈儿,还着实荣耀了一下子。七奶奶记得那是1943年打鬼子那阵儿,她才十八岁,儿子麦连生刚刚过满月。日本鬼子秋季"扫荡",七爷跟着县大队的人帮助村人往船上转移。船大没法拢岸,又赶上夜里有泥流将舢板埋了,七爷急中生智推出自家大铁锅运人。铁锅够大的,推进水里,一趟能装十几口子人,比艘小船还顶用。后来鬼子杀过来了,就在海边泥岸上建炮楼子当据点,七爷被抓进据点当伙夫。县大队和八路军几回攻据点都拿不下来。这又是雪莲湾入海口的唯一码头,很重要。县大队和八路军又计划硬攻,七爷望着八路军战士的尸体码成墙,血将那片泥岸都染红了,他也心急火燎的。这个节骨眼儿上,据点里当伙夫的七爷想起做饭的大铁锅了。鬼子和伪军有五百多人守据点,吃饭成问题,后来发现海滩上的大铁锅就乐了。拉进据点,由七爷用大铁锅煮米粥。就在县大队进攻据点的前一顿晚饭,七爷偷偷在大铁锅里放了毒,晚饭后鬼子和伪军躺倒一片,七爷粗略数了数有三百多人,没死的也捂着肚子哼哼。没喝粥的一些鬼子将七爷捆起来,将大铁锅里放满油,在油锅里将七爷炸了。当天晚上,县大队就十分轻松地将据点端了。后来,七爷和大铁锅的故事就传下来了。党和政府想教育人了,就端出大铁锅故事来一回,由七奶奶讲述更具说服力。讲得七奶奶望着大铁锅都木了,别的实惠没捞着,自己倒练成民间故事家了。1958年的夏季,七奶奶当了村妇代会主任。当时村里为显示社会主义优越性,收小锅办大食堂,被一时冷落的大铁锅又派上用场了。村干部说用这个大铁锅砌大灶。七奶奶心里难受,这合适吗?她眼前又显出七爷的影子。村干部说这更有意义,还委派七奶奶在食堂当家。七奶奶分饭时,神神气气地站在大铁锅旁给村人盛粥。她忽然觉得照进入影儿的稀粥成为某种精神食粮了。大铁锅教育了几代人,喂养了几代人。有一天傍晚,村里一位成分不好的老头饿坏了,去偷大食堂里的粥,被当场抓住,以为他要往大锅里放毒搞破坏。批斗会上,他们让七奶奶发言。七奶奶十分气愤,指着那人的鼻尖说,你也学七爷往锅里投毒?那人点头说,不是你让学七爷的吗?在场人就哄笑起来。领导背地捅七奶奶，提醒说，咋这样说，七爷投毒是为革命，他是反革命，界限问题不能含糊呢。当时村里小锅全砸了，藏锅不砸的抓起来办班。那一阵儿，全村就剩这个大铁锅了，专区和县里在村里开了吃食堂现场会，七奶奶站在大铁锅旁讲得直落泪。不过，那一阵子，七奶奶从来不吃大铁锅里的粥，她咽不下去的。没隔多久，大食堂不办了，大铁锅就被遗弃了，霜打风吹扔在村口的麦场上。七奶奶看着寒心，就找村干部，要求将大铁锅抬进大队部保管。村干部没理她。她说你们不管俺可抬老宅去了。村干部说你看着处理吧。七奶奶召集族人准备把大铁锅请回家宅。她说锅里盛着七爷的魂哩。抬锅时正赶上麦收清场，大铁锅被人推到场边的水塘里。大铁锅在水里悠荡，总也不拢岸，七奶奶哭了声说，这是七爷找安魂的岸头呢。七奶奶又烧纸又磕头的，好不容易才把大铁锅招回岸边，抬到老宅的后院。可是不久，开始搞大炼钢铁运动，几个民兵进来就要砸这口铁锅，七奶奶躺在大铁锅里骂，兔崽子们，你们的良心呢？这是啥样的锅不知道吗？你们要砸锅就先砸死俺！民兵们吓退了。晚上村干部连轴转给七奶奶做思想工作，七奶奶死活不依，说，政府百样好，就这一样不好，咱这传家宝不是衣裳，说脱就脱说穿就穿的，真让人接受不了。村干部走后，七奶奶怕影响儿子进步，自己拧着小脚去邻村娘家叫来两个哥哥，连夜将大铁锅装上马车，拉到小学校后边的海边泥岸上埋了。七奶奶说，早就该让七爷入土为安了。怕露馅儿，也就没留坟头，每年清明节，七奶奶就去泥岸上烧些纸钱。但谁也不知道大锅埋在啥部位。后来人们几乎将大铁锅忘却了。

　　七奶奶伤心的时候脸总笑着。

　　母亲的笑脸使麦村长心里没底了，他低着头不说话，怕母亲骂他。田副乡长听到前些年关于大铁锅的几回折腾，心中也一番感慨。他想了想说，七奶奶，这次将大铁锅请出来，情形就大不相同啦！是县委肖部长主抓，配合爱国主义教育，谁敢不敬？七奶奶提起铁锅就想七爷，眼窝潮潮的想落泪。她抬起袖衫，擦擦眼角说，不是俺认死理儿，是俺怕这把老骨头禁不住折腾哩。麦村长插言说，又不用你老做啥。田副乡长劝说，你老看见啦，这会儿的孩子们都娇惯成小皇帝啦，哪里知道革命斗争史？都忘本喽，为了救救孩子们，你老也得给面子。七奶奶脸真松活一些，仍说，让俺讲啥就讲啥，不挖铁锅行不？她话头顿住,话又不知从哪儿说起。田副乡长说,那不行,有实物才有力量,况且要录像。肖部长还说,锅真是太大,说不定还能申报吉尼斯世界纪录呢!那时候,还能为国争光呢。七奶奶不说话了,像一尊表情复杂的菩萨。麦兰子凑过来,悄悄地跟七奶奶咬耳朵。麦村长瞪麦兰子一眼说,去,孩子家掺和啥?也不知是田副乡长偷听到了麦兰子的悄悄话,还是察言观色悟出来的,他笑笑说,七奶奶,你有事儿需要乡政府办的,说出来,俺去跑腿儿。麦村长催促说,娘,小田都把话说这份儿上啦,你老还不给面儿?七奶奶叹一声说,俺这把老骨头哪有"权"头硬呢!其实呀,俺也巴不得你们能干出个光宗耀祖的景儿来。不过,俺也有个条件。田副乡长说,啥条件,尽管说。七奶奶接着说了说麦兰子去学校教书的事儿。田副乡长满口应下。七奶奶抚摸着麦兰子的头,说俺孙女究竟是几世修来的福气,还能沾上爷爷的光呢。麦村长瞅着田副乡长笑,然后就问七奶奶,娘,锅埋哪儿啦?七奶奶说那片泥岸里。麦村长说,俺问是哪一块。七奶奶说,那是你大舅二舅埋的,他们都没啦,俺又没跟去。田副乡长满不在乎地说,让民工去挖,反正跑不出那片泥岸。麦村长担心地说,别把岸上的皂角树糟蹋喽。田副乡长说,那几棵树算啥?比起咱们谋划的意义来,眼下有啥比大铁锅更重要呢?麦村长想了想,总感觉是被别人牵着鼻子走。后来一想,自己的事和麦兰子的事都寄托在这大铁锅上了。七奶奶也想,这旧事总能翻出新的花样儿来,人世苦乐唯有自己慢慢去品了。

　　第二天早上,麦兰子为七奶奶梳好头。七奶奶的脸黄得好看,像一朵水浸湿了的干菊花。她穿上阴丹士林蓝布大襟褂子,正对着镜子照,裴校长笑悠悠地走进宅院。一见裴校长,麦兰子就有些激动,她不看裴校长的脸,怕碰上他很辣的眼睛。七奶奶见麦兰子喜欢裴校长,也就跟着喜欢他了,将来麦兰子进了学校,还要裴校长照顾呢。裴校长中师毕业,三十冒头儿,人挺能干可命不好,前年他妻子艾老师带孩子们去泥岸植树,不幸遇车祸死去了,扔下个四岁的女儿。裴校长一直没续娶,七奶奶看得出,裴校长对麦兰子有那个意思。麦兰子怕奶奶和父亲反对她嫁个二婚,就一直闷着,不敢开口。裴校长进屋就问麦兰子,奶奶要出远门吗?麦兰子笑说,奶奶今天有活动。裴校长从兜里掏出一个大红聘书递给七奶奶说,七奶奶,咱学校想聘你老当校外少先队辅导员哪!

七奶奶说，别老扎咕俺，日后给兰子送进学校教书就成啦！这回田副乡长答应给她办的。裴校长说那敢情好，麦兰子准能成为好老师的。不过，七奶奶的辅导员也要当，昨天听了七奶奶的故事，老师和孩子们都喜欢呢。麦兰子说，奶奶一定要当。七奶奶笑，听俺兰子的。这时她发现麦兰子是大姑娘了，胸脯挺阔了，两条长腿圆得迷人。她又说，得给俺兰子找个好婆家。麦兰子的半截粉白的脖子红了，裴校长也跟着不好意思地笑。裴校长问七奶奶有啥活动，麦兰子嘴快说了一遍挖铁锅的事。裴校长愣了愣，沉了脸就不再是甜蜜爽人的角色了。他怕学校后墙泥岸那片林子毁了。他心里最清楚，那片碱滩能长出树来多么不易，不仅仅是绿树，而且是抵挡泥流的防护林。那片泥岸地势高，学校地凹，而且校舍破旧早该翻新，就因村里这笔钱迟迟不拨，修建校舍的事羊屙屎似的拖着。毁了树，泥流冲了校舍咋办？裴校长心提起来，问谁负责挖呢？麦兰子说是田副乡长和村里头头。七奶奶说，你找他们，咱们一起去海边泥岸。裴校长怕惹田副乡长，还是硬着头皮去了。他知道田副乡长是抓宣传、文化和教育的，跟他如实摊牌，将来出啥事也由官大的顶着。麦兰子将那捆火纸夹在腋下，搀着七奶奶摇摇晃晃地走出村口。

　　日头高了，海边的弥天大雾就散尽了。七奶奶、麦兰子和裴校长绕过小学校，就看见一群民工弯腰撅腚地挖泥。碗口粗的皂角树伏倒一片，铜钱大的树叶子落得满岸滚动，空气中散发着轻微的土腥味。田副乡长、吕支书和麦村长站在泥坡下吸烟说话。田副乡长不时伸着脖子问，铁锅找到了吗？那边回答没有。吕支书笑说，别急。麦村长嘟囔着骂，这群废物蛋，锅没找着，树倒毁了不少。他知道这块地埝就是父亲流血的地方，后来就变成拦截海潮和泥流的堤岸了。海床淤了厚厚一层泥沙，打木桩放草袋不管用，那些很密实的皂角树却能稳住堤岸。眼看着大窟窿小眼的裸岸，麦村长心里不好受。都知道大铁锅埋在这里，村上老人说，七爷的魂护着村人呢。裴校长的担心与麦村长合拍，可他知道麦村长不顶事，就直奔吕支书和田副乡长，说了说毁了树的后果。吕支书大咧咧地说，等村里外账要回来，就盖教学楼。你怕啥？田副乡长一见裴校长就笑话他，笑他是个笨蛋。他将裴校长拉到一边，开导个没完，先说上级对大铁锅的重视程度，然后又与裴校长的个人利益挂了钩。说得裴校长抓着脑勺儿嘿嘿笑，那照你说，俺可要求将大铁锅放在学校里，让孩子们天天受教育。田副乡长说，俺想过，就放学校大院。你小子偎在学校当孩子王，海参鱿鱼分不清，这回得认识多少人？特别是那些头头脑脑。裴校长被田副乡长说开了窍儿，脑里一闪，说不定时来运转了，将来还能跳个槽什么的。

都来跟七奶奶说话，七奶奶看着泥岸又难受了，就由麦兰子扶着坐在泥岗子上歇着，没有搭理他们这些官们。麦兰子轻轻为七奶奶捶背。脚底有鬼蟹拱泥打挺儿的声音，海风又湿又硬，七奶奶松弛下来的皮肤不适应，一会儿就由黄转灰了，皱巴巴挤成一团。麦兰子问，奶奶哪儿不好受吗？七奶奶没言语。其实她想起七爷了，即将见到大铁锅也就哪儿都不好受了。她梦里时常梦见那死鬼，梦见七爷躺在大铁锅里漂在海上找不到岸。七奶奶问，你往俺这瞅，看见岸了吗？七爷说是看见了，看见了顶啥，就是拢不过去。七奶奶生气地说，你个死鬼野惯了，就是压根儿不想上岸。七奶奶梦醒就自叹说咋做这样的梦呢？说是七爷跟她心远了，心远人自凉啊。于是，七奶奶就感觉自己将世间的事都弄懂了。这时候，吕支书过来跟七奶奶说话，问七奶奶好些不。七奶奶总觉得他是花里胡哨的坏子，见他就没好话给他。吕支书知道老太太在村里德高望重，又有麦村长面子照着，不管七奶奶骂他啥，他都乖乖听着。七奶奶依然是笑脸，可说出话来却不受听。七奶奶说，小吕子，这阵儿又干啥坏事儿呢？吕支书嘿嘿笑，七奶奶真逗，俺和连生为百姓奔波呗。七奶奶说，连生可不如你能干，你没他这臭鸡蛋，照样做槽子糕！吕支书咧咧嘴，唉，你老咋这么说？俺和连生是最好搭档，他主内，俺对外。引外资，上项目。七奶奶听连生说过，吕支书整日在外边瞎搭咕，左谈判右协商，正经外资没引来一个，村里光吃饭跳舞就花去二十多万。麦村长和支委们有意见，却也没办法，这年头都兴这手。去年村里企业搞股份制，村委会动员群众入股，群众不干，说信不过吕支书。说他胆子大得能翻天，连吃带拿，一个子儿不落。传到七奶奶耳朵里，七奶奶还生气，骂群众没觉悟。后来她听连生说，吕支书的伏尔加车里经常有浓妆艳抹的女孩。他整宿泡在舞厅，连冷库集资款都敢拿去跳舞。七奶奶说，前些年这孩子带领群众开虾池建网厂挺能干，人也正，前前后后才几年就落套了。人哪，一好上玩牌跳舞，就没精神儿干正事儿啦。麦连生说谁说人家不干正事儿，县乡头头都拿钱拿物笼络好了。七奶奶劝儿子说，你们开个党员生活会好好帮帮他。麦连生为难地说，他还逼俺们解放思想换脑筋呢。眼下正是阳光刺眼的时候，七奶奶眯眼不看吕支书，嘴里喃喃说，小吕子，都跟奶奶说说，引啥外资啦？吕支书嘻嘻笑着，吹五哨六地侃了一通。七奶奶板着脸说，兰子，给你叔算算，这些外资有几个亿？麦兰子笑说有三个亿呢。七奶奶说，引三个亿，咱村小学咋还不盖新楼？孩子们的事儿就不管啦？吕支书后悔吹漏了嘴，支吾说，哎，别急，这些都是意向，钱还没到位呢。钱一到，建小学楼还不是小菜一碟？七奶奶骂他，你快别拿鸡毛当令箭啦，人家是傻蛋哪，把钱拿来让你糟？就你这人模狗样儿的，人家会放心？吕支书心里不爱听，却也赖汉子拽硬弓强撑着。麦兰子听着心里解气，咯咯笑。七奶奶又不依不饶了，小吕子你听着，啥年头也是心正天地宽。就说俺家大铁锅吧，多少年了，人们还忘不掉。为啥？吕支书说，那是七爷和七奶奶的造化。七奶奶又哼了一声说，你别巧嘴八哥，得往心里去。不爱听也得听，不听老人言吃亏在眼前。吕支书尴尬地点头说爱听，心里后悔自己往这边凑啥？正想着腰间的BP机响了，麦兰子逗他说，吕叔，又是哪个美女呼你哪？吕支书一笑，眯眼看机子说，还真是美女，就去路边车里取大哥大回话去了。

　　快晌午了，大铁锅还没影儿呢。七奶奶扭脸看那片泥岸，光秃秃的辱眼了。裴校长站在七奶奶身后叹道，多好的林子毁啦。他越发感到跟农民打交道不容易了。毁树林是违背绿化法规的，国外这么干早有绿色和平组织来人阻止了。村里啥事就几个干部嘴里一吐气儿，定了；有时是酒后开支委会，出点子歪招儿。裴校长觉得新鲜又可笑。在泥岸最后一棵树倒下去的时候，裴校长眼里汪了泪。他忽地想起亡妻艾老师了，她就是带孩子们到这儿植树被车撞死的。裴校长是麦兰子最关注的人，麦兰子发现他哭了，她不明白他为啥流下这奇怪的眼泪。她怎么也没想到艾老师身上，就悄悄捅奶奶说，你看裴校长哭了。七奶奶人老并不糊涂，一眼就看出裴校长想艾老师了，她叹息一声，瞪了麦兰子一眼没说破。麦兰子沉不住气了，上去捅裴校长，哭啥？裴校长忙把脸扭向一边去。

　　田副乡长看看手表，快12点了。他急得抓耳挠腮，嘴上骂骂咧咧的。这群饭桶，连口锅都找不着，还想要工钱？这可咋办，肖部长上午还等我回电话呢。

麦村长过来说，俺看下午再挖吧。田副乡长没好气地训他，说啥？这点魄力都没有，还想当第一把手？说着就瞟瞟吕支书，一看吕支书拿大哥大跟女人侃呢，就又放心落胆地说，麦村长，这事儿可是急茬儿的。夜长梦多，一旦肖部长把大铁锅看淡了，咱就瞎子点灯白落忙啦！麦村长嘟囔说，那你说咋办？就傻巴呵呵地瞎挖，铁锅也不会自己钻出来。田副乡长急得跺脚，那就动你白薯脑子呀。吕支书打完电话走过来了，他怕七奶奶叫他。麦村长走到七奶奶跟前问，娘，你记清了吗？俺大舅他们是埋这儿了吗？七奶奶骂他，咋啦？连你娘也信不过啦？一句话就将麦村长说蔫了。到底是吕支书脑瓜灵活，把手一挥说，去把推土机开过来。歪锅对歪灶，歪嘴和尚对歪庙，俺就不信这铁锅会飞！咱也来点歪招子！然后就仰脸笑。麦村长沉了脸。七奶奶听见了，远远地骂，小吕子，你狗×的说啥呢？小心你七奶奶撕烂你那臭嘴！吕支书也知刚才说过了头，忙点头赔不是，七奶奶，俺是着急嘛，说不对的地方别生气，老人不把小人怪嘛！七奶奶说，俺看你也像小人。吕支书愣了愣要火，田副乡长忙说笑着说和，才话赶话岔开去了。吕支书这招儿够灵的，推土机嗡嗡地开过来，在泥岸上拱来拱去，将粗乱的树根都铲起来了，冒着热气的泥土翻出花儿来。很快，生了锈的大铁锅就被铲出地皮了。人们呼啦一下子围过去。田副乡长亲昵地敲打着锅沿儿说，天哪，真大哩。铁锅比他想象的还要大，像块小盆地，铁皮很厚，被污泥锈蚀得麻麻瘩瘩。人们指着锅说笑，身后传来七奶奶的哭声，拉长的哭音很响，听得人心里难受。麦兰子也跟着哭，她搀着七奶奶扑扑跌跌走过来，到铁锅跟前，祖孙俩就跪下去了，点燃了那些火纸。麦村长见这阵势迟疑了一下，看了看田副乡长，也跪在旁边磕头，泪流满面。吕支书躲在一边打电话去了。田副乡长也跟过去，用吕支书的手机给肖部长报了信儿。肖部长很兴奋地指示，抓紧操办现场会吧。通完话，田副乡长回到大铁锅旁，拽起麦村长说，表示一下就行啦。快扶老太太回家吧，本来挺正经的事儿，别让人看成搞迷信活动。麦村长点点头，就和麦兰子一起，搀扶着七奶奶回家去了。当顶的日头，将这三代人的身影印在海滩上。走了一段儿，七奶奶又朝铁锅回头张望，大铁锅已模糊不清了，只有那片泥岸裸在老人眼里。

中午七奶奶难受没吃饭。

中午官们高兴喝多了酒。

下午天气阴得居然像是傍晚。村委会大喇叭还是响个没完，召集各方面人商量大铁锅现场会的事。麦兰子搀扶七奶奶赶来时，吕支书和田副乡长还醉迷迷地睡着。麦村长喊的喇叭，把裴校长也喊来了。听见麦兰子和七奶奶说话，田副乡长率先醒了，捅捅打鼾的吕支书，吕支书翻翻身说了句梦话，宝贝儿别捣乱。都笑了。麦兰子出了个鬼主意说，放舞曲儿，吕叔这阵儿就迷跳舞。田副乡长就让人放舞曲，舞曲一响，吕支书果然伸胳膊弹腿儿地坐起来，边揉眼边说，哪儿开舞会呢？人们又笑。田副乡长摇摇手说，大家安静啦，现在开会。大伙都看见了，大铁锅已挖出来了，它的深远意义呢，我也不啰唆啦，不明白的问七奶奶就是喽。眼下最急的是现场会，县委肖部长还在等我们落实情况。下面有几个问题，得立马商定下来。一是大铁锅的安放问题，二是大铁锅的清洗问题，三是七奶奶的演讲问题，四是现场会的招待问题。大伙可不能当儿戏，别小看一个大铁锅，它的作用不小于一个企业项目。领导参观，电视台录像，它将大大地提高咱村的知名度，提高咱村的声誉，那是花多少广告费也买不来的效应。一个大铁锅还能带动咱村奔小康的进程。你们说是吧？在场人都鼓掌，掌声七零八落，每个人都盘算从大铁锅上自己能得到啥。麦兰子抢嘴说，俺奶奶赔不起你们，先说说奶奶演讲问题吧。田副乡长说，就是得重写演讲稿，不能像匣子里讲古经那样，要与改革开放联系起来，与精神文明建设联系起来。具体稿子，由裴校长帮助写写，裴校长有问题吗？裴校长一听写演讲稿，就马上想到能多见麦兰子了，也就满口答应。七奶奶说，俺老了，跟不上趟儿啦，怕说差了，还是让别人讲吧。田副乡长笑说，老人家别紧张，你老讲最有力量，别人替不了。这问题就定了，商议下一个，大铁锅安放问题。他话音儿没落，吕支书就讲放在村委会吧。尽管他还没完全醒酒，关键问题仍不含糊。裴校长站起来说，田副乡长事先答应我啦，将大铁锅安放在学校！天天教育孩子们。吕支书喷着酒气说，放学校，活动就降格儿啦。裴校长说，没道理，学校是村里的学校，又不是带犊子，有人总拿我们当后娘养的。吕支书生气了，吼，你说啥？别指桑骂槐的，不愿待，滚你们城里去！裴校长大声说，我待村里是冲孩子们，冲你我早走啦！你口口声声说重视教育，就丁点实事不办。县教委和乡里都拨建校款了，就村里你这拖后腿，弄得麦村长给我们白跑腿儿。吕支书脸上挂不住了，骂，你王八犊子少装人，俺还怕你个孩子王不成？田副乡长气得抖了，吼一声，都给我住嘴！成何体统？大家都为工作，何必动肝火？他嘴上这么说，明断这场面也为难了。他也是哪路神仙都不愿得罪，就拿求援的目光瞟七奶奶。七奶奶知道裴校长与吕支书的劲儿不是一天两天了，大铁锅只是个导火索。她无心去管爷儿几个的纠纷，但大铁锅的安放去处还是愿意放学校，利欲熏心的人们望着铁锅想自己的事呢，真正看中大铁锅精神的，恐怕还得是纯洁的孩子们。七奶奶见众人闷着，她就开口说，着俺说，放学校吧。田副乡长说，那就按七奶奶的意见办吧。大伙有啥意见？当然了，吕支书说的也有道理。你说呢，麦村长？麦村长憨笑，是啊是啊。弄得人们不知道他到底向着哪一头。吕支书阴眉沉脸地吸烟，不吭声。七奶奶瞅着他们憋气，站起身，扑拉扑拉大襟袄，拉着麦兰子说，大伙让开吧，俺先走啦。田副乡长笑着送到屋外边，连说谢谢七奶奶的支持啊。七奶奶抓住田副乡长的胳膊，小声说，俺家兰子工作的事儿，你可当紧啊，不然老朽收回铁锅。田副乡长拍着肚皮说，放心吧，您哪，现场会就现场办公。七奶奶夸了田副乡长几句，就蹶跶蹶跶地走了。村巷里蹲墙根儿的老人招呼七奶奶加盟，七奶奶像大干部似的摆摆手说，忙啊，俺真眼热你们哩。到了麦兰子的发屋坐下来，七奶奶埋怨说，你爷那死鬼，他一蹬腿倒干净了，弄得俺一辈子不得安生。麦兰子嘻嘻笑，奶奶别得便宜卖乖，你落一辈子光荣哩。七奶奶嘟囔说，光荣顶啥？这些年那苦吃的。你说也就怪了，俺年轻那阵儿，多少人劝俺走一家，俺一动心，那大铁锅就在眼里跳，有一回还真碰上了可心的男人，就是不敢挪窝儿。就像无舵的小船儿漂啊漂的，明明看见了岸，就是拢不过去。唉，人也就是一本糊涂账呢。麦兰子听着奶奶自顾自唠叨，却不再笑了，看着奶奶可怜。从某种角度讲，爷爷的大铁锅坑人不浅呢。她猜想奶奶年轻时梳着大辫子肯定挺俊的。她一边收拾东西一边问，奶奶，你说你心里有了中意的人，又不敢去追，心里啥滋味儿？七奶奶愣起眼问，兰子，你有心上人啦。麦兰子脸红着说没有。七奶奶笑说，你蒙不过奶奶的眼睛。告诉奶奶，这小伙子是谁呀？麦兰子慌乱地摇头。七奶奶说，你不说俺也知道是谁。麦兰子夯着胆子问，你说是谁？七奶奶说是裴校长，对不？麦兰子的慌喜全写在白嫩的脸上，她拿小拳头捶打着奶奶的肩膀说，奶奶眼真毒！还不知人家……七奶奶叹一声说，裴校长那孩子人不错，就是快大你十岁了，还有了孩子，你别太浪漫喽，给俺干点托底的事儿吧。麦兰子噘着嘴巴说，大咋啦？有孩子咋啦？还怕人家……七奶奶转口说，女人啊，找个好对象就是图享福的，啥算享福呢？正唠叨着，天上就有了一声响雷。已是到了雨季，但雨终没有落下来，零零星星几点就住了。七奶奶伸长了脖子，扭头朝窗外好一阵子张望。

一连几天的晚上，裴校长都来七奶奶家十分认真地起草讲演稿。七奶奶心里明镜似的，裴校长是奔麦兰子来的。他们见面就说笑个没完。那天晚上下大雨，雨落得到处水啦啦的，到很晚了也不停。麦兰子跟七奶奶商量让裴校长住下。七奶奶说就住西屋吧，然后自己在东屋躺下了。麦兰子高兴地为裴校长铺床打洗脚水。七奶奶喊了三遍，她才磨磨蹭蹭回东屋睡觉。七奶奶看见麦兰子眼睛亮亮的，脸红得像灯笼。她说，兰子，得掂得出轻重，不然，你爹你娘又该埋怨俺啦！麦兰子说，奶奶话咋那么多？就将被蒙了头灭了灯，甜蜜的慵懒使她合上眼，却睡不着觉。七奶奶骂一声死丫头就睡了。傍天亮儿，雨停了。七奶奶睁眼起来就发现麦兰子的被窝空了，很沉地叹息一声，就到灶膛点火做饭去了。边放米边想，这大铁锅说不定是他们的媒人呢。饭熟了，麦兰子没像往日一样赖床，理缺地走出西屋，亲亲热热地喊奶奶。她一扭身，一撒娇，娇模娇样的就软化了奶奶。麦兰子说，裴校长天不亮就起来写稿儿，俺过去学学，将来教书也有用场。七奶奶抓着筷子打她一下说，别描啦，越描越黑。奶奶不糊涂，就是别让俺跟你坐蜡就行啦！麦兰子笑着做鬼脸儿，将忧心通通抛脑后了。裴校长也出来跟她们吃早饭，吃完饭他把写成的讲演稿念给七奶奶。麦兰子听着既好奇又木讷。七奶奶笑说可真敢捅词儿，因为讲演稿上说大铁锅将村里的精神文明建设推向高潮，成为奔小康的铺路石，成为孩子们的心中偶像。七奶奶说，这铁锅有这么大劲儿吗？裴校长说，是田副乡长让这么写的。七奶奶嚅动着嘴巴说，大铁锅会成为孩子们偶像？孩子们追星族的，是啥刘德华邓丽君的，能有铁锅？笑话。麦兰子咯咯笑，奶奶知道的不少哇。裴校长也笑。正说笑时，田副乡长来了。田副乡长进屋就问裴校长讲演稿咋样了。七奶奶说，小田呀，你咋这能整？你还能升官的！田副乡长心里爱听，嘴上说，俺们都得托七奶奶的福呢。然后他就主持着，由七奶奶一字一句地练习讲演。这样折腾到晌午才算过关。七奶奶喉咙干得要冒烟，沮丧地说，哪辈子没做好梦，老了老了还出这么大洋相。麦兰子说奶奶是鸡冠花老来红了。

现场会说到就到了。

风停雨住的大晴天，天气是无可挑剔的。县委宣传部肖部长来了，自然跟来了一批人。乡里书记和乡长陪着，全县各地宣传干部、中小学校长和优秀少先队员都来了。电视台录像机一到，对准大铁锅就录个没完。七奶奶和麦兰子很早就到学校里候着，裴校长出出进进忙开了。七奶奶看见日光里的大铁锅，心里就格外神气。大铁锅放在学校操场升旗的旗杆底下，周围缠着一圈儿红绸布，正面坠着一朵大红花。裴校长说过，大铁锅运到学校就组织孩子们清洗干净了，孩子们都以能洗刷大铁锅为荣。七奶奶踮脚儿看了半天，锅底都给擦得锃亮了。瞅着瞅着，七奶奶恍惚看见里边有七爷的人影，就白了脸要落泪。麦兰子看着不妙，就拉着七奶奶躲开铁锅坐进教室。会前，田副乡长到操场上检查一下小乐队，又看了看大铁锅。他发现大铁锅周围站着几个少先队员，站得笔直绷着小脸儿，手里攥着木头枪。田副乡长觉得不大对头，他叫来裴校长说，咋整的，这几位往铁锅旁一站，跟过去刑场似的。裴校长眯眼一看就笑了，马上换来四位怀抱鲜花的女学生。田副乡长挺会平衡关系，会议由吕支书主持。他没想到，吕支书在经济场上浪荡惯了的人，对这次现场会也很重视。会前他还让肖部长与七奶奶见了面。七奶奶呵呵笑着，一个劲儿往前推麦兰子，说俺老了日后还望领导关照俺孙女。肖部长不明白内情说，下回开会就让你孙女讲。麦兰子说俺可不讲。田副乡长怕七奶奶给肖部长出难题，而影响领导对他的看法，就将县教委人事股孙股长叫到七奶奶身边，悄声说了说麦兰子工作的事，孙股长说现在确实没指标，等等我会安排的，随后还说裴校长朝俺推荐几回了。七奶奶和麦兰子都笑着点头。不一会儿大会就开始了。一切都是按田副乡长的安排进行的，井井有条，忙而不乱。稍有欠缺的是，末了吕支书有段发言大谈村里奔小康的事和碱厂生产线，离题远了些，多亏田副乡长急时制止，才算有了完美结局。中午了，人们陆续往校外走。肖部长出了校门对教委的领导说，这小学也太破旧了，得抓紧整修。说着拿手指指渔民家的豪华小楼，这样的反差让人心里不舒服呢。都走了，七奶奶拽住田副乡长说，你别拍拍屁股就走，这大铁锅咋办？田副乡长怕去晚了不能跟肖部长一桌吃饭，没说出个四五六就走了。裴校长过来跟七奶奶宽心说，你老放心，我会照看的，让它跟国旗在一起，不是挺合适吗？七奶奶还在生田副乡长的气，说，都是势利鬼，用人朝前，不用人朝后！麦兰子劝几句，你老别跟孩子似的翻小肠啦。裴校长为分七奶奶的心，领着老人和麦兰子看校舍，看孩子们的决心书。一扇破旧掉土的山墙上，贴着孩子们关于大铁锅的作文。七奶奶是睁眼瞎不识字，让麦兰子给她念。念着念着，七奶奶的眼泪就下来了。七奶奶说还是孩子们说话受听，没假哩。听着那些场面上人的连篇虚话，心里堵得慌哩。裴校长听七奶奶这样说，就动情了，三下两下将自己替七奶奶写的讲演稿撕了。他边撕边骂，都他×装蒜，有几个真正为孩子们着想？奶奶你知道吗，我抢铁锅拉现场会，就是想让那些当官的看看小学校旧成啥样子。可是，有哪个敢说真话？有时一生气，我真想回城去，不好调就停薪留职做买卖，总比受这窝囊气强。可是，每当我看见那些天真无邪的孩子，又舍不得哩！也许万般都是命呢。麦兰子插嘴说，找他们说呀！裴校长摇头，都说破嘴皮子了。七奶奶看看裴校长心里热乎乎的，她越发喜欢这孩子了。这年头的年轻人能有这份心的不多了。她看着大窟窿小眼的泥皮墙，又瞅瞅教室里歪瓜裂枣的桌椅，心里难受，问裴校长问题出在哪儿。裴校长说海边富了，校长换了一茬又一茬，有的开酒店，有的倒鱼虾，就是不愿当清贫的孩子王！到我这拨儿想往好弄，村里又不配合，建房就羊屙屎似的拖着。七奶奶问，县里乡里给钱，就差村里的？差多少？裴校长说，去年联席会定的，村里出18万。七奶奶气得浑身直哆嗦，骂着，这群杂种，再穷也不能穷了教育，再苦也别苦了孩子呀！他们可好，吃饭吃头牛，屁股坐栋楼，良心让狗吃啦？谁家没有孩子？俺去找他们，一天不拨款，就骂他个狗血喷头。裴校长笑笑说，奶奶别生气，我放个怨气罢啦！别给你老气个好歹。七奶奶说俺管定了，这少先队辅导员可不是白当的。麦兰子说，俺奶奶上阵也许管点事。裴校长看着七奶奶的菊花脸上墨着一团慈祥，心腔一热，瞅冷子给七奶奶鞠了一躬。七奶奶愣住了。麦兰子含情脉脉地看着裴校长。

由大铁锅牵线搭桥儿,都各忙各的事儿去了。田副乡长猛往肖部长那里跑,调回城里文化局当副局长的事儿已有眉目。吕支书紧追着田副乡长巴结肖部长。他在城里请肖部长吃饭,又结识了吕县长,而且有了往来走动。麦村长见吕支书回村胡吹一通,也跟着高兴,心里暗暗祈祷,快将吕支书提拔走算了。麦村长怕大铁锅的事张扬太大,招来各地参观学习的,村里待客没钱,又得打肿脸充胖子。谢天谢地,果然没扬太远,全县范围学学就将这股风刮过去了。七奶奶惦着麦兰子的事,也着急学校的建房款,干着急愣没辙,吕支书和田副乡长忙得不见人影儿。麦兰子又回发屋做活了,撇下七奶奶一个在村巷里独来独往跑单帮了。红极一时的大铁锅也没人提起,傻呆呆地卧在操场上。裴校长怕淘气的嘎孩子往里边屙屎屙尿,怕雨水积久了有臭味儿,就找人将大铁锅倒扣过来,远看像卧着一只千年巨龟。七奶奶有时拄着拐杖过去看看,玩耍的孩子们追着七奶奶讲故事,七奶奶就在铁锅旁边坐下来讲一些。讲完了,七奶奶忽然看见锅沿儿上有密密的粉笔字。她不认字,以为是谁将心得体会写在锅上了,就让孩子们念给她听。孩子们一念她就气傻了,上头写着狗剩儿大王八,七奶奶奇怪竟还有人记着七爷的小名儿。她气白了脸说不出话来,找来裴校长,裴校长审了全校的孩子们终于审出一个小名叫狗剩儿的,写字人也找着了,七奶奶这才放心落胆地回去了。路过村委会门口,七奶奶向值班人打听吕支书回村没有,那人说没有,可有事找七奶奶。说县电台给七奶奶寄来了200元讲故事的稿费,另外忙活现场会还有70元的补助,加一块儿有270块钱。七奶奶心内掐算一下说,把钱捐给学校吧,瓜子不饱是人心呢。于是这些钱就真的捐给小学校了。裴校长和老师们挺感动,又要写报道稿发出去,七奶奶摆摆手说,甭啦,让哪个势利鬼看啦,又得跑这儿折腾一回。俺不图那个,啥事对得起良心就行。说完七奶奶就拄着拐杖走了。做了善事,便是七奶奶梦里从没有过的美景了。

　　这个小村的春天有刮不完的风。风很响地拍打着门扇。七奶奶探出头来看街景儿,早晨竟和黄昏没啥两样。麦兰子围上红头巾走到门口,还嘱咐奶奶别出屋。七奶奶应一声,却被风闹得心浮气躁的,还是拄着拐杖出了家门。七奶奶往街口一站,就被风吹成土人儿了。她要不说话,会被人看成一根老树杈子。

她听过路人说吕支书两口子正打架呢，她心里说，这兔崽子可露头了，就颤颤巍巍奔吕支书家去了。吕支书原来那胖媳妇跟七奶奶有二厘五的亲戚，那年得了尿毒症死的。那时七奶奶常来他家串门子，那闺女跟吕支书吃了多少苦哇，这几年吕支书发财了有权了，两层小楼也住上了，她却没这福气，给翠兰腾地方了。老天爷就是瞎了眼，好人未必有好报的。翠兰那闺女就占个模样好，人却贱得很。七奶奶知道吕支书原先媳妇活着时，翠兰就跟吕支书勾搭上了。有一回还给村人留个"做好事"的笑柄。那时吕支书还是民兵连长，他经常组织民兵在夜里搞战备演习。那天夜里翠兰找他，他就让副连长领着民兵去演习，他说与村支书研究学雷锋的事儿，然后就偷偷与翠兰幽会。他们抱着凉席钻进村东的一片棒子地。凉席一铺，吕支书就搂住翠兰脱掉衣裳忙活起来，翠兰催他快点完事，因为蚊虫太多舒坦一会儿刺痒一宿。吕连长悠在上面就没完没了，可他万万没料到副连长带民兵跑这片地里演习来了。副连长很严肃地说，同志们，敌人就在那里，一分队从左、二分队从右包抄过去歼灭敌人。说完就呼啦呼啦钻进棒子地。不一会儿有个民兵报告说，副连长俺们真的抓到了敌人。副连长钻进去看见吕连长正慌忙地穿衣裳，啥都明白了，忙将民兵们引到别处去，回来跟吕连长道歉说，俺真不知道你在这儿做好事啊！吕连长骂道，告诉他们嘴巴严着点！你他×的跑这儿干啥？副连长说原来那块棒子地灌水了俺才临时动意到这儿的。不久就走漏了风声，村支书让吕连长写检查，还将他本年度的学雷锋标兵给撸了。后来他媳妇死了，翠兰很快就嫁过来，村人才将这类作风问题看淡了。后来一提做好事村里人都知道是干啥。翠兰嫁过来对吕支书严加看管，他一出门翠兰就嘱咐，你在外边可别跟野女人做好事啊！吕支书嘻嘻地笑，俺不跟别人，只跟你一人！起初，吕支书还是挺检点的，一心扑在工作上。前几年去南方考察，还去了一趟东南亚，学会了跳舞，老毛病又犯了。去东南亚时他看人妖表演，还跟人妖照了好多相片。他故意将照片向翠兰摆弄，翠兰看了看是袒胸露肚的女人就骂开了，吕支书笑着递给她一份关于人妖的材料，知道是男扮女装才消了气。翠兰说，妈呀，咋这么像？吕支书说经过手术的，你要想变男的就说话。翠兰搥他肩膀说，俺才不变呢，你在外面不老实就把你变喽。吕支书笑起来。后来吕支书跟县城一位相好的女人的合影照片被翠兰发现了，翠兰要打闹，吕支书就搪塞说是人妖嘛，翠兰还傻乎乎笑呢。多少回他都这么蒙过去了。七奶奶猜想这次打架准是翠兰识破吕支书了。果然是这样，七奶奶一上楼就看见照片撕了一地。翠兰双手叉腰地骂，给俺胡扯八扯的，勾搭个小姐就美得你屁眼朝天，要不是俺亲眼见着，还骗俺是人妖呢！吕支书被人拉开了，坐在沙发上回嘴说，俺看你是壶里插着烧火棍儿——胡搅啦？不想过，就吱声儿。翠兰骂，轰俺走，招那小妖精过门儿，死了心吧，姑奶奶不好惹哩！吕支书又站起来想打她，七奶奶拿来木拐杖指着他的脸说，小吕子，大老爷们儿熊老婆，露脸啦？俺看你敢动翠兰！翠兰见来了帮手就哭哭啼啼跟七奶奶诉屈。吕支书说七奶奶你别听她的，她那疯狗脾气见人就咬！七奶奶知道清官难断家务事，劝了翠兰几句，就将吕支书叫到楼下的客厅里。她想劝劝吕支书别拈花惹草了，后来一想劝赌不劝嫖，劝是劝不住了，就扯住建校款的话题不放。吕支书说了一堆官话，气得七奶奶倒憋气，她骂道，别来这套，这些话留会上说，跟七奶奶说实的。俺看你小子是灶房里的菜锅油透啦！吕支书说，你老就是骂出大天十六点儿，也是一句话！七奶奶问啥话？吕支书说，孙女穿着奶奶鞋，钱紧呗！七奶奶说，动动你狗脑子，没别的招儿了吗？咱村这个先进那个第一的，钱呢？是不是都让你小子小眼儿流啦？吕支书说，瞧你老真敢捅词儿。俺有那胆子？七奶奶说，俺看你胆子大得敢翻天！你不想辙，俺就住你这儿不走。吕支书说，住吧，俺愿意天天听你老讲故事。他说这话时头脑轻快了许多，眼睛亮了一下，说，嗳，俺倒有个招子，七奶奶兴许办得来。七奶奶说啥招儿？吕支书眨眨眼睛说，咱村是被三角债拖住了。县食品公司欠咱村60万，你老能讲故事嘴皮子溜，而且能讹人，说不定能要回点儿来。这要回的钱拿出20万建学校还成问题？七奶奶说，俺去要，要不来也不搭啥，俺要回来……吕支书跟上说，给你老提成奖励。七奶奶摇头，俺不是这意思，是说建学校。吕支书说，俺说话算话，就建学校！七奶奶面带轻松的笑容走了。吕支书客客气气地送七奶奶到门口。大风将村巷刮得很乱，七奶奶残弱的身影很快就被风尘遮住了。吕支书一直不敢轻视七奶奶，心里叹道，老太太一辈子当寡妇，老手（守）儿啦！七奶奶摇摇晃晃地走在风尘里，看村巷的路像驼黄色的绳头，绳头摇来甩去没有尽头，仿佛一辈子也走不完。

唉，路无尽，慢慢走吧。七奶奶想。

去城里要账的班子很快就搭起来了。有七奶奶、村委会王会计和裴校长。一看有裴校长，麦兰子缠磨奶奶也要去，由裴校长说和七奶奶才同意了，班子成员就又多了麦兰子。原说用吕支书的伏尔加汽车，后来吕支书说去城里有引资谈判，就由麦村长从冷冻厂调了一辆双排座汽车。麦村长搊着将七奶奶送上车说，娘，别着急上火的，身子骨当紧。兰子多照顾你奶奶。七奶奶嘱咐几句雨天关窗户。麦村长鼻子就酸了，嘟囔说，唉，都怪俺无能还让你老去跑款。七奶奶说快回吧，就让司机将车开走了。一路上，七奶奶看这看那心情挺好。好久没出村了，到外头溜达溜达倒也不赖。裴校长与麦兰子说笑不止，七奶奶分明看见麦兰子的手放在裴校长手上，两只手攥得紧紧的。麦兰子说，奶奶累了就眯会儿吧。七奶奶心想叫俺闭眼你们又亲又啃呀，别忘了车上还有王会计和司机呢。她倔倔地说俺不累。七奶奶就问王会计村里经济情况，王会计是吕支书的人，嘴巴很严，问十句回不来一句。王会计只说了说县食品公司欠村里海产品的款子情况。七奶奶骂食品公司把人坑得够呛，然后说，这会儿哪都钱紧，那钱都去哪儿啦？裴校长插言说，都他×入个人腰包啦！七奶奶迷惑不解地问，那咋就敢搂？咋搂呢？裴校长说，这会儿有新词儿，叫拆借资金，国家的钱先拆乱了再借，就有回扣啊提成的，钱就很体面地归个人了。没听有人说吗，只要国家一放款，咱就有信心把它搅乱喽！还不是浑水摸鱼！七奶奶骂，都他×坏良心啦！王会计不说话暗暗笑。麦兰子问，那国家没法子啦？七奶奶说是呀，没招儿啦？情愿烂膏药贴在好肉上自找麻烦？裴校长说，银行要改革啦，贷款也严啦，反腐败也抓狠啦！七奶奶咬咬牙说，有些贪官该杀，不能让一颗老鼠屎坏一锅汤！麦兰子撇嘴说，瞧俺奶奶，土地爷放屁够神气的！说完就笑。七奶奶笑骂，这鬼丫头，拿你奶奶开涮啦？裴校长说，咱莫谈国事了，请奶奶给咱讲故事吧。七奶奶说你想听啥故事？裴校长说，讲个逗乐儿的。七奶奶一边吧嗒着老烟袋一边说，奶奶给你们讲一个"不"的故事，逗逗乐，人们都竖耳听着。七奶奶眯起眼悠长了腔说，从前有这小两口儿，结婚三年没生孩子。闺女回娘家，娘就问女儿说，你们不哇？娘不好意思直问，以为女儿和女婿不会干那事儿，女儿见娘挺含糊，也跟着说，俺们不不。意思是干那事儿。娘又说了，既然你们不不，咋还不哇？意思是咋还没下崽儿。女儿说，俺们不不还不呢，要是不不不就更不啦？七奶奶自己先笑得打嗝儿，人们也都捧腹大笑。麦兰子笑得喘气儿说，奶奶别讲荤故事，俺还没成家呢。七奶奶瞪她一眼说，别装洋蒜，没成家，你比奶奶不糊涂。麦兰子红着脸捶奶奶。王会计说，跟七奶奶出门儿就是轻松。裴校长没吱声，他正品咂中国文字的奥妙呢。

　　说说笑笑汽车就开进县城了。麦兰子说先逛逛商店，七奶奶说先办正事儿，就直接去了县食品公司。公司一把手陆经理不在，她们就掉头去了县政府招待所住下了。王会计和七奶奶躲在房间里歇着，裴校长带麦兰子去他家看女儿去了。下午裴校长和麦兰子抱着孩子出现在七奶奶面前。七奶奶见麦兰子挺喜欢这女娃，心想这门亲事十有八成了。七奶奶接过孩子亲亲，就想起死去的艾老师了。自从挖锅毁了泥岸上的皂角树，七奶奶就时常想起艾老师。那片树林都是艾老师带孩子们栽下的，这事还不知艾老师在阴间答应不答应呢。她越想心里越乱，就提醒麦兰子说，兰子，大闺女抱孩子终归不是自己的，你得多想想。麦兰子任性地说，俺认准的事儿，谁也管不住！七奶奶说，人家裴校长是城里人，将来回城咋办？麦兰子说，他说过，就在学校干定啦！七奶奶叹道，难为裴校长啦，为咱村的孩子们，俺白搭一个孙女也值得。麦兰子笑说，这叫啥话，这叫萝卜青菜，各有所爱嘛！七奶奶说一张嘴巴两张皮，横竖由你说。吃晚饭时，七奶奶他们在招待所门前看见了吕支书的伏尔加车，车停着没见人，麦兰子左顾右盼也找不着人，哼了声说，八成又搂女人跳舞去啦。七奶奶讷讷道，跳舞的滋味儿就那么好受吗？她正说着，看见田副乡长从招待所旁边的舞厅里走出来。麦兰子眼尖，老远她就认出田副乡长。田副乡长扭头朝送他下楼的陪舞的说，回吧，小费找你吕大哥要！然后就骑上自行车。七奶奶让麦兰子把田副乡长喊住。麦兰子尖声细气地喊田副乡长，田副乡长骑着车子蹬得更快了。七奶奶骂着，给那兔崽子拦住！裴校长把孩子递给七奶奶跑去截住了田副乡长。田副乡长笑着走过来喊七奶奶。七奶奶话里夹枪带棒的不受听，你躲啥？俺不让你请客！田副乡长紧着解释说，不是，没见着七奶奶，刚才麦兰子喊，我还以为是舞厅追俺要小费呢！刚才听吕支书说过，七奶奶替村里要债来啦！唉，老人家精神可嘉呀！七奶奶看田副乡长贱不唧唧地笑着也就没了气，问，小田呀，啥时回乡里？是不是调城里当大官儿啦？田副乡长长吁短叹一味哭穷，我哪是当大官的料哇，过两天回乡里，城里有事儿你老说话。七奶奶嘴角渐渐浮了笑影说，没别的事，就麦兰子的工作，还请小田给盯着点儿，啊？田副乡长说，一有指标就办。然后他又问了问要账的情况，骑上车子回家找老婆去了。裴校长望着田副乡长的背影说，这个势利鬼，眼睛怕是生在额头上了。七奶奶又瞅了瞅吕支书的伏尔加说，小吕子这鬼东西还真泡在舞厅呢，俺正要找他要食品公司陆经理家的电话号码。她吩咐裴校长和麦兰子到舞厅里去要，自己和王会计领着孩子先回房间了。裴校长和麦兰子在二楼舞厅一个包间里找到了吕支书。吕支书的雅间里有八九个陪舞女人，就他和司机是男的。他正跟其中一位唱《东方之珠》，音调儿跑了八里地了，依然津津乐道，玩得乐而忘蜀。裴校长和麦兰子站着等吕支书唱完了，刚要过去说话，吕支书腰里的 BP 机响了，他朝裴校长和麦兰子笑笑，就独自去楼道口安静处回电话去了。吕支书回到包间嘴里就骂骂咧咧地说，这韩国老板就是他×鬼，包间开了，他×的又不来啦，这不是拿咱村长不当官吗……吕支书正没好气，又见裴校长和麦兰子瞅着，就没鼻子没脸地骂。裴校长走到他跟前说碰上了田副乡长才找来的，七奶奶向你要陆经理家的电话。吕支书阴眉沉脸地翻开小本告诉了他们，并留他们在这里玩玩儿。裴校长没摇头时麦兰子就捅他，快离开这鬼地方，好人准待坏喽！他说怕七奶奶着急就拉着麦兰子走了。吕支书不愿在舞厅里碰上村里人，加上客人失约，他就没有了玩的兴致，默默拿出手提包，掏出 800 块钱——分发给陪舞的女人们。他边发钱边骂……吕支书站起身，司机下去发动车了，他在楼道里有一位穿黑连衣裙的女人与他擦身而过，吕支书马上认出是他的老相好，就喊她到了楼外的停车场。吕支书打开伏尔加车门，示意那女人进去，跟他走，那女人一脸轻蔑地说，就这破车还不换，坐上去跟你丢人！吕支书想火，又怕被旁人瞧见，围着女人好言相劝，连拉带拽才将她弄上车。车一启动，吕支书也叹自己的伏尔加在城里实在不入流，不说，换好车的心思倒愈强烈了，这一幕都被在不远小摊儿上喝冷饮的裴校长和麦兰子瞧见了，逗得麦兰子耸着肩膀笑，吕支书准又找地方做好事去啦。裴校长一脸正气地说，又瞎说。麦兰子说俺是开玩笑嘛！裴校长说你就要成为老师了，说惯了就不好改。麦兰子忙掩了口说，往后俺不说啦！裴校长叹一声说，吕支书这样胡整下去迟早会栽的，吕支书也太贱啦！麦兰子正色道，以后俺不准你做好事！她情知走了嘴忙改口说，不准你胡来！裴校长笑笑说，俺要是废人，你能陪我守活寡吗？麦兰子拿手指头戳了一下他的脑门儿说，胡说，俺不听，俺不听！裴校长笑，笑出许多个意味来了。麦兰子依偎着裴校长瘦高的身子，在县城的街道上散步。麦兰子很满足了，她不明白，城里为啥有那么多烦躁的行人和不真实的眼神。裴校长说了几句情话，并把下巴颏儿在她额头上蹭了蹭，嗅到她头上的馨香。这种质朴的芳香，在城里找不到了。他不明白自己为啥那么喜欢原始，喜欢学校后边的黑泥岸，喜欢老浊的海浪头，喜欢流着清鼻涕的乡下孩子。他问麦兰子，是喜欢城市还是乡村？麦兰子含着一脸的兴致说，俺喜欢城市。裴校长说你不是喜欢是好奇。麦兰子望一眼满天星星，都觉新鲜难揣度呢，也许是好奇吧。

夜里十二点钟，裴校长和麦兰子回到招待所房间。七奶奶哄着孩子睡着了。麦兰子一推门七奶奶就醒了。七奶奶猜想他们躲哪儿甜蜜去了，不多问只催裴校长给食品公司陆经理家里打电话。裴校长去服务台打了电话，陆经理媳妇说他好久不回家住了。他就猜想又一个家庭该解体了。他忽然想起食品公司有他的同学，打电话从同学嘴里摸到了陆经理的底细。陆经理这阵子光躲债呢，晚上不回家住单位，回单位也是在后半夜。七奶奶听了就说，咱们后半夜去堵陆经理。麦兰子说，奶奶顶得住吗？七奶奶瞪眼凶她，可一头儿苦吧，哪有刀切豆腐两面光的事儿呢？裴校长想想的确没别的好招儿，就让王会计在房间瞅着孩子，他领着七奶奶和麦兰子去了食品公司。七奶奶站在门口无语。问门卫得知陆经理还没回来呢，麦兰子和裴校长就搀着七奶奶坐在门口的马路牙子上。后半夜天气凉了些，洒水车从路灯下开过去，路上就湿了一片。潮冷的气流灌得七奶奶一阵咳嗽，咳嗽声嘶哑而陈旧。七奶奶自叹说老了老了倒像花一样娇气了。弯月悬在夜天里，如七奶奶的慈眉。裴校长和麦兰子肩挨肩坐着，七奶奶看见他们老往一处靠，霜打的秧似的就知道两个孩子困了。七奶奶怕他们冻着，就讲故事逗他们笑，笑得麦兰子捂肚子，歪在裴校长怀里半晌爬不起来，惊动门卫朝街上探头骂神经病。夜里三点多钟，有一辆小轿车驶来，停在食品公司门口，下来一位腆着大肚子的男人，轿车很快就开走了。七奶奶让麦兰子上去问问是不是陆经理，麦兰子颠儿颠儿跑过去，笑着跟男人搭话，那男人显然醉了酒，晃晃悠悠站在门口敲门打酒嗝儿。男人见了麦兰子点头嗯嗯着，嘴里说宝贝儿可来啦，就伸胳膊紧紧搂住麦兰子。麦兰子吓得没了章程，她一边挣脱一边喊救人。裴校长和七奶奶都惊了脸奔过来。裴校长像男人醒了血性，过去就朝那男人的胖脑袋打了一拳，横头悖脸地骂。七奶奶吓得嘬舌头说，真败兴，真败兴，遇着这么个狗东西！那男人松开麦兰子与裴校长厮打在一起，裴校长的眼镜被打掉了，他弯下腰从地上摸眼镜。这时门卫保安人员出来了，那男人凶势顿长，一挥手说给他们都关起来，就被人搀到楼上去了。裴校长、七奶奶和麦兰子被保安人员锁在楼下一间仓库里。七奶奶和裴校长跟保安人员解释半天也不顶用。七奶奶问那男人是不是陆经理？保安人员说是。七奶奶浑身就软了，心叹要账的事是大风里点灯没指望了。裴校长说，宁可账不要啦，咱也跟他没完！告他非法拘禁。麦兰子委屈地哭了。七奶奶将麦兰子搂进怀里说，莫哭，咱不怕他们，这是共产党的天下。说着说着，她也淌了满脸老泪。裴校长看着她们哭心里难受，就劝几句。七奶奶说俺不是怕，屈点也不算啥，就是这建校款要不回去了，对不住孩子们哩。她越说裴校长越不落忍，扭头冲外边吼，杂种，放俺们出去！吼得喉结都颤了。一生气，七奶奶脑袋就蒙，又稀里糊涂地骂了几句吕支书，然后三人靠着麻袋包睡着了。

傍天亮儿，陆经理醒了酒，恍惚想起昨夜有啥事，就下楼来问保安人员。保安人员一说，他反倒将保安人员骂个狗血喷头，谁让你们随便扣人的？保安人员说是你呀。陆经理赶紧亲自去仓库，将七奶奶、裴校长和麦兰子接到办公室。陆经理从外貌上看出这三个人都是良民，越发恐慌了。裴校长和麦兰子偏偏得理不饶人，口口声声要上告。陆经理问，你们这么晚在门口干啥？裴校长说，你甭管干啥，我们总没犯法吧？麦兰子加了一句，你还侮辱俺，是可忍孰不可忍。七奶奶一直默不作声，按她的性子，宁折不弯跟陆经理干，换回尊严。可眼下她想要账的事呢，为了孩子们屈屈身不丢人。她站起身没鼻子没脸地骂麦兰子，给你们脸啦？既然陆经理认错儿啦，你们还犟啥？三年等个闰腊月，谁还用不着谁！陆经理见两个年轻人被骂蔫了，就上前扶七奶奶坐下说，老人家通情达理，谢谢啦！俺昨夜打发东北要账的喝了三席，醉啦醉啦。七奶奶说，俺看陆经理不是糊涂人。其实,俺们是找你来的。陆经理瞪圆了眼问找我有啥事吗?七奶奶口才是好,一口气滴水不漏地讲了要账建学校的经过。陆经理感动得眼皮儿发湿,上去抓住七奶奶的手说,老奶奶是故事大王,你家大铁锅的事迹我也看了,革命家族哇!可亲可敬,这回你老人家为孩子们奔波,真是难得!谁家都有孩子,谁都有良心,就冲老太太您,我就给办。公司这阵确实没钱,俺就是东拆西借,先给你们凑足20万,咋样?七奶奶乐了,说了不少奉承话。裴校长和麦兰子眼睛也亮了。陆经理叹息说,欠你们村的款是有原因的,吕支书那小子为啥不敢找俺?他理亏着呢。他不按合同办事。他托领导,又送礼,又施美人计的,我老陆有二十八年党龄,不吃他那套!七奶奶附和说,小吕子不是个东西!陆经理又说,这么做本没道理,良心就是道理!容我两天,后天下午来公司取款!七奶奶千谢万谢地说,陆经理是明白人,爽快!真是不打不成交哇!陆经理一个劲儿留他们中午吃饭。七奶奶说不麻烦了,就和裴校长、麦兰子回到招待所。七奶奶和麦兰子偎在床上就睡着了。孩子一醒,裴校长就将她送回家去了。吃午饭时,王会计问昨晚咋一宿没归,麦兰子刚要放怨气,就被七奶奶拦过去了,七奶奶说在门外等到天亮才见陆经理。她得维护陆经理的形象。她本想留王会计在城里等,这么多人花费太大,后又怕陆经理那边出差头,就又在城里待了两天,直到她带王会计办完款才回雪莲湾去了。

七奶奶又以能要三角债出了名儿。没几天,七奶奶的新故事在雪莲湾传开了,而且越传越神,弄得村里乡里许多索债厂家纷纷上门请七奶奶外出要债。本来七奶奶的日子过得寡幽、平淡而顺溜,前些天被大铁锅搅和一回,眼下又给打乱了。七奶奶挺深沉的,雷打不动,就显得越发神秘了。有个船厂干脆先提着重金笼络七奶奶来了,七奶奶遭辱似的火了,骂,把俺看成啥人啦?钱是好东西,有钱能使鬼推磨,可俺不稀罕!身外之物,死了谁能带了去?俺上回要账,是为学校建房!才抹下老脸来去求人。那罪受的,像讨饭,俺为挣钱要账,真的是大姑娘要饭磨不开脸呢。那人说,你老不是还得提成了吗?七奶奶黑了脸问谁说的。那人说外面都这么传。七奶奶就狠狠地骂开了,骂得那人提钱乖乖溜了。果然是有谱儿的事,吕支书派王会计给七奶奶送来两万块钱的提成费。七奶奶心内掐算,学校建房村里需出18万,剩两万就算是提成了。她想不通,这公家款说给个人就给个人呢？跟挪用公款差多少？七奶奶死活不收，她说俺就这清苦命，福浅架不住呢。她让儿子麦村长将钱送交村委会，麦村长叹息说，娘退款，俺双手赞成，外财不富穷人命。可是你不要，吕支书拿回去就更敢乱花，账上写娘名，黑锅就背上了。麦兰子歪着脑袋说，这些钱是奶奶该得的，付出苦了，为啥不收？七奶奶说，你个丫头懂啥？奶奶拿了钱不烧心？到了阴间见你爷，也不会安生哩！麦兰子说，爹不说了吗，交回去，吕支书三回两回就花啦！麦村长扭头凶麦兰子，没你的事儿，瞎喳喳啥？七奶奶正愁，烂红眼轰蝇子忙活不开了。她说，心急吃不了热豆腐，思谋好了再说。这时裴校长走进屋来，一下子提醒了七奶奶，她说，就把这钱还捐学校，添桌椅板凳用。麦村长说，这倒是好主意。麦兰子噘着嘴巴有意见，见裴校长进屋，就将一肚子气往他身上撒，去，把俺的衣裳挂外边去！裴校长挺宠麦兰子，乖乖挂衣服去了。他听见七奶奶骂麦兰子不懂事儿，不过他早有思想准备了，娶小媳妇的人，都有妻管严的病根儿呢。挂完衣裳，七奶奶问裴校长，建学校的工程队找到没有？裴校长说找到了，过几天就来。麦兰子问，原地建，孩子们去哪儿读书？麦村长说，小裴，你看把村西头的纸袋厂腾出来先用着，行不行？纸袋厂停产啦。裴校长说，吕支书答应吗？麦村长说，他没啥理由反对。七奶奶摇了摇长烟袋说，他不敢！裴校长笑了，是啊，吕支书这会儿越发怵奶奶啦。村里有奶奶镇着，谁也不敢出大格儿的，奶奶可得保住身子骨哇，学校老师和孩子们都说给奶奶磕头呢。七奶奶朗朗地笑起来。

  牛毛雨下起来没完。仲春天气已过，一天就比一天暖和。七奶奶没事做的时候，就独自盘腿坐在炕头听雨。沙沙的雨声里，是七奶奶最爱回忆过去的一段光阴。她又想七爷了，想七爷的大铁锅了，然后对着雨天叹一声，人生如梦转眼就是百年啊。回想的时候，七奶奶觉得整个人像踩在雾上，哪儿也看不见岸，四周啥声音也没有。倒是裴校长和麦兰子踩着两脚泥，很急地进门，一句话将七奶奶拽到现实中来了。麦兰子喘着气说，奶奶不好啦，那18万建校款，让吕支书买了桑塔纳啦！七奶奶像判官一样审孙女说，桑塔纳是啥物件？教学用的？裴校长说，是一种小轿车。七奶奶眨巴着老眼，脖子直了半晌，骂，这兔崽子，无法无天啦！他这叫啥支书？良心呢？他的良心抵不上一截狗杂碎！

俺去找他论理！裴校长望望外面说，奶奶别急，雨停了再说。然后就叹息学校又盖不成了。七奶奶骂，小吕子啥钱都敢花呀！裴校长说，前几天我见吕支书，他说施工建筑由他负责，想捞点油水，我也答应啦，只要把教学楼盖起来，他捞点就捞点，谁知他很快就变卦啦，奶奶的心血白费啦！麦兰子说，那天晚上那女人不上伏尔加，俺就知道吕支书最急的是想换好车。七奶奶说咱去乡里县里告他！裴校长说，告顶啥用？买车又没装自己腰包，犯哪家法？麦兰子说，上头都让吕支书喂饱啦，都替他说话！七奶奶沮丧地坐回炕沿儿说，依你们说，咱的瘪子气就吃上啦？俺这把年纪，白白让这小子给涮啦？俺不服，俺一辈子就没服过谁！然后她顶着雨气哼哼地往外走。麦兰子忙拿出折叠花伞给七奶奶撑着。花布伞飘在雨中村巷里，就像太阳花一样好看。过路行人朝七奶奶搭话儿，问七奶奶是讲故事还是要债啊？七奶奶沉着脸，应着，不讲故事也不要债。那你老雨天里去做啥？七奶奶说去打架，路人吓得吐舌头走了。七奶奶先去的吕支书家，翠兰说自打换了新车往外跑得更勤了，很少回家。翠兰一直拿七奶奶当近人儿，就问七奶奶，听说俺那口子在城里买了房子，你老知道在哪儿吗？七奶奶摇头说俺咋会知道。不过，翠兰你可得把小吕子管严点啦，挺好的人变啦！翠兰问咋变啦？七奶奶说你是他老婆，应该比俺清楚。人哪，变得都不像人啦！翠兰沉下脸子说，你老这么说，俺可不爱听。七奶奶火气又上来了说，不管你爱不爱听，请转告小吕子，回家后找俺一趟，不然，俺就砸你家锅，拆你家房！翠兰说，咋啦？惹着你啦？七奶奶没回话，与麦兰子走进雨幕里。翠兰见七奶奶走远了，骂道，十个老太太九个怪，一个不死都是害。这七奶奶还越活越硬朗了。七奶奶又被麦兰子搀着去了村委会。吕支书不在，说去城里引外资了。麦村长和两个支委正商量计划生育的事情。妇联主任看见七奶奶就说，让七奶奶帮咱管管计划生育的事儿吧！七奶奶说话有人听。七奶奶被吕支书买车一事气得脸子寡白说，生孩子的事俺不管！俺就和小吕子摽啦，全为教育孩子的事嘛！可把俺气坏啦！麦村长瞅瞅娘说，你老就别操心村里的事儿啦。七奶奶扭头凶麦村长，俺有这个瘾咋的？不看学校里的孩子们，俺才不管你们的破事儿呢！你们说，小吕子买好车，村委会商量没有？麦村长这才知道七奶奶为啥生气，其实这几天他也正生这个气呢。他嘟囔说，商量管啥用？吕支书眼里从来没有俺们支委！七奶奶扭脸骂儿子，你别把不是往别人脸上捆，也怪你窝囊，没骨气，顶不住一片天！那两个支委笑说，要是七奶奶当村长，吕支书就蔫啦。麦村长蹲在地上吸闷烟，不吭声。七奶奶又说，你们怕小吕子，迁就他，多年把他惯坏了，这等于害他。这杂种的心算是都黑完了。吃喝嫖赌的支书，还要他做啥？支委们说，要是麦村长当支书，俺们都服气。可是谁又敢动吕支书呢？七奶奶将枣木拐杖戳得山响说，俺老太婆敢动他！正说着，村里王会计走进办公室来听风声。麦村长说，娘，你快回家歇着吧！然后他示意麦兰子扶奶奶回家。七奶奶胸里像塞了块东西堵得慌，冲麦村长骂，连生，怕啥？你哪像俺的儿子？对着你爹的大铁锅，你听明白。你还想当这个官，就得主事儿。把小吕子的材料给俺搜集搜集，让全村百姓评评理儿，告到上边去！怕伤人，你就给俺辞职，弄条破船打鱼去！娘说的话，你听见啦？麦村长额头淌汗了。娘说的话，正是困扰他多年的难题。两头都想过，想归想，到动真格儿的了他又犯难。麦村长眼里聚泪了，瞅瞅娘的白发，又将脸埋进大掌里，呜呜地哭起来。麦兰子见爹一哭也眼泪汪汪的。七奶奶昂头挺着，心跳得厉害，身子晃几晃。她不再说话，缓缓抬起胳膊，朝蹲在地上的麦村长脑袋狠打一拐杖。麦村长一动不动。麦兰子扑上来抱住奶奶，别打了，奶奶。七奶奶扭转身，拄着拐杖，跟跟跄跄地走进雨中。七奶奶的举动，使屋里人呆傻了。七奶奶守寡这些年，知道儿子厚道本分，从来没这样打过他，而且当着这么多人。麦村长站起身，追到门口扶着门楣，热热地喊了声，娘——随后就将拳头攥得嘎嘎响了。七奶奶听见麦村长喊了，依旧倔倔地走着，走着，没回一下头，她的白发在风雨里飘扬。

天黑下来，雨停住那么一段。麦兰子趁着不下雨去村口发屋取东西，留七奶奶一人在老宅里做饭。灶膛的火呛人，七奶奶忍不住猛烈地咳嗽起来。她正揉眼睛，就听到门口有汽车喇叭响，不一会儿她就看见吕支书和翠兰提着一网兜水果进来。吕支书笑呵呵地说，七奶奶做饭呢？七奶奶坐在灶口没动，说，小吕子小吕子，你还真来啦！她拿烧火棍子拦住他们说，先说明白，建校款买车啦？建学校咋办吧？！吕支书赔笑脸说，是这样，最近有个外商谈判，没好车人家瞧不起，就……就先买车啦！建校嘛，俺想求你老再求陆经理给一部分。

咋样？七奶奶帮孩子就帮到底吧！七奶奶寒了脸骂，小吕子，你拿俺老太婆当猴耍呀？吕支书笑说，你老别多心，都是村里的事儿。七奶奶说，陆经理那儿没戏啦，他们也是空架子。亏你想得出，要款你咋不去？俺就一条，俺要的这笔款子不能挪用！翠兰笑着劝七奶奶几句，她心里正骂大街呢。吕支书说，买车也是村委会定的。七奶奶从灶膛口站起来说,村委会支委们哪个敢不听你的?小吕子，别耍小聪明，你也是四十来岁的人啦，遇事得掂得出轻重缓急，啥是正道儿啥是歪路，你不知道？苦海无边，回头是岸哪！哪是井，哪是岸？你全看得见。吕支书见七奶奶把他当成失足青年了，心里很别扭，胡乱应了个景儿，就说还有事，放下那兜水果，拉着翠兰钻进轿车里走了。在车上，翠兰好生埋怨吕支书，俺说不来，你偏要跑这儿接受再教育，一副浪子回头金不换的样子。瞧老太太那凶样。吕支书骂媳妇，你懂个啥，不能跟七奶奶闹僵，一着不慎，全盘皆输哇。田副乡长马上就要回城了，俺的副乡长材料也报上去了，俺一拍屁股走了，留这不死不活的摊子，让麦连生和七奶奶胡乱折腾去吧。这样说着，七奶奶的身影像团火，蹿上吕支书的眼帘子，不由头皮发紧。七奶奶听着汽车声走远，又继续蹲在灶膛口烧火做饭，心里着实不悦。她掐算不出吕支书这号人哪一天能倒运。这时麦兰子回到家,七奶奶让她将吕支书的那兜水果送回去。七奶奶说，拿兜水果堵俺嘴？麦兰子没说啥，就乖乖地提着水果出去了。吃完晚饭，雨又飘洒起来。六月的雨零乱如泥。七奶奶端坐在炕头吸着烟听雨。这时儿子麦村长悄悄进来了。知子莫如母，她知道他会来的。七奶奶也不去瞅儿子，面对窗外的黑暗，吧嗒着老烟袋。她身后是一扇被烟火熏黑了的土墙，细看，像立着那口大锅。麦村长站在娘的土炕前，怯怯地说，娘，俺想通啦。七奶奶还是没回话。麦村长说，过去俺想隔岸观火，看来不行啦，俺跟吕支书说，整不过他，他不容俺，俺就不干啦。七奶奶依旧默默地吸烟，心想为啥不干，鹿死谁手还两说着呢。麦村长在分析娘在想啥，半晌不语。他盯着七奶奶的满头白发，白发像日子一样，有时像白云，有时像土地，是那样真实可靠。看久了，使麦村长有些陌生了。这是俺娘吗？七奶奶的烟锅早已熄了，可烟袋杆仍在嘴里含着，手上端着。麦村长又说了几句，七奶奶还是坐着不动，他独自扭身出去了。他冒着小雨，竟不知不觉溜达到学校，在操场上的大铁锅前停下来。

瞅久了，父亲的锅也脱形走相了，很像隆起的一片泥岸。咋会有这种感觉呢？多少年之后，麦村长仍然不明白。第二天，麦村长与吕支书长谈了一回，过几天又谈，半月之后，乡政府就来人了，说借调麦村长搞一段水利工程。麦村长知道是吕支书捣鬼，就挺了身说，俺他×辞职！他自己都吃惊，男人硬气起来是很痛快的。吕支书满不在乎地说，你辞就辞，三条腿蛤蟆不好找，两条腿的人还是有的！于是麦连生就辞了村长。麦村长一撂挑子，有几个支委也要辞，村里人意见哄哄，他们都去找七奶奶。这叫啥天日？七奶奶脸上的表情变得复杂莫测了，她只说沉住气。村人心绪糟得不知怎么打发日子了。七奶奶对麦连生说，娘是过来人，娘的话要好好记下，你和裴校长写个材料，会有用的，物极必反！娘总信这老话。于是麦连生就像领了圣旨似的在心里倒嚼这句话，慢慢儿他就不理会了。

说物极必反的时候，七奶奶绝对想不到，村里横竖有一场灾的。头伏凉浇倒墙，头伏的雨真大，砸在地上的水流像翻花一样。七奶奶喜欢听雨，可不愿听这种雨声。一天傍晚，她和麦兰子都被雨声惊扰，看北风从檐前溜过，将房顶坠落的雨水扯斜了。这时她们听到轰的一声响。不多时就有看船佬敲响铜锣满街跑，边跑边喊学校塌啦。七奶奶问麦兰子，听听喊啥呢？麦兰子静下一听，脸就白了，话也带了哭腔，坏啦，学校出事儿啦。七奶奶紧着下炕，她俩拿了雨伞，随村人往小学校跑。麦兰子惦念裴校长，干脆将七奶奶扔了，自己飞快地跑去。七奶奶一手举伞，一手拄杖，扑扑跌跌地颠，颠几步摔一跤，她赶到学校时成了泥人。这当口学校的事故已有结果。好在是放学了，只有三五个没带伞和雨衣的孩子在教室躲雨。老师们也走了，裴校长住校，而且还留下一位叫马振良的年轻老师谈心。马振良老师是五年级班主任，不知咋搞的，前一天，有女孩子家长告马振良老师借重点辅导为名，单独帮助这个女生，讲解时对女生有流氓行为。裴校长让马振良老师写检查。正这时，他们听到很沉闷的声响，出来看见学校院墙倒了一片，泥流汹汹地卷进来，淹没了大铁锅，冲折了旗杆，直抵挨墙的教室。裴校长和马振良老师看见躲雨的学生，就双双冲进去了。孩子们呆傻了不动。裴校长和马振良先拽出来三个孩子，第二回冲进去，裴校长挟起一个孩子，马振良也抱一个。裴校长眼见着房要倒了，就势从窗台滚出去，马振良和那个孩子就砸在废墟里了。裴校长和人们七手八脚地扒出孩子和马振良，两人都死了。大雨还是没有停的意思，泥流又冲倒学校后墙往街上去了。麦兰子扑向泥泥水水的裴校长，扎在他怀里哭着。裴校长一搂她，哎哟叫了一声，左胳膊抬不起来，血水滴滴答答地流着。麦兰子捧起裴校长的胳膊说，你伤啦？裴校长咬牙没说话，死盯着躺在门板上的马振良和孩子，骇然至极地尖叫一声，泪流不止。七奶奶拄着拐杖站着，眼前一阵昏黑，晃悠晃悠，像个三条腿的怪物一样勉强挺着。不一会儿，七奶奶发现七爷的大铁锅从泥水里漂起来，在校园操场的水面上逛荡。怪了，大铁锅明明扣着的，啥时翻过来的？顺着大铁锅往远处看，就是那片泥岸了，过去埋着铁锅的泥岸。眼下泥岸上的黑泥冲下来了，流过的地方，黑了一片，像被鬼舌舔过一样。该死的泥流冲倒了教室。要是不挖锅，要是还有皂角树，泥流就不会下来了。报应，都是报应哩！七奶奶挺不住了，终于像泥一样瘫软在泥水里。麦兰子和众人忙将七奶奶架起来，送回老宅。一路上，七奶奶不住地骂天骂地。其实，七奶奶心里骂的是吕支书。事故发生的时候，吕支书在乡政府，正与乡长、书记和田副乡长几个人打麻将。听到报告，吕支书也浑身打战了，乡领导也吸着凉气，忙推了麻将，风风火火地奔出事现场来了。后来人们告诉七奶奶，吕支书赶到现场，小脸青着，屁也没放，只是拿脚踢了一下大铁锅。还说田副乡长当场用大哥大给县委肖部长打电话，说活学活用，马振良老师就是一个新典型。肖部长回话说，为啥还没盖新校舍？出典型是好，可眼下得安顿好死者后事，安排孩子们开学。乡里领导们也狠狠批评了一下吕支书。裴校长被领导们叫到车里，询问详细情况。七奶奶已经懒得听这些了。她被雨水淋病了，躺在热炕上浑身哆嗦。望着房顶，她忽然感觉自己被泥土埋了，掩埋她的泥土像节日礼花一样落下来。麦兰子和麦连生为七奶奶请来了医生，打针吃药，第三天就好些了。七奶奶听说学校搬到了纸袋厂。要是吕支书不挪用建校款，学校早就搬过去了，也不至于出这事。这回再不给吕支书点颜色看，恐怕以后再没机会了。听说学校给马振良老师开追悼会，七奶奶挣扎着坐起来，也要去。麦兰子拦她，她说俺是少先队辅导员，谁不让俺去？麦兰子说不过奶奶就带她去了。马振良媳妇见七奶奶来了，就哭天抹泪地诉屈，七奶奶你可得给俺做主，振良没了，给俺家补多少钱俺不在乎，只是说法让人堵心。七奶奶生气地说，咋啦？谁刁难你啦？马振良媳妇说，俺刚才听裴校长写的悼词了，说振良作风基本正派，人都没了，俺脸往哪儿搁？七奶奶当下就明白了，让麦兰子把裴校长叫来，狠狠训了裴校长一顿。七奶奶说，把基本去了，振良那孩子就是作风正派！裴校长讷讷地说，已经落实了，振良老师也承认了，总得实事求是嘛！七奶奶火气挺大，你们读书人就是死性。裴校长为难地说，不是我，是女孩家长盯着呢！七奶奶说，让家长找俺，活人莫把死人怪！振良救了那么多孩子，就是有问题也对顶啦。裴校长情知扭不过七奶奶，就偷偷将悼词的"基本"两字画掉了。

　　学校里的后事都办妥了。裴校长和七奶奶操持办麦兰子教书的事儿。马振良老师给麦兰子腾出了指标，算自然减员。七奶奶说，啥自然？就是减员，好像学校自然该塌似的。麦兰子更会解释，泥流冲了学校是自然灾害，当然叫自然减员。裴校长觉得可笑，就说别争啦，麦兰子明天到学校报到就是啦。麦兰子说，俺咋算？裴校长说，先顶编代课，然后转民办。七奶奶替孙女高兴，中午包饺子给她庆贺。吃完了饺子，裴校长陪麦兰子去村口发屋收拾东西。一进发屋，裴校长就把门关死，窗帘也拉上了，扭头抱紧了麦兰子，舒畅地闭上了眼。麦兰子一屁股坐在沙发上，沉了脸说，俺就离开发屋了，心情不好。裴校长问，你留恋发屋？麦兰子眼圈儿红了，俺对发屋还真有感情。裴校长说，兰子，你想啥哩？真没劲！麦兰子瞪他一眼，没劲就拉倒！裴校长吸着一支烟。麦兰子觉得自己脸烫烫的，一摸有泪水在流。裴校长见她落泪了，就站起身揽住她的细腰，亲昵地问，你咋啦？我们结婚吧！麦兰子扭头扑进裴校长的怀里，吻出一些细微的声响。

　　第二天早上，七奶奶很早做熟了饭，喊醒麦兰子去学校。吃完饭，麦兰子翻箱倒柜找合适的衣裳，当老师穿体型裤不妥，就由七奶奶参谋着换上一件连衣裙。色儿挺素净，麦兰子一穿显得高雅端庄。这件还是裴校长为她买的。七奶奶见她穿好，就又等她化完淡妆，才送麦兰子去了学校。正巧赶上学生们列队升国旗。七奶奶把麦兰子一交想走，裴校长留七奶奶一块儿跟着升旗。七奶奶望一眼旗杆下的大铁锅，就欣欣走回来，拄着拐杖站在国旗下，听着国歌，望着五星红旗，她顿感豪气涌动，昏花的老眼湿了。仪式一完，孩子们就奔跑着说笑。七奶奶跟裴校长说,该叫吕支书来看一回升旗,这杂种也会受教育的!裴校长笑笑。七奶奶一提吕支书,就想起让裴校长整的材料来。她问,俺让你和连生写的小吕子的材料呢?裴校长说那份让雨水泡汤啦,俺又写了一份,连学校塌房事件也填上了。七奶奶说,给俺,俺挨家挨户去讲,让老百姓摁手印,然后去乡里告他个兔崽子!裴校长并不抱多大希望,只是不想让七奶奶生气。七奶奶接过材料,又让裴校长给她念了一遍。然后满意地点点头,拄着拐杖去发动群众了,村人早就对吕支书憋着劲儿,借学校出事这引子,村人对吕支书意见更大了。这回在材料上又得知一些新情况,是麦连生掌握的吕支书贪污挪用公款的一些内情。村人一听就炸了,狠狠地骂开了,边骂边在材料上签字按手印。七奶奶颠着小脚儿把材料送到乡政府,逼着乡书记和乡长看。田副乡长正忙调动,就溜边儿走了。领导们对七奶奶好言相劝,终于将七奶奶劝回家里。不几日,吕支书媳妇翠兰就堵着七奶奶老宅门口骂街了。她骂街走了嘴,使七奶奶知道那份材料已经落入吕支书手中。七奶奶气糊涂了,真是官官相护哇!麦连生劝母亲罢手。七奶奶不甘心,又把手头复印的材料送到县信访办公室。半个月过去仍没动静。七奶奶没辙了,身体几日好些,几日歹些,气得身体木了半边儿。人到了没有指望的份上就异想天开。那天她独自去泥岸转了转,真的转出绝招儿来了。

　　七月白露的那天早上,七奶奶让儿子连生套好一辆马车。马车套好,七奶奶又不让儿子和麦兰子沾边儿。麦连生问七奶奶做啥,七奶奶说拉着大铁锅去县政府门前静坐。麦连生说,这行吗?七奶奶说,县领导不见俺,可他们知道这锅,看他们见不见俺。麦连生心叹这招儿够绝的,也就没拦,背水一战不进则退了。他招呼村里几个男劳力跟随老太太去,帮助装锅卸锅。那些恨吕支书的村民自愿加盟,又拉了一车人。大锅装上了车,因为是倒扣着,远看像一只千年巨龟在乡道上爬行。七奶奶很神气地坐在铁锅上,挥着长烟袋坐镇,吸引得路人朝这边巴望,像看大戏一样专注。铁锅很像亘古不变的堡垒,谁也无法动摇它。七奶奶坐在铁锅上,罩着一层仙气。一辆辆汽车从她身边闪过。过了五道桥,忽然有一辆轿车停下来,车里走下田副乡长。田副乡长问七奶奶,拉着大铁锅干啥去?七奶奶装成没事人似的笑笑,小田呀,俺回娘家!田副乡长已调县文化局当副局长了，大铁锅对他不重要了，也就没过分走脑子，只随便问，回娘家还带铁锅？七奶奶说，可不，百里不同风，十里不同俗。娘家要这个。田副乡长呵呵笑两声，真逗！就说自己回城了有事找他。七奶奶祝贺两句，便看见田副局长钻进轿车走了。七奶奶"呸"了一声，逗得后面车上人都笑。看见别人笑，七奶奶也笑出许多个意味来。她忽然觉得自己和铁锅挺滑稽，像演戏，人的一世都像唱戏，台好开，戏难唱呢。七奶奶想。进县城时都晌午过了，人们嚷嚷着吃饭，七奶奶长烟杆一挥说，不准吃饭，放妥锅，拉开架势再说，免得出啥闪失。七奶奶的忧心是对的，大铁锅扣在县政府门前，七奶奶往锅底上一坐，拦截七奶奶的电话就打到县公安局。是村里走漏了风声，被吕支书知道了。公安局的人赶到现场，七奶奶正坐在锅底啃面包。不一会儿就围了满街筒子的人。县政府办公室刘主任慌慌张张地问哪位领头？七奶奶说俺是头儿。刘主任问有啥要求？七奶奶说，俺要见县长，告状！刘主任劝几句不顶用，就跑回楼上报告了。吕县长正午休，听到情况就找肖部长。大铁锅是肖部长抓的典型，竟抓出娄子，使吕县长十分恼火。肖部长埋怨几句田副局长和吕支书，就乖乖下楼与七奶奶对话。七奶奶端坐着，眼皮没抬，吧嗒着长烟袋，问，是你，当县长啦？肖县长可得给俺们做主！肖部长说，俺是肖部长。七奶奶说，你走，俺跟你没话！肖部长笑着劝劝，七奶奶耷着眼皮没回一句话。公安局的人急了吼，肖部长别管了，我们把这干巴老太太带走。七奶奶说，谁敢动俺，俺就撞死在铁锅前！肖部长训了几句公安局的人，别再添乱了，你们知道这铁锅吗？知道七奶奶吗？你们的任务是保护七奶奶的安全。他把公安局的人骂愣了，再瞅七奶奶觉着神了。吕县长还是出来了。他看了看七奶奶手里的材料问，这都是真的？七奶奶说，要有半句假话，吕县长你把俺老太婆放油锅里炸了。吕县长拉住七奶奶的手说，老人家，请到楼上来，我现场办公！七奶奶老脸松活了，站起来，挥挥长烟袋说，你们别动，在这儿待命！她说完蹶跶蹶跶跟吕县长走了。她听到人群里的哄笑了。

日子终于睁开了眼睛。

七奶奶的状告成了。七奶奶是被吕县长派车送回雪莲湾的。拉铁锅的马车傍晚才到村里，大铁锅又送回学校。县纪委和检察院跟来了联合调查组，专门审查吕支书的案子。吕支书开始被隔离审查，审两天就审出事儿来了，立案逮捕了。村里来了乡政府的工作组，征求支委们意见，又把麦连生请了回来，接替吕支书。七奶奶在村里的威望陡增，村里大事小情儿都找七奶奶，然后再由七奶奶向儿子发号施令。七奶奶热心快肠，乐意替老少爷们儿办点实事儿。要生孩子指标，批宅基地和出海捕捞证等杂七杂八的事情都找七奶奶。没有七奶奶，麦支书还真有点拿不起来。村里有些大事，麦支书都要请示七奶奶。村委会研究过的事，还要由七奶奶最后定夺。比如建学校，七奶奶让麦连生将吕支书的桑塔纳卖了，换回的钱，由七奶奶掌管着建学校。几个月下来，七奶奶累成一团驼背了，没牙的嘴巴合不拢缝儿。裴校长和麦兰子劝七奶奶，别往里掺和了，养身子吧！见好就收，懂吗？您不是常说物极必反嘛。七奶奶能以悟道之法点化世人，一到自己身上就糊涂了。她想省心，就是身不由己了，她发现原来人掌权是很上瘾的。这些日子，七奶奶心里的快乐咋也按捺不住，小车不倒只管推吧，老了老了还倒来了劲儿了。也许人都愿在水里扑腾，明明看见岸了，就是不肯上去。七奶奶想。夜里七奶奶又梦见了铁锅和泥岸，天边天际的大小，铁锅里的七爷拼命往泥岸划水，总也不拢岸。七奶奶站在泥岸上喊，看见俺了吗？俺脚下就是岸。七爷远远地喊，俺要上岸，就被海水吞了。七奶奶一个冷惊吓醒了。她感觉七爷想回家了。天不亮七奶奶就爬起来，拄着拐杖去学校看铁锅。铁锅是七爷的魂儿，是她的光彩，她的脸面，多瞅几眼，能驱妖避邪，浑身的病兴许就好了。从小学校回来，七奶奶就找到儿子麦支书。麦支书自从当上村里第一把手就忙得不行，见到七奶奶他就说，你老有话快说，俺还要去乡里开会。七奶奶没好气地说，官升脾气长啦？连你娘也懒得理啦？麦支书连说俺不是这意思。七奶奶说，俺想把大铁锅埋回泥岸，俺梦见你爹了，你爹的魂不安呢。麦支书笑笑，你老又闲得没事瞎琢磨，迷信。大锅就别乱折腾啦！七奶奶瞪眼凶他，你说的啥话？没大铁锅福佑你，你能当支书吗？小吕子能倒运吗？麦支书说，既然这样，非埋了干啥？七奶奶说，俺不放心，俺这把年纪说完就完，抛下大铁锅，俺死后能安生？你爹责备俺咋办？麦连生叹道，唉，人老了就总胡思乱想。依娘说埋，也没法埋那片泥岸了。七奶奶愣住问，咋着？

麦支书说,那片泥岸,外商看中,要买下建冷库。七奶奶鸭子似的伸长了脖子说,你敢,不跟你娘商量,你就私做主张。麦支书说,是支委会商定的。俺跟吕支书不一样,不能太武断,啥事得多听大伙的。七奶奶骂,你耳根子软,光听别人的,会吃亏的！麦支书说娘别生气,慢慢你老就想通啦。七奶奶绷着老脸说,俺想不通！麦支书叹口气看看手表,就钻进门口的绿吉普车走了。七奶奶跺着脚骂几句,正巧麦兰子回家来取课本。七奶奶说,兰子,你来论论理,这大铁锅该不该埋回去。麦兰子咯咯笑着说,奶奶,大铁锅就在学校扔着吧,俺看着。说完就拜拜一声走了。七奶奶骂一句,这群不肖子孙,跟外人一路货色。然后她就想,有多少人通过大铁锅干成了自己的事,之后的铁锅,在他们眼里就是废铁一块了。七奶奶越想越伤心,心口窒息得像闷在炕洞里。过去的七奶奶只管讲故事,吃着闲饭不管闲事,如今她吃着闲饭要管正事了。

　　秋凉的一天下午,七奶奶听说麦支书去城里接买泥岸的外商了。她就拧着小脚来到村委会,召集在家的支委们开会。听说七奶奶操持会,支委们都很快凑来,比麦支书还灵。看着支委们都凑齐了,七奶奶拿眼扫了他们一遍,半响不说话。她在权衡妥不妥。她越不吱声,支委们就越紧张。末了,七奶奶嚅动着嘴巴说了一句话,告诉你们,那片泥岸不能卖！然后就拄着拐杖走了。其实七奶奶不让出卖泥岸,是为村人着想的。她找阴阳先生看过全村风水,阴阳先生说全村压在一条龙脊上,泥岸是龙头,北河沿儿是龙尾,龙头得压着镇物,村人方能平安兴旺。给七奶奶说得挺服气,那镇物不就是七爷的大铁锅嘛！她要将铁锅埋回去。埋了锅,村里纵使有祸也将无祸了。七奶奶的威力够大的,麦支书接着外商一来,支委们就嚷嚷着换地方。外商说,换哪里？支委们说,村西北河沿儿吧。麦支书不知内情,他不愿换,又怕人说他太武断,就勉强附和。外商说回去商量一下。没隔几天,麦支书就听说外商买了邻村的海边泥岸,邻村净落80万元地皮费,将来的受益还不算。支委们让麦支书骂了一顿。支委们委屈,也心疼嘴边的肥肉溜走了,就都埋怨七奶奶。麦支书得知娘捣鬼,回家就跟七奶奶使性子发脾气。七奶奶骂,吼啥？俺还不是为村人好。麦支书说,想啥哩？还不是帮倒忙！七奶奶生气地说,俺不管了,你们有事别找俺！她比任何时候都寒心了。一翻心,她就往上翻眼睛,喉咙里呜呜响着,一连好些日子，村里真没事找七奶奶。学校里课紧，麦兰子又不能陪她说话，她想串串门子，跟村里老伙计们晒太阳，老人们都躲她，躲不掉的就对她客气几句，笑也是硬撑出来的。没人敢围她听故事了，都当官一样敬她，她委实失去了往日晒暖的乐趣了。七奶奶理不清为啥，村人为啥躲她？七奶奶不是过去的七奶奶了吗？丑了？恶了？臭了？七奶奶一时摸不着头脑。有一回，七奶奶蹲在村口茅坑里听到外边有人议论她。有人说，七奶奶这个皇母娘娘哩，谁想到她能火起来。有人说，屁，火啥？老家伙越来越不干好事儿啦。她告吕支书，也是为她儿掌权呗。听说建学校老太太就捞了一把。那人又说，那不算啥，前一阵，老太太烟袋杆一挥，把外商轰跑了，几十万块的肥肉白扔啦！唉，老太太垂帘听政，村里又该倒霉啦！麦支书总听老娘的，最后还不如吕支书呢。七奶奶心里骂少他×放闲屁，就想站出去论理，可是她的脑袋要炸，腿脚也不听使唤了。她扶着茅坑的墙走出来时，外面没了人影。没有对手，七奶奶憋好的气话，沿那串弯弯肠子漏掉了。后来，七奶奶见了村人就恶心，成天绷着老脸不说话了。

命运也来捉弄七奶奶了。有一个礼拜天，裴校长和麦兰子去城里买结婚用品，学校里没人。这时有人将大铁锅给砸碎了。七奶奶听说后，当下腿一软，晕倒在地。醒来后，被麦兰子背着去学校操场看现场。也不知是咋弄的，大铁锅碎成三瓣儿。七奶奶想，吕支书恨铁锅，可他被关押。不是他，就是可恶的村人干的。若是早把铁锅埋进泥岸，也不会遭这个难。七奶奶好生埋怨儿子。她拄着拐杖，找村治保主任，找村支委，找乡长和乡派出所，都没有怎样的重视。他们对这一事件很淡漠，不知道大铁锅来历的人，一个劲逼七奶奶讲这段故事。听完后说挺有意思。回到村里，七奶奶就几天不吃不睡，终日坐在炕头上，望着远处的泥岸愣神儿。她只吸烟，有口烟就能挺着。一日，县文化局田副局长从省城开文物工作会议回来，来到雪莲湾找七奶奶。他说大铁锅是文物，要逐级上报。他跟七奶奶说一句，七奶奶仿佛没听见。过了一会儿，田副局长又说，她还是仿佛没听见，依旧默默地吸烟，好像是与她无关的闲事。田副局长一走，七奶奶就拄着拐杖去了泥岸。已是晚秋时节，海岸是少有的空旷，岸上扣着一些老龟似的旧船。七奶奶发现泥岸上的新土早已灰白。她坐在泥岗子上，才看到孩子们又重新栽了皂角树，岸上落满焦黄的叶片。明明有树，可在七奶奶眼里永远是裸露的了。七奶奶迷迷瞪瞪地坐着,听到身后有人说话。她扭回去看,看不见人影,只有声音。问,老人家这儿是岸吗?答,是岸。又问,天外有天,岸外有岸吗?答,苦海无边,回头是岸。七奶奶愣了愣,听到了哭声。无雨的傍晚,是谁在哭?为谁而哭?她身后的教学楼里,书声琅琅,正是孩子们的读书声,将泥岸的哭声冲掉了。

平原上的舞蹈

一

羊马庄的媳妇嘴巴臊,羊马庄的姑娘秧歌扭得好。

麦收的一个上午,尧志邦骑着自行车回家,有幸在路上碰到了村里的秧歌队。刚下过一场饱垧雨,地面儿有点潮湿,路边黄熟的麦秆也是湿淡淡的。跳到路上的青蛙,听见锣鼓响,没命地往河沟里蹦跶。他呼啦着漂白褂子看姑娘们扭秧歌,姑娘们手里舞动的红绸子跟她们的嘴唇一样鲜艳。不知是哪家姑娘装扮成跑驴儿,颠到兴头儿上还要在路上烟笼雾罩地打个滚儿,狐狐地丢给男人们一个媚眼。

年不年节不节的,怎么扭起了秧歌?尧志邦心里正嘀咕着,就听见身旁的孙大嫂踮着脚尖儿喊:"快看啊,过来啦!"尧志邦顺着村人的视线看去,石渣铺成的村路上,几辆小麦收割机隆隆地开了过来,带着一阵风,风被阳光晒得热烫。老头手一挥,锣鼓齐鸣,姑娘们的大秧歌就扭动起来。尧志邦明白了,是用秧歌队拦截收割机呢。年景旺哩,麦子把阳光吃掉了,就如潮湿的热气被人的身体吸掉一样。尧志邦攥车把儿的手掌潮湿了。天刚放晴,盼着眼睛遥望六月的平原,阳光照耀着平坦的原野,光影像薄纱浸浸地流着。

麦田里有人放开嗓子吆喝着:吃大饼喽——

这声吆喝勾起尧志邦肚里的馋虫子。每年割麦时吃大饼都格外香。吆喝声时断时续,好像跟远处的熟人亲热地打着招呼。铺天盖地的麦浪呈扇状,泛着迷幻的金黄色,看在肉眼里就是银白色的了。无边的酷暑,像个雾团子,一浪一浪在平原上滚动着,跳跃着。土腥气和麦香从麦垄里融融漫卷开来,随那锣鼓声缓缓飘到村巷里去。

收割机被截住了。车里有邻村的领车人;领车的小伙子把脑袋伸出来,笑着作揖:"羊马庄的大姐大嫂们,你们就把我们当个屁,放了吧!"

孙大嫂半裸着上身,抱着吃奶的孩子喊:"车里的光脸犊子听着,今儿个,你小子的屁也是香的!"

领车人咧咧嘴:"瞧,谁说羊马庄的娘儿们嘴巴臊?那位大嫂多会说话。"

孙大嫂笑着说:"那你就下车吧!只要把我们村的麦子收了,不会亏待你们的!"

一个河南口音的老司机说:"光耍嘴皮子不行,你们拿啥招待我们?"

领队的那个老头喊:"要酒,有好酒;要肉,有好肉!"

"我们要好肉!好肉!哈哈!"领车的男人探出脑袋嚷:"你们舍得把好姑娘献出来吗?"

孙大嫂把奶头从孩子嘴里拔出来:"啊,胃口不小哇,那得先把你家伙掏出来,给我们亮亮相!"

领车人吓得缩回脑袋。

一阵哄笑之后,那个老头一抖手里的小彩旗:"姑娘们,扭起来!"于是,秧歌就重新扭动起来。跑驴儿竟然滚动在汽车前的轱辘底下。姑娘们的额头上甩着亮亮的汗珠子。姑娘的脸被红绸包裹着,红色被麦香浸着,那红色就显得有几分温柔了。孙大嫂悄悄对姑娘们说:"这帮龟儿子啥时下车,就啥时停!"

尧志邦笑着站了一会儿,心里感叹徐家主人手腕的高明。挤在密麻麻的人群里,他竟然看见弟弟土豆牵着花色奶牛在看热闹。窝在土豆鼻洼处的一挂清鼻涕,闪闪发亮。他朝弟弟喊了两声,土豆还是没搭理哥哥。他在心里骂着:"这个傻东西!"弟弟除了呵呵地傻笑就是呆看,奶牛的犄角朝他的屁股一拱一拱。弟弟并不是一生下来就傻了的,那一年,土豆从床上摔到地炉子上,摔成脑中风，到乡卫生站抽骨髓，病好了，人却傻了。尧志邦很喜欢这个傻弟弟，同时预感到自己将来的责任。志邦高中毕业后，没考上大学，就到村办啤酒厂工作了。孙大嫂曾跑到他家里提了几次亲，双方都见面了，很少有他中意的，仅有一个可心的，人家女方又退了，后来一打听，是土豆让他矮了三分。

尧志邦往人群里挤了一下，把目光辗转到秧歌队里二姐的脸上。二姐脸上没涂白粉和胭脂，看上去有一种自然美，眉眼挤弄着，水蛇腰一拧一拧，吸引着好多男人的目光。二姐和老爹尧满仓是去年从啤酒厂裁下来的。老爹和二姐离开土地之前，就把自家的承包田转包给了温州农民徐世昌。没有土地种了，老爹回家就给徐家打工，二姐给他们做饭，闲暇时，就在院里扎笤帚，卖些钱养家。二姐的婆家催她赶紧结婚，二姐说在尧志邦没有搞上对象之前，是不能出嫁的。尧志邦这次被啤酒厂下放回家，也将面临给徐家打工的问题。他简直不能接受，那原是他尧家的土地啊，在自家的土地上给外乡人打工，不是耻辱那是什么？

尧志邦不愿看下去了，想转身骑车回村，却见一个舞秧歌的姑娘挤出人群朝他笑着："志邦哥！"尧志邦先是一愣，慢慢才辨认出她是杨金铃。杨金铃跟他家的境况一样：把自家的承包田包给了温州人徐世昌，她是啤酒厂第一批裁下来的。此时的杨金铃，脸上擦了粉，像秋天庄稼地里的白霜。她的腰是粗的，肩和屁股很丰满，手指是短而厚的，是普通庄稼人所梦想的那种女人。她仰望他时，眼睛很亮，身子往前倾斜着。尧志邦笑着说："金铃，你怎么也卷进来啦？"

杨金铃又密又长的睫毛下透着亲热的光亮："端人家的碗，就得服人家的管！你二姐没给徐家打工都来了，我还跑得了吗？"

尧志邦叹了一声："好哇，弄个省心！"

杨金铃瞪大眼睛问："志邦哥，你是啥打算啊？也给徐家打工？眼瞅着就割麦子啦，徐家正缺人手哩！"

尧志邦一听心就往下沉了，胸口像是被堵住一样。他倔倔地说："我才不干呢！我想外出打工！"

杨金铃拉住他的胳膊："我也干够啦！你出去带上我，好吗？"

尧志邦一脸严峻："外面混，哪儿那么容易？我还没想好呢！"他嘴上这样说，是想避开她。这个胖姑娘在厂里就追他。常常在他面前露出一股让人心疼的温柔气来。可他在她的身上没有一点别的什么想法。杨金铃还想跟他套近乎说："我倒有个路子，我舅舅在县城当官！我求他试试？"尧志邦笑着说："说好了咱俩一块儿走！"杨金铃甜甜地点头。谁知，这场景就被一旁督战的徐早蝶姑娘看见了。徐早蝶阴着脸捅了捅身旁的老头，老头把烟头拧了，狠狠地把杨金铃拽回去，还没鼻子没脸地训斥她犯贱。

"对，让她好好扭！"尧志邦幸灾乐祸地笑着。一抬头，正好与徐早蝶的目光相碰。

徐早蝶赶紧把目光躲闪开。她身材不很高，脸蛋儿漂亮，额头光润白净，上身挺得跟水葱似的，胸脯鼓鼓地起伏着。颀长的双腿穿着发白的牛仔裤，把屁股沟都裹出来了。怎么看她两条腿怎么像打枣的麻秆。她跟尧志邦笑一下，招招手，就朝收割机走去，她要去进行一场收割麦子的谈判。尧志邦也朝她点点头，看着她摇动的细腿，竟然不理解女人还有这般细的腿？

徐早蝶是徐世昌的女儿，她是这个秧歌队的主宰。尧志邦记得，徐家刚刚搬到羊马庄的时候，徐早蝶还在读高中，小姑娘留着齐耳短发，走路轻盈活泼，不爱说话。可如今却成了徐家挑梁拿事的当家人，繁重的劳动竟然没有使她的腰肢变形。几年了，尧志邦记得自己只跟她说过一次话。他问他们温州人为什么要来北方种地？徐早蝶盯着他的眼睛回答，我们温州人都喜欢到外地闯的，岂止是种地？开发廊的，搞服装的，卖眼镜的，多啦！尧志邦说，背井离乡的，多远啊？徐早蝶笑出满口白牙，远吗？跟你说，在法国还有我们一个温州城呢！你们北方佬啊，就知道老婆孩子热炕头儿，不敢迈出家门半步！尧志邦被她给说红了脸。后来，他就不再跟这个温州姑娘说话了，觉得她跟她爹一样精明，这些南蛮子只知道挣钱，可他们的血肉压根儿就没有真正融入北方平原的生活。

秧歌停了，收割机上的老客儿被孙大嫂几个娘儿们拽了下来。徐早蝶在老客面前表现着她的伶牙俐齿。尧志邦觉得眼前的一切跟自己没有多大关系，就骑车回到家，先躲在厢房里睡了一大觉。二姐扭秧歌回家做熟了午饭，老爹尧满仓和傻弟弟土豆才进的家门。土豆笑嘻嘻地将尧志邦拽醒了。午饭吃得很沉闷，老爹和二姐故意不问尧志邦酒厂倒闭的事，倒是尧志邦沉不住气了，沮丧地说:"村办企业真是靠不住!去年还火得不行,今年就完蛋啦!"满脸皱纹的尧满仓没有搭腔,他的脸色跟冻白菜一样难看,一声不吭地呆坐着,吧嗒着老烟斗。老人在大热天里穿着那件灰布褂子,肩、肘都破了,还穿着。二姐问:"志邦,酒厂把工资给你结清了吗?"

"结啦!"尧志邦这才想起来,赶紧从兜里摸出600块钱,递给二姐。二姐又推给他:"你拿着,添件好衣裳。"

尧志邦摇头说:"不,姐,我的衣裳够穿的。"

尧满仓没好气地说:"你二姐的话,你没听明白!没件衣裳,相亲时穿啥哩?"

尧志邦马上明白了,摇头说:"我想外出闯闯!不想这么早结婚!"

尧满仓瞪眼骂:"你小子说啥呢?你二姐都小三十儿的人啦,你不结婚,谁来料理这个家?"

尧志邦心里有了异常凄凉的感觉。他看了看二姐,又看了看傻吃一气的弟弟土豆,不说话了。

二姐说:"爹,别难为志邦啦!他刚刚回来,心里肯定不好受。志邦年轻,想闯闯也不是坏事嘛!"

尧满仓喝了一口散白酒,黑着老脸喊:"闯?那是吹糖人啊?城里的人都下岗了,有你的饭吃?你明天就跟着我到徐家去!"

尧志邦拧着身子说:"不去。我不给徐家打工!"

"为啥?徐家屈了你啦?"尧满仓说。

尧志邦挺了挺胸脯,陷入难言的痛苦之中。他不明白老爹给徐家干活是什么心态,可他心里深深埋怨着老爹,是老爹张罗着把自家的土地承包给徐世昌的。徐世昌一家来到村里打工的时候,尧志邦还在镇上读高中。他听老爹尧满仓很神气地说,孩儿啊,割稻子的季节你就别回来了,如今村里来了一些温州打工的。爹雇用他们!尧志邦激动地拍手说,雇工?咱家也熬成地主啦!他还听温州打工的徐家有个漂亮女儿。尧志邦有几个秋天都没有回家割稻,可他辜负了老爹,自己没考上大学,怨不得别人。如今,连村办企业都没有他落脚的地方,自家的土地也种丢了,以后的日子还有个如意吗?

光怪老爹吗？那是大开发的年月，啤酒厂的确很挣钱。老爹在厂里清洗酒瓶子，每月都能拿到900块钱，诱惑得尧满仓把自家的前程全押在啤酒厂里了，好像啤酒厂是他们永远的救星。跟农田打了一辈子交道的尧满仓，与村人一样，一窝蜂地往厂里钻，头一回尝到当工人的滋味。村支书崔洪生说了，他这一届村委，就是要让羊马庄城市化。村民们太拿着崔支书的鸡毛当令箭了。当时，温州的徐世昌一家搬到羊马庄里来，老老实实地给村民打工。七年前，是尧满仓上赶着求人家包下土地，一包就是十五年。尧满仓是村民组长，他还动员组里其他人家也把地包了出去。转包的地价廉价到什么程度，是尧志邦难以想象的。看着徐家人在田里流汗，村民们都觉得自己占了便宜。五年的光景过去，眼瞅着啤酒厂就快黄了，尧志邦记得老爹和村民真的后悔了。没退路了，只有觍着脸子给徐世昌打工了。尧志邦有气地看着老爹说："爹，你给徐家打工的滋味，是那么好受吗？徐家给你啥贿赂啦？"

"你小子放屁！"老爹闷闷地吼着。其实，这句话还真戳着尧满仓老汉心里的痛处了。老人给徐家种田也是出于无奈，他当初真的收了徐世昌的暗钱。在签合同的节骨眼上，徐世昌偷偷给尧满仓塞了两千块钱。温州人就是他×的精啊，徐世昌不仅现得好处，而且还在未来的日子里遥控着他，他们一旦变卦，徐世昌就拿出这个撒手锏。尧满仓开始活得不踏实了，他怕组里这几户农民识破他。那一天，徐世昌把尧满仓叫到地头叮嘱说，如果你儿子尧志邦回来，就一定把他领过来，徐家真正缺少这样的壮劳力。尧满仓见姓徐的气势，好像全村的人都归他养活似的。他面带难色地说，老徐，孩子的事得慢慢商量，你得容我个空儿。徐世昌很神气地说，这里的轻重你去掂量。然后甩着手走了。尧满仓怔怔地看着东家的背影，心里骂：狗×的，不是你当年给老子割稻子时的孙子样？徐家是从这些土地上发了财的，尧满仓想想就上火。恨归恨，他还是愿意儿子给徐家干活的，从经济上，徐世昌对这些户主还是蛮大方的，除了每年的承包费，工钱也是一季一结。

尧志邦还要跟老爹犟嘴，二姐朝他使了个眼色，他才不再跟爹争执，埋头将菜里的油汤倒进米饭碗，扒拉着把饭吃完。然后，懒懒地剔着牙，朝院子四周打量着，看见吃草的奶牛，挺了挺胸，憋粗了嗓子吼了一声。土豆嗖地一下蹿出去，直奔牛棚，给奶牛饮水去了。

尧满仓叹声说："人活低了，就得按低的来哩！"然后弓着腰朝后院去了。尧志邦看着爹的背影，知道是说给他的。屋里只剩下二姐和尧志邦。二姐收拾着桌上的碗筷，说："志邦，跟姐说句心里话，你到底是怎么打算的？"

"二姐，我心里真的没谱呢！"尧志邦不敢看二姐善良的眼睛，"我不是厌恶农村，我不怕劳动，我是咽不下这口气！兔子急了还咬一口呢，咱这人活成个啥啦？当初啤酒厂红火的时候，我也反对把地全包出去！爹就是不听！"

二姐叹了一声说："爹嘴上不说，心里也后悔了，你就别挤对他啦！志邦，你真的要走？"

尧志邦站起身说："走。徐家承包地多时到期，我多时回来！姐，你该结婚就结吧，我会给家里娶个女人来的。"

二姐低头默默地刷锅，高粱穗做成的刷子在锅沿上狠狠地刮着，响声刺耳。

二

杨金铃笨手笨脚地走进屋里来，把包裹放在门后。

尧志邦还呼呼睡着，脖子上睡出红红的细汗。平原的早晨总是多梦的。这个麦收的早上，尧志邦做了一堆的梦，说不上是好梦还是坏梦。天不亮，他醒来过一回，是二姐在窗前抱柴火时惊醒了他，紧接着听见老爹用鞋底刮镰刀上的泥，哧啦哧啦地响。弟弟土豆吆喝着奶牛，迈着懒散的步子走出院子，融进村街上嘈杂的人声里。他睁着眼睛，感到无所适从，就趴在炕沿儿吸了一支烟，思谋一下上城的事，就又躺下睡了个回笼觉。昨天他与杨金铃商定好，今天要到县城的土产公司打工。城里那头是杨金铃托她舅舅联系好的。杨金铃将包裹扔在锅台上，她的身子靠在门框上，静静地看着他，粉团脸上泛起好看的霞色。她穿着鲜艳，有点俗气，但不土气。等了一会儿，尧志邦还没有醒，她就生气地喊了一声："日头照腚啦，还不起呀？"尧志邦翻了翻身，伸了一个懒腰又不动了。"懒蛋！"杨金铃走过去，将热热的脸蛋儿贴近他，生气地拽了拽他的耳朵，就彻底将他拽醒了。尧志邦揉了揉干涩的眼窝，伸了一个懒腰，看见杨金铃朝他笑，就势一拢双臂抱住了她的脖子。杨金铃表面挣脱，实际往他的怀里钻。她猩红的嘴巴，狠狠地亲了他一口。慌乱中，她的上衣扣儿被扯掉了两颗，两只鼓胀的奶子欢跳出来，乳头像两粒熟透的樱桃朝他晃，接着就顶住了他的胸脯，他有点冲动，可她的奶子又压得他透不过气来。

杨金铃大张着嘴巴，将自己圆润的脸在他的脸上蹭来蹭去。尧志邦马上克制住自己的冲动，一把推开她说："别闹了，我们还得赶路呢。"

杨金铃给他叠着毯子，笑出两个酒窝："我还以为你给忘了呢！告诉你，我舅舅可是等着咱呢！"

"这事儿多亏了你舅舅。谢谢你，金铃！"尧志邦舀了一缸子凉水，到水桶旁刷牙。杨金铃就在他旁边站着，歪着脑袋问："你拿啥谢我？"

尧志邦说："等我在城里挣了钱，请你下饭馆！"

"就下饭馆啊？喂不亲的！"杨金铃噘着嘴巴说。

尧志邦对着镜子，擦洗着腮帮上的口红，说："下饭馆，你不满意，那就买一瓶最好的化妆品给你。"

杨金铃朝他斜了一眼，帮他收拾包裹。

尧志邦知道她的心思，她想嫁给自己，可他不甘心娶杨金铃为妻。喝了一碗粥，就将包裹弄好了。他们准备出门时，碰上闯进院里的二姐，二姐急赤白脸地拦住他们。二姐的身子靠在门框上，脸色苍白，嘴里嘟嘟囔囔地骂着什么。尧志邦以为二姐在他离开之际，心里难过，一问，才知道是弟弟土豆惹了祸。

就在尧志邦睡回笼觉的这个时辰，土豆牵着奶牛在荒地里吃草，看见徐早蝶蹲在麦垄里撒尿，他看着稀奇，就将牛拴在一根老树上，趴在麦地里偷看。奶牛挣断绳索，将徐家承包田里没来得及收割的麦子偷吃了一片。徐早蝶没有发现土豆偷看她撒尿，站起身来却看见麦子被毁了，她一气之下就将奶牛牵走了。土豆上去抢牛，被徐早蝶带了一个跟头，身上爬满了灰色的蚂蚁。土豆哭着跑到村口找二姐诉屈。

二姐正在村口卖笤帚，听说后就去徐家替弟弟赔罪，想把那头奶牛要回来。老爹许过愿，这头奶牛是要陪着她出嫁的。二姐没想到徐早蝶是那样精明，二姐尽管没完全听懂她们温州人的夹生普通话，但是她的意思还是弄明白了。徐早蝶说牛可以牵回去，也可以不赔偿损失，但有一个条件，就是让她的弟弟尧志邦给她家打工。二姐犹豫了一下，犯了难，自己的老爹已经给徐家做活，还要逼弟弟来吗？当时她没敢替尧志邦答应，因为她知道今天弟弟就要到城里打工了。她说回家跟弟弟商量一下再给她回话，心想弟弟早上路了。谁知还真碰上了他，二姐怕尧家与徐家闹僵，就将事情说得平和一些。

尧志邦放下手里的包裹，抹着额头上的汗珠子说，二姐，你知道，我不会给徐家打工的。二姐被他说愣了，心里着实停跳了一下，难过的表情里含着一些羞辱的意味。二姐一屁股坐在门槛上，嘴里喃喃地念叨着：牛，我的奶牛啊。尧志邦十分为难地看着空荡荡的院子，不接二姐的话。杨金铃咬着紫色的嘴唇骂，我看徐早蝶那个骚货找挨扇啦！土豆蹦进屋里来了，二姐将满腔的怨气一股脑儿撒在土豆身上，她举着笤帚使劲捶打着土豆的屁股，土豆嘴巴一咧一咧地躲闪着，最后还是被打哭了。尧志邦拦住二姐的胳膊。二姐的身体伤心地颤抖，两颗硕大的泪珠慢慢地从她合起的眼缝里流下来。

尧志邦说："姐，我跟你去找徐早蝶！"

他就跟着二姐走了。

尧志邦跟在二姐的屁股后边，像个跟屁虫似的，默默地走在村巷里。村巷很静，村人都到田里割麦子去了。五黄六月不见有一丝凉风，日光把小村融化了。漂白的汗衫裹着他细细的身体，脖子被汗水湿透了，连投在地上长长的影子似乎都有汗水的痕迹，眼前荡着面粉似的热土。不知谁家的狗躲在墙根懒懒地喘息。太阳照在他的后脑勺上，与蝉鸣一吱一吱的响声杂糅起来，把尧志邦弄得心烦意乱。

穿过打麦场，绕过那棵老榆树，就进了徐世昌的家门。这是村里老绝户赵三爷的老宅，赵三爷死后，他的侄子把房子卖给了温州人徐世昌。他是不愿意走进这个院子的。进了院子，尧志邦看见二姐的眼睛不够使了，她四处寻找着她的奶牛。他知道奶牛在二姐心里的分量，可是前院儿没有奶牛。原先赵三爷的家尧志邦是来过的，破烂而肮脏，几乎让人难以下脚。如今被徐家人料理得干干净净，宽厚的大铁门，院里铺着水磨石地面。窗前造了一个假山石，模样很像他们老家的乌篷船，挨着假山石的地方种上了一大片竹子。竹竿很细，很密实。西厢房供着一尊佛,听老爹讲那是徐家老女人从南方普陀山上请来的,还开了光呢。徐家的厢房里常常是烟雾缭绕,香火不断。尧志邦看见佛像前插着燃了大半然后熄灭了的纤细的香棍棍。

徐家女主人徐大妈对尧志邦姐俩笑脸相迎,将他们领到堂屋的凉快地方坐下,然后喊徐早蝶端茶出来。徐早蝶端着茶壶走进屋子,朝尧志邦一笑:"志邦哥,你来啦!"她笑得很温和,嘴角和眼角都弯着。二姐不端茶杯。尧志邦也没有喝茶,两眼盯着徐早蝶说:"听我二姐说,我家的奶牛偷吃了你家的麦子,我和二姐来跟你道歉,另外我想让二姐把牛牵回去,那是我姐的牛。"

徐早蝶喝了一口茶,平静地说:"你先别说牛,你先说你考虑好我的条件了没有?"尧志邦自己都很难说清为什么插翅高飞的心暂时都回来了。也许是考虑到不能跟徐家闹僵,老爹还在人家手下讨饭吃呢,再者帮徐家收了秋,又可以化解眼前的危机。想到这些就说:"我答应你。我不要工钱,干足两个月,能够抵上奶牛吃掉的麦子了吧?"

"只要你肯留下来,工钱照付!"徐早蝶说。

尧志邦说:"就两个月啊?"

"行,我家招的都是季节工!"徐早蝶说,"农忙了就干活,冬闲放假!这个你爹最清楚。"

尧志邦无话可说了,心想,忍两个月,还能为进城挣点盘缠。二姐对尧志邦的瞬间转变感到惊讶,对徐早蝶的和善也有了好感。她和尧志邦同时站起来,跟随徐早蝶走到后院。奶牛被拴在树桩上,灰色的树皮被拴牛绳磨出了亮光。徐早蝶将牛绳解开递到二姐的手上,二姐手颤颤地接了绳子,赌气地拍打着奶牛的屁股,走了。

尧志邦抬脚跟着走,却被徐早蝶叫住。他扭头问:"早蝶,我下午上工,不可以吗?"

徐早蝶隔了距离看他一阵儿,说:"你还不知道,我给你派什么活呢?"尧志邦站住,听见墙外奶牛悠长的叫声,扭头看见二姐走了老远还回头看他。二姐喊:"志邦,你跟徐姑娘多待一会儿,回头我告诉金铃一声。"尧志邦没有回话,徐早蝶笑着喊一声:"二姐,有空儿来串门啊——"

尧志邦跟着徐早蝶走进堂屋，看见徐大妈正在淘洗白菜，老人擀了一案的面，水在锅里煮着，她让徐早蝶瞅着锅里的水，自己将装满白菜的水桶提出去了。徐早蝶本来是想把尧志邦领进自己的工作室说话，既然母亲让她看着锅，只好在灶膛口前坐下。徐早蝶一边往灶膛里添加柴草，一边说："志邦哥，你知道我为什么非要留你吗？"

尧志邦摇着头说："不知道。你别叫我哥，从现在开始，我是你家的仆人啦！"

徐早蝶笑着说："掏句良心话，我家是租种你们的土地，但凡是来我家打工的待遇是不错的。多少人想来，我还未必答应。只有你尧志邦是个例外啊！这一点，你比你爹有骨气。"

尧志邦说："人跟人不一样。你不是说过吗，北方农民就知道老婆孩子热炕头。"

徐早蝶笑了："你还记着啊？大老爷们还翻小肠哩？"

尧志邦发现徐早蝶的眼里放光，自己竟有些不自在了。他提醒徐早蝶锅里的水开了，徐早蝶掀开锅盖，一股热气将她的脸裹住。尧志邦赶紧将灶膛里的柴草撤掉。徐大妈进来了，舀一缸子水倒进面盆，双手插进面盆，将面弄得咕叽咕叽响，她笑着对尧志邦说："我们都不爱吃面食，这是我专门为你和的面。中午在这儿吃饭！给你炸丸子！"

尧志邦摇头说："不行，家里还有事儿呢！谢谢大妈！"

徐早蝶说："看你的样子像有事儿的，你就走吧，下午跟我到田里割麦子！"

尧志邦问："不是拦截到了收割机吗？"

徐早蝶嘲讽地说："你们家的地，你就忘记啦？村北的大刀把儿地，收割机是开不进去的！"

尧志邦愣了一下，红头涨脸地点着头。

徐早蝶送尧志邦走出小院。尧志邦走在村街上，还在回忆自家的土地，他怎么就想不起那块叫大刀把儿的土地？看来自己还不如徐早蝶熟悉自家的土地。你活该听人家外乡人吆喝，活该在温州女孩徐早蝶面前丢丑。气归气，他从与徐家母女的接触里，感到了一种暖意，这让他心中充塞的屈辱感消融了不少。都说温州人勤劳，温州人肯定有他们"牛"的地方，不然怎么能够将羊马庄的"刁民"拢住？就拿徐早蝶母女来说吧，她们从不说粗话，不嘴碎，不和村妇闲话生事。徐世昌是个什么样的老头呢？羊马庄并不肥沃的土地，怎么在他的手里就滚滚发财呢？他不由自主地对徐家以及徐家经营的土地产生了浓厚的兴趣。他边走边琢磨，有棱有角的腮上暴出咬紧的牙床。

快到家门口了，杨金铃忽然从草垛后面闪出，截住了尧志邦。

杨金铃一直等着他，她怕将脸晒黑，戴着一顶花边草帽，脑门上还是滚动着豆大的汗粒儿，她骂道："尧志邦，你咋说变卦就变卦呢？你是站着撒尿的爷们儿吗，竟然怕那个'洗面奶'？"尧志邦知道村里的女人都管徐早蝶叫"洗面奶"，听说徐早蝶每天用洗面奶洗脸。他理屈地叹息说："金铃，真是对不住啦！我不怕她，可我心疼二姐，二姐为这个家牺牲得够多的啦！"杨金铃撇着嘴说："你别口口声声拿二姐打遮掩，我看你是被那个'洗面奶'给迷住啦！"尧志邦摇摇头说："你瞎说什么？金铃，你先去吧，我只给徐家干上两个月，到时我去城里找你！"杨金铃不依不饶地喊："你以为你是谁呀？过了这个村就没这个店儿啦！"尧志邦说："那我就干点别的嘛！"杨金铃倔倔地一拧身，眼睛红了："你不去我去，有你后悔的那一天！"说完捂着脸颊晃晃地跑了。尧志邦无奈地看着她的后影，目送她滚圆的屁股颠颤着消失，猜想她是伤心地落泪了。头顶的太阳火辣，他忙走到墙根阴凉处，摇着衣角扇风，很沉地叹了口气。

村巷很静，间或有一丝凉风。尧志邦没有急着回家，坐在阴凉处吸烟。两只燕子飞过来，在他头顶盘旋几圈又飞走了。快晌午的时候，他看见老爹和乡亲们收工了。老爹用镰刀把儿挑着一只茶壶，茶壶晃荡着，与镰刀碰撞出脆脆的声响。尧志邦赶紧站起身，接过老爹手里的茶壶和镰刀，发现老爹紫红的脸上没流汗，脸上的每一条皱纹却胀得饱满。老爹愣了愣。问他为什么没走？尧志邦一句话也没说，默默地走进院里，看见磨牙的奶牛细细地嚼着草料，就走到牛棚前，撤掉了草料槽儿，恶狠狠地说："吃，就他×知道吃，今天我屁也不给你吃！"

三

尧志邦没有去找徐早蝶,他是跟着老爹来到麦地的。这块被称作"大刀把儿"的土地,周围被小河包围着,形状真像一个刀把儿。从小路到达麦田,要跨过那座窄窄的土桥。徐早蝶没有骗他,收割机是开不过去的。望着好大一片麦田,尧志邦半张着嘴慌了,心咯咯地往喉眼里跳。他闻到了麦香,久违了的麦香,还慌个什么呢?怕吃苦吗?尧志邦看着黄熟的麦子几乎无从下手,他嘟囔了一句:"爹,这真是咱家的地?"老爹瞪了他一眼,点了点头。尧志邦竟然埋怨老爹过去怎么没带他来过?老爹把茶壶放在地头,拿两捆麦秸遮住茶壶说:"这是村里后补的。"儿子对自家土地的陌生,并没有引起尧满仓的不满。尧志邦能忍了这口气留下来,老人已经很知足了。要是在城里卖苦力,完全是没谱的事,只有土地才是牢抓实靠的。尽管眼下是给人家干活,可这是自家的地,把自家的地养肥了,最后收回来的肯定是一块肥田。

尧志邦袖手站着,忽然觉得徐早蝶不到谁来派活?老爹告诉尧志邦说,徐家向来都是记捆儿包活,徐世昌会来验收的。尧志邦开始跟着老爹割麦。太阳斜刺过来的光芒,像是麦芒儿扎在他的脸上、手上和胳膊上,痒是痒,还有点痛感。他听到了老爹割麦的喳喳声,热乎乎的脚步声。他自己割起来的时候,就听不到老爹那边的动静了。刚下镰不大时辰,他就感到不得劲儿,手掌心里干痛,一看磨出个血泡。他从地头的书包里拿出一副线手套戴上。

不一会儿,给徐家打工的村人纷纷赶来了。尧志邦直起身看见孙大嫂、冬瓜、草剩、立伟和孙三老汉走过土桥,跨进了麦田。孙大嫂远远地喊:"志邦,给你爹打帮手啊?"立伟从麦秸里掏出茶壶,喝着水问:"志邦,你不是跟着金铃到城里打工去了吗?"尧志邦摇了摇头说:"不去啦,跟你们一样,给徐家打工啦。"

"志邦,你真是心甘情愿吗?"立伟问。

"你不把金铃给涮了吗?"孙大嫂拢了一下头发,"人家金铃可是为你才求她舅舅的！"

尧志邦说："你们能忍，我为什么不能？再说，我跟早蝶说好啦，只给徐家干上两个月。"

冬瓜说："你不去，我可要插一杠子啦！"

尧志邦笑着说："你去嘛，金铃兴许没走呢。"

孙大嫂瞪了冬瓜一眼说："金铃看上的是志邦。你小子去了，金铃还不气歪了鼻子？"

冬瓜抓着脑勺咧着嘴，嘿嘿笑了。

孙大嫂悄悄走到尧志邦跟前说："志邦，我看金铃对你有意思，大嫂啥时喝你们的喜酒啊？"

尧志邦脸红了，轻声说："孙嫂，我从没这么想过。"

孙大嫂说："要说金铃长得挺受看，就是屁股大点。大屁股有啥不好，能生儿哩！"

尧志邦一味地背着脸说："孙嫂，你别说啦！"

立伟粗鲁地审他："你小子早把金铃睡了吧？"开玩笑不论辈分的孙三老汉还火上浇油，咧开嘴向尧满仓道喜。尧满仓一直没有直腰，可他耳朵不背，听着大伙的话，脸上的皱纹舒展开来，抬头看了看尧志邦。他想从儿子的表情上判断是否有这回事。尧志邦赶紧辟谣。他以为老爹埋怨自己不踏实干活，就不再跟别人说话，弯腰割着麦子。孙大嫂他们还在说笑，尧志邦觉得这些人并没有什么痛苦，他们似乎找到了生产队时期的快乐。土地连片转包给徐家，就像是重新组成了生产队。他记得一篇小说里说过，集体劳动就是好，能把爱情来产生。他听二姐说，立伟从啤酒厂下来就在玉米田里跟蓉蓉有了感情，不久就结婚了。对于尧志邦来说，急于找个对象，是要把二姐从这个家庭里解脱出去。具体落实到哪个姑娘的时候，他又没有足够的精神准备，更没有当一辈子农民的想法。如果他娶了农村媳妇，就将他永远拴在了土地上。这种矛盾心情常常使他无所适从。他不是鄙视老爹这样的农民，只是觉得他们活得单调，活得艰难，再加上那些庄稼人共有的许许多多的难缠事困扰着他，都让他心里酸一阵苦一阵的。

黄乎乎的麦茬盖满地皮，黑色的焦土一点也看不见。尧志邦的双脚踩上去咯吱咯吱地响着，他把麦茬留高了，挨了老爹的一顿训斥。他不气不恼，趁空儿直起腰，走到地头大口地喝着茶水。这是浙江龙井茗茶，是前几年的陈茶，是徐世昌包地时送给老爹的。老爹一直舍不得喝，眼看着快变质了，才从房顶的篮子里拿出来。他看见地那头的收割机跑得很欢，将金黄的麦秸扬得高高的。他的视线被远处模糊的厂房吸引住了，他怕看见那个地方，但又不得不看。那是他曾经工作了四年的啤酒厂。酒厂原来是跟人家联营的，对方出个厂标就分钱，分大头的钱。后来因为分红的事，双方闹僵了，对方撤了。村支书崔洪生说要打自己的品牌，又闹了一年，自己的品牌没打出来，酒厂的轮子就转不动了，连本地人都不喝他们的酒了。尧志邦在厂里是干技术活的，专管配料，穿着白大褂在电脑旁走来走去，是受人尊重的角色。在那里，他觉得自己跟土地和农民离得很远，殊不知自己始终是个农民。他离开啤酒厂的上午，竟然偷偷抹了几滴眼泪。别了，即使啤酒厂还红火起来，他也不想走进去了。看见徐家在自家的土地上发了财，真让人眼红，当初他和老爹还不如死啃住土地，那样就不会出现眼下的尴尬。

　　尧志邦割麦时反复看自己胳膊上的镀金手表。刚刚干了两个钟头，离收工的时间还很远，他觉得像是在田里干了一年那样漫长。他有点烦心了，像是有一口腥热的血团在喉咙里滚着。一抬头，看见徐早蝶骑着蓝色的木兰摩托赶到地头，分给每人一根冰棍儿，尧志邦也接了冰棍儿吞吃下去，涌到嘴里的火气才被压下去了。徐早蝶是替他阿爸徐世昌给大伙记工的。她自己也跟着干活。她浑身的曲线都是完美的，眼睛很亮，黑黑的长发无比柔润地缠在头顶，再用宽大的草帽压住。她走到尧志邦跟前，尧志邦闻到她身上一股淡淡的香味。徐早蝶高兴地说："志邦，我就知道你会来田里。哎，我跟你说个事儿，我弟弟和他的女朋友回来啦！"

　　"你还有个弟弟？"尧志邦疑惑地说，"我好像没见过。"继续割麦，拿镰刀的手有些飘。

　　徐早蝶开始割麦："我弟弟初中没上完就经商啦。他是最先来北方的。他从我们老家往这里倒服装。"

尧志邦这才找到徐家举家北上的理由。徐早蝶还告诉他,弟弟的女朋友是北方女孩儿。尧志邦问了一句:"如果土地承包到期,你们家还回温州吗?"

徐早蝶挺了挺胸脯,绘声绘色地说:"也许不回去了,我们那里没有地了。我们温州农家出来的不少,乡政府管这叫外延农业。"

尧志邦疑惑地问:"这是什么意思呢?"

"就是到外头种地。"徐早蝶解释着,还说她家在养马庄的收成,年底也要上报老家乡委会。尧志邦心里好奇地记下了"外延农业"这个词儿。徐早蝶说话的声音越来越弱,他抬起头来一看,才知道徐早蝶已经把他甩下好远。田里劳作着的女人屁股都惹眼的大,他从麦子的缝隙里看上去,觉得她们的屁股和后腰分不清楚。早蝶与北方女人不一样干活时有个俏模样儿,不时流露出一种姿态无论多么繁重,都不失优美。当徐早蝶站直了身体,身腰确实细,肩和屁股也还丰满。尧志邦又与她的目光不期而遇,使他慌张地把目光挪开。

徐早蝶看见他落后,就回过身大声问他:"你还没回答我,晚上你到底去不去?"尧志邦愣了一下,支吾着问:"晚上?晚上怎么啦?你刚才说的话我没听见。"徐早蝶继续重复说:"我父亲说,请你晚上到我家吃饭。"尧志邦更加疑惑:"我是给你家打工的,为什么请我吃饭?"徐早蝶瞪眼说:"美得你!你以为是专门请你呀?我弟弟回家,请村里崔支书。父亲说让你陪陪,他还有话跟你说。"尧志邦犹豫一下说:"还是让我爹去陪吧,我跟崔支书没话可说。"徐早蝶生气地说:"怎么,我父亲就请不动你啦?那我徐早蝶能不能支使你?"尧志邦想了想说:"算我出工,我就去!"他把话说出来的时候,心里没有底气。徐早蝶两只眼睛直勾勾地盯着他,撇着嘴说:"你可够牛的,好,算你出工!农民!"尧志邦长出一口气,感到很畅快,似乎感到自己替养马庄受到屈辱的农民扳回一局。他站在自家的土地上说话还是有底气的。

尧志邦看见徐早蝶不再搭理他,弯着腰默默地割麦,双手挥舞得是那样的灵活,就像二姐扭秧歌一样精彩。眨眼的工夫,徐早蝶的身后就倒下一片麦子,致使孙大婶他们有些惊奇地打量这个温州姑娘。她这样拼命干活,是给人看呢,还是出于对自家的责任?这让他们联想起早蝶的父母给村人打工时的泼辣劲儿。他猜测着,温州的姑娘都这么能干吗?

太阳到傍晚才蔫了,一股凉风吹来,吹出一声声悠长的吆喝,将麦秋的日子喊缓了,缓慢中还有一些温馨。不断有村人从田里钻出,吆喝着老牛,哼着歌谣,背着沉甸甸的麦棵子,慢悠悠地上了路。尧满仓估摸还有几袋烟的工夫天才黑,就开始给割倒的麦子打捆儿,尧志邦站在老爹的身后打"腰儿"。尧家父子割的麦子打捆完了,老爹发现"腰儿"打多了,就走到徐早蝶跟前,默默地捆她割到的麦子。一天割完的麦子码成了高高的几垛。最后见数的时候,徐早蝶怕这些人的麦捆有大有小,就更改了父亲定的章程,按地块儿登记他们的成果。

徐早蝶骑上摩托之前,还叮嘱尧志邦晚上吃饭的事。尧志邦说他记住了。徐早蝶将草帽甩到后背,浓黑的长发就披散下来,被晚风吹起,像个尾巴似的拍打着她的腰身。他目送着她消失在晚霞里。老爹喊他回家,尧志邦还愣着。待他抬腿迈步的时候,双腿像刀砍似的一软,跌坐在地头的青草丛里,像个打滚的草驴。他咧咧嘴,用手捶着双腿,揉揉两只发肿的脚。真担心下一步的日子怎么个熬法?

"不中用的货!"老爹皱着眉头叹息一声,独自拿镰刀挑起铜嘴茶壶走了。

四

尧志邦留在徐家干活,本来不抱什么希望。两个月的光景嘛,三榾两棒就能对付过去。晚上吃饭之前,他忍着浑身的疼痛,赶在日落之前来到了徐家小院。等待崔支书的时候,徐世昌把尧志邦领到西屋的吊扇下面,想跟他说说话,等崔支书来了喝上酒,恐怕就没机会了。徐早蝶看出父亲的意思,悄悄躲出去,帮着母亲蒸米饭去了。

徐世昌是中等偏低的个头,人单瘦,背微驼。他说话的声音有点女气,夹生的普通话能听懂。他给尧志邦递了一支石林烟,自己也吸着烟说:"志邦啊,听说你从啤酒厂回来,应该登门去看你,可我这阵儿忙着筹建米面加工厂,又赶上收秋,就给耽搁啦!我只是让你老爹给你捎话,看来是我老徐有失周到哇!"

"不，徐大叔言重啦。"尧志邦惶惶地看了徐世昌一眼，"应该是我来看您啊！"

徐世昌目光很硬，有股逼人的气势。他不错眼珠地看着尧志邦说："你爹还是我的老大哥，为人忠厚；你呢，不仅有你爹的忠厚，还比你爹有文化，听崔支书说，在酒厂你还是个技术人才呢。"

"哪里，我算什么人才？"尧志邦脸红了，"我要是人才，啤酒厂就黄不了啦！"

徐世昌摆着手说："哎，这怎么能怪你呢？听说你研究了一个配酒方案，几个厂长就是听不进去。连崔支书也拿你不当一碟菜，可他们现在后悔啦！"他干瘦的脸上挂着一丝不易觉察的笑意。

尧志邦跟着笑一下，脸上的肌肉有点拉不开。动一下身子，浑身就痛，他抬起胳膊弹烟灰都很艰难，可他心里受用。徐世昌把烟缸往他跟前推了推，继续说："是人才，我就要留住。小尧儿，不看奶牛的事，我徐世昌也要请你留下来。我把早蝶骂了一顿，土豆是个残疾孩子，不看僧面看佛面，也不能逼志邦啊！对不住啦！"

"没什么！早蝶没逼我。"尧志邦说，"大叔，别看我是村里娃，对种地我是一窍不通哩！连早蝶我都不如。"

"你别谦虚，聪明人干什么都有门道儿。"徐世昌脸上的皱纹胀得饱满，眼睛很亮，"虽说我们是外乡人，可你们羊马庄老少没把我们当外乡人看。羊马庄的人情厚哇！我呢，虽说是承包你们的地，可我不能对不起乡亲们，不能把事情看短喽！这不，村里没有米面加工厂，打粮食还要到外村。为方便乡亲们，我徐世昌贷款也要上马。"

尧志邦惊讶地听着，睁圆了眼睛，没想到精明的南蛮子还添了北方人的血性。

"这是个小事儿，志邦，你知道吗……"徐世昌往尧志邦跟前凑了凑，"等村头的高速公路开通喽，我还想在村里搞一个北方良种培育基地。搞科学育种，将来向外面批发良种，前景就更好了。我想，就把这里当成你家，大叔给你提供一切方便。你们北方有句俗话，前半辈看老，后半辈看小。往后就看你们年轻人的啦！"

徐世昌还一脸真诚地叮嘱尧志邦，你往后就是这里的主人。尧志邦疑惑地听着，心想：我给你们徐家打工，我怎么成了主人呢？转念一想，从土地上讲，他是主人也有道理。老人的话说得妥帖温暖，尧志邦就谦虚着说晚辈没本事，还激动得涨红了脸，头顶像是开了一方天，几天里忧郁的情绪，一扫而光了。温州人就是厉害。他过去没有跟徐世昌真正交谈过，所有对于他的印象都是从老爹那里得来的。老爹顺心时就夸上一番，不痛快的时候就骂上两句，纯属农民式的狭隘和自私。徐世昌不仅务实，还很有眼光。从这个角度看，这些农户暂时失去土地也许不是坏事，徐家承包村里的土地，将会对羊马庄人的观念有个冲击。转过这个弯子，他对徐家的情绪就顺过来了，所以就跟徐世昌有说有笑了，还大胆地提出自己对土地和庄稼的看法。

徐早蝶偷偷掀开门帘，看了尧志邦一眼。

阿妈喊了徐早蝶一声，让她把一盘刚出锅的红烧排骨端到饭桌上。她答应一声就过去了，脸上光泽润红。母亲顾不上看女儿的脸庞，她一直在门外的灶屋里忙着，把各种拿手炒菜做出来。但女儿这一天里的好情绪，做娘的是感受到了。过去的徐早蝶在家里少言寡语，整天埋头干活，自从早上，把土豆的奶牛牵回家里，意外地留住尧志邦，她就显得很活跃了，话也多起来。这个晚宴本来是要往后拖一拖的，中午吃饭时，弟弟徐早生带着女朋友一来，徐早蝶就跟父亲提出，晚上宴请崔支书，顺便让尧志邦来作陪。徐世昌知道女儿是牺牲了自家麦子才留住了尧志邦。徐世昌对尧志邦的好感是从崔支书那里得来的，女儿挽留这个小伙子，他也并没有往别处想，只是觉得徐家的事业缺少人手，特别是缺少有能力的年轻人。

徐早蝶频频地把盐水虾、红焖鸡、醋熘土豆丝、酸菜鱼、黄瓜拌蜇头等杂七杂八的菜都端上了饭桌。堂屋的房梁顶上，一盏六十瓦的电灯泡照耀着，将桌上的菜照出五颜六色来，很是吊人的胃口。

崔支书还没有到来，急得徐世昌不时看表。徐世昌嘴里嘟囔着："这个崔大头啊！"他喊徐早蝶用电话呼崔支书。这时，门外有嘈杂的说话声，门帘挑开，徐早蝶领着弟弟徐早生和他的女友艾香走进屋来，并把他们介绍给尧志邦。尧志邦第一次见到徐家的公子，下午在麦田里他头一回听说徐家还有个儿子。他站起身，很有礼貌地说："早生老板、艾香，你们是从城里来啊？"

徐早生点着头，递给他一支"中华"烟说："志邦大哥，别叫我老板，叫兄弟吧！听姐姐说，你来我家帮忙了，谢啦。"

尧志邦刚要说些话，就听见堂屋里有人说话。徐大妈的声音："没什么好菜，支书莫见笑啊！"崔支书的粗门大嗓："好菜，色儿好味更好啊！"都听出是崔支书来了，一屋子三人都到外屋来迎接。崔支书身材魁梧，长得像唱黑头似的，进门就双手抱拳，冲着徐世昌大声嚷嚷："我靠，我靠。来晚啦，让你们久等啦。"

"那你就多喝两杯酒！"徐世昌说笑着，拉崔支书落座。

崔支书让尧志邦坐在他身边，崔支书扭头对他嘿嘿一笑，举起酒杯说："志邦啊，前两天听说你要上城打工，我真急呀！总想找你谈谈，赶上村里来了一拨儿考察大棚菜的领导，就耽搁下来了。是我向老徐推荐了你，老徐能把你留下来，这就好，这就好哇！"说着干了一杯酒。

尧志邦腼腆地举杯，跟着喝了酒，脸马上就红了。

徐早生让女友艾香给众人满上酒。崔支书举杯又说："志邦，你看见了，别看老徐一家是南方人，可他们有咱北方人的忠厚和义气。别提啥打工不打工的，不受听。你说我崔洪生给谁打工？给百姓打工，还是给乡领导打工？就这么回事儿。老徐丰收了，大伙也多拿钱。好好干，老徐两口子是明白人，不会亏待你们的。"

"三叔说得对！"尧志邦点着头，知道崔支书说完就得喝酒，干脆主动端起来一饮而尽，喝完，酒盅从手里滑落到地上去了。他慌乱地弯腰去桌底找酒杯。崔支书骂着："你小子咋啦？这么好的酒往地上泼，小心三叔揍你！"

尧志邦不好意思地看看大伙："我这胳膊痛哩！"徐早蝶手疾眼快，她让尧志邦等着，自己找到酒杯，洗好递过来，替他解释说："阿叔，你别吼吓志邦，他下午割了好多的麦子，可能是累啦！"

崔支书笑了："志邦，下午就到位啦？好哇，算三叔冤枉了你。是啊，你毕业就到啤酒厂了，嫩皮嫩肉的，刚干活是不习惯，慢慢就会摔打出一条好汉的！"说着自罚了一杯酒。

尧志邦看见徐早蝶跟他使眼色，他也不知道是什么意思，木然地坐着。但他心里暗暗感激她替他解了围。徐早蝶在一旁站着端菜，陪桌上人说话，还怕尧志邦喝高了酒。她知道崔支书酒量很大，一瓶酒对他不算什么。崔支书跟徐家老少喝了两圈儿，又盯住了尧志邦，尧志邦真的含糊了，连连告饶："三叔，我不行啦，在酒厂咱喝过酒，我哪有量啊。"

崔支书不依不饶："今天是你来陪三叔喝酒的，三叔呢，是来看早生和艾香的，你可别给我扫兴啊！"

"阿叔，别逼他了，看来他是真不能喝！"徐早蝶笑着走向崔支书，"您也多吃点菜吧。"

徐早蝶站着给崔支书夹菜，又给尧志邦添了菜。崔支书红着眼睛盯着徐世昌说："老徐啊，姑娘不让我跟志邦喝，那我只好跟你喝啦！"

徐世昌笑着抿了一小口说："我这点量，你是晓得的。"

"就这点，我烦你们南方人！"崔支书沉着脸说，"喝点酒的？要不了命。"

徐早蝶说："阿叔，我阿爸血压高，他不能再喝啦。"

"三叔，我跟您喝！"尧志邦不知怎的竟亢奋起来。

崔支书哈哈笑了："哎，这才像个站着撒尿的爷们儿。志邦，喝酒能办大事。你三叔不是想酒，是王八蛋们逼出来的！日后你就明白的！"

徐早蝶就笑："所以你又来逼志邦！"崔支书没听出什么，只是嗯嗯地应承。徐早生和艾香笑得嘴里喷出了菜。尧志邦没笑，他端着酒杯想，今天就是喝倒了，也不能让徐家人小看了。他要变被动为主动。敬了崔支书又敬徐世昌一家人，喝得自己飘飘忽忽。酒精像小虫儿爬到筋骨里，浑身竟然不痛了，还有点痒，痒过之后是舒服的感觉。徐早蝶什么时候坐到自己身旁的，他全然不知，早蝶用脚轻轻踢他的脚，也没反应，只是跟崔支书傻喝。这会儿，徐家少爷和女友已悄悄撤离了桌子。徐早蝶只好偷着将矿泉水倒进"剑南春"的瓶子里，尧志邦的酒杯里就都是水了。尧志邦竟然还有口感，喝出杯里是水，看了徐早蝶一眼，心里浸出一股暖流，脊背出也热热地流出一柱汗来。

徐早蝶把一块鸡肉夹到他的碗里："吃点东西吧！"

尧志邦怕崔支书看见，忙把鸡肉夹到崔支书的碗里。其实，这阵儿的崔支书已经有点高了，一只手使劲拍着他的右肩膀，让他往后好好干，拍得他直咧嘴。徐世昌见崔支书净东一嘴西一嘴地说些颠三倒四的话，就忙把他搀进里屋，让他喝点苹果醋醒酒。

徐早蝶还要给尧志邦夹菜，他拦住了她的胳膊，说自己什么也吃不进去了。然后还站起身，有礼貌地请早蝶的母亲吃饭。徐家老女人干活很麻利，满桌的饭菜都是她一人做的。早蝶娘笑着："志邦啊，你吃好了吗？"他红脸应承着，心里感激早蝶，如果没有她的照顾，肯定会喝吐的。尽管徐世昌表面笑呵呵的，那是应付崔支书，其实他跟很多南方人一样，不愿劝酒，更瞧不起喝醉出洋相的北方佬。

徐早蝶本想把尧志邦扶到她的闺房里喝茶，给他醒酒。她的闺房在前院的厢房里。她说那里有上网的电脑。尧志邦想看看她的电脑，却被里屋的崔支书喊住了："志邦，你小子进来！"

徐早蝶说："我带她到厢房里看电脑。"

"看啥子电脑？早蝶你也进来。我也有话跟你讲！"崔支书干脆掀开门帘，探出红头大脸。

徐早蝶和尧志邦都进到了里屋。崔支书又爬上了炕头，霸着一角，好像满腹的话要说。徐世昌阴眉沉脸地吸烟，他吸烟时喜欢将烟屁股接到另一根香烟上，吹得满屋烟气腾腾。崔支书梗着脖子，脖子上暴起几条青筋，他咳了咳说："早蝶姑娘，我跟你爹商量了半天了，你也是徐家主事儿的人，跟着听听拿个主意。"

徐早蝶愣了一下问："阿叔，什么事儿把我爹愁成这样？"

尧志邦愣了一下，不知道是什么消息，将这个家庭融洽和欢乐的气氛给冲掉了。他喝了酒也敢说话了："三叔，你可别跟徐大叔耍酒疯儿啊！"

"没你小子说话的份儿，老实听着。一会儿还有你的事儿呢！"崔支书把脸对着早蝶，"今天到乡政府开会，我领了个任务。麦秋期间，县里要在咱羊马庄树一个种粮典型，乡长点名树你家。因为你家是大户！不过，操作起来还他×的怪难办的。"

徐早蝶笑着:"这是好事儿啊,有什么难的?"

"乡长说,你家的户口还在温州,不宜宣传。后来乡长出了一个主意,找一家当地人顶替,只是拿走一个名分!"崔支书叹息一声,"这不是办法的办法。不过,粮食是你家的粮食!将来乡里奖励的化肥,也都归你们!当然,得让村里那户替领。"

"这不是弄虚作假吗?我找乡长论理去!"徐早蝶气愤地站起身说。

"你急个啥?坐下!"徐世昌训斥道。

徐早蝶坐下了,胸脯起伏着。

"这事儿,是有点委屈你们徐家!不过羊马庄的心里还是明镜儿似的。你们帮了忙,羊马庄打响第一炮,村里老少,不会忘记你们的。往后,就是承包到期,想留下来,还是好通融的。你们商量商量,给我个回话!"崔支书喝了一口苹果醋,喉咙里咯咯响着,"或者,在你们承包土地的人家,选定一户出头露面!"

屋里很静。挂在堂屋与里屋门楣玻璃旁的电灯,忽然显得暗淡了,人的脸也跟着暗淡。

"三叔,你喝高了!"尧志邦看着他说,"有这样的事吗?"

"没高,没高!"崔支书摆着手,下了炕沿儿,"老徐,我回去啦,你们合计合计吧!"

徐世昌终于开口了:"崔支书,你别走啊,米面加工厂的事儿,我还没来得及跟你说呢!"

崔支书说:"你别眉毛胡子一把抓,先商量这个事儿吧!"

徐世昌说:"我答应啦,谁家顶替,你崔支书定夺吧!"

崔支书嘿嘿笑了:"我就知道你老徐是爽快人。尧家爷俩都给你家干活,我看就让尧满仓出头露面吧!"

"这不行,真的不行!"尧志邦急着喊。

崔支书重新坐回炕头:"志邦,你急啥?我跟你爹去谈。尧满仓啊尧满仓,你爹一辈子就想满仓,听了不乐死才怪呢!"

徐早蝶和徐世昌对视了一眼,无奈中还算满意。尧志邦听了倒有一种屈辱感，心里别扭，肚里的酒又犯怪了。等到崔支书走后，徐早蝶拉他去看电脑，他没有一点兴致，说自己头晕，跟着崔支书一起走了。他哪里知道，徐早蝶一直护送着他到家门口，看见他进了家门，自己才悄悄地往回走。

夜里十点半，院里很静，静得能听到奶牛反刍的声响。老爹和土豆都睡着了，只有二姐边看电视边做笤帚，电视是黑白的，雪花山跳着，二姐手里的高粱秆子被钢丝扎得吱吱作响。尧志邦想跟二姐说说话，刚一张嘴，胃里的东西就往上翻，跟着他就趴在炕边吐了起来，吐得腰部一阵阵抽搐，直都直不起来。二姐默默地给他打扫着。

五

像往常一样，徐早蝶比全家人起得都早。到田里派过活儿回来，就将摩托车停在村口的小商店门前，在那里喝上一碗豆腐脑，吃上一块油饼。吃完便回到自己的闺房里，用洗面奶重新洗洗脸，然后坐在电脑旁工作。北方平原的风太硬，空气干燥，刚来的时候，她脸上总是皱巴巴的，喉咙也有点干痛，房里安了美容加湿器也不怎么管用。吃的东西也不习惯，面食是最近两年才吃顺口儿的。

平原的优点也很明显，质朴、开阔，田野里劳作的人就像个小黑点，蠕动、跳荡，有时还像黑燕子在舞蹈。心烦的时候，她独自在平原的草滩上闲散地走，虽然有些寂寞，可心里还是越走越舒畅，她就猜想平原的尽头是什么呢？她这辈子会不会走到平原的尽头呢？

有时，徐早蝶站在无边的青纱帐里暗暗发誓，冬闲的时候，她要与自己的男朋友进行一次浪漫的平原旅行，而且是徒步。

这个男人是谁呢？徐早蝶自从懂得人世间还有爱情这一回事的时候，就在寻找这个人。美好的幻想，是在学校里完成的，如果不是弟弟在北方卖服装，如果不是承包羊马庄的土地，如果不是在她读到高二那年父亲患了一场重病，她也许是另外一个命运，这个男人的选择余地就很大了。她聪明，转学过来，依然是班上的高才生。为了徐家，她在高二那年就被迫退学了，离开校园的时候伤心地哭了。再想想弟弟，家庭里的男孩儿还没念到高中就经了商，眼下家里最需要的是劳动力以及劳动的组织者，而不是一个女大学生，道理简单而残酷。

徐早蝶是个十分孝顺的女儿。小时候家境贫困，父母又是那么宠爱弟弟，使她这个天资聪慧的女孩早早拥有了温州人的勤快、忍耐和精于算计的本领。她不知不觉地把精力献给了徐家和承包的土地，父亲的事业滚得越大，她操心的地方就越多．紧张的时候，她不仅要给家里雇用的农民派活，还要到外地听信息、跑销售。徐家毕竟是外乡人，弟弟又不在村里，她怕徐家挨欺负，她还要跟村干部们喝酒、给上上下下送礼，像交际花那样周旋。乡里的干部，农科站的，或是土产公司的人来了，她都要恰如其分地与之周旋。徐世昌只想让她管好田里的活儿，不想让一个姑娘家抛头露面。可无奈自己又不善应酬，所以就只好听之任之了。

如果说徐早蝶接触面儿窄，那是不实际的。她见过的男人不少，给她家打工的男人也很多，喜欢当媒人的孙大嫂几乎把她家的门槛都踏破了，徐早蝶一直没有心动，原因是没见到可心的。崔支书曾经把自己在海南岛当兵的儿子崔振广介绍给徐家。崔振广是高个头，长得很帅，比他爹还能说，见到徐早蝶眼睛亮了一下，徐早蝶也动了一下心思，依然没有答应。她觉得他身上缺少什么，甚至还有一种不牢靠的感觉。徐世昌知道崔支书在羊马庄的威力，岂止是羊马庄，几十年来，老头在全县全市都有一个关系网，乡长上任还要到羊马庄给崔支书一拜。老徐怕得罪了崔支书，劝徐早蝶答应这门亲事，也好尽快找到一个靠山。不料，徐早蝶任起性来，任凭谁说也不应承，这让徐世昌很是吃惊。崔支书越对徐家好，徐世昌就越慌得紧。徐世昌去海南岛卖良种的时候，到崔振广的部队看望他，背地里听说，崔振广跟一个上海的女兵谈上恋爱了。回到羊马庄，徐世昌先发制人，替自家姑娘解了围，还让崔支书心服口服了。

徐早蝶在徐家手脚不停地工作，春种秋收。除了地里，就在电脑旁忙碌，在电脑的网络上漫游就算歇息了。转眼就过了两年，没人见她主动跟人说说笑笑，更没人见她对哪个小伙子亲热些。母亲觉得早蝶该到了出嫁的年龄了，父亲却不觉得女儿怎么样，甚至觉得徐家的女儿本应该过着晚婚的生活。他害怕女儿离开这个家，如果有可能的话，他希望早蝶能给徐家招个女婿来，来维持这个家庭在羊马庄的地位。徐早蝶对父亲向来是言听计从的。

徐早蝶对自己的婚姻大事一直模糊着，期待着。尧志邦出现在她的视野里，是在半年前。尧志邦的老爹给徐家打工，尧志邦百般阻拦，尧志邦对徐家的敌视，使这个自尊心很强的温州姑娘注意了他。有一次，徐早蝶到啤酒厂买啤酒，与尧志邦有一次交谈，尧志邦口才有些笨拙，可他对自己的观点毫不隐瞒。徐早蝶对他没有坏印象，相反倒十分敬佩他的骨气。她感到他不轻浮，懂事礼，很敬业，每天钻研他的啤酒配方，而且把电脑弄得很熟。只是由于家境的困窘，他生活上极为俭朴，几件旧衣服轮换着穿，衣服自己洗，抽空还要回家帮二姐干活。尧志邦是个勤快而有志气的男人，这是他自己不曾注意到而常常使徐早蝶为之钦佩的，想起这些就让她耳热心跳。

听说尧志邦也从啤酒厂下岗了，徐早蝶几次催促父亲，一定要留住他。父亲不懂女儿的心，他只是派尧志邦的老爹给儿子施压，尧满仓都没能说服他，使徐早蝶心里很气愤。当听说他跟杨金铃要进城打工的时候，她曾经长久地感到遗憾和失落。人算不如天算！奶牛吃了徐家的麦子，意外地使她如愿以偿，她既留住了他，又让杨金铃与尧志邦分开。她早就看出来，傻乎乎的杨金铃爱上尧志邦了，可她明白，凭杨金铃的条件和素质，是很难走进尧志邦心里去的。就是说尧志邦是不甘心娶杨金铃为妻的，他是在利用这个痴情的村姑。唯一让徐早蝶担心的是，尧志邦的家庭条件差，他二姐等着结婚，杨金铃还是有空可钻的。好在杨金铃走了。她早该走了，她扭秧歌扭得又不好看。徐早蝶开始思念他了，开始格外注重自己的穿着打扮，为的是不使自己在他面前显得浅薄和粗俗。割麦子的时候，或在桌上吃饭的时候，她趁人不注意时总是要向他深深地望那么几眼，想从他的眼神里看出点什么。他的眼神很深沉，深得像秋天平原弯曲的小路。

徐早蝶怔怔地坐在电脑旁，并没有打开各地的农副产品供销网站，却是犹犹豫豫地摆弄着鼠标，在图画栏里，情不自禁勾画出"尧志邦"三个字。字是歪斜的，却很大，把整个窗口占得满满的。徐世昌咳嗽着走进屋来，她慌张地关掉电脑。

其实，徐世昌不懂电脑，他每每走到女儿房间，都是盯着徐早蝶的脸说话，压根儿就不往屏幕上瞅。可是徐家这几年粮食销售和种植规划，都要从网上得到信息。他看着早蝶湿润的脸颊，说："早蝶，你马上把收割机收麦子的账目给我打印出来。"

"嗯！"徐早蝶重新启动电脑。

"你再查查，咱老家那边，大蒜和辣椒的标价。"

"嗯，有什么用？"

"麦子收了，该播种啦。"

"哦——"

"还有，我想知道，今年面粉是啥价格。"

徐世昌还要站在女儿面前说些什么，徐早蝶淡淡地说："阿爸，我知道啦。"然后快速地移动着鼠标。

"打完后，你给我送到堂屋来。"徐世昌转身出去了。

徐早蝶细长灵巧的手指，把键盘敲打得很好听就像织布。阿爸所要的全部材料都打印出来后，她就迈着轻盈的步子，走到堂屋，递给阿爸，还跟阿爸分析了一会儿大蒜和面粉的行情。当听到说尧志邦今天腿痛没有上工的消息，徐早蝶心里疼了一下。她愣了一会儿，再也没有跟阿爸谈论什么的兴致了，悄悄回到自己的房间，找出一个暖水袋，然后麻利地换了一件墨绿色的裙子，走到镜子旁细心地照着。宽松的裙子显得温柔而神秘。窗子被风吹开，屋外的阳光照花了她的眼睛。裙子的颜色被照得俏丽，更衬托出她皮肤的白净。她抓起暖水袋，确信阿爸和阿妈不在堂屋之后，才轻轻地走出去。

徐早蝶欢快地往村东走，村东北数第三个门口，就是尧志邦的家。他要看看志邦哥，为了徐家，也为了她自己。那是心理上朦朦胧胧的激情，鼓动着她去看他。当人们知道她去看他的时候，她就说尧志邦是徐家的雇工啊！人们的眼神就会问，尧志邦不仅仅是你家的雇工吧？徐家的雇工很多，每天都有肩痛的脚肿的，你怎么不去看？村巷静静的，没有人跟她说话，可她心里却编排着见他的一片理由。

忘记了天热，走到尧志邦家小院的时候，徐早蝶的脸跟水洗了似的。她看见嚼草的奶牛，不免有几分胆怯，心想他会接受自己的暖水袋吗？他的脚是站肿的，用北方土话说，就是"膀"了。暖水袋管用吗？一旦尧志邦看透自己的心思怎么办？他会不会反感自己了呢？又一转念，不会，当官还不打送礼的呢。

走进尧家的堂屋，能感受到这个家庭的经济状况。尧家在羊马庄算是穷户。她听尧满仓说过，六年前，尧志邦的老娘患的是肾病，转了尿毒症之后，硬生生花去尧家的几万块钱，末了还是死去了。听说尧家如今还有一点饥荒哩。她刚要掀门帘儿，屋里飘出了女人很媚的声音，这让她本能地收住脚步。

"志邦哥，我不能没有你！"

尧志邦粗重的喘息声："我可以没有你。"

"你不是真话。我不是不愿意等你这两个月，是怕你被那个温州'洗面奶'勾住了魂儿，是怕你——"

徐早蝶很快就辨出是杨金铃的声音，心里浸出一股怪味。

"笑话，金铃，你误会了。"尧志邦喝了口水，"你想哪儿去啦？徐家是咱村的大户，人家徐早蝶可是高贵的女强人，能看上我？"

"你看你看，刚两天，阶级立场就变啦！受人家剥削，还满口夸奖人家，你的骨气让狗吃啦？"

"金铃，你听我说嘛！"

"我不听你白话！"

"金铃，你真的不回城里啦？"

"你在哪儿干，我就在哪儿！"

尧志邦笑了："傻样儿的，你还要给徐家打工？好马可不吃回头草啊！"

"我就是吃回头草！"

"早蝶还能要你？"

"敢不要，徐家还租着我家的地呢！"

徐早蝶没想到上城打工的杨金铃又回来了，她注定是为尧志邦回来的，她心里很乱，进退两难。但她十分清楚，此时若走进去将会是很尴尬的事情。于是，她就转身轻轻地跑了。她的身体轻盈，屋里人根本没有感觉她曾经来过。她跑到自己的房间，使劲儿把暖水袋往地上一摔，颓然地坐在竹椅上，呆呆地望着屋外渐渐飘过来的炊烟。

六

徐早蝶第二次来到尧家，是在麦收过后的一天上午。在这之前，徐家承包地里收下的麦子，一部分由尧满仓老汉操持着交到乡粮站，一部分放在徐家刚刚开张的米面加工厂。今天开现场会，县里乡里和各村的领导云集羊马庄，而且都拥挤在尧志邦家的院子里，因为要给尧满仓老汉一家挂光荣匾。尧家一夜之间就成种粮模范户了，这是老人梦都梦不来的喜事。尧满仓身上披着大红花，张嘴笑着，因门牙已经掉了很久了，笑声不算响亮。徐早蝶发现尧志邦一直沉着脸，默默地站在墙角，听见崔支书喊他，他才没精打采地来到自己的房间。那里有徐早蝶的那台电脑，崔支书让尧志邦当众表演网上查找农业信息。尧志邦被迫坐下，打开电脑，电脑屏幕保护上硬是出现"尧志邦"三个字，就扭头看徐早蝶，急忙滑动鼠标遮盖过去。

徐早蝶的脸颊红了一下，怕露了馅儿，就躲在阿爸后面静静地看。徐世昌还向领导们介绍了自家来羊马庄打工的感受。崔支书听了满意地点着头："老徐是我们羊马庄的荣誉公民哩！"徐早蝶看见杨金铃不管不顾地挤到尧志邦的跟前，还嘻嘻地傻笑着。徐早蝶虽然打心眼儿里腻歪她，但还不能把她拒之门外，为了徐家的利益，她还是耐着性子把她留下了。她没有让杨金铃跟尧志邦一起干活，而是把她派到了米面加工厂，干一种又脏又累的活儿。杨金铃是个能吃苦的北方姑娘，她没有怨言，而且把活计干得井井有条。当徐早蝶看见杨金铃的脸上、肩上和头发上落满白面，就想起戏里的"白毛女"来，心里有一种说不出的滋味。

看完电脑表演，崔支书让尧满仓领着众人到田里，看田里种下的玉米、棉花、大蒜和辣椒。黄黄的麦茬不见了，土地变成了深红色。刚翻过的土地上有股水汽，尧满仓闻着这种气息，想象着秋天徐家的收成，更加后悔自己当初的草率，就有泪水在老眼里噙着。

在田里蹲到了响午，尧满仓老汉才颤颤儿地回了家。路过村巷口，碰上孙大嫂和几个村人说话。孙大嫂咧着嘴巴喊:"老尧头,给你道喜呀!给人家干活,还当了模范,一脚踢到屁上啦!"尧满仓吭吭地支吾着,他拿不准她是啥意思。有羡慕咂嘴的,有敲怪话的,也有撇凉腔的。孙大嫂又朝着他的背影喊:"……到处都吹牛,吹的都一样!"尧满仓哼了一声不愿再听了,急急地走了几步。尧家成了种粮模范,难道是吹牛吗?这是村里派的。村人肯定跟着吃惊,尽管有些错位,有点突兀,老人还是被激动着,说明尧家的日子有了先兆。而且徐家的收成里也有他的汗水,他突然觉得这世界有了看头,人世也真有活头了。

吃午饭的时候,尧满仓心情特别好,咿咿呀呀地哼起皮影调子。他让二女儿给他烫了一壶酒,喝酒时,老人也让尧志邦陪着他喝。尧志邦绷着脸长时间不吭声,也不抬手端酒杯。他枯树根似的蹲在饭桌前,鼻子酸酸的。二姐催促说:"志邦,今儿爹高兴,你就喝一点儿吧。"尧志邦还是没喝。土豆埋头吃着面条,他今天有过年的感觉。在自家院里快乐地奔跑着,的确跑饿了。尧满仓没有在意儿子们的表情,嚼着桌上的豆腐干,独自把酒饮了,咂着嘴说:"志邦,谁说种田没出息?这回好了,给你吃了颗定心丸吧?虽说我们得不到实惠,可我尧家往后知道咋种地啦!徐世昌难道比我们多了三头六臂?"

尧志邦咕哝说:"爹,您就为这高兴?"

尧满仓嗯了一声,仰脖又喝了一杯。

尧志邦放下饭碗:"爹,这是天上扭秧歌,空欢喜啊!"

尧满仓酒喝得有些飘浮,瞪着红红的眼睛骂:"混账话,空欢喜啦?从今往后,全县都知道羊马庄有个尧满仓。人活名儿鸟活声儿,这名声是用金钱能买来的吗?"

"要这个名儿,我嫌丢人!"尧志邦气呼呼地走进里屋。

"志邦——"二姐喊着,叹息一声。今天发生的事情,给这个家庭带来了从没有过的光荣和欢乐。尽管她没完全弄清楚。可她希望的是,尧家有个脸面,志邦能够讨个好媳妇。

"没偷没抢,我丢啥人啦?"尧满仓愣着,端酒的手颤抖了。尧志邦回头哀哀地盯着老爹的脸说:"爹,崔支书是拿您当猴耍呢!您在地里滚了一辈子啦,不比我更懂庄稼人的脸面?"尧满仓像是看怪物一样盯着儿子,把他从头看到脚，又从脚看到头。过了一会儿，他顺着那根筋往回里想，忽然猛醒了，脸色竟然跟冻白菜一样难看了，他把酒杯狠狠一蹾，使劲揉着发红的鼻子。

尧志邦抱着电脑往外走，看都没看爹一眼。

二姐说："志邦，早蝶跟我说，把电脑放这儿几天。"

尧志邦勾着腰没回头，倔倔地抱着电脑出去了。

"抱走！搁着那玩意儿堵心！"尧满仓愤愤地吼，"把那个牌匾也抱走，统统都给徐家抱去！"

尧志邦弯曲的身影已经消失了。二女儿闻到老爹说话时口腔里散发出大葱和酒的气味。她小声告诉老爹，那块牌匾已经被徐家人抱走了，咱家门上挂的是复制品。

"复制品？"尧满仓顿时黑了脸，恼怒地站起身，三下两下就把木制匾额拽下来，定定瞧了一会儿，然后狠狠踏上两脚。踏折之后，塞进灶膛里点燃。老人蹲在灶膛边，灶膛里的火苗子，将他扭曲的憨头面孔映红。火光沉甸甸地照耀着他的脸，老人从心底里呼唤一声："天杀的！我尧满仓也是条汉子啊！"双颊就被自己的老泪烫痛了，感觉自己这张老脸被活活撕扯下来。老人哆嗦着肩膀，发出女人一样尖细的哭声，一溜清鼻涕吊在鼻尖，老人一把揪下来，揩在了自己灰灰的裤腰处。二姐和土豆都被老爹哭愣了。

尧满仓扛着锄头下地了。一路上，老人巴望着土地爷给尧家复制一片土地出来。奖牌可以复制，土地为什么不可复制呢？过去自家有地的时候，从没有过关于土地与尊严的思考，今天他似乎明白了儿子为什么不愿给徐家打工。看见自家的土地，老人就慢慢忘记是给别人打工，脸上的肉像是伸懒腰似的舒展开来。他还像是给自家干活一样，检查几亩新翻过的地。这块地就要栽上辣椒了。上水之前，他将草根、碎石和被土埋了半截的塑料袋子挑拣出来，堆在地边，等到收工时把它背走。他蹲在地头，闻到了一股清新潮润的泥土味。许多人都上工来，看见老人提前上工，觉得他真的进入角色了，随便地跟老人开着玩笑，老人也没搭腔。他半天都没跟人说话，闭着眼睛，仿佛耳朵里塞着一把泥土。老人就是从今天开始耳鸣的，底气也不足了。

"放水喽——"皮黑肉糙的冬瓜在远处喊了一嗓子。

尧满仓好像还是没听见,当清冷的渠水顺着垄沟流淌过来时,老人似乎感到一种从没有过的焦渴,疯了似的俯身在地,敞开喉咙喝着,想把自个儿灌个死去活来。

尧志邦和徐早蝶是搭乘送辣椒秧子的拖车来到地头的。不一会儿,徐世昌也骑着木兰摩托赶来。今年的辣椒秧子是新品种,栽培要求也很特别,为这,徐家专门派尧志邦到城里的农科站学习了几天。尧志邦的聪明和内秀,马上就表现出来了。他给乡亲们讲解得井井有条,示范动作也很到位,令徐家爷俩儿十分满意。徐世昌还像往常一样吩咐尧满仓干活,上午发生的一切似乎是个游戏,游戏玩完了,日子又回到原来的模样。

徐早蝶没让尧满仓插秧,而是给他派了个轻闲的活计,让他往垄沟撒底肥。徐早蝶本来是好意,怕老人在儿子的指挥下插秧有失面子,可是,尧满仓并没有掌握好火候,把底肥撒得太狠了。这一切,早被精明的徐世昌看在眼里了,徐世昌怀疑老人有私心,因为这块地是尧家的承包田。徐世昌背着插秧的泥手,走过来,轻轻地提醒他不要浪费底肥。老人看了徐世昌一眼,心里着实不悦,还是嗯了一声。过了一会儿,尧满仓不知不觉中又撒多了,徐世昌搓着手上的泥,抢过尧满仓手里的粪筐,自己精细地撒粪。撒化肥的孙大嫂看见不由得一愣。

有一股鸟火憋在尧满仓的心里。老人看不惯温州人种地施肥的样子,小气鬼,这样几年下去,这块地非板结不可。他挺了挺胸脯,憋粗了嗓子吼道:"×蛋啊,底肥太少了,光使化肥,糟蹋土地哩!"

徐世昌边干边说:"像你那样撒肥,得多少底肥呢?我可赔不起,赔不起呢!"

"你觉得亏了,我的地更赔不起!"尧满仓顺手抓起一个柳筐,使劲往拢沟里扬着底肥。

徐世昌抢过尧满仓手中的粪筐,瞪着眼睛喊:"老尧头,你从前可不这样啊!别以为,你今天戴了红花,就是主人啦,要知道,你现在是给我徐家干活儿!"

尧满仓恼怒地一抢筐子,将徐世昌带了一个趔趄,险些栽倒在泥沟里,孙大嫂急忙把徐世昌搀住了。"你——"徐世昌气得抖抖的,几乎说不出话来,就要朝尧满仓身上扑去，尧志邦和徐早蝶慌张地跑过来，各自拉住各自的老爹。徐早蝶拉着徐世昌的胳膊，小声说："阿爸，这点事儿，值当的吗？尧大伯是好意，多施点底肥，将来辣椒收成也好哇！"

尧满仓被儿子抱住，伸着脖子喊："徐世昌，你真不如早蝶懂事理，亏你活了这把年纪！"

徐世昌没搭理尧满仓，红着眼睛对徐早蝶吼："在尧家承包地上多施底肥，到别人家，怎么办？我们赔得起吗？"

尧满仓"呸"一声，把一口痰吐过去："姓徐的，老子不当你的傀儡啦！"他攥住尧志邦的胳膊，往地头拉着："走，跟爹走！"

"爹，你消消火儿，消消火儿！"尧志邦挣脱了老爹。

尧满仓悻悻地走了，一失脚踩在水沟里，拔出脚，头也没回走出地头。到了地头，还没忘记把那些杂物捡走。

晚上收工，尧志邦回到家里，看见老爹站在院子里的牛棚前，给奶牛喂草料，还不断地跟牛说着话。老人看了儿子一眼，不说了，脸上一筹莫展。尧志邦走到老爹跟前，想说点什么，又不知怎么开口。其实，他从心里是敬佩老爹的，他不明白老爹的血性是靠什么爆发出来的？爹一直在徐家面前唯唯诺诺，今天是怎么啦？是上午的挂匾仪式，给他壮了胆儿吗？换一个角度看，老爹今天表现得很蠢，蠢得不能再蠢了。凭你尧家的处境，是没有实力跟徐家弄翻的，老爹不是很明白地教育他吗？人活低了，就得按低的来哩。回家之前，徐世昌和徐早蝶都对尧志邦表示，要来看望他老爹，要跟老人承认错误。人家徐家有什么错呢？租用你的土地，使用多少底肥是人家的权利，温州人能给你台阶下，是冲着你儿子尧志邦的面子。如今的尧志邦思想开始转变了，他对徐家的生产方式很感兴趣，徐家父女都是他佩服的人物。他要跟徐家学，将来收回土地的时候，也像徐家一样灿烂一把，再也不能端着金碗到处苦巴苦累地讨饭吃了。

吃饭的时候，沁心润肺的田园气息，涌到院落，再从门缝里流到房间里。尧志邦和二姐一起劝了劝老爹，只能是劝，才不失晚辈的分寸。他还告诉老爹，晚上徐世昌父女俩要来看他。尧满仓没吭声，大口地嚼着大葱，辣得眼睛里流出泪水来，把头深深地勾下去了。为了省电，家里只用了二十瓦的节能灯，光线有些昏暗，老爹面目不清的脸常常使尧志邦一阵心酸。一家人草草吃完饭，静静地等待徐家父女的到来。温州人的精明处处都能显现出来，在徐家人到来之前，徐世昌派崔支书赶来铺垫，崔支书劝了劝尧满仓，最后还措辞严厉地训了老人几句。

二姐看着崔支书来了，从兜里摸出三块钱，递给土豆，让他到村口的小卖部买个西瓜来。土豆拿了钱，像兔子似的蹦到街上去了。

崔支书对尧满仓的训斥，老人是不敢回嘴的，因为崔支书对尧家向来都是很照顾，连选择顶替徐家戴花的人都想到他。老人一直信服着崔支书。崔支书直到把老头说服了，才起身走了。崔支书走到门口，尧满仓忽然含着眼泪问一句："支书哇，土地政策还变不变啦？啥时第二轮承包土地？"

崔支书笑笑说："快啦，可能是明年吧。"

尧志邦问："三叔，徐家承包的土地还有六年到期，要是明年第二轮承包，我们与徐家的合同是不是作废啦？"

"咦？我还没想过。"崔支书想了一会儿，说，"我可吃不准，到时问问乡里。你们想收回土地的心情我理解，不过，可不能干出格儿的事情，啊？徐家老两口挺喜欢志邦的。"说完就走了。

尧志邦先是惊着，继而红了脸，愣愣地看着夜空。二姐却笑着喃喃："是徐家两口喜欢志邦，还是早蝶喜欢志邦？"

尧志邦瞪着二姐说："二姐，你想哪去啦？"

二姐像孩子吃奶般地笑着。说了一会儿别的话，徐世昌和徐早蝶提着西瓜进了院子。尧志邦和二姐出来迎接，却看见弟弟土豆抱着西瓜奔跑过来，扑通一声，跌了一跤，很圆的西瓜骨碌碌滚到暗处，滚到墙根儿才碎了，红红的汁液淌了一地。

满院儿都是浓浓的西瓜香味。凡是从小院门口走过的人，都能闻到西瓜的香味。

七

　　一日接一日地过着，不给人留一点缝隙。晴天一身汗、雨天一身泥地打发着无穷无尽的日子。羊马庄的人们还没弄清哪一场是秋雨，就迎来了冬日的首场大雪。其实，大秋过后，播种完冬小麦，徐早蝶就想松上一口气，抽出一些时间，想跟尧志邦一起到城里的农校进修。学到腊月，两人再神不知鬼不觉地进行一次平原徒步旅行。没有比这个旅行更让她激动的事了。她掰着手指算计着，什么时候跟尧志邦摊牌更合适呢？

　　这是需要勇气的。徐早蝶在爱情的追求上不像杨金铃。杨金铃对尧志邦的大胆进攻，引起了尧志邦的反感，这也为自己提供了足够的教训。她很聪明，没有足够的把握，没有温馨的环境，绝不能把那个字轻易说出口来。在尧志邦给徐家打工满两个月之际，她终于说出了那个字，用一个温州女孩的特有魅力挽留了他。

　　尽管阿爸与尧满仓有过那一次不愉快，但这并没能影响尧志邦的情绪。她凭借姑娘的敏感，感觉他对徐家是有信心的，不然，他怎么会熬过无数不眠之夜，给徐家明年的种植格局设计方案呢？他在徐家锻炼自己，看来他在土地上是有想法的。对尧志邦改造农田的意见，徐世昌是持否定态度的。因为这样会花掉很多的钱。徐家刚刚投资了米面加工厂，儿子在城里给贷了一点款。徐家不能在羊马庄陷得太深，不然就很被动。因为徐世昌已经从崔支书嘴里听到第二轮土地承包的消息。尧志邦被兜头泼了一盆冷水，热情受到打击。这样可能造成尧志邦与阿爸之间的矛盾，虽说，尧志邦没公开说什么，可徐早蝶心里担忧，尧志邦开始考虑离开徐家。其实，在大秋收之际，尧志邦就动过离开徐家的念头，他怕早蝶受累，才迟迟不肯走的。

　　徐早蝶心里十分清楚，尧志邦等待着跟她到城里的农校进修。她在没跟他说明之前，必须要说通阿爸，不能再犹豫了。

　　冬雪使农家的日子缺颜少色的，风将雪地上的鸡毛和草屑吹得团团打转。

徐世昌勾着腰清扫院里的雪，徐早蝶故意把厢房里的香灰倒出来。

"阿爸，听说尧家二姐要结婚啦！"徐早蝶向老人传递着信息，"我们给人家随什么礼啊？"

"羊马庄的老规矩呗，送上几百块钱。"徐世昌继续埋头扫着雪。花婆鸡悠闲地踩雪撒尿，沾了尿腥的雪粒儿在徐世昌的笤帚下面蹦跳着。

"嗯。"徐早蝶答应着，倒完香灰，站在雪地里不动，"阿爸，我跟你商量个事儿。"

"嗯，我听着哩。"

"冬闲了，我想跟志邦到城里进修。"

"不行啊！"

"为什么？你答应的！"

"此一时彼一时。"

"阿爸，我非要去！"

徐早蝶第一次用这样硬的口气跟阿爸说话。徐世昌一直默默地扫雪，头都没抬，只有此时，他惊异地看了女儿一眼，没吭声，垂头继续用笤帚狠狠地刮着雪地。徐早蝶看见阿爸威严的眼神，心沉下去就没个底儿了。徐世昌见女儿不走，就抬头说："你先回屋去，等我扫完院子，再跟你谈。"

徐早蝶没有走，抄起一把平板锹，往院外铲着雪。

"傻孩子，你能看几成？我们会占着尧家的地，尧家人都是靠不住的。"徐世昌缓缓说道。他不让徐早蝶跟尧志邦去城里学习，并不是舍不得花那点学费，而是怕他跟尧志邦相爱。徐早蝶从阿妈的嘴里得知，阿爸是反对她跟尧志邦在一起的，即使明年尧志邦不主动辞职，徐世昌也会赶他走的。在麦收季节，尧志邦刚刚来到徐家，徐世昌很喜欢这个聪明的小伙子，与老伴儿谈话的时候，真动过把徐早蝶嫁给他的念头。就是从尧满仓大闹辣椒地开始，徐世昌对尧家就提防了。表面对尧志邦还很热情，可心里那股劲儿怎么也上不来了。还有另外一层原因，就是尧家的家境。尧家二姐就要结婚了，尧满仓和那个傻土豆，是需要女人来照料的。如果把尧志邦当女婿招过来，尧志邦未必愿意，就是他乐意，尧满仓和傻土豆谁来照应？精明透顶的徐世昌怎能眼睁睁看着心爱的女儿往那个虎口里钻呢？

阿爸首次跟她亮明自己对尧志邦的态度。徐早蝶听了双腿一软，没筋没骨了一样，无论如何也撑不住自己的身子了。她用铁锹支撑住身子，脸颊被风雪冻痛了。

徐世昌没看女儿的表情，默默地扫雪，像是自语："男大当婚女大当嫁，过年就是二十五岁了，该有个婆家了。阿爸对你的婚事自有安排！"徐早蝶没理睬阿爸，捂着脸颊悄悄回去了。徐世昌还在说着，他知道女儿为了这个家业，吃尽了苦头，她该有个幸福的家哩。徐世昌问过儿子徐早生了，他与艾香姑娘结婚后，在城里安家，不会回羊马庄来种地的。想来想去，为了徐家的家业，徐世昌最为理想的就是招进一个好女婿。村里的男青年，在老人的头脑里过了一遍筛子，没有一个合适的。一个偶然的念头，照亮了徐世昌昏花的眼睛——崔支书的儿子崔振广。听说这个孩子年前就复员回乡了，还听说他那个上海恋人跟他吹了。天赐良机，这个孩子比较合适。崔支书有三个儿子，振广是老二，招过来是最好不过了。抱住崔支书这棵大树，徐家从此就可以把户口迁过来，在羊马庄安营扎寨了。徐世昌暗暗跟崔支书合计，崔支书说他也正想找他商量这桩婚事呢。崔支书说他喜欢早蝶这个孩子。能干而漂亮的姑娘谁不喜欢呢？

正房屋里，徐早蝶烤着土暖气，冻木了的嘴唇缓了过来。徐世昌把自己的想法讲给女儿之后，徐早蝶感到父母养活了她，根本不理解她。她再也压抑不住自己的情绪："我死也不会嫁给崔振广！有他这样的吗？回了海南岛碰上别的女人就没个信儿啦。我徐早蝶没那么贱！"

徐世昌和老伴儿默默地听着，早蝶的愤怒早在预料之中。他们不搭腔，儿女大了父母难当。

火发过之后，徐早蝶的语气就和婉些了："即便是我嫁给姓崔的，也要留住尧志邦。他跟他阿爸不一样。对待志邦的问题上，阿爸是不对的。我看了，他为咱家设计的种植规划，很有见地。还有，我请求阿爸答应我们到城里学习的事。如今种田，要用科技，难道都是在嘴上说说吗？别瞧不起羊马庄的人，羊马庄的人不都是傻子哩。阿爸，你的观念不改，徐家迟早要败的！"

女儿第一回这样跟徐世昌说话。他不喜欢这样的上下辈谈话方式，他一直吸着烟，烟屁股接了好几根了。他不跟女儿大吵大闹，而且耐心地说服："你要幸福，还要守住咱徐家的家业！懂吗？我们徐家在羊马庄靠谁？你自己能掂得出轻重！"说得徐早蝶完全丧失了还击能力。"我不听，我不听！"徐早蝶捂住耳朵跑回自己房间。

徐世昌和老婆坐着不动，愣愣地望着她的背影。

徐早蝶躺在房间里，偎着被窝不起床。阿妈几次喊她吃饭，她也不开门。

好像是停电了。厢房里的电暖气冰凉。徐早蝶又抓过一个被子盖上，翻身，叹息，叹息再翻身。忽然看见阿爸房间里的灯光，才知道门被风吹开了，她就在开门的一瞬间害怕了。她望着镜子里自己苍白的脸颊，眼角蓄满泪水。平原的四季变幻，春天后面还有春天，可人只有一个春天，人只朝着一个方向变，变老变丑，末了变成鬼魂。她不能就这么完了，什么徐家的事业，什么徐家的兴旺，一瞬间都退居次要位置了。这恐怕是她一生里最不冷静的时刻。徐早蝶想尽快找到尧志邦，跟他商量对策，然后再求求崔支书。她不爱崔振广，必须让他知道，她爱的是尧志邦，同时求他当她与尧志邦的媒人。这样做很冒险，如果崔支书心术正，就会柳暗花明，尧家那关也就过了。如果崔支书心胸狭窄，往后徐家可能就得滚出羊马庄了。险就险吧，徐早蝶没有别的路可走了。

走进崔支书家里，崔支书正在洗脚，徐早蝶怯怯地坐在沙发上，等待崔支书把脚洗完。崔支书每天洗过脚，还要把脚放在电动器上按摩。他对徐早蝶很热情，早蝶每次来他家，他都很高兴，况且她就快成为自己的儿媳妇了。支书媳妇笑着给徐早蝶端来一杯热茶。

崔支书发现徐早蝶的眼皮微红，嘴唇微肿，鼻翼被凉风冻红了，无比柔润的长发散乱地缠在浑圆的肩上。崔支书关心地问："早蝶，冷吧？快喝点茶水，暖暖身子！"

徐早蝶轻轻摇头说："阿叔，我不冷。今天我有事儿求您给帮忙。"

"跟你叔还客气个啥？"崔支书用毛巾擦着脚，"只要我能帮你的，那还有问题吗？"

徐早蝶装成对崔振广复原的事一概不知，试探说："阿叔，说来不怕您笑话，我想求您给我保个媒。"

"保媒?"崔支书惊异地看着她,"你是不是看中志邦啦?"

徐早蝶笑了:"阿叔好眼力。"

"给你保媒是没说的。"崔支书的牙花子嘬得山响,"我也曾想过,把你和志邦捏合在一起儿。可尧家的家境,你不是不知道。再说,你阿爸也不会答应的!"

徐早蝶说:"我喜欢的是人,不管家境!"

崔支书问:"这是你的意思,还是你阿爸的意思?"

"婚姻大事,我本人还不能做主吗?"

"噢,好啦,我明白啦!"崔支书爽快地笑着,"既然你求到我崔洪生的头上,我一定好好跟尧家谈谈。"

"我相信阿叔,才来找您的。"

"明天我给你回话,啊?"

"谢阿叔啦!"徐早蝶告辞了。

崔支书没有起身送她,靠在沙发上,眯着眼睛想事情。

走到村巷里,地是白的,天空也是奶白色的。徐早蝶淡红色的羽绒服在村街上十分显眼。村街上重复着往日一样的脚步声。人们脸上挂着劳累一年的疲倦和安宁。有一种恹恹欲睡的冷寂。淡淡的烟气从徐早蝶身边化进无边无际的天空中去了。谁家的婴儿忽然奶声奶气地哭了起来,婴儿的哭声又扯起了她无尽的愁绪。她想象着,将来与尧志邦成了家,也会有一个婴儿出世吗?想到美好的事情,她的额头冒汗了,心也咚咚地跳着。

走进尧家的院里,徐早蝶听到树上一声声清脆的鸟鸣。她没有犹豫,径直走到尧志邦居住的房间。可是尧志邦不在,尧满仓老人正在用高粱秆扎笤帚。老人有人缘,干活时还招来一些烟友,围着火盆子烤手,屋里烟气腾腾。徐早蝶看见老人枯瘦的手背被烟熏黄了,嘴唇也变成了猪肝色。老人告诉她,尧志邦跟着他的二姐到城里买衣料去了,他二姐就要结婚了。老人脸上很平静,温暖而慈祥地笑着。这个尧大伯很容易满足,秋后,徐早蝶给他家兑现承包款的时候,老人掂着全家五十亩地的承包款,说二姑娘结婚的陪嫁品不愁了。徐早蝶坐下跟老人说了说话。人老先从腿上老,她看见老人的右小腿露在外面,那里有伤,像冻裂的树皮一样,流血的地方已经有了痂,浓血还是从裂开的痂缝里往外慢慢渗着。徐早蝶蹲在老人的腿旁,心疼地说:"大伯,怎么不上点药啊?"尧满仓心里热乎乎的,满不在乎地说:"冻伤,抹把草灰就会好的!"徐早蝶说:"不行,会感染的,下午我给您拿点药来!"说完就要走。尧满仓把她喊住,让她给家里拿几把笤帚去。徐早蝶不拿,尧满仓就站起来硬将一捆笤帚塞进她的怀里。

徐早蝶抱着笤帚落落大方地回了家,又偷偷溜出家门。她在村口的那棵老槐树前站了一会儿,看看尧志邦是不是回来了。她看见树干上长了树斑,朦胧的黑色树斑就像尧志邦细长的眼睛,清晰如目。出太阳了,冬天的太阳既冷清又干净,把封冻的原野照得干干净净,这时,一眼就能望出几里远。

入冬以后,徐早蝶就与他分开了,闲暇的时光里,徐早蝶常常想念尧志邦,不知尧志邦会想她吗?凭借徐早蝶的感觉,尧志邦是爱她的,不然她绝不会上赶着求崔支书。不是吗,此时的尧志邦,在城里的华联商店里,请二姐当参谋,左挑右选,给徐早蝶买了一件洁白的丝绸纱巾。他向二姐袒露了自己埋藏了很久的秘密,是想让二姐放心这个家。

其实,尧志邦已经进入恋爱阶段了。大秋的时候,他偷偷与徐早蝶恋爱了。这种甜蜜,是二姐所体验不到的。是爱情重新唤起了他对土地的深厚情感。从早蝶姑娘身上,他找到了纯朴美丽的东西。是她让他不再害怕劳动,是她让他对土地有了信心。白天是劳苦的,但他有每一个愉快的夜晚。那天。徐世昌派他和徐早蝶夜里到田里运谷草,早蝶趴在谷垛上,脑袋几乎抵住他的后颈,谷草的芳香,跟早蝶的身体一样,使他迷醉。他递给徐早蝶一截青青的玉米秆,说比你们南方的甘蔗还要甜,她嚼起来,一股新鲜的汁液簌簌地流进她的嘴里。她让他闭眼,轻轻将嘴唇对准他的嘴巴,满口甜汁,吱溜一声,送进他的嘴里。他把甜液吞咽进肚里,就一把搂住了她的脖子,喃喃地说:"你是我的,土地是我的!"他从脖子抚摸至她细长的双腿。他早就恋上这双腿了。徐早蝶的黑发一下子就散开了:"娶了我吧!"尧志邦摇头说:"我福浅,怕架不住啊!"徐早蝶骂着:"你少来这套!我算看透了你,有刀净往死猪上砍!"尧志邦被逗笑了,在他看来,婚姻前景依旧像平原的雾气一样模糊。然后就换了个话题,徐早蝶向他流露出自己对平原的向往和理解。

这个时候，徐早蝶让尧志邦发誓，无论遇到什么挫折，他都要陪她徒步穿越大平原。尧志邦就起誓：只要我尧志邦还有一口气，陪伴你走遍大平原的每一个地方！

徐家小姐跟尧志邦好上了，全金马庄的人都传开了。唯有徐世昌不动声色，尧志邦看出他在犹豫。徐早蝶不管别人怎么看，她竟敢在村路上拉着他的手，钻进玉米地里，相互亲一下，甜蜜地相视一笑。走累了，他们就躺在干净的草滩上，用拥抱来驱散劳动的疲乏，早蝶伸出嫩葱一样的小手，给他掐头做按摩。她按摩得真好，浑身的穴位找得很准，他心里就像虫咬了似的，哆嗦了一下，问她是不是做过按摩女郎？徐早蝶嗔怨地瞪着他说："我的温州同学，在城里做按摩女郎！是她教我的，我常常给阿爸按摩。"他长出一口气："吓我一跳！"她生气了，就罚他给她唱歌。他就用带点野味的嗓音，唱了两声平原上流传的歌谣：月亮月亮跟我走，走到河边去洗手！

尧志邦把徐早蝶抱到河边洗手。她的身子轻得像一捆秫秸。她望着淙淙流淌的小河水，不仅洗了手，还洗了脸，洗了头发。她坐在芦苇秆上，手里举着那个小镜子，往脸上抹了一层润肤霜，然后把头发整理得整整齐齐。他陪伴着她坐在阳光里把黑黑的头发晒干。

一朵云飘过去，又一朵云跟过来。从村口望过去，徐早蝶看见村外灌木林里柳树枝条上的雪挂，像银白色的吊灯，闪闪烁烁的一大片。志邦怎么还不回来呢？她裹紧了红红的围巾，朝树挂的方向走去。被浓雾包裹着，那红色就显得有几分温柔了。

八

过了大年，到了破五儿那天，二姐领着姐夫回到羊马庄给尧满仓拜年来了。婆家是四王庄的，离羊马庄只有八里地。年前结婚年后拜年，迎接新姑爷，小两口进院的时候，土豆在院中间儿放了两颗响炮。满院是火药崩出的浓烟，满地是碎红的纸屑。随后，土豆抱着二姐的胳膊，歪着脑袋问那头奶牛过年好吗？

问得二姐眼泪汪汪："好，好哩！"

尧满仓让尧志邦把崔支书请来陪新姑爷喝酒。本来尧满仓还想把徐世昌请一请，听儿子说徐家几口人都回温州过年去了，过了正月十五才回羊马庄。每年徐家都在羊马庄过年，今年是二〇〇〇年，回温州过有新的意义。大年初一的早上，尧志邦怕放鞭炮的烟火点燃徐家的柴垛，就到徐家院落里看了看，然后到村委会给徐早蝶全家电话拜年，心里盼着她早点回来。二姐很想徐早蝶了，就嘟嚷说，他们过了十五来不来也说不定哩！尧志邦说他们肯定来，说早蝶很想看二姐扭秧歌。二姐这才想起来，在她的婚礼上，崔支书与四王庄的马支书约定，正月十五两村联合扭秧歌。那阵势比徐家麦收拦车注定要热闹吧！

二姐在厨房做菜，挪脚时都有点秧歌步。崔支书到来之前，尧志邦来到厨房给二姐烧火。二姐从婆家提来一挂羊杂碎，煮着，一股浓浓的膻腥气直打鼻子。他看着二姐的脸，隐隐约约有岁月的痕迹，往日的鲜艳早已被婚姻吃掉了。二姐最为关心的就是：志邦跟徐早蝶的关系发展到哪一步了？婚姻大事，尧志邦就二姐这么一个知心人。他很悲观地对二姐说："徐世昌反对，老家伙一天到晚牛哄哄的，想把早蝶嫁给崔支书家的老二，早蝶不愿意，就这么拖下来啦！"二姐心里替弟弟着急，嘴上还要劝他别急，说有情人终成眷属。尧志邦苦笑着说："我才不信这句鬼话呢，那是小说上写的。姐，不是想着老爹和弟弟，我就带着早蝶远走高飞。"锅里滚烫的水烫了一下二姐的手，二姐摇头说："志邦，这招儿万万使不得呀！崔支书对咱家不薄，徐家跟咱又是那么个关系，可别开刀不使麻药硬来！"

尧志邦的心塌了，塌出一个黑不见底的坑。他有一种不祥的预感，自己与徐早蝶的初恋，怕是只能留着回忆享用了，一股苦涩的味道翻上了心头。

崔支书的到来，又使尧志邦的打击加重了一层。崔支书不仅是来喝酒的，他还是给尧志邦来保媒的。自从徐早蝶找过崔支书，求他给尧志邦保媒，觉出温州姑娘的厉害。早蝶不能是别人家的儿媳，理应是他崔家的人。不是一家人不入一家门，这个丫头的脾气跟他多么相像？得给志邦找个对象了，过去没有提上日程的事情，到了非解决不可的时候了。徐早蝶嫩啊，她不知道崔支书的深浅，她只看见崔支书和善的一面，大大咧咧的一面，其实，他是一个阴谋家。

不耍手腕，他能在羊马庄当上二十年的支书吗？他在送徐世昌一家回温州过年之际，就给徐早蝶回话了："早蝶，振广就要回来啦！"徐早蝶一听，心就凉了。酒过三巡的时候，崔支书把这个问题端出来了，他给尧志邦提亲的姑娘就是杨金铃。

"三叔，这怎么能行呢？"尧志邦脑子轰地一响，精神到了崩溃的边缘，端酒的手不停地颤抖。过去，除了生活的负累，还有一些熬盼，这下完了。看着他不高兴，崔支书沉了脸说："金铃那闺女，论脾气秉性，论人头儿，哪点配不上你？难道三叔亏了你吗？"

"这是哪儿的话？崔支书，孩子是乐的！"尧满仓满意地说。老人喜欢金铃姑娘，土豆在九岁那年，失脚掉进河里，被挑菜的金铃姑娘看见，她跳进水里把土豆救了上来。

二姐夫笑着说："崔支书真是好官啊，连志邦的婚姻您都操心。"

二姐没说话，她在桌下踢了丈夫两脚。弟弟和早蝶的整个过程就像她预见的一样，不会成功的。她只是替弟弟难过，眼睛含了泪。

崔支书看了尧家二姑娘一眼，叹了一声。

尧满仓看出什么来，忙让二姑娘两口子给崔支书敬酒，才把气氛重新鼓动起来。尧志邦看见二姐跟他使眼色，就强挺着装成笑脸，给崔支书敬酒："三叔，不管怎样，三叔是为我好！晚辈敬您啦！"

崔支书喝了酒，眼皮嘣嘣跳了几下，有了笑模样："志邦啊，当初你给徐家打工，也是我推荐的。你跟徐家姑娘好上了，三叔打心眼里高兴。可你得务实啊，早蝶是个好姑娘，可她是小姐身子，她那细胳膊细腿的，能挑起你家的担子吗？一时心血来潮，到时候，后悔都不知往哪哭！"他微笑着，露出一口漂亮的假牙："啥叫爱，啥叫不爱？我看啊，男人女人卷到一个被筒子里，睡了觉，生了孩子就算爱啦！"

尧志邦的心像被什么东西猛刺了一下，没有表情。

"是啊，是啊！"尧满仓点点头。

看着二姐和尧志邦反应冷淡，崔支书就转了话题。他满嘴泛着油光说："志邦啊，全国第二轮土地承包，去年冬天就开始了，我们乡动得晚，过了正月十五，咱们羊马庄就分地啦！所以呢，我劝你赶紧跟金铃登记结婚，也好把你二姐那份地补回来。"

"崔支书说得在理啊！"尧满仓说。

尧志邦问："我关心的是，重新分地以后，我家的土地能不能从姓徐的手里拿回来？"

尧满仓咳了声说："是啊，看人家脸色的日子，真不好受哇！"

"不好受，也得受！"崔支书喝着羊杂碎汤。二姐把作料放得挺足，热腾腾的汤面上浮着一层辣椒油。喝得他满头冒汗："我给你们问过乡里啦，乡长说原先对外承包合同不变！先熬着吧，屎干了就不臭了，雾散天就晴啦！"

尧满仓说："还有七年呢，咋熬哇？过去农民起义都有句口号，叫耕者有其田。我们再没田，可就反啦！"

"呵，几天不见，你老尧头又长本事啦？上回我咋劝你来着？"崔支书瞪着眼说。

没人吭气了。尧志邦心里骂着：尧家就他×的没点欢心事？他想这事还不算完。崔支书叹说："只有老婆和土地才能拴住庄稼人的心啊！你们的地，我挂在心上呢。"

吃完饭之后，崔支书让二姐给他端来一缸子温水，漱漱口。崔支书仰着脖子哈喽着水，猛一低头，将脏水吐到二姐手端的泔水盆里。哗啦一响，他把那口假牙也吐出来了。崔支书慌张地摇头说："坏啦，我的牙掉啦！"

尧志邦心里高兴，表面装得焦急："三叔，我给您再配上一副假牙吧？"

崔支书张着露风跑气的大嘴说："我这是从上海配来的，从咬牙印儿到拿牙，还得等上三个月呢！明天我到城里开'三干'会，还要发言呢！"

"那可咋办哩？"二姐更急了。

崔支书忍了忍说："洗洗吧，洗洗吧。"

几天以后，当崔支书和村支委们带领村民重新分地时，尧志邦看见崔支书张嘴喊话，露出来的是那副掉进泔水盆里的假牙。分地没有给尧家等十几户农民带来欢乐，地块没有动，还是由徐家承包着。尧志邦还从村委会找来报纸读，他只是明白了，又一个三十年不变。徐世昌带着全家人，从温州回来不久，就准备着春耕，给冬小麦浇第一茬水。徐世昌让徐早蝶把自己从温州带来的一些土特产，分别送给打工的人家。当然，也少不了尧家的。

徐早蝶挨户走到尧志邦家里的时候，想跟尧志邦谈谈，她觉得崔支书跟她撒谎，志邦哥不是那种见异思迁的人，一旦爱了，就会以命相许。她恰恰估算错了。她挑开门帘的时候，正巧看见杨金铃趴在他的肩上哭泣。"早蝶？"尧志邦一把推开杨金铃，向外追了两步。徐早蝶美丽的背影一晃就消失了，他突然间感到事态的严重性了。徐早蝶有一肚子的委屈，她这个年是怎么过的？她每时每刻都思念着尧志邦，可他却在这短短的一个月里，接纳了杨金铃。正应了阿爸的分析，尧家人是靠不住的！徐早蝶回到自己的房间里，坐在电脑前，把装有"尧志邦"名字的屏幕保护删掉了。屏幕里有她虚拟的幸福。眼下都没用了！她披散着头发，面孔红得像是喝了过量的酒，眼泪唰唰地流下来。

刚刚吃过午饭，尧志邦来找徐早蝶解释，徐早蝶把自己关在屋里不见他。她的火气很大，她隔着窗子，把喝剩的茶根儿泼在他的脸上、肩上，弄湿了一大片衣裳。淡蓝色的墨竹窗帘也给泼湿了。他站在窗帘后面注视着她："早蝶，你听我说！"徐早蝶激动起来，尖声叫着："我最恨的就是你这种人！我们徐家也不稀罕你这种人，滚，滚！"

尧志邦灰心丧气地去见徐世昌，感觉徐家的整个气氛很不对头。老头对他不热情，甚至不拿正眼看他。唯有徐家老女人跟他说了几句话。自从去年秋后，尧志邦对徐世昌就有了成见，感觉徐家并不是他施展理想的地方。徐世昌发财的胆量大大超过了羊马庄的庄稼人，俨然一副产业农民的派头，但在现代农业的投资热情上，却是极为胆小、鼠目寸光、只顾眼前利益的老式庄稼人，比他的老爹强不了多少。

尧志邦决定立刻离开徐家，不能再留恋了。

尧志邦正转身要走，与复员回家的崔振广撞着了。崔振广瘦黑，很结实。他回乡之后，仰仗着老爹的势力，往啤酒厂跑了几趟，扬言要承包啤酒厂，扬言要娶徐早蝶为妻。崔振广见到尧志邦很亲热，他们毕竟是小时候的朋友。崔振广请尧志邦重新回到啤酒厂。尧志邦婉言拒绝了。当年老爹转包土地奔了啤酒厂，就让崔支书给骗了，弄得像个天不收地不留的野魂。今天崔家的后人又来欺骗他，恐怕没那么容易吧！他与崔振广没说上几句话，厢房里的徐早蝶就尖着嗓子喊崔振广过去给她捶背。崔振广跟尧志邦摆了摆手，喜滋滋地颠过去了。尧志邦知道徐早蝶没有捶背的习惯，她无非是想气气他。女人就是这样，猫一阵儿狗一阵儿的。他痛苦地朝那个窗子望了一眼，失常的眼神散落在空气里，惴惴地走出来了。

尧志邦径直去了村口的小酒店，要了一瓶酒，一盘花生米，独自闷闷地喝起来。喝酒的时候，闭上眼睛把酒瓶子晃一晃，天就黑了。掌灯回到家里，尧志邦看见老爹招来一屋子人，孙三老汉、杨金铃、孙大嫂、冬瓜、立伟、张东望都在，他们都是给徐家打工的农民。弄得他都没处站没处坐的。这些人见了尧志邦忽然一下子都不说话了，跟他打个招呼就散场了。只有老爹和杨金铃留了下来处理他的醉态。

尧志邦觉得有点怪，红着脸问老爹出了什么事？老爹摆手说是种地的事，让他别掺和别打听。老爹走后，尧志邦开始审问杨金铃，她的话像是挤牙膏似的，一点点说出来。这些被徐家占地的农户，明天春耕的时候，要抢种自家的土地！还商量出一些收拾徐世昌的损招儿。比如在地头挖坑，灌上屎尿。将徐世昌和那个"洗面奶"漏进去。尧志邦气愤地吼："这不是荒唐吗？徐家承包咱的土地是有合同的！人家告上法庭，咱们吃不了兜着走！"杨金铃生气地说："你别胳膊肘往外扭啊？'洗面奶'跟崔振广好上啦，你还替他们说话？"尧志邦喷着酒气说："闭嘴，我是替你们考虑。徐家人跟我有什么关系？"杨金铃眼睛亮着，亮得像两盏灯："这还像句人话！你知道刚才人们为啥躲你吗？是怕你当叛徒！走漏风声，我可跟你没完！"尧志邦怪怪地看着杨金铃，忽然觉得她的傻气傻得可爱。

"为啥这么看我？"杨金铃瞪着勾人的大眼睛说，还用舌头舔了一下厚厚的嘴唇。尧志邦没有说话，而是一点点走近她，闻到她身上有一股面粉的气味。为了他，她在徐家的米面加工厂干得很踏实。他眼睛忽地湿了，用自己的身体把她的身体挤到墙角，一把搂紧她粗一点的腰，将他冰凉的脸颊贴近她火热的脸蛋儿上，胡楂子在她丰满的脸上刮来刮去。杨金铃的脸总像是擦了粉似的，有一层白霜。她仰着头，幸福地闭上眼睛，上唇微翘着。她没戴乳罩，上身那两个地方比戴乳罩还要挺。他的胸脯被顶软了，用低低的只有他一个人能听见的声音说："金铃，我想睡你！"

"还是有文化的人呢，说话这么糙！"杨金铃的脸烧了，拽着他来到大炕上，脸上是受宠若惊的表情。尧志邦挣脱开她的手，跳到地上把门插上了，等他转过身来的时候，杨金铃已经脱个精光。他毫不犹豫地爬上炕来，用大掌将她的身子翻过去，狠狠抱住她白而圆的屁股。

"滚吧，'洗面奶'！"尧志邦吼着，"我们羊马庄的姑娘，不用洗面奶，脸蛋儿是脸蛋儿，屁股是屁股，白啊，嫩啊！生出的娃崽儿俊着哩！"然后就泪流满面了，他的眼前显现了秋天的平原。

土地回归的日子来了，尧志邦和乡亲们像国家迎接香港、澳门回归那样，举行了一个火爆的升旗仪式。乡村的旗不是红色的，是绿色的，平原是用惹眼的绿色装扮起来的。玉米有一人高了，每一株都怀了一颗可爱的小棒棒，绿棒的顶端，吐出了紫色的缨丝。那块像大刀的坨地上，棉花、大豆、辣椒、葵花和土豆都开着小花。

第二天早上，街上静着，鸡鸭猪牛都没出棚。尧志邦独自去了徐家，徐早蝶还没起床，他只是隔着门缝，塞进去一张纸条。然后就带着杨金铃走出了羊马庄，他们这次真的进城打工了。他跟老爹说，家里先忍一忍，他和金铃到城里挣点结婚的钱，也买台电脑，回来就踏实等着种地了。尧满仓站在村口，老泪纵横地目送着他们。小四轮车颠簸在平原的小路上，尧志邦回头看不见老爹了，却还能看见徐家小院的那棵槐树，能看见回春的田野，能看见早蝶洗手的小河。他和早蝶在那里笑过，抱过，亲过。别了，那样的日子不会有了！

他痛苦地闭上了眼睛，偷偷抹了一把眼窝。

九

春天来了,接着又是夏天。

麦收前夕,夏天总有秋天的感觉。天气由暖和转热了。阳光出奇地耀眼,村里还是寻常的景象。初一的早上,徐早蝶却感觉睡冷了,身体越来越冷,把冬天盖的东西都压上了,还是没觉出暖和来,索性爬起来尽早到田里干活。刷牙的时候,看见阿妈跪在菩萨像前烧了香,阿妈乞求观音菩萨保佑徐家五谷丰登,保佑阿爸的病早早好起来。徐世昌从春耕到麦收一直病恹恹的,肺气肿,引发呼吸道衰竭,走一步喘一声。

徐早蝶陪着阿妈烧过香以后,就重重地打了一个喷嚏,感冒了,她没吃饭就骑着木兰摩托,到乡医院买药,顺便给阿爸抓第六服草药。行驶到去年扭秧歌的那条路段上,徐早蝶停了一下,看见自家经营的无边无际黄熟的麦子。今年不用扭秧歌了,收割机是崔振广提前定好的。对于崔振广,谈不上什么感情,他只是徐家鞍前马后的一个男人罢了。此时,她眼里却晃动着羊马庄姑娘媳妇们扭秧歌的欢乐情景。

"哦,哦,哦!"土豆赶着几只白羊从田埂上走过来。

看见尧家的人,徐早蝶就不再想秧歌,尧志邦的影子一下跳到眼前来了。人的情感是最不能通融的东西,女人偏偏为它而活。人能记忆也能遗忘,可她对尧志邦是忘不掉的。开春时,尧志邦和杨金铃进城的那个早上,一睁眼就看见了他的纸条,他向她泄露了几家农户抢种的秘密,还叮嘱她和阿爸小心点。也许正是他的纸条,使她尽早找到崔支书,使徐家掌握了主动权,瓦解了那个民间阴谋,还在地头翻出几个农民们事先挖好的陷阱。恨到啥时才到头呢?她从心里感激他,慢慢地,对他的处境和行动就理解了,她迎着土豆喊了一句:"土豆,你过来!"

土豆咧咧嘴,看了她一眼,哦哦着走下田埂。

"土豆,姐姐给你买吃的!"徐早蝶从兜里摸出一张十元钱,在土豆眼前晃了晃，微微笑着。

土豆小眼睛亮了一下："姐——"

徐早蝶把钱塞进土豆兜里，问："土豆，你哥哥什么时候回来？"

"我哥，他，农历六月六回来。"

"回来干什么？"

"跟金铃姐，睡觉！"

徐早蝶的心被什么东西猛刺了一下，呆呆地愣了一会儿，拍拍土豆的光头，扭回身扶住摩托。土豆偷偷溜到她的背后，像鬼魂似的突然跳出来，望着她的脸问："姐，你为啥不跟哥哥，睡觉？"

徐早蝶吓了一跳，尴尬地笑笑："土豆，你不懂，快走吧！"

土豆赶着羊，蹦蹦跳跳地走了。

徐早蝶望着无忧无虑的土豆，很沉地叹了口气，她回到家里，阿爸不在家，阿妈躲到灶间熬药去了，屋里只留下徐早蝶一个人。她坐在镜子面前，拿出洗面奶擦着脸，心神不定，精神有些恍惚。跟去年的这个时候相比，她瘦了一圈，心情也不好，有时整夜睡不着觉。思念就张开了网，他到了城里干什么呢？什么时候回来呢？他心里还惦念着我吗？有一次，她竟然动过这样的念头，把徐家承包尧家的土地让给他十几亩，这样就能天天看见他了。她跟阿爸吐露真情的时候，徐世昌狠狠地瞪了女儿一眼，说你怎么就没记性呢？你怎么这么糊涂呢？那几户都瞪着狼眼盯着你哩！徐早蝶不说话了，她只觉得自己在这个家庭里，是个可怜的角色，过着一种不正常的青春生活。有时她几天一言不发，依旧平静地干活、做饭、洗衣、铺床，然后躲在电脑旁孤独地流泪，泪流也不去擦，随它一直沿着苍白的脸颊爬到嘴角，品尝着它涩涩的滋味。

"怎么搞的？天要塌啦！"徐世昌边往院里走，边嚷嚷着。咳嗽成一团的时候，就颤颤地扶住门框。手里的报纸也滑落到地上了。徐早蝶跑出来捡起报纸，扶着阿爸进屋坐下，给他捶捶背，沏上一杯龙井茶。老人呼吸顺畅了一些了，徐早蝶关切地问："阿爸，什么事儿这样大惊小怪的？"

徐世昌抖着报纸："你看看吧，国家要入关了。加入世界贸易组织，粮价就会一跌再跌。眼下我们的小麦和大米，六七毛钱，价够低的吧？那还比欧美要高一半呢！这地还怎么种？"

"这个我知道，网上早有显示啦！"徐早蝶说。

徐世昌喝了一口水，叹息着："我以为那是瞎嚷嚷。眼瞅着真入关啦，我们不能不做长远打算啦！"

"人得吃饭。咱农民，怎么打算，也得种地哩！"

"不能再种粮食啦！"

"那种什吗？"

"种菜，养花，栽草！"

"别忘啦！眼下是市场经济！"自从徐家来到羊马庄，徐早蝶头一回看见阿爸这样沉不住气，她劝解说："都像您这么想，中国人都不种粮了，人家国外很快提价，卡你的脖子！傻了吧？"

"那可怎么办？"徐世昌叹息。

"我们就不能赚老外的钱？"徐早蝶看着阿爸。

阿妈把熬好的药端上来了。徐世昌强迫自己把难咽的草药水喝下去，咳了咳说："快拉倒吧！别说大话！我刚从村委会来，好多人围着崔支书闹腾，都慌了，崔支书又让振广抓紧把啤酒厂鼓捣起来！"

"阿爸，你的意思是，咱到啤酒厂，把土地让给尧大伯他们！"徐早蝶故意呛着说。

徐世昌横了她一眼："谁说的？你是不是又惦记着志邦啦？"

电话响了，徐早蝶到自己房间接电话去了。

"唉，这算啥？落个人不人鬼不鬼的！"徐世昌喝了药，依然感觉浑身无力，就斜靠着被垛继续看报纸。照进来的阳光很暖和，暖和得使人困倦。其实，在去年冬天，中美达成入关协议的时刻，徐世昌就天天看电视密切关注进程，思考着徐家未来的出路。一遍一遍地计算着账目收支上的事。他想，难道应该退出一些土地，还是顺坡下驴都让出去？

春耕抢种土地事件以后，徐世昌就患了病了，尽管有崔支书给撑着，那十几户农民还是耍起"坐地炮"的本事，罢工，静坐，吵骂。村委会来人劝说，三说两说竟然说僵了，冬瓜和杨金铃的哥哥，还动手打了崔支书，混乱之中，徐世昌的右胳膊，不知被谁的扁担刮伤了。他被惊得一个哆嗦，望着那一个个黑洞洞的陷阱害怕了：羊马庄人黑哩，他们看着徐家发财眼红了，想黑他一把哩！尧满仓就坐在人群里，没打没闹，没说一句话，鼻子肿得像一根老式烟斗。让他稍稍感到欣慰的是，尧志邦偷偷给早蝶报了信，使徐家有了准备。冲着尧志邦的面子，徐世昌仍然把尧满仓留下，继续给老人一碗饭吃，他毕竟替徐家戴过红花呀。剩余那些闹事的村人，都让他给打发了，往后几年的承包款都由村委会代徐家转发。给冬小麦浇水的时候，徐早蝶从城里的劳务市场选来了一些劳力，其中有下岗工人，还有三个温州同乡，那几个同乡对徐家忠心耿耿。

这个春季，对徐世昌的打击是多方面的。远在城里那个曾使老人骄傲的儿子徐早生，倒卖温州走私过来的旧服装，被工商局查封罚款，儿子硬是从家里拿走了三万块钱。这是今年买化肥和地膜的钱。徐早蝶不愿意，别扭了几天，还是让早生拿走了，小麦施肥的时候，是早蝶和她阿妈贡献了多年的私房钱。徐早蝶连一件像样的衣裳都没舍得添啊！想到这些，老人就伤感起来。

徐早蝶轻轻地走进屋里，看见阿爸睡着了，她慢慢扯过一条毛毯给阿爸盖上，来到院里，骑上摩托到了田里。她刚才接到温州同乡的电话，报告大刀把儿地上的麦子，有人在夜里偷割了一片。她到那里一看，比去年尧家奶牛吃掉的还多。她在地上转了转，怀疑一个人，那就是尧满仓老汉，他是最大的嫌疑。她没有报案，直到整个麦收结束，她也没有跟阿爸提起这件事情。

阴历六月六就到了，徐早蝶忽然想起一件事来。夜晚来临，徐早蝶悄悄来到尧家，在院里抓起一把麦秸，走进去了。尧志邦和杨金铃都没回乡，只有尧满仓和土豆在家。她落座的东屋好像就是新房，组合家具，桌上摆着一台新电脑，一张报纸盖着电脑。床上搭着床罩，沙发上蒙着薄纱，茶几明净。尧满仓告诉徐早蝶："这台电脑是杨家陪嫁的！说是往后种地用！"徐早蝶木然地点着头。老人如今不扎笤帚了，而是用麦秸编草帽。老人看见徐家姑娘手里晃动的麦秸，当下就慌了，低着头吸烟。徐早蝶放下手里的麦秸，拿起一顶圆圆的草帽欣赏着，说："大伯，明天我派人给您拉两车麦秸，留着用吧，啊？"尧满仓张着嘴巴，愣愣地看着她。徐早蝶从兜里摸出一个红包，放在炕沿儿上说："听土豆说，志邦哥六月六结婚，阿爸让我送来贺礼！给您道喜啦！"尧满仓眼眶一抖，哽咽了："看你，这，谢徐姑娘啦！"徐早蝶看见衣柜上摆着一张尧志邦与杨金铃的合影，看了一眼，忙把目光闪开了。临走的时候，徐早蝶又告诉老人一个好消息，说徐家准备还乡亲们一些地。尧满仓老汉再也抑制不住情绪，"扑通"一声跪在地上，抓起一只鞋死命往自己的头上打，鞋底子上的黑土落了一头一脸："我对不住人哩！"徐早蝶赶紧扶起老人，没直说，也知道老人为什么忏悔。尧满仓把徐早蝶送到门口，激动地打着招呼："那天，你和阿爸阿妈来喝喜酒啊！"徐早蝶走路快捷，没应声，脚底有个土块绊了一下，险些栽倒在地。

尧志邦婚礼那天，徐家果然没有去人。

这天晚上，徐早蝶先是木着，呆呆地坐在家里不动，牙齿咬着紫色的嘴唇，像是咬出血来。阿妈坐到她跟前说："孩子，想哭，就哭哭吧！"她摇了摇头，痛苦地闭上眼睛。尽管她心里有天塌地陷般的绝望，但是没有哭。阿妈怕崔振广碰上女儿的哭泣，就让徐世昌提前把门关上了，然后走到徐早蝶的房间里，默默地陪着女儿流泪："认命吧，苦命的孩子，谁家的日子不是这么过的呢？"她好像没有听见，阿妈就走出去了。徐早蝶还是哭不出来，因为她美丽的眼睛里已经没有泪了，这才明白，绝望者是没有泪水的。

隔了几天，深更半夜的时候，寂静无比的徐家小院，突然被徐早蝶梦中的呼喊声惊醒。她的喊声十分尖厉："志邦哥，你说过，要陪我徒步走遍大平原的，你为什么扔下我不管啦？"徐早蝶梦里走在平原上，觉得筋疲力尽，连半点挪动脚步的意念都没有了。正房里的徐世昌狠狠将手里的茶杯摔碎在地："败兴，丢我祖宗八辈的脸面啊！"

第二天早上，徐早蝶装作不知道昨天夜里的喊叫，像没事人似的干活。她给阿爸晾晒那个绿面褥子，发现褥子上有两块血迹，心里一疼，赶紧到田里找阿爸。徐世昌在田里常常一站就是一天，站累了就坐在田埂上歇歇，用枯瘦的手捶捶自己的两条腿，揉揉两只发"膀"的脚，闻着清新潮润的泥土味，远处烟囱里冒出的炊烟，缓缓飘到土地上来了。徐世昌见到女儿，缓缓抬起右手，指着那些麦茬地说："这儿、那儿的地，还给那些刁民吧！"

徐早蝶感到阿爸是明白人，病成这样，依旧很精明。可是羊马庄的几户农民非常令她失望。

徐家要归还部分土地的消息，传到他们耳朵里的时候，一个个都乱了阵脚。孙三老汉、孙大嫂、冬瓜和立伟，纷纷拒绝接收土地。临时会议在尧志邦的新房里举行。孙三老汉怕了，他怕往后种地赔钱，吭吭哧哧地嗫牙："我们这些贫家薄业的小户人家，可赔不起呀！"孙大嫂破口大骂着："南蛮子就是他×的鬼精，种粮发财的时候不给，等入关了，他们看着不行了，才交出来？我不要！"冬瓜说："合同还没到期呢，我要动用法律的武器，起诉徐世昌！让他赔偿！"以下就是乱哄哄的说三道四，旧事翻出不少花样来。尧志邦坐在电脑桌旁，一根接一根地吸烟，一直没有搭腔。看着人们冷场了，就缓缓站起身说："大伙真的不要地了，那我尧志邦包啦！承包费比徐家一分不少！"人们惊讶地看着他，眼神似乎在问：你不怕累吗？你不嫌苦吗？尧志邦说："我们庄稼人，从冬天忙到秋天，从早晨忙到夜里，累死累活，那不算什么，只要有一天你想到会看不见土地，那就什么艰难都不在乎！"人们惊着，杨金铃当着众人的面，不嫌害臊地亲了男人一口："你他×的，说的真棒！"人们都散去的时候，天黑得伸手不见五指。

尧志邦拉着杨金铃的手，走在暗夜的平原上。走到一块地头，静静地站了一会儿，正度蜜月的两个人相互看了一眼。看什么呢？有了土地是福是祸呢？忽然，他们听到不远处传来喳喳的声响，那是老爹尧满仓用铁锹翻着麦茬地。老人借着月光，从地的这头，翻到地的那头，弯曲的身影几乎匍匐在地。新土的气息在夜里流淌着。尧志邦久久地朝那边张望，一句话也没说，扑倒在老爹的脚下，双手狠狠抓着泥土，又慢慢举过头顶。

一声沉重的叹息，随着夜风荡得远远的。

十

这个夏季，有时候看起来，好像有什么东西要死掉。不冷不热，日子过得一点也不起劲。

不久，徐早蝶就嫁给了崔振广，婚后的生活虽然不尽如人意，可还是平静自然的。

徐世昌的病竟然奇迹般地好起来，使徐家恢复了往常的秩序，徐家人按照自己的方式生活、劳动和收获着。尽管崔振广让啤酒厂重新流出了酒，而且他那么爱着早蝶，恨不能把天底下所有的幸福都端给她，换她脸上的笑模样。可她还是不笑，她多半的时光都消磨在田园里了，整天一副疲惫不堪的样子。她新婚之夜，把美好的身体完整地给了男人，以后就再也不让他挨自己光滑的身子，这让崔振广很不习惯。崔振广疑惑地问她："早蝶，你有病了吧？"徐早蝶淡淡地说："振广，我有病！"崔振广心疼地抚摸着她的头，问："不烧啊，精神上的病吧？"徐早蝶点点头："对了，可能是精神上的病！"崔振广大包大揽地说："明天，我给你请个精神医生来，好吗？"果然，他就从精神病院领来一位医生。医生给她看过之后，徐早蝶竟把医生留给她的药品扔到窗外，惹得崔振广好一阵不高兴。早蝶没有理会他因愤怒而涨红的脸。日子过疲了，熬倦了神，真不值得去过，委实活受罪。

大秋作物还没长高的时候，徐早蝶失踪了。

各种各样的推测和猜想，把徐家包围了，当然还有孙大嫂等人的流言蜚语。徐世昌并没在乎别人怎么说，可他无法忍受失去女儿的痛苦。徐早蝶的突然出走，一下刺醒了他，唤起了久久压抑的全部父爱，几乎使老人肝肠寸断。在别人所属的土地上，放任地撒播自己的种子，是不是老天的报应呢？"罪过，我们徐家有什么罪过呢？"徐世昌颇为不解。他和崔支书一样惊惶，羊马庄的两位老人，发动了所有的力量，派人到处寻找。他们找的地方是铁路、水沟、树干等阴暗角落，看看是不是有一个漂亮温州女人的尸体？

对徐家姑娘的出走，唯有一个人表现出少有的冷静。他就是在棉花地里喷药的尧志邦。

她不敢看平原的脸，怕碰上平原的眼睛。既然走出来了，怕看怎么行呢？徐早蝶背着小挎包，徒步走在平原上，像个上学路上的女孩子东张西望。她穿着一件银白色的T恤衫，T恤的前脸，有小燕子赵薇的头像，浑身上下透着青春的气息。她早过了喜欢小燕子的年龄，只图衣料薄，穿着凉快。她的小挎包里，有指南针、洗面奶、梳子和地图，还有一些钱。她问自己："我还忘带什么了吗？"

一路没有山梁，如果不是秋庄稼，一眼就能望出几里远。"这就是平原吗？"徐早蝶从半人高的高粱地里钻出来，头上落满冰凉的露水，胳膊上沾着湿淋淋的草叶。麦秸草帽遮阳，还是不能抵挡酷暑的袭击，脖颈晒红了，耳根有一丝隐隐的痛，挂着汗珠的小鼻尖儿是痒的，呼吸里都发出一股青草的气味。她摘一片豆荚放在手心里，豆荚就在手心上跳跃着爆裂。豆荚的香味，一阵阵飘散出来，呼进肺腑，缓缓流进身体的每个关节和脉管。

回头再看尧家二姑娘的婆家，四王庄已经看不清楚了。在那里，她想到二姐家讨口水喝，二姐却给她挤出奶牛的鲜奶让她喝。喝了一瓢牛奶，皮肤放光了。奶牛像是看见熟人似的朝她吆喝了两声。太阳的光芒柔和许多，这时再看小河边一排排的小树，就比孤零零的一棵树好看。看平原上几乎一模一样的房舍，再看与羊马庄不同的炊烟。总感觉前方有神秘的东西，有一天，她能在无意间接近平原的精髓。

傍晚来临的时候，她终于有点害怕了。她想快点跑过这条小河岸，可双脚变得异常沉重了。该找个旅店休息了。不然，遇到坏人怎么办？迷了路怎么办？自己死了怎么办？浓烈的伤感包围了她。要是有人陪伴就好了，可这个人先她而死了。她不能死，她死了，谁来帮阿爸料理那一片庄稼？谁来给阿爸提供网上的信息？谁来诉说一个温州少妇穿越北方平原的喜悦？

走了一会儿，她看见了小村的灯光，红光里似乎飘着一股烤红薯的香味。徐早蝶眼睛发热了，伴着一声声蛐蛐的短叫和蛙鸣，勇敢地朝那个神秘的地方奔去。